btb
Aus Freude am Lesen

btb

Buch

Als Sadie Jardine vom Tod ihrer geliebten Tante Minty erfährt, nimmt ihr Leben eine neue Richtung. Minty hat ihr die Hälfte eines kleinen aber feinen Weinguts in Virginia vermacht, dem Land, aus dem die Familie Jardine stammt. Die andere Hälfte gehört jetzt dem Weltenbummler Will Griffin, Mintys Patensohn, der nur knapp einen Hubschrauberabsturz überlebt hat und an einem Wendepunkt seines Lebens angelangt ist.

Will und Sadie verlieben sich ineinander und beschließen, gemeinsam den vergangenen Ruhm des Weinguts wiederherzustellen, doch sie haben nicht mit dem Neid und der Missgunst ihrer eigenen Verwandten gerechnet. Als Sadies Schwager beschließt, den heiligen Wald der Indianer abzuholzen, taucht ein dunkles Geheimnis aus der Vergangenheit auf, das wie ein Fluch über der Unternehmung liegt: Ein goldener Kelch aus der Römerzeit, der den Jardines einst von Jefferson geschenkt worden war und nun spurlos verschwunden ist, weist auf ein ungesühntes Verbrechen hin …

Autorin

Caroline Llewellyn(1949–2000), Tochter einer Amerikanerin und eines Walisers, kam in Singapur auf die Welt und verbrachte ihre Kindheit und Jugend in Kanada. Sie lebte mit ihrer Familie in verschiedenen Ländern, zuletzt in Princeton, New Jersey. Sie starb im Jahre 2000.

Caroline Llewellyn bei btb

Die Galerie. Roman (72217)
Die verborgene Geschichte. Roman (72003)
Frau im Labyrinth. Roman (72091)
Ein trügerisches Bild. Roman (72493)

Caroline Llewellyn

Bitterer Wein

Roman

Deutsch von Anne Rademacher
und Birgit Moosmüller

btb

Titel der amerikanischen
Originalausgabe »Sacrificial Rights«

Umwelthinweis:
Alle bedruckten Materialien dieses Taschenbuches
sind chlorfrei und umweltschonend.

btb Taschenbücher erscheinen im Goldmann Verlag,
einem Unternehmen der Verlagsgruppe Random House GmbH.

1. Auflage
Genehmigte Taschbuchausgabe März 2002

Umschlaggestaltung: Design Team München
Umschlagfoto: AKG Berlin
Satz: IBV Satz- und Datentechnik GmbH, Berlin
VS · Herstellung: Augustin Wiesbeck
Made in Germany
ISBN 3-442-72852-5
www.btb-verlag.de

Für die Buford-Schwestern Mary Cam,
Sarah, Elisabeth und Ellen

1

Stück für Stück rekonstruierte Sadie Jardine die außergewöhnliche Geschichte ihres Vorfahren Edwin. Es war wie bei dem Mosaik, das er angefertigt hatte. Sie sammelte, sortierte und setzte die verschiedenen Splitter zusammen, bis sie das verständliche Bild eines unverständlichen Vorgangs ergaben.

Natürlich gab es Details, die sie niemals wissen würde und über die sie nur Vermutungen anstellen konnte. Trotzdem war sie davon überzeugt, daß der antike Goldkelch aus Edwins Mosaik mit der lang zurückliegenden Tragödie ihres Ahnen genauso viel zu tun hatte wie mit dem schrecklichen Tod ihres Schwagers Burke Louden, der sich erst vor kurzem zugetragen hatte. Beiden Männern hatte der Kelch zuviel bedeutet.

Der Tod von Burke war der letzte Akt eines langen, heißen Sommers gewesen. Alles hatte sich unerbittlich auf diesen blutigen Höhepunkt zugespitzt. Er war Katharsis und Erneuerung zugleich und veränderte das Leben all derer, die direkt damit zu tun hatten. Später hatte Sadie Edwins Geschichte Will Griffin erzählt. Sie in Worte zu fassen war eine Möglichkeit, die Gegenwart im Licht der Vergangenheit zu verstehen. Außerdem kannte sie damals schon Wills Leidenschaft für solche Erzählungen.

Sadies Version von Edwins Geschichte begann und endete an einem Märztag des Jahres 1865. Es war ein ungewöhnlich warmer Tag gewesen. Die Hitze lag wie ein Schleier über den Blue Ridge Mountains am Horizont. Sie flirrte über dem James River, wo sie die Frösche aus ihrem Winterschlaf im Uferschlamm hervorlockte. Edwin Jardine hätte gesagt, daß die Unruhe, die der Geruch der sonnendurchwärmten Erde bei Mensch und Tier hervorrief, für die Geschehnisse verantwortlich sei. Weder dem Bullen noch dem Jungen hätte er ihren Freiheitsdrang zum Vorwurf gemacht.

Noch Jahre später versuchte Edwin in klaren Momenten die Vorgänge jenes Tages in Stein zu rekonstruieren. Er legte ein Mosaik, in dem er die Geschichte so darstellte, wie er sich an sie erinnerte. Seine beeinträchtigte Vorstellungskraft setzte die Tragödie in eine Szenenfolge um, die von einem griechischen Fries oder einem römischen Sarkophag hätten stammen können. Die friedlichen, pastoralen Bilder zeigten eine Abfolge von Geschehnissen, die unentrinnbar im Opferritus gipfelten. Während Edwin sorgfältig die Steinchen zusammensetzte, schuf er bewußt eine Verbindung zwischen den einzelnen Teilen. Der Arm, der mit anmutigem Schwung den goldenen Kelch hob, die wahnsinnigen, rollenden Augen des Tiers, die Axt und die rankenden Reben der verwilderten Weinstöcke. Denn es war der wild wuchernde Wein, der alles miteinander verband.

Edwin hatte seit ihrer gemeinsamen Rückkehr aus dem Krieg zusammen mit dem Sklaven Luther in einem kleinen Steinhaus in Little Grove gelebt. Bei seiner Familie hielt Edwin es nicht mehr aus, denn er konnte die verständnislosen Blicke dort nicht ertragen. Sie lebten in Greengrove, dem Haupthaus, das sich eine Meile weit entfernt an der Flußstraße befand. Als er ihnen verkündete, er brauche nur Luther, der seine Verbände wechseln und ihm zu Diensten sein könne, wandte seine Mutter sich weinend ab. Die Gesichter seiner Brüder und seines Vaters hingegen wirkten erleichtert. Nach vier Kriegsjahren hatten sie mit dem vernachlässigten Land auch ohne die zusätzliche Sorge um einen verwirrten Invaliden alle Hände voll zu tun.

An jenem Märztag arbeitete Luther in dem Weinberg auf dem hügeligen Morgen Land bei ihrer Hütte, der ihnen als Garten diente. Edwin saß im Schatten einer jungen Platane und las ihm laut vor. Die wild wuchernden Felder und Wälder ihrer unmittelbaren Umgebung senkten sich sanft zur Flußebene hin. Der rötliche Schimmer der Ahornblüten setzte Tupfer, die wie winzige Flammen hochzüngelten, ins erste frische Grün. Wie ein Kontrapunkt zu Edwins Stimme drang hin und wieder das Zirpen einer Grille aus der Wiese zu ihnen herüber.

Während er las, fuhr sich Edwin immer wieder unbewußt mit

der Hand durch seinen stoppligen blonden Bart. Die Furche der frisch verheilten Wunde pochte in seiner linken Wange und juckte so unerträglich, daß er sich mit Gewalt davon abhalten mußte, so lange zu kratzen, bis sie wieder blutete. Um seine unruhige Hand unter Kontrolle zu halten, umklammerte er den Stoff seines abgetragenen grauen Mantels und zog ihn trotz der Hitze fester um seine Schultern. Die chronische Malaria bewirkte, daß ihm nie mehr richtig warm war.

Er las aus der Geschichte des Peloponnesischen Krieges von Thukydides. Ihm war bewußt, daß er damit nur an der offenen, schwärenden Wunde in seinem Geist rührte, doch der Konflikt zwischen der nördlichen Union der Athener und dem südlichen Bündnis der Spartaner wies Parallelen zu dem Krieg auf, der gerade zu Ende ging, und er hoffte, Trost in den Zeilen zu finden. Edwin war davon überzeugt, daß die Antike für viele Leiden der modernen Welt Trost bot.

Edwin hatte sich für die Passage entschieden, in der Thukydides die Niederlage Athens bei Syrakus schildert. Immer wenn er ein paar Sätze gelesen hatte, hielt er inne und schaute zu Luther hinüber, der in der Hocke saß und den Boden zwischen einer Reihe von Weinstöcken mit einer kleinen Harke lockerte.

Für den Jungen war jedes Schweigen ein Signal. Ohne seine Arbeit zu unterbrechen, übersetzte er das klassische Griechisch ins Englische, wobei seine Stimme und die Wortwahl so entschieden und sicher waren wie seine fachmännischen Bewegungen. Neben ihm stand ein kleiner Tontopf, in den er all die ungewöhnlichen Kieselsteine warf, die seine Harke ans Tageslicht brachte. Es waren winzige, glatte Steinwürfel, deren Farbskala von Beige über Rotbraun bis hin zu einem Schokoladenton reichte, der fast dem seiner Haut entsprach. In der Größe variierten sie zwischen fünf und dreizehn Millimetern. Einige waren wie perfekte kleine Würfel geformt. »Teufelswürfel« lautete der Name, unter dem Luther sie kannte. Edwin hatte ihn angewiesen, alle, die er fand, aufzubewahren.

Mit ruhiger Stimme und gleichgültigem Gesichtsausdruck beschrieb Luther die brutale Behandlung der Gefangenen und ihre Versklavung in den Steinbrüchen von Syrakus, doch als Edwin zum Schluß der Passage kam, schloß der Junge die Augen. Bewegungslos hockte er da und ließ einen langen Moment verstreichen, bevor er sich wieder an die Übersetzung machte. Als er die Augen öffnete, blickte er in die Ferne, holte tief Luft und sprach hastig und erregt die abschließenden Worte. Der eigentümlich singende Rhythmus von Luthers Stimme ließ das Blut in die fahlen Wangen im hageren Gesicht seines Lehrmeisters schießen.

»Dies war das größte Ereignis des Krieges, den Siegern gereichte es zu höchster Ehre, und den Besiegten war es gleichzeitig das schlimmste Unheil. Sie waren auf allen Seiten geschlagen. Ihre Leiden waren in jeder Hinsicht fürchterlich. Ihre Schiffe, ihre Heere – alles war vollkommen zerstört. Von den vielen kehrten nur wenige in die Heimat zurück.«

Den vorausgegangenen Übersetzungen hatte Edwin mit dem Gesichtsausdruck des ehemaligen Lehrers gelauscht, dessen Lieblingsschüler seine Fähigkeiten demonstriert. Aber jetzt runzelte er die Stirn.

»Du hast gut angefangen, doch ich glaube, dein Tonfall in der Übersetzung der letzten Sätze zeigt, daß du den Text nicht richtig verstanden hast. Thukydides hat mit seinen Worten wohl kaum einen Lobgesang auf die Sieger beabsichtigt.«

Der Junge hatte den Kopf wieder über seine Arbeit gesenkt. Mit unergründlichem Gesichtsausdruck wischte er ein paar Erdkrümel von einem Stein, bevor er ihn vorsichtig in den Topf legte. »Entschuldigung«, erwiderte er leise. »Manchmal ist es schwierig, sich daran zu erinnern, auf welcher Seite die Sympathien liegen sollten.«

Obwohl in Luthers Stimme jede Spur von Sarkasmus fehlte, war Edwin verunsichert. Er legte das Buch zur Seite und starrte auf die frisch aufgeworfene Erde des Gartens, die in der rostroten Farbe von getrocknetem Blut leuchtete. Dann beugte er sich vor, nahm etwas davon in die Hand und ließ sie langsam durch seine Finger rieseln.

»Ich frage mich, ob die anderen nach diesem Krieg Salz auf unser Land säen werden.«

Er dachte laut nach, ohne mit einer Antwort zu rechnen, doch der Junge murmelte etwas, während er das Gartenmesser von dem Strick nahm, der ihm als Gürtel diente, und einen toten Zweig von einem Weinstock schnitt. Edwin bat ihn, das Gesagte zu wiederholen.

»Ich sagte, warum sollten sie, wo wir es doch schon für sie getan haben?«

Dann biß er sich auf die Unterlippe, als bereue er seine Worte. Edwin erkannte in der Reaktion des Jungen eine jugendliche Weichheit, die der sanften Rundung seiner Wangen entsprach, deren Fleisch trotz des von Hunger und Not ausgezehrten Körpers glatt und prall wie bei einer Traube war. Wäre der Junge näher bei ihm gestanden, hätte er ihm vielleicht eine Hand auf die Schulter gelegt.

Doch als Luther sich jetzt umdrehte und Edwin direkt anblickte, ließ ihn der herausfordernde Ausdruck in den dunklen Augen älter und gefährlicher, aber eigentümlicherweise auch verletzlicher aussehen. Die Angst, die unter diesem Blick in Edwin aufstieg, empfand er nicht nur für sich selbst, sondern auch für Luther und den Mann, zu dem er sich allmählich entwickelte.

»Geh und wasch dich«, sagte Edwin ruhig. »Es wird Zeit.« Steifgliedrig erhob er sich und ging langsam auf die Hütte zu. Auf dem unebenen Boden stolperte er leicht, doch als der Junge ihm den Arm anbot, schüttelte er den Kopf. Luther wandte sich ab, um sein Gesicht und seinen Oberkörper mit Wasser aus dem Brunnen zu netzen.

Als Edwin wenige Minuten später zurückkam, hatte er ein sauberes weißes Leinenhemd über seinem Arm hängen und trug ein Holztablett mit ein paar Scheiben Maisbrot und einer kleinen Portion Wildbret vor sich her. Neben dem Fleisch stand eine grüne Weinflasche und ein in ein verblichenes blaues Leintuch gehüllter Gegenstand. Nicht der gesamte Kellervorrat von Greengrove war an die Krankenhäuser verteilt worden. Edwin hatte ein paar Flaschen zurückbehalten, um sie für den unvermeidbaren Tag der Trauer aufzubewahren. Wie sagte Pindar doch? Süß ist der Krieg denen, die ihn nicht gekostet haben. Doch Edwin hatte schon vorher gewußt, daß er ihn nicht als süß empfinden würde.

Er setzte das Tablett auf einem Baumstumpf ab, der ihnen als Tisch diente, und legte das Hemd über die Holzbank. Luther, der sich gerade mit seinem abgelegten Arbeitshemd abtrocknete, sah zu, wie der ältere Mann vorsichtig den Gegenstand aus dem Leintuch wickelte. Als das Tuch auseinanderfiel und einen verbeulten goldenen Trinkkelch enthüllte, riß der Junge staunend die Augen auf. Der tiefe, ungefähr zwanzig Zentimeter große Kelch ruhte auf einem schmalen Fuß und hatte seitlich zwei ringförmige Griffe, die wie Weinreben ineinander verschlungen waren. Ein Relief auf dem Kelch stellte eine Gruppe von Putten dar, die für einen mit Weinblättern gekrönten, kindlichen Bacchus Trauben ernteten. Dieser Kelch wäre in jeder Umgebung aufgefallen, doch als Edwin ihn jetzt vor dem Hintergrund der Weinstöcke und Berge ins Sonnenlicht hielt, schien er in einem unheimlichen Glanz aufzuleuchten. Er wirkte einerseits zu kostbar für die Umgebung, gleichzeitig aber wie ein natürlicher Teil von ihr.

»Dieser Kelch hat einmal Thomas Jefferson gehört«, sagte Edwin. »Mein Großvater brachte ihn nach dem Tod von Mr. Jefferson von seinem Landsitz mit.«

Die beiden Männer seien zeit ihres Lebens Freunde gewesen, erklärte er Luther. Zusammen waren sie durch Frankreich und Deutschland gereist, wo sie auf den Weingütern Techniken erlernten, die sie auf ihren Besitzen in Virginia einführen wollten. Sie waren beide entschlossen gewesen, europäische Trauben anzubauen und einen guten amerikanischen Wein zu produzieren, doch es war ihnen nicht gelungen. Die vier Reihen der robusten Norton-Rebe in Little Grove, die den trinkbaren Claret hervorgebracht hatten, der in der Flasche vor ihnen schimmerte, waren alles, was vom Traum seines Großvaters übriggeblieben war. Nach dem Tod seines Freundes hatte der alte Mann einige der besten Flaschen aus Jeffersons Keller erworben, natürlich alles europäische Weine, die jetzt Edwin gehörten.

»Mr. Jefferson hat den Kelch aus Deutschland mitgebracht«, fuhr Edwin fort. »Er hat ihn einem Bauern an der Mosel in der Nähe von Trier abgekauft, der ihn beim Pflügen gefunden hatte. Es ist ein römischer Kelch, zweites Jahrhundert, glaube ich. Die Römer hatten entlang der Mosel ihre Villen und Weingüter. Auf derselben Reise kaufte mein Großvater eine kleine Marmorbüste, von der er schwor, daß sie Kleopatra darstellte. Vor dem Krieg stand sie auf meinem Schreibtisch in der Universität. Vermutlich ist sie jetzt einem von General Custers Männern in die Hände gefallen.«

Anfang März war General Custer an der Spitze der Unionstruppen in Charlottesville einmarschiert, aber erst vor kurzem hatte sich in Greengrove die Nachricht verbreitet, daß die Universität zwar von den Flammen verschont geblieben war, nicht aber vor seinen plündernden Männern.

»Doch diesen Kelch wird keine Diebeshand berühren«, fügte Edwin hinzu. In seiner rauhen, müden Stimme glühte noch immer ein Funke jener schwelenden Wut, die ihn ganz gegen die Neigungen seiner friedliebenden Seele in die Schlacht getrieben hatte.

Er nahm die Flasche, füllte den Kelch und goß ein paar Tropfen des Weins auf die Wurzeln des nächstgelegenen Weinstocks. Dann bot er Luther den Kelch an und hielt ihn, während der Junge trank. Nachdem er den Kelch wieder abgestellt hatte, nahm er das Leinenhemd und hielt es ebenfalls Luther hin, der seine Arme in die Ärmel steckte. Es war ein altes Hemd, unmodern, aber sauber und von guter Qualität. Der Stoff fiel wie Schnee auf die dunkle Haut des Jungen.

Feierlich zitierte er in Latein ein paar Zeilen Ovid: »Das Gewand der Freiheit, lieber Bacchus, wird an deinem Tag den Jungen gegeben. Weil du Liber bist, beginnt unter deiner Schirmherrschaft ein freieres Leben.« Auf englisch fügte er hinzu: »Jetzt bist du ein Mann, Luther, und du bist frei.« Seine blaßblauen Augen fixierten Luthers Gesicht, als suche er darin nach einem äußeren Zeichen dieses Übergangs. »Natürlich warst du beides schon eine Zeitlang«, sagte er dann mit einem leicht ironischen Lächeln, »aber dieses Ritual setzt in gewisser Weise das Siegel darunter.«

Sie aßen Maisbrot und Wildbret und tranken den Wein aus dem goldenen Kelch. Edwins Erziehung hätte es ihm eigentlich unmöglich machen müssen, aus einem Becher mit Luther zu trinken, trotzdem legte er seine Lippen ohne zu zögern an dieselbe Stelle des Kelchrands, von der gerade noch der Junge getrunken hatte. Während der Mahlzeit fiel kein Wort zwischen ihnen. Als sie fertig waren, spülte Edwin den Becher aus und wickelte ihn wieder ein. Dann legte er sich auf die Holzbank, wobei ihm sein Mantel als Kissen diente. Sonne und Wein hatten ihn schläfrig gemacht, und nach wenigen Minuten fielen ihm die Augen zu, und er schlief ein.

Luther zog das Hemd wieder aus und faltete es ordentlich zusammen. Er schlüpfte in seine Arbeitskleidung, die er in der Nähe abgelegt hatte, nahm das Messer und ging zurück in den Garten. Während der ältere Mann schlief, arbeitete er unablässig vor sich hin, bis ihm die kleine Gestalt seines jüngeren Bruders Nehemiah auffiel, der durch die Felder auf die Hütte zugerannt kam. Luther legte seine Arbeitsgeräte beiseite, um ihm entgegenzugehen, damit er Edwin nicht aufweckte.

»Nezzar ist ausgebrochen!« rief sein Bruder ihm zu, wobei er mit dem abgerissenen Stoff seiner Ärmel wedelte, um die Dramatik dieser Aussage zu unterstreichen. Sein Gesicht glühte vor Aufregung. »Der alte Teufel hat seinen Verschlag niedergetrampelt!«

Luther erschauerte. Nebukadnezar war ein riesiger Bulle und genauso grausam und gewalttätig wie sein Namensvetter. Die Leute in der Gegend meinten, daß er mit einem ordentlichen Stoß seiner Hörner ganz Jerusalem noch einmal zerstören könnte. Als Luther Nehemiah fragte, ob sie seine Hilfe brauchten, um das Tier wieder einzufangen, schüttelte der kleinere Junge den Kopf und sagte, der alte Mr. Jardine habe ihn nur geschickt, um sie zu warnen. Die Männer seien bereits auf der Jagd nach dem Bullen, doch niemand habe ihn ausbrechen sehen, deshalb wußte auch niemand, wohin er gelaufen war. Dann bemerkte er Edwin, der noch immer schlafend auf der Bank lag, und sein Blick verdunkelte sich.

»Tut er noch immer so, als hätt' er Taumelkraut gegessen?«

»Manchmal. Aber langsam geht's besser.« Wenn er mit seinem Bruder sprach, bemühte sich Luther um eine einfache Ausdrucksweise. So machte er es immer, wenn er mit seiner Familie zusammen war. Warum er das tat, wußte er nicht, nur, daß es so sein mußte.

»Du warst auch im Krieg«, bemerkte Nehemiah, »und benimmst dich nicht so.«

Luther versuchte seinem Bruder zu erklären, daß er nie in einer Schlacht kämpfen mußte – Sklaven durften keine Waffen tragen –, weshalb Edwin Jardine Dinge gesehen hatte, die ihm erspart geblieben waren. Aber er konnte dem zehnjährigen Nehemiah nicht alles über den älteren Mann erzählen. Daß er ihn besser kannte als seine eigenen Verwandten, daß er ihm dankbar war für alles, was er bei ihm gelernt hatte, daß er ihn liebte und trotzdem frei von ihm sein wollte. Nehemiah brachte alle eigentümlichen Verhaltensweisen der Weißen mit ihrer Verdauung in Verbindung, als wolle er sich damit kompliziertere Erklärungen ersparen. Manchmal beneidete ihn Luther um diese simple Art des Denkens.

»Nimm dich vor dem Bullen in acht«, sagte Nehemiah, bevor er ging. »Wenn er dich findet, macht er dich tot.«

Luther sah ihm nach. Er war erleichtert, daß sein Bruder wieder abzog, gleichzeitig sehnte sich ein Teil von ihm danach, mit ihm zu gehen. Allerdings fühlte er sich bei seiner Familie nicht mehr wohl. Er wußte, daß sie ihn für nicht ganz richtig im Kopf hielten, genau wie Edwin Jardine, obwohl sie sein Wissen und seine Gelehrtheit bewunderten. Und er schämte sich für sie. Manchmal wollte er von ihnen genauso frei sein wie von seinem Herrn. Diese Gefühle verwirrten ihn und machten ihm das Herz schwer.

Als Edwin wach wurde, erzählte ihm Luther nichts vom Ausbruch Nebukadnezars. Er befürchtete, daß Edwin darauf bestehen könnte, selbst nach dem Bullen zu suchen. Diese Mühe würde ihn sicher überfordern. »Achte darauf, daß dein Herr sich ausruht und sich nicht anstrengt«, hatte der Armeearzt zu Luther gesagt, bevor er mit Edwin nach Greengrove zurückgekehrt war. Als könne sich irgend jemand, der aus dem Krieg zurückkam, wirklich ausruhen.

Um Edwin von den Suchenden fernzuhalten, deren Erscheinen in den Feldern sicher seine Neugier geweckt hätte, schlug Luther einen Spaziergang zum Scuppernong-Wein vor. Dies war ein alter, einheimischer Weinstock, der sich wild an einer Ulme hochrankte. Der Baum stand auf einer Lichtung in den Hügeln und befand sich etwa eine halbe Meile von der Hütte entfernt in der Nähe des ursprünglichen Herrenhauses der Plantage, das schon vor Edwins Geburt abgebrannt war. Vor dem Krieg hatte Edwin eine Theorie getestet, die er bei Plinius und anderen antiken Autoren gelesen hatte. Sie besagte, daß die besten Trauben an Weinreben wachsen würden, die sich frei an bestimmten Bäumen hochranken durften. Seit ihrer Rückkehr hatte er von Luther immer wieder das dort in den Jahren hochgewachsene Gestrüpp zurückschneiden lassen, um Licht und Luft an die Wurzeln des Weins zu lassen, der mittlerweile fast zehn Meter hoch und, wie Edwin behauptete, über hundert Jahre alt war.

Luther hatte es einige Überwindung gekostet, seinem Herrn den Vorschlag zu diesem Spaziergang zu machen. Der Wein und die Lichtung, auf der er wuchs, riefen bei ihm immer ein Gefühl von Unbehagen hervor. Der Weinstock wirkte durch sein Alter und gefräßiges Wachstum fast lebendig, und die Geschichten, die über diese Lichtung erzählt wurden, machten Luther Angst. Es waren Geschichten von fremdartigen Ritualen, die auf dem ehemals heiligen Boden von den dort vor langer Zeit lebenden Indianern zelebriert worden waren. Auch Luther hatte väterlicherseits indianisches Blut in den Adern, aber trotzdem fühlte er sich an diesem Ort nicht wohl. Die meisten Menschen vermieden ihn.

»Nimm die Axt mit«, sagte Edwin. »Vielleicht brauchen wir sie zusammen mit der Sichel.«

Langsam gingen die beiden Männer über das Feld auf den Wald zu. Der Jüngere trug die Axt über seiner Schulter und hielt die Sichel an ihrem Griff. Edwins Kopf brummte. Er hatte zu lange in der Sonne geschlafen. Die Wunde in seiner Wange pochte, als sei sie verbrannt worden. Um sich von dem Schmerz abzulenken, fragte er Luther über den Brief aus, den er am Vortag von einem Cousin aus Ohio erhalten hatte. Er war ein Freier, der in einer Schule die Kinder von anderen befreiten Sklaven unterrichtete. Der schon vor vielen Monaten geschriebene Brief hatte seinen Weg zu Luther über eine Reihe von Familienmitgliedern gefunden.

Luther erschrak. Er wußte, daß er irgendwann über diesen Brief sprechen mußte, doch er wußte auch, daß sein Inhalt Edwin weh tun würde. Zögernd erwiderte er, daß sein Cousin ihm über ein Baptistenseminar für befreite Sklaven berichtet hatte, an dem es eine Stelle für einen Latein- und Griechischlehrer gab.

Edwin blickte ihn überrascht an. »Interessiert dich dieses Angebot?«

»Ich habe darüber nachgedacht«, gab Luther zu.

Edwin schwieg. Irgendwo in der Nähe durchdrang das klare Trällern eines Kardinals, der seinen Partner rief, die schwüle Luft. Als Edwin endlich antwortete, klang seine Stimme rauh und unnatürlich, als bereite das Sprechen ihm Mühe.

»So etwas würde dir gefallen? Ein Baptistenseminar? Das überrascht mich. Doch ich darf wohl nicht vergessen, daß du selbst in einem überholten Glauben aufgewachsen bist.« Er sprach mit beißender Ironie.

Luther bemühte sich um einen gelassenen Gesichtsausdruck. Mit der scharfen Seite seiner Sichel schlug er in eine große Fetthenne und trennte die Blüte vom Stengel.

»Willst du das wirklich?« wiederholte Edwin. »Das Blut des Lamms statt der Ziege?«

»Meine Mutter hätte es gern«, erwiderte Luther mit trotziger Stimme.

»Und du?«

Luther wandte dem Älteren ein zorniges Gesicht zu. »Was mir gefällt, spielt keine Rolle, denn das werde ich niemals bekommen. Sie haben mich alles gelehrt, auch das.«

Edwin zuckte zusammen. »Kaum bist du frei, eröffnest du mir, daß du mich verlassen willst«, sagte er mit dem gleichen Zorn in der Stimme. »Vielleicht waren meine Lektionen doch zu schwierig für dich.«

Sie waren am Waldrand angelangt. Edwin blieb stehen, um zu verschnaufen, und lehnte sich gegen eine Eiche. Sein schwerer Atem erschreckte Luther, der sich zum Schweigen zwang. Der ältere Mann haßte es nämlich, wenn man ihm seine Schwäche anmerkte. Neben Edwins Kopf wölbte sich der schwarze Knoten eines Gallwespenkrebses aus der Baumrinde. Luther wünschte sich, Edwin würde weitergehen.

Als sich sein Atem wieder beruhigt hatte, begann Edwin Griechisch zu sprechen. Er zitierte eine längere Passage, welcher der jüngere Mann mit niedergeschlagenen Augen lauschte, während seine Hand den Stil der Axt umklammerte und sich wieder löste. Der Sarkasmus ließ Edwins sonst so sanfte Stimme in Luthers Ohren häßlich klingen.

»›Und wenn er dann frei ist, sucht er nach jemandem, dem er gefallen kann, um in dessen Haus speisen zu dürfen. Als nächstes sucht er sein Auskommen in der Prostitution und erleidet so die schlimmsten Dinge. Wenn er dann einen Trog findet, aus dem er essen kann, ist er unter eine Sklaverei gefallen, die viel schlimmer als die erste ist. Selbst wenn er reich wird und sich als Plebejer in irgendein junges Ding verliebt und jammert und klagt, sehnt er sich wieder nach der Zeit als Sklave zurück. Ach, was habe ich nur gemacht. Jemand hat mich gekleidet, mir Schuhe und Essen gegeben und für mich gesorgt, wenn ich krank war. Ich diente ihm nur in wenigen Dingen. Doch welches Leid muß ich Elender jetzt erdulden, der ich vielen versklavt bin und nicht nur einem.‹«

»Vergiß nicht«, fügte Edwin auf englisch hinzu, »daß auch Epiktet einmal Sklave war. Er weiß, wovon er redet.«

Die ganze Zeit über hatte Luther sein Gesicht abgewandt, als wolle er die Provokation in den Worten seines Begleiters nicht an sich heranlassen. Als er jetzt Edwins Blick begegnete, sah er wieder den vertrauten, leicht verwirrten Ausdruck, der sich wie eine graue Wolke über dessen Augen gesenkt hatte. Luthers Herz zog sich vor Mitleid zusammen. Er ermahnte sich, alles, was Edwin gesagt hatte, über sich ergehen zu lassen wie einen kalten Regenschauer, von dem er wußte, daß er vorbeiziehen würde.

»Epiktet zitiert auch Diogenes, der sagt, der einzige sichere Weg in die Freiheit sei es, fröhlich zu sterben«, fuhr Edwin fort. »Was sagst du dazu?«

Luther wollte erwidern, daß dies eine Einstellung sei, die den Unterdrückten manchmal von ihren Unterdrückern gepredigt wurde. Doch laut sagte er nur: »Ich weiß nicht.« Er starrte in die Bäume und wünschte sich, nicht in den Wald hinein zu müssen. In einem weit ausladenden Fliederbusch sah er eine Spottdrossel ihr Nest bauen. Ihr Gesang erinnerte Luther immer an das Geräusch einer alten Frau, die durch die Zähne schnalzte.

Plötzlich richtete sich Edwin auf, stieß sich vom Baumstamm ab wie von einer Krücke und marschierte los. Luther folgte ihm auf dem alten Indianerpfad durch den Wald, den die Leute in Angedenken an die Tiere, die einst den Osten durchstreift hatten, den Büffeltrail nannten. Das Licht fiel schwach durch die Kiefern und Stechpalmen, während der aromatische Duft der Zedern in der unbewegten, feuchten Luft immer stärker wurde. Durch den dichten Laubteppich am Boden suchten sich die Blüten der Blutwurz ihren Weg.

Nach wenigen Minuten erreichten sie eine kleine Lichtung am Fuß eines Hügels, die von mehreren riesigen Findlingen umgrenzt wurde. Dahinter lagen in einem Dschungel aus Dorngestrüpp, Sumach und Geißblatt die verstreuten Ziegel- und Steinhaufen, die einmal die Wände und Kamine eines stattlichen Hauses gewesen waren. Die Ruinen einiger Nebengebäude und der weite Steinbogen des leeren Eingangs, der jetzt den Blick auf kahle Bäume freigab, waren alles, was davon übriggeblieben war.

Im Zentrum der Lichtung stand eine riesige Ulme, ganz von einem sich hochrankenden Scuppernong-Wein überwuchert. Seit ihrem letzten Besuch waren kaum zwei Wochen vergangen, doch die grünen Blätter von Sumach und Brombeere sprossen schon wieder aus dem warmen Boden. Auf dem Wein selbst markierten grüne Streifen an dem toten braunen Holz das neu erwachte Leben. Als Edwin auf ein paar Efeuranken wies, die sich hoch oben im Baum um die noch unbelaubten Weinreben schlangen, legte Luther Axt und Sichel am Fuß der Ulme ab. Der Efeu mußte ihnen bei ihrem letzten Besuch entgangen sein.

»Kletter hoch und reiß sie weg«, wies Edwin Luther an. »Ich suche unterdessen nach den Wurzeln des Efeus. Paß auf, daß du den Wein nicht verletzt.«

Das war leicht gesagt. Die Ranken des Weins wanden sich wie die Schlangen des Laokoon um die Ulme und durchdrangen das Gitterwerk der Äste so dicht, daß sich Luthers Fuß mehr als einmal in den Schlingen verfing. Während er sich Hand für Hand nach oben zog, hielt er inne, um in den Himmel zu starren, der blau zwischen den Ästen hindurchlugte und ein wenig an die bunten Glasfenster in der Eingangshalle von Greengrove erinnerte. Einer der größten Flecken wurde kurz von einem Adler mit weit gespannten Flügeln ausgefüllt, der bewegungslos über einer Beute verharrte, bevor er aus Luthers Blickfeld verschwand.

Ein eigenartiges Gefühl der Erregung durchflutete Luther, als er immer höher und höher stieg. Es war das Wissen um seine eigene Kraft und Macht. Edwin, der unten am Boden vornübergebeugt nach den Efeuwurzeln suchte, sah aus wie ein Käfer, den man leicht zertreten konnte. Der Krieg hatte seinen ehemaligen Herrn zerbrochen, und er war vor seiner Zeit gealtert. Doch er, Luther, war noch jung und würde weiterwachsen. Wenn er nur den Willen dazu hatte, konnte er aus seiner Zukunft machen, was er wollte.

Der Efeu erwies sich als hartnäckig, und Luther bekam ihn nicht richtig zu fassen. Er verlagerte sein Gewicht und streckte eine Hand aus, um die Ranken von der Rinde zu reißen, während die andere sich am dicken Stamm des Weins festhielt. Dabei schwor er sich, daß er auf keinen Fall hierbleiben würde. Wenn Edwin sich erst so weit erholt hatte, daß er allein zurechtkam, würde er ihn verlassen. Er würde einen Ort finden, an dem er dem eisernen Griff der Vergangenheit entfliehen konnte.

Als er erneut an einer Efeuranke riß, hörte er im Dickicht unten ein Geräusch und schaute hinab. Was er dort sah, verwechselte er zuerst mit seinem eigenen, grotesk vergrößerten Schatten. Erst als dieser sich bewegte, erkannte er mit Schrecken den breiten schwarzen Rücken von Nebukadnezar, auf den das Spiel von Licht und Schatten kleine Sprenkel warf.

Langsam trat der Bulle aus den Büschen auf die Lichtung. Als hätte der Anblick eines Mannes ihn verblüfft, blieb er nur wenige Schritte hinter Edwin stehen, der ihm im Kampf mit den Efeuwurzeln den Rücken zugekehrt hatte. Luther war wie gelähmt und biß sich auf die Zunge, bis sich in seinem Mund der Eisengeschmack des Blutes mit dem der Furcht vermischte. Die Zeit blieb stehen und schien bereits das schreckliche Wissen um das, was kommen würde, zu enthalten. Ein langer Moment, in dem Luther sich fragte, was ihn schweigen ließ. Die Angst um Edwins Sicherheit, da ein Ruf den Bullen zum Angriff provozieren könnte, oder etwas Geheimnisvolleres?

Im nächsten Moment brüllte Luther seine Warnung heraus, während Edwin sich gleichzeitig nach der Axt umdrehte. Der Bulle warf den Kopf zurück, als wolle er herausfinden, woher der Schrei aus dem Himmel kam. Das laute, überraschte Grunzen hätte genausogut von ihm wie von Edwin stammen können, der die Axt mit beiden Händen wie ein Schild an seine Brust hielt und vor dem Tier zurücktaumelte. Das Sonnenlicht ließ Nebukadnezars Augen aufblitzen wie Messer. Mit stampfenden Hufen senkte er den Kopf.

Verzweifelt schwang Luther seinen Körper herum, um vom Baum zu klettern, doch dabei verfing sich sein Fuß in einem Netz vertrockneter Ranken, während seine Hose im Holz hängenblieb. Als er sich freikämpfte, riß er durch die Verlagerung seines Körpergewichts den Wein von der Ulme. Luther verlor das Gleichgewicht und stürzte vom Ast, die Weinrebe als Rettungsseil in den Händen. Im langen Moment des Fallens sah er die Welt auf dem Kopf stehen.

Die Weinranke federte den Aufprall ab. Er lag leicht betäubt am Boden, aber er lebte. Von einer Wunde am Kopf lief ihm das Blut in die Augen. Durch den roten Schleier sah er die riesige Masse des Bullen, der wie der dunkle Bote des Todes auf ihn zukam. Luther blieb nur noch Zeit, in einem vergeblichen Abwehrversuch hilflos die Hand zu heben, dann trampelte die Kreatur ihn nieder und schleuderte ihn anschließend ins Licht.

2

Sadie konnte den genauen Zeitpunkt benennen, an dem sich ihre eigene Lebensgeschichte mit der von Edwin zu verflechten begann. Es war das Wochenende gewesen, an dem sie zusammen mit Freunden als freiwillige Erntehelferin auf einem Weingut im Santa Ynez Valley gearbeitet hatte. Lang ausgestreckt auf dem Boden liegend, hatte sie wie Saulus auf dem Weg nach Damaskus eine Erscheinung gehabt.

Sie kauerte unter einer Weinrebe und wollte gerade nach den Chardonnay-Trauben greifen, als sie das Gleichgewicht verlor und seitlich umkippte. Der warme, grasbedeckte Boden hatte sie für einen kurzen Moment zur Muße verführt. Sie rollte sich auf den Rücken und starrte mit hinter dem Kopf verschränkten Händen in die goldenen Trauben, die wie winzige Sonnen über ihr leuchteten. In den Nachbarreihen hörte sie die Stimmen der anderen Pflücker anschwellen und wieder leiser werden. Sie schienen ein Echo auf den Vogelgesang in den Bäumen zu sein. Eine ungewöhnliche Zufriedenheit durchströmte sie, süß wie der Duft des Weins. Vielleicht war es der strahlendblaue Septemberhimmel über dem goldgrünen Geflecht der Weinblätter und der Geruch nach Trauben und Erde, denn irgend etwas rief eine Erinnerung aus den entlegensten Winkeln ihrer Kindheit wach.

Sie war in Virginia auf dem Land und pflückte unter der Laube aus Scuppernong-Wein in Greengrove Trauben für die Marmelade ihrer Großmutter. Einen Moment lang konnte sie wieder die pantheistische Verzückung eines kleinen Kindes spüren, das instinktiv versteht, daß Gott in all den Wundern der Natur zugegen ist. Plötzlich erschien Sadie dieses Glück gewaltiger als alles, was sie in den dazwischenliegenden fünfundzwanzig Jahren erlebt hatte.

Nach dem Wochenende fuhr sie zurück nach Los Angeles, zurück in ihr Stadtleben, zurück zu ihrem Verlobten Ethan, der Drehbücher für eine erfolgreiche Fernsehserie schrieb, und zurück zu ihrer Arbeit als Lateinlehrerin in einer Privatschule. Doch wie die Hefe im Traubensaft begann dieser Moment im Weinberg langsam in ihr zu gären und ihr Leben zu verändern. Sie las viel über den Anbau von Trauben und die Herstellung von Wein, über seine Geschichte und die damit verbundenen Mythen, wobei ihre Faszination von der langsamen Verwandlung der Traube immer größer wurde. Allmählich begann ein Traum Form anzunehmen. Eines Tages, so sagte sie sich, würde sie ihr eigenes Weingut besitzen.

Anfangs amüsierte sich Ethan noch über ihre Vorstellungen, auch wenn er sie ein wenig unrealistisch fand. Er war ein eingefleischter Städter und hatte keinesfalls vor, jemals die einzige Metropole zu verlassen, in der man in optimalem Klima ein intellektuell ansprechendes Leben führen konnte. Als sie ihren Traum von einem alternativen Paradies hartnäckig weiterspann und von einem Grundstück auf dem Land redete, wo sie Wein anbauen und er schreiben könnte, begann ihm ihre Begeisterung auf die Nerven zu gehen.

»›Zurück zur Natur‹ klingt für mich immer wie eine Drohung. Genau dahin würden bestimmte Pol-Pot-Typen von Regisseuren kurzsichtige, dürre Autoren wie mich gern schicken, wenn wir ihnen nicht das liefern, was sie brauchen. Ab mit uns in die Provinz, Hacken in die Hand und dann arbeiten bis zum Umfallen.«

»Du bist schlaksig und nicht dürr«, protestierte sie lachend und legte die Arme um ihn. »Und ich verspreche dir, daß du keine Hacke in die Hand nehmen müßtest. Ich weiß, daß du dir nichts aus dem Landleben machst, aber vielleicht würdest du deine Meinung ändern, wenn du es mal ausprobierst.«

»Bei dir klingt das Landleben immer nach Spinat.« Er befreite sich aus ihren Armen. Er mochte es nicht besonders, berührt zu werden, außer natürlich im Bett. »Außerdem mache ich mir nicht nur nichts aus dem Landleben, ich hasse es. Was ist eigentlich mit dem Weingut, das dein Schwager gerade aufbaut? Warum investierst du nicht einfach dort?«

Sie starrte ihn an und hatte erst einmal nichts mehr zu sagen.

Ethan wußte genau, was sie vom Mann ihrer Schwester Julia und seinen Plänen für Greengrove, das ihm jetzt gehörte, hielt. Mit Burkes Machenschaften wollte sie auf keinen Fall etwas zu tun haben. Niemals.

»Mir geht es nicht darum, Geld zu machen«, brach es schließlich aus ihr heraus. »Ich will Trauben züchten und Wein herstellen.«

Er grinste provozierend. »Na, dann hast du wenigstens den wichtigsten Grundsatz begriffen. Du kennst doch den alten Witz: Wie kommt man im Weingeschäft an ein kleines Vermögen?«

»Wie?«

»Indem man mit einem großen anfängt.«

Sie lachte mit ihm, behielt aber seitdem ihren Traum für sich.

In den nächsten Monaten wurde ihr der Krach der Großstadt immer unerträglicher. Es war nicht nur die allgemeine Lärmbelästigung, sondern vor allem jenes Rauschen, das ihr bisher kaum aufgefallen war, weil es so sehr zum Alltag von L.A. gehörte. Immer mehr sehnte sie sich nach Ruhe und Frieden. Ihre Arbeit machte ihr schon lange keinen Spaß mehr, und ihre Beziehung zu Ethan, die nie besonders stabil gewesen war, begann sich allmählich aufzulösen. Irgendwann begriff sie, daß sie eigentlich ein eigenes Haus auf dem Land wollte, in dem Ethan sie an den Wochenenden besuchen konnte.

Mit der Zeit tauchten in Ethans Drehbüchern leicht verfremdete Versionen ihrer eigenen Auseinandersetzungen mit ihm auf. Sie sagte sich, daß alle Autoren ihr Privatleben ausschlachteten und daß man an allen Beziehungen arbeiten müsse. Man entdeckte Risse und flickte sie wieder. In ihrem Umfeld in Los Angeles durfte man nicht einfach ein Haus abreißen, um es wieder ganz neu aufzubauen. Irgendein Teil des Originals mußte erhalten bleiben, und wenn es nur die Schornsteinmauer war. Eigentlich gefiel ihr der Gedanke.

Eines Abends hatte sie dann einen wirklich heftigen Streit mit Ethan, den er fast wortgetreu für eine Szene in seiner Serie übernahm. Es war schon schlimm genug, daß die weibliche Figur, die wie sie kastanienbraunes Haar besaß und sehr von ihren Ansichten überzeugt war, ein wenig schmeichelhaftes Porträt ihrer selbst darstellte. Was sie jedoch am meisten erboste, war der Umstand, daß Ethan die besten Argumente, die ursprünglich von ihr gekommen waren, der männlichen Hauptfigur zugeschanzt hatte.

Während eines längeren Ferngesprächs mit ihrer Großtante und Vertrauten Araminta Stratton gestand Sadie, wie unglücklich sie mit Ethan war und daß sie neuerdings davon träumte, Wein anzubauen. Sie war davon überzeugt, daß Minty auf ihrer Seite stehen würde. In Stratton Creek, ihrem Besitz vor den Toren von Charlottesville, baute sie selbst Wein an. Die Trauben tauschte sie bei einer ortsansässigen Weinkellerei gegen Weinfässer ein. Außerdem hatte sie einen alten Weinberg reaktiviert, der sich auf den acht Hektar Land bei Little Grove befand. Früher hatte es zu Greengrove gehört, doch als der Landsitz kurz nach Sadies fünftem Geburtstag aufgelassen und verkauft wurde, hatte Minty das kleine Haus als Jagdhütte erworben. Little Grove war die Spitze eines geographischen Dreiecks, dessen andere beiden Punkte etwa eine Meile Luftlinie über die Felder entfernt lagen. Der eine war das Haus, in dem Sadie ihre Kindheit verbracht hatte und in dem ihre Mutter noch immer wohnte, der andere der Landsitz Greengrove, der an den Wochenenden und im Sommer von Julia und Burke bewohnt wurde.

Das Bermudadreieck, so nannte Sadie es insgeheim. Soviel war dort verlorengegangen!

Minty freute sich über Sadies Geständnis. Seit Sadie ihr erzählt hatte, daß Ethan ihre Beziehung als Rohmaterial für seine Schreiberei benutzte, hatte sie an seinem Charakter zu zweifeln begonnen. Und Sadies neue Leidenschaft konnte sie nur gutheißen. Aber sie war gleichzeitig auch verwirrt.

»Es muß ein Virus umgehen«, sagte sie. »Und damit meine ich nicht das, an dem ich schon leide.« Ihre im Lauf der Jahre von Zigaretten und Scotch rauh gewordene Stimme, die typisch für eine Südstaatenlady aus Virginia war, klang durch die hartnäckige Erkältung noch heiserer.

»Weil mein plötzlich erwachtes Interesse mit dem von Burke zusammenfällt? Das ist ironisch und nicht virulent.«

»Dann ist es auch ironisch, daß Will Griffin mir gerade erzählt hat, daß er daran denkt, sich einen Weinberg zu kaufen, obwohl ich lieber ein Zeichen darin sehen würde.«

Sadie unterdrückte den Seufzer, der ihr über die Lippen kommen wollte. Mintys Versuche, Sadie mit ihrem Patenkind zu verkuppeln, hatten sich über die Jahre hinweg gelegentlich intensiviert, und zwar immer dann, wenn sie wußte, daß beide gerade ohne Partner waren. Sie hatten sich nie persönlich kennengelernt, doch alles, was Minty ihr über Will Griffin erzählt hatte, ließ ihn in Sadies Augen wie eine jüngere Version des Mannes ihrer Schwester erscheinen. Ein dynamischer Unternehmertyp, den man dafür bewunderte, welche Risiken er für seine Karriere auf sich nahm. Ein Mann mit einer Vision, gewandt, gewinnend und attraktiv. Das reichte ihr, um ihm aus dem Weg zu gehen.

»Ich dachte, er hätte irgendeine Agentur für Abenteuerreisen in Boston?« erwiderte sie.

»Die hat er gerade verkauft. Wie ich gehört habe für einen phantastischen Preis.«

»Der Glückspilz.«

»Nicht unbedingt. Sein Vater ist vor kurzem gestorben. Vermutlich ist das der Grund dafür, daß er jetzt einen neuen Weg einschlägt.« Einen Moment lang klang Mintys Stimme sorgenvoll, doch dann nahm sie wieder die gewohnt energische Entschlossenheit an. »Und was dich angeht, glaube ich, ist es an der Zeit, daß du wieder nach Hause kommst.«

»Vielleicht diesen Sommer«, wich Sadie aus. Vor zehn Jahren war sie im Alter von achtzehn Jahren weggegangen und nur noch selten zu Besuch gekommen.

»Ich meine nicht nur einen Besuch. Warum schaust du dich nicht hier in Virginia nach einem Weinberg um?«

Sadie fielen jede Menge Gründe ein, die dagegen sprachen, nicht zuletzt ihr Kontostand bei der Bank, doch sie sagte nur, daß sie lieber erst in einer Weinkellerei lernen wolle. »Ich will sichergehen, daß dies nicht nur ein Strohfeuer ist, bevor ich mein ganzes Vermögen in die Sache stecke«, fügte sie trocken hinzu.

»Sicherlich würdest du einen wunderbaren Wein anbauen«, erklärte Minty loyal. »Du bist gut in solchen Dingen, genau wie deine Mutter und deine Schwester. Und schon als Kind hattest du immer einen erstklassigen Geschmack – zumindest was Essen und Trinken angeht.«

Sadie lachte. »Daß du Männer meinen könntest, hätte ich auch nicht erwartet.«

»Wo wir gerade über diese komplizierten Wesen sprechen – Burke ist wieder hinter Little Grove her. Er behauptet, daß er und seine Partner die Trauben für ihre neue Weinkellerei brauchen. Sie müssen nämlich Trauben ankaufen, bis ihre eigenen soweit sind. Zu meiner Schande muß ich gestehen, daß es mir Vergnügen bereitet, ihnen meine Trauben wie dem Fuchs vor der Nase baumeln zu lassen.«

»Vergiß nur nicht, daß er in jeder Hinsicht so verschlagen wie ein Fuchs ist.« Und genauso skrupellos, fügte Sadie im stillen hinzu.

Dann redeten sie über andere Dinge. Minty drängte sie, zu Julias dreißigstem Geburtstag nach Hause zu kommen. »Sie könnte etwas schwesterliche Unterstützung brauchen. Ich werde dir ein Flugticket schicken. Du wirst mein Überraschungsgeschenk sein.«

Sadie dankte ihr, bat aber, es sich überlegen zu dürfen. Dann wechselte sie das Thema. »Was ist da eigentlich dran, daß du nicht mehr reitest? Mutter hat mir erzählt, die Ärzte hätten dir geraten, dir mehr Ruhe zu gönnen.«

Minty gab ein verächtliches Grunzen von sich. »Ärzte! Du kennst sie doch. Selber trinken und rauchen sie, aber andere sollen keinen Spaß haben. Ich werde ihnen gehorchen, bis diese verfluchte Erkältung besser geworden ist, aber dann werde ich so weiterleben wie zuvor.«

»Und mir wirfst du Dickköpfigkeit vor. Versprich mir, daß du auf dich aufpaßt.«

Niemals wäre Sadie auf die Idee gekommen, sich ernsthaft Sorgen zu machen. Nichts konnte Minty etwas anhaben, sie sprühte nur so vor Vitalität. Doch ihr Drängen, daß Sadie heimkommen sollte, beunruhigte sie, insbesondere, als das Flugticket nach Charlottesville schon wenige Tage später eintraf. Die Großzügigkeit ihrer Tante war normalerweise nicht an Bedingungen geknüpft und viel komplexer, als die meisten vermuteten, denn sie diente oft mehreren Zwecken gleichzeitig. In diesem Fall vermutete Sadie, daß Minty sich aus irgendeinem Grund Sorgen um Julia machte, und das ließ sie nachdenklich werden.

Ethan flehte Sadie mittlerweile trotz ihres Zerwürfnisses um eine zweite Chance an. Wie konnte sie ihn verlassen und ihn allein seinem verrückten Leben ausliefern? fragte er. Ohne sie würde er eingehen. Doch sie kannte seine Einstellung zum Leben eines Drehbuchschreibers, die er sich bei Scott Fitzgerald abgeschaut hatte, nur zu gut. Trotz dieser Selbstinszenierung war er im Grunde nicht selbstzerstörerischer als sie, sonst hätte sie sich niemals auf ihn eingelassen. Doch seine Überredungskunst war genial, und wie immer ließ sie sich von ihm einwickeln. Um ihre Versöhnung und das Ende des Schuljahrs zu feiern, machten sie gemeinsam Urlaub und segelten um die Baja-Halbinsel, wo sie von der restlichen Welt abgeschnitten waren. Doch die zwei Wochen allein auf dem Boot und die wiederaufgenommene Angewohnheit Ethans, sich nach jedem Streit heimlich Notizen zu machen, kurierten Sadie von den letzten Illusionen, die sie sich über ihre Zukunft als Paar gemacht hatte. Wenigstens hatte er in diesem Urlaub, wie sie ihm als Trost versicherte, genügend Material für mehrere Episoden seiner Serie sammeln können.

Zurück in Los Angeles erwartete sie eine Nachricht, die das Debakel mit Ethan in den Hintergrund drängte. Aus den Botschaften auf dem Anrufbeantworter und einem langen Telefongespräch mit ihrer Mutter erfuhr sie, daß Minty in ihrer Abwesenheit völlig unerwartet an den Komplikationen einer Lungenentzündung gestorben war. Die Beerdigung hatte vor fünf Tagen stattgefunden. Sadie wurde von Trauer und Schmerz überwältigt. All das, was sie immer für selbstverständlich betrachtet hatte – die Liebe und Wärme, der Humor und die Gewißheit, daß es jemanden gab, der stets bereit war, über ihre Unzulänglichkeiten hinwegzusehen –, war plötzlich verschwunden. Sie fühlte sich einsam und verlassen. Es war, als hätte sie mit Minty nicht nur eine Tante verloren, die sie durch die Welt ihrer Kindheit geleitet hatte, sondern auch die Vertrauensperson, die ihr den Weg in die Zukunft wies.

Am nächsten Tag traf ein Eilbrief von Mintys Anwalt ein und setzte sie davon in Kenntnis, daß ihre Großtante ihr den halben Anteil des Anwesens Little Grove vermacht hatte. Die andere Hälfte ging an Will Griffin. Sadie war wie betäubt, und das nicht nur vor Trauer, so daß ihr anfangs gar nicht richtig klarwurde, was dieses Erbe bedeutete. Außerdem erschien es ihr unfair, etwas anderes als Trauer um Mintys Tod zu empfinden. Doch im Lauf der nächsten Wochen begann sie sich allmählich damit zu beschäftigen, welche Komplikationen diese Erbschaft mit sich brachte.

Vermutlich hatte Minty ihr Little Grove wegen des Weins hinterlassen – und um sie schließlich doch noch mit Will Griffin zusammenzubringen. Aber war der Wunsch, einen Weinberg zu besitzen, tatsächlich stärker als ihr Widerwille, erneut in den Dunstkreis ihres Schwagers zu treten? Und dann gab es da noch die peinliche Sache, mit einem Mann verkuppelt zu werden, den sie nicht kannte. Vermutlich wäre es das beste, ihren Anteil einfach zu verkaufen.

Gleichzeitig, so redete sie sich ein, war sie jetzt älter und gefestigter und durchaus in der Lage, Burke die Stirn zu bieten. Und ihren Miterben mußte sie ja nicht näher kennenlernen. Schließlich war er ständig auf Reisen, wie auch jetzt gerade. Sie hatte versucht, ihn über die Nummer, die ihr der Anwalt in seinem Brief mitgeteilt hatte, zu erreichen, bekam aber nur die Auskunft, er hielte sich im Ausland auf. Vermutlich hatte er nicht das geringste Interesse an einem heruntergekommenen, abgelegenen Grundstück und würde statt dessen nach einer Möglichkeit suchen, sein Geld in eine moderne Weinkellerei zu investieren. Vielleicht war er sogar bereit, ihr seinen Anteil zu verkaufen? Möglicherweise konnte sie dafür ihren eigenen Anteil belasten und Geld von der Bank aufnehmen. Zumindest am Anfang würde sie bei ihrer Mutter leben müssen. Little Grove war primitiv und mußte bestimmt renoviert werden. Und selbst wenn es bewohnbar wäre, mußte sie sich erst mit ihrem Miterben absprechen, bevor sie dort einziehen und Veränderungen vornehmen konnte.

Da hatte sie sich wieder beim Träumen erwischt. Sie entwickelte bereits die verrücktesten Phantasien und benahm sich, als wolle sie Little Grove wirklich haben. Vermutlich war es am besten, erst einmal hinzufahren und sich alles anzusehen, vielleicht auch nur, um die Lage der Dinge sowohl geographisch als auch emotional zu erkunden. Soviel war sie Minty schuldig – und sich selbst.

Als sie in die Schublade griff, um nach dem Flugticket zu suchen, das Minty ihr geschickt hatte, fiel ihr Blick zufällig auf den Ring an ihrer rechten Hand, ein geflochtenes Silberband mit einem Stein in der Mitte, dessen bernsteingoldener Ton die Farbe ihrer Augen spiegelte. Sie hatte ihn in Mexiko gekauft, um wenigstens ein schönes Andenken an den verunglückten Urlaub zu haben. Während sie ihn betrachtete, kam ihr eine Idee. Sie zog den Ring ab und steckte ihn an den Ringfinger ihrer linken Hand. Nur eine kleine Lüge, um die Dinge zu vereinfachen. Als Verlobte würde die Situation mit Will Griffin weniger peinlich für sie sein. Außerdem blieben ihr die demütigenden Erklärungen gegenüber ihrer Familie erspart, weshalb sie schon wieder in einer Beziehung gescheitert war. Falls sie sich entscheiden sollte zu bleiben, war später immer noch Zeit für die Wahrheit.

3

Als Sadie am Flughafen von Charlottesville aus dem Flugzeug stieg, atmete sie tief durch, sowohl im wörtlichen als auch im übertragenen Sinn. Die schwüle Augustluft flirrte in der Nachmittagshitze. Während sie über das Rollband zur Ankunftshalle ging, versuchte Sadie automatisch, die verschiedenen Bestandteile dieser Luft zu identifizieren, als handle es sich um einen schweren Wein. Sie erkannte einen Hauch von Geißblatt, den harzigen Geruch von Kiefern und Zedern und eine Spur Teer von Asphaltblasen, die sich unter der Sonne aufgeworfen hatten – die Gerüche ihrer Kindheit.

In den letzten Jahren hatte sie in Los Angeles an guten Tagen Luft geatmet, die spritzig wie Champagner war, aber für ihr Blut letztendlich zu dünn. Sie hatte nach echtem Sauerstoff gehungert, doch der Wechsel in die schwere Luft Virginias, die eher einer festen Substanz als der einfachen Kombination von Gasen glich, war zu plötzlich und unvermittelt. Sie fühlte sich wie eine Taucherin, die zu schnell an die Wasseroberfläche zurückgekehrt war. Sie wußte noch nicht, wie sie reagieren würde.

Ihre Mutter, eine kleine, vor Leben sprühende Frau, wartete in der Ankunftshalle. Sie trug ein narzissengelbes Kleid und unterhielt sich angeregt mit einer anderen Frau, die eine kleine Reisetasche in der Hand hielt. Sadie mußte lächeln. Sie sprach immer noch Fremde an. Thea Jardine fand es unhöflich, einen Menschen, der neben ihr stand, zu ignorieren und einfach so zu tun, als gäbe es ihn nicht. Bei den seltenen Besuchen ihrer Mutter in Los Angeles hatte Sadie beobachtet, wie selbst gleichmütige Einwohner der Stadt ihrem Charme erlegen waren. Die ungeheure Lebendigkeit, die in Theas Gesicht aufleuchtete, sobald sie sich einem Menschen oder einer Sache widmete, machte sie einfach unwiderstehlich. Sadie jedoch hatte sich ihr Leben lang genötigt gesehen, sich diesem Charme zu widersetzen.

Als Thea Sadie erblickte, klatschte sie in die Hände wie ein Kind. »Da ist sie!« rief sie ihrer Gesprächspartnerin zu. Sie nahm Sadie in die Arme und küßte sie. Dann trat sie einen Schritt zurück, um sie kritisch zu mustern. »Ich bin so froh, daß du wieder zu Hause bist, mein Schatz. Du siehst einfach wunderbar aus!«

Die Umarmung ihrer Mutter reicherte die ohnehin schon drückende Luft noch mit dem vertrauten Duft von Chanel No. 5 an. Dazu kam eine komplexe Mischung von Emotionen, aus der sich ein für Sadie überraschendes Gefühl herauskristallisierte: Zum erstenmal seit Monaten war sie glücklich. Sie umarmte Thea und wollte sie küssen, doch ihre Mutter, deren Küsse leicht und flüchtig wie das Schlagen von Schmetterlingsflügeln war, hatte sich bereits abgewandt, so daß Sadies Kuß in die Luft traf.

Thea wandte sich an die neben ihr stehende, perfekt gekleidete Frau mittleren Alters, um sie vorzustellen. »Sadie, erinnerst du dich an Babs Filmer? Ihre Firma macht die Öffentlichkeitsarbeit für Burkes Weingut. Sie hat mir Gesellschaft geleistet, während sie auf ihren Flug nach New York wartet.«

Also doch keine Fremde.

Trotzdem hatte Sadie Mühe, in dieser blondierten Designerschick-Inkarnation die etwas schlampige, dunkelhaarige Frau von vor zehn Jahren wiederzuerkennen. Als sie Babs' Kommentare über sich ergehen lassen mußte, wie sehr sie sich selbst verändert habe, war es mit ihren Glücksgefühlen vorbei. Hier hatte sie den sichtbaren Beweis, falls sie den überhaupt noch brauchte, daß Burkes neueste Unternehmung mittlerweile tatsächlich Gestalt annahm.

»Ich bin fest davon überzeugt, daß Ihr Schwager in Greengrove einen hervorragenden Wein anbauen wird«, plapperte Babs weiter. »Es wird das reinste Vergnügen sein, Werbung dafür zu machen.« Sie hatte sich eine aggressiv energische Art zugelegt, die sich in schnellem Redeschwall und intensivem Augenkontakt äußerte, eine für New Yorker typische Dynamik, die von ihren verführerisch langgezogenen Vokalen etwas abgemildert wurde. »Der Weinbau in Virginia ist bereit, das neue Jahrtausend zu erobern.

Und wir werden dafür sorgen, daß die Kellerei von Greengrove bei dieser Eroberung eine entscheidende Rolle spielt.«

»Was für eine Art Werbung will Burke denn für seine Kellerei?« fragte Sadie und fürchtete sich fast vor der Antwort.

»Wir sind erst im Planungsstadium, aber ich stelle mir etwas Klassisches, Edles vor. Und romantisch muß es sein. Die Vergangenheit von Greengrove bietet sich dafür an.«

»Meinen Sie die Romantik des Sklavenhaltens?« fragte Sadie mit gleichgültiger Stimme. Die andere Frau begann ihr auf die Nerven zu gehen.

Babs schaute sie unsicher an, als wüßte sie nicht, ob sie diese Bemerkung nun ernst nehmen sollte oder nicht. Dann lachte sie leise auf. »Ich glaube, es gibt reizvollere Marketingthemen, meinen Sie nicht?«

»Dann also Ehebruch. Das gehört ganz sicher zu Greengroves romantischer Vergangenheit.«

Thea kam näher, und Sadie spürte den sanften, warnenden Druck ihres Arms. Thea kannte die Streitlust ihrer Tochter nur zu gut, denn sie hatte früher oft selbst darunter gelitten.

»Sie haben etwas seltsame Vorstellungen von Romantik«, meinte die andere Frau und zog eine sorgfältig gezupfte Augenbraue hoch.

»Ich wollte nicht zynisch sein. Aber unser Verständnis von Romantik ist doch ein wenig eigenartig geworden, finden Sie nicht? Vielleicht ist die Werbung ja der einzige Bereich, in dem die altmodische Bedeutung erhalten bleibt? Natürlich im besten Sinn.«

»Natürlich.« Babs bemühte sich noch immer um den fröhlichen Gesichtsausdruck der professionellen Werbefrau, doch aus ihrem Blick war alle Herzlichkeit gewichen.

»Wir müssen Sadies Gepäck holen«, sagte Thea mit einer Spur von Atemlosigkeit in der Stimme. Auf ihrem Gesicht erschien das strahlende Lächeln, von dem Sadie wußte, daß sie es in peinlichen Situationen aufsetzte. Ein Lächeln, das ihren Ärger überspielte. Doch dieser Ärger war genauso von den Bemerkungen der anderen Frau hervorgerufen worden wie vom Benehmen ihrer Tochter.

»Bevor Sie gehen, will ich Ihnen schnell noch ein Beispiel dafür zeigen, was ich mir unter romantisch vorstelle«, erwiderte Babs schnell, als gehöre es auch zur ihren Aufgaben, Burkes Schwiegermutter zu überzeugen. Sie griff in ihren ledernen Aktenkoffer und zog ein kleineres Papierrechteck hervor. »Erinnern Sie sich, was ich Ihnen über das Logo für die Weinkellerei erzählt habe? Hier ist es. Burke und Julia sind begeistert, daß die Sendung noch rechtzeitig zur Party morgen abend eingetroffen ist. Ich finde den Entwurf hervorragend! Zurückhaltend und trotzdem voller Bedeutung.«

Sadie hörte kaum, was sie sagte. Sie starrte auf das Label in der Hand ihrer Mutter. »Darf ich?« fragte sie und zog das Papierstück aus Theas Fingern.

Die Zeichnung stellte einen antiken Weinkelch mit zwei geschwungenen Henkeln auf einem cremefarbenen Hintergrund dar. Darüber spannte sich in verschnörkelten hellgrünen Buchstaben, die den Ranken eines Weinstocks nachempfunden waren, der Schriftzug Greengrove Kellerei. Beim Anblick des ihr nur allzu vertrauten Kelchs wurde Sadie leicht übel.

Babs erklärte Thea gerade, daß die Familiengeschichte der Jardines besonders faszinierend sei. »Burke hat mir schon die tollsten Geschichten erzählt. Besonders die über den Jefferson-Kelch hat mir gefallen. Er ist wirklich das perfekte Symbol für das Weingut, finden Sie nicht?«

Verwirrt schaute Sadie zu Babs auf, bis ihr endlich klarwurde, daß die Frau von dem Weinkelch auf dem Label sprach. Am liebsten hätte sie ihr gesagt, daß sie ihn so nie genannt hatten. Verärgert wandte sie sich zu Thea um, doch ihre Mutter hörte Babs zu, die ihr ernsthaft versicherte, daß es für Burke ein riesiges Glück sei, den Namen Jefferson ganz legitim mit seinem Weingut in Verbindung bringen zu können. »Das ist der Traum eines jeden Werbemenschen«, fügte sie hinzu. »Dieser Name!«

»Finden Sie es nicht geschmacklos, unsere Familiengeschichte und den Namen von einem der Gründungsväter unseres Landes zu mißbrauchen, um Burkes Wein zu verkaufen?« Sadie war zu wütend, um lange über die Bedeutung oder die Wirkung dieser Bemerkung nachzudenken.

Jetzt war auch der letzte Rest von Babs' Lächeln verschwunden. »Ehrlich gesagt sehe ich nicht, wo da ein Problem liegen soll. So wie ich es verstanden habe, hat der Kelch wirklich einmal Thomas Jefferson gehört, der ihn einem Ihrer Vorfahren geschenkt hat. Falls Sie einmal Ihren eigenen Wein anbauen sollten«, fügte sie dann kalt hinzu, »werden Sie vielleicht begreifen können, was ich für Ihren Schwager zu tun versuche.«

Ernüchtert redete Sadie sich ein, daß Babs einfach nur ihre Arbeit tat und dazu die Informationen verwendete, die Burke ihr gegeben hatte. Warum sollte sie ihr Burkes Unsensibilität oder seine Phantasien zum Vorwurf machen?

»In solchen Dingen bin ich hoffnungslos naiv«, sagte sie entschuldigend. »Wahrscheinlich haben Sie recht, obwohl ich nicht sicher bin, ob es mir jemals gelingen wird, selbst einen Wein herzustellen.«

Babs war ein wenig versöhnt und lächelte wieder. »Aber Burke hat mir gesagt, daß der Wein auf Little Grove ein ungeheuer interessantes Potential habe. Oh, entschuldigen Sie mich, ich glaube, mein Flug wird aufgerufen.« Mit erhobener Hand bat sie um Stille und lauschte der Ankündigung. »Ja, das ist er.« Mit einem flüchtigen, unsicheren Lächeln erklärte sie, wie schön es gewesen sei, sie wiederzusehen. Dann umarmte sie Thea und versprach, sie anzurufen. Sie winkte noch einmal und verschwand.

»Es tut mir leid, mein Schatz«, sagte ihre Mutter, als sie allein waren. »Sie ist mir über den Weg gelaufen, als ich hier eintraf. Ich dachte, sie wäre vielleicht ein nützlicher Kontakt für dich. In ihrem Beruf ist sie nämlich sehr erfolgreich.«

»Und Julia hat nichts dagegen, daß ihr Mann mit einer Ex ... mit einer Freundin zusammenarbeitet?« Sadie versuchte unbefangen zu klingen.

»Ich glaube nicht«, erwiderte Thea unbestimmt und blickte sich um. »Jetzt gehen wir besser dein Gepäck holen. Ich fürchte, ich stehe im Parkverbot. Ich habe meine Autoschlüssel einem freundlichen jungen Mann gegeben, der versprochen hat, das Auto weiterzufahren, falls die Polizei auftaucht.«

Sadie lachte. »Deine Gutgläubigkeit erstaunt mich immer wieder, Ma.«

»Er hatte ein ehrliches Gesicht. So etwas weiß man.«

Sadies Gepäck bestand aus einem großen Koffer und einem Rucksack. »Das kann doch nicht alles sein«, sagte ihre Mutter, als Sadie es vom Laufband hob und sich zum Gehen wandte. »Wo ist der Rest?«

»In Los Angeles bei Ethan.«

Theas Blick fiel auf Sadies Ringfinger. »Aber ich dachte ...«

»Ich habe mich endlich an deinen Rat gehalten. Du weißt schon, daß ich nicht alle Brücken hinter mir abbrechen soll.«

Ihre Mutter warf ihr einen zweifelnden Blick zu, enthielt sich aber jeden Kommentars. Sie trugen das Gepäck nach draußen und fanden den blauen Cavalier-Kombi an Ort und Stelle. Hinter dem Steuer saß ein pfeifender junger Mann. Erstaunlich, dachte Sadie, als er ihrer Mutter gegen ein ziemlich bescheidenes Trinkgeld die Schlüssel zurückgab. Er schien damit zufrieden zu sein, wünschte ihnen einen guten Tag und ging immer noch pfeifend davon. Eigentlich gar nicht so erstaunlich, korrigierte Sadie sich. Wenn Thea jemandem ihr Vertrauen schenkte, wurde sie selten enttäuscht. Sadie spürte einen Anflug von Neid auf die Zufriedenheit des jungen Mannes. Keine Sorgen, dachte sie, einfach glücklich.

Aber warum sollte sie selbst nicht auch glücklich sein? fragte sie sich, als Thea auf dem Highway 29 in Richtung Süden fuhr. Um sie herum erhoben sich die grünen Hügel ihrer Heimat wie Wellen, die sie über eine unruhige See sicher an Land bringen würden. Möglicherweise war der Weg zurück zu den eigenen Wurzeln doch der richtige. Auch wenn die Reise anfangs vielleicht stürmisch werden sollte, war sie mittlerweile doch erwachsen genug, um sich nicht mehr so leicht einschüchtern zu lassen.

»Hast du etwas dagegen, wenn wir unterwegs kurz bei Tante Isabel halt machen?« fragte Thea sie. »Ich habe ihr versprochen, sofort nach deiner Ankunft mit dir vorbeizukommen. Sie will dir etwas geben.« Der Blick, den ihre Mutter ihr von der Seite zuwarf, hatte etwas Flehendes.

Du bist achtundzwanzig Jahre alt und nicht zwei, erinnerte Sadie sich. Trotz ließ man ihr nicht mehr durchgehen. »Natürlich«, antwortete sie ruhig, »obwohl ich dir dankbar wäre, wenn wir uns dort nicht allzu lange aufhalten würden.« Isabel war Mintys ältere Schwester und in jeder Hinsicht das absolute Gegenteil. Von allen Verwandten mochte Sadie sie am wenigsten.

Thea lächelte sie dankbar an. »Höchstens zwanzig Minuten, das verspreche ich dir.« Sie richtete ihre Aufmerksamkeit wieder auf die Straße, wo der Verkehr wegen der bevorstehenden Rush-hour dichter wurde. »Laß mich nur den schlimmsten Verkehr hinter mich bringen, dann können wir reden.«

»Es gibt keinen Grund zur Eile.«

»Ausnahmsweise nicht.«

Ihre Blicke trafen sich, und Sadie erkannte in Theas Augen die Bereitschaft, sie jetzt, wo sie nach Hause zurückgekehrt war, als Erwachsene besser kennenzulernen. Wenn sie bleiben würde. Sadie lehnte sich zurück und ließ zufrieden die vertraute Landschaft ihrer Kindheit auf sich wirken. Die von Maisfeldern durchzogene und mit riesigen purpurroten Disteln gesprenkelte Erde, den staubigen, von Eichen und Kiefern gesäumten Straßenrand, an dem hin und wieder eins der wie Relikte aus einer anderen Zeit wirkenden kleinen, schindelverkleideten weißen Häuser mit rotem oder grünem Blechdach auftauchte. Im Westen legte sich der flirrende Hitzefilm vor die glühende Sonne und tauchte den Himmel in ein helles, opalisierendes Grau.

Doch so sehr Sadie ihn auch zu verdrängen versuchte, drang der Gedanke an die Unterhaltung am Flughafen doch immer wieder in ihre Träumereien. Burke hatte sich eines Gegenstands als Symbol bemächtigt, der für die Jardines schon lange verloren war, aber immer noch Erinnerungen an eine schmerzhafte Vergangenheit wachrief. Daß dieses herzlose Verhalten sie wütend machte, war kein Wunder, doch überraschen sollte es sie eigentlich nicht. In seiner oberflächlich höflichen Art nahm Burke sich skrupellos alles, was er zu brauchen glaubte, um das zu erreichen, was er wollte. Sie bezweifelte, daß er auch nur einen Gedanken an die mögliche Reaktion seiner Frau oder ihrer Familie verschwendet hatte.

Babs Filmer hatte gesagt, Burke glaube, die Weine in Little Grove hätten ein interessantes Potential. Sadie erschauerte, als sie an die vielen Bedeutungen dachte, die dieser Satz haben konnte. Burke fand die Weine so interessant, daß er in den vergangenen Jahren alles versucht hatte, um in den Besitz des Weinguts zu gelangen. Minty hatte sich standhaft geweigert, über seine Angebote auch nur nachzudenken, doch jetzt, wo sie tot war, würde Burke sich bestimmt an die neuen Besitzer wenden. Obwohl Sadie selbst nie an ihn verkaufen würde, war ihr Miterbe vielleicht anderer Meinung. Als sie sich vorstellte, daß sie und ihr Schwager

Geschäftspartner werden könnten, wäre sie am liebsten wieder zurück zum Flughafen gefahren.

»Habt ihr von Will Griffin gehört?« fragte sie ihre Mutter, als sie an einer roten Ampel hielten.

»Nicht, daß ich wüßte. Er wandert in irgendwelchen Bergen in Anatolien oder einem anderen exotischen Ort herum. Minty hat gesagt, er sei ein Abenteurertyp.«

»Wenigstens verdient er Geld mit seinen Abenteuern. Meine scheinen sich immer zu Pleiten zu entwickeln.«

»Dann wird er ein guter Partner für dich sein. Wahrscheinlich genau das, was Minty beabsichtigt hat.«

»Hat Minty mit dir jemals über ihre Absichten gesprochen? Du mußt doch zugeben, daß es ziemlich eigenartig ist, Little Grove zwei Menschen zu hinterlassen, die sich noch nie gesehen und nichts gemeinsam haben.«

»Aber das habt ihr doch.« Thea wandte sich mit einem zuversichtlichen Lächeln Sadie zu. Sie schien sich damit selbst genauso aufmuntern zu wollen wie ihre Tochter. Offensichtlich fand sie Mintys Vermächtnis ebenfalls recht merkwürdig. »Zum einen hat Minty von euch beiden sehr viel gehalten. Sie hat gesagt, ihr wärt beide blitzgescheit, zwei der interessantesten jungen Menschen, die sie jemals getroffen habe. Und dann ist da noch die Tatsache, daß er ebenfalls Wein anbauen will.« Sie zögerte, bevor sie weitersprach. »Doch was immer ihre Gründe waren, ihre Absichten waren gut. Deine Großtante war eine sehr generöse Frau.«

Einen Moment schwieg Sadie. »Ich frage mich, ob Julia das genauso sieht«, sagte sie dann leise. »Immerhin hat Minty immer so getan, als würde sie Little Grove uns beiden vererben.«

»Aber versprochen hat sie es nie«, erwiderte Thea schnell. »Und sie hat Julia in ihrem Testament sehr großzügig bedacht.«

»Aber Julia hat mir gesagt, das Geld liege bis zu ihrem vierzigsten Geburtstag in Treuhandverwaltung. Was soll das bedeuten?«

Thea zuckte mit den Schultern. Doch Sadie glaubte die Antwort auf ihre eigene Frage zu kennen. Mintys Entscheidung, Julia das Kapital erst in zehn Jahren auszahlen zu lassen, legte nahe, daß sie deren Ehemann nicht traute. Weder in Geldangelegenheiten noch was den Fortbestand ihrer Ehe anging. Das bestätigte nur, was

Sadie ohnehin schon vermutete: Ihrer Schwester ging es nicht gut in ihrer Ehe.

Sie kamen an den endlosen Gewerbegebieten vorbei, die die nördliche Zufahrt zur Stadt verunstalteten. Thea streckte die Hand aus, um Sadies Knie zu tätscheln. »Ich bin so froh, daß du rechtzeitig zu Julias Geburtstag gekommen bist. Ich habe ihr nicht erzählt, daß du heute eintriffst. Es sollte eine Überraschung sein. Ihr schönstes Geburtstagsgeschenk.«

»Die kleine Schwester als Trostpreis dafür, daß sie dreißig wird?« Sadie lachte. »Ich glaube nicht, daß Julia das auch so sieht, Ma.«

»Wer weiß? Du wirst doch zu der Party kommen, die Burke morgen abend für sie gibt?« Es klang fast ein wenig drängend.

»Natürlich. Ich muß mir doch Notizen machen. Wenn ich dann selbst an der Reihe bin, weiß ich, ob ich auch ein großes Fest geben soll oder meinen Kopf lieber in den Gasofen stecke.«

»Die modernen Gasöfen sollen dafür nicht mehr so geeignet sein«, bemerkte ihre Mutter gleichmütig. »Außerdem könntest du in zwei Jahren der Meinung sein, daß dreißig zu werden immer noch besser ist als die genannte Alternative.«

»Vielleicht. Doch Gott steh mir bei, wenn ich mit dreißig mit einem Mann wie Burke verheiratet bin!«

Theas sonst so sanfte Augen wirkten hart, als sie Sadie einen kurzen Blick zuwarf. »Das klingt gefährlich nach sauren Trauben, Sadie.«

»Na, dann kann ich ja versuchen, sie Burke zu verkaufen. Er hat doch die besondere Begabung, Leute glauben zu machen, daß er Essig in Wein verwandeln kann.« Sadie versuchte, alles ins Witzige zu ziehen, doch sie war wieder einmal überrascht, was Thea alles wußte und was nicht.

»Ich habe gedacht, die Weinkellerei würde *die* eine Idee von Burke sein, die du gutheißen könntest.« Die Stimme ihrer Mutter klang jetzt nicht mehr nur ungeduldig. »Dein Großvater hat in Greengrove Wein angebaut. Thomas Jefferson sagte immer, daß es diesem Land viel besser ginge, wenn die Leute Wein statt Schnaps trinken würden. Und mir persönlich ist der Weinanbau wesentlich sympathischer als der von Tabak.«

Zerknirscht stimmte Sadie ihr zu. »Und ich hoffe wirklich, daß das Weingut ein Erfolg wird – um Julias willen. Aber der Jefferson-Kelch? Komm, Ma, so hat ihn noch nie jemand genannt.«

»Ich weiß.« Ein wehmütiges Lächeln spielte um Thea Jardines Mundwinkel. »Trotzdem stellt der Name eine für das Gut wichtige Verbindung her.«

»Und wir wissen ja, wie wichtig meinem Schwager solche Verbindungen sind.« Sadie schaffte es einfach nicht, den bissigen Unterton in ihrer Stimme zu unterdrücken.

»Schließlich ist er Geschäftsmann«, erklärte ihre Mutter in dem sachlichen Tonfall, den sie immer dann einsetzte, wenn es darum ging, den Ehemann ihrer älteren Tochter zu verteidigen.

»*Vor allem* ist er Geschäftsmann, solltest du besser sagen.« Sadie lächelte bitter. »Hat er keine Angst, daß es ihm Pech bringen könnte? Ich meine das Logo. Letztendlich hat der Kelch die Jardine-Familie zugrunde gerichtet.«

»Es sind die Menschen selbst, die sich zugrunde richten, Sadie. Nicht irgendwelche Gegenstände.«

»Du meinst wie in dem Spruch ›Es sind die Menschen, die töten, nicht die Gewehre‹?« Sadie biß sich auf die Lippe. Allen guten Absichten zum Trotz fiel es ihr äußerst schwer, nicht die Gegenposition ihrer Mutter zu vertreten.

Der Ausdruck auf Theas Gesicht war jetzt frostig. Sie nahm eine Hand vom Steuer und fuhr sich mit den Fingern durch das Haar, wobei sie ganz vergaß, daß der Friseur ihre graublonden Wellen gerade erst sorgfältig arrangiert hatte. Wie in ihrer Kindheit spürte Sadie das Bedürfnis, sie wieder versöhnlich zu stimmen, um die Wärme in das immer noch schöne Gesicht zurückzubringen. Unter dem Kinn und rund um die Nase ließ die Festigkeit des Gewebes bei der Vierundsechzigjährigen bereits nach, und Falten gruben sich in ihre Haut, doch die wesentlichen Züge ihres perfekten Profils waren erhalten geblieben: die gerade Nase, die hohe Stirn und die markanten Wangenknochen. Sie alle waren Teil jener Schönheit, die die Zeit zwar verwischen, aber nicht auslöschen konnte.

»Hör nicht auf mich«, sagte Sadie und legte ihre Hand auf den Arm ihrer Mutter. »Jetlag macht mich immer unausstehlich.«

Thea lächelte. »Minty hat immer behauptet, alle Jardines hätten Maultierblut in den Adern.«

»Es tut mir leid, daß ich nicht zur Beerdigung kommen konnte«, sagte Sadie, was nicht ganz stimmte, denn sie war auch ein wenig erleichtert gewesen. Im Alter von fünf Jahren hatte sie nach dem Tod ihres Vaters geschworen, nie wieder auf eine Beerdigung zu gehen.

»Du hast eine tolle Party verpaßt. Es sind Leute gekommen, die ich schon seit Jahren nicht mehr gesehen habe. Minty hätte es gefallen. Sie hat schon immer gesagt, ein gutes Südstaatenbegräbnis sei lustiger als jede Yankee-Hochzeit.«

Sie fuhren gerade an den grünen Rasenflächen des Universitätsgeländes vorbei, um dann in ruhige Seitenstraßen einzubiegen, die von Eichenbäumen und alten Backsteinhäusern mit weißen Säulengängen gesäumt waren. Seit Generationen lebten hier Freunde und Verwandte der Jardines. Isabel wohnte in einem kleinen hübschen, von Efeu überrankten Haus, das sie mit ihren vielen Katzen teilte. Vor dem Haus wuchs ein einzelner, riesiger Magnolienbaum. Als Teenager hatte Sadie solche Angst vor ihrer scharfzüngigen Großtante, daß sie immer vortäuschte, allergisch auf Katzen zu sein, um schnell wieder gehen zu können. Sobald sie ihr Eis-Sandwich verdrückt hatte, der einzige Trost für die Besuchsqualen, wurde sie von Niesanfällen geschüttelt.

Als sie sich jetzt mit Thea auf dem gepflasterten Weg dem Haus näherte, erinnerte sich Sadie an diese bedrückenden Pflichtbesuche. Sie waren eine der Plagen ihrer Kindheit gewesen. All die endlosen Stunden mit irgendeinem uralten Verwandten in Zimmern mit Spitzengardinen und vollgestopft mit alten Möbeln. Wenn ihre Mutter den Familienpflichten nachkam und ihre Runde machte, hatte Julia sich oft bereit erklärt, für Sadie einzuspringen, wenn diese sich weigerte, ihre Mutter zu begleiten. Julia hatte sich bei Tante Isabel sogar wohl gefühlt, denn sie teilte mit ihr die Liebe zu Pferden und Katzen.

Was war ich nur für ein schreckliches Kind, dachte Sadie. Undankbar, dickköpfig und uneinsichtig. Sie beschloß, diesmal netter zu Tante Isabel zu sein, die sicher um ihre Schwester trauerte und deshalb ausnahmsweise nicht so spitz mit der Zunge sein würde.

»Rücken gerade«, sagte Thea, als sie klingelten. Das war ein alter Witz, der ihre Tochter an die ständigen Ermahnungen erinnern sollte, die sie während solcher Besuche hatte hören müssen, weil sie schmollend und mit hängenden Schultern neben ihr hergeschlurft war.

»Haltung und steifes Rückgrat«, erwiderte Sadie in Soldatenton. »Aber nachher mußt du mich auf einen ähnlich steifen Drink einladen.«

»Ich werde dir einen Champagner-Cocktail mit einem Stück Orangenschale machen, so wie du es gern magst.«

»Um die Heimkehr der verlorenen Tochter zu feiern?« fragte Sadie mit einem spöttischen Lächeln.

Bevor ihre Mutter darauf antworten konnte, öffnete Isabels Hausmädchen Nancy die Tür. Sie mußte eine Heilige sein, daß sie es bei ihrer Arbeitgeberin aushielt, hatte Sadie einmal zu Thea gesagt. Ja, aber eine sehr gut bezahlte Heilige, war Theas Antwort gewesen. Dafür hatte Minty gesorgt.

»Also, ich habe alle Katzen eingesperrt, Miz Sadie«, teilte ihr Nancy nach einer herzlichen Umarmung mit. »Damit Sie sich nicht zu Tode niesen.« Sadie wich dem Blick ihrer Mutter aus und bedankte sich bei Nancy für ihre Rücksicht.

Im Wohnzimmer flutete gedämpftes Licht durch die staubigen, vom Alter vergilbten Jalousien. Die Katzen hatten ihre Spuren auf den schönen Möbelstücken hinterlassen. Ein uralter Ventilator ratterte unter der Decke, und die aufgewirbelte warme Luft roch nach Schimmel. »Es war einmal ein altes, altes Haus, in dem gab es ein altes, altes Zimmer, und in dem alten Zimmer ...«, mußte Sadie denken, während sie sich anschickte, ihre Großtante zu begrüßen. Wie Minty war Isabel in ihrer Jugend eine berühmte Reiterin gewesen. Obwohl sie jetzt verwelkt und gebrechlich war, hielt sie sich noch immer gerade. Außerdem besaß sie nach wie vor den bohrenden Blick und den beißenden Witz, der alle Männer so eingeschüchtert hatte, daß sie trotz ihrer Schönheit und ihres Geldes niemand heiraten wollte. Minty hingegen hatte dreimal geheiratet, und jeder ihrer Männer war hingebungsvoller und reicher gewesen als der vorherige.

Sadie küßte Isabel auf eine der faltigen Wangen, die trocken wie Leder waren. Früher hatte Isabel immer nach Pferd gerochen, jetzt duftete sie nach Talkumpuder und alter Haut. Sadie zog den Pferdegeruch vor.

»Du bist also heimgekommen.« Mit ihren vom grauen Star getrübten Augen musterte sie Sadie feindselig. In ihrem frischgebügelten, marineblauen Leinenkleid und den kurzen, nach wie vor pechschwarz gefärbten Haaren wirkte sie auf Sadie wie eine Krähe, die einen unappetitlichen Kadaver auf der Straße beäugte. »Schade, daß du es nicht geschafft hast, solange meine Schwester noch lebte.«

Sadie drehte sich zu ihrer Mutter um und sperrte ungläubig den Mund auf. Thea warf ihr einen Blick zu, in dem sich Mitgefühl und die Bitte um Geduld mischten. Noch bevor Sadie antworten konnte, kam glücklicherweise Nancy mit einem Tablett voll Eistee herein, den sie zusammen mit einem Teller Vanillewaffeln herumreichte. In jedem Glas befand sich ein langer Silberlöffel, dessen Stiel ein Trinkhalm war. Sadie erinnerte sich, daß der Tee in ihrer Kindheit immer nach Silberpolitur geschmeckt hatte, wenn sie ihn durch den Halm hochgezogen hatte. Als sie jetzt ihr Glas nahm und in einer Ecke des Sofas Platz nahm, fiel ihr Chaucers Warnung ein, nie einen langstieligen Löffel zu benutzen, wenn man mit Feinden aß. Sie mußte lächeln.

»Was ist denn so amüsant?« fragte Isabel.

Sadie wandte sich hilfesuchend zu Thea um, die aber am anderen Ende des Zimmers stand und in eine Unterhaltung über Nancys zahlreiche Kinder vertieft war. »Nur ein Gedanke an die Anstandsregeln«, erwiderte sie schließlich.

»Ich hätte nicht gedacht, daß du dir darüber überhaupt Gedanken machst.«

»Meine Manieren haben sich gebessert, Tante Isabel.«

»Aber nicht dein Männergeschmack, wie ich gehört habe. Araminta hat von dem Burschen in Kalifornien nicht besonders viel gehalten.«

»Ich werde mich bemühen, es beim nächstenmal besser zu machen.«

Isabel lachte trocken auf. »Du bist eine Optimistin. Das hat meiner Schwester immer so an dir gefallen.« Sie nippte an ihrem Tee, und Sadie konnte den Weg der Flüssigkeit durch ihren sehnigen Hals verfolgen. »Wie ist seine Mutter?« fragte Isabel plötzlich und blickte sie mit glänzenden Augen an.

»Ethans Mutter?« Einen Moment lang war Sadie überrascht,

doch eigentlich fand sie die Frage gar nicht so schlecht, vor allem, wenn man den Zusammenhang und die fragende Person bedachte. Schließlich war sie in eine Gegend zurückgekehrt, in der nichts so zählte wie die Familie. Sie suchte nach unverfänglichen Begriffen, mit denen sie die Frau mit dem stählernen Blick beschreiben konnte. Ethans Mutter hatte sie ziemlich deutlich spüren lassen, daß ihre Angst vor Sadie als möglicher Schwiegertochter nur noch von der vor einem gesellschaftlichen Faux pas übertroffen wurde.

»Sehr korrekt«, sagte sie zu Isabel. »Sie sagt und tut immer genau das Richtige.«

»Aha. Kein Wunder, daß du bei der nicht angekommen bist.«

Das war so unverschämt und zutreffend, daß Sadie laut lachen mußte. Wenn sie Isabel doch nur auf Ethans Mutter loslassen könnte! Dann würde sie amüsiert zuschauen, wie die beiden aufeinander einhackten. Zwischen diesen beiden Frauen herrschte ein Gleichgewicht der Kräfte.

»Ich sage immer, daß die Mutter einem viel über einen Mann verrät«, fuhr Isabel fort. »Ich weiß noch genau, wie ich Julia bei ihrer Hochzeit gewarnt habe. Der Stall sagt alles.«

Das war einer ihrer Lieblingsausdrücke. Ihm folgte unweigerlich eine Anekdote, deren erste Worte bereits in Sadies Kopf klangen: »Einmal wollte ein Mann mir ein Pferd verkaufen ...«

»Mir hat mal jemand ein Pferd angeboten«, sagte Isabel prompt. »Sah hervorragend aus und war ein guter Springer. Doch ich kannte die Mutter«, fügte sie mit düsterem Unterton hinzu. Von Tieren sprach Isabel immer, als handle es sich um einen ihrer Bekannten, mit denen sie sich im Country Club traf. »Schön war sie schon, die alte Hexe, und wirklich intelligent, aber sie hatte einen unangenehmen Tick. Sie neigte dazu, plötzlich zur Seite zu weichen und ihren Reiter so dicht gegen einen Zaun zu drücken, daß er sich das Bein quetschte. Ich wußte, daß sich dieser Tick früher oder später auch bei ihrem Sohn zeigen würde. Der Mann, der dumm genug war, ihn zu kaufen, hat sich bei der Jagd das Genick gebrochen. Das Pferd ist seitlich unter die tiefhängenden Äste einer Ulme ausgebrochen und hat ihn abgeworfen.«

Zufrieden nippte Isabel an ihrem Tee, während Sadie überlegte, wie sie darauf reagieren sollte. Einen Moment später fuhr ihre Tante wie beiläufig fort: »Ich finde, Menschen sind da nicht anders. Der Tick von Fay war eben, daß sie aus heiterem Himmel durchging. Hat die Männer fröhlich auf sich galoppieren lassen, bis sie sich im nächsten Augenblick kopfüber in einem Graben wiederfanden.«

Nach anfänglicher Verwirrung mußte Sadie ein Lächeln unterdrücken. Sie hatte die Metapher verstanden. Isabels gewagte Anspielungen fanden bei ihrer Großnichte immer Anklang. Sadie sah dahinter die unglaublich witzige junge Frau, die Isabel wahrscheinlich einmal gewesen war.

Aber von welcher Fay sprach sie? Plötzlich ging ihr auf, daß Isabel über Burkes Mutter redete, Fay Louden. Die Unterhaltung war, seit Sadie und Thea das Zimmer betreten hatten, aus Gründen, die nur Isabel kannte, auf dieses Thema zugesteuert.

»Und du meinst, Burke hat Fays Tick geerbt?« fragte Sadie. »Durchzugehen?«

Doch das war für die alte Dame vielleicht zu direkt, denn jetzt wich sie ein wenig zurück. »Wie soll ich das wissen? Seiner ersten Frau ist er jedenfalls untreu geworden. Und wie ich gehört habe, hat er auch mehrere Geschäftspartner im Regen stehen lassen.«

»Wie schafft er es dann, immer noch neue zu finden? Geschäftspartner, meine ich.« Wie er Julia gefunden hatte, wußte Sadie.

»Vielleicht, weil er einen so ausgesprochen kompetenten Eindruck macht, daß die Leute sich geradezu danach drängen, ihm alles anzuvertrauen. Das ist schließlich allemal leichter, als selbst zu denken.« Grimmig biß sie in eine Vanillewaffel.

Sadie schauderte. Ob sie eines Tages auch so werden würde – eine scharfzüngige alte Frau, die vor den Augen der Jüngeren ihre Messer wetzte? Es hieß doch, daß Blut sich immer durchsetzte. Sie tröstete sich damit, daß Isabels Blut ja nicht in ihren Adern floß. Isabel und Minty waren die Stiefschwestern ihres Großvaters gewesen und keine Blutsverwandten.

Im nächsten Moment bedauerte sie ihr hartes Urteil und versuchte, fair zu der alten Dame zu sein. So schlimm war Isabel eigentlich gar nicht. Vermutlich erkannte sie bei ihrer Großtante bloß Eigenschaften wieder, die ihr an ihr selbst nicht gefielen.

Jetzt kam Thea herbei und setzte sich neben Sadie aufs Sofa. Bald waren Isabel und sie in eine Unterhaltung über längst verstorbene Verwandte vertieft. Sadie schwindelte es bei den vielen

Jardines, Lewises, Mayos und wie sie alle hießen. Ihrer Meinung nach hatten die alten Damen ihre Schwester Julia mit solchen Geschichten verwirrt. Mit ihrer romantischen Ader hatte Julia zu stark auf diese Familiengeschichten und Legenden reagiert, weshalb sie jetzt das Leben führte, das sie eben führte, gefangen im Glanz der Vergangenheit.

Die Litanei der Namen ermüdete Sadie, und jetzt begann sich ihr Jetlag erst richtig bemerkbar zu machen. Sie vertiefte sich in die Betrachtung eines Porträts von St. Memin, das an der Wand hing und eine schöne Südstaatenlady zeigte. Doch plötzlich richtete Isabel das Wort wieder an sie. »Deine Schwester und du seid die einzigen Verwandten, die mir geblieben sind«, sagte sie ernst. »Alle anderen sind tot. Es ist nur richtig, wenn ihr sie nach meinem Tod bekommt.«

Was sollten sie bekommen? fragte Sadie sich. Die Toten? Habe ich die nicht schon? Habe ich sie nicht schon bei der Taufe überreicht bekommen? Wie den Fluch einer bösen Fee?

»Danke, Tante Isabel«, sagte sie im unbestimmten Tonfall ihrer Mutter. Dann stand sie auf und ging zu dem Porträt hinüber, um so zu tun, als betrachte sie es genauer.

»Paß doch auf, Kind«, hörte sie die scharfe Stimme ihrer Großtante hinter sich. »Es geht um etwas Wichtiges. Du hast noch nie länger als eine Minute stillsitzen können.«

Am liebsten hätte Sadie sich umgedreht und Isabel beim Kragen gepackt, um sie durchzuschütteln, bis ihre Knochen klapperten wie der staubige Ventilator. Ich bin kein Kind mehr, wollte sie ihr sagen, und ich will den schimmeligen, verstaubten Krempel nicht, den du mir vermachen willst. Stifte das Zeug einem Museum. Oder, noch besser, verbrenn alles. Doch sie sagte nur: »Entschuldigung, Tante Isabel. Eigentlich ist Julia diejenige, die ...«

Ihre Großtante winkte ungeduldig mit ihrer knochigen Hand. »Julia wird ihren Anteil schon bekommen. Obwohl dieser Mann, ihr Ehemann, alles an sich reißen wird. Und deine liebe Mutter hier hat einfach zu wenig Rückgrat, um es zu verhindern. Regelrechte Fußabtreter für die Männer, sie und ihre beiden Schwestern.«

»Was vielleicht der Grund dafür ist, daß sie alle so glücklich verheiratet waren«, fuhr Sadie sie an. Sie konnte sich einfach nicht mehr beherrschen. Meine Güte, dachte sie, es ist ansteckend. Doch der dankbare Blick ihrer Mutter belohnte sie.

Die alte Dame lachte heiser. »Vielleicht. Auf jeden Fall wirst du Burke ebensowenig an dein Eigentum heranlassen wie ich. Meine Schwester und ich waren in manchem unterschiedlicher Meinung, aber darin waren wir uns einig.«

Das heisere Lachen verwandelte sich in ein Husten und dann in einen kleinen Anfall von Atemnot. Alarmiert läutete Thea die Silberglocke, die auf dem Tisch stand und Nancy herbeirief. Dann goß sie Isabel ein Glas Wasser ein und hielt es ihr hin, während Sadie ihrer Großtante sanft auf den Rücken klopfte. Doch der Anfall war schon wieder vorüber, und die alte Dame stieß wütend das Glas weg. Als Nancy ins Zimmer gestürzt kam, verkündete sie mit rauher Stimme, daß es ihr ausgezeichnet ginge.

»Wir gönnen dir jetzt besser ein wenig Ruhe«, sagte Sadie.

»Ruhe?« spottete Isabel. »Davon werde ich bald noch mehr als genug haben. Ihr bleibt, wo ihr seid.« Sie stützte sich mit beiden Armen auf die Lehnen ihres Sessels und stemmte sich hoch. Dann ging sie steifbeinig zu einem mit vielen Fächern versehenen alten Schreibtisch, der von Papieren überquoll. Im ersten Moment glaubte Sadie, sie wolle ihr etwas von dem, was auf dem Schreibtisch lag, schenken oder gar den Schreibtisch selbst. Isabel war durchaus zuzutrauen, daß sie mit einer weit ausholenden Armbewegung sagte: »Nehmt es. Nehmt alles mit. Ich kann es nicht mehr sehen.« Dann würde sie erwarten, daß Sadie sofort die Möbelpacker kommen ließ, um das Zimmer auszuräumen. Doch sie ruhte sich nur einen Moment lang am Schreibtisch aus, bevor sie auf das Regal daneben zusteuerte.

»Ich denke, ich sollte dir dieses hier geben«, sagte sie über ihre Schulter zu Sadie. »Schließlich bist du diejenige, die über die Antike Bescheid weiß. Und wo du dich jetzt auch noch für Weinbau interessierst ...« Sie versuchte, ein großes schweres Buch von einem höher gelegenen Brett zu ziehen. »Zu schade, daß du dieses Interesse nicht schon zu Lebzeiten meiner Schwester gezeigt hast.«

Sadie trat auf sie zu, um ihr zu helfen. Wenn sie Isabel erwürgen würde, wäre Nancy arbeitslos, sagte sie sich. Als ihre Großtante zur Seite trat, gelang es Sadie, das Buch aus dem vollgestellten

Regal zu ziehen und herunterzuheben. Sie bemerkte, daß die meisten Bücher in den Regalen in der einen oder anderen Weise mit Pferden zu tun hatten.

Das schwere Buch, das sie in der Hand hielt, besaß einen hellgrünen Leineneinband, auf den in goldenen Lettern der Titel *Die Geschichte des Weins in Altertum und Moderne* eingestanzt war. Innen auf der Titelseite stand der Name des Autors, Alexander Henderson, und das Erscheinungsdatum, 1824. Sadie war neugierig geworden und blätterte in dem Band. Immer wieder wurden Autoren der Antike zitiert. Das Buch war mit goldenen Gravuren geschmückt, die Zeichnungen bezogen sich auf klassische Themen, die mit dem Weinanbau in Zusammenhang standen. Auf vielen Seiten waren die breiten Ränder mit Anmerkungen in einer feinen, gestochen scharfen Handschrift versehen, die jedoch so klein und verblichen war, daß Sadie nur wenige Worte entziffern konnte. Fasziniert blickte sie Isabel an und bedankte sich diesmal ganz aufrichtig.

»Es stand in der Bibliothek von Greengrove«, sagte ihre Großtante. »Die Bücher wurden stapelweise verkauft, und dieses befand sich zufällig in dem von mir erstandenen Stapel. Allerdings habe ich mir nie die Mühe gemacht, es zu lesen. Es sah so schrecklich langweilig aus.« Sie drehte sich um und nahm ein weiteres Buch aus dem Regal. »Dieses hier war im selben Stapel, entsprach aber viel mehr meinem Geschmack. Die Geschichte der Pferdezucht in Virginia. Der alte Mr. Terrill drüben von Broadlands wird darin erwähnt. Er hatte einen Hengst, der beinahe das Derby gewonnen hätte. Einfach faszinierend ...«

Mit einem flehenden Blick versuchte Sadie ihre Mutter an ihr Versprechen zu erinnern. Thea stand auf. Sie küßte Isabel und erklärte ihr, daß Sadie übernächtigt sei und was zu essen brauche. »Wir werden dich bald wieder besuchen, Tante Isabel.«

»Bringt Julia mit. Ihr wird die Geschichte über Terrill gefallen. Sie war schon immer eine gute Zuhörerin.«

»Das Geheimnis der Gene!« rief Sadie, als Thea und sie endlich draußen waren.

Ihre Mutter lachte. »Wie kommst du denn darauf?«

»Ich kann es einfach nicht glauben, daß Minty und Isabel gemeinsame Gene haben sollen.« Sorgfältig verstaute sie das Buch neben ihrer Tasche auf dem Rücksitz des Autos und schnallte sich dann an. »Bei dir und deinen Schwestern hingegen steht das gar nicht zur Debatte. Die Ähnlichkeit ist zu offensichtlich.«

Die drei Grazien, so wurden Thea und ihre Schwestern genannt. Die älteste hieß tatsächlich Grace, die mittlere Elly, und Thea war die jüngste. Sie waren alle drei charmant, witzig und schön und außerdem die besten Freundinnen. Sadie verehrte ihre Tanten, die beide in einer Kleinstadt an Marylands Ostküste lebten. Der Mann der einen war Arzt, der andere Pfarrer an der örtlichen Episkopalkirche. Thea besuchte sie oft, ließ sich von ihnen jedoch nicht dazu überreden, für immer ihr Heim zu verlassen, das so viele Erinnerungen an ihren eigenen Mann barg.

»Gemeinsam sind Schwestern stark«, sagte Thea ohne jede Ironie, als sie den Wagen anließ.

»Manchmal aber nicht stark genug«, erwiderte Sadie. Wenn sie eine bessere, stärkere Schwester gewesen wäre, hätte sie Julia vielleicht vor dem größten Fehler ihres Lebens bewahren können.

Sie fuhren in behaglichem Schweigen dahin, folgten in weitem Bogen der Umgehungsstraße um die Stadt in Richtung Süden, wo sie in eine hügelige Landschaft mit üppigen Wäldern eintauchten und dann auf die Landstraße abbogen, die sie nach Hause führte. Sie verlief parallel zum Fluß, zog sich durch sanft geschwungene Felder und waldige Täler, in denen Zedern und fedrige Fichten im Licht der untergehenden Sonne leuchteten. Lange Schatten legten sich über die lieblichen Hügel. Dann sah Sadie die alte Tankstelle auftauchen. Das Dach über den Zapfsäulen wurde von zwei geschwungenen Holzsäulen getragen. Hier mußten sie abbiegen. Der staubige Feldweg grub sich tief in die Wälder, bevor er sich hügelaufwärts schwang, um dann wieder zu der großen Hufeisenbiegung des Flusses abzufallen, in der Greengrove und die benachbarten Anwesen lagen. Die Straße war nie befestigt worden und hatte bei feuchter Witterung durchaus ihre Tücken. Thea erzählte immer die Geschichte von dem Klempner, der einmal sehr früh am Morgen in Greengrove eingetroffen war. Als die alte Mrs. Jardine ihn für seine Pünktlichkeit lobte, erwiderte er, daß er nicht früh käme, sondern spät, denn er habe die ganze Nacht im Schlamm festgesteckt.

»Ich vermisse die Tore«, sagte Sadie. Früher hatten fünf verschiedene Tore den Weg nach Greengrove verbarrikadiert. Drei waren geblieben, sie lagen jedoch auf dem Abschnitt der Straße, der sich innerhalb der kleiner gewordenen Grenzen von Greengrove befand.

Thea lächelte. »Julia und du, ihr seid immer so gern auf ihnen mitgeschwungen. Weißt du noch, wie Vater euch geschimpft hat? Er hatte Angst, sie könnten danach am Boden schleifen.«

»Ich erinnere mich nur noch, wie wütend er auf die Scrimshers war.« Die Scrimshers hatten auf der Straße das Wegerecht und vergaßen regelmäßig, die Tore wieder hinter sich zu schließen. Dieses Versäumnis hatte ihren sonst so ausgeglichenen Vater immer zur Weißglut getrieben. »Julia hat mir erzählt, daß Burke mit Moany Scrimsher wegen dessen Wilderei eine kleine Fehde hat.«

Thea seufzte. »Eine unselige Geschichte.«

Der Gedanke daran erfüllte Sadie mit Schadenfreude.

In der Luft lag jetzt ein ungewöhnlicher Geruch, wie von einem Salat, der mehr aus der Erinnerung an verschiedene Düfte bestand als aus einem spezifischen Kräuter- oder Pflanzenaroma. Sadie lehnte ihren Kopf gegen die Rückenlehne und schloß, müde von den vielen Sinneseindrücken, die Augen. Sie ließ sich den Wind ins Gesicht blasen, sog die Luft tief ein und gab sich Erinnerungen hin. Kurz darauf war sie eingeschlafen.

Als der Wagen über die ausgefahrene Zufahrt zum Haus ihrer Mutter holperte, wachte sie auf. Obwohl es hinter einer Goldregenhecke verborgen lag, konnte Sadie das vertraute kleine Gebäude aus rosafarbenem Ziegelstein mit seinen glänzenden schwarzen Fensterläden und dem steilen Dach erkennen. Ihr Herz zog sich vor Wehmut zusammen.

Thea lächelte sie an. »Du bist zu Hause.«

4

Zwei Kollisionen veränderten das Leben von Will Griffin. Die zweite war das indirekte Resultat der ersten und widerfuhr ihm in der Dämmerung eines Augustabends auf einer Landstraße in Virginia. Nebel stieg aus den Feldern auf, und die blauen Hügel der Umgebung waren nur noch verschwommen zu erkennen.

Die schmale Straße mit ihren vielen Kurven und Steigungen, den gelegentlichen Schlaglöchern und den tiefen, mit Schlingpflanzen überwucherten Gräben auf beiden Seiten war ihm fremd. Es gab nur wenige andere Autos, doch die rasten in einem Tempo an ihm vorbei, das bewies, daß sie die Straße gut kannten. Will ließ sie bereitwillig überholen, denn er hatte es nicht eilig. Niemand wartete auf ihn. Dort, wo er hinfuhr, kannte er niemanden, und zum erstenmal seit Jahren konnte er ausschließlich seinem eigenen Zeitplan folgen. Außerdem schien der Druck, der ihn zu dieser Reise in den Süden veranlaßt hatte, plötzlich von ihm abgefallen zu sein. Die letzte Etappe seiner Reise, die lange Fahrt von Boston hierher, schien die Ereignisse der vergangenen sechs Monate immer mehr verblassen zu lassen. Sie waren einem vagen, aber zunehmend verlockenden Bild der Zukunft gewichen, das ihn mit jedem Kilometer, der ihn weiter nach Süden brachte, deutlicher vor Augen stand.

Es war ihm überraschend leichtgefallen fortzugehen. Er hatte die Arbeit, die ihn seit seinem neunzehnten Lebensjahr ganz ausgefüllt hatte, einfach hinter sich gelassen. Seine Freunde hatten ihn daran erinnert, daß er dankbar sein müsse, überhaupt fortgehen zu *können.* Bei dem Hubschrauberabsturz, bei dem sein Kunde ums Leben gekommen war, hatte er sich nur zwei Rippen gebrochen.

»Wählen Sie Ihr Abenteuer«, hatte er seine noch zu Collegezeiten gegründete Agentur genannt und damit ursprünglich vor allem seine eigene Reiselust finanzieren wollen. Doch im Lauf der nächsten zwölf Jahre hatte sich seine Firma zu einer der erfolgreichsten Agenturen auf dem Markt für Abenteuerreisen entwickelt. Daß es Leute gab, die ihm riesige Geldsummen für etwas bezahlten, das er als Erwachsenenversion seiner Kindheitsspiele unter extremen Bedingungen betrachtete, war ihm anfangs wie ein Wunder erschienen. In den ersten Jahren erwartete er immer, daß ihm jemand auf die Schulter klopfen würde, um ihm zu sagen, es sei an der Zeit, erwachsen zu werden. Auch als seine Agentur so groß geworden war, daß er mehr Zeit im Büro verbrachte als in der freien Natur, arbeitete er bei den Expeditionen, die ihn selbst reizten, weiterhin als Führer. Sechs Monate zuvor jedoch war er kurz nach seinem einunddreißigsten Geburtstag durch den Tod seines krebskranken Vaters notgedrungen erwachsen geworden. Außerdem mußte er feststellen, daß sein Geschäftspartner, ein Freund aus Kindheitstagen, die Firma über Jahre hinweg betrogen hatte, um seine Spielleidenschaft zu finanzieren. Einen Monat nach dem Hubschrauberunglück hatte er seine Agentur an eines der großen Reiseunternehmen verkauft und war bald darauf zu einer einsamen Wandertour durch die Berge der östlichen Türkei aufgebrochen. Er hatte schon immer den Berg Ararat besteigen wollen, und er wollte allein sein, um über all das, was geschehen war, nachzudenken. Er mußte lernen, die Dinge aus einer anderen Perspektive zu betrachten und die komplexen Sachverhalte zu vereinfachen.

Der Jeep ratterte über die Holzplanken einer Brücke am Fuß eines Hügels. Über ihm schlossen sich die Kronen der Zedern wie ein Dach. Will hatte das Verdeck des Jeeps aufgeklappt. Die Klimaanlage benutzte er nur selten. Er mochte das Gefühl nicht, von seiner Umgebung abgeschnitten zu sein, besonders wenn er auf dem Land war.

Und hier befand er sich wirklich auf dem Land, inmitten von Wäldern, Hügeln und Tälern. Verwilderte Felder hinter verfallenen Lattenzäunen wechselten mit den von Unkraut überwucherten Vorgärten der kleinen Häuser und verrostenden Wohnwagen. Einmal hatte er vor dem Hintergrund gepflegter grüner Felder und Wiesen am Ende einer Platanenallee ein weißes, säulengeschmücktes Haus entdeckt, und das hatte ihn an den Reichtum erinnert, den es in dieser Gegend auch gab.

Noch ungefähr fünf oder sechs Meilen, dann würde er nach links abbiegen müssen. An einer Kreuzung mit einer schmalen Kiesstraße, die sich hinter einer langgestreckten Kurve verbarg, würde ein Schild mit der Aufschrift »Nach Greengrove« stehen. Und eine halbe Meile weiter lag sein Erbe, das er noch nie zuvor gesehen hatte.

Will war erst gestern aus der Türkei zurückgekommen. Er hatte seinen Nachrichtenservice angerufen und erfahren, daß seine Patentante gestorben war. Es gab auch eine Nachricht von ihrem Anwalt, der ihn bat, sich mit ihm in Verbindung zu setzen. Der Mann mit dem Namen Sam Shankman informierte ihn darüber, daß Minty ihm die Hälfte von Little Grove vermacht hatte. Shankman fragte auch, wie gut er das Anwesen kenne.

»Meine Patentante hat es gelegentlich erwähnt, aber selbst bin ich nie dort gewesen. Es handelt sich um eine Jagdhütte, oder?«

»Mit achtzig Hektar Land. Zwei davon sind mit Wein bestellt. Ein Nachbar und sein Sohn kümmern sich im Moment darum. In ihrem Testament hat Mrs. Stratton dafür gesorgt, daß sie noch sechs Monate lang weiterbezahlt werden, damit Sie und der andere Erbe genügend Zeit haben zu entscheiden, was Sie damit anfangen wollen.«

»Wer ist der Miterbe?«

»Genaugenommen handelt es sich um eine Miterbin, die Großnichte von Mrs. Stratton. Ihr Name ist Sadie Jardine.«

Der Name kam ihm irgendwie bekannt vor.

Nach der Diskussion weiterer Einzelheiten hatte sich Will bei Shankman bedankt und mit dem Versprechen, sich wieder zu melden, aufgehängt. Am nächsten Morgen war er in aller Frühe in Richtung Virginia aufgebrochen. Derselbe Zwang, aus dem heraus er zu seinen einsamen Wanderungen in die Wildnis aufgebrochen war, trieb ihn auch jetzt an. In seiner halbleeren Wohnung gab es nichts mehr, das ihn zurückhalten konnte. Er hatte immer nur an Erinnerungen gehangen, nie an Gegenständen.

Ein Vollmond stand jetzt hell leuchtend am Himmel, der im Westen allmählich in ein blasses Blau überging, während im Osten bereits die Nacht hereinbrach. Die Straße durchschnitt tiefe schattige Schluchten und stieg dann wieder in luftigere Höhen an. Kurze Zeit führte sie über eine weite offene Ebene, bevor sie wieder zwischen hohen roten Erdwällen und Waldstücken versank. Die friedliche Landschaft und das gemächliche Tempo auf der einsamen Straße waren für Will ein angenehmer Kontrast zu dem dichten Verkehr auf der Autobahn.

Auf dem Beifahrersitz neben ihm stand ein Tonbandgerät. Der recht spektakuläre Verkauf seiner Agentur hatte das Interesse einer Lektorin aus einem New Yorker Verlagshaus geweckt, die ihm den Vorschlag machte, doch ein Buch über seine Erfahrungen als Führer für Tollkühne mit dicken Brieftaschen zu schreiben.

»Sie meinen die ökologisch korrekte Sachbuchversion von Hemingways ›Das kurze glückliche Leben des Francis Macomber?‹« hatte er gewitzelt. Der Reiseleiter als Liebhaber, Beichtvater und Retter verlorener Seelen.

Sie hatte ihn ernst genommen. »Genau. Mit Fotografien. Sie sind sehr fotogen. Ihr Typ – dunkle Haare, breites Kinn – paßt hervorragend unter Tropenhelme und zu Wanderstiefeln.«

»Danke. Aber das Aussehen allein macht noch keinen Schriftsteller.«

»Sie würden sich wundern! Außerdem habe ich in der Zeitschrift *Outside* einen Artikel von Ihnen gelesen. Wenn Sie den selbst verfaßt haben, können Sie schreiben.«

Er hatte erwidert, daß er sich über das Angebot freue, aber kein Interesse habe. Die einzigen Termine, an die er sich in nächster Zeit halten wollte, waren die, die ihm von der Natur auferlegt wurden. Die Idee, sich ein Weingut zu kaufen und selbst Wein anzubauen, war ihm schon seit Jahren durch den Kopf gegangen und in den letzten Monaten immer konkreter geworden. Vielleicht war es an der Zeit, daß er irgendwo Wurzeln schlug. Vermutlich hatten die meisten Menschen solche Aussteigerphantasien. Er wollte sie an einem wirklich abgelegenen Ort realisieren, einem Außenposten der Einsamkeit. Das Landesinnere von Virginia war vielleicht genau das Richtige. Er hatte gelesen, daß es eine gute Weinbaugegend mit relativ langen Wachstumsperioden, hügeligem Terrain und mineralstoffreichem Boden war. Er wollte es sich ansehen.

Trotzdem war ihm der Vorschlag der Lektorin nicht aus dem Kopf gegangen. Wenige Tage später hatte er sich ein kleines Tonbandgerät gekauft und begonnen, Erinnerungen aufzuzeichnen. Warum sollte er die Geschichten nicht festhalten, solange sie noch frisch in seinem Gedächtnis waren? Und wenn er an die letzten sechs Monate dachte, konnte er vielleicht die schlimmste Periode seines Lebens ein wenig in den Griff bekommen. Allein schon der Akt des Sprechens half ihm, einzelne Begebenheiten klarer zu sehen. Doch um das größere Muster, zu dem sie sich vielleicht fügen würden, zu erkennen, fehlte ihm noch der nötige Abstand.

In seinen Nacken- und Rückenmuskeln meldeten sich nach der langen Fahrt die ersten Anzeichen von Müdigkeit. Der Schweiß klebte an seinem Körper. Als er die Arme ausstreckte und gegen das Lenkrad drückte, spürte er ein Stechen in seinen Rippen, das ihn an die Schmerzen erinnerte, die er dort einmal hatte.

Der Hubschrauber war im zentralen Hochland von Vietnam abgestürzt. Sein Kunde, ein nostalgischer Kriegsveteran und ehemaliger Hubschrauberpilot, hatte sein altes Revier, wie er es formulierte, noch einmal sehen wollen. Will, der wie immer an den Sitten und Gebräuchen der Einheimischen interessiert war, hatte die Geschichten des Mannes über die Berg- und Hochlandvölker faszinierend gefunden. Was sein Kunde ihm über deren Behandlung durch die verschiedenen Eroberer erzählt hatte, war äußerst tragisch gewesen. Während sie flogen, hatte der Kunde ihn dann gebeten, den Piloten am Steuer ablösen zu dürfen. Die entsprechenden Papiere waren unterzeichnet und sämtliche Vorsichtsmaßnahmen getroffen, aber eine innere Stimme hatte Will gewarnt, dies zuzulassen – und sie hatte recht behalten. Der Mann erlitt am Steuer einen Herzinfarkt.

Vermutlich war es das Zirpen der Zikaden, das ihn an das Geräusch von fernen Hubschrauberrotoren erinnerte, oder die feuchtschwüle, hügelige Gegend mit der roten Erde, die der in Vietnam glich, auf jeden Fall fühlte Will sich in eine andere Zeit versetzt. Er erinnerte sich, wie der Hubschrauber auf die Berge zugerast war und der Tod nicht mehr fern schien. Er dachte an den kurzen Moment, als er ihn sogar begrüßt hatte. Doch noch bevor er dieses Gefühl richtig hatte registrieren können, waren bereits seine Überlebensinstinkte erwacht. Er hatte den zusammengesunkenen Körper seines Kunden nach hinten gezerrt, während der Pilot zurück ans Steuer kroch. Sie waren in einen Bambushain gestürzt. Er hatte den verletzten Piloten bei der Leiche seines Kunden gelassen und in den Hügeln nach Hilfe gesucht. Doch der kurze Moment der Kapitulation hatte Spuren hinterlassen, einen winzigen Kratzer in der sonst so glatten Oberfläche seines Selbstvertrauens.

Jetzt wurde der Vorfall in Wills Erinnerung so lebendig, daß er die Weite des grünen Dschungels sehen konnte, in den wie in einem mottenzerfressenen Teppich immer wieder Narben geschlagen worden waren. Er roch die roten Blüten des wilden Bananenbaums, der auf der seltsamen Lichtung in der Nähe des kleinen Dorfes stand, in dem er Hilfe gefunden hatte. Und plötzlich spürte er wieder den scharfen Geschmack von Blut und Angst im Mund.

Er lockerte seinen Gurt. Während seine Augen sich weiter auf die Straße vor ihm konzentrierten, streckte er den rechten Arm aus, um sich eine Cola aus der Kühltasche zu holen, die auf dem Boden vor dem Beifahrersitz stand. Nachdem er die Dose in der Haltevorrichtung auf dem Armaturenbrett abgestellt hatte, streckte er die Hand nach dem Tonbandgerät aus, um es einzuschalten.

Einen Sekundenbruchteil nur vergaß er die Vorsicht, die sein ganzes Leben geprägt hatte, und bemerkte die Kurve vor ihm zu spät. Bevor er auch nur abbremsen konnte, war er schon in sie hineingeschleudert. Unvermittelt tauchte auf der Gegenfahrbahn ein Auto auf, dessen Scheinwerfer ihn blendeten. Ohne etwas zu erkennen, riß er das Steuerrad nach rechts.

Das letzte, was er sah, bevor sich die Dunkelheit über ihn senkte, war der zerbrochene Ast eines Baums. Verwirrt überlegte er noch, ob der Hubschrauber beim Aufprall zerschellen würde.

5

Eine Viertelmeile weiter entfernt im Wald hockte Moany Scrimsher über einer seiner Kaninchenfallen. Beim scharfen Quietschen der Reifen fuhr sein Kopf hoch wie der eines Wiesels. Als der Jeep in den Graben krachte und der Knall des Aufpralls bestätigte, was das erste Geräusch vermuten ließ, stand Moany bereits fluchtbereit auf den Füßen. Irgendein Betrunkener hatte die Kurve zu schnell genommen.

Er verfluchte sich für seine panische Reaktion. In der letzten halben Stunde hatte er bei der Arbeit die ganze Zeit Blicke im Rücken gespürt. Er hatte sich gründlich umgesehen und sich dann damit beruhigt, daß seine Nerven mit ihm durchgingen, doch ganz abschütteln konnte er das Gefühl trotzdem nicht. Moany berührte seine Wange. Ein Zucken ließ sie pulsieren wie das Herz eines verängstigten Kaninchens.

Er rückte die letzte Falle zurecht und machte sich dann auf den Weg zur Kiesstraße, der er im Schutz der Bäume bis zum Highway folgte. Ein paar Minuten später hörte er ein Auto auf sich zukommen und sah den Lichtstrahl der Scheinwerfer über die Baumstämme gleiten. Als er sich hinter einen großen Sumachbusch duckte, raste ein gelber Mercedes vorbei, dessen Reifen den Kies aufspritzen ließen. Von seinem Versteck aus konnte Moany nicht erkennen, wie viele Menschen im Auto saßen, doch wer der Fahrer war, wußte er. Der Bastard legte ein teuflisches Tempo vor. Moany konnte sich denken, warum er es so eilig hatte.

Mit dem Jagdmesser in der Hand eilte Moany weiter. Geräuschlos huschte er zwischen den Bäumen hindurch, denn er war es gewohnt, sich leise zu bewegen. Das traf besonders dann zu, wenn er durch Wälder schlich, die ihm nicht gehörten.

Plötzlich sah er einen Weißschwanzhirsch vor sich. Das Tier hatte seine Gegenwart noch nicht bemerkt. Es stand wie ein Schatten in einem ausgetrockneten Graben unter ihm und hatte lauschend die Ohren aufgestellt. Der Wind stand günstig für Moany, und alle Sinne des Tiers konzentrierten sich auf die Geräusche, die aus der anderen Richtung kamen. So konnte Moany einfach hinabspringen und es mit dem Messer am Hals zu Boden zwingen. Mit einer schnellen Bewegung trennte er die Drosselvene durch. Der Hirsch brach unter ihm zusammen. Blutgeruch hing in der Luft.

Natürlich war es illegal, was er tat. Auch der Jagdinstinkt hatte Moany nicht vergessen lassen, daß die Saison der Hirsche noch nicht eröffnet war. Der Gedanke war ihm kurz durch den Kopf geschossen, doch was kümmerte ihn die Jagdsaison! Er war allein, und niemand hatte etwas gesehen.

Oder wurde er beobachtet? Während er neben dem toten Hirschen hockte, ließ er den Blick über den vom Mondlicht beschienenen Wald schweifen. Langsam drehte er sich einmal um die eigene Achse, woraufhin er sich wieder besser fühlte. Wenn jemand seine Augen auf ihn gerichtet hielt, dann mußten es die eines Skunks sein. Er hatte ihn schon früher gerochen. Vielleicht gehörten sie auch einem Rotluchs, der von den Bergen herabgewandert war. Kein Wunder, daß er sich unbehaglich fühlte. Er verdrängte seine Ängste und säuberte sein Messer an dem großen Blatt einer Pfeifenwinde, die sich an dem Baum neben ihm hochrankte.

Normalerweise hätte Moany sich mit dem Hirsch sofort auf den Weg zu seinem Truck gemacht, doch sein Gefühl sagte ihm, es könne sich vielleicht als nützlich erweisen, seine Neugier zu befriedigen und herauszufinden, weshalb der Mercedes es so eilig gehabt hatte. Deshalb hievte er den Kadaver des Tiers hoch in die Astgabel eines Baums, in der Hoffnung, daß ihn dort bis zu seiner Rückkehr kein kletterndes Raubtier entdecken würde. Er mußte es riskieren, auch wenn die Augen, die er gespürt hatte, wirklich einem Rotluchs gehörten.

Er ging bis zur Hauptstraße, wo er den Jeep entdeckte, dessen Nase sich tief ins Dickicht des Straßenrands gebohrt hatte. Der Fahrer war bewußtlos und mit leicht geöffnetem Mund auf seinem Sitz zusammengesunken. Sein Atem ging regelmäßig, und auch seine Gesichtsfarbe schien in Ordnung zu sein. Als Moany seinen Puls fühlte, war ihm klar, daß der Fremde überleben würde. Er beugte sich über das Gesicht des Mannes, konnte aber keinen Alkohol riechen.

Eine Jacke lag auf dem Boden des Wagens. Vermutlich hatte der Aufprall sie dort hingeschleudert. Moany ging zur Beifahrertür, drückte einen Ast zur Seite und beugte sich ins Auto, um die Jacke herauszuziehen. Er wollte nach der Brieftasche suchen. Der Anblick eines Tonbands, das neben einer Kühltasche auf der Gummimatte lag, lenkte ihn jedoch von seinem Vorhaben ab. Die Jacke hatte es vorher zugedeckt. Das Tonband lief noch.

Der Bursche mußte beim Fahren etwas aufgenommen haben. Er war also gar nicht betrunken. Im Gegensatz zu dem ihm entgegenkommenden Fahrer des Mercedes, vermutete Moany. Kein Wunder, daß der Bursche im Straßengraben gelandet war. Moany selbst trank nicht. Seit Jahren hatte er keinen Tropfen mehr angerührt. Außerdem machte er nur selten zwei Dinge gleichzeitig, denn er konzentrierte sich immer genau auf das, was in seiner Umgebung geschah. Wachsamkeit war sein Credo. Dann fiel Moany der Hirsch wieder ein, und er lächelte säuerlich. Man konnte so aufmerksam sein, wie man wollte, es würde nichts nutzen, wenn die Stunde geschlagen hatte.

Ihm kam ein Gedanke. Moany warf die Jacke auf den Sitz und griff nach dem Tonband. An die Seite des Jeeps gelehnt drückte er auf die Rückspultaste und ließ das Band eine Weile laufen. Dann drückte er auf »Stop« und anschließend auf »Play«. Moany hörte eine Männerstimme. Er erkannte sie. Auch die Frauenstimme, die folgte, war ihm bekannt. Er ließ das Tonband laufen, bis die beiden Stimmen verstummten, drückte auf »Stop« und wollte gerade noch einmal die Rückspultaste betätigen, um sich auch den verpaßten Anfang des Gesprächs anzuhören, als sich der Mann bewegte und stöhnte. In Panik ließ Moany das Tonband fallen und flüchtete in den Wald.

Erst als er stehenblieb, um Luft zu schöpfen, ging ihm auf, daß er das Tonband hätte mitnehmen sollen. Er verfluchte seine Dummheit, zuckte resigniert mit den Schultern und stapfte zu dem Hirsch zurück. Unterm Strich war es eine erfolgreiche Nacht gewesen.

6

Ein grimmiges kleines Gesicht starrte zu Will hinab. Es war ein faltiges, kindliches Gesicht mit einer breiten, flachen Nase und den uralten Augen eines Mannes. So dunkel und schrumpelig wie das eines Affendämons. Jetzt war Will endgültig verwirrt. Er war bei Bewußtsein, doch er befand sich an einem anderen Ort. Der Aufprall hatte die beiden Kollisionen in seinem Kopf so miteinander verschmelzen lassen, daß er sie nicht mehr voneinander unterscheiden konnte, weder was die Zeit betraf noch den Ort.

Lippen und Zunge in dem verkniffenen Gesicht bewegten sich, als würde es sprechen. Doch so sehr Will sich auch bemühte zu verstehen, er hörte nur das ohrenbetäubende Summen der Zikaden, das seinen ganzen Kopf auszufüllen schien. Als das Gesicht näher kam, ging ein Adrenalinstoß durch seinen Körper. Er versuchte schützend die Arme hochzureißen, um das, was der Mann oder Dämon vorhatte, abzuwehren, aber statt dessen verlor er erneut das Bewußtsein.

Minuten, vielleicht auch Stunden später, kam er wieder zu sich. Es war, als kämpfe er sich durch ein Tuch, das seinen Körper und auch sein Gehirn einhüllte. Mühsam öffnete er die Augen. Er war nach vorn gesunken, sein Kopf lag auf dem Steuerrad, und der zuvor aufgeblasene Airbag war wie ein zu früh ausgebreitetes Leichentuch wieder in sich zusammengesunken. Vorsichtig hob er den Kopf und bewegte ihn von einer Seite zur anderen, bevor er den Rest seines Körpers untersuchte. Außer einem Schmerz, der von seiner Schläfe ausging und in immer kleiner werdenden Wellen durch seinen Körper flutete, schien er mehr oder weniger unverletzt zu sein. Will drückte den Airbag zur Seite und setzte sich auf, wobei er seine Hände am Steuerrad aufstützte.

»Verdammt.«

Soeben hatte er festgestellt, daß die Schnauze des Jeeps sich in schrägem Winkel tief ins dichte Gebüsch des Grabens gebohrt hatte. Jetzt tat es ihm leid, daß er sich kein Autotelefon hatte installieren lassen. Für alle Welt unerreichbar zu sein, war ihm einfach wie Luxus vorgekommen.

Es war dunkel geworden. Rund und voll stand der Mond am wolkenlosen Himmel und beleuchtete die stille Straße, die wie ein schwarzes Band zwischen der hohen Böschung lag. Das Auto, das ihn in den Graben gezwungen hatte, war nicht mehr zu sehen. Nach dem kleinen Affengesicht suchte er erst gar nicht. Er wußte, daß es nicht existierte. Es war einfach eine Nachwirkung der Gehirnerschütterung, die er von dem Hubschrauberunfall davongetragen hatte. Als er die Tür öffnete, um auszusteigen, wurde ihm schwindlig. Er mußte sich mit einer Hand an der Kühlerhaube abstützen, um nicht zu stürzen. In dem Moment, als der Boden zu schwanken begann und das Zirpen der Zikaden in abgehackten Wellen über ihn hinwegrollte, hörte er aus dem Waldstück auf der anderen Straßenseite ein Geräusch näher kommen. Jemand bewegte sich schnell, zerbrach Zweige und kämpfte sich durchs Unterholz.

Sofort wurde Wills Kopf wieder klar. Wie immer, wenn er wach und aufmerksam sein mußte, waren Schwindel und Kopfschmerz vergessen. Er richtete sich auf und drehte sich in die Richtung, aus der das Geräusch kam. In dem Moment trat jemand aus dem Wald und stand auf der anderen Seite eines Stacheldrahtzauns oben auf der gegenüberliegenden Böschung. Es war eine schlanke junge Frau, Mitte bis Ende Zwanzig, in einem ärmellosen weißen Kleid. Ihre nackten Füße steckten in Sandalen. Ihr blondes Haar war zerzaust, und sie hielt sich keuchend die Seite. Vor dem dunklen Hintergrund der Bäume wirkte sie wie ein Tier, das man gestellt hatte. Sie starrte ihn wortlos und mit schreckgeweiteten Augen an, als habe sie genausoviel Angst vor dem, was sie vor sich sah, wie vor dem, was hinter ihr lag. Halb im Mondlicht, halb im Schatten stehend, konnte Will sie nur undeutlich erkennen, doch sie war zweifelsohne schön. Sie erinnerte ihn an ein römisches Wandgemälde, das er einmal gesehen und nie wieder vergessen hatte. Es zeigte eine fliehende Nymphe in einer dunklen, mythischen Landschaft.

In der Ferne lauerte, kaum noch sichtbar, ein ziegenartiges Wesen, das tanzend auf einem Schilfrohr blies. Als Will die Straße überquerte, rechnete er fast damit, den Klang der Flöte zu hören. Er hob grüßend die Hand, um die junge Frau zu beruhigen. Ihm war es plötzlich sehr wichtig, daß sie sich nicht ängstigte.

Von ihrem Platz am Waldrand aus lächelte sie auf ihn herab. Es war ein kurzes Anheben der Mundwinkel, das fast sofort wieder verschwand. Doch ihre körperliche Anspannung löste sich allmählich. Sie nahm ihre Hand von der Seite. Ihre Schönheit kam Will so rätselhaft vor wie die der Frau auf dem antiken Wandgemälde. Es waren weniger die Einzelheiten als das Gesamtbild, das ihn faszinierte. Außergewöhnliche Züge fügten sich zu einem einzigartigen, jedoch schwer faßbaren Ganzen. Er argwöhnte, daß seine Wahrnehmung dieser Frau, deren Umrisse auf so mysteriöse Art verschwommen schienen, das Resultat einer Gehirnerschütterung sein könnten. Gleichzeitig aber hatte er das Gefühl, daß seine Sinne eigenartig geschärft waren.

»Ich habe den Unfall gehört«, sagte sie. »Geht es Ihnen gut?« Ihre Stimme war angenehm weich, ohne die in den Südstaaten übliche gedehnte Sprechweise. Doch die Besorgtheit, die in ihrer Stimme mitschwang, schien Will fast übertrieben für einen Fremden, der bereits wieder auf den Beinen war.

»Ich denke schon. Mein Auto scheint mehr abbekommen zu haben als ich.«

»Gott sei Dank. Autos kann man reparieren.« Ihr Gesicht blieb ernst, wirkte aber nicht mehr so besorgt wie vorher.

»Sie sagen das mit solcher Überzeugung, daß Sie mir vermutlich einen guten Mechaniker nennen können. Ich denke, ich werde einen brauchen.«

Diesmal war ihr Lächeln von Dauer. Sie kam näher und legte ihre rechte Hand auf den obersten Strang des Stacheldrahtzauns. Jetzt beleuchtete das Mondlicht ihr Gesicht, und Will sah, daß ihr Profil bei aller Regelmäßigkeit und Feinheit eher durchschnittlich war. Nur ihre großen, leuchtenden Augen verliehen ihr außergewöhnliche Ausstrahlung.

Sie warf einen kurzen Blick auf den Jeep und dann auf den Graben voller Giftsumach, die steile Böschung und den Zaun, der zwischen ihr und Will lag. Ihr Gesichtsausdruck war nachdenklich, als schätzte sie ab, wieviel Mühe es erforderte, diesen Graben zu überwinden. Vielleicht versicherte sie sich aber auch nur der Grenzen, die es ihr ermöglichten, so spät in der Nacht allein mit einem Fremden an der Landstraße zu stehen. In dem Moment bemerkte Will ihre linke Hand, die mit einem elastischen Verband umwickelt war und von den Falten ihres Baumwollkleids halb verborgen wurde.

Sie wollte gerade etwas sagen, als in der Ferne die Sirene eines Rettungswagens ertönte. Sie drehten beide den Kopf in die Straßenrichtung, aus der der Wagen kam. Als Will wieder zu ihr blickte, hatte sie sich bereits an den Waldrand zurückgezogen.

»Das wird der Rettungsdienst sein«, sagte sie zu ihm. »Ich bin froh, daß er kommt, und auch, daß Sie nicht verletzt sind.« Die Erleichterung in ihrer Stimme spiegelte sich auf ihrem Gesicht wider – zu stark, wie Will meinte. Es schien, als habe sie das Gefühl, noch einmal davongekommen zu sein. Vielleicht war sie auch einfach nur dankbar dafür, daß sie nicht den barmherzigen Samariter spielen mußte. Sie biß sich auf die Lippe und schien noch etwas sagen zu wollen, doch bevor Will reagieren konnte, hatte sie sich umgedreht und war im Dickicht verschwunden. Einen kurzen Moment konnte Will noch ihre hastigen Schritte hören, bevor das Heulen der Sirene jedes andere Geräusch übertönte.

Der Rettungswagen parkte am Straßenrand vor ihm. Zwei Männer sprangen heraus. Der eine begann Lichtsignale aufzustellen, um die Unfallstelle zu sichern, während der andere auf Will zukam. Er hatte die Statur eines Footballspielers, und das Gesicht unter dem ergrauenden Bürstenschnitt wirkte nüchtern. Ein Namensschild auf seinem Hemd wies ihn als Joseph Barnum aus. Besorgt suchte er bei Will nach Spuren einer Verletzung, doch noch bevor er etwas sagen konnte, versicherte Will, daß ihm nichts fehle.

»Ich weiß, worauf ich achten muß«, fügte er hinzu, als der andere ihn zweifelnd musterte. »Ich habe selbst eine Ausbildung zum Rettungssanitäter gemacht.«

Jetzt trat der zweite Sanitäter zu ihnen, ein hoch aufgeschossener Mann Mitte Zwanzig, dessen langes braunes Haar zu einem Pferdeschwanz zusammengebunden war. Wie sein älterer Kollege trug er dunkle Hosen und ein weißes Hemd mit den Abzeichen des

Rettungsdienstes auf den Schulterklappen. Beide Männer drängten Will, mit ihnen ins Kreiskrankenhaus zu fahren, um sich untersuchen zu lassen. Er stimmte zu, daß eine Röntgenaufnahme vielleicht nicht schaden könnte, doch es gelang ihm, sie zu überreden, selbst dorthin zu fahren, wenn sein Auto erst aus dem Graben wäre.

»Können Sie mir damit einen Abschleppwagen rufen?« Er deutete auf das Funkgerät, das an ihrem Gürtel hing.

»Vielleicht brauchen Sie gar keinen Abschleppwagen«, meinte der Ältere. Vorsichtig bahnte er sich einen Weg in den Graben zur Kühlerhaube des Jeeps. Einen Moment später verkündete er, daß sie den Wagen vermutlich ohne größere Schwierigkeiten herausbekommen würden, wenn der Motor nicht beschädigt sei. »Starten Sie den Motor, wenn ich das Kommando gebe. Travis kann mir hier unten helfen.«

Während Travis zu seinem Kollegen in den Graben stieg, kletterte Will in den Jeep. Erst da bemerkte er, daß seine Jacke nicht mehr über dem Beifahrersitz hing und das Tonband verschwunden war. Er verfluchte den Fahrer des anderen Wagens, der ihn anscheinend nicht nur von der Straße gedrängt, sondern auch noch ausgeraubt hatte, entdeckte dann aber die zerknitterte Jacke auf der Kühltasche und das Tonband auf der Gummimatte daneben.

»Jetzt anlassen!« rief Barnum.

Zu Wills Erleichterung sprang der Motor sofort an. Die beiden anderen Männer stemmten sich mit den Schultern gegen die Kühlerhaube, während Will den Rückwärtsgang einlegte. Nach kurzem Widerstand gab der Graben den Wagen frei.

»Die Stoßstange ist verbogen, und er hat ein paar Kratzer abbekommen, doch sonst ist dem Wagen nicht mehr passiert als Ihnen«, sagte Barnum zu Will, während er sich den Schmutz von der Hose klopfte. »Offensichtlich sind Sie beide noch mal mit einem blauen Auge davongekommen.«

Will bedankte sich bei ihnen und bot ihrem Team die Summe an, die er einem Abschleppdienst gezahlt hätte. Als er den Scheck ausstellte, fiel ihm ein, das jemand den Unfall gemeldet haben mußte, doch als er sich danach erkundigte, wer das gewesen sei, schüttelte Barnum nur den Kopf. »Wir werden von der Zentrale geschickt. Vielleicht wissen die mehr.« Er warf einen Blick auf Wills Scheck und steckte ihn dann mit einem Lächeln in die Hosentasche. »Ich glaube, das hätte für eine ganze Kolonne Abschleppwagen gereicht. Wir bedanken uns herzlich.«

»Alles reine Berechnung«, erklärte Will, »vermutlich werde ich mich hier länger aufhalten.«

»Wo genau?«

»An einem Ort namens Little Grove.«

Travis, der mit der Hand über die Seite des Jeeps streichelte, als handle es sich um ein Pferd, blickte jetzt zu Will hinüber. Die Neugier stand ihm ins Gesicht geschrieben. »Mein Vetter Moany Scrimsher besitzt ganz in der Nähe ein paar Hektar Land«, meinte er fröhlich. »Hoffentlich sind Sie nicht abergläubisch«, fügte er dann hinzu.

»Warum?«

Travis fing den Blick seines Kollegen auf, zuckte mit den Schultern und sagte dann zögernd, als bedaure er seine vorschnellen Worte: »Ach, Sie wissen schon. Geschichten. Schlechtes Karma und so.«

»Häuser, die zu lang leer stehen, bekommen bei den Einheimischen einen gewissen Ruf«, erklärte der ältere Sanitäter nüchtern. »Um ihre Kinder von fremden Grundstücken fernzuhalten, fällt den Leuten nichts Besseres ein, als ihnen Schauergeschichten zu erzählen.«

»Das stimmt!« Travis' Gesicht hellte sich wieder auf. »Ich erinnere mich noch an eine Geschichte, die meine Eltern mir als Kind immer erzählt haben. Das war kurz nachdem Miz Stratton das Anwesen gekauft hat ...«

Barnum schnitt seinem Kollegen das Wort ab. »Mrs. Stratton war eine echte Dame, wie man sie sich netter nicht vorstellen kann. Was immer dort vorgefallen sein mag, sie hat nichts davon gewußt.«

»Das behaupte ich ja gar nicht«, protestierte der Jüngere. »Wie ich gehört habe, liegen diese Geschichten sowieso schon mehr als hundert Jahre zurück. Sie war zwar alt, aber so alt war sie nun auch wieder nicht.«

Als Will nach dem Weg fragte, wies Travis über seine Schulter. »Die Straße runter, ungefähr eine halbe Meile weit.«

Die Blinklichter des Rettungswagens beleuchteten ein kleines

Schild, das Will bisher nicht bemerkt hatte. »Nach Greengrove« stand darauf. Er hatte die Abzweigung verpaßt. Direkt unterhalb des Schildes bog eine schmale Kiesstraße in den Wald. Die junge Frau in Weiß mußte aus dieser Richtung gekommen sein. Vielleicht war sie ja am Steuer des anderen Wagen gesessen.

»Dann werden Sie ein Tor sehen«, sagte Travis. »Fahren Sie bloß nicht durch, denn dahinter liegt das Land von Mr. Louden. Moany sagt, daß Burke Louden schon in die Luft geht, wenn einer bloß über seinen Zaun schaut.«

»Was ich gehört habe, schaut dein Vetter nicht nur«, meinte Joseph Barnum trocken. »Vielleicht stellt sich Mr. Louden deshalb so wegen seiner Tore an. Wenn Moany in der Gegend ist, fliegen einfach zu viele Wachteln in die falsche Richtung drüber weg.«

Travis grinste. »Sag das bloß nicht in Moanys Gegenwart, sonst wirst du sofort seinen Zorn zu spüren bekommen.«

Barnum wandte sich an Will und bat ihn, eine Erklärung zu unterzeichnen, die dem Rettungsdienst die Verantwortung für seine Entscheidung, selbst ins Krankenhaus zu fahren, abnahm. Er erklärte Will den Weg und versprach ihm, in der Notaufnahme anzurufen, damit sie dort wüßten, daß er unterwegs war. »Lassen Sie sich am besten noch heute abend untersuchen. Es lohnt sich nicht, wenn Sie morgen aufwachen und es Ihnen leid tut, nicht dort gewesen zu sein.«

Als der Rettungswagen abfuhr, schaute Will auf seine Armbanduhr. Seit der Landung im Graben war etwa eine Stunde vergangen. Er schätzte, daß er ungefähr zehn Minuten davon bewußtlos gewesen war, was bedeutete, daß die Person, die den Unfall gemeldet hatte, unmittelbar danach bei der Notfallzentrale angerufen hatte. Und da auf dieser Straße so wenig Autos fuhren, hielt er es nur für logisch, daß es der Fahrer des anderen Wagens gewesen sein mußte.

Er holte eine Taschenlampe aus dem Jeep und suchte den Asphalt nach Bremsspuren ab. Die breiten schwarzen Streifen, die er fand, schienen darauf hinzuweisen, daß der andere Wagen erst auf der asphaltierten Hauptstraße gefahren und dann in die Seitenstraße ausgeschert war. Die harte Erde und der Kies dort waren jedoch von zu vielen Reifenspuren zerfurcht, um sicher sagen zu können, ob der Wagen weitergefahren oder wieder auf die Hauptstraße eingebogen war.

Spielte es eine Rolle? fragte sich Will, als er hinter dem Lichtkegel der Taschenlampe die Seitenstraße entlangwanderte. Er konnte darüber spekulieren, ob das Mädchen in Weiß den anderen Wagen gelenkt hatte, sicher wissen würde er es nie. Außerdem traf ihn eine Teilschuld an dem Unfall. Auch wenn der andere Fahrer zu schnell und zu weit auf der linken Straßenseite gefahren war, hätte er die Landung im Graben vermeiden können, wenn er aufmerksamer gewesen wäre. Er sollte einfach nur dankbar sein, daß nichts Schlimmeres passiert war.

Er blieb stehen und sah sich um. Durch das dichte Netz der Äste fiel nur wenig Mondlicht. Auch hier versperrten Stacheldrahtzäune zu beiden Straßenseiten den Zugang zum Wald. Die Nacht roch nach Zedern und Erde. Im Graben neben ihm stöberte ein kleines Tier durch die trockenen Blätter. Irgendwo heulte eine Eule.

Während er so ins Dunkle starrte, wurde Will bewußt, daß er nach der Frau im weißen Kleid suchte. Ein Gefühl aufgeregter Erwartung überkam ihn, als er überlegte, daß sie irgendwo in der Nähe wohnen mußte. Vielleicht würde er sie wiedersehen.

7

Nach ihrer Ankunft schlief Sadie erschöpft mehrere Stunden lang. Als sie aufwachte, irritierte sie der schwache Geruch nach Skunk, der in der Luft hing. Sie fühlte sich wie umnebelt, fast narkotisiert. Doch so reagierte sie immer, wenn sie nach Hause kam, egal, zu welcher Jahreszeit. Sie mußte sich an die Luftveränderung gewöhnen und zu schnell zu viel aufnehmen.

Jetzt war es dunkel, und durch die Fensterläden drangen die Geräusche der ländlichen Nacht. Es war diese lebendige Stille, nach der sie sich so gesehnt hatte. Eigentlich gar keine Stille, sondern eine natürliche Sinfonie, in der sich die Laute von Grillen, Ochsenfröschen und Nachtvögeln vermischten und die vom Rauschen des Flusses durchzogen war. Die Biegung, die der Fluß um das Land beschrieb, sorgte dafür, daß er immer und überall zu hören war.

Sadie machte Licht und sah sich in ihrem ehemaligen Zimmer um. Blumen, die große Leidenschaft ihrer Mutter, dominierten. Echte und gemalte, in Vasen, an der Wand und im Muster des blaßgrünen Teppichs – sie waren überall. Über dem alten Bett hing eins von Theas Ölgemälden, das eine Kaskade voll erblühter Tulpen zeigte. Fast alle Spuren der einstigen Bewohnerin waren verschwunden. Es gab nur noch ein paar Fotografien und das pinkfarbene Partykleid, das in einer durchsichtigen Plastikhülle im Schrank hing. Sadie hatte es zur Erinnerung an den Verlust ihrer jugendlichen Naivität aufgehoben.

Sie hatte dieses Kleid nur einmal getragen, vor zehn Jahren auf einer Party, die Burke im Farmington Country Club gegeben hatte, um den Kauf von Greengrove zu feiern. Sie hatte der Bitte Julias mitzukommen nur deshalb entsprochen, weil ihre ältere Schwester sie so selten um etwas bat. Sie konnte Burke schon damals nicht leiden. Ihr war bewußt, daß sie mit ihrer Abneigung ziemlich allein dastand, denn die meisten Leute waren wie Julia von ihm begeistert.

Er war groß und rotblond, ein attraktiver Mann von vierzig Jahren mit tadellosen Manieren, gewinnendem Wesen und einer unglaublichen Energie, dank derer ihm alles in den Schoß zu fallen schien. Doch hinter seinem Charme verbarg sich ein eiserner Wille. Schon mit achtzehn hatte Sadie begriffen, daß ihre Abneigung genausoviel mit ihrem eigenen starken Willen zu tun hatte wie mit seiner Vergangenheit. Warum mußte ausgerechnet er jetzt Greengrove besitzen und noch dazu ihrer Schwester mit sichtlichem Erfolg den Hof machen?

Sadie hatte sich auf der lauten Party gelangweilt. Die meisten Gäste waren ältere Freunde von Burke, der selbst eine Weile verschwunden war, um angeblich über Telefon ein Geschäft mit New York abzuwickeln. Julia hatte die Gastgeberin spielen müssen, und Sadie war nach draußen in den Garten zum Pool gegangen. Die Jardines waren aus Kostengründen schon lange keine Clubmitglieder mehr, doch als Kind war sie hier immer mit ihren Freunden schwimmen gegangen. Einen Sommer lang erschien jeden Nachmittag eine ältere Dame auf dem Balkon über der Poolterrasse und warf Lutscher in die wartende Kindermenge. Sadie war es dabei weniger um die Süßigkeit selbst gegangen als um das damit verbundene Ritual und den biegsamen Lutscherstiel, den sie immer als Ring um einen ihrer Finger wand.

Während sie noch an die Dame mit den Lutschern dachte, stieg sie die Stufen zum Balkon hinauf. Ihr war gar nicht bewußt, daß sie sich im Gästetrakt des Clubs befand, wo die Schlafzimmer lagen. Ganz in ihrer Nähe öffnete sich eine Tür zum Balkon, und Sadie hörte das Lachen einer Frau, die dann recht deutlich sagte: »Jetzt geh zurück zur Party. Ich muß mich noch ein wenig zurechtmachen. Du hast ein schreckliches Durcheinander aus meiner Frisur gemacht.« Eine Männerstimme antwortete mit einem leisen, intimen Brummen, worauf die Frau wieder lachte. Sadie erkannte die Frauenstimme. Sie gehörte Babs Filmer, einer etwas schlampigen, hübschen Frau Ende Dreißig, deren Mann über ihre Affären hinwegsah. »Baumel-Babs« wurde sie von Sadie und ihren Freunden genannt, weil sie fast nie einen BH trug. Verlegen und gleichzeitig amüsiert wollte Sadie sich gerade umdrehen und gehen, als ein Mann aus der offenen Tür auf den Balkon trat und sich eine Zigarre ansteckte. Das Gesicht, das über dem brennenden Streichholz aufleuchtete, gehörte Burke. Der kurze Schreck, der bei ihrem Anblick in seinen Augen aufblitzte, wich schnell der gewohnten Kaltblütigkeit. Er schnippte das abgebrannte Streichholz über das Balkongeländer.

»Hast du mich gesucht?«

»Nein. Und ich glaube, Mr. Filmer sucht dich auch nicht.«

Er lächelte amüsiert, weshalb sie sich sehr jung und dumm vorkam. »Das war nicht, was du denkst«, sagte er leichthin und wies mit dem Kopf ins Zimmer hinter sich, dessen Tür jetzt geschlossen war.

»Woher willst du wissen, was ich denke?«

»Ich weiß, du glaubst, ich bin der Falsche für Julia.« Das Ende seiner Zigarette glühte auf, als er einen tiefen Zug nahm.

Sie wußte sofort, daß er ihr in allem, was Julia betraf, widersprechen würde. Er hatte ihr den Kampf angesagt, das war nur zu deutlich, und er würde immer stärker sein als sie. Trotzdem bemühte Sadie sich um einen kühlen Ton. »Nun, wenn das zutrifft, wird auch das zutreffen, was ich über die andere denke.«

»Ich würde mir erst gar nicht die Mühe machen, Julia deine Phantasien mitzuteilen. Sie wird dir sowieso nicht glauben.«

»Ich denke doch.«

Langsam schüttelte er den Kopf. »Ich werde es abstreiten, und sie wird mir glauben *wollen.* Dich wird sie nur dafür hassen, daß du sie so verwirrst.«

»Dann soll sie mich ruhig hassen. Hauptsache, es hält sie davon ab, dich zu heiraten.«

Bevor er noch etwas sagen konnte, hatte sie sich umgedreht und war die Treppe hinuntergerannt. Das Adrenalin ließ ihr Herz pochen. Sie mußte sich erst beruhigen und überlegen, wie sie Julia am besten beibrachte, was sie gesehen hatte, weshalb sie einen langen Spaziergang über das Gelände machte. Das stellte sich als fataler Fehler heraus, denn als sie zur Party zurückkehrte, eilte einer der Gäste strahlend auf sie zu. »Hat man jemals etwas so Romantisches gehört?«

»Was?« fragte Sadie und wußte bereits die Antwort.

»Natürlich die Verlobung von Julia und Burke. Warst du denn nicht da, als sie es bekanntgaben?«

Burke war schneller gewesen als sie.

»Aber er ist doch viel zu alt!« hatte Sadie später am Abend Julia gegenüber protestiert. Ihre Schwester war spät nach Hause gekommen, und Thea schlief schon lange. Es war in Sadies Zimmer gewesen, diesem Zimmer. Am Türrahmen lehnend, hatte Julia sich Sadies geflüsterten Protest angehört.

Doch sie lachte nur. Schlank wie eine Gerte stand sie in ihrem hellgelben Kleid da und strahlte vor Glück. »Aber Gott sei Dank nicht zu alt. Außerdem habe ich keine Lust mehr auf kleine Jungen. Es ist sehr angenehm, mit jemandem zusammenzusein, der weiß, was er will.«

Sadie versuchte es noch einmal. »Aber du kannst jetzt nicht heiraten. Du willst doch Tierärztin werden und hast noch viele Jahre Studium vor dir.« Sie saß im Bett und hatte die Decken zurückgeworfen. Die Noppen der Tagesdecke aus Chenille fühlten sich unter ihrer Hand an wie Kieselsteine.

»Ach Sadie, hast du dir jemals etwas so sehr gewünscht, daß du geweint hast, weil du wußtest, daß du es nie bekommen würdest? Und dann wird es dir plötzlich auf dem Silbertablett serviert? Wie kann ich da nein sagen?«

Sadie wußte, daß sie Greengrove meinte.

»Du hast das unpersönliche Personalpronomen benutzt«, bemerkte Sadie kalt, als Julia sich zum Gehen wandte. »Es. Nicht er oder ihn.«

Julia fuhr herum. Wut stand in ihrem schönen Gesicht. »Sei doch nicht immer so ein verdammter Klugscheißer! Sonst wird *dich* niemand heiraten wollen.« Dann beugte sie sich zerknirscht zu Sadie hinab, umarmte sie und entschuldigte sich.

»Er hat mir alles erzählt. Er hat gerade Schluß mit ihr gemacht, es war das letzte Mal. Es hat nichts bedeutet. Wenn du älter bist, wirst du das verstehen.«

»Eins werde ich nie verstehen«, stieß Sadie unter Tränen hervor, »nämlich, wie du dich für ein bißchen Land und ein heruntergekommenes Haus verkaufen kannst!«

Sie hatte sich geweigert, zur Hochzeit, die Ende September

stattfand, aus dem College zurückzukommen. Auf Thea war sie fürchterlich wütend gewesen, weil sie es zuließ. Bewußtes Verdrängen – anders konnte sie sich die Hochzeit ihrer Schwester nicht erklären. Die für Virginia typische Neigung, bestimmte Dinge einfach zu ignorieren, hatte sich wieder einmal durchgesetzt. Sadie erklärte sich das alles mit ihrer Familiengeschichte, den Jahren der Sklaverei, als ihre Ahnen gegenüber dem Unrecht vor ihrer Haustür einfach die Augen verschlossen. Es war ihnen in Fleisch und Blut übergegangen und hatte sich von einer Generation auf die nächste vererbt. Im besten Fall verlieh es denen, die leiden mußten, so etwas wie stoische Gelassenheit, und im schlimmsten Fall ließ es Tragödien wie die Ehe ihrer Schwester zu.

Als hätte ihre Mutter die Dinge in irgendeiner Weise beeinflussen können! Die Erinnerung an ihre melodramatische Reaktion auf die Ereignisse entlockte Sadie ein wehmütiges Lächeln. Sie nahm das Kleid aus dem Schrank, knüllte es zusammen und stopfte es unter das Bett. Im nächsten Augenblick klopfte es an der Tür, und Thea betrat mit einem Glas Eistee das Zimmer.

»Du hast so müde ausgesehen«, sagte sie, als sie Sadie das Glas reichte, »deshalb habe ich dich schlafen lassen. Dies wird dir helfen, wach zu werden. Wenn du soweit bist, können wir essen. Es gibt keinen Grund zur Eile. Ich weiß, daß du noch nach kalifornischer Zeitrechnung lebst.«

»Laß mich erst auspacken.« Sadie nahm einen großen Schluck von dem süßen Tee. Dann stellte sie das Glas ab und leerte den Inhalt ihrer Handtasche aufs Bett, um nach dem Kofferschlüssel zu suchen. Burkes Etikett flatterte zu Boden. Ihre Mutter bückte sich, um es aufzuheben, und legte es auf den Schreibtisch.

»Wie hat Julia darauf reagiert?« fragte Sadie. Ihre wirkliche Reaktion, hätte sie am liebsten hinzugefügt. Obwohl unwahrscheinlich war, daß Julia, die nur wenig von ihrem Innenleben preisgab, sie Thea anvertraut hätte.

»Pragmatisch.«

Thea wandte sich ab, um die Lilien in der Vase auf der Kommode zu arrangieren. Ihr Duft, der so fein wie die zarten Blätter ihrer Blüten war, erfüllte das Zimmer. Wie viele Blumen im Garten waren auch diese aus Zwiebeln gezogen, die noch von Greengrove stammten. Im Haus ihrer Kindheit gab es überall Erinnerungen an Greengrove.

»Was meinst du mit pragmatisch?«

»Sie glaubt, daß es gut für Greengrove ist.«

Und was für Greengrove gut war, war auch für Julia gut. Das war die Lebensphilosophie ihrer Schwester, auch wenn sie es nicht zugab. Sadie wußte, daß Thea dies genauso sah wie sie.

»So wie's aussieht, gibt es auf der Flasche noch ein weiteres Etikett«, fuhr Thea fort. »Es soll in einem kurzen Text erläutern, warum der Kelch so wichtig ist.« Als sie Sadies Gesichtsausdruck sah, fügte sie hastig hinzu. »Nur das Wichtigste. Und daß er während des Bürgerkriegs verschwunden und vielleicht irgendwo auf dem Anwesen versteckt ist.«

Sadie lächelte sarkastisch. »Hat Burke keine Angst, seine Kunden könnten anfangen, auf seinem Land danach zu graben?«

»Vielleicht hält er das für eine preisgünstige Möglichkeit, Land für mehr Weinberge zu roden.« Theas Lächeln verriet eine Spur von Bosheit.

Sadie ging auf den Scherz ein. »Und für die Schaufeln könnte er noch stundenweise bei ihnen abkassieren.«

»Der Huckleberry Finn unter den Winzern?«

»Meinst du nicht, er ist mehr ein Injun Joe als ein Huckleberry Finn?« fragte Sadie über die Schulter. Sie hatte den Kofferschlüssel zwischen ihrem Kleingeld gefunden und begann jetzt auszupacken.

Thea, die Sadies Kleider in den Schrank hängte, ging auf diesen Kommentar nicht ein. Unangenehme Wahrheiten ließ sie einfach an sich abprallen, dachte Sadie. Dabei ignorierte sie diese gar nicht, ihr waren nur einfach die Dinge, die sie glücklich machten, wichtiger. Sadie bewunderte und bedauerte diese Einstellung. Besonders störte sie daran, daß es so schwierig war, mit Thea über bestimmte Themen zu sprechen, vor allem über Julias Ehe.

»Dann wird Burkes Geschichte also gar nicht auf jüngere Episoden in Zusammenhang mit dem Kelch eingehen?« fuhr Sadie nach einer Weile fort.

»Wozu? Sie sind kaum inspirierend.«

»Außerdem spielt in ihnen seine Mutter eine etwas zweifelhafte Rolle.«

Mit einer energischen Handbewegung schob Thea die Kleider, die bereits im Schrank hingen, zur Seite, um Platz für die Hosen zu schaffen, die sie in der Hand hielt. Das Metall klirrte, als sie die Kleiderbügel auf die Stange hängte. Mit ernstem Gesicht drehte sie sich zu Sadie um. »Was geht uns das heute noch an, mein Schatz? Es ist Vergangenheit. Irgendwann muß man einfach loslassen.«

»Du willst mich übers Loslassen belehren?« fragte Sadie spöttisch und versuchte, die Verärgerung, die sie in Wahrheit spürte, zu überspielen. Sie ließ ihren Blick durchs Zimmer wandern. Thea war in der Familie dafür berüchtigt, daß sie niemals etwas wegwerfen konnte. Selbst alte Zeitungen und Marmeladengläser verwandelte sie in Familienandenken. Fast jeder Gegenstand im Zimmer hatte einen Bezug zur Familiengeschichte, von dem schönen Bett und dem kleinen Holzstuhl mit der geschnitzten Rose in der Lehne, die beide den Eltern von Sadies Vater gehört hatten, bis hin zu der Sammlung silbergerahmter Familienporträts auf dem alten Stück Taufkleidspitze, das auf der Kommode lag.

Thea lächelte. Doch dann verblaßte dieses Lächeln. »Ich spreche von traurigen Erinnerungen, Sadie. Nicht von Dingen, die uns an glückliche Stunden denken lassen«, sagte sie mit ernster Stimme.

»Ich bin diejenige, die von zu Hause weggegangen ist. Wenn einer nicht loslassen kann, ist es Julia.«

»Weggehen ist nicht gleichbedeutend mit loslassen.« Thea wandte sich ab, um das letzte Kleid aufzuhängen.

Vielleicht nicht, dachte Sadie, aber es machte das Vergessen leichter.

»Das ist ja wunderschön!« rief ihre Mutter. Sie hielt ein Kleid aus silberdurchwirktem Netzgewebe über dunkelroter Seide hoch. Die Verkäuferin hatte Sadie trotz des Preises zu diesem Kleid überredet. Es passe perfekt zu ihrem Typ, hatte das Mädchen gesagt, und Sadie mußte ihr zustimmen.

»Es ist für die Party morgen.«

»Du und Julia, ihr werdet die Schönsten sein!« Theas Gesichtsausdruck wurde weich, als sie die Hand ausstreckte, um Sadies Arm zu berühren. »Ich bin so froh, daß du gekommen bist, mein Schatz.« Sie nahm Sadies leeres Glas und verließ das Zimmer.

Es war so leicht, ihre Mutter glücklich zu machen, dachte Sadie in einem Anfall von Reue. Sie sollte sie nicht immer mit ihrer Abneigung Burke gegenüber belästigen, das machte Thea nur unglücklich. Langsam verstaute sie ihre restliche Kleidung und schob den Koffer dann zu dem zusammengeknüllten Kleid unters Bett. Wieder überkam sie dieses vertraute Gefühl aus Ärger und Zuneigung, das ihre Mutter immer bei ihr hervorrief. Sie sahen sich so selten, daß jeder Besuch ganz eigene Probleme aufwarf. Ihr Umgang miteinander war wie ein ritueller Tanz, in dem sie sich für einen kurzen Moment annäherten, um sich dann in der bewährten, komplexen Choreographie, die bestimmte Punkte bewußt mied, wieder zu entfernen.

Sadie verstand, daß Thea nach den Regeln lebte, in denen sie erzogen wurde. Oberstes Gesetz war die Loyalität gegenüber der Familie. Nicht klagen, nicht kritisieren, die eigenen Sorgen für sich behalten und anderen gegenüber ein fröhliches Gesicht zeigen. Gar keine schlechten Regeln, überlegte Sadie, wenn damit nicht Tausende von Sünden zugedeckt würden, mit denen sich die nächste Generation in irgendeiner Weise wieder auseinandersetzen mußte. Manchmal waren diese Sünden genetisch bedingt. Wie unser Aussehen, dachte Sadie, als sie ihr Bild im goldgerahmten Spiegel über dem Schreibtisch betrachtete.

In einer Ecke des Goldrahmens steckte ein altes Foto. Es zeigte die sechs Monate alte Sadie zusammen mit der zweijährigen Julia und ihrer Mutter, die ein gepunktetes Sommerkleid trug, auf der Wiese vor Greengrove. Gott sei Dank war ihr Gesicht heute nicht mehr so rund wie das des rotblond gelockten Mädchens. Bei ihrer Schwester hingegen sah man schon mit zwei Jahren die blonde, zartgliedrige Schönheit, die sie von ihrer Mutter geerbt hatte. Frances Vann, das Kindermädchen, stand neben ihnen. Frances war jetzt tot, doch ihr Sohn und ihr Enkel lebten noch immer in dem modernen Haus unten an der Straße, das Clayton gebaut hatte, als sein Sohn geboren wurde. Der Anwalt hatte geschrieben, daß Clayton und Jordan Vann sich um Little Grove kümmerten. Morgen früh würde sie ihnen einen Besuch abstatten.

Noch einmal fiel ihr Blick auf das Etikett. Es war ein Blickfang, aber geschmacklos. Ein bißchen wie Burke selbst, dachte Sadie mit einem bitteren Lächeln. Ob er auch nur einen Gedanken daran verschwendet hatte, wie ihre Mutter auf das Etikett reagieren würde? Hatte er an das Leid gedacht, das dieser Kelch den Jardines gebracht hatte? Daran, daß der Großvater den letzten Rest seines kläglichen Vermögens mit der fruchtlosen Suche nach dem Kelch vergeudet hatte? Letztendlich hatte er die Jardines das Land gekostet, das sich über zweihundert Jahre in ihrem Besitz befand. Wenn Burke dieser Gedanke überhaupt gekommen war, hatte er sicher nicht viel Zeit darauf verschwendet. Plötzlich war sie schrecklich wütend, packte das Label, zerriß es und warf die Schnipsel in den Papierkorb. Als sie wenige Minuten später hinunterging, um Thea beim Anrichten des Abendessens zu helfen, hatte sie sich beruhigt und mußte sogar ein wenig darüber lächeln, wie schnell sie doch in das Trotzverhalten ihrer Jugend zurückfiel, sobald sie sich in diesem Haus aufhielt.

An einer Ecke des großen alten Mahagonitisches, der in dem kleinen Eßzimmer aussah wie ein Möbelstück für Riesen, das jetzt Zwergen gehörte, waren zwei Plätze gedeckt. Die Fußleiste des Tisches war so breit, daß Sadie dort bequem ihre Füße abstützen konnte. Als Kind war sie manchmal unter den Tisch gekrochen, um unbemerkt die Erwachsenen zu belauschen. Thea hatte ihr Lieblingsessen zubereitet: ganz dünn geschnittenen Virginia-Schinken, junge Maiskolben, kleine, frisch gebackene Brötchen und einen Salat aus roter Bete, grünen Bohnen und Gurke mit Essig. Bismarck, der deutsche Schäferhund ihrer Mutter, lag neben ihrem Stuhl und wartete darauf, daß etwas für ihn abfiel. Es gab eisgekühlten Tee in einer Silberkaraffe und eine Flasche Viognier von einem Weingut in Virginia. In einer niedrigen Silbervase standen Wicken. Die Mühe, die ihre Mutter sich gemacht hatte, rührte Sadie.

Während sie aßen, erzählte Thea ihr, daß sie endlich Burkes Tochter Katherine kennenlernen würde, die jetzt im Teenageralter war. »Sie bleibt einen ganzen Monat auf Greengrove, weil ihre Mutter geschäftlich irgendwo in Übersee zu tun hat.«

»Sie ist Anwältin für internationales Recht, oder?« Julia hatte einmal gesagt, daß Katherines Mutter beim Umgang mit Kurden mehr Geschick zeige als bei dem eigenen Kind.

Thea nickte. »Kompetent und ehrgeizig, sagt Julia. Vielleicht zu ehrgeizig. Katherine geht es im Moment nicht sehr gut. Fünfzehn ist kein leichtes Alter.«

Ein leichtes Alter. Gab es das überhaupt? Sadie strich sich Butter auf ein Brötchen. Wenn ja, dann hatte sie es noch nicht erreicht. »Arme Julia«, sagte sie.

»Die beiden kommen überraschend gut miteinander aus. Julia hat Katherine das Reiten beigebracht. Das scheint recht hilfreich zu sein.«

Vielleicht deshalb, weil Katherine jetzt die Kontrolle über ein Wesen hatte, das stärker als sie war, überlegte Sadie. Ein Pferd mit seinen eigenen Händen und Knien zu dirigieren war möglicherweise eine Kompensation für das Gefühl von Hilflosigkeit, das einen angesichts zweier so starker Eltern überkommen konnte. Sadie hatte Burkes Exfrau nie gesehen, doch sie kannte Burke gut genug, um zu wissen, daß er seine Kinder voll im Griff haben würde. Dann kam ihr ein anderer Gedanke, und sie mußte lächeln. Ihr sei gerade aufgegangen, erklärte sie ihrer Mutter, die nach dem Grund für ihre Fröhlichkeit fragte, daß Minty vermutlich noch einen anderen Grund hatte, die eine Hälfte von Little Grove Will Griffin zu vermachen.

»Vielleicht dachte sie, daß es in dieser Gegend noch ein zweites Alpha-Männchen geben müßte – als Gegengewicht zu Burke.«

Ihre Mutter schaute verblüfft. »Was für ein Männchen?«

»Alpha. Das ist der soziologische Ausdruck für einen dominanten Mann. Einen, der alle erforderlichen Eigenschaften hat, um Karriere zu machen.«

»Clayton Vann wohnt eine halbe Meile weit entfernt, und ich würde ihn kaum als Omega beschreiben, oder was immer das Gegenteil von Alpha ist.«

»Ja, aber Clayton ist friedliebend. Er schafft es immer, Problemen und schwierigen Menschen aus dem Weg zu gehen. Aber nach dem, was Minty mir von Will Griffin erzählt hat, stürzt dieser Mann sich kopfüber in jeden Ärger und beißt sich bis zum bitteren Ende durch. Er ist der Typ Mann, der Burke eine richtige Abfuhr erteilen könnte.«

Thea blickte verwirrt. »Warum sollte er?«

»Weil Burke den Weinberg von Little Grove will. Es wird zwei Jahre dauern, bis die Weinstöcke in Greengrove gute Trauben abwerfen. In der Zwischenzeit wird er welche kaufen müssen, um Wein herzustellen. Wenn er die Trauben von Little Grove hat, kann er von Anfang an ›Erzeugerabfüllung‹ auf die Flaschen schreiben. Das ist wesentlich eindrucksvoller. Er wird also ganz sicher ein Angebot für Little Grove machen.«

»Nun sei mal nicht so paranoid«, sagte Thea. »Ich halte es für wahrscheinlicher, daß Burke euch einfach die Trauben abkaufen will.«

Vielleicht, dachte Sadie, doch sie zweifelte daran. Burke wollte alles, was einmal den Jardines gehört hatte. Er würde nicht eher ruhen, bis er es besaß. Sicher war er wütend, weil Julia Little Grove nicht geerbt hatte.

Sadie nippte an dem Viognier. Er hatte ein leichtes Orangen- und Gewürzaroma und schmeckte köstlich. Sie wollte gerade ihre Mutter fragen, ob sie etwas über das Weingut wußte, das ihn herstellte, als Bismarck plötzlich aufsprang und sich dabei den Kopf am Stuhl stieß. Der Hund rannte zur offenen Haustür und bellte vor dem Fliegengitter wütend in die dunkle Nacht hinaus.

»Was um Himmels willen –«, begann Sadie.

»Das ist entweder ein Hirsch oder Moany Scrimsher«, sagte Thea. »Moany wollte heute abend eventuell wegen dem Rasenmäher vorbeikommen. Ich leihe ihn ihm gelegentlich, und dafür kümmert er sich einmal wöchentlich um den Rasen.« Sie stand vom Tisch auf und ging in die Diele hinaus. Sadie hörte, wie das Fliegengitter geöffnet wurde und ihre Mutter hallo sagte. Solange sie draußen war, hielt Bismarck am Gitter Wache und bellte den Besucher mißbilligend an. Wenig später saß Thea wieder am Tisch. »Ich frage mich, welchem Buchstaben die Soziologen wohl einen Mann wie Moany zuordnen würden«, sagte sie mit einem traurigen Lächeln.

»P für pathologisch«, erwiderte Sadie prompt. »Ich verstehe nicht, wie du ihn in deiner Nähe ertragen kannst. Er ist mir unheimlich, das ist er schon immer gewesen.« Ihre Einstellung zu Moany Scrimsher war einer der wenigen Punkte, in denen sie sich mit ihrem Schwager einig war. Burke traute dem Mann ebensowenig über den Weg wie sie.

»Moany hat auch gute Seiten«, sagte Thea ruhig. »Als vor zwei Jahren die Garage gebaut wurde, hat er mir sehr geholfen. Der Zementmischer mit der Ladung für den Boden war viel zu früh eingetroffen. Von den Bauarbeitern war noch keiner da. Der Fahrer weigerte sich aber, noch einmal zu kommen. Er hat einfach den nassen Zement abgeladen und ist weggefahren. Kannst du dir das vorstellen? Zum Glück war Moany gerade hier beschäftigt, und wir haben zusammen den Garagenboden ausgegossen.«

Sadie starrte ihre Mutter mit offenem Mund an. »Ma, du bist einfach unglaublich.« Sie hatte Sadie diese Geschichte noch nie erzählt, sich weder darüber beklagt, wie man sie behandelt hatte, noch mit ihrem Triumph geprahlt. »In Zukunft werde ich Moany gegenüber nachsichtiger sein.«

»Er ist kein Heiliger«, erwiderte Thea trocken. »Er hat einen ordentlichen Scheck für seine Arbeit bekommen, und jetzt ist er absolut unverschämt, wenn es darum geht, sich irgendwelche Werkzeuge zu leihen. Wenn ich nicht so recht will, bewundert er einfach unser gemeinsames Werk und bemerkt, was für ein Glück es doch war, daß er mir helfen konnte.«

Sadie lachte. »Aber dieser Trailer ...! Ich stell' mir immer vor, was er da für schreckliches Zeugs drin hat.«

»Oh, ich glaube, das Schrecklichste ist wahrscheinlich seine Einsamkeit. Moany ist die traurigste Kreatur, die ich kenne.«

»Du lebst auch allein und wirkst recht glücklich.«

»Ja, aber ich genieße meine eigene Gesellschaft. Moany haßt sich.«

»Ich hätte nicht gedacht, daß er über ein so gutes Urteilsvermögen verfügt.«

Das Mitleid, das ihre Mutter den Schwachen gegenüber empfand, auch wenn sie noch so unsympathisch waren, weckte bei Sadie die Neigung zur Grausamkeit, derer sie sich bewußt war und für die sie sich schämte. Als Sadie noch ein Kind war, mußte Thea nur über einen traurigen Fall berichten, und schon hatte sie eine sarkastische Antwort parat. Bei allen anderen konnte sie ihre weiche Seite zeigen, aber bei Theas missionarischen Anwandlungen gab es für sie kein Halten mehr. Jetzt fragte sie sich, warum sie einfach nicht nett zu ihrer Mutter sein konnte, obwohl alle anderen ihr sagten – und sie wußte, daß es stimmte –, wie liebenswert ihre Mutter war.

Nach dem Essen nahm Sadie ein langes Bad, zog sich dann ein Nachthemd an und half Thea beim Abwasch. Sie wickelte den Salat in ein feuchtes Tuch und öffnete den Kühlschrank, um ihn dort zu verstauen. Wie immer stand er voll mit offenen Schüsseln, in denen Essensabfälle vor sich hinschimmelten. »Ist das hier ein Kühlschrank oder ein Inkubator?« zog sie Thea auf. »Du züchtest mehr Arten von Schimmel als Louis Pasteur.«

Bismarck, der auf dem Küchenboden gelegen hatte, hob plötzlich den Kopf und stieß ein leises Bellen aus. Dann stand er auf und trottete in die Diele hinaus, wo er wartend und diesmal mit wedelndem Schwanz vor dem Fliegengitter stand.

»Komisch«, sagte Thea. »Ich habe gar kein Auto gehört. Du etwa?«

Als sie die Tür öffnete, lief Bismarck nach draußen. Diesmal kam Besuch, den er mochte. »Julia!« hörte Sadie ihre Mutter durch das offene Fenster, das auf den dunklen Vorgarten hinausführte, überrascht ausrufen. »Was ist passiert?« fügte sie dann besorgt hinzu.

Schnell streifte Sadie die Gummihandschuhe ab und rannte nach draußen. Thea kam gerade die Treppe herauf. Sie hatte den Arm um Julias Taille gelegt, und Sadie konnte ihre Schwester einen Augenblick lang nur schockiert anstarren. Ihre Haut war blaß, fast aschfahl. Der Schweiß hatte Flecken auf ihrem zerrissenen Kleid hinterlassen und ihr das Haar dunkel an die Stirn geklebt. Ihre nackten Beine waren zerkratzt und bluteten, und das linke Handgelenk war in einen elastischen Verband gewickelt. Das schlimmste jedoch war die Verzweiflung, die im bleichen Gesicht ihrer Schwester geschrieben stand.

In dem Moment erblickte Julia sie, und sie rief überrascht: »Sadie!«

Sie sprach den Namen aus, als genüge der Anblick ihrer Schwester, um sie alle Schrecken, die sie vielleicht gerade durchgemacht hatte, vergessen zu lassen. Sadie eilte zu ihr und schloß sie in die Arme. Sofort begann Julia zu weinen. Verwundert hielt Sadie sie fest. Sie konnte sich nicht erinnern, ihre Schwester jemals weinen gesehen zu haben. In ihrer Beziehung war Julia immer die Trösterin gewesen und sie diejenige, die getröstet werden mußte.

Dann entzog sich Julia plötzlich der Umarmung und stieß ein leises, fast verlegenes Lachen aus. »Arme Sadie. Was für eine Heimkehr! Zu einer leicht hysterischen Schwester.« Sie drehte sich zu Thea um, die mit weißem Gesicht hinter ihr stand. »Mir fehlt nichts, Mutter. Wirklich. Ich habe auf dem Heimweg mit Burke im Auto gestritten und ihm dummerweise gesagt, er soll mich rauslassen, weil ich zu Fuß nach Hause gehen wolle. Dann habe ich eine Abkürzung durch den Wald genommen und irgendwie die falsche Richtung eingeschlagen. Zum Schluß bin ich noch eine Böschung runter ins Dornengestrüpp gestürzt.«

Wie Brer Rabbit, das kleine Kaninchen aus dem Bilderbuch, dachte Sadie. Warum reagierte sie nur so herzlos? Weil Julias Geschichte zu einstudiert klang. Wie früher, als sie noch klein waren und Julia irgendwelche Geschichten erfunden hatte, um die neugierige Schwester zufriedenzustellen. Sadie glaubte ihr kein Wort.

»Und das hier?« Thea zeigte auf das verbundene Handgelenk. Sie sah erleichtert aus, aber immer noch unsicher.

»Oh, das. Das ist nichts. Ich war heute reiten und hab' mich im Zügel verfangen.« Mit dem Rücken ihrer gesunden Hand strich Julia sich das Haar aus der Stirn. »Ich bin vorbeigekommen, um dich zu bitten, mich heimzufahren. Ich war plötzlich zu müde, um weiterzulaufen. Kann ich ein Glas Wasser haben? Ich bin fürchterlich durstig.«

Sie stürzte das Wasser hinunter, das Thea ihr gab, und ging dann ins Badezimmer. Als Sadie und ihre Mutter das Geschirr aufräumten, hörten sie die Dusche laufen. Sie sprachen kein Wort, weil jede ihren eigenen Gedanken nachhing. Als Julia nach zehn Minuten wieder auftauchte, hatte sie sich das vom Duschen feuchte Haar aus dem frisch geschminkten Gesicht gebürstet. Auf den schlimmsten Schnittwunden am Bein klebten Pflaster, und der Schmutz war vom Kleid gebürstet. Sie hatte wieder ihren schützenden Panzer aus Schönheit, Selbstbeherrschung und kühler Distanziertheit angelegt.

»Es tut mir leid«, sagte Julia. »Ich wollte euch nicht erschrecken.«

»Muß ein ordentlicher Streit gewesen sein«, bemerkte Sadie trocken.

»Eigentlich gar nicht. Burke hat mir nur erzählt, er habe ein paar seiner alten Kumpel aus Washington übers Wochenende eingeladen. Zu der Party. Investoren für den Weinkeller. Sie kommen heute abend an. Ich habe einfach zu empfindlich darauf reagiert. Wahrscheinlich liegen meine Nerven wegen der Party blank.«

Sadie erinnerte sich, daß ihr Schwager einmal gesagt hatte, die Mischung aus Geschäft und Vergnügen sei der beste Cocktail des Lebens. Aber natürlich blieb es an Julia hängen, dafür zu sorgen, daß der silberne Cocktailshaker gut gekühlt war und die Zutaten sich tadellos mischten. Auf Greengrove gab es mehrere kleine Gästehäuser, und Julia war es gewohnt, auch ohne lange Ankündigung die Gastgeberin zu spielen. Das war für Burke ein Teil ihrer Abmachung.

»Wann bist du angekommen?« fragte Julia Sadie, als sie, jede mit einer Cola in der Hand, im Wohnzimmer saßen. Julia hatte sich in eine Ecke des Sofas gekuschelt und war wieder die gewohnt heiter-gelassene Schwester.

»Vor ein paar Stunden. Noch eine Geburtstagsüberraschung für dich.« Sie lachte ironisch.

Julia lächelte zurück. »Eine, über die ich mich freue.«

Als Thea sich nach den Planungen für die Party erkundigte, erwiderte Julia, Burke habe alles organisiert. »Er hat Mei Vann gebeten, den Partyservice zu übernehmen.«

Thea erklärte Sadie, daß Mei jetzt ihr eigenes Geschäft betrieb. »Sie macht es von zu Hause aus. Ihre vietnamesische Küche ist hier im Moment der letzte Schrei.«

»Kein Wunder. Mei kann kochen, was sie will, es schmeckt immer hervorragend.« Sadie blickte zu Julia hinüber. »Nun, über diesen Teil der Party mußt du dir wenigstens keine Sorgen machen.«

Julia nickte. Doch etwas in ihren Augen, ein kurzes, zynisches Funkeln, verwirrte Sadie. »Ich dachte erst, daß sie im Moment vielleicht alle Hände voll zu tun hat und ihr dieser Auftrag zuviel würde. Doch Burke sagte, daß sie das Geld bestimmt brauchen kann, weil doch Jordan jetzt aufs College geht.«

»Ich dachte, er hätte ein Stipendium bekommen.«

»Ja, aber einen bestimmten Betrag müssen sie immer noch selbst zahlen. Und jetzt, wo Meis Vater bei ihnen lebt ...«

»Ihr Vater?« rief Sadie erstaunt.

»Ich hatte noch keine Gelegenheit, es Sadie zu erzählen«, erklärte Thea Julia.

»Ich dachte, Meis Vater sei schon vor Jahren gestorben«, sagte Sadie.

»Vor ungefähr sechs Monaten hat Clayton seinen Namen auf einer Flüchtlingsliste in Fort Bragg entdeckt. Du weißt doch, daß er einmal im Monat dorthin fährt, um Kriegsveteranen zu beraten. Er hat es Mei nicht erzählt, bis er sicher wußte, daß es sich wirklich um ihren Vater handelte. Letzte Woche haben sie ihn hierhergeholt.«

»Wo war er die ganze Zeit?«

»Das ist der erstaunlichste Teil der Geschichte. In einem Dschungel in Kambodscha, völlig von der Welt abgeschnitten. Er hat zu einer vierzigköpfigen Gruppe gehört. Alle wie er aus dem Hochland und Verbündete von uns. Sie dachten, wir befänden uns noch immer im Krieg.«

»Wie die japanischen Soldaten damals auf den Philippinen.«

»Genau.«

»Hast du ihn schon gesehen?«

Julia schüttelte den Kopf. »Noch nicht.«

»Er spricht kein Englisch«, erklärte Thea. »Und natürlich ist er sehr scheu. Clay meint, man muß ihm etwas Zeit lassen, um sich einzuleben. Wir überlassen es ihnen.«

Julia stand auf. »Ich glaube, ich gehe jetzt besser.«

»Komm, ich bring' dich heim«, sagte Sadie.

Doch Julia schüttelte den Kopf. »Du hast ja schon dein Nachthemd an. Mutter wird mich hinfahren.« Sie beugte sich vor und küßte Sadie auf die Wange. »Komm morgen vormittag vorbei, aber nicht zu früh.«

Sadie schaute ihr nach, wie sie mit Thea über den Rasen zur Garage ging. Dann wandte sie sich ab. Solange sie denken konnte, hatte sie Julia beschützen wollen, doch nie mit jemandem darüber gesprochen. Als Kind wußte sie instinktiv, daß die Erwachsenen sie wegen ihrer Besorgtheit nur auslachen würden. Julia galt immer als ausgesprochen vernünftig für ihr Alter, der letzte Mensch, um den man sich Sorgen machen mußte. Doch Sadie hatte schon damals den Hang ihrer Schwester zu absolut katastrophalen Entscheidungen erkannt, die oft nach außen sinnvoll und sogar vernünftig erschienen. Erst allmählich hatte Sadie die Gefahr begriffen, die in Julias Entschlossenheit lag, alles, was sie verloren hatte, wiederzubekommen, und zwar um jeden Preis. Sie hatte zu Julias unheilvollster Entscheidung geführt: der Wahl ihres Ehemanns.

Es wäre besser für Julia, besser für sie alle, dachte Sadie plötzlich mit erschreckender Ehrlichkeit, wenn Burke tot wäre.

8

»Ist wirklich alles in Ordnung, mein Schatz?«

Julia blickte ihre Mutter an. Thea hatte beide Hände aufs Steuerrad gelegt und saß in einer gebeugten Haltung da, die sie alt wirken ließ. Im Halbdunkel wirkten die zarten Konturen ihres Gesichts schärfer, und ihre Augenlider waren schwer von Müdigkeit. Thea erlaubte es sich nur selten, ihre Ängste zu zeigen, doch jetzt verrieten Stimme und Gesicht so eindeutig ihre Sorge, daß es Julia einen Stich gab. Sie hatte Schuldgefühle, den mühsam errungenen Seelenfrieden ihrer Mutter gestört zu haben.

»Du mußt dir keine Sorgen um mich machen«, sagte sie fröhlich. »Es ist nichts Ernstes. Wirklich.« Sie hob ihre verbundene Hand und ließ sie trotz des Schmerzes, den die Bewegung ihr bereitete, vor und zurück kreisen, um ihrer Mutter zu beweisen, wie geringfügig die Verletzung war. »Ein oder zwei Tage, und alles ist wieder in Ordnung.«

Doch die beruhigenden Worte klangen in ihren eigenen Ohren hohl. Sie wandte sich ab und sah durch das offene Autofenster, um dem kritischen Blick ihrer Mutter auszuweichen. Wie sollte alles wieder in Ordnung kommen, wenn sie selbst nicht wußte, was »in Ordnung« war? Ihr moralischer Kompaß funktionierte nicht mehr. Burke brachte sie nun schon so lange aus dem Gleichgewicht, daß sie nicht mehr sagen konnte, ob die Richtung, die sie mit ihm eingeschlagen hatte, richtig oder falsch war. Sie wußte nur, daß es gefährlich war weiterzugehen. Trotzdem blieb ihr keine andere Wahl.

Sie kamen an den Gebäuden des Weinguts vorbei, die sich als dunkle Rechtecke von den Hügeln abhoben. Aus dem Fenster konnte Julia die Umrisse des Baggers in dem umgepflügten Feld vor ihr erkennen. Wie ein prähistorisches Wesen hockte er da und schien auf das Tageslicht zu warten, um wieder alles Grün zu verschlingen. Es war sentimental und dumm, sich über den Anblick der aufgewühlten Erde aufzuregen, schalt sie sich. Die Weinstöcke, die sich bereits in langen Reihen durch die Landschaft zogen, die Kellerei, der Wein – es war das Beste, was Greengrove passieren konnte. Trotzdem betrachtete sie das ganze Geschäft mit gemischten Gefühlen. Vielleicht gerade deshalb, weil es das für Burke war: ein Geschäft, mehr nicht.

Wie ein Echo auf ihre Gedanken meinte Thea plötzlich: »Ich glaube, ich sage es dir besser. Sadie regt sich fürchterlich über das Weinetikett auf. Eigentlich mehr über den Kelch als über das Etikett selbst.«

»Das habe ich geahnt. Aber ich kann's nicht ändern.«

»Ob Burke ein anderes Symbol erwägen könnte?«

Julia schüttelte den Kopf. »Nicht, wenn ich es ihm vorschlage.«

»Oh.« Thea machte eine kleine Pause. »Ich verstehe.«

Julia bezweifelte das, doch sie konnte es nicht erklären, und so fuhren sie schweigend weiter. Sadie hatte recht, sich über Burkes Namen für den Kelch und die Art, wie er ihn verwendete, aufzuregen. Sie fand es selbst abscheulich. Burke war mittlerweile von dem Kelch genauso besessen wie ihr Großvater damals. Er studierte die wenigen alten Dokumente, die den Verkauf des Hauses überlebt hatten, stellte Männer ein, damit sie an allen möglichen Stellen nach dem Gefäß gruben, und ging sogar so weit, mit einem Metalldetektor über die Felder zu wandern wie ein Schatzsucher über den Strand. Das einzig Gute an dieser Suche war, daß sie seine ohnehin knapp bemessene Freizeit in Greengrove vollständig ausfüllte.

Kurz vor Mintys Tod hatte er heimlich auch auf Little Grove gesucht. Julia wußte es, weil Clayton Vann dort die von Burke abgestellte und vergessene Thermoskanne gefunden hatte. Clayton hatte sie ihr mit dem taktvollen Hinweis überreicht, daß er es ihrer Großtante erzählen müsse, wenn Burke seine unerlaubten Besuche dort fortsetzte. Es machte Burke fuchsteufelswild, daß Minty ihm den Zutritt auf ihr Grundstück verweigerte, aber nichts dagegen einzuwenden hatte, wenn Moany Scrimsher über ihr Land streifte. Und als klarwurde, daß Minty Julia nicht wie erwartet die

Hälfte von Little Grove vermacht hatte, kannte seine Wut keine Grenzen mehr. Er machte Julia Vorwürfe, als hätte sie sich mit ihrer Großtante verbündet, um seine Pläne zu vereiteln. Ihr verletztes Handgelenk war ein Resultat dieser Wut.

Als sie an diesem Morgen in Charlottesville waren, hatte er durchgesetzt, daß sie Sam Shankman in seinem Büro aufsuchten, um ihn über Mintys Testament zu befragen. Voller Scham hatte Julia sich geweigert, mit ihm hineinzugehen, und statt dessen in dem kleinen Park beim Denkmal General Lees auf ihn gewartet. Als er wenige Minuten später zurückkam, erkannte sie schon an seinem Gesichtsausdruck, daß er verstimmt war. Natürlich hatten sie sofort gestritten. Als sie von seiner Wut und seinen Vorwürfen, sie habe Minty durch ihre Gefühlskälte sicher genauso verschreckt, wie sie ihn vergraule, genug hatte und gehen wollte, hatte er sie am Handgelenk gepackt. Ob er es wirklich so fest umdrehen wollte, wie er es tat, wußte sie nicht. Er hatte sich sofort entschuldigt. Doch Absicht oder nicht, dieser Vorfall hatte etwas in ihr verändert. Und sie hatte zum erstenmal in ihrem Leben Angst vor ihm gehabt.

Als sie daran dachte, rutschte sie unbehaglich auf ihrem Sitz herum.

»Ich habe vorhin nicht nur dein Handgelenk gemeint«, sagte Thea nach einiger Zeit.

»Nein?«

»Du warst so unglücklich.«

»Die Party macht mich nervös«, erwiderte Julia schnell. Sie war zu müde, um sich Thea anzuvertrauen. Außerdem tat ihr Handgelenk wieder weh. »Du weißt doch, was für ein ungeselliger Mensch ich bin.«

»Das hast du aber immer gut verborgen.«

Bin ich nicht dazu erzogen worden, meine Gefühle zu verbergen?, hätte Julia sie am liebsten gefragt. Statt dessen murmelte sie nur, sie hätte eben immer gute Miene zum bösen Spiel gemacht. »Meist gefällt es mir dann auch«, fügte sie hinzu. »Nur für morgen abend hätte ich mir eigentlich gewünscht, daß es mehr eine Feier im engeren Familien- und Freundeskreis bleibt und nicht schon wieder etwas Geschäftliches wird.«

Thea murmelte etwas, das sich wie Zustimmung anhörte. Julia wußte, daß sie auf die Kritik an Burke, die aus ihrer Bemerkung herausklang, nicht eingehen würde, solange Julia sie nicht dazu zwang. Am Ende hätten sie nur beide Schuldgefühle. Julias Ehe war mehr oder weniger ein Tabuthema für sie.

Das Auto bog nach rechts in die steile, geschwungene Auffahrt zum Haus ein. Hier stieg die Böschung zu beiden Straßenseiten hoch an. Der Geruch von Geißblatt wurde so durchdringend, daß Julia ihn wie ein süßes Betäubungsmittel empfand. Es half, die Panik zu unterdrücken, die plötzlich in ihr aufstieg. Seit Tagen schon machte sich in ihr eine vage Angst breit, die sich eher aus Zweifeln speiste als aus einer konkreten Quelle.

Es war schon eine bittere Lektion, begreifen zu müssen, daß ihr kein Ort der Welt eine sichere Zuflucht bieten konnte, solange diese Sicherheit nicht in ihr selbst war. An diesem Abend war ihr klargeworden, daß auch Greengrove nicht mehr sicher war, und wenn noch so viele Tore zwischen diesem Landgut und dem Rest der Welt lagen.

Greengrove war nicht sicher für sie und es war nicht sicher vor ihr. Wenn es ihr nicht gelang, die Geister zu vertreiben, die sie selbst gerufen hatte, würde ihr durch diesen Ort nur noch mehr Schaden zugefügt werden – als wäre nicht schon genug geschehen. Ihre Liebe zu Greengrove hatte etwas in ihr verändert, das sie immer für unantastbar gehalten hatte. Ihre Schwäche an diesem Abend hatte gezeigt, wie viele Zugeständnisse sie schon an diese Liebe gemacht und wie viele Opfer sie dafür gebracht hatte, ohne wirklich etwas erreicht zu haben.

Sie kamen auf das kleine Plateau, von dem aus man über die Ebene und bis zum Fluß hinabsehen konnte. Am Fuß eines Hügels, der sich am Rand des Plateaus in sanftem Schwung erhob, stand das große weiße Gutshaus, umgeben von einer weitläufigen Rasenfläche und großen, schattenspendenden Bäumen. Im Haus brannten alle Lichter, und es strahlte wie ein Kronleuchter. In der Auffahrt reihten sich die Luxuskarossen von Burkes Geschäftspartnern wie Trophäen. Sie waren die protzigen Symbole des Erfolgs. Burkes eigener Wagen, ein Mercedes, stand sicher in der Garage, die in den alten Ställen neben dem Haus untergebracht war. Aus dem kleinen Apartment über den Ställen, in dem Katherine wohnte, leuchtete kein Licht. Das bedeutete hoffentlich, daß das Mädchen früh zu Bett gegangen war. Julia hatte Katherine trotz ihrer Widerborstigkeit in letzter Zeit sehr lieb gewonnen, doch an diesem Abend war sie nicht in der Verfassung, zwischen ihr und Burke zu vermitteln.

»Ihr habt Gäste«, bemerkte Thea, als sie anhielt.

»Burkes Freunde aus Washington. Er hat ihnen ein Stück vom alten Virginia versprochen.«

»Nun, es tut mir leid, mein Schatz, aber sie werden bis morgen warten müssen. Diesem Stück alten Virginia steht der Sinn gerade nicht nach Gesellschaft.«

Julia lachte. »Ich glaube, Burke hat dabei mehr ans Golf spielen und an Mint Juleps in Farmington gedacht.« Sie deutete auf das Haus. »Und vielleicht eine Führung über die Plantage«, fügte sie trocken hinzu. In seiner früheren Gestalt, bevor das erste, wesentlich prächtigere Haus bis auf die Grundmauern niedergebrannt war, hatte man von Greengrove als Plantage gesprochen. Jetzt nannte nur Burke es noch so, doch er hatte gelernt, es nicht in ihrer Anwesenheit zu tun.

»Ich bin gespannt, welche Version des Buchs der Offenbarung er ihnen präsentieren wird«, fuhr sie fort. »Je nach Publikum ist es jedesmal eine andere. Meine persönliche Lieblingsgeschichte ist die Dornröschen-Variante.« Thea schaute verwirrt. »Du weißt schon, die, wo er Greengrove zum erstenmal seit seiner Kindheit wiedersieht und sofort weiß, daß er dazu bestimmt ist, es zu besitzen. Die, in der die Straßen so schlecht sind, daß er aus dem Auto steigen und sich durchs Dornengestrüpp kämpfen muß, um dann alle Türen offen und alle Fenster eingeschlagen vorzufinden. Im Wohnzimmer lebten die Kühe, und in den Schlafzimmern hatten sich die Waschbären häuslich eingerichtet.« Das war, nachdem der dritte einer Reihe schnell wechselnder Besitzer Greengrove den Rücken gekehrt hatte. Er kümmerte sich nur noch um die Bäume, die er weiterhin abholzte.

»Oder er erzählt die Spielergeschichte«, fuhr Julia fort. Manchmal berichtete Burke seinen Gästen, Julias Großvater habe den Besitz beim Kartenspiel verloren. »Dieser Anson Jardine war ein großer Gentleman der alten Schule«, sagte er dann in gespielter Bewunderung. »Er hat mit irgendwelchen hohen Tieren hier in Greengrove gepokert. Stellt euch vor, als er erkannte, daß er alles verloren hatte, war seine einzige Reaktion, den Gewinner um zwei Dinge zu bitten. Als erstes bat er um einen Schluck Wasser aus der Küche, als zweites um die Erlaubnis, zusammen mit der Frau, die er liebte, in seinem Flugzeug, das unten in der Ebene stand, fortfliegen zu dürfen.« Daß diese Frau zufällig seine eigene Mutter Fay Louden war, erzählte er allerdings nie. Es war eine gute Geschichte, auch wenn sie nicht ganz der Wahrheit entsprach.

Thea starrte sie an, und Julia bemerkte, daß sie zu weit gegangen war. Mit der Bitterkeit in ihrer Stimme hatte sie ihre Mutter wirklich aufgebracht. »Na, vielleicht komme ich doch mit, und du stellst mich Burkes Freunden vor«, sagte Thea plötzlich. Es war, als würde sie von Julia eine überstürzte Reaktion erwarten, wenn sie sie allein ins Haus zu Burke und seinen Gästen gehen ließ.

Julia schüttelte den Kopf. »Nein, geh nach Hause ins Bett. Ich werde dem Familiennamen schon keine Schande bereiten. Ich bin viel zu müde, um eine Szene zu machen.«

»Das hatte ich auch nicht befürchtet.«

»Es gibt überhaupt nichts zu befürchten, das sag' ich doch die ganze Zeit.« Ohne Theas Antwort abzuwarten, stieg Julia aus dem Auto. Mittlerweile waren ihre drei Hunde – zwei deutsche Schäferhunde, Verwandte von Bismarck, und ein Pudel – leise über den dunklen Rasen auf sie zugerannt gekommen. Normalerweise waren sie nachts in einem Zwinger hinter dem Haus eingesperrt. Jetzt saßen sie erwartungsvoll vor dem Auto, während Thea in ihrem Handschuhfach nach den zerbrochenen Hundekuchen kramte, die sie immer dort aufbewahrte. Sie warf jedem ein Stück durch das Fenster zu und winkte Julia noch einmal. Dann setzte sie das Auto zurück und fuhr davon.

Als sie die Rücklichter des Kombis hinter einer Kurve verschwinden sah, mußte Julia den Impuls unterdrücken, ihrer Mutter nachzurufen. Nimm mich mit, hätte sie am liebsten geschrien, laß mich heute nacht bei dir und Sadie bleiben. Nimm mich mit und laß alles wieder so sein wie früher. Sie hatte ein Bild vor sich, wie sie zusammen mit den beiden in der Küche stand und Pfannkuchen zubereiteten, für die sie vorher im Garten Beeren gepflückt hatten.

»Es gibt kein Zurück«, sagte sie zu den Hunden, die erwartungsvoll zu ihr aufblickten. Sie wedelten mit den Schwänzen und drängten sich an sie, als spürten sie, daß sie Trost brauchte. Offiziell gehörten sie Burke und ihr, doch für sie waren es nur ihre Hunde. Ihm gegenüber zeigten sie Gehorsam und sprangen zur Begrüßung auf, wenn er nach Hause kam, doch Julia wußte, daß sie ihn nicht so liebten wie sie. Der kleinste, der Pudel Galahad, war der älteste und mittlerweile durch seine Arthritis ein wenig unberechenbar geworden. Wenn er nicht bei Laune war, schnappte er nach Burke. Wie Katherine, dachte Julia. Burke hatte ein Händchen für Kinder und Hunde, aber nur, solange sie ihm nicht gehörten.

Die Hunde begleiteten Julia ins Haus. In der Eingangshalle roch es nach Zigarren. Männerstimmen waren zu hören. Sie wußte, daß es nicht mehr als ein halbes Dutzend sein konnten, doch der Lärm, den sie veranstalteten, schien das ganze Haus zu füllen. Julia blieb stehen und überlegte, wie sie am besten in ihr eigenes Wohnzimmer im ersten Stock kam, ohne irgend jemandem über den Weg zu laufen. Die Männer befanden sich unten im Wohnzimmer; so wie es klang, spielten sie Karten. Sie schrien und lachten alle durcheinander und amüsierten sich über gelegentliche Obszönitäten. Es waren die Stimmen von Männern, die es gewohnt waren, ihren Willen durchzusetzen. Sie hatten zuviel getrunken, um sich noch an die Regeln des Anstands zu halten. Julia schüttelte sich vor Ekel. Die Gegenwart dieser Männer in ihrem Haus war ihr verhaßt.

Sie wollte sich gerade unbemerkt nach oben schleichen, als Burke aus dem hinteren Korridor, der zur Küche führte, auftauchte. Er trug ein Tablett mit Gläsern und eine Karaffe mit Martinis. Bevor er sie bemerkte, wirkte sein Gesicht einen Moment lang wie das eines völlig erschöpften Mannes. Aus seinem sonst so energisch aufrecht gehaltenen, massigen Körper schien die Kraft gewichen zu sein, und die Müdigkeit ließ ihn grau aussehen. Als sie ihn zum erstenmal traf, hatte seine Energie in ihr ein Gefühl von süßer Trägheit geweckt. Am liebsten wäre sie sofort mit ihm ins Bett gegangen. Jetzt ermüdete sie diese Energie nur noch, so wie sie an diesem Abend auch Burke zu ermüden schien. Einen Moment lang tat er ihr schrecklich leid. Dann blickte er auf und sah sie. Sein Gesichtsausdruck wurde hart, und ihr Mitleid löste sich in Luft auf.

»Was, zum Teufel, ist mit dir passiert?« fragte er barsch.

»Nichts Besonderes.«

»Wo bist du gewesen?« Er schaute jetzt so wütend, daß sie froh war, daß seine Hände das Tablett hielten. Es gab nirgendwo eine Gelegenheit, es abzustellen.

»Bei Mutter. Du kannst sie ja anrufen und fragen, wenn du mir nicht glaubst. Sadie war da.« Sie wollte ihm das eigentlich noch gar nicht sagen, doch sie benutzte diese Möglichkeit, um den Streit abzuwenden, der sonst unweigerlich folgen würde.

Sie sah, wie aus seiner Überraschung Wachsamkeit wurde, als müsse er abwägen, was das zu bedeuten habe. »Jetzt schon? Sie scheint es sehr eilig zu haben, ihr Erbe anzutreten.«

»Sie sagt, sie sei wegen meines Geburtstags gekommen. Ich glaube, sie weiß noch gar nicht, was sie mit Little Grove anfangen soll.«

Er stieß ein ungläubiges Grunzen aus. So wie er da stand, mit dem Tablett in der Hand, sah er irgendwie komisch aus. Wie ein Ober, dem die Gäste davongelaufen waren, ohne zu zahlen.

»Aber ich glaube nicht, daß du sie überreden kannst, sich mit dir zusammenzutun«, fuhr sie fort. »Ihr gefällt das Etikett für den Weinkeller nicht.«

»Offen gestanden ist das nicht ihre Angelegenheit.«

»Deine Entscheidung für den Partyservice fand sie jedoch gut.« Julia bückte sich, um Jubal, den größten Hund, hinterm Ohr zu kraulen, ließ Burke aber nicht aus den Augen.

Sein Gesichtsausdruck blieb unverändert. »Was deine Schwester gut findet oder nicht, interessiert mich nicht. Es hat mich noch nie interessiert. Los, zieh dich um und begrüße unsere Gäste.«

»Heute abend nicht. Ich treffe sie morgen im Club. Das ist früh genug.«

»Diese Leute sind sehr wichtig für mich, Julia. Das verstehst du doch. Und es ist wichtig für uns, daß sie sich hier amüsieren.«

»Das verstehe ich. Golf, Lunch bei Farmington, Tennis und Drinks im Boar's Head. Es ist alles arrangiert.«

»Danke«, murmelte er widerwillig, wobei sein Blick kühl blieb. »Wenn du willst, kannst du ins Bett gehen. Ich habe für meine Gäste etwas geplant, bei dem eine Gastgeberin nicht nötig ist. Wir werden später noch ausgehen.«

Als Gegenleistung für ihre Einwilligung, seine Geschäftspartner zu ihrer Party einzuladen, hatten sie sich darauf geeinigt, daß diese nicht auf Greengrove wohnen würden. Burke hatte für sie Zimmer im Gasthaus reserviert.

»Es wird bestimmt spät bei dir werden«, sagte sie im Gehen. »Ich glaube, ich werde heute nacht in meinem Zimmer schlafen, damit du mich nicht weckst.«

»Wenn du unbedingt willst.«

»Ja, das will ich.«

»Du bist doch nicht mehr wütend?«

»Natürlich nicht.«

»Gut.« Er nahm eine Hand vom Tablett und berührte ihr verletztes Handgelenk. Sie widerstand dem Impuls, es wegzuziehen, und ließ zu, daß seine Finger zärtlich die Stelle unter dem Daumen berührten, die der Verband nicht bedeckte. Erstaunt registrierte sie, daß sie nichts dabei fühlte, noch nicht einmal Angst. »Es tut mir leid«, sagte er. Sein Gesichtsausdruck wurde weicher und hatte jetzt fast etwas Flehendes.

»Burke!« rief in diesem Moment eine Stimme von unten. »Was ist mit unseren Drinks?« Ein Mann kam die drei Stufen aus dem Wohnzimmer herauf in die Eingangshalle. Bei ihrem Anblick blieb er überrascht stehen. »Oh, Entschuldigung. Ich wußte nicht, daß die Dame des Hauses anwesend ist.« Er sprach nasal und kam wahrscheinlich aus England oder Australien. Ihr mißfiel sein anzüglicher Blick, mit dem er ihr zerrissenes Kleid und die Kratzer an ihren Beinen musterte. Sie versuchte zu lächeln, aber es gelang ihr nicht. Während Burke sie miteinander bekannt machte, nickte sie nur höflich und erklärte, sie würden sich am nächsten Tag beim Lunch sehen. Dann drehte sie sich um und ging die Treppe hinauf. Die Hunde folgten ihr, wobei Galahads Krallen auf dem Parkett klackten. Sie spürte die Augen der beiden Männer im Rücken, doch es war nur Burke, der ihr angst machte.

In dem ehemaligen Ankleidezimmer, das sie als kleinen Arbeits- und Wohnraum benutzte, zog sie sich langsam aus. Vor einem Jahr hatte Burke darauf bestanden, die meisten Zimmer auf Greengrove neu einzurichten, doch an das obere Stockwerk hatte sie ihn nicht herangelassen. Er durfte lediglich eine Klimaanlage als Ersatz für die seit Jahren benutzten Fensterklappen einbauen. Unten sah es jetzt prächtig aus, doch Julia erkannte das Haus nicht wieder. Sie wollte etwas von dem erhalten, was sie hier so sehr geliebt hatte: die Behaglichkeit der kühlen dunklen Zimmer, die nach Zitronenöl und Lavendel rochen, und den Charme einer längst vergangenen Zeit.

Ihr Kleid war nicht mehr zu retten. Sie zog es aus und warf es in den Müll. Dann stellte sie sich vor den Spiegel. Die langen Kratzer an ihren Beinen sahen aus wie die Spuren von Fingernägeln, als hätte sich jemand an ihnen festgekrallt, während sie zu fliehen versuchte. Doch im Wald hatte sie keine Angst gehabt, dort fürchtete sie sich nie. Angst hatte sie bekommen, als sie mit Burke am Jeep mit dem verletzten Fremden stand und beobachtete, wie der Mann, den sie glaubte geliebt zu haben, ein für allemal vor ihren Augen verschwand.

Wenn sie ihren Mann verlor, bedeutete das auch, daß sie Greengrove verlieren würde. Daran gab es für sie keinen Zweifel. Solange sie noch eine Spur von Zuneigung für ihn empfand, konnte Greengrove ihr gehören. Aber jetzt? Sie streckte eine Hand aus und registrierte mit fast klinischem Interesse, daß das Zittern zurückgekehrt war. Es hatte vor einem knappen Monat begonnen. Sie sollte einen Arzt konsultieren. Nur mit größter Willensanstrengung bekam sie das Zittern wieder unter Kontrolle. Jubal legte den Kopf zur Seite, als bedeute ihre ausgestreckte Hand eine Botschaft für ihn.

Normalerweise schliefen die Hunde draußen, doch an diesem Abend hatte ihre Gegenwart im Zimmer etwas Tröstliches. Am liebsten hätte Julia sich zu ihnen auf den Teppich gelegt. So wie sie es als Kind gemacht hatte, wenn sie ins Heu gekrochen und mit irgendeinem Hund im Arm eingeschlafen war. Im Prinzip zog sie Tiere den Menschen vor. Trotzdem wünschte sie sich ein Kind. Zwei schmerzhafte, geheimgehaltene Fehlgeburten hatten diesen Wunsch noch verstärkt. Sie fragte sich, warum es so schwierig war, ein Kind zu empfangen und auszutragen; auch mit einem Mann, den sie nicht liebte. Das schafften doch viele Frauen.

Julia hätte gern geschlafen, doch das schien gefährlich zu sein, solange Burkes Gäste sich im Haus befanden. In ihrer Angespanntheit und Nervosität sehnte sie sich danach, sich im Sex zu verlieren, der ihren Körper und Geist entspannen würde. Bei aller Selbstverliebtheit war Burke ein technisch versierter Liebhaber. Sie wußte, daß sie die Art von Vergnügungen, die er ihr verschaffte, brauchte, auch wenn es sie mit Widerwillen erfüllte. Er hatte ihr beigebracht, die Reaktionen ihres Körpers vom Verstand zu trennen. Sexuelle Befriedigung mußte nichts mit Liebe zu tun haben. Allein für diese Lektion haßte sie ihn.

Doch wenn sie sich von Burke scheiden ließ, würde sie Greengrove verlieren. Außerdem gab es keinen anderen Mann, der ihr etwas bedeutet hätte. Dann wäre es vielleicht einfacher. Sie brauchte eine Leidenschaft, die größer war als die, die sie für diesen Ort empfand, um sich endlich von ihm zu befreien. Und von Burke. So, wie die Dinge lagen, fürchtete sie sich viel zu sehr vor dem Verlust. Ein Leben lang hatte sie immer nur Angst davor gehabt, man könne ihr etwas wegnehmen. Und diese Angst hatte sie so feige gemacht, daß sie sogar so weit gegangen war, das Leben eines anderen Menschen zu gefährden.

Wenigstens war sie zurückgegangen, um zu sehen, ob ihm nichts fehlte. Als sie ihr Nachthemd anzog, mußte sie an den Mann denken, der von der Straße zu ihr hochgestarrt hatte. Nicht wie jemand, der Hilfe brauchte, sondern wie jemand, der sie retten wollte. Der Impuls, auf ihn zuzugehen, war so stark gewesen, daß sie vielleicht etwas zu ihm gesagt hätte, wenn es nicht so absurd gewesen wäre. Sie hätte ihn gern nach seinem Namen gefragt, doch dann hätte sie auch ihren nennen müssen, und Erklärungen und Lügen wären die Folge gewesen. Nein, dachte sie, als sie die Bettdecke zurückschlug, es war gut, daß sie gestört worden waren.

Im Bett dachte sie noch einmal über Burkes Drohung nach, und da wurde ihre größte Sorge wieder wach.

Nach dem Bürgerkrieg hatten die Jardines die Steuern für Greengrove in Holz bezahlt. In der Familienchronik war das als notwendiger, aber irgendwie beschämender Kompromiß dargestellt worden. Die Familie war plötzlich nicht mehr in der Lage, das ihr anvertraute Land zu schützen. Als Greengrove ein Jahrhundert später verkauft wurde, hatten die geldgierigen neuen Besitzer gnadenlos alles abgeholzt, was von dem alten Wald geblieben war. Noch heute konnte sie sich an das fahle Gesicht ihres Vaters erinnern, als die Transporter mit den frisch gefällten Baumstämmen langsam an ihrem neuen Haus vorbeirollten. Tannen, Kastanien, Hickory, Walnußbäume, Buchen und Eichen – der Lebensnerv der Gegend wurde zu den Sägewerken gekarrt.

Einmal hatte ihr Vater ihr erzählt, daß ein Wald zu dem käme, was die Förster seinen »Höhepunkt« nannten, wenn man ihn nur lange genug ungestört ließ. Es war der Idealzustand, in dem er fast feuersicher war. Doch dort, wo Menschen lebten, gab es diesen Zustand nur selten. Manchmal träumte Julia von solchen Wäldern. Sie waren riesig, still und völlig menschenleer.

Bull's Hill war einer der wenigen Orte auf dem Besitz, wo die Bäume aus der Zeit vor dem Bürgerkrieg stammten. Um Bull's Hill und das, wofür diese Bäume standen, zu retten, hatte sie unwissentlich ihren Pakt mit dem Teufel geschlossen. Doch jetzt hatte der Teufel ihr gezeigt, daß Verträge ihm nichts bedeuteten.

9

Will war versucht, nach dem Unfall weiter nach Little Grove zu fahren, doch die Vernunft sagte ihm, sich an den Rat des Sanitäters zu halten und sich auf eine mögliche Gehirnerschütterung hin untersuchen zu lassen. Außerdem wollte er die ärztliche Bestätigung, daß seine frisch verheilten Rippen nicht wieder gebrochen waren. Doch beim Anblick der überfüllten Notaufnahme im Krankenhaus bereute er seine Entscheidung. In diesem Wartezimmer schienen sich am Freitag abend mehr Verletzte und Schnapsleichen aufzuhalten als sonst. Die gestreßt wirkende Krankenschwester machte ihn unnötigerweise darauf aufmerksam, daß es einige Zeit dauern könne, bis er einen Arzt zu Gesicht bekäme.

Resigniert suchte Will sich einen freien Stuhl, machte es sich darauf so bequem wie möglich und schlief ein. Die Fähigkeit, überall und jederzeit ein kurzes Nickerchen zu halten, hatte sich bei seiner Arbeit als sehr nützlich erwiesen. Seine Kunden erwarteten von ihrem Führer eine nie nachlassende Energie, egal, wie früh oder spät es war. Als er endlich zu der diensthabenden Ärztin vorgelassen wurde, bestätigten die Untersuchungen und die Röntgenaufnahmen, daß es ihm besser ging, als jemand, der ohne Sicherheitsgurt gefahren war, erwarten konnte. Die Ärztin meinte, er würde sich ein paar Tage lang steif fühlen, aber von seinen Rippen sei keine gebrochen oder angeknackst. Sie schrieb ihm ein Rezept aus und klärte ihn über Kopfverletzungen und deren mögliche Folgen auf.

Mittlerweile war es zehn Uhr geworden, und Will hatte Hunger. Die Ärztin empfahl ihm ein die ganze Nacht geöffnetes Restaurant in der Nähe, das von den Nachtschichtarbeitern des Krankenhauses besucht wurde. »Vielleicht nicht sehr gemütlich«, sagte sie, als sie ihm das Rezept reichte, »aber die Steaks sind gut, und die Beleuchtung ist so schlecht, daß man sowieso nicht viel sieht.«

Das Restaurant war so laut und voll wie die Notaufnahme, doch das gedämpfte Licht tat seinem schmerzenden Kopf gut. Als er die Kellnerin fragte, ob noch ein ruhiger Tisch frei sei, führte sie ihn zu einer Nische im hinteren Teil des Raums, die weit genug von der Bar entfernt war. Mit einem Ausdruck des Bedauerns lehnte er die Weinkarte ab und bat statt dessen um ein Glas eisgekühltes Wasser. Dann bestellte er sich ein Porterhouse-Steak, Salat und Brot. Während er auf das Essen wartete, nahm er das Schmerzmittel ein, das die Ärztin ihm gegeben hatte, und dachte noch einmal über den Unfall nach.

Er war unvorsichtig gewesen. In seiner früheren Arbeit galt Unvorsichtigkeit als eine der sieben Todsünden. Geschulte Reiseführer wurden dafür bezahlt, daß sie auch noch die winzigste Kleinigkeit beachteten; das hatte er seinen Angestellten oft genug eingebleut. Ein kleiner Fehler, eine winzige Ungenauigkeit konnten tödlich sein. Und jetzt hatte er selbst schon zweimal gegen diese Regel verstoßen.

Einen großen Teil seines Erwachsenenlebens war er damit beschäftigt gewesen, für die Sicherheit anderer zu sorgen. Das hatte er als ältester von drei Brüdern schon früh gelernt. Seine Eltern waren Diplomaten gewesen und hatten ihre Söhne überallhin mitgenommen, bis sie alt genug fürs Internat waren. Mutter und Vater hatten die Jungen zwar geliebt, waren aber nur selten dagewesen. Ihr Interesse an den Kindern glich einem Lichtstrahl, der sie immer nur für ein paar Augenblicke erfaßte, um dann weiterzuwandern. So waren sie mehr oder weniger sich selbst überlassen. Er und seine beiden jüngeren Brüder hatten schon bald gelernt, aus dem relativ sicheren Botschaftsgelände auszubrechen, um die exotische, aber oft gefährliche Umgebung zu erkunden. Sie hatten sich mit den grundlegenden Erste-Hilfe-Maßnahmen vertraut gemacht, um die Folgen solcher Ausflüge, nämlich die nicht immer angenehmen Begegnungen mit der heimischen Flora und Fauna, zu vertuschen. Wenn sie sich gelegentlich der Gefahren nicht bewußt waren, lag es an ihrer unersättlichen Neugier und dem Vertrauen in ihre Unverletzlichkeit und nicht an dem unbewußten Wunsch, ihre abwesenden Eltern zu bestrafen. Und Will war derjenige gewesen, der auf seine jüngeren Brüder achtgegeben hatte, damit sie mehr oder weniger heil wieder nach Hause kamen.

Bei »Wählen Sie Ihr Abenteuer« hatte er schnell erkannt, daß einige seiner Kunden in einem Abenteuerurlaub mehr suchten als nur den Kitzel des extremen Risikos. Unbewußt wollten sie sich verletzen. Offensichtliche Selbstmordkandidaten waren leicht auszumachen, doch erst nach vielen Jahren war er in der Lage, auch die subtileren Zeichen zu erkennen: Menschen, die mit ihrem Sicherheitsknoten nachlässig waren, die vergaßen, eine antibakterielle Salbe auf ihre Schnittwunden aufzutragen oder sich selbst in einen extremen Flüssigkeitsmangel brachten.

Doch jetzt war er es leid, auf andere Menschen aufzupassen, dachte Will, während er an seinem Steak kaute. In den nächsten Jahren wollte er nur noch Weinreben am unkontrollierten Wachstum hindern. Und die einzigen Risiken, mit denen er von nun an zu tun haben wollte, betrafen seine Ernte oder sein Bankkonto. Er hatte vor, sich an Voltaires Rat zu halten und einen Garten zu bestellen. Wenn er Glück hatte, würde ein guter Wein die Belohnung sein. Das reichte.

Seiner Patin hatte er es zu verdanken, daß er jetzt einen Garten, aber auch wieder einen Partner hatte. Nach dem Betrug seines Freundes hatte er sich geschworen, bei den nächsten Unternehmungen keine Partnerschaft mehr einzugehen. Doch vielleicht war Sadie Jardine mit einer stillen Teilhaberschaft zufrieden. Oder sie verkaufte ihm ihren Anteil. Laut Mintys Anwalt lebte sie jetzt in Kalifornien. Soweit er sich an die Unterhaltungen mit seiner Patin erinnerte, mußte Sadie ähnlich wie er selbst die Jahre nach dem College recht unstet verbracht haben. Er versuchte sich daran zu erinnern, was Minty ihm noch über sie erzählt hatte, doch er hatte nur eine verschwommene Vorstellung von einer ruhelosen jungen Frau, der es bisher nicht gelungen war, die Erwartungen ihrer Patin zu erfüllen. Minty war eine große Menschenkennerin, und aus der liebevollen Bewunderung, mit der sie trotz einiger Verrücktheiten über Sadie sprach, hatte er geschlossen, daß sie grundsätzlich eine interessante Persönlichkeit sein mußte. Eine Frau, wie Minty mehr als einmal angedeutet hatte, die ihm gefallen würde. Wahrscheinlich war Mintys eigenartiges Testament ein letzter Versuch, sie zusammenzubringen. Falls Sadie Jardine während seines

Aufenthalts in Little Grove auftauchen sollte, würde es unweigerlich zu einer peinlichen Situation kommen. Aber gegen peinliche Situationen hatte er eigentlich nichts, er zog sie allemal langweiligen vor.

Gestärkt durch das Essen und sein Nickerchen im Krankenhaus machte sich Will auf den Weg nach Little Grove. Er hielt kurz an einem 7-Eleven-Laden am Stadtrand, um Milch und Eier fürs Frühstück zu kaufen. Auf die Idee, in einem der zahlreichen Motels am Straßenrand zu übernachten, kam er gar nicht. So sauber und bequem die Zimmer auch sein mochten, sie würden doch nach abgestandener Luft und Eingeschlossensein riechen. Da schlief er trotz Moskitos und schlimmeren Dingen lieber im Freien.

Als Will die Abzweigung nach Little Grove erreichte, war es fast Mitternacht. Kurz nachdem er in den Kiesweg eingebogen war, glaubte er auf der Böschung die Frau in Weiß zu sehen. Ihn überkam plötzlich das eigenartige Gefühl, in ihr Terrain eingedrungen zu sein. Die Vorstellung, sie wiederzusehen, war zwar beunruhigend, aber alles andere als unangenehm.

Der Kiesweg schlängelte sich kurvenreich durch dichten Wald. Ihm fielen die Geschichten seiner Patin ein, die in diesen Wäldern nach Wachteln, Hirschen und wilden Truthähnen gejagt hatte. Minty wußte, daß auch er als Junge gern auf die Jagd gegangen war, und hatte ihn immer wieder eingeladen, nach Little Grove zu kommen. Sie hatte ihm den Weg und das Versteck des Hausschlüssels beschrieben und ihm gesagt, daß er jederzeit willkommen sei. Jetzt tat es Will leid, daß er ihre Einladung nie angenommen hatte und mit ihr auf die Jagd gegangen war, als sie noch lebte.

Der Weg führte an einem dicht mit Bäumen bewachsenen Hügel entlang und fiel dann zu einem flachen Tal ab. Dann stieg er wieder zu einem Plateau an, auf dem der Wald sanft geschwungenen Feldern wich und weiße Zäune im Mondlicht schimmerte. Hier gabelte sich der Weg. Der breitere, besser gepflegte wurde von einem fünffach verschlossenen Tor versperrt. Ein Schild untersagte die Durchfahrt. Hinter diesem Tor mußte Burkes Besitz beginnen. Will bog in den schmalen, unebenen Weg nach rechts, der in eine Baumgruppe führte. Jetzt erinnerte er sich genau an

Mintys Wegbeschreibung. Das Haus würde auf der anderen Seite des kleinen Hains liegen. Der Schlüssel befand sich unter einer Sonnenuhr im Vorgarten. Für den Fall, daß er verschwunden war, hatte er Zelt und Schlafsack dabei. Morgen konnte er sich notfalls eine Unterkunft besorgen und den Rest des Wochenendes mit der Besichtigung der Gegend und Besuchen der lokalen Weingüter verbringen. Montag morgen würde er Sam Shankman aufsuchen, Mintys Anwalt in Charlottesville.

Der Jeep holperte eine Weile über den unebenen Weg, bis plötzlich auf einer grasbewachsenen Lichtung ein winziges weißes Haus mit einer durchhängenden Veranda auftauchte. Die Veranda klebte wie ein Krebsgeschwür an einer Seite des Hauses. Die beiden dunklen Fenster zu beiden Seiten der Eingangstür ließen es wie ein gespenstisches Wesen erscheinen, das von den Autoscheinwerfern aufgescheucht worden war. So, wie es sich unter die riesigen Bäume seiner Umgebung duckte, deren weit herabhängende Äste es niederzudrücken schienen, lag etwas Geheimnisvolles über ihm. Will hatte das deutliche Gefühl, daß er hier nicht willkommen war, doch er verdrängte es. Er hatte die Nacht schon an weniger gastlichen Orten verbracht.

Er mußte daran denken, daß der Sanitäter Travis ihn gefragt hatte, ob er abergläubisch sei. Er hätte ihm antworten können, daß er das zwar nicht sei, sich aber für Aberglauben interessiere, so wie für alle Dinge, mit denen Menschen sich ihre Umwelt zu erklären versuchten. Bei seiner Arbeit war es ihm nicht allein um die physische Herausforderung gegangen. Wenn man genau hinhörte, verrieten einem ländliche Gegenden wie diese hier, die gerade mal hundert Meilen von einer der geschäftigsten Städte der Welt entfernt lag, etwas von der Vergangenheit. Es würde sicher interessant sein, in diese Gegend hineinzuhören.

Will fuhr vor das Haus und parkte den Wagen so, daß die Scheinwerfer auf den kleinen Vorgarten unterhalb der Veranda gerichtet waren. Er stieg aus. Eine leichte Brise ließ das Laubwerk der Bäume rascheln. Wie ein heimliches Flüstern strichen die untersten Äste einer riesigen Platane über die Teerpappe des Verandadachs. In der Nähe der Veranda entdeckte Will die Metallscheibe der Sonnenuhr, die auf einer gedrungenen Marmorsäule ruhte. Die Scheibe ließ sich ohne weiteres von der Säule schieben, und darunter lag der Schlüssel. Gerade als er danach greifen wollte, ließ ihn die barsche Stimme eines Mannes herumfahren.

»Was machen Sie da?«

Will blinzelte, doch er sah nur einen dunklen Schatten hinter dem Fliegengitter der Veranda. Er glaubte, jemanden schwer atmen zu hören.

»Mrs. Stratton hat mir einmal gesagt, daß sie den Hausschlüssel hier aufbewahrt. Ich habe danach gesucht.« Er sprach ganz ruhig und nüchtern, um dem Unbekannten zu vermitteln, daß er jedes Recht hatte, hier zu sein.

»Bleiben Sie da stehen!« Hinter dem aggressiven Ton des Befehls verbarg sich eine Spur von Unsicherheit. Will ordnete die Stimme einem jungen Mann zu. Einen Moment später öffnete sich die Haustür, und ein Junge erschien im Türrahmen. Der hellhäutige Farbige in einem weißen Tennishemd und Khakishorts mochte siebzehn oder achtzehn Jahre alt sein. Er blickte ausgesprochen mißtrauisch. In seinen Händen hielt er ein Gewehr, dessen Lauf auf Will gerichtet war.

»Wer sind Sie?« bellte er.

»Will Griffin, der Patensohn von Araminta Stratton.« Er hoffte, daß das dem Jungen, dessen Hände am Gewehr beunruhigend zitterten, etwas sagen würde.

Zu Wills Erleichterung klärte sich das Gesicht des Jungen auf, und er ließ das Gewehr sinken. »Ich habe Sie für jemanden gehalten, der hier unbefugt herumschnüffelt.« Seine steife Haltung verriet, daß er Will noch immer nicht ganz über den Weg traute.

»Für so jemanden hätte ich Sie auch halten können«, gab Will zurück. »Sie haben Glück, daß ich kein Gewehr dabeihabe, sonst wäre es vielleicht zu einem schlimmen Mißverständnis gekommen.«

Jetzt blickte der Junge ihn verlegen an und wirkte plötzlich viel jünger als siebzehn oder achtzehn. Mit seiner Adlernase, den schräggeschnittenen dunklen Augen und den breiten Schultern eines Mannes auf dem schlanken Knabenkörper sah er wirklich bemerkenswert aus. Er lehnte das Gewehr an die Hauswand.

»Es ist nicht geladen. Ich glaube, Mrs. Stratton hat es hier vergessen. Es gibt auch keine Munition im Haus.«

Ohne darauf einzugehen, sagte Will: »Jetzt kennen Sie meinen Namen. Wie heißen Sie?«

»Jordan Vann. Mein Vater und ich haben uns für Mrs. Stratton um das Anwesen gekümmert. Wir tun es immer noch.«

»Das hat Mrs. Strattons Anwalt mir berichtet. Aber mir war nicht klar, daß Sie hier wohnen.«

»Aber ich wohne nicht hier. Ich bin nur ...«

Während ihrer Unterhaltung hatte Jordan immer langsamer gesprochen, und jetzt schwieg er ganz, als sei ihm die Luft ausgegangen. Mit eingesunkenen Schultern und den Händen in den Hosentaschen stand er vor der Tür und versperrte den Zugang. Auf Will wirkte er wie ein geprügelter Hund. Dem Jungen war so offensichtlich unbehaglich zumute, daß er ihm fast leid tat. Außerdem hatte er seine Neugier geweckt.

Plötzlich sprudelte es nur so aus dem Jungen heraus. »Ich hatte hier was zu arbeiten.«

»Ich verstehe. Darf ich reinkommen?«

»Jetzt?« Wills Bitte schien ihm weniger zu behagen. Auf seinem Gesicht zeigte sich ein zugleich schuldbewußter und argwöhnischer Ausdruck, und er machte keine Anstalten, Will aus dem Weg zu gehen.

Will nickte. »Ja. Ich habe vor, hier zu übernachten.«

»Oh.« Es klang wie ein Schluckauf, gefolgt von einer kurzen Pause. »Ja, Sir, natürlich können Sie reinkommen. Es ist nur ... können Sie noch einen Moment warten? Lassen Sie mich schnell aufräumen. Ich meine, ich habe kein Durcheinander gemacht«, fügte er schnell hinzu, »aber da liegen noch Werkzeuge rum, mit denen ich gearbeitet habe. Ich will nicht, daß Sie über sie stolpern.«

»Während du aufräumst, gehe ich meine Sachen aus dem Auto holen.«

»Ja, Sir.«

Jordan nahm das Gewehr und ging ins Haus zurück. Er machte die Tür fest hinter sich zu. Will lief zum Jeep. Der Junge faszinierte ihn. Seiner Art zu reden und seinem Benehmen nach schien er gebildet und aus guter Familie zu sein. Er sprach nur mit leichtem örtlichen Akzent, der die Wortendungen gelegentlich etwas verwischte, doch ansonsten war er nicht so richtig einzuordnen. Er erinnerte Will an einen farbigen Jungen aus dem Internat, der aus Mississippi stammte. Einmal hatte er zufällig gehört, wie er sich am Telefon mit einem Freund von zu Hause unterhielt. Zum erstenmal war Will damals aufgegangen, daß es Leute gab, die zwei verschiedene Formen von Englisch sprachen.

Als er sein Gepäck aus dem Jeep nahm, hörte er, wie sich eine andere Tür öffnete. Vermutlich war es die Hintertür. Ein oder zwei Minuten später gingen die Lichter im Haus an, und Jordan kam zurück. Er nahm die Tasche mit den Lebensmitteln, die Will gekauft hatte, und klemmte sich den Schlafsack unter den Arm, während Will den Rest des Gepäcks trug. »Ich habe alles ins Auto geladen«, sagte der Junge über die Schulter, während sie die Treppe hinaufstiegen. »Ich meine, die Teile des Generators. Ich habe ihn gerade getestet, als Sie vorgefahren sind. Darum war es auch dunkel. Jetzt funktioniert er wieder.« Er sprach vorsichtig, als hätte er die Sätze gerade erst auswendig gelernt.

Erstaunlich, dachte Will, der Jordan ins Haus folgte, wie schnell der Junge diese Geschichte erfunden hatte und wie schlecht er log.

Will betrat einen großen, schäbigen Raum, der völlig unpersönlich wirkte. Er war schon in vielen ähnlich aussehenden Häusern gewesen. Sie wurden nur gelegentlich von Menschen benutzt, die es vorzogen, sich draußen aufzuhalten. Man konnte solche Räume ohne weiteres längere Zeit unbewohnt lassen. An den rohen Tannenholzwänden hingen ein paar verblaßte Jagddrucke. Ein abgenutzter Flickenteppich lag über dem gebrochenen grünen Linoleumboden. Es gab einen kleinen Holzofen. Die Einrichtung war einfach: ein runder Holztisch mit vier Stühlen, ein behäbiger, durchgesessener Ohrensessel, dessen breite Armlehnen fast bis auf die Polsterung abgewetzt waren, und eine alte Armeepritsche mit einer Lampe und einem Buchregal daneben. In einer Ecke des Raums befand sich ein tiefes Porzellanwaschbecken neben einer Anrichte, auf der ein Elektroherd mit zwei Platten und ein kleiner Kühlschrank standen. Außer Reichweite über Will hing ein langer Streifen Fliegenleim, auf dem die Opfer so dicht nebeneinander klebten, daß er ganz schwarz war. Er bewegte sich langsam im Luftzug eines alten Stehventilators.

Will warf seine Reisetasche auf die Pritsche. Die verblichene blaue Tagesdecke darauf war verdächtig glatt, und aus dem Stoff stieg ein Hauch von Parfüm auf. Will ging zu einem der Fenster neben dem Hintereingang und hob das Rollo hoch. Doch weil es im Zimmer hell war, konnte er außer den schattigen Umrissen der Bäume beim Haus nicht viel erkennen.

»Das Badezimmer ist hier«, sagte Jordan, als wolle er ihn ablenken. Er zeigte auf eine Tür neben der Küchenspüle.

»Ist das Wasser trinkbar?« fragte Will, während er die Tür öffnete, um einen Blick hineinzuwerfen. Das Badezimmer war winzig. Tote Fliegen lagen in einer Wanne, die für Zwerge konzipiert war, und verschiedene andere Insekten schwammen in der Toilette. Doch es sah einigermaßen sauber aus, und Will war dankbar für das WC im Haus.

»Ja, Sir. Es ist Brunnenwasser.« Jordan ging zur Hintertür. »Es ist spät. Ich verschwinde jetzt besser.«

»Sag mir erst noch, wo du wohnst. Ich möchte morgen vorbeikommen und mit deinem Vater sprechen.«

Der Junge schaute erschrocken. »Wollen Sie das wirklich?«

»Ich will ihm mitteilen, daß ich hier bin. Und ich würde gern seine Meinung zu diesem Anwesen hören.«

In Jordans dunklen Augen flackerte es unsicher. Wartend stand er da, als rechne er damit, daß Will noch etwas sagen würde. Zum Beispiel, daß er Clayton Vann erzählen wolle, daß er seinen Sohn nach der normalen Arbeitszeit in Little Grove vorgefunden habe. Wieder war Will von der Wachheit des Jungen, einer Mischung aus Höflichkeit und Argwohn, fasziniert. Fast spürte Will seine Angst, und er fragte sich, ob er selbst der Grund dafür war oder jemand anderer.

»Sonst fällt mir nichts Erwähnenswertes ein«, sagte er ruhig.

Als Jordan die Botschaft zwischen den Zeilen verstand, entspannten sich seine Gesichtszüge. Jetzt lag es bei ihm, ob er seinem Vater erzählen wollte, daß er sich während Wills Ankunft in Little Grove aufgehalten hatte oder nicht. Will würde es jedenfalls nicht erwähnen. Jordan beschrieb ihm den Weg zu seinem Haus und sagte dann mit ernster Stimme, er würde ihm gern zur Hand gehen, wenn er Hilfe brauche. Sein Lächeln hatte noch etwas von der Offenheit eines kleinen Jungen, und seine Augen leuchteten dankbar. Dann wünschte er Will eine gute Nacht und schlüpfte durch die Hintertür. Fast im selben Moment startete ein Automotor. Will hielt es für unmöglich, daß Jordan so schnell hinter das Steuer geklettert war. Es schien zu bestätigen, was Will die ganze

Zeit vermutet hatte. Der Junge war nicht allein in der Hütte gewesen.

Er wollte gerade seine Sachen weiter auspacken, als ihm das Gewehr einfiel. Er sah sich im Zimmer um, doch die Waffe war nirgendwo zu entdecken. Als er die Hintertür öffnete, um Jordan danach zu fragen, war der Junge bereits an der Beifahrertür eines hellen Autos angelangt, das in einiger Entfernung unter einer Tanne parkte. Noch bevor Will ihm etwas zurufen konnte, hatte er die Tür zugeschlagen. In dem kurzen Moment, in dem das Licht im Wagen aufleuchtete, konnte Will eine Frau erkennen. Es überraschte ihn nicht. Einigermaßen beruhigt sah er dem Auto nach, das langsam verschwand. Es gab schlimmere Dinge, die ein Junge anstellen konnte.

Er fand das Gewehr hinter der Haustür, wo es an der Wand lehnte. Zunächst einmal verstaute er es unter dem Bett, keinem besonders originellen Versteck, denn jeder Einbrecher würde es dort sofort entdecken. Doch so lange er keinen besseren Ort wußte, mußte es reichen.

Dann ging er wieder nach draußen, um in einiger Entfernung vom Weg aus das hell erleuchtete Haus zu betrachten. Jetzt war der abweisende Eindruck einem anderen, immer noch mysteriösen, aber nicht mehr so düsteren gewichen. Wie jedes hell erleuchtete Haus, das ein Fremder plötzlich im Wald erblickt, schien es eine Geschichte zu erzählen. Dieses Bild wollte er in seinem Herzen bewahren.

Er wusch sich und putzte die Zähne, aber trotz seiner Müdigkeit war er zu unruhig, um ins Bett zu gehen. Vielleicht würde seine eigene Stimme ihn in den Schlaf wiegen. Er beschloß, die Ereignisse der letzten Stunden und den ersten Eindruck von Little Grove auf Band festzuhalten. Es war, als sei er in ein fremdes Land gekommen, in dem Sprache und Sitten erst für ihn übersetzt werden mußten. Vor allem aber wollte er die junge, weiß gekleidete Frau beschreiben.

Er setzte sich in den Sessel, spulte das Band an die Stelle zurück, an der es vor dem Unfall stehengeblieben war, und drückte auf den Abspielknopf. Doch er hatte zu weit gespult. Er ließ es wieder vorlaufen und versuchte es noch einmal. Diesmal hörte er eigenartig gedämpfte Laute und dann eine Männerstimme.

»Es ist ein Mann. Er ist allein. Nicht von hier.«

Verblüfft beugte Will sich vor.

Es gab eine mit schwerem Atmen und ein paar undefinierbaren Geräuschen gefüllte Pause, bevor der Mann weitersprach. »Ihm ist nichts passiert. Ist nur ohnmächtig geworden von einer Beule, die er auf der Stirn hat. Der Idiot hatte sich nicht angeschnallt.« Es war eine Nordstaatenstimme mit einer leicht südlichen Modulation. Und es war ganz eindeutig die Stimme von jemandem, der es gewohnt war, Befehle zu geben. »Verdammt noch mal, ich hab' dir doch gesagt, du sollst im Auto bleiben!«

»Bitte, Burke, ich will ihn sehen. Ich muß sicher sein, daß er unverletzt ist.«

Schockiert erkannte Will die Stimme der weißgekleideten jungen Frau.

»Du reagierst schon wieder panisch, Julia. Typisch Frau. Ich geb' dir mein Wort, ihm fehlt nichts.«

»Ich werde trotzdem die Nothilfe anrufen.«

»Den Teufel wirst du! Du weißt genau, was passiert, wenn die Polizei eingeschaltet wird. Das kann ich mir nicht leisten.«

»Ich sag' ihnen, es war mein Fehler. Ich bin gefahren.«

»Mit einem verstauchten Handgelenk? Sie würden sofort wissen, daß du lügst. Komm, ich will hier weg sein, wenn er aufwacht.« Sie schien sich ihm widersetzt zu haben, denn er fügte hinzu: »Um Himmels willen, sei doch vernünftig. Wir haben Gäste, die auf uns warten. Einige von ihnen sind sehr wichtig, und es sind keine besonders geduldigen Menschen.«

Etwas in ihrem Gesicht oder in ihrer Haltung mußte ihm den Eindruck vermittelt haben, daß ihr das als Grund nicht reichte, um einen verletzten Menschen einfach so liegenzulassen. »Ich warne dich, Julia«, fügte die Männerstimme drohend hinzu. »Stell das Wohl eines Fremden nicht über das deines Ehemanns. Sonst werde ich mich verdammt noch mal nicht mehr um dein Wohl und das deines geliebten Landes scheren.«

»Du scheinst betrunkener zu sein, als ich dachte.« In ihrer Stimme schwangen gleichzeitig Angst und Verachtung mit, als könne sie seine Kaltblütigkeit einfach nicht begreifen.

»In den letzten Jahren habe ich mir jede Menge Quatsch über das Zusammenhalten der Familie anhören müssen. Heute nachmittag habe ich erfahren, was das bedeutet. Ich möchte wenigstens ein Mitglied eurer Familie das tun sehen, was du ständig predigst.«

»Oder ...?«

»Es gibt einen guten Markt für weißes Eichenholz. Die Bäume oben auf Bull's Hill ...«

»Das würdest du tun?« Seine rätselhafte Drohung schien bei ihr Panik auszulösen.

»Nur, wenn ich muß. Ach, verdammt noch mal, schau mich nicht so an! Warte! Julia! Oh, Scheiße!« Zusammen mit den letzten Worten hörte Will, wie eine Faust auf die Kühlerhaube des Jeeps krachte. Dann das Geräusch schwerer Schritte. Eine Autotür knallte zu, der Motor startete, und der Wagen fuhr mit kreischenden Rädern los. Dann herrschte Stille, nur die Zikaden zirpten.

Wie vor den Kopf gestoßen saß Will da und ließ das Tonband weiterlaufen, während er das Gehörte einzuordnen versuchte. Es waren nur noch die Geräusche der Nacht zu hören, die plötzlich von dem unzusammenhängenden Grunzen seiner eigenen Stimme unterbrochen wurde. Vermutlich war es seine Reaktion auf den wirren Traum von dem Affendämon, der auf ihn herabblickte. Das Tonband lief weiter, bis es zu den Geräuschen kam, die er gemacht haben mußte, als er aus der Ohnmacht erwachte. Er hörte noch eine Weile zu, schaltete aber aus, als er das Heulen des Rettungswagens hörte. Die Unterhaltung mit der Frau hatte außerhalb der Reichweite des Tonbands stattgefunden.

Der Mann, der ihn von der Straße gedrängt hatte, war sein Nachbar Burke Louden. Und die Frau in Weiß war seine Frau. Soviel war klar. Außerdem, daß es sich bei den beiden nicht um ein glücklich verheiratetes Paar handelte.

Eine Weile saß er nur da und dachte nach, dann spielte er das Band erneut ab. Er wollte noch einmal Julia Loudens Stimme hören. Sie hing im Zimmer wie der Duft von Jordan Vanns Begleiterin – süß und rätselhaft. Später lag er auf dem Rücken, einen Arm unter dem Kopf, und überlegte.

Als er in den Schlaf glitt, klang ihre Stimme noch immer in seinen Ohren und drang bis in seine Träume vor.

10

Als er ins Auto stieg, gab Jordan Katherine durch ein Zeichen zu verstehen, daß sie sich still verhalten solle. Er sprach kein Wort mit ihr, bis die Lichter von Little Grove hinter ihnen verschwunden waren und sie an das Tor von Greengrove kamen. Es war fast, als befürchte er, Will Griffin könne sie belauschen. Er fand diese Angst zwar selbst irrational, wollte aber trotzdem weit genug von Little Grove entfernt sein, bevor er etwas sagte. Außerdem brauchte er Zeit, um dem Aufruhr der Gefühle in sich Herr zu werden.

Er hatte Gewissensbisse und bedauerte es, daß er einen Mann, der ihm sofort sympathisch gewesen war, angelogen hatte. Auch seine Eltern hatte er belogen, und alles nur, um sich mit Katherine treffen zu können. Er hätte sich nie von ihr überreden lassen dürfen, seinen Schlüssel zur Jagdhütte für Privatzwecke zu benutzen. Aber sie hatte behauptet, dies sei der einzige Ort, an dem sie allein und ungestört reden könnten, weil ihr Vater sie dort nicht suchen würde. Und obwohl er immer noch nicht genau wußte, was er sich von dieser Ungestörtheit erwartet hatte, war ihm eins klar: Er wollte unbedingt mit ihr allein sein.

Erst als das Auto vor dem Tor anhielt, wendete Jordan sich dem Mädchen zu. Sie hatte sich gegen die Tür gelehnt und die Arme um die schmale Taille geschlungen, als friere sie. Ihr Gesichtsausdruck war angespannt. Das paßte überhaupt nicht zu ihrem sonst so forschen Auftreten. Jetzt erst wurde ihm bewußt, daß sie sich gefürchtet haben mußte, als sie im Auto auf ihn gewartet hatte.

»Alles in Ordnung?« fragte er. Am liebsten hätte er seine Hand auf die mit feinen Härchen bedeckte weiche Haut ihres Unterarms gelegt, um sicherzugehen, daß sie nicht fror. Doch im Moment hatte er das Gefühl, sie nicht berühren zu dürfen.

Sie nickte, schaute ihn aber nicht an. Unruhig rutschte sie auf ihrem Sitz herum und begann nervös an der Nagelhaut ihres Daumens zu zupfen.

»Tut mir leid, daß es so lang gedauert hat«, sagte er leise.

Sie zuckte mit den Schultern. »Es ist so still geworden, daß ich gedacht habe, da drinnen fände irgendein Kampf statt. Ich sah dich schon wie meinen Freund Kenny enden, der in ein Haus in Malibu eingebrochen ist.«

»Was ist mit ihm passiert?«

»Der Besitzer hat ihn erwischt, ihn gefesselt und eklige Sachen mit ihm angestellt, bevor er ihn wieder laufen ließ.« Sie deutete ein kleines, obszönes Grinsen an, als müsse sie sich auch ihm wie allen anderen gegenüber abgebrüht geben. Mittlerweile wußte Jordan jedoch, daß sich dahinter jemand ganz anderer verbarg: ein Mensch, der ihm sogar besser gefiel als das Mädchen, das er gleich attraktiv gefunden hatte, als es diesen Sommer in Greengrove auftauchte. Damals war sie ihm sehr selbstbewußt und sexy erschienen. Ein zierliches, aber sinnliches Wesen in einem rückenfreien Sommerkleid, mit vollen Brüsten, widerborstigem platinblondem Haar und leicht vorstehenden, haselnußbraunen Augen. An diesem Abend hatte er die Komplexität hinter der hübschen Fassade kennengelernt, die Unsicherheit und Verletzlichkeit – und das hatte den Beschützerinstinkt in ihm geweckt.

»Ich wollte dich nicht erschrecken«, entschuldigte er sich.

»Ich habe nicht richtig Angst um dich gehabt. Du bist viel klüger als Kenny.« Sie ließ ihren malträtierten Daumen in Ruhe und legte die Hände mit den Handflächen nach oben auf ihre Jeans. In solchen Momenten, wenn ihre innere Unruhe sie für eine Weile verließ, wirkte sie älter, als sie wirklich war. »Also, wer war es?« fragte sie. »Der Typ, mit dem du geredet hast.«

»Mr. Griffin. Einer der neuen Besitzer.«

»Glaubst du, er hat mich gesehen?«

»Nein. Aber vermutlich weiß er, daß ich nicht allein war. Allerdings scheint er in Ordnung zu sein. Ich glaube nicht, daß er irgendwas verraten wird.«

»Wenn mein Vater etwas erfährt ...« Trotz ihres gleichgültigen Tonfalls, war ihrem Blick Besorgnis, ja sogar Angst anzusehen.

Er versuchte sie zu beruhigen. »Das wird er schon nicht. Außerdem haben wir nur geredet.«

»Das würde er uns nie glauben«, sagte sie nüchtern. »Würde dein Vater es glauben?«

Jordan nickte. »Wenn ich sage, daß es so war. Er vertraut mir.«

»Du Glücklicher.«

Sie sagte das ganz ohne Sarkasmus, doch er hörte darin eine Spur von Neid heraus. In den wenigen Stunden in der Hütte hatten sie über Gott und die Welt geredet, nur nicht über ihre Familien. Doch aus den wenigen Bemerkungen, die sie machte, hatte er geschlossen, daß ihre Beziehung sowohl zu ihrer Mutter als auch zu ihrem Vater mehr als gespannt war. Er konnte sich gut vorstellen, daß Burke Louden ein Mann war, dem man es nur schwer recht machen konnte.

Die meiste Zeit hatte sie geredet. Sie hatte im Schneidersitz auf dem Bett gesessen, während er auf dem Fußboden hockte und ihr zuhörte. Ihre Art, plötzlich mit etwas völlig Unerwartetem herauszuplatzen, hatte ihn aus dem Konzept gebracht. Es war eine Spontaneität, die ihm gefiel. Erwachsene würden so ein Verhalten wahrscheinlich als mangelndes Taktgefühl oder bewußte Provokation bezeichnen, doch er fand es eher erfrischend.

Wenn man ihren Erzählungen Glauben schenken durfte, verbrachte sie ihr richtiges Leben in Südkalifornien zusammen mit Rollerblades fahrenden Freunden auf der Strandpromenade. Einige dieser Freunde schienen recht unzuverlässig oder sogar, wie Kenny, gefährlich dumm zu sein. Im Vergleich dazu kam Jordan sein eigenes Leben beengt und langweilig vor.

Jetzt aber schwieg Katherine. Weil sie keine Anstalten machte, das Tor zu öffnen, stieg er selbst aus dem Auto. Der Mond schien jetzt so hell auf die Felder, daß Rauhreif auf ihnen zu glitzern schien, und die feuchtschwüle Luft roch nach Heu. An solchen Abenden konnte er sich vorstellen, für immer hierzubleiben und so zu leben wie sein Vater und die Generationen von Vanns vor ihm. Diese Gegend war ihm so vertraut, daß er manchmal mit geschlossenen Augen herumlief, um sich zu beweisen, daß er sich hier wirklich auskannte. In Wirklichkeit jedoch blieb ihm keine andere Möglichkeit, als zu gehen. In weniger als einem Monat würde er das Brown College besuchen. Er hatte ein Stipendium erhalten, und so konnten seine Eltern ihre Ersparnisse für ihre eigenen Zwecke ausgeben. Die Leute sagten zu ihm, die Welt liege vor ihm wie eine Auster, die er nur zu öffnen brauchte. Es gab Zeiten, in denen er genau das tun wollte. Aber dann wiederum schnürte ihm schon der Gedanke an die Zukunft die Kehle zu.

Das Mondlicht glitzerte auf dem Fluß. Jordan liebte den Fluß. Dort schwamm und angelte er, oder er ließ sich mit seinen Freunden in einem alten flachen Kahn flußabwärts treiben. Der Stamm der Monacans, der einmal in diesem Tal gelebt hatte, pflegte dem Fluß James immer Tabak zu opfern. Das hatte sein Vater ihm erzählt. Doch vor den Engländern hatte der Fluß sie nicht beschützen können, denn sie wurden von ihnen in der Schlacht von Bloody Run besiegt. Obwohl die Monacans das Tal verlassen hatten, kehrten einige von ihnen gelegentlich zurück, um an den Begräbnisstätten ihrer Ahnen heilige Riten zu zelebrieren. Auf Bull's Hill zum Beispiel. Jordan hatte seinen Großvater dorthingeführt, denn dieser wußte, wie wichtig solche heiligen Stätten waren. Die Ahnen brauchen unser Angedenken, hatte er gesagt, sonst leidet ihr Geist und wird ruhelos. Jordan war klar, daß seinem Großvater selbst diese wenigen Worte schwergefallen waren.

Als er sich wieder hinters Steuer setzte, drehte sich Katherine zu ihm um und schlug die Beine übereinander. »Warum mag dein Vater meinen Vater nicht?«

Ihre völlig unvermittelte Art, Fragen wie diese zu stellen, ließ Jordan meist verlegen lachen. Doch sie erwartete immer eine Antwort. Genau wie jetzt. Sie ließ nie locker.

»Ich weiß es nicht. Eigentlich hat er nie so deutlich gesagt, daß er ihn nicht mag.«

»Er will nicht für ihn arbeiten.«

»Was heißt er ›will nicht‹, er arbeitet nur eben nicht für ihn.«

»Ich habe etwas anderes gehört.«

Neugierig wollte er wissen, was.

»Ich habe zufällig gehört, wie Burke sich mit Julia darüber unterhalten hat.« Katherine sprach von ihrem Vater fast nie als Dad, sondern nannte ihn immer bei seinem Vornamen, was Jordan mißfiel. »Er sagte, er könnte auf dem Weingut die Hilfe deines Vaters gut gebrauchen, wenn er nur nicht so verdammt dickköpfig wäre. Er würde sich die Chance, gut zu verdienen, entgehen lassen, nur weil er Burke nicht leiden kann.«

»Manche Menschen haben einfach keine Lust mehr, immer nur *für* jemanden zu arbeiten«, erwiderte Jordan verlegen. »Vielleicht meint mein Dad, daß die Vanns langsam aufhören sollten, Befehle von Leuten auf Greengrove entgegenzunehmen.« Doch er wußte, daß mehr dahintersteckte. Aus irgendeinem Grund traute sein Vater Burke Louden nicht über den Weg. Auf dem Land, so hatte er zu Jordan gesagt, muß man seine Nachbarn nicht mögen, man muß nur mit ihnen auskommen.

»Ich mach' ihm keine Vorwürfe deswegen«, fuhr Katherine fort. »Ich würde selbst nicht für Burke arbeiten wollen. Ständig gibt er mir das Gefühl, daß ich ihm nichts bedeute, schreibt mir aber ständig vor, wie ich zu leben habe. Ich hasse ihn.«

»Das darfst du nicht sagen.«

»Warum nicht? Es ist die Wahrheit.« Ihre Stimme war kalt. Sie angelte sich ihre Tasche vom Boden und suchte darin nach Zigaretten und Streichhölzern.

»Und laß das!«

Sie schnitt eine Grimasse, steckte die Zigaretten aber wieder weg. »Tust du nie etwas, was du nicht sollst?«

»Schon, aber nicht, wenn es mich umbringt.«

In Wirklichkeit aber hielt er sich an die Regeln und machte, was man von ihm erwartete. Und er war dafür belohnt worden. Er hatte ein Stipendium an einer angesehenen Universität bekommen, sozusagen die Garantie für eine gute Zukunft. Manchmal erschien ihm das alles nur so schrecklich langweilig und monoton.

»Dein Großvater pafft diese eklige Pfeife«, sagte sie. »Belehrst du den auch?«

Bei dem Gedanken an seinen Großvater, der mit seiner kleinen rußgeschwärzten Pfeife unter einem Apfelbaum im Garten hockte, mußte Jordan lächeln. Er schüttelte den Kopf. »Ich glaube, wenn das, was er durchgemacht hat, ihn nicht umbringen konnte, wird es auch diese Pfeife nicht schaffen.«

»Ich finde deinen Großvater unheimlich. Er sieht aus wie ein Kind, das nie gewachsen ist, nur mehr und mehr verschrumpelt. Außer seine Augen ... die sehen ungefähr tausend Jahre alt aus.«

»Er ist in Ordnung.«

»Ich hab' gesehen, wie nett du zu ihm bist. Aber worüber redet ihr?«

»Wir reden nicht viel. Ich zeige ihm das eine oder andere und sage ihm die englischen Wörter dafür. Er versteht eine ganze Menge, nur reden tut er nicht besonders gern.«

Sie näherten sich der Auffahrt, die auf das Haus zuführte. »Laß mich besser hier aussteigen«, sagte sie, »den Rest gehe ich zu Fuß.«

Er hielt am Straßenrand an. Wenn ihr Vater auf sie wartete, war es wirklich besser, wenn Mr. Louden sie nicht zusammen sah. Katherine war eine geschickte und überzeugende Lügnerin, viel besser als er selbst.

»Bis morgen nachmittag dann. So um drei?«

Er nickte. Er hatte ihr Nachhilfestunden in Geometrie versprochen. Ihre Mutter wollte, daß sie den Einstufungstest für die höhere Schule ein Jahr früher ablegte. »Wo?« fragte er.

»Du könntest zu mir kommen.«

Er hielt das für keine gute Idee. »Treffen wir uns lieber am See. Dann können wir hinterher noch ein bißchen schwimmen.«

Sie öffnete die Tür, doch bevor sie ausstieg, wandte sie sich noch einmal zu ihm um. »Du tust immer so, als hättest du keine Probleme. Ich wette, das stimmt nicht. Das nächste Mal bist du mit dem Reden dran, okay?«

Er lächelte sie an. »Okay.«

Vom Auto aus blickte er ihr nach, wie sie den Hügel hinaufging und dann hinter einer Kurve verschwand. Er fuhr die Straße noch ein kleines Stück weiter bis zu der alten Tabakscheune, wo er besser wenden konnte. Die Scheune lag hinter Bäumen versteckt und wurde an drei Seiten von Maisfeldern und Wiesen, die zum Fluß hin abfielen, begrenzt. Es war ein langes, zweistöckiges Holzgebäude mit abblätternder weißer Farbe und einer Kupferkuppel auf dem Dach. Sie wurde jetzt zum Lagern von Heu und Werkzeugen benutzt.

Zu Jordans Überraschung parkten an diesem Abend auf der Wiese neben der Scheune mindestens ein Dutzend Fahrzeuge. Durch das halboffene Tor und die Ritzen in den Fensterläden drang Licht. Als er den Motor ausschaltete, hörte er Männerstimmen und Gelächter. Neugierig schlich er sich zur Scheune, um hineinzuspähen.

Auf der großen Freifläche im Zentrum der Scheune war ein Verschlag errichtet worden, um den sich etwa ein Dutzend betucht aussehender Männer mit Drinks und Zigarren scharte. Sie lachten und fluchten im Scherz. Die meisten von ihnen waren weiß, doch einige hatten asiatische Züge. Ein Mann schien Araber zu sein. In einer Ecke der Scheune stand ein Kartentisch mit alkoholischen Getränken. Auf dem Fußboden entdeckte Jordan Drahtkäfige, wie man sie benutzte, um Katzen oder andere kleine Tiere zu transportieren. Neben den Käfigen hockten zwei dunkelhäutige Hispanier, die Stulpenhandschuhe aus Leder trugen.

»Los, laßt uns anfangen!« rief plötzlich ein Mann mittleren Alters, der einen seltsamen englischen Akzent hatte. Sein Gesicht glänzte vor Schweiß.

Die beiden Hispanier drehten sich um und schienen einen Moment lang direkt Jordan anzustarren. Er schreckte zurück, doch dann merkte er, daß sie nicht ihn, sondern einen Mann ansahen, der mit dem Rücken zum Fenster stand. Der Mann nickte und schien damit ein Zeichen zu geben. Jordan war unangenehm überrascht, als er Burke Louden erkannte. Eigentlich, so dachte er, sollte er jetzt besser gehen, doch die Neugierde ließ ihn bleiben.

Mittlerweile hatten die Hispanier zwei der Käfige geöffnet. Als sie sich erhoben, sah Jordan, daß jeder von ihnen einen Kampfhahn in der Hand hielt. Die Tiere trugen Kapuzen und waren an den Beinen gefesselt, damit sie nicht angreifen konnten. Jeder Vogel hatte an einem Bein messerscharfe Sporen. Die Männer hielten die Hähne auf Armeslänge vor sich und gingen zu dem Verschlag. Dort stellten sie sich einander gegenüber auf, lösten den Tieren die Fußfesseln und zogen ihnen die Kapuzen ab. Dann warfen sie die Hähne in den Ring.

Jordan veränderte seine Position, um besser sehen zu können, wobei er vorsichtig einer verrosteten Sense auswich, die an der Scheunenwand lehnte. In dem Moment packte ihn jemand am Arm. »Drinnen kannst du mehr sehen«, sagte eine barsche Stimme.

Erschreckt fuhr Jordan herum und sah sich einem untersetzten jungen Weißen mit pockennarbigem Gesicht gegenüber. Er kannte den Mann nicht. »Wissen Sie, ich wohne unten an der Straße«, begann er. »Ich hab' die Autos gesehen und mir gedacht, ich schau' besser mal nach. Ich weiß, daß Mr. Louden nicht gern Unbefugte auf seinem Besitz sieht.«

»Unbefugte?« Der Mann lächelte. »Das wärst doch wohl eher du?«

»Ich bin ein Nachbar«, protestierte Jordan, als der Mann ihn mit festem Griff zur Scheunentür zerrte. Er stolperte über die Schwelle. Über das würzige Heuaroma in der Scheune hatte sich der schale Geruch von Zigaretten und Schweiß gelegt. Niemand hatte sie bemerkt, denn die ganze Aufmerksamkeit war auf die Hähne im Ring gerichtet.

»Mr. Louden«, sagte der Mann mit ruhiger Stimme, als sie hinter Burke traten. »Wir haben Besuch.«

Burke drehte sich um. Sein Gesicht war rot angelaufen, und seine hellen blauen Augen funkelten vor Erregung. »Ach, Jordan«, sagte er mit einem Grinsen. »Was führt dich denn hierher?«

»Er behauptet, er sei zufällig vorbeigekommen und habe die Autos bemerkt«, sagte der pockennarbige Mann, »und da sei es seine Nachbarspflicht gewesen, einmal nachzusehen.« Als Jordan seinen Arm abschüttelte, zuckte er mit den Schultern, blieb aber dicht neben ihm stehen.

»So, bist wohl ein bißchen spazierengefahren, Jordan?« sagte Burke fröhlich. »Na ja, ist auch eine schöne Nacht. Henry, bring unserem Freund hier einen Drink.« Während der andere Mann zum Kartentisch ging, verlor Burke plötzlich das Interesse an Jordan und widmete seine Aufmerksamkeit wieder dem Hahnenkampf. Doch irgend etwas ließ Jordan wie angewurzelt stehenbleiben. Wenige Sekunden später richtete Burke wieder das Wort an ihn.

»Katherine ist dir auf deiner Spazierfahrt nicht zufällig begegnet, oder?«

»Ist sie nicht zu Hause?« wich Jordan ihm aus.

»Jetzt vielleicht schon«, erwiderte Burke trocken. »Nachdem du allein hier aufgetaucht bist.«

Glücklicherweise verhinderte Henrys Rückkehr eine Antwort. Der Mann hielt ihm einen Plastikbecher mit einer dunklen Flüssigkeit hin. »Du willst doch wohl nicht unhöflich sein«, meinte er, als Jordan den Kopf schüttelte. Er sagte das mit so großem Nachdruck, daß Jordan nichts anderes übrigblieb, als das Glas zu nehmen und ein wenig daran zu nippen. Es war Whiskey, und er war so mild, daß er ganz harmlos schmeckte.

Als der Kampf sich seinem Ende näherte, stieg der Geräuschpegel an. Ein Hahn hob sein scharfgesporntes Bein und verpaßte seinem Gegner einen tiefen Schnitt in den Hals, so daß dieser durch den Ring taumelte und das Blut aus der Wunde in das Sägemehl spritzte. Jordan nahm einen größeren Schluck Whiskey, um das Ekelgefühl hinunterzuspülen. Er war auf dem Land aufgewachsen und deshalb nicht zimperlich, aber Brutalität zum Spaß haßte er.

Burke legte eine Hand auf seine Schulter. »Schon mal einen Hahnenkampf gesehen?«

»Nein, Sir.« Hahnenkämpfe waren illegal, obwohl Jordan wußte, daß sie immer noch stattfanden.

»Die meisten der Herren hier auch nicht. Doch sie interessieren sich für unsere wunderlichen Gebräuche. Wußtest du, daß der Hahnenkampf zu Jeffersons Zeiten sehr beliebt war? Ich glaube, er ist immer zu den Hahnenkämpfen hier auf Greengrove rübergeritten.« Er lachte und hob sein Glas. »Du mußt mich einfach als Lokalhistoriker betrachten, der etwas für den Erhalt alter Traditionen tut.« Er leerte sein halbvolles Glas mit einem Zug und wartete dann, daß Jordan es ihm gleichtat. Diesmal erlaubte Jordan sich einen größeren Schluck, um seiner Nervosität Herr zu werden.

Der Kampf war vorbei. Der Sieger wurde eingefangen und aus dem Ring gehoben, während man den Kadaver des besiegten Tiers unzeremoniell in einen Plastikmüllsack warf. Der Australier kam mit ausgestreckter Hand und einem breiten Lächeln auf Burke zu. »Dann mal her mit der Kohle, Burke!«

»Immer mal langsam mit den jungen Pferden«, erwiderte Burke gutgelaunt und zählte dem anderen eine größere Menge Geldscheine in die Hand. Dann wandte er sich wieder an Jordan. »Was ist mit dir?« fragte er. »Jeder setzt ein bißchen was ein, sogar die Absolventen von Eliteuniversitäten.«

»Ich kann nicht. Es würde meinen Eltern nicht gefallen.« Die

Worte waren gesagt, noch bevor Jordan überlegen konnte, wie sie hier klingen mußten. Um seine Verlegenheit zu überspielen, nahm er wieder einen Schluck aus seinem Becher.

»Sie werden es nicht erfahren«, versicherte Burke ihm. »Du mußt ja nicht hoch wetten. Zwanzig sind in Ordnung.«

Zögernd zog Jordan einen Zwanzigdollarschein aus seiner Brieftasche und reichte ihn weiter. Einer der Männer lachte. »Paßt auf, Jungs, hier haben wir einen furchtlosen Glücksritter.«

»Einen vom College, was?« fragte der Australier oder Neuseeländer oder was auch immer. Er hatte Burkes Bemerkung über die Eliteuniversitäten gehört.

»Noch nicht«, erwiderte Jordan. »Nächsten Monat.«

»Brown«, erklärte Burke den Männern.

Der Australier blickte Jordan belustigt an. »Na und? Macht das einen Unterschied?«

»Ich spreche nicht von seiner Hautfarbe, du Idiot«, sagte Burke grinsend. »Brown ist die Uni, an die er geht. Außerdem hat er ein dickes Stipendium in der Tasche. Und glaub bloß nicht, daß die Hautfarbe dabei eine Rolle spielt. Der Junge ist ein kluges Bürschchen.«

»Nimm eine Zigarre«, sagte der Australier, zündete eine an und drückte sie Jordan in die freie Hand.

Jordan merkte, daß er verspottet wurde, und er konnte nichts dagegen tun. Jetzt verstand er Katherines Einstellung zu ihrem Vater. Wenn Henry ihn nicht die ganze Zeit im Auge behalten hätte, hätte er sich einfach aus dem Staub gemacht, als die anderen sich dem nächsten Kampf zuwandten. Die Zigarre, die deutlich besser war als die wenigen, die er bisher geraucht hatte, gab ihm das Gefühl, kein ganz so grüner Junge mehr zu sein, aber ihm schwindelte auch ein wenig davon. Er war sehr müde und konnte dem grausamen Kampf im Ring kaum mehr folgen.

Als es vorbei war, gratulierten ihm die anderen zu seinem Gewinn. »Kein Zweifel, das Glück ist heute nacht auf deiner Seite«, sagte Burke und klopfte ihm auf den Rücken. »Nütz die Gelegenheit. Weißt du was, ich leih' dir einen Tausender.«

Jordan schüttelte den Kopf, doch von der Bewegung wurde ihm noch schwindliger. Während er sich haltsuchend an den Planken des Verschlags festklammerte, wurde der Handel abgeschlossen.

Doch es schien nicht weiter schlimm zu sein, denn er gewann wieder und wieder. Es kam ihm auch nicht schlimm vor, als der letzte Hahn triumphierend aus dem Ring getragen wurde und die Männer zum Pokerspiel übergingen. Auf Heuballen saßen sie um den Kartentisch herum, im Stroh vor ihren Füßen die leeren Flaschen. Doch als alle Spiele beendet waren, erklärte ihm Burke mit kalter Stimme, daß er verloren habe. »Zehntausend Dollar, um genau zu sein.«

Der Australier pfiff in gespieltem Mitgefühl durch die Zähne. »Zehntausend Dollar, mein Junge. Das ist ein ziemlicher Batzen für einen vom College.«

»Ich spring natürlich für dich ein«, fuhr Burke fort und zückte sein Scheckbuch. »Für heute streck' ich's dir vor.«

Irgendwie gelang es Jordan, aus der Scheune zu kommen und eine dunkle Ecke zu finden, bevor er sich übergab. Obwohl er im Schneckentempo nach Hause fuhr, hatte er Schwierigkeiten, das Auto geradeaus zu lenken. Seine Gedanken rasten. Er ließ alles noch einmal Revue passieren, was seit dem Moment, in dem er die Scheune betreten hatte, geschehen war. Doch so sehr er sich auch anstrengte, er konnte sich nicht erinnern, wie aus der Zwanzigdollarwette ein Verlust von zehntausend Dollar geworden war. Zehntausend Dollar! Jetzt war ihm schlecht vor Verzweiflung, und sein Magen revoltierte erneut.

Wie hatte es dazu kommen können? Wenn Mr. Louden ihm nicht einen Drink angeboten hätte oder diese tausend Dollar ... Er glaubte die ruhige Stimme seines Vaters zu hören: Es ist immer leichter, anderen die Schuld zu geben, um sich aus der Affäre zu ziehen. Es war einzig und allein sein Fehler. Er hätte sofort nein sagen und weggehen müssen. Er war einfach feige gewesen.

O Gott, wie sollte er es nur seinen Eltern beibringen? Wie konnte er einem Mann wie seinem Vater, der nie in seinem Leben etwas Falsches getan hatte, sagen, daß er zehntausend Dollar verspielt hatte? Sein Vater würde es nie verstehen.

Außer der Lampe über der Eingangstür brannte kein Licht im Haus. Alles war dunkel, was bedeutete, daß seine Eltern Gott sei Dank schliefen. Gleichzeitig beschämte ihn dieses Zeichen ihres Vertrauens. Er öffnete leise die Hintertür. In der Küche überkam ihn wieder die Übelkeit, und er schaffte es gerade noch bis zum Spülbecken.

11

Oben im Schlafzimmer hörte Mei Vann das Auto in die Einfahrt einbiegen. Sie drehte sich auf die andere Seite und schloß die Augen. Clayton lag schlafend neben ihr, doch sie selbst konnte nie einschlafen, bis Jordan wohlbehalten wieder zu Hause war. Heute nacht war es sehr spät geworden. Während die Stunden verstrichen, hatte sie auf dem Bett gelegen und auf die Vorhänge gestarrt, die sich in der nächtlichen Brise bewegten. Sie hatte sich gezwungen, an das Essen zu denken, das sie am nächsten Tag für die Party von Julia Louden zubereiten mußte, um sich nicht vorstellen zu müssen, was Jordan auf der Straße alles zugestoßen sein konnte.

Die Hintertür ging leise auf und wurde wieder geschlossen. Doch als Mei sich das Kissen bequemer unter den Kopf rücken wollte, vernahm sie ein Stolpern, dem fast sofort ein unmißverständliches Würgen folgte. So hörte sich ein Mensch an, der sich fürchterlich übergeben mußte. Sie setzte sich auf, griff nach ihrem Morgenmantel und lief eilig nach unten.

Jordan stand an der Küchenspüle, wo er das Wasser laufen ließ. Verlegen dreht er sich zu ihr um. Seine dunklen Augen blickten wie die des kleinen Jungen, den sie manchmal noch in ihm sah. Irgend etwas machte ihm Sorgen. Ein Geruch von Erbrochenem hing in der Luft, und Spuren davon klebten noch an seinem Kinn. Ohne ein Wort zu sagen, befeuchtete Mei ein frisches Geschirrtuch und wischte ihm damit sanft über das Gesicht. Er ließ es sich mit gesenktem Kopf gefallen. Dann nahm sie ein Glas aus dem Schrank, füllte es mit Wasser aus einer Karaffe im Kühlschrank und reichte es ihm.

»Du mußt viel Wasser trinken, um dein Inneres durchzuspülen. Dann wird es dir morgen früh nicht so schlecht gehen.«

Gehorsam trank er ein zweites Glas, lehnte aber das dritte ab.

»Jetzt gehen wir noch eine Weile herum. Draußen, damit wir deinen Vater und Großvater nicht wecken.« Sie hoffte, daß auch ihr Vater heimgekommen war. Oft ging er spät in der Nacht noch spazieren und kam erst in der Morgendämmerung zurück.

Im Hof stützte Jordan sich ein wenig auf Mei. Seine Kleidung roch nach Zigarren- und Zigarettenrauch. Jordan war fast einen Kopf größer als sie, doch an diesem Abend ging er gebückt, als hätte er eine Verletzung am Rücken. Mei versuchte, sich keine Sorgen zu machen. Jordan war im Teenageralter so problemlos gewesen, daß Clayton und sie sein vorbildliches Verhalten schon zu selbstverständlich nahmen. Wir sind einfach verwöhnt, dachte sie. Jungen machen nun mal Dummheiten, das ist völlig normal.

»Es tut mir leid, Mom«, stammelte er. Er konnte ihr nicht in die Augen blicken.

»Wie ist das passiert?«

Er ließ den Kopf hängen. »Das kann ich dir nicht sagen.«

Sie biß sich auf die Lippe, bedrängte ihn aber nicht weiter.

Die nächsten zwanzig Minuten wanderten sie langsam über den Hinterhof. Er mußte sich noch zweimal übergeben, wobei er sich an einem Baum abstützte, während sie geduldig neben ihm wartete. Dann liefen sie weiter. Als Jordans Schritte wieder sicherer wurden, war sie beruhigt und ging mit ihm zurück ins Haus, wo sie ihm einen Kräutertee zubereitete. Als er zwei Tassen davon getrunken hatte, begleitete sie ihn nach oben in sein Schlafzimmer. Mei stapelte mehrere Kissen übereinander auf Jordans Bett, damit sein Kopf höher lag. Dann holte sie den alten Schaukelstuhl und setzte sich neben ihn.

»Ich bleib' bei dir«, erklärte sie. »Um sicherzugehen, daß du dich nicht im Schlaf übergibst.«

Er brachte ein schwaches Lächeln zustande und schloß die Augen. Sein saurer Atem erinnerte sie entfernt an die Frucht des Durianbaums, den abstoßenden Geruch der Verwesung. Ihren Sohn so zu sehen, rief in ihr alte Ängste hervor. Als er noch klein war und von Virus- und Fiebererkrankungen heimgesucht wurde, hatte sie geglaubt, er könne in der Nacht sterben, wenn sie nicht an seinem Bett saß. Und später, als er in ein Internat kam, war sie völlig grundlos davon überzeugt gewesen, daß sie ihn nie wieder sehen würde. Sie hatte ihre Ängste um ihn nur unterdrückt, weil Clayton gesagt hatte, daß ein Stipendium für eine Schule im Norden Jordan Möglichkeiten eröffnete, die er zu Hause niemals haben würde.

Jordan war dort so sicher, wie es ein Kind nur sein konnte, und trotzdem waren ihre Ängste zurückgekommen und noch stärker geworden. Es war, als würden die Ängste ihrer eigenen Kindheit wach werden und sie überwältigen. Manchmal glaubte sie, es müsse an seinem Alter liegen, dasselbe Alter, in dem sie ihr Zuhause, das sie nie mehr wiedersehen sollte, verlassen hatte.

Zehn Jahre zuvor hatte Burke Greengrove gekauft. Fast sofort war da eine körperliche Anziehung zwischen ihnen gewesen, über die sie jedoch nie ein Wort verloren hatten. Es beunruhigte sie, und sie hatte sich bemüht, nie mit ihm allein zu sein. Da Clayton so wenig wie möglich mit dem neuen Besitzer von Greengrove zu tun haben wollte, war dies nicht weiter schwierig gewesen. Clayton hatte einfach erklärt, er habe ihn schon als Junge nicht besonders leiden können und es gebe jetzt nichts, was ihn dazu bringen könnte, seine Meinung zu ändern. Die Nachbarschaft bedeute schließlich nicht, daß man auch miteinander verkehren müsse. Doch als ihr Partyservice in den letzten Jahren größer geworden war, hatte sie Burke gelegentlich in anderen Häusern getroffen. Dann war nach einem Festtagsdinner vor acht Monaten ihr Auto nicht angesprungen, und er hatte sich angeboten, sie mitzunehmen. Julia, die damals mit einer Erkältung im Bett lag, hatte die Party nicht besucht. Mei wußte also, daß sie allein mit ihm im Auto sein würde. Trotz ihrer bösen Ahnungen hatte sie das Angebot angenommen. Es abzulehnen, wäre unhöflich gewesen.

Er begann damit, ihr Essen zu loben. Als junger Mann sei er gleich nach dem College als Berater nach Vietnam gegangen – eine Formulierung, hinter der Mei das Schlimmste vermutete –, und dort habe er wirklich fantastisch gegessen.

»Haben Sie jemals mit dem Gedanken gespielt, ein Restaurant zu eröffnen?« fragte er. »Sicher gäbe es genügend Kundschaft dafür.«

Sie lächelte. »Wenn man ein Restaurant führen möchte, reicht es nicht, gut kochen zu können.«

»Stimmt. Sie bräuchten finanzielle Unterstützung.« Dann erzählte er, daß er und seine Geschäftspartner später auf dem Weingut selbst einmal ein kleines Restaurant aufmachen wollten. Es sollte an den Wochenenden geöffnet sein, und die Gerichte auf der Karte müßten zu den empfohlenen Weinen passen, die natürlich hauptsächlich aus dem Keller von Greengrove stammen würden. Vielleicht sollten sie einmal über eine mögliche Zusammenarbeit reden.

»Mein Mann ...«, begann sie.

»O ja, natürlich«, sagte er schnell. »Sie müßten Clayton überzeugen. Vielleicht denken Sie erst selbst darüber nach, bevor Sie es ihm gegenüber erwähnen. Warum treffen wir uns nicht nächste Woche und sprechen darüber?«

Sie nickte. Zum erstenmal in ihrem Eheleben hatte sie ein Geheimnis. Das zweite Geheimnis war ihre Affäre, die ein paar Wochen später begann.

Während sie langsam im Schaukelstuhl wippte, wunderte sie sich darüber, wie wenig Leidenschaft mit Zuneigung zu tun haben konnte, von Liebe ganz zu schweigen. Clayton gab ihr Liebe, und trotzdem schien ihr diese allein nicht zu reichen. Das andere, diese Nichtliebe, wurde ihr mit der Zeit so wichtig wie die Luft zum Atmen.

Doch jetzt schien diese Luft vergiftet zu sein. Sie riskierte alles für eine Befriedigung, die ihren Bedürfnissen nicht mehr genügte. Und das mit einem Mann, den sie noch nicht einmal mochte. In Wahrheit haßte sie sogar die Macht, die Burke über sie gewonnen hatte, und damit auch ihn. Selbst wenn sie miteinander schliefen, wünschte sie sich manchmal seinen Tod. Sie hatte das Gefühl, als sei der Alptraum ihrer Kindheit Realität geworden, und die letzten fünfundzwanzig Jahre seien ein Traum gewesen.

Ein Geräusch ließ sie aufblicken. Ihr Vater stand im Türrahmen. Er sah zu Jordan hinüber und dann zu ihr, bevor er wieder in der Dunkelheit des Flurs verschwand. Er war angezogen gewesen. Da er immer in einem Sarong schlief, mußte das bedeuten, daß er von draußen gekommen war. Sie überlegte, wo er wohl gewesen sein könnte, doch sie wußte, daß sie ihn nicht danach fragen durfte.

So wie er aus ihrem Leben verschwunden war, war er auch wieder aufgetaucht. Plötzlich und ohne Vorwarnung, als hätten die Geister, die ihn geholt hatten, ihn wieder verstoßen. Es waren dieselben Geister, die fast auch von ihr Besitz ergriffen hätten, wäre da nicht Clayton gewesen.

Als sie Jordans schlafendes Gesicht betrachtete, erinnerte sie sich daran, wie sie früher, mit sechzehn, als es ihr selbst schon wieder besserging, an anderen Betten gesessen hatte. Die Nonnen des katholischen Krankenhauses hatten ihr eine Beschäftigung gegeben, eine Möglichkeit zu helfen. Um sich den Schwestern gegenüber dankbar zu erweisen und auch, um satt zu werden, hatte sie angefangen, für sie die Mahlzeiten zuzubereiten. Ihre Mutter hatte ihr das Kochen beigebracht, und einer der älteren Patienten, der früher Koch am Hof des Kaisers gewesen war, hatte ihr noch andere, raffiniertere Gerichte gezeigt. Oft konnte er sie nur beschreiben, weil es einige der Zutaten nicht gab. Außerdem waren seine Hände so verbrannt, daß er kaum einen Topf halten konnte. Doch selbst bei den komplizierteren Rezepten hatte sie sich jedes Detail gemerkt.

Sie beugte sich vor, um das Laken über Jordans Schultern zu ziehen. Die beruhigende, rhythmische Bewegung des Schaukelstuhls ließ sie schließlich einschlummern, doch sie erwachte beim ersten Morgenlicht. Jordan schlief jetzt ruhig und atmete normal. Mei dachte an die Arbeit, die an diesem Tag vor ihr lag. All die Dinge, die sie für Julias Party vorbereiten mußte. Sie ging in den Garten, um die Kräuter für die kalten Saucen einiger Gerichte zu holen.

Sie hockte sich neben die Basilikumbüsche und drehte die Blätter um, deren Lakritzgeruch die Luft erfüllte. Als sie als jung verheiratete Frau hierhergekommen war, hatte ihr Thea Jardine das Gärtnern in dieser Erde, die der ihrer Heimat so glich, beigebracht. Sie hatte Thea von Anfang an gemocht. Die Leute in Virginia, die wie Thea aus einer bestimmten Schicht stammten, erinnerten sie an Verwandte in ihrer Heimat. Sie hatten die Angewohnheit, nur von angenehmen Dingen zu sprechen, wenn sie einen Besuch machten. Unangenehmes wurde nur dann erwähnt, wenn es sich überhaupt nicht vermeiden ließ.

Mei bewunderte Thea für ihre hartnäckige Weigerung, Verlorenem nachzujammern, und Julia für die Klugheit, mit der sie Greengrove zurückgewonnen hatte. Doch es war genau diese Eigenschaft, die Mei davon abhielt, sich ihr gegenüber schuldig zu fühlen. Sie glaubte, daß Julia nur des Landes wegen geheiratet hatte und nicht aus Liebe, und das bedeutete auch, daß Meis Affäre mit Burke Julia nichts wegnahm.

In seiner stillen Art kam ihr Vater in den Garten und hockte sich auf die Fersen, um die Pfirsichscheiben zu verspeisen, die sie für ihn hergerichtet hatte. Er selbst würde sich wahrscheinlich nur von Reis, Gemüse und Früchten ernähren, doch Mei kochte ihm manchmal die Gerichte, die ihre Mutter ihm zubereitet hatte. So konnte sie ihm etwas von dem zurückgeben, was er verloren hatte. Manchmal begleitete sie ihn auch in den Wald, wo er am glücklichsten zu sein schien, um nach wilden Pflanzen für ihre Speisen zu suchen: Ginsengwurzel und Amarant, dessen Samen sie wie Mohn über die Brote streute, wildes Piment und Ingwer.

Einmal hatte er vor dem Aufbruch in den Wald eine Handvoll Asche aus dem Grill geholt und sie in die Luft geworfen, wobei er leise murmelte: »Ich sähe Asche in den Wind. Mögen die bösen Omen verwehen wie die Asche im Wind.«

Als sie ihm gegenüber die gefährlichen Eigenschaften des Holunders erwähnte, hatte er ihr sofort von einem stark wirkenden Gift erzählt, das man aus bestimmten Pflanzen im Hochland Vietnams gewinnen konnte. Sobald dieses Gift in den Kreislauf gelangte, ließ es das Blut gerinnen und führte so zum Tod. Er hatte dieses Gift einem amerikanischen Oberst gegeben, wußte aber nicht, wozu dieser es benutzte.

Ihr Vater war ihr ein Rätsel.

Ohne ihr Wissen hatte Clayton jahrelang geduldig nachgeforscht, ob von ihrer Familie nicht doch jemand überlebt hatte. Vor sechs Monaten erreichte ihn die Nachricht, daß man ihren Vater gefunden habe. Er hatte zu einer Gruppe von Männern gehört, die sich im unzugänglichen Dschungel von Kambodscha versteckt hielten. Ihr Anführer wußte nicht, daß sein Kommandant schon seit zwanzig Jahren tot war. Sie waren von Uno-Truppen aufgestöbert worden, und man hatte sie davon überzeugen können, daß der Krieg vorbei war. Über einen Freund, einen ehemaligen Green Beret, der am Rücksiedlungsprogramm im Hochland beteiligt war, hatte Clayton erfahren, daß man ihren Vater nach Fort Bragg gebracht hatte.

Vor zwei Wochen waren sie dorthingefahren, um ihn zu holen. Anfangs hatte sie ihn nicht erkannt. Erst als er sie Liing Laang – der Name ihrer Kindheit –, der Schwalbe bedeutete, nannte, glaubte sie, daß er ihr Vater war. Er erzählte nur sehr wenig über seine langen, sinnlosen Jahre im Dschungel. Doch er war stolz. Manchmal fragte sie sich, ob er sich betrogen oder verraten fühlte und sich hinter seinem Schweigen eine so starke Wut oder Scham verbarg, daß er sie nicht in Worte fassen konnte. Der Mann, den die Geister ihr zurückgegeben hatten, war niemand, an den sie sich erinnern konnte. Er war selbst fast wie ein Geist und gar nicht richtig anwesend. Zusammen mit ihm schien das Schweigen in ihr Haus gekommen zu sein und von ihm Besitz ergriffen zu haben.

Als Jordan vom Wiederauftauchen seines Großvaters hörte, hatte er alles über den Vietnamkrieg gelesen, was er finden konnte. Er bestürmte sie mit Fragen. Das war seine Art, sich mit einem Thema zu beschäftigen. Bald nach der Ankunft ihres Vaters hatten die Fragen jedoch aufgehört. Sie hatte den Eindruck gewonnen, daß er ihnen etwas nahm, was er dem alten Mann gab. Und Katherine.

Es schien eine bittere Ironie des Schicksals zu sein, daß ihr Sohn sich zu der Tochter ihres Geliebten hingezogen fühlte. Eine Art Strafe. Clayton gefiel es genausowenig wie ihr, obwohl er niemals zu Jordan sagen würde, daß er sich nicht mit dem Mädchen treffen dürfe, nur weil er ihren Vater nicht mochte. Doch jetzt war Mei froh, daß Jordan bald ins College fahren würde.

Sie erhob sich, streifte die erdigen Handschuhe ab, warf sie auf den Boden und ging zurück ins Haus. Ihr Vater sah auf, als sie an ihm vorüberging, doch er sagte kein Wort.

Auf dem Schreibtisch in der Ecke des Wohnzimmers stand der Computer, den Clayton ihr geschenkt hatte, als sie mit ihrem Partyservice anfing. Sie setzte sich davor und begann einen Brief zu schreiben. Als er fertig war, verschickte sie ihn über E-mail, speicherte aber keine Kopie für ihre eigenen Unterlagen.

12

Ein Traum weckte Sadie noch vor der Morgendämmerung. Ethan hatte ihr darin zu verstehen gegeben, daß alles ein Fehler sei. »Was alles?« hatte sie gefragt, doch er wollte oder konnte es nicht sagen. Der Traum kam ihr wie die rätselhaften Unheil verkündenden Alpträume ihrer Kindheit vor, und um fünf Uhr morgens, zwei Uhr nach kalifornischer Zeit, ließ sich leicht glauben, daß Ethan recht hatte. Sie machte schon wieder alles falsch. Noch während sie wieder in den Schlaf glitt, überlegte sie, welche ihrer vielen psychischen Instanzen sich wohl auf seine Seite geschlagen hatte.

Ein paar Stunden später stand sie auf. Gerädert, aber trotz des Traums ungewohnt zuversichtlich. Vielleicht auch gerade wegen des Traums, dachte sie, als sie unter der Dusche stand. Eigentlich hatte er sie in ihrem Beschluß bestärkt. Es war richtig, einen Mann zu verlassen, der ihr immer das Gefühl gab, alles falsch zu machen.

Durch das Küchenfenster sah sie Thea mit Bismarck über den Rasen auf das Haus zukommen. Sie trug ein helles Kleid mit Blumenmuster und weit schwingendem Rock. Ihre pinkfarbenen Sandalen paßten zu der vorherrschenden Farbe des Kleides. Über einem Arm hing eine große Tasche in einem blasseren Pinkton. Sie leuchtete förmlich im Sonnenlicht. Thea liebte Farben und schmückte sich selbst genauso großzügig damit wie das Haus. In Sadies Augen war das Resultat nicht immer so gelungen wie jetzt. Doch schließlich waren Töchter ihren Müttern gegenüber meist ganz besonders kritisch.

Thea war überrascht, daß Sadie schon auf war. »Ich dachte, du würdest länger schlafen. Ich wollte schnell nach Scottsville fahren und ein paar Besorgungen machen, bevor du aufwachst, doch dann habe ich dies hier auf dem Rücksitz gefunden und gedacht, ich bringe es besser rein, falls du es lesen willst.« Aus ihrer Tasche zog sie das Buch, das Isabel Sadie geschenkt hatte. »Weißt du, wem es früher gehört hat? Edwin Jardine. Sein Name steht auf der Innenseite des Einbands.«

»Dann könnten auch die Anmerkungen von ihm stammen.« Dieser Gedanke begeisterte Sadie. Sie wußte, daß Edwin Jardine in der Zeit nach dem Bürgerkrieg bis zu seinem Tod in Little Grove gelebt hatte. »Ja, schau dir das hier an«, fuhr sie aufgeregt fort und deutete auf ein paar hingekritzelte Zeilen auf der Rückseite der ersten Illustration. Das Wort Little Grove stach klar daraus hervor, denn der Rest war in Latein. »Und sieh hier das Datum. Er muß es kurz nach diesen grauenhaften Vorfällen geschrieben haben.«

»Meinst du Bull's Hill?«

Sadie nickte. Sie saß jetzt am Küchentisch, blätterte mit zusammengekniffenen Augen in dem Buch und versuchte, die Worte zu entziffern. Die meisten Einträge schienen in Latein zu sein. Die winzigen, feinen schwarzen Buchstaben auf den dicken, cremefarbenen Seiten zogen sich wie ein zerrissenes Spinnennetz um den Drucktext, für das bloße Auge kaum noch zu entziffern. Sadie sah zu Thea hoch, die ihr über die Schulter schaute. »Du hast nicht zufällig eine Lupe, Ma?«

Ihre Mutter nickte. »Wenn mir einfällt, wo ich sie hingelegt habe. Laß mich nachdenken.«

Die vertrauten Worte, die jedesmal eine lange, ergebnislose Suche nach irgendeinem Gegenstand einleiteten, den ihre Mutter im Durcheinander des Hauses verlegt hatte, riefen in Sadie wie immer Ärger, aber auch resignierte Belustigung hervor. Auf Sadies Vorwurf, sie sei unordentlich, hatte Thea nur mit einem Lachen reagiert. »Eigentlich solltest du mir dankbar sein, daß ich ein so hoffnungsloser Fall bin. Weißt du, nur chaotische Mütter haben so tüchtige Töchter.«

Während sich Thea durch die übervollen Küchenschubladen und die Papierstapel und Gegenstände auf ihrem Schreibtisch wühlte, blätterte Sadie weiter in Edwins Buch. Die Anmerkungen darin machten sie immer neugieriger. Sie hatte das Gefühl, daß sich dahinter ein tieferer Sinn verbarg. An manchen Stellen hatte Edwin so fest mit seiner Feder aufgedrückt, daß die

Worte auf der anderen Seite des Papiers durchschienen, als wären sie dort hingestempelt worden.

Thea kam mit einem bedauernden Kopfschütteln zurück. Sie versprach Sadie, in Scottsville eine Lupe zu kaufen.

»Ein paar Worte habe ich lesen können«, sagte Sadie. »Edwin scheint eine Art Tagebuch oder Journal geführt zu haben, in dem er seine Beobachtungen über das Wachstum der Trauben festhält. Alle Einträge sind datiert und auf lateinisch. Vermutlich, um sie vor neugierigen Blicken zu schützen. Schau, hier steht etwas über Wein. ›Hervorragende Ernte‹, schreibt er. Dann kommt etwas Unleserliches, und da scheint es um die Anzahl der Flaschen in dem Jahrgang zu gehen. Und dann: ›Es wäre ein edles Unterfangen, einen Keller voll ... und noch was ... zur Freude der ... und noch was ... zu hinterlassen.‹ Ich glaube, das Wort ist Nachfahren.« Sie blickte ihre Mutter an. »Ich frage mich, ob er auf Little Grove Wein hergestellt hat.«

»Im Keller von Greengrove hatte dein Großvater ein oder zwei Flaschen von Edwins Wein, doch wo Edwin ihn produziert hat, weiß ich nicht. Auch nicht, wieviel Freude er den Nachfahren bereitet hat, falls sie ihn überhaupt getrunken haben.« Sie lächelte. »Die Liebe zum Weinanbau scheint dir im Blut zu liegen.«

»Hoffentlich ist es das einzige, was ich von Edwin im Blut habe«, erwiderte Sadie trocken. »Ich möchte nämlich nicht irgendwann mit einer Axt in der Hand aufwachen, lauter Leichen um mich herum.«

Theas Lachen klang abweisend. »Edwin Jardine war nicht verrückt. Er litt unter einer Art Kriegsneurose oder wie immer man das damals nannte. Zusammen mit den Ereignissen bei Bull's Hill hat es ihn zum Einsiedler gemacht. Mehr aber nicht. Geistig waren die Jardines völlig gesund.«

Über ihre Mutter, die eine Cousine zweiten Grades von Anson Jardine, Sadies Großvater väterlicherseits, gewesen war, gehörte Thea selbst zu den Jardines. Als Kind hatten die Worte »zweiten Grades« für Sadie einen fast biblischen Klang gehabt. Für sie bezeichneten sie Familienmitglieder zweiter Klasse, die irgendwann einmal wegen eines Vergehens, über das nicht gesprochen wurde, aus dem Schoß der Familie verstoßen, später aber wieder aufgenommen wurden. Ihrer Großmutter, die sonst eine absolut unbescholtene Frau war, hatte das eine gewisse glamouröse Aura verliehen.

Während Thea ihre Besorgungen machte, frühstückte Sadie. Edwins Buch lag dabei auf dem Tisch neben ihr. Sie wußte, daß er vor dem Bürgerkrieg ein bedeutender Gelehrter gewesen war. An seiner Universität gab es einen Lehrstuhl für Altphilologie, der nach ihm benannt war. Später hatte dann ihr Vater die Professur innegehabt. Sonst erinnerte sie sich in Zusammenhang mit Edwin vor allem an den Vorfall auf Bull's Hill.

1865, als der Bürgerkrieg dem Ende zuging, hatte man Edwin Jardine bewußtlos mit einer blutigen Axt neben sich in der Nähe des ursprünglichen Herrensitzes gefunden. Neben ihm hatte der tote Körper eines Bullen, der in der Gegend für seine Wildheit berüchtigt war, gelegen und der des Sklaven Luther, der Edwins persönlicher Diener gewesen war. Der Sklave war ein Vorfahre von Clayton Vann. Diejenigen, die auf der Suche nach dem ausgebrochenen Bullen zuerst am Ort des Geschehens eingetroffen waren, hatten behauptet, ihnen sei völlig klargewesen, daß der Bulle Luther angegriffen und mit seinen Hörnern zu Tode gestoßen hätte, bevor Edwin ihn mit der Axt erschlagen konnte. Doch es hatte auch andere Stimmen gegeben, die laut überlegten, ob Edwin vielleicht mehr mit dem Tod des Jungen zu tun gehabt hatte als der Bulle. Edwin selbst hatte behauptet, sich an die Tragödie nicht mehr erinnern zu können. Mit den Jahren war der Vorfall zu einer örtlichen Legende geworden. Stoff für Schauergeschichten.

Plötzlich konnte Sadie es nicht mehr abwarten, Little Grove zu sehen. Sie spülte ihr Frühstücksgeschirr ab und ging nach draußen. Bismarck erhob sich von seiner Matte auf der Veranda und folgte ihr die Einfahrt hinab bis zur Straße. Dort verharrte er einen Moment lang, als würde ihn ein unsichtbarer Zaun stoppen. »Bleib da«, sagte Sadie streng. Ein Spaziergang mit Bismarck war ihr zu anstrengend. Er haßte die Leine und zerrte daran, bis einem der Arm weh tat. Ohne Leine jedoch bestand die Gefahr, daß er dem Wild nachjagte, bis seine Kräfte erschöpft waren, er die Orientierung verlor und sich verirrte. Sadie hatte keine Lust, ihm hinterherzurennen oder ihrer Mutter zu erklären, daß er ihr ausgebüchst war. Doch als sie allein weiterging, schaute er ihr so vorwurfsvoll hinterher, daß sie sich richtig gemein vorkam.

Die Aussicht, Little Grove wiederzusehen, ließ sie immer aufgeregter werden. Ihr war dieser Ort seit ihrer Kindheit so vertraut, daß er für sie gar nicht mehr real zu sein schien. Jetzt würde sie ihn aus einer anderen Perspektive betrachten, ganz neu und im Hinblick auf die Möglichkeiten für ihre Zukunft. Doch das Bild seiner Vergangenheit hatte sich ebenfalls gewandelt, da sie jetzt auch Edwins Zufluchtsort darin sah.

Ein Teil von ihr wollte herausfinden, ob der Anblick von Little Grove genügen würde, um dem Traum-Ethan recht zu geben. Sie wollte diese Furcht so schnell wie möglich loswerden.

Es war ein wunderschöner Tag. Die Luft roch nach Geißblatt, und dort, wo die Bäume ihre Schatten über die Straße warfen, hing noch eine Spur von Morgenfrische. Eine Reihe Finken saß singend auf einer Hochspannungsleitung und setzte eine paar hellgoldene Tupfer in den strahlendblauen Himmel. Die Straße führte am Obstgarten ihrer Mutter vorbei, dessen Pfirsich- und Apfelbäume sich unter der schweren Last ihrer Früchte bogen, verlief dann durch Maisfelder, die schon so hoch standen, daß Sadie nichts als die riesigen Pflanzen sah. Beim Gehen wirbelte sie roten Staub auf und erinnerte sich, wie sie als Kind immer Angst davor hatte, sich im Maisfeld zu verirren.

Eigentümliche Gefühle bemächtigten sich ihrer. Sie hatte viele Erinnerungen daran, wie sie allein oder mit anderen, vor allem mit ihrem Vater, diese Straße entlanggegangen war. Manchmal war es ihr so vorgekommen, als begleite er sie noch immer. Doch dann war er plötzlich ohne Vorwarnung verschwunden. Mit den Fäusten hatte sie sich die Tränen der Enttäuschung aus den Augen gerieben. Wenn sie hierbleiben wollte, mußte sie es ihrer Mutter gleichtun und Gedanken wie diese verdrängen.

Sie war ungefähr fünf Minuten unterwegs, da hörte sie das Geräusch eines Autos hinter sich. Als sie sich umdrehte, sah sie in einer roten Staubwolke Moany Scrimshers Klapperkiste auf sich zukommen. Es war ein zerbeulter alter Ford-Pickup mit einer hohen runden Kühlerhaube und einer mit Latten eingefaßten Ladefläche. Er war vermutlich älter als einige der Häuser hier, und seine grüne Farbe war vom Rost zerfressen. Sadie wich an den Straßenrand aus, um den Wagen vorbeizulassen, doch der wurde langsamer und hielt neben ihr. Moany beugte sich aus dem Fenster. Sein schmales, hageres Gesicht wirkte finster, und unter seinem rechten Auge zuckte es heftig.

Er sprach sie ohne Umschweife an, ganz so, als sähen sie sich jeden Tag. »War gerade bei deiner Ma, aber der verdammte Köter hat mich auf dem Kieker. Ich konnte nicht mal aus dem Truck steigen.«

Guter Hund, Bismarck, dachte Sadie. Laut sagte sie: »Hallo, Montane. Lang nicht mehr gesehen.«

Er ignorierte ihren Versuch, höflich zu sein. »Hab' ihren Mäher hinten drauf«, erklärte er in dem weinerlichen Tonfall, dem er seinen Spitznamen verdankte. »Wollt' ihn zurückbringen.«

»Verstehe.« Er starrte sie eine ganze Weile an, ohne etwas zu erwidern. »Nett, mit dir geredet zu haben«, meinte Sadie schließlich, als er immer noch nichts sagte, hob grüßend die Hand und machte sich wieder auf den Weg. Als sie an dem Truck vorbeiging, schoß plötzlich einer seiner dürren Arme aus dem Fenster auf sie zu. Sie schreckte mit einem ängstlichen Aufschrei zurück. Wütend drohte sie ihm mit geballten Fäusten.

»Was willst du?«

Er blinzelte sie an, als wundere er sich über ihre Wut. Dann zeigte er mit einem seiner schmutzigen, vom Tabak gelben Finger auf sie. Unter den schwarzen Haaren seines Unterarms lauerte ein tätowierter Tiger. »Du kommst mit zurück und sperrst den Hund ein, damit ich den Mäher abladen kann. Ich muß den Rasen von deiner Ma mähen.«

Er beugte sich auf die andere Seite und öffnete die Beifahrertür. Widerwillig und nur, um sich zu beweisen, daß sie kein Feigling war, kletterte Sadie ins Auto. Sie mußte eine Patronenhülse vom Sitz entfernen, bevor sie sich setzen konnte. Fast sofort tat ihr leid, daß sie eingestiegen war. Obwohl beide Fenster weit offen standen, roch es im Innern des Trucks nach Zigaretten, ausgelaufenem Motorenöl, toten Tieren und Moany. Das Auto war genauso heruntergekommen und dreckig wie sein Besitzer. Und dann gab es da noch etwas Besonderes, ja geradezu Unheimliches. Über beiden Rückenlehnen lagen große zerrissene Zierdecken aus ehemals weißer Spitze. Sie konnte sich nicht vorstellen, daß Moany selbst solche Dinge kaufte. Aber daß irgendeine Frau sie ihm als Zeichen ihrer Zuneigung geschenkt hatte, war noch unvorstellbarer.

Durch ein Rostloch im Fahrzeugboden konnte Sadie die Straße sehen. Sie saß mit gestrafftem Rücken da und bemühte sich, nicht den Spitzenbezug zu berühren. Und obwohl sie es selbst lächerlich fand, ließ sie die Hand auf dem Türgriff, um jederzeit aus dem Wagen springen zu können.

»Ich muß mit dir über Little Grove reden«, sagte er, während er den Truck in einem Tempo wendete, daß ihr Hören und Sehen verging. Sie stützte sich mit der freien Hand am Armaturenbrett ab, denn es gab keine Sicherheitsgurte.

»Ja?« Bei Moany war sie schon immer mit einem höflich unbestimmten Tonfall am besten gefahren.

»Miz Stratton hat mich immer über ihr Land fahren lassen, damit ich schneller zu meinem eigenen Grundstück komme.« So wie er es sagte, hatte man den Eindruck, daß es nicht ganz der Wahrheit entsprach.

»Du meinst, sie hatte nichts dagegen?«

»Richtig. Und – hast du was dagegen?«

Sadie sah zu ihm hinüber. »Sollte ich das denn?«

Er grinste auf eine Art, die wohl beruhigend gemeint war, ihn aber noch furchterregender aussehen ließ. Er zog einen Mundwinkel nach oben und entblößte mehrere kariöse Zähne. »Ich mach' schon nichts kaputt, geh ja nur zu Fuß drüber.«

»Das ist alles? Du gehst einfach nur rüber?«

»Genau. Aber dein Schwager hat sicher trotzdem was dagegen.«

Weil ihr beide immer gegen alles seid, dachte Sadie. Doch sie erwiderte in bemüht neutralem Ton, daß das, was auf Burkes Land geschehe, eine Sache zwischen ihm und Burke sei.

Er schüttelte heftig den Kopf. »Nicht auf seinem Land. Auf deinem.«

»Oh«, sagte sie überrascht. Sie fragte sich, ob ihm Burke tatsächlich auch für Little Grove das Wegerecht hatte verbieten lassen. »Also, ich werde bei Gelegenheit mit ihm darüber reden«, wich sie ihm aus.

Moany schien das nicht zu reichen. Sein Gesicht wurde noch finsterer. »Paß bloß auf«, warnte er sie. »Er wird alles versuchen, um an dein Land zu kommen. Genau wie bei meinem Bruder.«

Dein Bruder, hätte sie am liebsten eingewendet, hat sein Land mit Freuden an Burke verkauft, der ihm mehr als den Marktpreis gezahlt hat. Mit dem Geld konnte er nach Florida ziehen und dir gleichzeitig noch eins auswischen. Wenn der einzige legale Weg zu deinem Land über das deines Bruders ginge, hättest du dich mehr bemühen müssen, mit ihm auszukommen. Doch sie schwieg, weil sie ihren Schwager nicht einmal Moany gegenüber verteidigen wollte.

»Ich glaube, darüber mußt du dir wirklich keine Sorgen machen«, sagte sie zu ihm. Außerdem geht es dich nichts an, hätte sie gern hinzugefügt. Doch noch bevor sie sich für die höflichere Variante entscheiden konnte, hatte er seine Faust mit solcher Wucht aufs Steuerrad heruntersausen lassen, daß Sadie erschreckt zusammenfuhr und der Wagen einen Satz machte.

»Sag du mir nicht, worüber ich mir Sorgen machen muß! Der Mann hat meinen Bruder mit Sack und Pack gekauft!« Er funkelte sie böse an. »Ich bin nicht käuflich, das kannst du deinem Schwager ausrichten.«

Er lenkte den Truck zwischen den hölzernen Torpfosten in Theas Einfahrt und verlangsamte das Tempo. Noch bevor er auf die Bremse trat, hatte Sadie ihre Tür geöffnet. Sobald der Wagen zum Stehen gekommen war, stieg sie aus. Bismarck sprang wild bellend an Moanys Seite des Trucks hoch. Sadie packte ihn am Halsband und zerrte ihn ins Haus, wo sie ihn einsperrte, während Moany eine Rampe vom Truck zog und den Mäher herunterfuhr. Als sie zur Straße zurückging, machte sie einen großen Bogen um ihn, doch er schien sie vergessen zu haben. Mit finsterem Gesicht saß er über den Mäher gebeugt.

Auf der Straße widerstand Sadie dem Drang zurückzublicken. Diesmal fuhr niemand hinter ihr her, und als sie aus den Maisfeldern heraus war und die Straße leicht anstieg, hatte sie einen weiten Blick über die Landschaft. Vor sich auf der rechten Seite lag das aus Backstein errichtete Ranchhaus der Vanns. Sadie mußte an Claytons Mutter, Fanny, denken, die sicher stolz gewesen wäre, wenn sie dieses Haus noch gesehen hätte. Trotz seiner bescheidenen Größe wirkte es solide und gepflegt. Die Fenster in den frisch gestrichenen weißen Rahmen glänzten. Rechts von der Doppelgarage lag Meis Garten, der genauso ordentlich war wie das Haus. Bohnen wuchsen an langen Stangen in die Höhe, und die Kürbisse und Melonen reiften auf ihren Erdhügeln.

In der breiten, geteerten Einfahrt stand Clayton. Er trug eine Arbeitshose und ein grünkariertes Hemd. In der Hand hielt er einen Schlauch, mit dem er seinen roten Truck wusch. Der Kontrast zwischen diesem glänzenden Fahrzeug und Moanys Klapperkiste symbolisierte für sie den Unterschied zwischen diesen beiden Männern. Clayton kümmerte sich um alles, was ihm gehörte oder wofür er verantwortlich war, ohne sich je darüber zu beklagen. Sowohl er als auch Moany stammten aus Familien, die fast genauso lang in der Gegend lebten wie die Jardines. Doch während es die Vanns immer weiter gebracht hatten, ging es mit den Scrimshers ständig bergab. Vielleicht lag es daran, daß sie seit Generationen untereinander geheiratet hatten, während sich die Vanns ihre Partner immer außerhalb der eigenen Verwandtschaft und sogar der eigenen Rasse suchten. Neues Blut, hatte Claytons Mutter Fanny immer behauptet, frischt das alte auf.

Als Clayton sie sah, winkte er ihr zu und drehte das Wasser ab. Dann ging er ihr entgegen, um sie zu begrüßen. Graue Strähnen zogen sich durch sein kurzgeschnittenes schwarzes Haar, doch sonst hatte er sich kaum verändert. Er war ein großer, kräftiger Mann mit einem breiten, gutmütigen Gesicht und der ausgeprägten Nase seiner Cherokee-Vorfahren. Sadie empfand noch immer eine fast kindliche Zuneigung zu diesem Mann, der sie von Anfang an ernst genommen und ihr immer zugehört hatte.

Als sie sich am Ende der Einfahrt neben einem Roseneibisch trafen, nahm er sie in den Arm. »Schön, daß du wieder hier bist, Sadie. Wir haben dich sehr vermißt.«

»Ihr habt mir auch gefehlt. Bis jetzt wußte ich gar nicht, wie sehr.« Sie lächelte. »Du siehst fabelhaft aus, Clayton. Es scheint dir nach wie vor gutzugehen.«

»Kann mich nicht beklagen. Für jemand, der in Babylon gelebt hat, siehst du selbst auch nicht schlecht aus.« Das war ein alter Scherz zwischen ihnen. Als Babylon hatte seine Mutter Los Angeles bezeichnet. Gleichermaßen fasziniert und abgestoßen hatte sie immer alte Filmzeitschriften gelesen, während sie auf Sadie aufpaßte.

»Nun, dank Minty habe ich Babylon für das gesündere Landleben aufgegeben.«

Sein Gesicht nahm einen ernsten Ausdruck an. »Das mit Mrs.

Stratton ist traurig. Sie war eine so feine alte Dame, doch wenn Little Grove schon in andere Hände übergehen muß, bin ich froh, daß es wenigstens die deinen sind.«

»Nicht nur meine.«

»Macht dir das Sorgen?«

»Frag mich wieder, wenn ich den Mann kennengelernt habe.«

»Mrs. Stratton hat immer gut über ihn gesprochen, und ich wüßte niemanden, der eine bessere Menschenkenntnis gehabt hätte als sie. Doch ich verstehe schon, daß es nicht einfach ist, den Besitz mit einem Fremden zu teilen.«

»Du weißt ja, daß ich noch nie gut teilen konnte. Meine Mutter hat mir immer diese moralisierenden Geschichten aus dem *Struwwelpeter* vorgelesen und was für ein schlimmes Ende die Kinder darin nehmen. Wahrscheinlich hat sie gehofft, daß ich mich bessere, wenn ich sie höre.«

Er lächelte. »Meine Mutter hat mir mal erzählt, du seist vor Zorn ganz blau im Gesicht angelaufen, nur weil deine Mom altes Spielzeug an die vielen Scrimsher-Kinder drüben bei Howardsville verschenkt hat.«

Sadie grinste verlegen. »Wenn es nicht ausgerechnet die Scrimsher-Kinder gewesen wären! Sie haben Julia und mir immer Steine nachgeworfen.« Sie machte eine kurze Pause. »Wo wir gerade von den Scrimshers reden, was ist eigentlich mit Moany los? Ich habe ihn gerade getroffen. Es scheint ja immer schlimmer mit ihm zu werden.«

Clayton schüttelte den Kopf. »Der Mann lebt am Rande des Abgrunds. Deine Mutter ist im Moment der einzige Mensch, für den er noch ein gutes Wort übrig hat. Er meint, alle anderen hätten sich gegen ihn verschworen.«

»Nun, von Burke hält er sicher nicht viel. Ich habe mir gerade eine ziemliche Schimpfkanonade anhören müssen.«

Claytons Miene wurde ernst. »Zwischen den beiden herrscht Krieg. Paß nur auf, daß du nicht zwischen die Fronten gerätst.«

Einem plötzlichen Impuls folgend, fragte Sadie Clayton, was er von Burkes Weingut und dem Etikett hielte, doch als sie den Ausdruck in seinen Augen sah, wünschte sie sich, nichts gesagt zu haben. Sie hatte ganz vergessen, daß das Etikett Clayton noch aus anderen Gründen ärgern konnte. Einen Moment lang schwieg er, dann sagte er: »Manchmal ist den Leuten nicht klar, was sie mit ihren guten Ideen anrichten. Meiner Ansicht nach hat dieser Pokal deiner und meiner Familie nur Unglück gebracht.«

Einerseits freute Sadie sich, daß Claytons Meinung ihrer eigenen entsprach, andererseits machte sie sich mit einemmal Sorgen, daß sich Burke mit dem Etikett in Gefahr bringen könnte – und Burkes Unglück wäre auch das von Julia.

Als sie sich nach Mei erkundigte, erzählte Clayton, daß der Partyservice gut liefe. Gerade sei sie mit einer Ladung Essen für die Party in Greengrove losgefahren. »Du wirst sie heute abend dort treffen. Weißt du schon, daß ihr Dad jetzt bei uns lebt?«

Sie nickte. »Julia hat es mir erzählt. Eine wirklich erstaunliche Geschichte. Und dann so ein glückliches Ende.«

Darauf zuckte Clayton nur mit den Schultern. Er wirkte angespannt. Es war, als habe sie unabsichtlich an einen empfindlichen Nerv gerührt. Um das Thema zu wechseln, sagte sie, sie habe von ihrer Mutter gehört, daß Jordan bald auf die Brown gehen würde. »Du bist sicher sehr stolz auf ihn. Wahrscheinlich erkenne ich ihn kaum wieder, weil er so gewachsen ist.«

»Groß ist er, das kann man sagen«, erwiderte Clayton, und sein Gesicht hellte sich auf. »Viel größer als bei deinem letzten Besuch, aber der liegt ja auch schon ziemlich lange zurück, oder?«

Auch wenn seine Stimme sanft klang, so hörte sie doch den Vorwurf heraus. »Hat dich nie die Wanderlust gepackt, Clay?« fragte sie ihn.

Er lächelte. »Doch, schon. Aber Vietnam hat mich ziemlich schnell davon kuriert. Jordan hingegen will die Welt sehen.«

»War er nicht diesen Sommer hier und hat dir auf Little Grove geholfen?«

Er nickte. »Er hat einen Großteil der Arbeit dort übernommen. Ich würde ihn gern holen, damit er es dir selbst erzählt, aber er schläft noch. Mei sagt, er habe sich heute nacht mehrmals übergeben. Irgendein Magenproblem, meint sie.«

Sadie blickte an ihm vorbei und lächelte. »Es scheint ihm schon besser zu gehen.«

Jordan kam von der Rückseite des Hauses auf sie zu. Er trug eine abgeschnittene Jeans und ein weißes T-Shirt. Sadie war überrascht, wie hübsch er geworden war. Doch sie wunderte sich auch über sein bleiches Gesicht, das sich jetzt runzelte wie das eines alten Mannes, als er in die Sonne blinzelte.

Clayton klopfte ihm auf die Schulter. »Deine Mutter hat mir gesagt, du hättest dir gestern abend den Magen verdorben. Wie geht's dir jetzt?«

»So lala.« Jordan machte eine abwägende Handbewegung. »Ich habe deine Stimme gehört«, sagte er zu Sadie. »Wollte kurz hallo sagen.«

»Hallo. Ich würde dich gern umarmen, aber vielleicht bist du ja ansteckend, und außerdem hast du Umarmungen schon als Kind nicht leiden können. Also ist es wahrscheinlich besser so.«

Er brachte ein Grinsen zustande. »Inzwischen gefällt es mir eigentlich ganz gut. Es gibt Schlimmeres.«

Als sie ihm zu seinem Stipendium gratulierte, bedankte er sich, obwohl ihre Begeisterung ihm eher unangenehm zu sein schien. Unruhig trat er von einem Fuß auf den anderen.

»Der Junge ist immer schon ein guter Schüler gewesen«, erklärte Clayton stolz. »Die Intelligenz hat er von seiner Mutter.«

Sadie glaubte eher, daß Jordan das Beste von beiden Elternteilen geerbt hatte, was schon früh in seinem Aussehen, aber auch in seinem Charakter deutlich geworden war. Trotzdem hatte er sich seine liebenswerte und bescheidene Art erhalten, die den Umgang mit ihm so angenehm machte.

»Ich wollte dich wissen lassen, daß ich gestern abend auf Little Grove war und dort Mr. Griffin getroffen habe«, sagte er und starrte dabei auf einen Punkt zwischen Sadie und ihrem Vater. Dann richtete er den Blick auf Clayton. »Er meint, er will heute irgendwann bei dir vorbeikommen.«

Sadie reagierte auf diese Neuigkeit mit einer Mischung aus Ärger und Enttäuschung. Sie hatte gehofft, das Haus leer vorzufinden, um sich ein wenig heimisch zu machen, bevor es auch Will Griffin gehörte. Jetzt war sie gezwungen, der Realität sofort ins Auge zu blicken, aber vielleicht war das gar nicht so schlecht. Sie widerstand der Versuchung, Jordan nach seiner Meinung über den Mann zu fragen, den er gestern kennengelernt hatte. Es war nicht fair, den Jungen in Verlegenheit zu bringen, außerdem wollte sie sich lieber selbst ein Urteil bilden. Zu Jordan sagte sie, daß sie sich gern mit ihm über Little Grove unterhalten würde, wenn es ihm wieder besser ginge. Er nickte. Dann entschuldigte er sich und kehrte zurück ins Haus.

»Wahrscheinlich mache ich am besten einen Besuch bei ihm und stelle mich vor«, meinte sie zu Clayton. Er bot sich an, sie nach Little Grove zu fahren, sobald er mit dem Autowaschen fertig wäre, doch sie wollte lieber zu Fuß gehen. »Dann habe ich ein wenig Zeit, mich an den Gedanken zu gewöhnen, daß er mich sozusagen schon in der ersten Runde geschlagen hat«, fügte sie kleinlaut hinzu.

Clayton lächelte verständnisvoll und drehte das Wasser wieder an. »Sag ihm, daß ich demnächst vorbeikomme.« Als sie ging, begann er, die Radkappen zu putzen.

Bald nach dem Haus der Vanns stieg die Straße zu einer Kuppe an. Unweit vor sich sah Sadie das neue Weingut, das dort, wo die sanft geschwungenen Hügel zum Fluß abfielen, in einer flachen Talsohle lag. Am tiefsten Punkt stand der rote, scheunenartige Gebäudekomplex mit den grünen Schindeldächern. Zusammen mit den rebstockbepflanzten Hängen dahinter sowie dem Fluß und den Maisfeldern davor gab das ein schönes Bild ab.

Weiter entfernt am Waldrand grub sich ein Bagger lärmend und gefräßig in den Boden, vermutlich, um mehr Platz für Rebstöcke zu schaffen. Sadie erschien er wie ein Symbol für den Mann, der den Auftrag gegeben hatte, ihn einzusetzen.

13

Das Tageslicht hatte die kleine Lichtung, auf der die Hütte stand, verwandelt. In den Schatten und Formen, die er im Mondlicht der letzten Nacht wahrgenommen hatte, erkannte Will jetzt prächtige Eichen, Eschen, Tannen und einen einzelnen großen Trompetenbaum, dessen grüne Samenhülsen wie lange Bohnen zwischen den großen, herzförmigen Blättern hervorragten. In der Morgensonne und mit Vogelgesang ließ sich die abweisende, bedrohliche Stimmung, welche die Hütte bei Nacht umgeben hatte, mit ihrem heruntergekommenen Zustand erklären. Verstärkt wurde dieser Eindruck noch von der durchhängenden Veranda. Ein neuer Anstrich und ein paar Renovierungsmaßnahmen – und schon würde alles nicht mehr so trostlos wirken. Falls er sich entschied zu bleiben und falls Sadie Jardine nichts dagegen hatte.

Will konnte es kaum erwarten, den Weinberg zu besichtigen, von dem so viel abhing. So war er bereits am frühen Morgen aufgebrochen, um ihn zu suchen. Ein ausgetretener Fußpfad führte von der Hütte über den Rasen des Hofs auf den kleinen Hain zu. Unter den tief herabhängenden Ästen von Eschen und Eichen verwandelte er sich in einen grünen Laubtrichter, dessen Zentrum ein milchig schimmernder Fleck bildete, in dem die Farben wie in einem verwischten Aquarell ineinanderflossen. Eicheln knirschten unter seinen Füßen. Ein Kardinal schoß wie ein roter Pfeil aus seinem Versteck in einem Stechpalmenbusch in den Trichter hinein und auf den Lichtfleck zu. Als sich die dichten Schichten aus grünem, gelbem und rotbraunem Laub zu einer flachen Hügellandschaft hin öffneten, in deren roter Erde sich die gleichmäßig gepflanzten Rebstöcke reihten, spürte Will eine geradezu kindliche Freude.

Zwischen dem nächsten Hügel und dem kleinen Hain bei der

Hütte lag eine verwilderte Wiese. Der Hang selbst fiel in südöstlicher Richtung zur Flußebene hin ab, so daß schon die ersten morgendlichen Sonnenstrahlen ihn beschienen und Frost und Rauhreif vertrieben. Auch sanfte Winde, die Schimmel und Fäulnis wegbliesen, hatten leichten Zugang zum Weinberg. Um die Bodenerosion zu verhindern, wuchsen zwischen den einzelnen Weinstöcken Gras und Senfpflanzen. Will griff sich eine Handvoll Erde und zerkrümelte sie zwischen den Fingern. Der mineralstoffreiche Lehmboden, der nur sehr langsam erodierte, würde nicht nur die notwendigen Nährstoffe liefern, sondern sie auch besser als jeder andere speichern. Ein guter Chablis, der hier gewachsen war, würde nach diesen Mineralien schmecken.

Will kletterte weiter, bis er fast die Spitze des Hügels erreicht hatte, ging dann durch die Reihen und untersuchte die Trauben und Blätter auf Anzeichen von Krankheiten. Soweit er es beurteilen konnte, machten sie einen gesunden Eindruck. Blätter und reifende Trauben waren frei von Flecken und Insekten. Die Vanns schienen sich gut um den Weinberg zu kümmern.

Von seinem Standort in der Nähe der Hügelkuppe aus hatte er einen guten Blick auf das umliegende Land. An einigen Stellen hing der Nebel noch über dem Boden, doch mit dem wärmer werdenden Sonnenschein formten sich die verschwommenen Schatten allmählich zu Hügeln, Feldern und Wäldern. Will freute sich, weil er nirgendwo ein Haus erblickte. Sogar die Jagdhütte blieb hinter dem Hain versteckt. Etwas weiter in der Ferne erhaschte er einen Blick auf den glitzernden Fluß, der sich zwischen zwei Feldern dahinschlängelte.

Über die Wiese zog sich eine Traktorspur, die an dem kleinen Hain vorbeiführte und in der Nähe des weißen Zauns, der Burkes Land begrenzte, in die Straße mündete. Als Will am westlichen Rand von Little Grove entlangwanderte, wurde ihm plötzlich bewußt, daß er die Grenzen seines eigenen Besitzes abschritt. Er hatte Minty zu sehr gemocht, um wirklich glauben zu können, daß das, was kurz zuvor noch ihr gehört hatte, jetzt sein Eigentum war. Und falls Sadie Jardine sich nicht von ihrem Anteil trennen wollte, würde er das hier vielleicht nie richtig besitzen. Doch das Gefühl, daß er etwas aus diesem Anwesen machen könnte, hatte sich bereits in ihm festgesetzt.

Auf der ihm zugewandten Seite des weißen Zauns, der die Grenzen von Greengrove markierte, erschienen in regelmäßigen Abständen Schilder, die Unbefugten den Zutritt untersagten und das Jagen verboten. Wut stieg in ihm auf, als er daran denken mußte, daß sein Nachbar ein Mann war, der nicht nur fremde Menschen bedrohte, die sein Grundstück betreten könnten, sondern auch seine Frau. Außerdem hatte er einen Bewußtlosen einfach am Straßenrand liegengelassen. Dieses Wissen um Burkes Charakter verstärkte Wills Wunsch, Little Grove zu besitzen. Er lächelte grimmig.

Zurück in der Hütte, rasierte er sich, um anschließend zu frühstücken. Überlegungen, was er alles aus Little Grove machen könne, wurden von Gedanken über die aufgezeichnete Unterhaltung zwischen Julia Louden und ihrem Mann verdrängt. Die Stimme Burkes hatte in seinen Ohren insistierend geklungen, und der Streit zwischen seinen Nachbarn legte die Vermutung nahe, daß es mit ihrer Ehe nicht zum besten stand. Und mit diesem Mann mußte er sich irgendwie arrangieren, wenn er auf Little Grove blieb. Seine schöne Frau jedoch, die er gestern nacht getroffen hatte, erschien ihm durch diesen Vorfall nur noch geheimnisvoller. Er fragte sich, wie sie es bei diesem Ehemann aushielt. Und warum hatte seine für Will so mysteriöse Drohung sie so eingeschüchtert?

Er nahm seine Kaffeetasse und trat auf die Veranda hinaus, die voller Laub und Spinnweben war. Vorsichtig setzte er sich auf einen rostigen Gartenstuhl, dessen limonengrünes Gittermuster vom Alter gezeichnet war. Immerhin brach der Stuhl nicht unter ihm zusammen.

Es war ein eigenartiges Gefühl, ein Haus mit Grundstück zu besitzen – oder zumindest die Hälfte davon. Das einzige, was ihm bisher gehört hatte, war seine Firma gewesen. Alle Häuser und Wohnungen, die er als Erwachsener bewohnt hatte, waren nur kurz- oder langfristige Übergangslösungen gewesen. Auch in seiner Kindheit hatte er nie ein richtiges Zuhause gehabt, da seine Eltern als Diplomaten von einem Ort zum anderen ziehen mußten. Einem richtigen Heim am nächsten gekommen war ein Ferienhaus in der Provence, in dem seine Familie jeden Sommer einen Monat verbrachte. Einige Orte mochte er mehr, andere weniger. Er hatte das Wanderleben genossen, weil es ihm soviel Neues bot! Als er mit zwölf Jahren ins Internat gekommen war, schien seine Familie vor einem sich ständig verändernden Hintergrund zu leben. Manchmal trafen ihre Mitglieder sich, aber immer waren sie in Bewegung. Erst jetzt wurde ihm klar, wie sehr sie sich von anderen Familien unterschieden. Doch Will fühlte sich dabei frei. Er wußte, daß er sich überall anpassen und glücklich sein konnte.

Wenn er hierbleiben wollte, mußte etwas getan werden. Er schaute sich auf der verfallenen Veranda um. Der Wohnraum wäre mit etwas Farbe und neuen Möbeln schnell hergerichtet, und eine Duschkabine statt der Wanne würde das Bad verschönern, doch dieser traurige Anbau schien nicht mehr zu retten zu sein. Die Fliegengitter waren an so vielen Stellen zerrissen, daß sie nicht mehr als Schutz vor Mücken dienten, sondern vielmehr diesen einen Zufluchtsort boten. Die Decke hing in einer Ecke gefährlich tief durch, und die Holzdielen unter dem rissigen und sich ablösenden Linoleumboden waren schwammig wie ein Moorboden.

Will erhob sich. Als er mit dem Daumennagel ein Stück von einem der Eckbalken löste, ließ sich das Holz in seiner Hand wie Käse zerkrümeln. Wahrscheinlich gab es jede Menge Termiten, Holzwürmer und Gott weiß was für Tiere, die sich hier eingenistet hatten. Das beste wäre sicherlich, die Veranda abzureißen und ganz neu zu errichten.

Er ging nach draußen, um sich das Fundament anzuschauen. Ein Blick auf die riesige Platane, deren untere Äste über das Dach der Hütte streiften und zum Teil schon darauf lagen, sagte ihm, daß es auch hier Probleme geben würde. Die welken braunen Blätter im Grün der lichten Krone zeigten deutlich, daß der Baum von einer Krankheit oder einem Pilz befallen war. Aus Sicherheitsgründen würde auch er gefällt werden müssen.

Hütte und Veranda ruhten beide auf einem alten Granitfundament, und es wäre sicherlich interessant zu wissen, was für ein Gebäude hier früher gestanden hatte. Wenn die Veranda erst abgerissen war, bekäme er vielleicht das Skelett von Little Grove zu sehen. Auf jeden Fall mußte etwas getan werden, und zwar schnell, denn auch an der Außenfassade der Veranda zeigten sich gravierende Holzschäden. Auf einer Seite fehlte ein Teil der Verschalung und legte auf Höhe des Bodens zwischen Steinfundament und Holzdielen Ziegelsteine frei. Wenn die Ziegel in gutem Zustand waren, konnten sie vielleicht als Fußboden für die neue Veranda dienen. Mit Taschenmesser und Fingern löste er die Reste der Holzdielen und entdeckte zu seiner Überraschung, daß es zwischen den Ziegeln und dem Granitfundament noch eine weitere, jedoch viel dünnere Schicht aus winzigen braunen Steinen gab.

Jetzt war er neugierig geworden. Er stellte seine Tasse ab und holte das Brecheisen aus dem Wagen. Auf der Veranda riß er in der Ecke, an der er von außen die Ziegelschicht entdeckt hatte, eine sich wellende Ecke des uralten grünen Linoleums ab, um dann mit dem Brecheisen vorsichtig die verrottenden Dielen darunter anzuheben. Dort entdeckte er einen kleinen Abschnitt rosafarbener Ziegel, die im Fischgratmuster verlegt waren. Ein Ziegel war gebrochen, vermutlich von einem Nagel, der zu fest durch den Dielenboden getrieben worden war. Er räumte die einzelnen Stücke beiseite und wischte den hauptsächlich aus Sand bestehenden Schmutz darunter weg.

Und wieder sah er die winzigen braunen Steine, die ihm schon draußen aufgefallen waren, diesmal aber nicht als Randbegrenzung angelegt, sondern flächig. Offensichtlich waren sie in einem bestimmten Muster arrangiert. Fasziniert kratzte er den bröckligen Mörtel weg und entfernte noch ein paar Ziegelsteine. Jetzt konnte er den Bogen eines Musters aus Steinen in einem helleren Farbton erkennen. Es sah so aus, als gehörten die kleinen Steine zu einem Mosaik.

Will überlegte noch, ob er vielleicht mehr Dielen und Ziegel entfernen sollte, als er jemanden rufen hörte. Verwundert drehte er sich um und schaute durch das Fliegengitter in die Richtung, aus der die Stimme gekommen war. Über den Pfad vom Weinberg näherte sich eine Frau in einem terrakottafarbenen Sommerkleid der Hütte. Sie lief schnell. Als sie einen kurzen Moment im Schatten verschwand, dachte Will voller Schrecken, es könne sich um Julia Louden handeln, doch als sie wieder ins Sonnenlicht trat, merkte er, daß er sich getäuscht hatte. Er legte die Ziegel zurück an ihren Platz und erhob sich ein wenig enttäuscht.

Als er das Haus verließ, um ihr entgegenzugehen, hob die Frau grüßend eine Hand. Sie war ungefähr so alt wie er oder ein wenig jünger, groß und hatte gelocktes, kastanienbraunes Haar, das sie sich nachlässig aus dem Gesicht gestrichen hatte.

»Sie sind sicher Will Griffin«, sagte sie, als sie einander gegenüberstanden. Der humorvolle Blick ihrer bernsteinfarbenen Augen ließ Intelligenz und ein wenig Angriffslust erkennen. Sie hatte die Hände in den Taschen ihres langen Baumwollkleids vergraben und die Arme in die Seiten gestemmt. Am gängigen Schönheitsideal gemessen, wirkten ihre von Sommersprossen übersäte Nase und das Kinn zu kräftig, doch der Ausdruck ihres runden Gesichts war lebhaft und offen, und ihr Lächeln hatte eine Wärme, die Will sehr attraktiv fand.

»Was hat mich verraten?« fragte er.

»Vielleicht sollte ich sagen: weil Sie auf Mintys Beschreibung passen. Sie hat mir erzählt, Sie sähen aus wie die Typen in Abenteuerfilmen, und wenn ich das nächstemal nach Timbuktu oder in die Kalahari fahre, sollte ich nach Ihnen Ausschau halten. An solchen Orten würden Sie nämlich Ihre Heldentaten vollbringen. Die Wahrheit ist, daß ich gerade Jordan Vann getroffen habe und er mir von Ihrer Ankunft erzählt hat.« Sie sprach hastig, als verberge sich hinter ihrem selbstbewußten Auftreten Nervosität. Dann streckte sie die Hand aus. »Ich bin Sadie Jardine.«

Das überraschte ihn nicht. Er hatte bereits vermutet, daß dies nur die Mitbesitzerin von Little Grove sein konnte. Ihm gefiel das Gefühl, das ihre Hand in seiner hinterließ: weiche Haut und ein fester Griff.

»Irgendwann müssen Sie mir mal genauer erklären, was Sie sich unter einem Abenteurer und unter Heldentaten vorstellen«, sagte er. »Obwohl ich das ungute Gefühl habe, daß Sie darunter eher einen Glücksritter aus dem Norden verstehen, der sich in den Süden aufmacht.«

»Oh. Eigentlich hatte ich noch nie was gegen die Nordstaatler.«

»Einige Ihrer besten Freunde kommen ...«

Sie lachte und wandte sich dann zur Hütte um. »Und außerdem, welcher Glücksritter würde sich denn für diese Bude interessieren?«

»Minty war wohl klar, daß derjenige, der diesen Besitz hier

übernimmt, einen Partner brauchen würde«, sagte er fast ein wenig verlegen.

Sie zuckte mit den Schultern. »Der Weinberg ist herrlich, ich habe ihn mir gerade angeschaut. Allerdings hatte ich die Hütte nicht in einem so trostlosen Zustand in Erinnerung.«

»Drin ist es gar nicht so schlimm. Ich hoffe, Sie haben nichts dagegen, daß ich mich schon häuslich eingerichtet habe.«

»Eine Hälfte gehört Ihnen«, sagte sie in neutralem Tonfall. Gemeinsam gingen sie über den Rasen auf die Hütte zu. »Allerdings dachte ich, Sie wären noch in der Türkei.«

»Und ich habe Sie in Kalifornien vermutet.«

Sie schauten sich an.

»Wann sind Sie hier angekommen?« fragte Sadie.

»Gestern abend.«

»Ich auch.«

»Synchronizität?«

Sie blieb vor der Treppe stehen und zog eine Augenbraue hoch. »Was ist das?«

»Jung war der Meinung, daß bestimmte Ereignisse aus einem ganz bestimmten Grund zusammenfallen.«

»Die Theorie hätte Minty gefallen«, sagte Sadie. »Vor fünf Jahren hat sie mal versucht, uns in New York zusammenzubringen, erinnern Sie sich?«

»Wenn ich mich recht entsinne, hat sie behauptet, wir beide müßten schon deshalb füreinander bestimmt sein, weil wir die ruhelosesten Menschen wären, die sie kennt.«

»Klingt ganz nach Minty. Doch keine Sorge«, sagte sie rasch, »jetzt sind Sie in Sicherheit.« Sie hielt ihre Hand hoch. Am dritten Finger trug sie das, was er für einen Verlobungsring hielt.

»Ich bin am Boden zerstört.« In Wahrheit spürte er jedoch Erleichterung, weil es ein Problem weniger gab, das die ohnehin schon schwierige Situation noch komplizierter hätte machen können.

»Natürlich.« Das klang ironisch. »Doch wenn es Ihnen wirklich ernst ist ...«, fügte sie mit schelmischem Blick hinzu, »... er ist in Los Angeles, und ich bin der festen Überzeugung, daß man Konkurrenzangebote ernsthaft erwägen sollte, bevor man einen Vertrag unterzeichnet.«

Er ging auf den Scherz ein und zeigte auf ihren Ring. »Kommt die Entgegennahme von Geschenken nicht bereits einer vertraglichen Verpflichtung gleich.«

Sie lachte. »Ich habe ganz vergessen, daß Sie Geschäftsmann sind.«

»War.«

»Und Abenteurer. Das klingt so herrlich nach neunzehntem Jahrhundert. Ich wette, es gibt eine ganze Reihe Mädchen, die ein Vermögen opfern würden, um so einen Mann einzufangen.«

»Oho. Doch leider habe ich die Abenteuer ebenfalls aufgegeben.« Er öffnete die Verandatür und trat zur Seite, um sic vorbeizulassen. In ihrem Gesicht las er, daß sie das Innere der Hütte ebensowenig schön fand wie das Äußere.

»Dann meinen Sie also nicht, daß es ein ganz besonderes Abenteuer sein könnte, dieses Haus wieder herzurichten?« fragte sie trocken.

»Vielleicht. Doch möglicherweise gibt es dafür einen unerwarteten Lohn.«

»Meinen Sie den Wein?«

»Auch.« Er dachte an das, was unter dem Verandabogen verborgen lag. Er bot ihr Kaffee an.

Neugierig musterte sie die kleine Auswahl an Kochgeschirr auf der Anrichte neben der Elektroplatte. Er erklärte, daß er nach vielen Experimenten herausgefunden habe, daß man mit dieser Art Ausrüstung auch an den primitivsten Orten kochen konnte.

»Sind Sie ein guter Koch?« fragte sie.

»In meinem ehemaligen Beruf mußte ich das sein. Kunden, die in einer Felswand hängen oder vor Kälte zitternd auf einem Gipfel stehen, wollen am Ende des Tages eine anständige Mahlzeit. Wenn man sie ihnen verweigert, können sie sehr unangenehm werden.«

Während er frischen Kaffee aufbrühte, wanderte Sadie durch den Raum und öffnete die Badezimmertür. Ihrem Gesichtsausdruck zufolge war sie nicht besonders beeindruckt.

»Enttäuscht?« fragte er.

Sie schüttelte den Kopf. »Das, was zählt, ist draußen. Bei den Römern heißt es, Bacchus liebe die Hügel. Ich glaube, Little Grove würde ihm sehr gut gefallen.«

»Dann wollen wir hoffen, daß seine Jünger von Washington herpilgern, um die Erzeugnisse zu kaufen«, sagte Will. Seiner Meinung nach gehörte die Nähe zu Washington mit seinen vier Millionen Einwohnern zu den größten Vorteilen der Gegend.

»Allerdings haben wir Konkurrenz«, sagte Sadie. Sie bemühte sich um einen neutralen Tonfall. »Mein Schwager fängt gerade an, auf seinem Besitz Wein anzubauen.«

»Wo?«

»Nebenan. Auf Greengrove.«

Er hatte am Küchenschrank gelehnt und mit den Händen in den Hosentaschen ihre hastige Bestandsaufnahme beobachtet, doch auf diese Bemerkung hin zuckte er unwillkürlich zusammen. Natürlich, Sadie war ja die Schwester von Julia Louden. Jetzt entdeckte er eine leichte Ähnlichkeit zwischen ihr und der Frau, die er in der Nacht zuvor getroffen hatte. Sadie Jardine hatte ein kräftigeres, markanteres Profil und war ein dunklerer Typ, doch eine Grundähnlichkeit war vorhanden. Ihre Stimmen klangen jedoch sehr unterschiedlich. Sadies Ton war energischer als der ihrer Schwester und ihr Südstaatenakzent fast nicht mehr herauszuhören.

Er fragte sie, wie groß Greengrove sei. Fast fünfhundert Hektar, lautete die Antwort. Dann beschrieb sie das Weingut und das, was sie über Burkes Plänen wußte. Er glaube nicht, daß Burke Louden in Little Grove eine Bedrohung für sein eigenes Unternehmen sehen würde, bemerkte Will, als sie fertig war.

Sie warf ihm einen schwer zu deutenden Blick zu. »Er wollte Minty immer überreden, ihm den Besitz zu verkaufen. Ich bin sicher, daß er auch uns ein Angebot machen wird. Möglicherweise werden Sie es schwer finden, nein zu sagen.«

»Wird er mir einen Pferdekadaver vor die Tür legen, wenn ich sein Angebot ablehne?« Erst als er die Worte ausgesprochen hatte, wurde ihm bewußt, wie sie vielleicht in ihren Ohren klingen würden.

Sie reagierte jedoch mit einem belustigten, leicht boshaften Blick. »Sie scheinen meinen Schwager zu kennen.«

»Das war nur ein Witz. Ich habe ihn noch nie gesehen.« Im wörtlichen Sinn stimmte das.

Plötzlich wurde ihr Gesichtsausdruck ernst, als hätte sie das Gefühl, indiskret oder illoyal gewesen zu sein. »Ich bin Burke gegenüber unfair. Viele Menschen mögen ihn. Sie werden ihn vielleicht auch nett finden.« Jetzt stand sie nachdenklich am Tisch und fuhr mit einem Finger die Kante entlang.

Er antwortete nicht, doch als er den Kaffee einschenkte, dachte er, daß er und seine neue Partnerin nicht nur diesen Besitz, sondern auch die Abneigung gegenüber ihrem Nachbarn teilten.

Sie setzten sich einander gegenüber an den Tisch und begannen darüber zu reden, was man aus dem Weinberg alles machen könne. Bald entdeckte er, daß auch ihre Einstellung zum Weinanbau mit der seinen übereinstimmte. Genau wie er wollte sie nur begrenzte Mengen eines guten Weins herstellen, der sich deutlich von allen anderen abhob. Sie verfügte über ausreichende Chemiekenntnisse und ein technisches Grundwissen, um ihn davon zu überzeugen, daß sie über die neuesten Entwicklungen im Weinbau Bescheid wußte. Allmählich konnte er sich vorstellen, mit Sadie Jardine zusammenzuarbeiten. Mehr noch, er fand diese Vorstellung äußerst angenehm.

Die Umstände würden sie zwingen, es langsam anzugehen. Der Anwalt hatte Will gesagt, daß die diesjährige Ernte bereits der ortsansässigen Weinkellerei versprochen war, die Mintys Trauben immer gegen Wein eingetauscht hatte. Es war eine lockere mündliche, nicht notwendigerweise bindende Vereinbarung. Trotzdem wollten sie sich daran halten. Doch vielleicht, meinte Will, könne man die Kellerei überreden, ihnen einen Teil der Ernte zum Experimentieren zu überlassen. Im ersten Jahr konnten sie sich das leisten, zumindest in eingeschränktem Maß. Sie wollten sich Zeit lassen, Ausrüstung kaufen, den Boden studieren und ihre Grundkenntnisse erweitern. Im kommenden Jahr, wenn die Ernte ihnen gehörte, müßten sie ehrgeiziger sein. Als er sich bei den Worten »nächstes Jahr« und »unsere« erwischte, mußte Will lächeln. Er war noch keine zwölf Stunden in Little Grove und ging schon davon aus, daß er hierbleiben und mit Sadie zusammenarbeiten würde. Warum auch nicht? Vielleicht war es an der Zeit, endlich Wurzeln zu schlagen.

Will wollte wissen, warum Sadie nach Los Angeles gegangen war.

»Ethan«, lautete die Antwort, und sie hielt ihm den Ring hin.

Dann errötete sie, als sei es ihr peinlich, und fügte schnell hinzu: »Und ein Job, bei dem ich ein bißchen besser verdienen konnte.«

»Was für ein Job?«

»Ich habe in einer Privatschule den verzogenen Bälgern der Hollywood-Magnaten Latein beigebracht. Sie können sich vielleicht vorstellen, wie das war. Schon mit fünfzehn wissen die besser als Trimalchio, wie's bei einer Orgie zugeht.«

»Warum Latein?«

»Tochterliebe. Mein Vater war Altphilologe. Nach seinem Tod war das Studium eine Möglichkeit, mit ihm verbunden zu bleiben. Ich selbst bin allerdings keine Forscherin und auch im Unterrichten nicht so gut wie mein Vater. Ich habe Angst vor meinen Schülern.«

»Besonders ängstlich kommen Sie mir aber nicht vor.«

»Ich kann es gut überspielen. Dazu werden wir hier in Virginia erzogen. Minty hat mir gesagt, Ihr Vater sei vor kurzem gestorben«, fügte sie dann hinzu. »Es tut mir leid.« Sie sah ihm in die Augen, und er erkannte in ihrem Blick aufrichtiges Mitleid.

»Allmählich kann ich es akzeptieren. Mein Vater war Diplomat und gerade erst in den Ruhestand getreten. Er hatte vor kaum etwas Angst, doch einmal hat er zu mir gesagt, er hoffe, nie einer dieser Diplomaten zu werden, die nach der Pensionierung ziellos durch die Welt irren. Sein Wunsch ist in Erfüllung gegangen.«

»Und Ihre Mutter.«

»Sie haben sich vor zehn Jahren scheiden lassen. Sie hat wieder geheiratet und lebt im Moment in London.«

Schweigen trat ein. Sadie trank ihren Kaffee aus und stellte die Tasse ab. »Ich weiß nicht genau, wie ich es formulieren soll, deshalb will ich ganz ehrlich sein«, sagte sie leise. »Ich habe nicht besonders viel Geld. Auf jeden Fall nicht genug für große Anfangsinvestitionen.« Ihr Blick war offen und direkt. Sie schien weder besorgt noch verlegen zu sein, sondern nur daran interessiert, wie er auf dieses Geständnis reagieren würde.

»Wenn wir die Sache zusammen anpacken wollen«, antwortete er, »können wir es so arrangieren, daß wir das wieder ausgleichen, wenn wir erst einmal im Gewinnbereich sind.

»Und was ist, wenn es keinen Gewinn gibt, nachdem alle Rechnungen bezahlt sind?«

»Dann überlegen wir neu. In einer gleichberechtigten Partnerschaft geht es um mehr als nur um Geld.«

Sie sah sich mit einem vielsagenden Blick im Raum um. »Vielleicht sollten wir ja die Gleichberechtigung sofort in die Tat umsetzen und beide ordentlich zupacken.«

Sie besprachen weiter, was als erstes getan werden mußte. Als sie fragte, ob die Hütte einigermaßen bewohnbar sei, sagte er, für eine Weile ginge es schon. »Notfalls habe ich ein Zelt, falls das Dach undicht wird. Oder«, fügte er rasch hinzu, »falls Sie selbst hier wohnen wollen. Ich hatte nicht vor, das Haus einfach zu besetzen.«

»Das haben Sie nicht. Ich wohne bei meiner Mutter, unten an der Straße. Das ist zumindest im Moment eine gute Lösung. Außerdem wäre ein undichtes Dach die kleinste meiner Sorgen, wenn ich hier allein wohnen würde. Little Grove ist mir schon immer unheimlich gewesen. Als Kinder haben Julia und ich manchmal draußen auf der Veranda geschlafen, und ich hatte immer Alpträume. Julia fand es wunderbar, aber sie liebt schließlich alles, was einmal zu Greengrove gehört hat.«

»Wie lange lebt sie schon dort?«

»Offiziell nur zehn Jahre. Doch der Besitz hat früher unserer Familie gehört, bis mein Großvater pleite ging. Mein Vater hat nach dem Tod meines Großvaters ein paar Jahre lang versucht, Greengrove weiterzuführen, doch es war ein Kampf gegen Windmühlen. Er war Akademiker und nicht Farmer oder Geschäftsmann. Das Gut ist durch mehrere Hände gegangen, bevor Burke das, was von ihm übriggeblieben war, gekauft hat.«

»Gibt es einen Ort mit dem Namen Bull's Hill? Ich erinnere mich, daß Minty ihn erwähnt hat.«

Selbst diese kleine Unaufrichtigkeit verursachte ihm Unbehagen. Wenn sie Geschäftspartner werden wollten, mußte er ihr gegenüber ehrlich sein. Doch schon jetzt fragte er sich, wieviel er ihr sagen konnte und was er besser für sich behielt.

»Bull's Hill ist der große Hügel westlich des Weinbergs«, erwiderte Sadie. »Dort gibt es den vermutlich ältesten Baumbestand auf ganz Greengrove. Riesige Eichen und schwarze Walnuß. Einige Bäume sind fast zweihundert Jahre alt.«

»Also wertvolles Nutzholz.«

Sie biß sich auf die Lippe. »Erwähnen Sie das bitte niemals in Gegenwart meiner Schwester. Bull's Hill ist wie ein Kind für sie. Sie würde alles dafür opfern.«

»Ich verstehe.«

»Das glaube ich eigentlich nicht«, sagte sie so sachlich, daß es nicht unhöflich klang. »Sie können es gar nicht verstehen, weil Sie hier fremd sind. Bull's Hill gehört einfach zu den Jardines und ihrer Geschichte. Einer der Nachbesitzer hatte angefangen, die Wälder in großem Stil zu roden. Einige der Leute hier behaupten, er habe Glück gehabt, daß er Pleite machte, bevor er bis Bull's Hill kam.«

»Warum?«

»Der Ort ist verrufen. Sind Sie abergläubisch? Ein Bulle hat dort einmal einen Jungen aufgespießt. Oder einer meiner Vorfahren war der Mörder. Einige Geschichten halten den Bullen für den Schuldigen, andere Edwin Jardine. Edwin kommt in allen Versionen der Geschichte schlecht weg, und schauerlich sind sie auch.« Sie zögerte. »Edwin hat hier gelebt«, fügte sie dann hinzu.

»Hier? Sie meinen, in dieser Hütte?«

Sie nickte. »Damals war es ein kleines Steinhaus. Nach seinem Tod hat es ein Feuer gegeben, und die meisten Steine sind für andere Zwecke benutzt worden. Diese Hütte hier ist irgendwann in den Dreißigern gebaut worden.«

»Ich würde Ihnen gern etwas zeigen«, sagte er, einem plötzlichen Impuls folgend.

Er führte sie auf die Veranda, wo er sich niederhockte, um die losen Ziegel zu entfernen, die er vor ihrer Ankunft wieder an ihren alten Platz gelegt hatte. Als sie neben ihm niederkniete, ließ das Sonnenlicht ihr kastanienbraunes Haar kupfern und golden glänzen. Er roch den Kräuterduft ihres Shampoos, würzig wie frisch gemähtes Gras. Sie beobachtete ihn mit nachdenklichem Gesichtsausdruck, als könne sie diese voreiligen Abbrucharbeiten eigentlich nicht gutheißen. Als Will jedoch die Ziegel hochhob, um ihr zu zeigen, was sich darunter verbarg, sah sie ihn erstaunt an.

»Aber das sind ja Teufelswürfel!« rief sie und drehte sich mit einem erfreuten Lächeln zu ihm um.

»Teufelswürfel?«

»So werden sie hier genannt. Kleine, quadratische Kiesel, die man an einigen Stellen auf dem Gut finden kann, aber sonst nirgendwo. Julia und ich haben sie als Kinder gesammelt.« Sie berührte die winzigen Steine mit dem Zeigefinger und befreite sie von ein paar Sandkörnern. »Jemand hat ein Muster aus ihnen gelegt.«

»Wie ein Mosaik.«

»Ja, genau.« Dann nahm ihr Gesicht einen eigenartigen Ausdruck an: »Natürlich«, sagte sie halb zu sich selbst. Sie stand auf und wischte sich den Schmutz vom Kleid. »Ich würde gern mehr davon sehen.« Sie fragte Will, ob sie nicht den Rest des Bodens freilegen könnten.

»Es dürfte nicht weiter schwierig sein, wenn wir erst einmal das Linoleum und die Holzdielen entfernt haben. Der Mörtel zwischen den Ziegeln ist ziemlich bröcklig.« Er fügte hinzu, daß es ihnen möglicherweise juristisch gesehen nicht gestattet war, Veränderungen vorzunehmen, solange Mintys Testament nicht gerichtlich bestätigt war. Doch sie könnten ja sagen, daß die Veranda ein Sicherheitsrisiko darstelle und sofort etwas unternommen werden müße. Er drückte gegen einen verrotteten Stützbalken, der sofort bedrohlich nachgab. »Dieser hier wird früher oder später den Geist aufgeben. Eigentlich sollten wir das ganze Verandadach abreißen.«

»Dann los«, sagte sie voller Eifer. »Ich kann es kaum erwarten zu sehen, was Edwin gemacht hat.«

Will war überrascht. »Glauben Sie, es stammt von ihm?«

»Da bin ich mir ganz sicher. Meine Schwester besitzt eine alte Zeichnung von ihm, die wie der Entwurf für ein Mosaik aussieht. Wenn Sie auf die Geburtstagsparty kommen, die Burke heute abend für sie gibt, könnte ich Ihnen die Zeichnung zeigen.«

Obwohl er den Gedanken reizvoll fand, zögerte er. »Ich müßte mich selbst einladen.«

»Nein, Sie wären mein Begleiter. Außerdem bin ich mir ziemlich sicher, daß Burke es nicht abwarten kann, Sie kennenzulernen.« Jetzt funkelten ihre Augen wieder boshaft. »Stellen Sie sich darauf ein, daß er Ihnen gegenüber ziemlich Druck machen wird.«

Der Druck könnte auf Gegenseitigkeit beruhen, dachte Will. Nur zu gern hätte er Burke Loudens Gesicht gesehen, wenn Sadie ihn vorstellte. Doch der Gedanke an Julia Louden hielt ihn zurück. Er wollte ihr die Party nicht verderben.

Sadie bemerkte sein Zögern. »Bitte, kommen Sie«, drängte sie ihn. »Wenn Julia Sie kennenlernt, wird sie nicht mehr so traurig sein, daß Little Grove ...«, sie unterbrach sich, »... daß jetzt jemand hier lebt. Wissen Sie, sie hat dieses Land hier immer wie ihr eigenes behandelt. Minty war in dieser Hinsicht sehr großzügig.«

Sie biß sich auf die Lippe. Will vermutete, daß es eine Gewohnheit von ihr war, wenn sie sich unsicher fühlte. »Und es gibt da noch jemanden«, fuhr sie fort, »der gelegentlich über Little Grove spaziert. Sein Name ist Moany Scrimsher. Eigentlich heißt er Montane, aber wegen seiner Stimme nennen ihn alle Moany. Alles, was er sagt, klingt wie eine Klage.«

Will fiel ein, daß einer der beiden Sanitäter einen Cousin namens Moany erwähnt hatte, der in der Nähe wohnte und sich immer unberechtigt Zugang zu Burke Loudens Land verschaffte. Außerdem hatte der Mann gesagt, Moany Scrimsher habe ein aufbrausendes Temperament.

»Nun, dieser Moany hat mich gefragt, ob er weiterhin den Weg über Little Grove nehmen dürfe, um zu seinem eigenen Land hinten im Wald zu gelangen«, fuhr Sadie mit gerunzelter Stirn fort. »Ich hab' geantwortet, ich müßte erst mit Ihnen darüber reden.«

»Ich sehe keinen Grund, uns auf einen Streit mit Nachbarn einzulassen, wenn er wirklich nur gelegentlich hier durch will.«

»Es ist mehr, daß er gelegentlich wildert«, fügte Sadie hinzu.

»Nun, dann sollten wir es uns vielleicht doch ernsthaft überlegen.«

Sadie stand auf. »Um auf heute abend zurückzukommen: Ich beschreibe Ihnen mal lieber den Weg.« Er solle durch alle drei Tore fahren, erklärte sie, aber darauf achten, daß er sie wieder hinter sich schloß. »Sonst bekommt Burke einen Wutanfall. Es geht etwa eine Viertelmeile am Fluß entlang. Kurz vor einer alten Tabakscheune biegen Sie nach rechts ab und fahren den Hügel hoch. Kommen Sie um acht.« Sie beschrieb auch noch einen anderen Weg, der zwar schlechter, dafür aber kürzer war. Sie wollte auf der Wiese vor dem Haus auf ihn warten. »Und essen Sie vorher nichts. Es gibt tolle Sachen. Mei Vann hat den Partyservice übernommen, und sie ist eine wunderbare Köchin.«

»Ist sie mit dem Mann verwandt, der sich um Little Grove kümmert?«

»Seine Frau. Haben Sie Clayton schon kennengelernt?« Er schüttelte den Kopf. »Sie werden ihn mögen. Er ist ein bemerkenswerter Mensch. Seine Familie lebt hier schon so lange wie unsere; vermutlich sogar noch länger, wenn man denkt, daß indianisches Blut in seinen Adern fließt. Einer seiner Vorfahren war James Vann, ein Cherokee-Häuptling.«

»Bitte versetzen Sie mich nicht«, fügte sie dann scherzend hinzu, »sonst werde ich ganz mutterseelenallein dastehen. Wir Fremde müssen zusammenhalten.«

Auf seine Bemerkung, daß sie wohl kaum als Fremde zähle, erwiderte sie, daß alle, die freiwillig weggegangen seien, als Abtrünnige galten. »Wenn ich wegziehen müßte, weil ich geheiratet habe, würde mir niemand einen Vorwurf machen. Aber ich bin aus freien Stücken gegangen und habe damit die Grenzen des Erlaubten überschritten. Und jetzt war ich schon so lange fort, daß ich mit meinen alten Freunden nicht mehr viel gemeinsam habe.«

Dann fragte sie ihn: »Finden Sie das alles nicht genauso eigenartig wie ich?«

Er mochte ihre Offenheit. »Ein wenig schon. Aber jetzt, wo wir uns kennengelernt haben, finde ich es auch sehr erfreulich.«

Ihr Lächeln wurde breiter. Sie hatte eine kleine Lücke zwischen den beiden oberen Schneidezähnen. »Sie passen wunderbar hierher. Wer so charmante Komplimente machen kann, ist in Virginia gern gesehen.«

Er versprach ihr, sie nicht zu versetzen, doch kaum war sie gegangen, bereute er dieses Versprechen auch schon. Das, was er über die Loudens wußte oder vermutete, brachte ihn in eine schwierige Lage.

Was soll's, dachte er. Little Grove im Morgenlicht, mit den zwitschernden Vögeln über ihm in den Bäumen und den Kornblumen, die wie kleine blaue Sterne im staubigen Gras leuchteten, kam ihm vor wie die Quadratur des Kreises, das, wonach er immer gesucht hatte. Ein Ort, der zugleich Ruhe und Abenteuer versprach.

14

Wenn er auf Greengrove war, schlief Burke normalerweise immer bei geöffneten Vorhängen und wurde vom ersten Tageslicht geweckt. Seit zehn Jahren bestätigte ihm der Anblick, der sich ihm bot, sobald er die Augen aufschlug, daß sich sein größter Wunsch erfüllt hatte. Das Himmelbett mit seinen vier Pfosten stand vor den riesigen Balkontüren, die den Blick auf grüne Wiesen und uralte Bäume freigaben. Durch den ausgelichteten Baumbestand konnte man bis zum Fluß schauen. Sein Land. An der Wand links vom Fenster hingen ein paar Fotografien. Sie zeigten ihn beim ersten Spatenstich für eine der Luxuswohnanlagen, die seine Firma errichtet hatte. Die letzte war ein vierstöckiger Komplex aus Eigentumswohnungen mit dazugehörigem Einkaufszentrum in Macao gewesen. Sein Werk. Und neben ihm im Bett lag schlafend die Frau, die gleichzeitig die größte Offenbarung und das größte Rätsel seines Lebens war. Seine Frau.

Früher einmal hatte er jene Stunde als die vollkommenste des Tages empfunden, unbelastet von den Entscheidungen und Anforderungen, die dieser mit sich bringen würde. In jener Stunde genoß er es, sich ein wenig an seinem Erfolg zu erfreuen und sich einen Frieden auszumalen, der eigentlich nie zu seinem Leben gehört hatte, ihm aber trotzdem immer zum Greifen nah erschien. Ein Friede, so nah wie der verführerische Körper seiner Frau neben ihm.

An diesem Morgen jedoch lag er allein im Bett. Die Vorhänge waren zugezogen, die Luft im Raum abgestanden und schwül, das Laken feucht von Schweiß. Offensichtlich war die Klimaanlage wieder einmal ausgefallen. Er verfluchte den Bauunternehmer, der ihm versprochen hatte, sie bis zur Party repariert zu haben. Er rollte sich herum und stand auf. Ein Blick auf die Uhr sagte ihm, daß es schon acht war, und er stieß einen weiteren Fluch aus. Er zog Shorts an und riß die gelben Damastvorhänge auf, wandte sich aber sofort geblendet vom Fenster ab. Sein Kopf schmerzte. Er hatte am Vorabend zuviel getrunken und zu viele Zigarren geraucht. Sein Mund fühlte sich an, als sei er mit Sägemehl gefüllt.

Er öffnete die Tür und trat auf den kleinen Balkon über dem Eingangsvestibül hinaus. Das Haus stand in südöstlicher Richtung auf einem kleinen Plateau oberhalb der Flußebene und wurde im Norden von Wäldern und hügelaufwärts strebenden Feldern begrenzt. Auf den anderen drei Seiten fiel das Land jenseits der ausgedehnten grünen Rasenflächen über Wälder und Hügel steil zu Schluchten und zu der Straße ab, die durch die Maisfelder führte. Eine weiße Kiesauffahrt zeichnete ein weites Oval in das Grün und verband das Haus und seine Nebengebäude mit der Straße. Riesige alte Bäume, hauptsächlich Magnolien, Buchen und Tulpenbäume, standen wie Wachposten auf den Rasenflächen. Ihm gehörte alles, was er sah. Manchmal genügte ihm schon die Aussicht auf den Fluß hinter den Bäumen, der eine lange, glitzernde Schleife um seinen Besitz zog, als Rechtfertigung für all sein Streben. Doch an diesem Morgen erinnerte ihn der unbeirrbare, beharrliche Lauf des Flusses nur daran, wie sehr er selbst von Dämmen in sumpfige kleine Wasserläufe gezwungen wurde, die in trockenen Gräben versickerten.

Burke wollte gerade hineingehen, als er zwei Reiter aus dem Wald und über die Wiese auf das Haus zukommen sah. Er holte das Fernglas, mit dem Julia immer die Vögel beobachtete, von ihrer Kommode. Als er es an die Augen hob, erkannte er in den beiden Gestalten seine Frau und seine Tochter. Julia ritt mit der gewohnten Anmut und war ganz eins mit der Bewegung ihres Pferdes, während Katherine in ihrem rotgestreiften Hemd wie ein Sack im Sattel hing. Ihr Haar erweckte den Eindruck, als hätte sie ein Strohbündel auf dem Kopf. Die beiden Frauen lachten, und als er das Glas auf Julias Gesicht richtete, sah sie glücklich aus. Eifersucht stieg in ihm auf. Einen Augenblick glaubte er sogar, daß sie über ihn lachten. Burke ließ das Fernglas sinken. Die Pferde wurden schneller, und bald schon waren sie auf dem Weg zu den Ställen hinter der langgezogenen Kurve der Auffahrt verschwunden.

Als nächstes fielen Burke gelbe Flecken am Rasenrand auf. Der Bogen des Sprinklers schien nicht bis dorthin zu reichen. Er würde den Gärtner darauf hinweisen müssen, dachte er, während er zurück ins Zimmer trat.

Er lächelte säuerlich, als er an den Vorabend dachte. Zunächst einmal hatte er beim Hahnenkampf eine ordentliche Summe gewonnen, und zwar von Bennett Filmer, dem einzigen Mann, bei dem er sich das leisten konnte, denn die anderen waren zu wichtig für seine Geschäfte. Und dann war ihm noch der Sohn von Clayton Vann wie eine reife Frucht in den Schoß gefallen, doch was er aus diesem glücklichen Umstand machen sollte, wußte er noch nicht. Zweifellos würde er ihm noch nützlich sein. Vielleicht würde er sich aber auch nur den Spaß erlauben, Jordans Vater wissen zu lassen, daß sein Sohn zehntausend Dollar verspielt hatte. Clayton konnte kaum etwas dagegen unternehmen. Wenn er es der Polizei meldete, würde er mit dem Skandal seinem Sohn genausoviel Schaden zufügen wie allen anderen, die in die Sache verwickelt waren.

Mei würde ihm natürlich niemals vergeben, wenn sie davon Wind bekäme. Solange ihm noch etwas an ihr lag, würde er stillhalten müssen. In der Zwischenzeit konnte er jedoch Jordan zu verstehen geben, daß er seine Tochter nur ungern mit jemanden zusammen sah, der über so wenig Selbstdisziplin verfügte.

Um bessere Laune zu bekommen, öffnete er die unterste Schublade seiner Kommode und zog eine rechteckige Schatuelle aus poliertem Kirschholz heraus. Sie hatte ungefähr die Größe einer Schuhschachtel. Er hob den Deckel. Drinnen schimmerte auf einem Kissen aus tiefblauem Samt ein silberner Weinkelch, dessen Griffe Weinreben nachempfunden waren und den ein Relief schmückte, das Amoretten bei der Weinernte zeigte. Der Goldschmied in Richmond, den er damit beauftragt hatte, den Silberkelch nach der Zeichnung des goldenen Originals anzufertigen, hatte ihm ein Vermögen abgenommen. Auf der Party am Abend würde er diesen Kelch, den Jefferson-Kelch, Julia überreichen. Während er die Schatulle wieder in ihr Versteck zurücklegte, dachte er, daß der Kelch eine gute Geschenkidee sei. Er würde jetzt nicht mehr für die Verluste von Julias Familie stehen, sondern ihre gemeinsame erfolgreiche Zukunft symbolisieren.

Er ging ins Badezimmer zum Duschen. War Anson Jardine nicht ein Narr gewesen? Nach dem verrückten und kostspieligen Versuch, den Lauf des Flusses zu verändern, damit dieser während des Augusthochwassers nicht mehr den wertvollen Mutterboden wegschwemmte, hatte er sich von dem Originalkelch so den Kopf verdrehen lassen, daß er den gesamten Familienbesitz verlor. Warum sollte man ständig der Vergangenheit nachjagen, dachte Burke, während er sich einseifte, wenn man mit ihrer Hilfe die Zukunft gestalten konnte?

In jenem Sommer, als sich für die Jardines alles änderte, war er vierzehn gewesen. Zusammen mit seiner Mutter war er von Buffalo nach Richmond gekommen, um eine ihrer Cousinen zu besuchen. Diese hatte einen wohlhabenden Tabakhändler geheiratet und lebte in einem Stil, der bei seiner Mutter Neid hervorrief, auch wenn sie dies nur ihm gegenüber zugab. Seine Mutter war, wie die Leute sagten, eine charmante Frau, und sie benutzte ihren Charme, um weniger vorteilhafte Züge zu verbergen. Damals waren sie relativ arm gewesen, da sein Vater im Winter des Vorjahres gestorben war und nur Schulden und eine nicht allzu traurige Familie hinterlassen hatte. Als Vater und auch als Ehemann war er ein Versager gewesen. Seine Mutter trug jedoch noch immer Schwarz, denn sie wußte, daß es ihr gut stand.

Eines Nachmittags hatte ihm Fay Louden nach der Rückkehr von einem Besuch mitgeteilt, daß sie am nächsten Tag aufs Land fahren würden. Eine Mrs. Jardine, eine Freundin von Cousine Martha, habe sie freundlicherweise zu einem Wochenende nach Greengrove eingeladen.

»Es ist eine alte Plantage am Fluß«, hatte sie mit vor Aufregung leuchtenden Augen gesagt, »die sich schon seit Generationen im Besitz der Familie befindet.«

Sie erklärte ihm, daß die Jardines in Charlottesville lebten, wo Mr. Jardine als Börsenmakler arbeitete. Im Sommer zogen sie jedoch nach Greengrove, weil dort die Luft kühler war. Sie habe gehört, Anson Jardine sei ein echter Virginia-Gentleman. »Und seine Frau ist auch sehr nett.« An ihrem Ton hatte Burke erkannt, daß Mrs. Jardine für sie schon nicht mehr zählte. Sie ermahnte Burke noch, sich von seiner besten Seite zu zeigen.

Er hatte Vorkriegspracht erwartet und fand zu seiner eigenen

Enttäuschung – und wohl auch der seiner Mutter – ein riesiges, verschachteltes weißes Farmhaus mit grünen Fensterläden und hölzernen Schaukelstühlen auf der langen Veranda vor. Doch die Enttäuschung war schnell vergessen. Greengrove war ein bestens funktionierendes Landgut mit Maisanbau und Viehzucht. Für einen vierzehnjährigen unternehmungslustigen Jungen gab es jede Menge zu entdecken. Später erkannte Burke, daß der Unterhalt des Guts die Familie eine Stange Geld kosten mußte. Im Haus selbst gab es bequeme, tiefe Sofas und liebevoll erhaltene und von Generation zu Generation vererbte Möbelstücke, die Behaglichkeit ausstrahlten. Die türkisfarbenen Brokatpolstermöbel, die im Wohnzimmer des Hauses in Buffalo standen, kamen ihm daneben häßlich und, was noch schlimmer war, ziemlich geschmacklos vor. Es gab einen Teich zum Fischen und Schwimmen, und im Wald gingen sie mit Pfeil und Bogen auf die Jagd. Unter den vielen Gästen befanden sich genügend andere Kinder zum Spielen.

Anson Jardine war Mitte Sechzig und hatte ein hageres, schmales Gesicht. Burke kam er uralt vor, doch seine Mutter nannte ihn ein schönes Mannsbild. Sie bewunderte alles an ihm, von den englischen Anzügen bis hin zu den vornehmen Manieren. Seine Gattin war eine sanftmütige, grauhaarige Frau mit Sinn für Humor, deren Daseinszweck darin zu bestehen schien, ihren Mann glücklich und zufrieden zu machen. Burke bemerkte, daß seine Mutter äußerst aufmerksam mit Mrs. Jardine umging, wenn sie allein oder in einer Gruppe waren. War die Gastgeberin jedoch abwesend, konzentrierte seine Mutter sich ganz auf ihren Gastgeber. Burke war außerdem aufgefallen, daß Mr. Jardine wie alle anderen Männer dem Charme seiner Mutter erlag.

Als sie beim Abendessen um den großen Mahagonitisch saßen, erzählte der Sohn der Jardines, der an der Universität von Virginia studierte, einem der anderen Gäste, die wie die Loudens zum erstenmal in Greengrove waren, daß ein Blitzschlag einst das alte Herrenhaus in Flammen hatte aufgehen lassen. »Es ist bis auf die Grundmauern niedergebrannt. Nur noch ein Türbogen ist übriggeblieben. Manche Leute sagen, man hätte es nie an dieser Stelle errichten dürfen, weil der Boden dort für die Ureinwohner heilig war.«

»Alten Stichen nach zu urteilen war es sowieso ein ziemlich häßliches Haus«, sagte Anson Jardine mit ruhiger Stimme zu Burkes Mutter, die zu seiner Rechten saß. »Doch als Ruine ist es sehr romantisch.«

»Romantische Ruinen finde ich aufregend«, erklärte Burkes Mutter. »Ich würde sie nur zu gern sehen.«

»Reiten Sie, Mrs. Louden?« fragte Anson Jardine. Als sie bejahte, bot er sich an, am nächsten Nachmittag mit ihr und Burke einen Ausritt dorthin zu machen. Sie versicherte ihm, daß sie sich nichts Schöneres vorstellen könne. Als Anson Jardine sich abwandte, um sich mit der Person zu seiner Linken zu unterhalten, sah Burke das Gesicht seiner Mutter im Spiegel der Anrichte an der gegenüberliegenden Wand. Sie hielt ihren Blick auf den Teller gerichtet und lächelte so, wie sie immer lächelte, wenn sie sehr zufrieden war.

Am nächsten Tag ritten sie über die wogenden Felder und durch eine dicht mit Farn bewachsene Senke zu einem waldigen Hügel. Während Burke, der sich hoch zu Roß noch nie besonders wohl gefühlt hatte, hinterhertrottete, unterhielt seine Mutter Mr. Jardine mit kurzweiligen Geschichten über die Gefahren, denen eine Witwe ausgesetzt ist. Burke kannte diese Geschichten bereits, mit denen sie ihren Mut und ihre Klugheit subtil unter Beweis zu stellen versuchte. Die Pferde suchten sich auf einem von Immergrün überwucherten Pfad gemächlich ihren Weg den Hügel hinauf, wobei Platanenrinde unter ihren Hufen knirschte. Als Burke seine Mutter vor Staunen nach Luft schnappen hörte, hob er den Blick und sah ein riesiges Steinportal vor sich, das von verfallenen Ziegelmauern eingefaßt und von einem kleinen Ziergiebel gekrönt wurde, von dem der Efeu wie Seetang herabhing. Es erinnerte ihn an die Zeichnung eines alten Tempels aus einem Kinderbuch der Mythologie, das er einmal besessen hatte. Im schräg einfallenden Licht des Nachmittags leuchteten die Ziegel in einem weichen Rosaton. Als sie näher kamen, erblickte er durch das leere Portal im Dunst der Nachmittagshitze einen dichten Wald.

Irgend etwas an dem Bild regte Burkes Phantasie an. Während er mit halbem Ohr zuhörte, wie seine Mutter ihren Gastgeber über das Haus ausfragte, baute er im Geist die Ruine nach seinen eigenen Vorstellungen wieder auf.

Als sie weiterritten, begegneten sie schon bald ein paar Farbigen, die an einem winzigen, baufälligen, von wildem Wein überwucherten Holzhaus mit halb eingefallenem Dach arbeiteten. Mr. Jardine bat Burkes Mutter, einen Moment zu warten, und stieg ab, um mit den Männern zu reden. Ein Junge, der ungefähr in Burkes Alter war, hockte über einem auf dem Boden ausgebreiteten Leinentuch mit kleinen Dreck- und Schutthaufen.

»Was machen die Männer dort?« fragte er, als Anson Jardine wieder zu ihnen zurückkam.

»Sie suchen nach einem vergrabenen Schatz.«

»So etwas dürfen Sie nicht zu dem Jungen sagen, sonst will er auch eine Schaufel haben«, sagte seine Mutter mit einem Lächeln.

Burke war verstimmt. Er spürte, daß er verspottet wurde.

»Es ist wirklich wahr«, erwiderte Anson Jardine. »Sie schaufeln die Grube eines ehemaligen Eishauses aus, in dem ein früherer Jardine möglicherweise etwas Wertvolles versteckt hat.«

»Was denn?«

»Einen goldenen Kelch. Römisch. Thomas Jefferson hat ihn auf einer seiner Reisen in Deutschland erstanden, und irgendwann gelangte er dann in die Hände von einem meiner Vorfahren, der mit Jefferson befreundet war.« Während sie weiterritten, erzählte er ihnen, daß der Kelch gegen Ende des Bürgerkriegs verschwunden war. »Vielleicht ist er aus Sicherheitsgründen vergraben worden. Doch der Mensch, der ihn versteckte, hat nie verraten, wo.«

»Warum nicht?« fragte Burke.

»Vielleicht weil er befürchtete, der Kelch könne veräußert werden. Nach dem Krieg war Virginia arm. Meine Familie hat die Hälfte des Anwesens verkaufen müssen, um den Rest halten zu können. Früher einmal war der Grund über zwölfhundert Hektar groß.« Er wandte sich an Burkes Mutter. »Ich glaube, ich habe Ihnen schon erzählt, daß die Urgroßmutter meiner Frau die Tochter des Gouverneurs war. Vor dem Krieg hat ihr Vater ihr die Reihenhäuser in Richmond gezeigt, die er für die Armen bauen ließ. Sie hat immer gesagt, ihr hätten die Menschen leid getan, die in so engen, düsteren Verschlägen leben mußten. Doch nach dem Krieg hat sie selbst in einem dieser Häuser eine Pension betrieben.«

»Ein typisches Kriegsschicksal«, sagte seine Mutter in einem Ton, als denke sie dabei eher an ein Witwenschicksal.

»Oder ein Lebensschicksal«, erwiderte Anson Jardine.

Die Nachmittagssonne brannte heiß auf sie herunter, und Burkes Reitkünste waren so unzureichend, daß er bald hinter den beiden Erwachsenen zurückblieb. Diese schienen das gar nicht zu bemerken, und Burke hatte nichts dagegen, da er in Tagträumereien versunken war, in denen er als Nordstaatengeneral seine Truppen zuerst anwies, das alte Haus in Brand zu stecken, dann aber beim Anblick der schönen Jardine-Tochter seine Meinung änderte. Zum Lohn zeigte ihm diese, wo der Kelch verborgen lag. Der weite Blick über die Hügel und den Fluß, die romantische Ruine, der Schatz und die Männer, die in Anson Jardines Auftrag arbeiteten – all dies hatte bei Burke einen tiefen Eindruck hinterlassen. Es war wie eine Offenbarung gewesen. Er wollte dies oder etwas Ähnliches besitzen, und er war entschlossen, es auch zu bekommen.

Am Sonntag verkündete seine Mutter, sie könnten noch die ganze Woche bleiben. Burke freute sich, denn er hatte sich ein wenig in Greengrove oder das, was er in seiner Phantasie damit verband, verliebt. Mittlerweile war er zum Anführer der Kinder geworden. Eines Nachmittags jedoch, seine Mutter hatte eine Lunch-Einladung angenommen und die anderen Kinder besuchten Verwandte in Charlottesville, war er allein. Er zog mit einem Luftgewehr los, um Kaninchen zu jagen, fand sich aber bald vor der Ruine wieder, die ihn magisch anzog. Er ging weiter zu dem alten Eishaus, das jetzt verlassen dalag. Obwohl Anson Jardine die Kinder vor den Gefahren, die dort lauerten, gewarnt hatte, betrat er das Haus, um sich umzusehen.

Der größte Teil des Innenraums wurde von einer tiefen Grube eingenommen. Es war kühl und roch nach feuchtem Holz und Erde. Fenster gab es in dem Raum nicht. Der Rand der Grube war aus gepreßtem rotem Lehm, und ihre Wände bestanden wie das kleine Haus selbst aus großen, quadratischen, an vier Seiten fest ineinandergefügten Balken. Eine alte Holzleiter führte an der dem Eingang zugewandten Seite in die Grube hinab, doch ohne Licht konnte man nicht bis auf ihren Grund blicken. Burke entdeckte eine Kerosinlampe, die neben der Tür hing und auf der eine Streichholzschachtel lag. Er zündete die Lampe an und hielt sie über die Grube. Jetzt konnte er den Schutt auf dem Boden erkennen und auch die Schaufel, die an einer Grubenwand lehnte.

Er wußte, daß Schlangen kühle, dunkle Orte liebten, doch seine Neugier war stärker als seine Angst. Schon stand er auf der ersten Leitersprosse und begann nach unten zu steigen, um dort im Schutt nach dem Kelch zu graben. Doch die Leiter war alt und morsch und ächzte unter seinem Gewicht. Er kam zu dem Schluß, daß das Risiko bei diesem Abenteuer zu hoch war. Er löschte die Lampe, hängte sie zurück an ihren Platz und verließ das Eishaus.

Draußen blendete ihn das Sonnenlicht, und im ersten Moment bemerkte er den kleinen farbigen Jungen, der über die Lichtung auf ihn zukam, nicht. Dafür hörte er in der Ferne die Stimmen der Männer, die zur Arbeit zurückkehrten. Er begann zu laufen, um ihnen nicht zu begegnen, doch da entdeckte er den Jungen, der mit einem Kopfnicken zur Seite trat. Sie sagten beide kein Wort.

Am Abend rief Anson Jardine ihn mit grimmigem Blick zu sich ins Arbeitszimmer. »Ich habe gehört, daß du beim Eishaus warst. Hast du irgend etwas angefaßt?«

»Nein, Sir. Ich bin gar nicht reingegangen. Ich mußte daran denken, was Sie über die Gefahren gesagt haben. Und an die Schlangen.«

»Gut.« Er musterte Burke eine ganze Weile schweigend und ermahnte ihn dann, nie wieder dorthin zu gehen.

»Ich werde es nicht mehr tun, Sir«, erwiderte Burke mit ernster Miene.

Wenige Wochen später, sie waren bereits wieder in Richmond, kam seine Mutter in sein Schlafzimmer, um ihm einen Gutenachtkuß zu geben und mitzuteilen, daß sie eine kurze Reise machen würde. Er solle bei Cousine Martha bleiben, bis sie ihn holen ließe. Sie würde ihm schreiben. Nein, er dürfe jetzt keine Fragen stellen.

»Dir hat es doch auf Greengrove gefallen, oder?« fragte sie und beugte sich über ihn. Er nickte. Der Geruch von Bourbon in ihrem Atem überdeckte den feinen Duft ihres Parfüms. Sie trank wieder, und zwar mehr als nach dem Tod seines Vaters.

»Vielleicht wirst du eines Tages selbst dort leben. Würde dir das gefallen?«

Verwirrt fragte er sie, wie das möglich wäre, doch sie lächelte nur und sagte, das sei ein Geheimnis. Am Morgen lief Cousine Martha mit verkniffenem Mund durchs Haus. Burke spürte, daß er nicht mehr willkommen war, sondern nur noch geduldet.

Viel später, als Erwachsener, erfuhr er, daß seine Mutter mit Anson Jardine nach Reno in Nevada durchgebrannt war. Erst als Anson dort versuchte, seine Finanzen im Kasino aufzubessern, erfuhr Fay, wie es um ihn bestellt war. Noch bevor die Scheidung durch war, starb er plötzlich und unerwartet am Spieltisch. Seine Mutter war kurz nach Richmond gekommen, um Burke abzuholen. Dann kehrten sie zurück nach Buffalo.

Während Burke sich durch die Schneewehen des langen, kalten Winters zur Schule kämpfte, mußte er immer an Greengrove denken. Erst mit Vierzig besuchte er das Gut wieder, doch in all den Jahren dazwischen vergaß er die romantische Aura dieses Ortes nie.

Obwohl er wußte, daß er an dem Tag viel zu erledigen hatte, blieb Burke lange unter der Dusche und ließ das Wasser auf seinen Körper prasseln. Doch es gelang ihm nicht, das Unbehagen loszuwerden, das ihn quälte. Nachdem er sich abgetrocknet hatte, steckte er eine Scheibe von Sade in den CD-Spieler, rasierte sich und zog sich sorgfältig an. Dabei dachte er darüber nach, was er noch für die Party am Abend erledigen mußte. Er hatte schon oft von dieser Fähigkeit profitiert, sich ganz auf unmittelbar bevorstehende Aufgaben zu konzentrieren, während sein Unterbewußtsein an der Lösung von Problemen arbeitete.

Verdammt! Ein Knopf war von seinem Hemd gesprungen. Er zog es über den Kopf und warf es aufs Bett. Von den offenen Fenstern wehte eine sanfte Brise herüber, doch er schwitzte schon wieder. Es würde ein heißer Tag werden. Am besten setzte er sich gleich mit dem Bauunternehmer in Verbindung.

Er trocknete den Schweiß mit einem Handtuch ab, setzte sich auf die Bettkante und öffnete seinen Laptop. Erst formulierte er eine Mitteilung an den Bauunternehmer, dann sah er seine Post durch. An diesem Morgen waren bereits dreiundzwanzig E-Mails eingegangen, unter ihnen eine von Mei. Sie telefonierten nur selten, da das zu riskant war. Genaugenommen sprachen sie auch wenig, wenn sie beisammen waren, dachte er. Sie waren beide keine Heuchler und wußten, daß ihre gegenseitige Anziehung nichts mit Konversation zu tun hatte. Vermutlich gab es Probleme mit ihren Plänen für den folgenden Abend. Sie wollten sich auf seiner Rückreise nach Washington in einem Motel treffen, in das sie sich manchmal einquartierten. Daß es in der Mitteilung um Jordan ging, befürchtete er nicht, denn der hatte seinen Eltern sicher nichts von dem letzten Abend erzählt. Der Respekt vor der Meinung seiner Eltern, seine Dickköpfigkeit und sein Stolz hinderten ihn daran. Es hatte Burke Spaß gemacht, den Jungen zu demütigen, aber er wollte ihn nicht in die Verzweiflung treiben. Er sollte nur eine Weile zappeln.

Er hob sich Meis Mitteilung fast bis zum Schluß auf und überflog mit wachsendem Unmut die vielen schlechten E-Mail-Nachrichten. Investoren waren wie Schafe, dachte er voller Verachtung. Wenn eins von ihnen vom bösen Wolf träumte, begannen alle vor Angst zu blöken. Angewidert wandte er sich Meis Brief zu.

Er begann ganz harmlos mit letzten Einzelheiten zu der Party. Sie schickte ihm die fertige Speisekarte und eine Liste mit den Namen der Kellner, die sie angeheuert hatte. Burke war gerade dabei, sie zu lesen, als sich die Tür öffnete und Katherine ins Zimmer trat. Sie blieb im Türrahmen stehen und biß sich auf die Unterlippe.

Er schob den Laptop beiseite und erhob sich wütend. »Wie oft muß ich dir noch sagen, daß du anklopfen sollst? Hat dir deine Mutter keine Manieren beigebracht?«

Ihr Gesicht, das erst schuldbewußt gewirkt hatte, verschloß sich. »Es tut mir leid. Ich habe angeklopft. Du hast es nicht gehört.«

Sie sagte das ganz sachlich, aber so leise, daß er das Gefühl hatte, sie mache sich über ihn lustig. Sein Gehör war nicht mehr das beste – eine Folge seiner Zeit in Vietnam. Zu viele Explosionen, zuviel laute Musik. Er beugte sich vor, um den CD-Spieler auszuschalten.

»Was willst du?« fragte er ungeduldig.

»Den Schlüssel für den Mercedes. Ich will ...«

Er schnitt ihr das Wort ab. »Du kannst ihn heute nicht haben. Ich brauche ihn.«

Sie runzelte die Stirn. »Dann möchtest du wohl, daß ich den ganzen Tag hierbleibe.«

»Du könntest dich nützlich machen«, sagte er sarkastisch, wie immer, wenn er mit ihr sprach. Als Kind war sie so schüchtern gewesen, daß er sie aufzog, um sie wenigstens ein bißchen aus der Reserve zu locken.

Doch jetzt konterte sie seinen Sarkasmus: »Ich hatte immer den Eindruck, es nutzt dir am meisten, wenn ich mich hier rar mache. Außerdem hast du mich nicht ausreden lassen. Julia hat mich gebeten, etwas für sie zu erledigen. Ich soll bei ihrer Mutter Teller für heute abend holen.«

»Dann kannst du ja ihr Auto benutzen.«

»Sie bringt es zur Werkstatt nach Scottsville. Mit dem Motor stimmt was nicht.«

Ausgerechnet heute, dachte er wütend. Irgend etwas stimmte immer nicht. Er merkte, daß Katherine ihn anstarrte. Da wandte sie den Blick ab. Ihr Gesichtsausdruck verriet die Arroganz und Grausamkeit der Jugend, die ihm bewußt machte, daß er mit nacktem Oberkörper dasaß und zwanzig Pfund Übergewicht hatte.

»Na gut, dann nimm das verdammte Auto!« Er suchte auf der Kommode nach dem Schlüssel, erinnerte sich dann aber, daß er in der Tasche seines Jacketts war, und das lag in der Bibliothek. Er zog ein T-Shirt über und ging zusammen mit ihr nach unten.

»Warum richtest du dir für heute abend nicht die Haare?« fragte er sie unvorsichtigerweise beim Überreichen des Schlüssels. »Und zieh dir um Himmels willen was Anständiges an.«

Sie starrte ihn an. »Okay«, sagte sie nach langem Zögern. »Vielleicht. Noch etwas?«

»Bring das Auto zurück, sobald du die Teller geholt hast. Ich brauche es.«

Sie nickte und wandte sich zum Gehen. Einen Moment lang hatte er Gewissensbisse. Sie wirkte so klein und anders. Und genau diese Andersartigkeit ärgerte ihn. Warum konnte sie nicht so sein wie die Töchter seiner Freunde, junge Frauen mit glänzendem Haar, immer fröhlich und höflich?

Als er wieder nach oben kam, trat Julia gerade aus dem Schlafzimmer.

»Hast du mich gesucht?«

Sie schüttelte den Kopf und hielt ihre Handtasche hoch. »Ich wollte nur die Tasche holen, weil ich jetzt ausgehen werde. Du hast ja gesagt, daß es dir lieber ist, wenn du die Party allein organisierst.«

»So habe ich das nicht ausgedrückt.«

»Tut mir leid. Du hast gesagt, ich soll mir einen schönen Tag machen, während du dich um alles kümmerst.«

Vermutlich wollte sie ihn für den letzten Abend bestrafen.

Er ging ins Schlafzimmer zurück und stellte voller Schrecken fest, daß er den Laptop mit Meis Brief offen auf dem Bett hatte stehenlassen. Gott sei Dank war Julia das Briefgeheimnis heilig. Sie würde nicht im Traum daran denken, seine Post zu lesen oder in seinen Schubladen zu wühlen. Trotzdem war es gut, daß Meis Brief nichts Verfängliches enthielt. Ungeduldig las er bis zum letzten Absatz weiter:

»Ich verstehe nicht, wieso du mich gebeten hast, Julias Party zu organisieren. Du hast behauptet, es wäre gut für mein Geschäft, und ich habe das als Erklärung akzeptiert. Ich sollte mich wie eine Geschäftsfrau benehmen, hast du gesagt. Wenn ich erst einmal mein eigenes Restaurant hätte, könnte ich mir meine Kunden auch nicht aussuchen. Doch es gibt Entscheidungen, die ich selbst treffen kann. Meine Vorfahren glaubten, daß nur eine von einem bösen Geist besessene Frau das tun kann, was ich getan habe. Früher hätte ich mich über einen solchen Aberglauben lustig gemacht, doch heute sehe ich die Dinge anders. Meine Ahnen hätten ein Opfer und bestimmte Riten von mir verlangt, um Unheil von meiner Familie abzuwenden. Doch ich habe nie gelernt, wie das geht, und jetzt ist es zu spät. Ich kann dir nur sagen, daß ich mich nie wieder mit dir treffen werde wie bisher. Ich werde meine Meinung nicht ändern.«

Himmel! Wenn Julia das gelesen hatte! Der Gedanke verdrängte alle anderen Gefühle. Mit beiden Händen fuhr er sich übers Gesicht. Er spürte den Schweiß über seinen Körper rinnen, und Wut stieg in ihm auf.

Als er sich den letzten Mitteilungen zuwandte, stellte er fest, daß der nächste Brief ihn vor ein noch größeres Problem stellte. Der Vorsitzende des Konsortiums, dem sein Unternehmen angehörte, hatte ein paar Unstimmigkeiten in den Konten entdeckt und war der Meinung, sie sollten einen unabhängigen Prüfer einschalten.

Burke starrte die schwarzen Buchstaben auf dem blauen Bildschirm an, bis sie vor seinen Augen verschwammen.

15

»Ich dachte einfach, es ist besser, wenn du es weißt, Thea. Wegen Julia«, sagte Babs Filmer.

Thea lächelte schmallippig. Sie hatte Babs schon gekannt, als sie noch ein kleines Mädchen war, und selten erlebt, daß sie an jemand anders dachte als an sich selbst. Sicherlich hatte auch Babs ihre guten Eigenschaften, doch Selbstlosigkeit gehörte nicht dazu. Jetzt rächte sie sich für Sadies Verhalten am Flughafen tags zuvor.

»Einmal ganz abgesehen von dem Skandal ...«, fuhr die Stimme am anderen Ende der Leitung fort, »... ich weiß doch, wie sehr Julia Grausamkeit gegenüber Tieren haßt. Man könnte ihnen wirklich mehr Verstand zutrauen, oder? Erwachsene Männer, die sich benehmen wie die kleinen Kinder. Ich bin fuchsteufelswild. Wenn er sich noch einmal auf so etwas einläßt, habe ich zu Bennett gesagt, dann verlasse ich ihn. Und im Moment habe ich gute Lust, Burke zu sagen, er soll sich eine andere Werbefrau suchen.«

Thea stand am Küchenfenster und hielt den Hörer von sich weg, weil Babs so laut sprach. Während sie ihr mit halbem Ohr zuhörte, schaute sie in den Garten, der im Augustlicht golden leuchtete. Nach der Hitze des Tages hingen die großen, anmutigen Köpfe der Dahlien und Schmuckkörbchen noch müde an den dünnen Stengeln. Doch jetzt in den langen Schatten des Spätnachmittags richteten sie sich langsam wieder auf. Julia würde einen herrlichen Abend für ihre Party haben.

Urplötzlich senkte Babs die Stimme und sagte im vertraulichen Tonfall: »Das Schlimmste an der Sache ist das Geld. Bennett sagt mir nicht, wieviel er verloren hat, es muß also eine ganze Menge sein. Bei all den Ausgaben, die wir in letzter Zeit hatten, können wir es uns einfach nicht leisten ...«

Thea befaßte sich schon mit den Folgen von Babs' Enthüllung und hörte ihren monotonen Klagen nicht mehr zu. Für sie war die Spielleidenschaft Bennett Filmers immer schon die Reaktion auf die Untreue seiner Frau und deren berufliche Erfolge gewesen – eine Art Flucht oder Rache. Um ihres eigenen Seelenfriedens willen versuchte Thea, Klatsch zu ignorieren. Schließlich hatte sie in der eigenen Familie erlebt, was er anrichten konnte. Doch die jüngsten Hinweise darauf, daß Burke sich mit seinen Geschäften am Rande der Legalität bewegte, hatten sie beunruhigt. Babs' Neuigkeit, daß er sich sogar auf Greengrove über das Gesetz hinwegsetzte, machte ihr regelrecht angst.

»Ich kann es einfach nicht mehr mit ansehen«, fuhr Babs fort, »wie Burke Bennetts Gutmütigkeit ausnutzt. Wenn wir uns nicht schon so lange kennen würden, Thea, hätte ich noch was ganz anderes gesagt. Aber ich wollte dich trotzdem warnen. Burke kann es sich ebensowenig leisten wie Bennett, einen Haufen Geld zu verspielen. Ich habe nämlich gehört, daß er ...«

»Und du sagst, es hat sich auf Greengrove abgespielt?« fiel Thea ihr ins Wort. Sie hatte keine Lust, mit Babs Filmer über die finanzielle Situation ihres Schwiegersohns zu diskutieren, egal, wie lange sie sich schon kannten. »›Wo genau?«

»In der alten Tabakscheune. Bennett meint, Burke habe sie schon früher zu solchen Zwecken benutzt.«

»Danke, daß du es mir gesagt hast, Babs.«

Thea legte den Hörer auf, bevor Babs weiterreden konnte. Gleich würde sie ins Wohnzimmer zurückkehren, um das Kartenspiel mit Walter wieder aufzunehmen, doch sie brauchte zuerst einen Moment, um das zu verdauen, was Babs ihr erzählt hatte. Sie nahm sich ein Stück Eis aus dem Kühlschrank und rieb sich damit über die Schläfen. In der Stille hörte sie Sadie in der Badewanne singen. In ein paar Stunden würden sie gemeinsam zur Party gehen. Sie starrte in ihr Glas Ginger Ale und schüttete es ins Spülbecken. Dann holte sie die Flasche Viognier aus dem Kühlschrank und goß sich den Rest vom letzten Abend in ein Weinglas.

Als sie wieder ins Wohnzimmer kam, erhob sich Walter Lamartine von seinem Stuhl. Er war groß, hatte ergrauendes blondes Haar und bewegte sich mit der Geschmeidigkeit eines ehemaligen

Tennisstars, den Thea und ihre Freundinnen seit jeher bewundert hatten. Erst jetzt wurde ihr klar, daß sie ihn deshalb so anziehend fand, weil er sie an ihren Schwiegervater erinnerte, den sie trotz des Kummers, den er seiner Familie bereitet hatte, liebte. Walter besaß das gleiche selbstsichere Auftreten, den gleichen Humor und die gleiche lässige Eleganz. Er roch sogar ähnlich wie ihr Schwiegervater, ein bißchen nach Tabak, frischer Wäsche und nach einem Hauch Pimentöl, das er nach dem Rasieren benutzte.

Walter wartete, bis sie Platz genommen hatte, bevor er sich selbst wieder setzte. Er kannte sie gut genug, um zu spüren, daß der Anruf sie beunruhigt hatte. Doch seine Manieren – und vielleicht der Wunsch, sich den gemütlichen Abend mit ihr nicht verderben zu lassen – hinderten ihn daran, Neugierde zu zeigen.

Während er die Karten wieder aufnahm, gestattete er sich einen fragenden Blick auf ihr Weinglas. Er selbst trank keinen Alkohol, gönnte sich höchstens einen Eistee. »Gibt's was zu feiern?«

Sie nahm die Frage als Aufforderung, ihm zu erzählen, was sie von Babs gehört hatte. »Ja, das Wiederaufleben einer schönen alten Tradition.«

»Welche denn?«

»Der Hahnenkampf.«

»Hier in der Gegend?«

»Direkt in der Nachbarschaft.«

»Oh. Ich verstehe.«

Sie nahm ihre Karten auf. Eigentlich war ihr die Lust zum Spielen vergangen, doch sie wollte Walter nicht enttäuschen. Genau wie sie war er glücklich verheiratet gewesen, hatte seine Partnerin früh verloren und nicht wieder geheiratet. Seit seiner Pensionierung kam er im Sommer immer am späten Samstag nachmittag vorbei, um eine Runde Karten mit ihr zu spielen oder einfach nur auf der Veranda zu sitzen und zu plaudern. Es war zu einer Art Ritual geworden, das sie beide nicht mehr missen wollten, obwohl Thea nicht genau hätte sagen können, warum. Vermutlich funktionierte ihre Freundschaft so gut, weil sie ganz genau wußten, daß sie als Ehepartner füreinander nicht in Frage kamen. Beide liebten ihre Freiheit und ihre Eigenheiten.

Es folgte ein kurzes Schweigen, in dem sie ihre Karten ausspielten. »Wahrscheinlich geht's um Geld«, sagte er dann.

»Anscheinend um Tausende.«

»Verstehe.«

Während sie sich ihrem Blatt zuwendete, spürte sie seinen Blick. »Und was willst du dagegen unternehmen?« fragte er einen Moment später.

»Es geht mich nichts an.«

»Aber Julia vielleicht.«

Sie hob den Blick. »Wäre sie mitschuldig?«

»Nicht, wenn sie nichts davon wußte.«

»Dann ist es besser, wenn sie nichts davon erfährt.«

Thea war sich sicher, daß Walter genau verstand, was sie damit sagen wollte. Wenn Julia von den Hahnenkämpfen erfuhr, würde sie Burke zur Rede stellen. Allerdings hatte der sich in letzter Zeit herzlich wenig um die Meinung seiner Frau geschert, wenn sie seinen eigenen Plänen im Weg stand. Julias merkwürdiges Verhalten vom Vorabend ließ vermuten, daß ihre Auseinandersetzungen heftiger geworden waren. Thea wollte sie aus der Sache heraushalten. Vielleicht wäre es das beste, Burke eine Warnung von halboffizieller Seite zukommen zu lassen. Wen könnte sie darum bitten? Auf jeden Fall durfte er nicht erfahren, daß die Warnung eigentlich von ihr kam.

Walter gab die Karten neu. Während Thea ihr Blatt ordnete, dachte sie wieder, wie selbstsüchtig es von ihr gewesen war, ohne den geringsten Widerspruch in Julias Ehe mit Burke einzuwilligen. Damals hatte sie geglaubt, daß sie mit ihren Einwänden ohnehin nichts bewirken und eher alles nur noch schlimmer machen würde. Sie konnte ja nicht davon ausgehen, daß der Junge den Charakter seiner Mutter geerbt hatte. Fay Louden war tot, und der von ihr angerichtete Schaden gehörte der Vergangenheit an. Thea hatte sich nicht von ihren eigenen Vorurteilen leiten lassen wollen, doch rückblickend mußte sie erkennen, wie egoistisch sie gewesen war. Unterbewußt wünschte sie sich wohl, daß Julia Burke heiratete, und zwar aus denselben Gründen wie diese – um Greengrove zurückzugewinnen. Wie kompliziert doch die Beweggründe der Menschen waren! Und wie sehr sie sich selbst betrogen!

»Erzähl mir von deinen Erfolgen auf dem Tennisplatz, Walter«, sagte sie mit gespielt fröhlicher Stimme. »Wie viele hast du heute zur Strecke gebracht?«

Sie ging davon aus, daß Walters Manieren ihn daran hindern würden, ein Thema weiterzuverfolgen, von dem sie so deutlich abgelenkt hatte. Doch als er nun tatsächlich über Tennis redete, wünschte sie sich, sie könnte mit ihm über ihre Probleme sprechen. Nur zu gern hätte sie ihm anvertraut, wie sehr die Neuigkeiten von Babs sie bedrückten. Doch irgend etwas hielt sie zurück. Vermutlich ihr Stolz, denn Walter hatte ihr einmal in einem unbedachten Moment gestanden, daß er so gern zu ihr komme, weil sie sich nie beklage oder jammere, sondern immer guter Laune sei.

Nachdem er seine Tennisanekdoten beendet hatte, spielten sie ein paar Minuten schweigend weiter. Ein- oder zweimal sah Walter sie überrascht und ein wenig tadelnd an, weil er einen Punkt zu mühelos errungen hatte. Er gewann gern, aber nicht kampflos.

»Wenn du so weitermachst, gehe ich als reicher Mann nach Hause«, sagte er, während er ihre Punkte auf einem Block eintrug. Ihr Einsatz änderte sich je nach Jahreszeit, war jedoch immer etwas Eßbares. An diesem Abend spielten sie um Obst, seine Pfirsiche gegen ihre Aprikosen. Walter war sehr stolz auf den einen Pfirsichbaum der Sorte Indian Blood Cling, der in seinem Garten wuchs. Er behauptete, jeder seiner Pfirsiche sei ein Dutzend von Theas kleinen Aprikosen wert, doch Theas auf Spalier gezogene Angelica-Aprikosen gab es in keinem Geschäft zu kaufen, weshalb sie sie für einen gleichwertigen Einsatz hielt. Jetzt wurde Walters Ton wieder ernst. »Es gibt da noch etwas, das ich dich fragen wollte.«

»Nur heraus damit.«

Sie sagte das leichthin, obwohl die Art, wie er es sagte, sie beunruhigte. An seinem Zögern erkannte sie, daß er nur ungern mit der Sprache herausrückte. Und vermutlich wollte sie es auch nicht hören. Er überbrückte den kurzen Augenblick des Unbehagens, indem er die Karten mischte. Er ging immer alles mit Bedacht an. Das laute Brummen der Klimaanlage schien das Zimmer zu erfüllen.

»Findest du's nicht ein wenig kühl hier drin?« fragte sie unvermittelt, noch bevor er was sagen konnte. »Vielleicht sollte ich die Klimaanlage ein wenig herunterdrehen.«

»Mir ist eher warm. Aber ganz wie du meinst.«

Erst jetzt bemerkte sie die Schweißperlen auf seiner Stirn. Er schwitzte sonst selten, außer beim Tennisspiel. »Ich hol' mir lieber noch was zum Anziehen«, sagte sie. »Bin gleich wieder da.«

Während sie in der Flurgarderobe herumwühlte, fragte sie sich, warum sie so feige war. Schon beim geringsten Hinweis auf schlechte Nachrichten flüchtete sie. In ihrem Alter sollte sie eigentlich ein dickeres Fell haben, statt dessen zitterte sie wie Espenlaub. Als sie sich ein Staubkorn aus dem Auge wischte, spürte sie die Vorboten einer Migräne.

Zwischen den Wintermänteln fand sie den Pullover, den sie suchte. Er war so fest eingeklemmt, daß sie die Mäntel mit Gewalt auseinanderschieben mußte. Ungeduldig zerrte sie an einem Plastikbügel, der prompt kaputtging. Nachdenklich starrte sie erst auf ihren abgebrochenen Fingernagel und dann auf den Pullover, der jetzt auf einem Haufen schmutziger Überschuhe lag. Seufzend bückte sie sich, um ihn aufzuheben. Als sie wieder hochkam, schlug sie mit dem Kopf gegen die Schachtel mit den Schals, die über den Rand des oberen Fachs ragte. Noch bevor sie die Schachtel auffangen konnte, fiel sie herunter, und Schals, Handschuhe und alte Socken landeten auf dem Garderobenboden. Thea knallte die Tür hinter sich zu.

»Was stellst du denn da draußen an?« rief Walter in amüsiertem Tonfall aus dem Wohnzimmer. »Brauchst du Hilfe?«

»Nein, ich bräuchte eher jemanden, der mir die Fenster putzt«, rief sie. Sie legte sich den Pullover um die Schultern und machte sich auf die Suche nach ihren Migränetabletten. Nachdem sie sie in ihrer Handtasche gefunden hatte, nahm sie zwei davon mit etwas Wasser ein. Plötzlich verspürte sie das Bedürfnis, allein zu sein.

Walter hatte in der Zwischenzeit die Karten wieder eingesammelt und aufgeräumt. »Ich muß gehen«, sagte er, als habe er ihre Gedanken erraten. »Aber laß mich vorher noch meine Frage loswerden.« Er deutete aufs Sofa, und sie nahmen beide Platz.

»Manchmal erfahre ich Dinge, die meine Freunde betreffen, über die ich aber nicht offen reden darf«, begann er mit ernster Miene. »Bitte nimm's mir nicht übel, aber ich muß dich fragen, ob du irgendwelche finanziellen Risiken eingegangen bist.« Er errötete vor Verlegenheit. »Ich will sagen, hast du deine Geldangelegenheiten selbst in der Hand?«

Ach, er redet nur über mein Geld, dachte Thea erleichtert. »Walter«, neckte sie, »willst du mir etwa deine Dienste als Finanzberater anbieten?«

»Nein, zum Teufel.« Das war der schlimmste Fluch, der Walter je über die Lippen kam. »Ich will nur sichergehen, daß du dein Schicksal selbst in der Hand hast, finanziell gesehen.« Er sah sie mit einem durchdringenden Blick an. »Du hast dein Geld doch nicht jemand anderem in der Familie anvertraut?«

Jetzt wußte sie, worauf er hinauswollte. Er bot ihr an, sich ihm anzuvertrauen, doch plötzlich wollte sie das nicht mehr. »Die Erfahrungen meines Schwiegervaters haben mich in Geldfragen zu einem sehr konservativen Menschen gemacht. Das bißchen, das ich habe, lasse ich so lange wie möglich auf der Bank. Ich weiß, das ist ein wenig kurzsichtig, aber dafür kann ich nachts ruhig schlafen.« Dann beugte sie sich vor, um ihn leicht am Knie zu berühren. »Aber danke, daß du dir so viele Gedanken machst, Walter. Ich verspreche dir, mich sofort an dich zu wenden, wenn mir jemand Schlangenölaktien andrehen sollte.«

»Tu das. Obwohl mir die Schlange mehr Sorgen machen würde als das Öl.« Walter hielt nicht viel von Burke. »So, und jetzt sammle ich wohl lieber meinen Gewinn ein und verschwinde, bevor das Glück mich verläßt.«

»Willst du nicht doch heute abend mit mir und Sadie zu Julias Party kommen?«

Er schüttelte den Kopf. »Du weißt doch, wie sehr Partys mich langweilen. Wünsch ihr von mir alles Gute zum Geburtstag.«

Sie sah ihm zusammen mit Bismarck von der Veranda aus nach. Ob er beleidigt war? Warum hatte sie die Situation nicht besser im Griff gehabt?

»Ist das Walter, der da fährt?« fragte Sadie hinter ihr. »Konntest du ihn nicht überreden, doch mit zur Party zu kommen?« Sie hatte sich ein großes Handtuch um den Leib geschlungen, und ihre Haare ringelten sich noch feucht vom Bad. Sie sah einfach hinreißend aus, fand Thea. Allerdings würde Sadie ihr wohl kaum glauben, wenn sie ihr das sagte, weil sie von Kindesbeinen an im Schatten ihrer hübschen älteren Schwester gestanden hatte.

»Nein, ich konnte ihn nicht überreden. Doch ehrlich gesagt, habe ich mich auch nicht besonders bemüht. Ich weiß selbst nicht mehr, ob ich hingehen kann. Ich bekomme Kopfschmerzen.«

Sadie sah besorgt aus. »Zuviel Walter?« fragte sie mitleidig. »Oder vielleicht zuwenig?« Wenn es um Walter Lamartine ging, war sie sehr sensibel.

Thea lächelte. »Es hat nichts mit Walter zu tun. Vielleicht war ich heute nachmittag bei der Gartenarbeit einfach zu lange in der Sonne. Ich werde mich ein wenig ausruhen.«

In ihrem kühlen, verdunkelten Schlafzimmer legte sie sich mit einem Schal über den Augen aufs Bett und dachte über Julia nach. Eigentlich sollte dies ihr Abend sein, doch die Party würde unweigerlich zu der ihres Mannes werden, der Julias Geburtstag für seine eigenen Zwecke nutzte. Und wie immer würde Julia das Aushängeschild sein und die Gäste mit ihrem Charme bezaubern.

Die Migräne wurde stärker. Sie griff in die Schublade ihres Nachttisches und suchte nach dem starken Medikament, das sie nur nahm, wenn ihr keine andere Wahl mehr blieb. Dann ließ sie sich zurück in die Kissen sinken und schloß resigniert die Augen.

16

Sadie stand auf dem Rasen vor Greengrove und wartete auf Will. Sie beobachtete, wie der Dunst langsam die Hügel einhüllte. Den ganzen Tag über war ihr die Begegnung vom Morgen durch den Kopf gegangen. Einerseits konnte sie es nicht erwarten, Will wiederzusehen, andererseits beunruhigte sie die Reaktion, die er in ihr ausgelöst hatte. Es schienen unweigerlich Probleme auf sie zuzukommen, denen sie lieber aus dem Weg gegangen wäre.

In den Bäumen hörte sie das leise Gurren einer Taube. Das Geräusch machte sie ein wenig melancholisch. Der Virginia-Virus, so hatte sie dieses Gefühl getauft, jene Sehnsucht nach dem, was für alle Zeiten verloren war. In Los Angeles erlag Sadie diesem Virus fast nie. Dort wollte der Tag sich nicht leise verabschieden, sondern forderte sie bis spät in die Nacht hinein.

Vielleicht setzte sich bei ihr doch noch das Jardine-Erbe durch, dachte sie, während sie nach einem Moskito an ihrem Fußgelenk schlug. Vielleicht war sie Julia ähnlicher, als sie dachte.

Als sie sich früher am Tag trafen, hatte Julia wie am Abend zuvor etwas abwesend und nervös gewirkt; sie wollte nicht reden, aber Sadie auch nicht gehen lassen, als diese sich verabschiedete.

Nur in Gesellschaft von Katherine Louden schien Julia sich zu entspannen. Sadie schrieb die offensichtliche Nähe zwischen den beiden einer wechselseitigen Abhängigkeit aus Schwäche zu. Aber die Beziehung der beiden ging tiefer. Katherine weckte den Beschützerinstinkt ihrer Schwester, der sonst nur Tieren vorbehalten war. »Natürlich mag ich sie«, erwiderte Julia lächelnd, als Sadie sie später beim Abschied darauf ansprach. »Sie erinnert mich an dich.«

Aus dem Haus am Ende des Rasens drangen Musik und Gelächter. Doch hier, wo das Gelände sanft zu den mit dichtem Gebüsch bewachsenen Hügeln abfiel, war es still. Durch die Bäume erhaschte Sadie einen Blick auf den Fluß. Ein kühler, frischer Geruch mit einem Hauch Bergamotte stieg aus dem langen Gras auf.

Sie warf einen Blick auf ihre Armbanduhr. Hoffentlich hatte Will es sich nicht anders überlegt! Doch es war noch nicht acht.

Sie überlegte, ob sich hinter seinem anfänglichen Zögern, ihre Einladung anzunehmen, mehr verbarg als nur der Wunsch, nicht stören zu wollen.

Auf der Flucht vor den Moskitos und ihren Gedanken ging sie jetzt aufs Haus zu.

In der Dämmerung wirkte das alte Farmhaus von außen noch immer so wie zu Zeiten ihres Großvaters. Dies war der Landsitz eines wohlhabenden Mannes, der den Fluß von seiner Anhöhe aus majestätisch überblickte. Schön restauriert und mit einem großen modernen Anbau auf der Rückseite, der mit dem alten Stil harmonierte. Vorne verlief eine Veranda über die ganze Breite des Hauses. Sie bot Aussicht auf sanft geschwungene Rasenflächen und uralte Bäume. Die sechs kleinen Nebengebäude – die ehemalige Milchkammer, das Pumpen-, das Räucher-, das Küchen- und das Eishaus sowie das Büro des Verwalters – schienen wie versprengte Entenküken von links über den Hügel auf das Haupthaus zuzulaufen. Die ehemaligen Stallungen lagen etwas weiter entfernt. Als Kind hatte sie in Greengrove immer ein eigenes kleines Dorf gesehen. Vielleicht sogar eine eigene kleine Welt.

In der Auffahrt standen viele Autos, einige mit Diplomaten-Kennzeichen. Eine ganze Reihe von Burkes Geschäftspartnern war aus Washington gekommen. Die restlichen Autos gehörten Nachbarn und Freunden.

Sadie brach einen Myrtenzweig ab. Als sie sich umwandte, sah sie ihren Schwager die Stufen herunterkommen und über den Rasen auf sie zugehen. Sie verfluchte sich insgeheim, daß sie sich allein und unvorbereitet von ihm hatte erwischen lassen.

Er trug einen cremefarbenen Anzug. Auf seinem breiten roten Gesicht lag ein strahlendes Lächeln.

»Sadie.« Er sprach ihren Namen aus wie ein ehemaliger Liebhaber. Verführerisch, aber auch ein wenig spöttisch.

»Hallo, Burke.« Fast hätte sie seinen Tonfall imitiert, um sich ihrerseits über ihn lustig zu machen, doch das hätte auf eine Vertrautheit hingedeutet, die es zwischen ihnen nie gegeben hatte.

»Ich habe dich kommen sehen und auf dich gewartet, um dich zu begrüßen. Doch als du dann nicht aufgetaucht bist, habe ich gedacht, der Berg muß wohl zum Propheten gehen.«

Er stand mit gespreizten Beinen da, die Hände in den Hosentasche, das Jackett offen, darunter eine weiße Hemdbrust und eine rote Krawatte. Er war jetzt um die Fünfzig und erinnerte Sadie an Porträts von Heinrich dem Achten.

Er deutete auf den Myrtenzweig in ihrer Hand. »Ist das ein Olivenzweig?«

»Warum? Sind wir Feinde?«

»Ich hoffe nicht. Aber sonderlich freundlich gehst du schon lange nicht mehr mit mir um.«

Sie ignorierte die Bemerkung. »Wo ist Julia?«

»Sie zieht sich für die Party um. Du solltest mittlerweile wissen, daß sie nie rechtzeitig fertig ist.« Er musterte sie anerkennend. »Tolles Kleid.«

Als sie nicht reagierte, sagte er: »Ich bin froh, dich allein zu treffen. Ich wollte etwas mit dir besprechen.«

»Mir wär' lieber, wir könnten das auf ein anderes Mal verschieben. Ich warte auf jemanden. Ich wollte ihm gerade entgegengehen.«

»Wen erwartest du denn?«

»Will Griffin.«

Er wirkte nicht überrascht. »Julia hat erwähnt, daß du ihn eingeladen hast.«

»Ich dachte, das gehört sich so unter Nachbarn.«

»Ich freue mich, daß er kommt. Mit ihm wollte ich auch sprechen.«

»Armer Kerl.«

Die kleine, boshafte Bemerkung amüsierte ihn nur. »Oh, das wird er schon packen. Soll ja ein knallharter Typ sein. Und durchsetzungsfähig.«

»Was willst du damit sagen?«

»Du bist intelligent genug, um das selbst zu wissen.«

»Du glaubst, daß er Minty überredet hat, ihm die Hälfte von Little Grove zu vererben? Warum, um Himmels willen, sollte er das wollen? Ich könnte mir vorstellen, daß er was Besseres wüßte.«

Burke betrachtete sie wieder amüsiert, als sei ihre Frage sehr naiv. Er schaffte es immer, daß sie sich wie ein dummes Schulmädchen vorkam.

Er schien zu spüren, was sie empfand, und wurde wieder ernst. »Na ja, vielleicht war es nur einer von Mintys exzentrischen Einfällen. Von denen hatte sie wahrlich genug. Doch für mich war es ein ziemlicher Schlag, daß sie das Land zwei Menschen vermacht hat, die einander nicht kennen und noch nie irgendein Interesse an dem Besitz gezeigt haben. Und Julia gegenüber war es einfach unfair.«

»Ist das Julias Meinung?«

Er gab sich erstaunt. »Du fragst mich nach Julias Meinung? Schließlich hast du mir einmal gesagt, ich hätte nicht die geringste Ahnung davon, was deine Schwester denkt und fühlt.«

Wütend versuchte Sadie, an ihm vorbeizukommen, doch er hielt sie mit ausgestreckter Hand auf, ohne sie zu berühren. Sie ärgerte sich, daß sie sich von dieser Geste einschüchtern ließ.

»Komm, Sadie, laß uns nicht streiten. Ich möchte, daß wir Freunde werden«, sagte er im Brustton der Überzeugung. »Ich will dir sogar ein ausgesprochen freundschaftliches Angebot für deinen Anteil von Little Grove machen.«

Mußt du denn alles an dich reißen?, hätte sie ihn am liebsten gefragt. Laut sagte sie jedoch, sie wisse noch nicht, was sie mit ihrem Anteil machen wolle.

»Laß dir mit der Entscheidung nicht zu lange Zeit. Ihr lebt beide nicht hier, deshalb wird das Anwesen verwildern und im Wert sinken. Man braucht eine Menge Geld, um so was zu unterhalten, auch wenn das Grundstück so klein ist wie Little Grove. Für Minty war das kein Problem, sie hatte genug Geld.« Womit er ganz richtig andeutete, daß Sadie keins besaß. »Warum willst du es behalten? Dich verbindet doch nicht soviel mit dem Land wie Julia und deine Vorfahren.« Dann nahm seine Stimme einen leicht schmeichelnden Tonfall an. »Meinst du nicht, daß es ein wunderbares Geburtstagsgeschenk für Julia wäre? Wir könnten sie heute abend damit überraschen. Das würde sie glücklich machen. In letzter Zeit war sie ziemlich niedergeschlagen.«

Wenn sie ihren Schwager nicht besser gekannt hätte, wäre sie vielleicht auf seinen Vorschlag hereingefallen, denn an seiner Liebe zu Julia hatte sie nie gezweifelt. Nur die Art, wie er diese Liebe zum Ausdruck brachte, gefiel ihr nicht. Sie konnte sich unzählige Gründe für die Niedergeschlagenheit ihrer Schwester vorstellen, und die meisten davon hatten wohl mit Burke zu tun.

»Warum überschreibst du Julia nicht einfach ein paar Hektar von Greengrove?« konterte sie clever. Nicht einmal für einen geliebten Menschen würde Burke sich von etwas trennen, das ihm gehörte, da war sie sich ganz sicher.

Zum erstenmal schien ihm unbehaglich zumute zu sein. Er zupfte verlegen an seinem Ohrläppchen herum. »Das ist im Moment leider nicht möglich. Vielleicht später einmal. Außerdem steht ihr moralisch gesehen ein Teil von Little Grove zu. Man kann einen Menschen nicht jahrelang in dem Glauben lassen, daß man ihm etwas schenken wird, und es sich dann anders überlegen.«

»Ich verstehe gar nicht, warum du mich bittest, meine Hälfte zu verkaufen. Solltest du da nicht lieber mit Will reden?«

»Das habe ich vor. Ich werde ihm dasselbe Angebot machen wie dir.« Die Summe, die er ihr nannte, benahm ihr den Atem. Als er ihr Zögern bemerkte, sagte er: »Denk darüber nach. Auf dem freien Markt wirst du nicht mehr bekommen. Insbesondere wenn noch ein Mitbesitzer im Spiel ist. Außerdem hast du ja damals, als du gegangen bist, selbst gesagt, daß du nicht hier leben willst.«

War es die unverhohlene Verachtung in seiner Stimme oder die Erinnerung an ihre frühere Unsicherheit, die so heftige Gefühle in ihr auslöste? Jetzt war sie wild entschlossen, ihren Besitz zu behalten. Burke und seine Familie hatten ihnen schon zu viel genommen. Little Grove würden sie nicht bekommen.

Offenbar verriet ihr Gesicht ihre wahren Gefühle, denn plötzlich wurde er rot vor Zorn.

»Darf ich?« Noch bevor sie reagieren konnte, hatte er ihr den Myrtenzweig entrissen. »Weißt du«, sagte er im Plauderton, wobei er mit einem Finger die Blüten wegschnipste, »vor Jahren habe ich in Südostasien eine Pflanze mit Blüten gesehen, die diesen hier glichen. Der Typ, mit dem ich zusammen auf Patrouille ging, hat mir von einem Aberglauben der Hochlandbewohner erzählt: Man muß diese Blüten nur heimlich auf die Füße eines Feindes streuen –

und schon gibt er einem das, was man als nächstes von ihm verlangt.«

Er begann die Blüten abzustreifen und über ihre Schuhe zu streuen. Dann zerbrach er den Zweig, warf die beiden Teile fort, drehte sich um und ging zum Haus zurück.

17

Will schlüpfte in ein weißes Hemd und eine weite Hose. Sonst hatte er nichts dabei, was als Partykleidung in Frage gekommen wäre. Er beschloß, zu Fuß nach Greengrove zu gehen. Nachdem er den Nachmittag damit verbracht hatte, die Hütte etwas gemütlicher und die Veranda eine Spur sicherer zu machen, hatte er das dringende Bedürfnis, sich ein wenig die Beine zu vertreten. Auf Sadies Rat hin entschied er sich für den ausgefahrenen Feldweg, der sich durch Wiesen dahinschlängelte und zwischen flachen Hügeln gelegentlich in eine bewaldete Senke führte. Der Weg war mit weichem rotem Staub bedeckt, der an den Aufschlägen von Wills Hose hängenblieb. Der Duft von Kiefern, Heu und Geißblatt sowie das gleichförmige Summen der Insekten erfüllten die schwüle Luft. In den Bäumen sangen Drosseln.

Während er dahinschlenderte, spürte er, wie sehr er sich darauf freute, die beiden Schwestern wiederzusehen. Den ganzen Tag waren sie wie Schmetterlinge durch seine Gedanken geflattert. Er fand jede auf ihre Art faszinierend, ahnte aber, daß sie sich selbst mit dem größten Netz nicht einfangen ließen. In gewisser Weise waren sie natürlich schon ins Netz gegangen: Julia Louden war verheiratet, Sadie verlobt.

Der Weg führte Will durch mehrere Tore und wurde streckenweise von hohen Bäumen gesäumt, deren Äste so etwas wie einen Bogengang bildeten. Will hielt nach Teufelswürfeln Ausschau, fand aber nur die harten, runzligen Schalen schwarzer Walnüsse und hin und wieder einen Brocken weißen Quarz, der vom Lehm rotbraun gefärbt war. Nach fünfzehn Minuten, in denen er lediglich ein paar Waldmurmeltiere, Schafe und ein Reh sah, erreichte er das letzte Tor. Hier ging der Feldweg in eine Zufahrt mit weißem Kies über, die zwischen grünen Rasenflächen zu einem weitläufigen, schönen Farmhaus führte, das von Nebengebäuden und mächtigen Bäumen eingerahmt wurde. Auf dem Gras parkten Dutzende von Autos.

Als er näher kam, bemerkte er einen Mann und eine Frau, die neben einer ausladenden Magnolie standen. Die Frau, das erkannte er sofort, war Sadie Jardine. Obwohl er aus dieser Entfernung das Gesicht des Mannes noch nicht so deutlich sehen konnte, hatte er den Eindruck, daß es Unstimmigkeiten zwischen den beiden gab. Sadie schien, eingeschüchtert von der massigen, mit einem weißen Anzug bekleideten Gestalt des Mannes, auf den Boden zu starren. Sofort verspürte Will das Bedürfnis, Sadie zu beschützen, und er beschleunigte seine Schritte. Aber bevor er ihr zu Hilfe eilen konnte, drehte der Mann sich plötzlich um und verschwand in Richtung Haus.

Sadie war so sehr mit sich selbst beschäftigt, daß sie Will zuerst gar nicht bemerkte. Reglos wie eine Statue stand sie im Schatten der Magnolie. Sie trug ein dunkles, schimmerndes Kleid, das ihre Haut sehr weiß, fast leuchtend wirken ließ. Ihr volles, lockiges Haar war im Nacken zu einem Knoten geschlungen, aus dem sich ein paar Strähnen gelöst hatten. Einen Moment lang erschien sie Will wie eine Gestalt aus einem viktorianischen Gemälde: ein nachdenkliches, sanftmütiges Mädchen, das im Garten geduldig auf seinen Geliebten wartete. Allerdings sagte ihm sein Gefühl, daß Sadie weder sanftmütig noch geduldig war.

Das Knirschen des Kieses unter seinen Füßen ließ sie erschrocken zusammenzucken und den Kopf heben. Einen Moment lang erinnerte ihr Blick Will an ein in die Enge getriebenes Tier, doch als sie ihn erkannte, hellte sich ihre Miene sofort auf, und sie lächelte.

»Sie sind es! Ich bin so froh, daß Sie da sind!« Aus ihrer Stimme klang so große Erleichterung, daß Will beinahe tröstend den Arm um sie gelegt hätte. »Ich hatte schon befürchtet, Sie hätten es sich anders überlegt.«

»Ich bin zu Fuß gekommen. Tut mir leid, daß Sie warten mußten. Aber wenigstens waren Sie nicht allein.«

Sie runzelte die Stirn. »Das war mein Schwager. Er wollte, daß ich ihm meinen Anteil an Little Grove verkaufe.«

Das erklärt einiges, dachte Will, während sie auf das Haus zugingen.

»Sie haben abgelehnt?« fragte er.

»Das alles hier gehört ihm«, antwortete sie mit einer ausladenden Handbewegung. »Ich sehe nicht ein, warum er Little Grove auch noch haben soll.«

Sie betraten das Haus. Will wußte nicht genau, was er erwartet hatte, aber bestimmt nicht dieses elegante postmoderne Ambiente. Die ineinander übergehenden Räume hatten helle, glänzende Holzböden und melonenfarben gestrichene Wände. Rechts von der großzügigen Diele befand sich das zwei Stufen tiefer liegende Wohnzimmer, in dem freistehende Säulen wie ein Miniatursäulengang der geschwungenen Linie der Wand folgten. Sie lenkten den Blick zu einer großen Skulptur, die sich aus einer zerbrochenen kannelierten Säule, einem umgekippten Giebeldreieck und einem großen runden Ball zusammensetzte.

Sadie ermahnte ihn zu lächeln und zu nicken, aber nicht stehenzubleiben. »Sobald eine von diesen Damen Sie in den Fängen hat, entkommen Sie nicht mehr. Und ich möchte, daß Sie als erstes Julia kennenlernen.« Sie nahm ihn fest am Arm, lotste ihn um die verschiedenen Grüppchen herum, die sich plaudernd in der Diele drängten, und führte ihn von dort aus weiter ins Eßzimmer, einen traditionelleren Raum, der eine förmliche Eleganz ausstrahlte. Auf einer langen, mit einem weißen Tischtuch bedeckten Tafel war ein Büfett aufgebaut. Hier mußte Sadie Will mehreren Leuten vorstellen, zog ihn aber gleich wieder weiter in Richtung Küche.

Sie war riesig, ein heller, moderner Raum mit schimmernden Glasfronten und blau gefliesten Arbeitsflächen. Mehrere Kellner waren damit beschäftigt, Tabletts zu beladen und Teller zu arrangieren. Regie führte dabei eine attraktive Asiatin mit dem geschmeidigen Körper einer Tänzerin und pechschwarzem, zu einem dicken Zopf geflochtenem Haar. Sie trug ein ärmelloses blaues Etuikleid.

»Hallo, Mei«, sagte Sadie, »das Essen sieht phantastisch aus!«

Die Frau drehte sich um und lächelte Sadie an, während sie eine Platte gefüllter Salatblätter mit Basilikum garnierte. Bevor sie die Platte einem der Kellner in die Hand drückte, bot sie ihnen eine Kostprobe davon an. Will sah sofort, von wem Jordan Vann die dunklen Augen geerbt hatte. Als Sadie Will vorstellte, murmelte Mei Vann höflich, sie und ihr Mann freuten sich, ihn als Nachbarn zu haben.

»Die Freude ist ganz auf meiner Seite«, antwortete Will. »Jordan und Ihren Mann habe ich bereits kennengelernt.«

»Ja, ich weiß. Mein Sohn hat mir erzählt, daß Sie ihm gestern abend in Little Grove begegnet sind. Er hofft, daß Sie ihm nicht böse sind. Mrs. Stratton hat ihm immer erlaubt, seine Freunde mitzubringen. Sie hat ihm vertraut.«

Will konnte ihren Ton genauso schwer einschätzen wie ihren Blick, aber ihm war klar, daß sie sich wegen Jordan Sorgen machte. Er versicherte ihr, daß er keineswegs böse sei. »Ich bin beeindruckt, wie fachmännisch er sich um die Weinstöcke gekümmert hat.«

Ihre Miene hellte sich auf. »Jordan hat es immer schon Spaß gemacht, in den Weinbergen zu arbeiten.« Dann entschuldigte sie sich, weil sie ein weiteres Gericht vorbereiten mußte.

»Worum ging es denn da eben?« fragte Sadie Will, während sie eine enge Hintertreppe hinaufstiegen, die zum ehemaligen Dienstbotentrakt führte, einem Labyrinth aus cremefarben gestrichenen Gängen, an deren Wänden alte Drucke, Fotos und goldgerahmte, mit den Jahren blind gewordene Spiegel hingen. Ein abgetretener blau-roter Läufer bedeckte einen Teil der unebenen Holzdielen, die unter ihren Schritten ächzten. Will erzählte ihr, daß er bei seiner Ankunft in Little Grove den Eindruck gehabt hatte, Jordan sei nicht allein gewesen. Da erklärte Sadie ihm, daß wahrscheinlich Katherine, Burkes Tochter, bei ihm gewesen sei. »Julia meint, Burke ist nicht gerade begeistert darüber, daß die beiden sich so gut verstehen.«

»Ist er Rassist?«

Sie schüttelte den Kopf. »Er ist Pragmatiker. Wenn er etwas von dir will, dann interessiert ihn die Hautfarbe nicht. Ich glaube, es hat eher damit zu tun, daß Clayton nie für ihn arbeiten wollte. Die Leute hier in der Gegend bewundern Clay, und aus seiner Weigerung schließen sie, daß Burke nicht ganz so edel ist wie er vorgibt. Das gefällt Burke natürlich nicht – ganz abgesehen davon, daß er es grundsätzlich nicht mag, wenn man sich ihm widersetzt.«

Sie traten in einen schmalen, niedrigen Gang mit drei Türen, von denen die hinterste in den Hauptflügel des Hauses führte. Die Tür zu ihrer Linken stand ein wenig offen, und durch den Spalt erhaschte Will einen Blick auf einen vollgestellten Raum mit dem Bett und Schreibpult eines Kindes. Am Kopfende des Bettes waren abgewetzte Plüschtiere aufgereiht, und auf der Tagesdecke lag das glitzernd grüne Kleid einer erwachsenen Frau. Da war plötzlich hinter der dritten Tür eine laute Mädchenstimme zu hören.

Will warf Sadie einen fragenden Blick zu, aber bevor sie ihm sagen konnte, wem die Stimme gehörte, wurde die Tür von einer kleinen, lebhaften Gestalt in einem kurzen roten Kleid aufgerissen, deren Haar weißblond gefärbt und deren hübsches, herzförmiges Gesicht vor Wut verzerrt war. Einen Augenblick lang blieb sie vor Zorn bebend auf der Schwelle stehen und starrte in den Raum zurück. Die Person, die sich darin befand, murmelte etwas, woraufhin das Mädchen gleichzeitig gequält und vorwurfsvoll ausrief: »Und ich habe geglaubt, du verstehst mich! Du müßtest doch inzwischen wissen, wozu er fähig ist!« Nach diesen Worten knallte sie die Tür zu und stürmte davon, ohne Will und Sadie überhaupt wahrgenommen zu haben.

Sadie sagte lächelnd: »Das war Katherine Louden.«

»Die Familienähnlichkeit läßt sich nicht verleugnen. Nach allem, was Sie mir erzählt haben«, fügte er schnell hinzu, als er ihren überraschten Blick bemerkte. »Sie scheint es genausowenig wie ihr Vater ertragen zu können, wenn etwas nicht nach ihrem Kopf geht.«

»Eigentlich ist sie gar nicht so schlimm. Bei ihr spielen zur Zeit bloß die Hormone verrückt.« Sie bat ihn zu warten, bis sie ihn bei ihrer Schwester angekündigt hatte. Dann klopfte sie und trat in das Zimmer, aus dem das Mädchen gerade herausgestürmt war.

Will lehnte sich gegen die Wand. Einen Augenblick später winkte Sadie ihn ins Zimmer. Ihre Schwester ziehe sich gerade an, erklärte sie, und werde sich gleich zu ihnen gesellen. Sie standen in einem kleinen gelben Raum, der abgewohnt, aber gemütlich chaotisch wirkte. Er war von den Renovierungen im Haus verschont geblieben und erschien Will – wie auch der restliche Teil des ersten Stockwerks – wie eine Art Refugium.

Sadie deutete auf eine kleine Federzeichnung an der Wand, ein Bild von einem Kelch mit zwei von Weinranken geschmückten

Griffen. »Die ist von Edwin«, erklärte sie. »Ich hab' Ihnen schon davon erzählt. Glauben Sie nicht auch, daß es sich dabei um einen Entwurf für das Mosaik handeln könnte?«

Er sah, was sie meinte. Die Zeichnung bestand nicht aus glatten Linien, sondern aus Hunderten von kleinen Quadraten. Noch bevor er sie nach der Bedeutung des Kelchs fragen konnte, ging die Verbindungstür auf, und Julia Louden trat in den Raum.

Sie trug das glitzernde grüne Kleid, das auf dem Bett gelegen hatte. Das rotblonde Haar war locker hinter die Ohren geschoben, an denen große Diamanten glänzten. Auch eines ihrer Handgelenke war mit Diamanten geschmückt. Ihm fiel auf, daß sie am anderen Handgelenk keinen Verband mehr trug. Das schüchterne Mädchen vom Vorabend hatte sich in eine elegante, selbstbewußte Frau verwandelt, die ihm nun mit einem Lächeln entgegentrat. Sie wirkte überhaupt nicht überrascht.

»Als Sadie unseren neuen Nachbarn beschrieb, war mir gleich klar, daß es sich nur um Sie handeln konnte«, sagte sie ruhig. »Ich hätte schon bei Ihnen vorbeigeschaut, aber ich wußte ja, daß ich Sie heute abend hier treffen würde. Ich hoffe, es geht Ihnen immer noch gut?«

»Ja, blendend. Und ich bin hocherfreut zu erfahren, wer meine barmherzige Samariterin ist.«

Sadie hatte das Gespräch zwischen Julia und Will erstaunt verfolgt. Jetzt sagte sie: »Ich habe das Gefühl, daß ich hier was nicht so ganz mitgekriegt habe!«

»Ich hatte gestern abend in der Nähe von Little Grove einen kleinen Unfall«, erklärte Will, »und landete im Graben. Ihre Schwester kam zufällig vorbei. Da wußte ich natürlich noch nicht, daß wir Nachbarn sind.«

Das stimmte zwar, entsprach aber nicht ganz der Wahrheit. Offenbar hatte Julia ebenfalls ihre Gründe, Sadie nicht einzuweihen, und er vermutete, daß diese genausoviel mit ihrem Mann zu tun hatten wie seine eigenen.

»Ich muß zu meiner Schande gestehen«, wandte sich Julia an Sadie, »daß ich mich aus dem Staub gemacht habe, als der Rettungsdienst eintraf.« Sie lächelte Will ein wenig verlegen an. »Aber hinterher habe ich ein schlechtes Gewissen gehabt, weil ich nicht geblieben bin.«

»Sie hätten sowieso nichts tun können. Ich fand es sehr mutig und freundlich von Ihnen, sich nachts auf der Straße allein um einen Fremden zu kümmern.«

Will sah Sadie an, die ziemlich verwirrt wirkte. Er wünschte, daß er offener zu ihr gewesen wäre. Ihre Schwester schien das gleiche Gefühl zu haben wie er, denn sie sagte zu Sadie: »Ich habe gestern abend nichts davon erwähnt, weil Mutter sowieso schon so aufgeregt war. Du weißt ja, daß sie es nicht mag, wenn ich nachts ohne die Hunde unterwegs bin. Und als du heute morgen hier warst, ist Katherine ins Zimmer gekommen, bevor ich Gelegenheit hatte, es dir zu erzählen.«

Nun folgte eine lange, etwas peinliche Pause, in der Sadie diese Erklärung zu verdauen versuchte – was ihr offensichtlich schwerfiel.

Nach einer Weile berührte Sadie die Diamanten am Handgelenk ihrer Schwester und sagte beiläufig: »Schönes Armband. Ein Geburtstagsgeschenk?«

Julia nickte errötend und antwortete, daß es von Burke sei. Mit gesenktem Kopf drehte sie das Armband. Die Steine funkelten im Licht.

In dem gleichen beiläufigen Ton fuhr Sadie fort: »Du hast nicht zufällig noch eins von den Armbändern, die Fanny Vann immer für uns gemacht hat? Du weißt schon, die aus Teufelswürfeln. Ich habe Will davon erzählt, wie gern wir diese Steine als kleine Mädchen gesammelt haben.« Sie erklärte Will, daß Clayton Vanns Mutter, die manchmal auf sie aufgepaßt hatte, Löcher in die Steine gebohrt und sie dann zu Halsketten und Armbändern aufgefädelt habe. »Meine eigenen sind leider schon längst verschwunden.«

»Du weißt doch, daß ich alles aufhebe.« Julias fröhlicher Ton ließ vermuten, daß sie über den Themenwechsel erleichtert war. Sie wendete sich dem Schrank zu und begann, in den Schubladen zu suchen.

»Paß bloß auf!« sagte Sadie in warnendem Tonfall. »Sonst geht es dir am Ende wie Mutter.« An Will gewandt fügte sie hinzu: »Das Haus unserer Mutter ist so mit Zeug vollgestopft, daß darin bald kein Platz mehr für sie selbst sein wird. Julia und ich befürchten, daß sie eines Tages in die Garage umziehen muß.«

Julia fügte hinzu: »Ich weiß noch, wie Daddy nach einem Streit mit ihr einmal zu mir sagte, er baue darauf, daß sie sich noch nie von etwas getrennt habe.« Beide Schwestern mußten lachen.

»Ich weiß nicht, warum er sich da so sicher war«, meinte Sadie in scherzhaftem Ton. »Mit Männern ist Mutter immer viel sorgloser umgesprungen als mit alten Zeitungen. Sie hat zahllosen Verehrern den Laufpaß gegeben, bevor sie Daddy geheiratet hat.«

»Ja, aber bei ihm war es anders.« Julia kniete inzwischen auf dem Boden, um in der untersten Schublade nachzusehen. »Ihn hatte sie immer geliebt – schon damals, als sie als kleines Mädchen die Sommerferien in Greengrove verbrachte und er, der bewunderte Cousin, bereits aufs College ging.«

»Da sehen Sie mal, Will, wie das ist mit den Frauen in unserer Familie«, scherzte Sadie. »Dieser Ort macht Männer für uns unwiderstehlich.« Als er sie lachend fragte, ob das auch für Little Grove gelte, antwortete sie verschmitzt: »Das macht Sie bloß für Burke unwiderstehlich.«

»Da ist es ja!« rief Julia aus, stand auf und hielt ihnen mit ausgestreckter Hand ein Armband aus winzigen Würfeln unterschiedlicher Größe hin, deren Braunschattierungen von Terrakotta bis Kaffee reichten. Will erkannte, daß es sich um die gleiche Art von Steinen handelte wie bei dem Mosaik von Little Grove. Julia schob das Armband über ihre rechte Hand. Auf ihrer hellen Haut wirkten die braunen Steine fast wie Juwelen. »Ich glaube, ich werde es heute abend tragen«, verkündete sie.

»Schade, daß Miss Fanny nicht mehr lebt«, meinte Sadie. »Es würde sie freuen, ihr Werk neben Burkes Diamanten zu sehen.«

Julia ging zur Tür. Sie sagte, sie müsse nun ihre Gäste begrüßen, und fragte Will in beiläufigem Ton, ob er ihren Mann schon kennengelernt habe.

»Noch nicht«, antwortete er, während sie auf den Gang hinaustraten.

»Was ist denn mit Katherine los?« fragte Sadie ihre Schwester.

Julia zuckte mit den Achseln. »Das übliche. Burke hat ihr befohlen, ein anderes Kleid anzuziehen. Er hat zu ihr gesagt –«, mit einem Blick auf Will hielt sie inne, »– na ja, er war jedenfalls nicht besonders taktvoll.«

Sie ging vor ihnen die Treppe hinunter und begrüßte die in der Diele versammelten Gäste mit einem strahlenden Lächeln. Während sich die Leute um sie scharten, rief sie Sadie über die Schulter zu, daß sie sich um Will kümmern solle. Sie selbst werde sich nach Burke umsehen.

»Sie sollten sich stärken, bevor Sie ihm gegenübertreten«, meinte Sadie. »Julia hat mir erzählt, daß heute abend nur Weine aus Virginia serviert werden. Es ist also eine gute Gelegenheit, auf Burkes Kosten unsere zukünftige Konkurrenz zu testen.«

Während sie an der Bar standen, die im Wohnzimmer aufgebaut war, und die verschiedenen Weine begutachteten, stieß eine auffallend attraktive Frau mit tief dekolletiertem, hautengem schwarzem Kleid versehentlich gegen Will und entschuldigte sich mit einem strahlenden Lächeln bei ihm, das deutlich weniger begeistert wirkte, als sie Sadie entdeckte.

Sadies Reaktion war ähnlich kühl, und sie wandte sich nach einer kurzen Begrüßung wieder dem Etikett der Weinflasche zu, die sie gerade in der Hand hielt. »Angeblich ist der hier recht gut«, sagte sie zu Will. Es war ein 1993er Cabernet Franc von einem Weingut namens Montdomaine Vineyards.

»O ja, den müssen Sie probieren!« drängte ihn die andere Frau. »Er ist wirklich köstlich.«

Will bestellte ein Glas beim Kellner.

»Sie werden es mir danken«, sagte sie mit verführerischem Lächeln. Will schätzte sie auf Anfang Vierzig. Sie war eine richtige Femme fatale, aber Will kannte diesen Typ Frau zu gut, um ihn mehr als oberflächlich anziehend zu finden.

Der Wein war gut. Trotzdem entschied sich Sadie für einen Chardonnay von Oakencroft Vineyard. Ihre Weigerung, der Empfehlung der anderen Frau zu folgen, hatte etwas Trotziges. Wahrscheinlich, so dachte Will, hatte Sadie keine sehr hohe Meinung von ihrer Gesprächspartnerin.

»Wie ich höre, hast du dich verlobt«, wandte sich die Frau an Sadie, ehe sie einen Schluck von ihrem Wein nahm. »Darf man euch beiden gratulieren?«

»Was mich betrifft, gern«, antwortete Sadie kühl. »Für Will kann ich allerdings nicht sprechen.«

Amüsiert erklärte Will der Frau, daß es ihm zwar schmeichle, für Sadies Verlobten gehalten zu werden, daß er aber nur in anderer Hinsicht ihr Partner sei.

»Das ist wahrscheinlich die beste Art von Partnerschaft«, antwortete die Frau. »Ich meine, wir müssen heutzutage alle aufpassen, was oder wem wir unseren Namen geben, nicht wahr? Sadie und ich haben uns erst gestern über dieses Thema unterhalten.« Sadie verschluckte sich fast an ihrem Wein, aber bevor sie oder Will etwas erwidern konnte, streckte ihm die Frau die Hand entgegen. »Aber Sie sehen aus wie ein Mann, dem eine Frau getrost ihren Namen anvertrauen könnte. Meiner ist übrigens Babs Filmer.«

»Will Griffin.«

»Ich freue mich, Sie kennenzulernen, Will.« Sie unterstrich ihre Worte mit einem tiefen Blick in seine Augen. »Burke hat Ihren Namen vor kurzem erwähnt«, fügte sie hinzu.

»Babs arbeitet für Burke«, mischte sich Sadie ein.

»Mit, nicht für«, korrigierte die andere Frau sie. Dann erklärte sie Will, daß sie für die Greengrove-Winery-Werbung verantwortlich sei.

»Wahrscheinlich wird Burke gleich selbst ein bißchen Werbung für sich machen«, meinte Sadie, während sie zum anderen Ende des Raums hinübernickte. Inzwischen hatten sich viele der Gäste dort versammelt, während andere gerade von draußen hereinkamen oder sich auf den Treppenstufen niederließen.

Burke Louden stand mit seiner Frau auf der oberen der beiden Stufen, die von der Diele ins Wohnzimmer hinunterführten. Burke sah sich mit breitem Lächeln um, während das von Julia Louden eher gezwungen wirkte. Ihr Mann hatte einen Arm um ihre Schulter gelegt. Unter dem anderen hielt er eine Holzschatulle, die mit einer Weinranke umwickelt war. Das Grün der Weinblätter, das sich leuchtend von seinem hellen Anzug abhob und genau die Farbe von Julias Kleid hatte, der goldene Schimmer im Haar der beiden, ihre Schönheit und ihr Reichtum – das alles verlieh dem Paar eine fast magische Ausstrahlung.

Auf Burkes Aufforderung hin klopfte ein Kellner mit einem Messer gegen eine Flasche, während andere Kellner zwischen den Gästen umhergingen und Gläser mit Champagner verteilten. Neben den Gläsern lagen auf jedem Tablett lose Etiketten, die die Gäste zusammen mit ihrem Getränk überreicht bekamen. Will erkannte auf dem Etikett das Weingut von Greengrove, für das der Kelch aus Edwins Zeichnung als Symbol verwendet worden war.

»Wie finden Sie es?« fragte Babs Filmer ihn. Sie stand dicht neben ihm und gewährte ihm einen tiefen Einblick in ihr Dekolleté. Als er antwortete, er finde den Entwurf bemerkenswert, lächelte sie. »Ich bin so froh, daß er Ihnen gefällt. Ich habe Burke dabei geholfen.«

Der Ausdruck auf Sadies Gesicht legte die Vermutung nahe, daß die beiden Frauen sich nicht besonders grün waren. Er warf Sadie einen fragenden Blick zu, aber sie zuckte nur mit den Achseln und wandte ihre Aufmerksamkeit wieder Burke zu, der wartete, bis sich das allgemeine Gemurmel gelegt hatte. Dann sagte er: »Wir sind heute abend hier zusammengekommen, um den Geburtstag der schönsten Frau zu feiern, die ich kenne.« Seine tiefe, selbstsichere, einschmeichelnde Stimme erfüllte den Raum – eindeutig die Stimme, die Will auf dem Band gehört hatte, und doch völlig anders.

Während Burke lächelnd wartete, bis sich der Beifall gelegt hatte, mit dem seine Worte aufgenommen worden waren, schlenderte Will zu einem freien Platz neben einem der Fenster hinüber, um das Gesicht das anderen Mannes besser zu sehen. Vielleicht war es diese Bewegung, die Burke auf ihn aufmerksam machte. Einen Moment lang blieb sein Blick an Will hängen, und das Lächeln verschwand aus seinem Gesicht. Ansonsten aber zeigte er keine Reaktion. Trotzdem wußte Will, daß Burke ihn erkannt hatte und seine Selbstsicherheit den Bruchteil einer Sekunde ins Wanken geraten war.

Burke sprach rasch weiter. »Es war nicht leicht, ein Geschenk zu finden, das einer Frau wie Julia würdig ist.« Er beugte sich zu ihr und küßte sie auf die Schläfe, während sie sehr überzeugend Verlegenheit und Freude heuchelte. »Ich glaube jedoch, daß ihr, wenn ihr den Inhalt dieser Schatulle seht, alle zustimmen werdet, daß ich es fast geschafft habe ...«

Hier legte er eine Kunstpause ein, ehe er mit einer schwungvollen, ganz auf Wirkung bedachten Bewegung die Weinranke von der Schatulle riß, den Deckel hob und sie in Julias Richtung drehte, damit diese den Inhalt als erste bewundern konnte. Will glaubte, so etwas wie Bestürzung auf ihrem Gesicht zu erkennen, bevor sie sich faßte und erfreut lächelnd zu ihrem Mann hinüberlehnte, um ihn auf die Wange zu küssen.

Burke bat Julia, den Inhalt der Schatulle herauszunehmen und den Gästen zu zeigen. Als sie das Geschenk hochhielt, sah Will, daß es ein silberner, mit Traubenornamenten verzierter Kelch war. Die Griffe waren gedrehten Weinreben nachempfunden. Sadie schnappte so laut nach Luft, daß Will sich nach ihr umdrehte. Ihr Gesicht war vor Wut rot angelaufen, und sie biß sich auf die Unterlippe.

»Es handelt sich hierbei um eine Nachbildung des Jefferson-Kelchs«, verkündete Burke gerade mit lauter Stimme, »den Thomas Jefferson einem von Julias Vorfahren einst überreichte. Der Originalkelch war aus Gold, aber wir werden wohl noch ein paar gute Ernten abwarten müssen, bis ich den nachbilden lassen kann!« Während seine Zuhörer höflich lachten, winkte er einem Kellner, der herbeieilte und den Kelch mit Champagner füllte. Dann nahm Burke ihn Julia aus der Hand und hob ihn hoch.

»Auf Julia!«

»Auf Julia!« wiederholten die Gäste.

»Heute in einem Jahr«, fuhr Burke fort, »werdet ihr auf Julias Geburtstag mit einem Wein anstoßen, der in Greengrove gewachsen ist. Deshalb möchte ich euch, liebe Gäste, nun alle auffordern, mit uns auch auf die Zukunft von Greengrove Winery anzustoßen!«

Nach diesem Trinkspruch sagte Sadie leise zu Will: »Jetzt brauche ich dringend ein bißchen frische Luft. Wie wär's, wenn wir uns was zu essen holen und nach draußen gehen?«

Babs Filmer legte Will die Hand auf den Arm. »Denken Sie an mich«, sagte sie mit einschmeichelnder Stimme, »wenn Sie jemals eine PR-Firma brauchen.« Mit diesen Worten entfernte sie sich, um eine andere Gruppe von Gästen zu begrüßen.

»Passen Sie bloß auf!« warnte Sadie ihn leise. »Mit manchen ihrer Kunden unterhält sie ziemlich enge Public Relations.«

»Mit ihrem Schwager beispielsweise?« Das würde Sadies offensichtliche Antipathie gegen die Frau erklären, dachte er.

»Um ehrlich zu sein – ich habe keine Ahnung. Nein, zur Zeit wahrscheinlich nicht. Trotzdem ist mir der Gedanke zuwider, daß diese beiden irgendwas miteinander zu tun haben.«

Inzwischen waren sie ins Eßzimmer hinübergeschlendert und bedienten sich am Büfett. Leise erzählte Sadie ihm von Babs Filmers Hoffnung, eines Tages zum Kreis der Reichen zu gehören. Und die Tatsache, daß diese Hoffnung enttäuscht worden war, hatte sie mit Affären kompensiert. »Sie hat einen viel älteren Mann wegen seines Geldes geheiratet, aber was er nicht verspielt, gibt er für Haartransplantationen aus. Also bleibt ihr nichts anderes übrig, als selbst Geld zu verdienen. Alle sagen, daß sie mit ihrer Firma sehr erfolgreich ist, aber Bennett Filmer wirft das Geld genauso schnell zum Fenster hinaus, wie sie es verdient.«

»Warum bleibt sie dann bei ihm?«

Sadie warf ihm einen merkwürdigen Blick zu. »Wegen seines Hauses. Ihm gehört eines der schönsten Anwesen von Charlottesville. Sie will das Haus auf keinen Fall verlieren.«

Sie nahmen ihre Teller und den Wein mit nach draußen und setzten sich auf die breiten Stufen der Veranda. Überall standen Terrakottatöpfe mit großen Duftkerzen, die die Moskitos vertreiben sollten. Sadie und Will genossen schweigend Mei Vanns köstliches Essen. Dann begann Will, Sadie über ihre Kindheit auszufragen.

»Mein Großvater wurde von allen so bewundert, daß die Leute ihm den Skandal gern verziehen. Natürlich kam ihm dabei zugute, daß er tot war.«

Als Sadie beschrieb, welche Auswirkungen das finanzielle Debakel ihres Großvaters auf die Familie gehabt hatte, wurde ihr Blick finster. »Burke ist im Anmarsch«, flüsterte sie. »Rüsten Sie sich für den Kampf.«

Mit gekünstelt herzlicher Stimme und einem Lächeln sagte Burke zu Will, wie sehr er sich freue, daß Sadie ihn eingeladen habe. Sein harter Händedruck und sein Blick straften sein Lächeln jedoch Lügen. An Sadie gewandt fügte er hinzu, daß Julia sie sprechen wolle. Will spürte ihren Widerwillen, ihn mit Burke allein zu lassen. Trotzdem ging sie hinein, um nach ihrer Schwester zu suchen, während Burke Will auf den Rasen hinunterdirigierte, weg von den übrigen Gästen.

»Wie ich von meiner Frau erfahren habe, hatten Sie gestern abend auf dem Weg nach Little Grove einen Unfall«, sagte Burke.

Nach kurzem Zögern erwiderte Will: »Irgendein Feigling hat

mich in den Graben gedrängt und ist dann einfach abgehauen. Wahrscheinlich ein Betrunkener, aber auf jeden Fall ein Kretin ohne jeden Anstand.« Er empfand Genugtuung, daß er dem Mann die Meinung gesagt hatte.

Ungerührt erklärte Burke, wie schade er es finde, daß Wills Ankunft unter einem so negativen Vorzeichen gestanden habe. »Hier in der Gegend gibt es ein Sprichwort: Was schlecht anfängt, endet auch schlecht.«

»Für den anderen Fahrer, hoffe ich.« Will erwiderte Loudens Blick, ohne mit der Wimper zu zucken. »Außerdem ist mir durch den Unfall erst so richtig aufgefallen, wie nett mich alle anderen Leute hier behandelt haben.«

»Das freut mich. Wie ich höre, schmieden Sie schon Pläne für Little Grove. Ich möchte Ihnen ein Angebot für Ihren Teil des Grundstücks machen, bevor Sie zu tief in die Sache einsteigen.«

»Ich weiß noch nicht, ob ich überhaupt verkaufen möchte.«

»Das kann ich verstehen. Aber wenn Sie hören, was ich Ihnen dafür biete, begreifen Sie sicher, daß Sie kein besseres Angebot bekommen werden.« Er nannte eine Summe, die nach Wills Einschätzung weit über dem lag, was sein Anteil tatsächlich wert war.

»Klingt wirklich verlockend«, antwortete Will gelassen. »Andererseits glaube ich, daß im Boden von Little Grove großes Potential steckt. Ich bin neugierig, was wir da herausholen können.«

Nur eine kleine Handbewegung verriet, wie gereizt Louden war. »Vielleicht sollte ich Ihnen erst mal was erklären«, sagte er. »Sie wissen wahrscheinlich, daß Ihre Patin die Großtante meiner Frau war. Was Sie vielleicht nicht wissen, ist, daß sie eigentlich versprochen hatte, Little Grove zu gleichen Teilen Julia und Sadie zu vermachen. Sie können sich bestimmt vorstellten, wie sich meine Frau fühlte, als sie vom Inhalt des Testaments erfuhr. Zugegeben, die alte Dame war exzentrisch, aber an dem Tag muß sie regelrecht verwirrt gewesen sein.«

Will sagte nichts darauf. Er konnte sich vorstellen, worauf Louden hinauswollte. Das Wort »verwirrt« verhieß nichts Gutes.

»Ich würde Julia gern dafür entschädigen«, fuhr Burke fort. »Wenn möglich noch heute abend. Wenn Sie mein Angebot annehmen, könnte ich ihr ihren rechtmäßigen Anteil an Little Grove zum Geburtstag schenken.«

»Sie sind ein großzügiger Ehemann.«

»Julia ist eine außergewöhnliche Frau. Und nach moralischen Gesichtspunkten steht ihr Little Grove ohnehin zu. Ein Gericht könnte ebenfalls dieser Meinung sein.« Er machte eine Pause, als wollte er Will Gelegenheit geben, über seine Worte nachzudenken. »Aber Gerichtsprozesse können teuer und langwierig sein. Ich habe die meinen immer gewonnen, doch lieber vermeide ich sie. Erfolgreiche Verhandlungen sind wesentlich befriedigender. Sie sollten das nicht persönlich nehmen. Ehrlich gesagt bin ich der Meinung, daß Sie kein schlechter Nachbar wären. Aber hier geht es ums Geschäft.«

»Ich dachte, es ginge darum, Ihrer Frau eine Freude zu machen«, entgegnete Will trocken.

Burke ließ sich durch seine Bemerkung nicht aus dem Konzept bringen. »In diesem Fall geht beides Hand in Hand«, antwortete er. »Ich bemühe mich nach Kräften, meiner Frau jeden Wunsch zu erfüllen.«

Aber nur, solange sich die Wünsche Ihrer Frau mit Ihren eigenen decken, hätte Will am liebsten gesagt. Doch er antwortete nur, daß er nun gehen müsse. Er befürchtete, gleich die Beherrschung zu verlieren, denn er hatte die Nase voll von der geheuchelten Jovialität.

Während er den Hügel hinaufging, spürte er den feindseligen Blick des anderen Mannes im Rücken. Nun hatte Burke ihm also den Fehdehandschuh hingeworfen.

18

Es war inzwischen sehr spät, und Julia fühlte sich völlig erschöpft – nicht nur von all den schockierenden Neuigkeiten, die dieser Tag für sie gebracht hatte, sondern auch von ihrem Bemühen, den schönen Schein zu wahren. Ihr Gesicht war vom vielen Lächeln ganz verkrampft, und das Gefühl, Mitwisserin und Lügnerin geworden zu sein, bereitete ihr fast körperliches Unbehagen. Außerdem konnte sie in ihrem eigenen Haus kaum mehr atmen. Trotz der Klimaanlage kam ihr die von Zigarettenrauch und Essensgerüchen geschwängerte Luft drückend vor. Sie sehnte sich nach einem entspannenden Bad.

Einige der Gäste aber schienen es überhaupt nicht eilig zu haben, nach Hause zu gehen. Sie lehnten paarweise an der Wand oder lümmelten in kleinen Gruppen auf Sofas und Sesseln herum. »Großartige Party, Julia!« riefen ihr die Leute zu, während sie ruhelos von Raum zu Raum wanderte. »Das beste Fest seit langem, wirklich phantastisch!«

Sie hatte den ganzen Abend kaum etwas gegessen und war jetzt sehr hungrig, aber es gab nichts mehr, weder im Speisezimmer noch auf den vielen Platten, die auf den Tischen herumstanden. In die Küche wollte sie auch nicht gehen, weil Sadie und Mei sich dort unterhielten. Im Moment hatte sie keine Lust, Mei gegenüberzutreten – nicht, ehe sie sich über ihre Gefühle hinsichtlich Meis Verhalten im klaren war. Jetzt schien nicht der geeignete Zeitpunkt, darüber nachzudenken.

Auf einem Bücherregal fand sie eine halbvolle Flasche Wein und schenkte sich ein Glas ein. Der Anblick einer jungen Frau in einem roten Kleid, die gerade die Treppe herunterkam, erinnerte sie an Katherine. Sofort hatte sie ihretwegen Gewissensbisse. Burke war nicht nur gegen Katherines Kleid, sondern auch gegen Jordans Anwesenheit bei der Party gewesen, und das, ohne einen plausiblen Grund dafür zu nennen. Manchmal kam es Julia vor, als sei er fest entschlossen, einen Keil zwischen sich und sein einziges Kind zu treiben.

Sie wollte nach Katherine sehen, um mit ihr zu reden.

Draußen auf der Veranda saß Bennett Filmer mit einem Glas Bourbon in der Hand auf dem Geländer. Als er sie bemerkte, stand er auf.

»Wundervolle Party, Julia«, lallte er.

»Schön, daß du dich amüsierst.«

»O ja, das tue ich. Fast so sehr wie auf den Festen, die dein Großvater hier immer gegeben hat. Natürlich war das damals eine völlig andere Zeit.«

Julia wollte gerade an ihm vorbei die Treppe hinuntergehen, als er sie unvermittelt fragte: »Wo, zum Teufel, steckt eigentlich dein Mann?« Er sprach in dem bemüht derb-herzlichen Ton, dessen er sich immer befleißigte, wenn er zuviel getrunken hatte. Trotz seines traurigen Lächelns funkelte in seinen blassen Augen so etwas wie Streitlust.

»Drin, nehme ich an«, antwortete sie gleichgültig.

»Ich hab' nämlich ein Hühnchen mit ihm zu rupfen.«

Julia konnte sich ein Lächeln nicht verkneifen. Sie stellte sich vor, wie sich die beiden Männer, Burke und Bennett, über einem abgenagten Hühnerbein anknurrten.

»Wenn du glaubst, ich mach' Witze, dann irrst du dich aber«, sagte er.

»Entschuldige. Ich mußte gerade an etwas anderes denken.«

Aber ihr Lächeln hatte ihn offenbar geärgert, denn er sprach jetzt mit einer Aggressivität, die verriet, daß er noch betrunkener war, als sie zunächst angenommen hatte. »Vielleicht hätte ich besser sagen sollen, daß ich mich mit Burke beraten muß. Meine Frau bezeichnet sich gern als Beraterin. Sie glaubt, das klingt feiner. Ich dagegen sage, das hängt davon ab, welche Art von Beratung man macht. Welche Art von Beratung ist denn deiner Meinung nach zwischen meiner Frau und deinem Mann im Gange?«

Sie wandte sich angewidert und so abrupt von ihm ab, daß ihr Wein über den Rand des Glases auf ihr Kleid schwappte. Sofort fing Bennett an, sich zu entschuldigen, und bot ihr seine Serviette an, verschüttete dabei aber seinen eigenen Drink. Julia ließ ihn einfach stehen und eilte auf den von Fackeln erhellten Rasen hinunter. Sie konnte seine Gesellschaft keine Sekunde länger ertragen, denn zum erstenmal waren ihr die Parallelen zwischen seiner und ihrer Situation aufgefallen.

Sie rannte quer über den Rasen auf die am Fuß des Hügels gelegenen Nebengebäude zu. In Katherines Zimmer brannte kein Licht, aber Julia war ohnehin nicht mehr in der Verfassung, mit ihr zu reden. Im Moment wollte sie nur noch weg von Greengrove und den Gästen. Sie wollte in die Nacht hinausfahren und sich den nach Mais, Heu und Geißblatt duftenden Wind um die Ohren wehen lassen, so, wie sie es oft getan hatte, als sie noch jung und ungebunden gewesen war.

Als sie über eine Baumwurzel stolperte, verlangsamte sie ihre Schritte. Im Näherkommen stellte sie fest, daß das kleine Seitentor der Garage ein Stück offenstand. In der Garage selbst war es dunkel.

Sie wollte gerade die Hand nach dem Lichtschalter an der Wand neben der Tür ausstrecken, als sie ein Flüstern und das leise Kichern einer Frau hörte, und die Hand wieder sinken ließ. Sie ärgerte sich darüber, daß das Tête-à-tête eines Gastes sie daran hindern würde, ihre eigene Party zu verlassen. Erst als eine Sekunde später eine zweite Stimme zu hören war, eine Männerstimme, die sie sofort erkannte, verwandelte sich ihr Ärger in Zorn. Mit einer raschen Handbewegung schaltete sie das Licht an.

Einen Moment lang standen die beiden starr vor Schreck neben der offenen Kofferraumklappe des Mercedes. Burke fing sich als erster wieder und ging langsam auf Julia zu. Seine Miene verriet einerseits den Wunsch, seine Frau zu besänftigen, andererseits aber auch unterdrückte Wut. Babs Filmer war inzwischen damit beschäftigt, das Oberteil ihres Kleides hochzuziehen.

Bevor Julia etwas unternehmen konnte, spürte sie eine Hand auf ihrer Schulter, die sie grob beiseite schob. Es war Bennett. Eine ganze Weile blieb er wie angewurzelt neben ihr stehen. Sein Mund stand leicht offen, und er atmete schwer. Dann sah er Julia an. Sie wußte, daß er einfach auf dem Absatz kehrtgemacht hätte, wenn sie nicht gewesen wäre. Ihre Anwesenheit aber brachte ihn in Zugzwang. Als müßte er sich für das wappnen, was vor ihm lag, schloß er kurz die Augen und stürzte sich dann auf Burke. Schrill hallte Babs' Schrei durch den Raum.

Trotz seiner Wut war der ältere Mann dem wesentlich kräftiger gebauten Burke nicht gewachsen, und es dauerte nicht lange, bis er auf dem Betonboden lag, den linken Arm in einer Lache Maschinenöl. Stöhnend gab er auf. Nach kurzem Zögern rannte seine Frau zu ihm. »Steh nicht einfach so rum!« schrie sie Burke an. »Hilf mir!« Burke beugte sich zu Bennett hinunter, um ihn wieder auf die Beine zu stellen.

Julia wandte sich mit einem Gefühl von Übelkeit ab. Sie hörte, daß ihr Burke etwas nachrief, während sie den Hügel hinaufrannte, aber sie achtete nicht darauf. Nachdem sie die ganze Nacht ziellos herumgelaufen war, kehrte sie kurz vor dem Morgengrauen nach Greengrove zurück und schloß sich in ihrem Zimmer ein. Sie verschlief einen Großteil des Tages. Als sie schließlich aufwachte, blieb ihr nichts anderes übrig, als sich anzuhören, was Burke zu sagen hatte. Er beteuerte, daß sein Stelldichein mit Babs nichts zu bedeuten habe, und schwor ihr, daß so etwas nie wieder vorkommen werde. Julia fühlte sich noch immer wie betäubt und konnte nur nicken. Sie glaubte ihm sogar. Mei erwähnten sie beide mit keinem Wort, denn Julia ging davon aus, daß Babs nur der Lückenbüßer gewesen war, um sein angekratztes Ego wieder aufzupolieren.

Als er nach Washington aufbrach, empfand sie eine ungeheure Erleichterung. Zugleich aber hatte sie das Gefühl, als wäre etwas in ihr für immer zerbrochen.

19

Am nächsten Tag tauchte Sadie kurz vor Mittag in Little Grove auf, wo Will gerade auf der Terrasse arbeitete. Sie fuhr einen blauen Kombi, den Wagen ihrer Mutter, wie sie ihm später sagte. Die Hitze hatte das Blau des Himmels zu einem pudrigen Weiß ausgebleicht, aber als Sadie über das staubige Gras auf Will zuging, wirkte sie so frisch wie Minze in Limonade. Auf den langen Rock ihres Kleides waren blaßrosafarbene und grüne Bänder aufgenäht, und ein Bogen aus Spitze zierte den runden Ausschnitt des Oberteils, von dem eine Reihe winziger Perlmuttknöpfe bis zum Saum verlief. Das Ganze wirkte zugleich sexy und schlicht. Das sei ihr Kirchenkleid, erklärte sie. Sie und ihre Mutter seien gerade in der Morgenmesse gewesen.

»Als Buße für meine Sünden«, erklärte sie schmunzelnd, während sie um die Terrasse herumging, um sein Werk zu begutachten. »Mutter ist fest davon überzeugt, daß die Gemeinde begeistert sein wird, mich wieder hier zu haben. Und das, obwohl die meisten es damals begrüßten, als ich ging.

Will fragte lachend, wieso sie glaube, die Gemeinde sei über ihr Weggehen froh gewesen.

»Ich war die schlimmste Ministrantin, die man sich denken konnte, und der Schrecken meiner Jugendgruppe.« Sie sagte das mit einer Mischung aus Stolz und schlechtem Gewissen. »Reverend Littlemore, eigentlich ein sehr sanftmütiger Mensch, war einmal derart wütend auf mich, daß er zu mir sagte, Gott habe mich wohl als eine Art Plage geschickt. Ich glaube, ich war damals gerade dabei, Marybeth Benson zu erwürgen. Sie hat mich immer damit aufgezogen, daß meine Sommersprossen ständig größer und mehr wurden.«

Ein wenig Schweiß lag jetzt über genau jenen Sommersprossen, die Will am liebsten mit der Spitze seines Zeigefingers berührt hätte. Statt dessen schlug er einen weiteren Nagel in den letzten Stützpfeiler, ehe er sich selbst den Schweiß aus dem Gesicht wischte. »Haben Sie noch immer diese Anfälle von Mordlust?« fragte er sie.

»Nur, wenn es um meinen Schwager geht.« Sie hob eine Eichel auf und ließ sie von einer Hand in die andere wandern, während Will begann, das Fliegengitter von den alten Eckpfeilern zu reißen. Nach einer kurzen Pause sagte sie: »Mir ist aufgefallen, daß Sie die Party sofort nach Ihrem Tête-à-tête mit Burke verlassen haben.«

»Ich hatte ebenfalls einen Anfall von Mordlust«, erwiderte er trocken, »und hielt es für vernünftiger, den Rückzug anzutreten. Der Gott der Gastfreundschaft sieht es nicht gern, wenn Gäste auf ihre Gastgeber losgehen. Ich möchte es mir aber nicht mit den Göttern verscherzen, wenn ich gegen Ihren Schwager antreten muß.«

»Glauben Sie, daß es dazu kommen wird?« fragte sie mit beunruhigt gerunzelter Stirn.

»Ich halte es zumindest für möglich.«

Während er die Reste des Fliegengitters auf den sich immer höher türmenden Abfallhaufen am Rand der Lichtung warf, berichtete er von seiner Unterhaltung mit Burke und dessen indirekter Drohung, Mintys Testament anzufechten. Sadie starrte mit gesenktem Kopf die Spitzen ihrer weißen Sandalen an, während sie zuhörte. Als Will dann das angebliche Motiv ihres Schwagers erwähnte – seine Sorge um die Gefühle seiner Frau – hob sie entrüstet den Blick.

»Als ob er sich je um die Gefühle eines anderen Menschen geschert hätte! Dem geht es doch nur darum, sich selbst eine Freude zu machen.« Ihr Gesicht nahm erneut einen besorgten Ausdruck an. »Was, wenn er tatsächlich das Testament anficht?«

»Ich glaube nicht, daß er das überhaupt kann. Es sei denn, Ihre Schwester würde ihn darin unterstützen. Würde sie das?«

»Ich glaube nicht. Es sei denn, er würde –«

»– Druck auf sie ausüben?« führte er ihren Satz zu Ende.

Sie nickte wortlos, den Blick wieder auf ihre Sandalen gerichtet. Wahrscheinlich, dachte er, wußte sie, daß Louden manchmal auf direkte oder indirekte Drohungen zurückgriff – Julias bandagiertes Handgelenk legte sogar den Verdacht nahe, daß er auch körperliche Gewalt anwendete –, um das Verhalten seiner Frau zu beeinflussen. Letztendlich konnte es auch für Sadie selbst schwer werden, sich Louden auf Dauer zu widersetzen, wenn sie das Gefühl hatte, Julia müßte dafür bezahlen. Eine Möglichkeit, beiden Schwestern zu helfen, sah Will darin, Louden klarzumachen, daß er unabhängig von ihrer Entscheidung an seinem Anteil von Little Grove festhalten würde, egal, wie hoch die Prozeßkosten ausfielen. Wenn er seinen Standpunkt mit genügend Nachdruck vertrat, würde der Mann die Sache vielleicht fallenlassen.

»Ich war in meinem Leben schon größerem Druck ausgesetzt«, sagte er zu Sadie und klopfte dabei mit der flachen Hand auf den Holzpfosten neben ihm. »Das hat mich abgehärtet. In meinen Augen ist Ihr Schwager nur wie einer von den Weinbergschädlingen, mit denen man sich herumschlagen muß, nicht schlimmer als eine Schildlaus. Wir müssen bloß herausfinden, mit welcher Methode man ihn am besten bekämpfen kann.«

»Wie wär's mit einer anständigen Dosis Pestizid in seinem Kaffee?« schlug sie vor. Trotz ihres lockeren Tons blieb ihre Stirn gerunzelt.

»Ich würde eine natürlichere Bekämpfungsmethode vorziehen«, antwortete Will. »Damit geht es zwar langsamer, aber es ist verträglicher für die Umwelt.« Während dieses scherzhaften Wortgeplänkels hatte sich Sadies Miene etwas aufgehellt, aber in ihren Augen lag nach wie vor ein ängstlicher Ausdruck, und wie am Vorabend verspürte er das Bedürfnis, sie zu beruhigen. In ernsterem Ton sagte er: »Wir werden trotz Ihres Schwagers guten Wein aus unseren eigenen Trauben machen. Da bin ich ganz sicher.«

»Die Art, wie Sie das sagen, macht mich auch sicher.« Die Sorgenfalte zwischen ihren Augen verschwand. Mit dem Anflug eines Lächelns fügte sie hinzu: »Aber es kann trotzdem nicht schaden, auf Holz zu klopfen.«

Einen Moment lang verharrten ihre Hände nebeneinander auf dem Holzpfosten, während ihre Blicke sich trafen. Will hatte das Gefühl, daß sich jedes gemeinsame Unternehmen mit dieser Frau als angenehmes Abenteuer entpuppen würde. Schwierig konnte das Ganze allerdings werden, wenn sich seine Sympathie für Sadie in etwas Komplexeres verwandelte. Doch der Ring, an dem sein Blick vorhin hängengeblieben war, rief ihm wieder ins Gedächtnis, warum das nicht geschehen durfte.

»Meine Mutter hat mich beauftragt, Sie zum Mittagessen mitzubringen«, erklärte sie. »Sie sagen am besten ja, dann haben Sie es hinter sich. Sie werden feststellen, daß es auf dem Land unmöglich ist, seinen Nachbarn zu entkommen.«

»Wenn Ihre Mutter auch nur ein bißchen von ihren Töchtern hat, möchte ich ihr wahrscheinlich gar nicht entkommen.«

Sie warf ihm einen amüsierten Blick zu. »Sehr charmant. Mutter wird Sie mögen.«

Er ging ins Haus, um zu duschen, während sie draußen das kleine Stück des freigelegten Mosaiks betrachtete. Sie könnten sich nun, da das Dach keine Gefahr mehr darstellte, daran machen, den Rest freizulegen, hatte Will zu ihr gesagt. Sie wollte so schnell wie möglich eine Theorie beweisen, die ihr in der Nacht durch den Kopf gegangen war: nämlich, daß der Kelch das zentrale Motiv des Mosaiks sein würde. »Wer weiß«, hatte sie mit vor Aufregung leuchtenden Augen hinzugefügt, »vielleicht zeigt uns das Mosaik sogar, wo Edwin den Kelch versteckt hat. Oder gibt uns zumindest irgendeinen Hinweis.«

»Dann werden wir also jetzt auch noch Schatzsucher«, hatte er sie geneckt. Aber ein Funke ihrer Begeisterung war auch auf ihn übergesprungen.

Als Will ein paar Minuten später wieder erschien, saß sie mit übereinandergeschlagenen Beinen auf dem Rand der Veranda. Sie fuhr mit einem Finger über die Reihen kleiner Steine. »Ein seltsamer Gedanke, daß es all die Jahre hier war und wir nichts davon wußten«, sagte sie. »Julia und ich haben manchmal darüber gerätselt, was Edwin hier wohl ausgeheckt hat, wenn er allein war.«

»Welcher Schandtaten habt ihr ihn denn verdächtigt?« fragte er, während sie auf den Wagen zugingen.

»Sie wissen ja selbst, was man als Kind einem exzentrischen Erwachsenen so alles zutraut: rituellen Kindermord, die Verschleppung von Frauen in Lasterhöhlen und solche Sachen. Aber wahrscheinlich kümmerte er sich nur um seine Weinstöcke, schrieb Bücher und arbeitete an dem, was jetzt unter diesem Boden zum Vorschein kommt.«

»Das klingt nach keinem schlechten Leben.«

»Es klingt wunderbar«, antwortete sie ruhig. »Wenn auch vielleicht ein bißchen einsam.«

»Zu zweit ist es sicher schöner«, pflichtete er ihr bei.

Sie gab ihm keine Antwort, aber als er ihr die Wagentür aufhielt, sah er den wehmütigen Ausdruck auf ihrem Gesicht. Bestimmt vermißte sie ihren Verlobten. Wie hieß der Typ noch mal? Sie hatte bisher kaum über ihn gesprochen. Er nahm sich vor, sie während der Fahrt ein bißchen über ihn auszufragen, aber statt dessen begann sie ihm Fragen über den Wein und die zukünftige Ernte zu stellen. Darum drehte sich das Gespräch, bis sie in die Einfahrt abbogen, die zum Grundstück ihrer Mutter führte.

Mit gelben Blüten übersäte Goldregensträucher schirmten das Haus von der Straße ab. Lichtflecken sprenkelten das Gras unter den Sträuchern, in deren fedrigen Ästen ungewöhnliche Vogelhäuser hingen. Das am aufwendigsten gearbeitete ähnelte einer Miniaturpagode. Ihre Mutter habe sie angefertigt, erklärte Sadie. »Sie ist unter anderem eine verhinderte Architektin.« Sie parkten neben einer grauen Garage und gingen den von rosafarbenem und weißem Phlox gesäumten Weg entlang, der zu dem hübschen Ziegelhaus führte. Blühende Sträucher streckten dem Besucher von beiden Seiten des Hauses ihre Äste entgegen, als wollten sie ihn willkommen heißen und gleichzeitig den Garten vor neugierigen Blicken schützen. Neben einer weißen Holzbank im Schatten eines großen Fliederstrauchs stand eine leere Staffelei. Im Vorbeigehen sah Will auf der Bank ein aufgeschlagenes Buch liegen. Auf dem Umschlag las er ein wenig erstaunt den Namen Epiktet, kam aber nicht dazu, Sadie danach zu fragen, weil seine Aufmerksamkeit von einem alten grauen Landrover abgelenkt wurde, der mit platten Reifen und rostzerfressener Karosserie am anderen Ende der Rasenfläche neben einer Sumachhecke stand.

Sadie bemerkte seinen Blick. »Das Denkmal meines Vaters«, sagte sie trocken. »Der Wagen war sein größter Stolz. Mutter hat mehrere Angebote dafür bekommen, aber sie weigert sich, ihn zu verkaufen. Julia und ich befürchten, daß sie irgendwann verlangen wird, nach ihrem Tod darin verbrannt zu werden.«

Will hatte selten einen Ort gesehen, der so viel von der Persönlichkeit seines Besitzers verriet.

Die Tür ging auf, und ein deutscher Schäferhund stürmte heraus, um sie wild bellend, aber schwanzwedelnd zu begrüßen. Die Frau, die ihm folgte, hatte etwas von beiden Töchtern. Will erkannte in ihrem Gesicht Sadies spontane Herzlichkeit, aber auch Julias ernste Augen. Es war offensichtlich, von wem die ältere Tochter die Schönheit geerbt hatte. Während Thea mit der einen Hand nach dem Halsband des Hundes griff und die andere ausstreckte, um Will zu begrüßen, sagte sie zu ihm, daß sie ihn bereits aus Mintys Erzählungen kenne. »Sie hat natürlich nur Gutes von Ihnen berichtet.« Ihre weiche, melodisch und humorvoll klingende Stimme erinnerte ihn an die ihrer Töchter.

»Dann hat Minty Ihnen bestimmt eine Menge verschwiegen«, antwortete er. Als sie lächelte, mußte er daran denken, daß Julia erzählt hatte, ihre Mutter habe als junge Frau unzählige männliche Verehrer gehabt. Er verstand jetzt, warum.

Der Hund hatte inzwischen seine Vorderpfoten gegen Sadies Brust gestemmt und leckte sie liebevoll ab. »Man könnte meinen, ich wäre tagelang weggewesen«, sagte sie und warf Will einen leicht genervten Blick zu. »Wie kommt es, daß er Sie nicht anspringt?«

»Ein Tierarzt hat mir mal geraten, Hunden nicht in die Augen zu sehen. Drehen Sie einfach den Kopf weg, wenn er auf Sie zurennt.« Er kraulte den Hund hinter dem linken Ohr und befahl ihm dann, sich hinzusetzen, doch das Tier rollte sich auf die Seite und ließ hechelnd die Zunge aus dem Maul hängen.

»Ich war mit Bismarck in der Hundeschule«, sagte Thea zu Will, während sie die Treppe hinaufstiegen, »aber es war eine Katastrophe. Meine Schuld, fürchte ich. Die Trainerin hat gesagt, ich müsse mich ebenfalls an die Anweisungen halten. Da sind wir wieder gegangen. Ich mag es einfach nicht, wenn jemand versucht, mir Vorschriften zu machen.«

»Und da wunderst du dich, warum du so eigensinnige Töchter und unfolgsame Hunde hast«, meinte Sadie lachend.

Sie betraten ein so mit Möbeln und allen möglichen Gegenständen vollgestopftes Wohnzimmer, daß Will fast dankbar für das große Fenster war, durch das man einen ruhigen, friedlichen Blick auf die zum Fluß hin sanft abfallenden Felder hatte. Auf sämtlichen Tischen standen gerahmte Fotos und Bücher herum, neben dem Kamin türmte sich ein Stapel Zeitungen, und an den Wänden hingen Blumenbilder, Reproduktionen von Redon und Monet, aber auch Originalölbilder, die mit den Initialen TBJ signiert waren.

Ein schlaksiger Mann mit grauem, schütterem Haar erhob sich aus einem Sessel, um sie zu begrüßen. Lächelnd schüttelte Walter Lamartine Wills Hand und erklärte ihm, daß er ein guter Freund von Minty gewesen sei. »Eine bemerkenswerte Frau, Ihre Patentante. Sie war die Großzügigkeit in Person und unglaublich mutig. Die beste Reiterin im Land. Ich habe ihr irgendwann mal einen Heiratsantrag gemacht, aber sie hat mir einen Korb gegeben.«

Thea tätschelte ihn am Arm. »Sie hat immer gesagt, du seist zu klug für sie, Walter. Sie wollte einen Mann, der dumm genug wäre, sie für vollkommen zu halten.«

»Man möchte meinen, drei Versuche hätten genügt, sie eines Besseren zu belehren«, murmelte er gutmütig. »Und dein Galan, Sadie?« erkundigte er sich und deutete auf den Ring an ihrer Hand. »Was für ein Typ ist er?«

»Der schreibende«, antwortete sie kurz angebunden. Walter Lamartine und ihre Mutter wechselten einen verstohlenen Blick, und Will fragte sich, ob es zwischen ihr und ihrem Verlobten zu einem Zerwürfnis gekommen war. Der Gedanke war ihm nicht unangenehm.

»Nun, das ist doch grundsätzlich gar nicht so schlecht«, antwortete Walter sanft und berichtete, daß er als junger Mann selbst Schriftsteller hatte werden wollen, sich dann aber für den Beruf des Lehrers entschieden habe, als ihm klargeworden war, daß das ein wenig besser bezahlt wurde. »Und ich meine wirklich nur ein wenig. In jenen Tagen erwartete die Universität von ihren Dozenten finanzielle Unabhängigkeit. Ich selbst besaß nicht viel, hatte aber dafür die naive Vorstellung, daß Geld keine Rolle spiele. Wenn ich es mir recht überlege«, fuhr er mit einem nun plötzlich bitterem Lachen fort, »war ich eigentlich dumm genug, um Mintys Vorstellungen zu entsprechen.«

»Walter ist mal wieder zu bescheiden«, sagte Thea zu Will. »Er ist ein hervorragender Dozent und Wissenschaftler. Er hatte an der Universität die Jardine-Professur für Latein inne. Inzwischen ist er emeritiert. Er und Sadies Vater waren Kollegen.«

»Die Jardine-Professur?« fragte Will. »Wurde sie nach Ihrem Mann benannt?«

Sie schüttelte den Kopf. »Mein Mann saß zwar bis zu seinem Tod auf diesem Professorenposten, aber benannt wurde er nach einem seiner Vorfahren. Edwin Jardine, dem Mann, der in Little Grove lebte.«

»Edwin hat einen Teil seines Autorenhonorars für seine Bücher gestiftet, damit in seinem Namen ein Lehrstuhl eingerichtet werden konnte«, erklärte Walter Lamartine. »Eines der Bücher, ein Werk über den Bürgerkrieg, hat sich noch Jahre nach seinem Erscheinen verkauft. Und die Universität war so klug, das Geld vernünftig zu investieren.« Sie nahmen Platz, und er ließ sich wieder in seinen Sessel zurücksinken. »Bemerkenswerter Mann, dieser Edwin. Ein brillanter Kopf, aber so sehr Romantiker, daß er sich oft selbst damit schadete. Er schrieb, daß Unterwerfung für einen Südstaatler vor dem Krieg genau wie für Perikles und die Athener Sklaverei bedeutet habe. Seine letzte Vorlesung gab er in seiner Kavallerieuniform. Er hatte bereits den Säbel umgeschnallt, und draußen wartete sein Pferd. Hinterher ritt er los, um sich der First Virginia Cavalry anzuschließen.«

»Und neben ihm trottete sein persönlicher Sklave her«, bemerkte Sadie trocken.

»Offensichtlich hatte er dem Jungen Griechisch und Latein beigebracht«, erklärte Walter Will. »Edwin nutzte die Pausen zwischen den Schlachten, um ihm seine Texte zu diktieren. Ich habe immer gesagt, daß es für einen einfallsreichen Doktoranden ein gutes Dissertationsthema wäre zu beweisen, daß zumindest eins von Edwins Büchern in Wirklichkeit von seinem Sklaven geschrieben worden ist.« Walter schaute der Schalk aus den Augen.

»Walter hat selbst ein Buch über Edwin geschrieben«, wandte sich Thea an Will.

Sadie sah sie überrascht an. »Das habe ich gar nicht gewußt.«

»Einen schmalen Band, der nur für einige wenige Leser von Interesse ist«, erklärte Lamartine selbstironisch. »Aber ich fand, es war an der Zeit, daß einer der Professoren, die diesen Lehrstuhl innehatten, endlich mal etwas über den Mann schrieb. Außerdem interessierten mich die Geschichten. In gewisser Hinsicht erschien er mir als ein Symbol für die Tragöde der Sklaverei, nicht nur aus der Perspektive der Sklaven, sondern auch aus der der weißen Südstaatler. Kultivierte, gebildete Männer mit hehren Prinzipien, die wußten, daß die Sklaverei ein Übel war, aber trotzdem selbst Sklaven hielten und der festen Überzeugung waren, daß niemand außer ihnen über die Zukunft der Sklaverei entscheiden sollte. Sie gaben sich der Illusion hin, daß ihre vergleichsweise aufgeklärten Ansichten ausreichten, um den Schrecken der Sklaverei zu mildern. Vielleicht war das für sie tatsächlich so.«

Sadie stand auf. »Ich möchte dir etwas von Edwin zeigen«, sagte sie zu Walter. Während sie ging, um es zu holen, entschuldigte sich Thea und verschwand in die Küche. Sie wollte sich um das Mittagessen kümmern. Das Angebot der beiden Männer, ihr zu helfen, lehnte sie ab. Während sie allein waren, erkundigte sich Lamartine höflich nach Wills früherer Arbeit und seinen und Sadies Plänen für Little Grove. Will hielt es für mehr als wahrscheinlich, daß dieser Mann in der Lage sein würde, ihre Fragen zu Edwins Mosaik zu beantworten, aber er wollte erst mit Sadie reden, bevor er Walter um seine Meinung bat. Sie kam mit einem großen Buch zurück, das sie Lamartine überreichte. Während er es durchblätterte und hin und wieder »faszinierend, absolut faszinierend« vor sich hinmurmelte, erzählte sie Will, daß es sich dabei um eine Geschichte des Weins handle, die Edwin mit handschriftlichen lateinischen Randbemerkungen versehen hatte, von denen sich viele auf sein Leben in Little Grove zu beziehen schienen.

»Das Problem ist«, fuhr sie fort, »daß sich Edwins Handschrift selbst mit einem Vergrößerungsglas kaum entziffern läßt.«

Walter blickte auf. »Als ich noch jünger war, fiel es mir relativ leicht, sie zu lesen, aber seit meine Augen so schlecht geworden sind, ist das anders. Trotzdem könntest du nächste Woche mal mit dem Buch vorbeikommen, Sadie, dann setzen wir uns zusammen und versuchen wenigstens, einen Teil davon auseinanderzuklamüsern.«

Sadie dankte ihm und erklärte, daß sie sein Angebot gern annehmen werde. Dann bat sie ihn, ihr ein Exemplar seines Buches zu leihen.

»Oh, wir haben ein Exemplar«, erklärte Thea, die gerade mit Topflappen in der Hand ins Wohnzimmer trat. »Mit einer wunderschönen Widmung von Walter. Ich werde es nach dem Essen für dich heraussuchen. Aber jetzt müssen wir anfangen, sonst schmeckt das Lamm wie Leder.«

Sie aßen unter dem Schatten eines großen Sonnenschirms auf der Terrasse hinter dem Haus, von der man einen weiten Blick auf den Fluß hatte. Zu Grüppchen angeordnete Blumentöpfe mit Geranien, Dahlien und Begonien bildeten Farbflecken, die sich leuchtend von der grünen und blauen Landschaft abhoben. Thea servierte ihnen Lammkeule mit Minzsauce und Petersilienkartoffeln und dazu eine kalte Ratatouille aus selbstangebauten, gartenfrischen Zucchini und Tomaten. Eine Flasche Wein gab es auch, einen Cabernet Sauvignon aus der Gegend. Während der Mahlzeit sprachen sie über die Region, ihre Bräuche und alten Familien und den Einfluß neuen Reichtums und moderner Entwicklungen. Dann gaben Thea und Walter Geschichten über die exzentrischen Angewohnheiten vergangener Generationen zum besten.

»Schade, daß du zu jung bist, um dich an Miss Emma Abney erinnern zu können, Sadie«, sagte ihre Mutter. »Eine entfernte Cousine deines Großvaters, die für ihre Schrulligkeit berühmt war. Als sie einmal bei Miller und Rhodes einkaufte, drückte sie dem dortigen Verkäufer ihre Päckchen in die Hand, weil sie ein Telefonat erledigen müsse. Dann erklärte sie ihm, daß sie ein wenig taub sei, und bat ihn, einen Finger in ihr Ohr zu stecken, damit sie besser hören könne.«

Walter lächelte. »Mir hat man erzählt, sie habe des öfteren ein lebendes Huhn mitgenommen, wenn sie mit dem Zug nach Richmond gefahren sei, und dann den Koch gebeten, es ihr als Mittagessen zuzubereiten. Was er wohl auch getan hat.«

»Die besten Geschichten hat sie selbst erzählt«, fuhr Thea fort. »Eine Frau aus den Bergen kam eines Tages zu Besuch in das vornehme alte Haus, das Emmas Familie gehörte. Orchard Heights. Es war voller schöner Dinge, die die Familienmitglieder von ihren Reisen nach Europa mitgebracht hatten. Als besagte Frau in der Diele die Marmorstatue irgendeiner nackten griechischen Göttin entdeckte, warf sie Emma einen entsetzten Blick zu, ehe sie verkündete: ›Ich hoffe wirklich, dieses schamlose Frauenzimmer ist keine Verwandte von Ihnen!‹«

Sadie sagte lachend zu Will: »Natürlich weiß man bei diesen Geschichten nie so genau, wieviel davon wahr ist und wieviel geflunkert!« Sie half ihrer Mutter, das Geschirr des Hauptgangs abzuräumen und den Pfirsichkuchen zu servieren, den es als Nachspeise geben sollte.

»Mei Vann und Mutter sind die besten Köchinnen, die ich kenne«, sagte sie zu Will, als er den Kuchen lobte.

»Danke, mein Liebling, aber ich bin längst nicht so gut wie Mei. Ich weiß, wie man einfache Gerichte schmackhaft zubereitet, aber sie ist eine richtige Künstlerin.« Sie schob ein zweites Stück Kuchen auf Wills Teller. »Sie hat mir mal erzählt, daß sie das Kochen in einem vietnamesischen Krankenhaus gelernt hat. Sie kochte dort für die anderen Patienten. Sie meinte, es habe ihr geholfen, nicht den Verstand zu verlieren.«

»Du solltest Will erzählen, wie Clayton und Mei sich kennengelernt haben«, meinte Sadie. Sie wandte sich zu Will um. »Eine wirklich wundervolle Geschichte.«

Ihre Mutter sah Walter über den Tisch hinweg an. »Kennst du die Geschichte, Walter?« Als er den Kopf schüttelte, erklärte sie, daß er sie bestimmt auch interessant finden würde.

»Sie klingt ein bißchen wie ein Märchen. Eins von der grausigen Sorte, aber mit Happy-End.« Sie goß sich aus dem silbernen Krug eisgekühltes Wasser nach, nahm einen Schluck und begann dann zu erzählen. Die anderen lehnten sich auf ihren Stühlen zurück, um ihr zuzuhören.

»Bevor Sadies Vater und ich heirateten, kam ich im Sommer immer zu Besuch nach Greengrove. Als ich Clayton zum erstenmal sah, war er noch ein kleiner Junge. Er hatte einen älteren Bruder, der auf der Farm arbeitete. Clayton folgte ihm wie ein Schatten. Er bewunderte seinen Bruder sehr. Einmal habe ich die beiden beobachtet, als sie Mrs. Jardine in ihrem Garten halfen. An der Art, wie sie mit den Setzlingen umgingen, konnte man sehen, daß sie liebe Jungen waren, geduldig und umsichtig. Aber dann kam der Bruder bei einem schrecklichen Unfall im alten Eishaus ums Leben, oben bei den Ruinen des ursprünglichen Greengrove auf Bull's Hill.« Sie sah Sadie an. »Natürlich ging es dabei um diese idiotische Sache mit dem Kelch. Deinem Großvater war die Idee gekommen, daß Edwin ihn dort versteckt haben könnte. Wahrscheinlich hat er sich in gewisser Weise die Schuld am Tod des Jungen gegeben. Ich habe mich immer gefragt, ob das vielleicht einer der Gründe war, warum er sich von da an so seltsam benahm. Die Vanns machten ihm nie Vorwürfe, aber mit der alten Unbeschwertheit zwischen den Jardines und den Vanns war es vorbei. Ich glaube, Fanny ist nie über den Tod ihres Sohnes hinweggekommen. Sie setzte jetzt ihr ganzes verbliebenes Vertrauen in Gott.

Aus Clayton aber schien der Verlust einen Mann gemacht zu haben, obwohl er damals erst zwölf oder dreizehn war. Ich weiß noch, wie die alte Mrs. Jardine mir erzählte, daß es eine Freude sei mitanzusehen, wie liebevoll er sich von da an um seine Eltern kümmerte. Die beiden waren am Boden zerstört, als er eingezogen und nach Vietnam geschickt wurde.

Er arbeitete dort als Sanitäter.« Sie lächelte ein wenig. »Er hat mir mal von den hygienischen Zuständen in diesen mobilen Krankenstationen erzählt. Soweit er es beurteilen konnte, beschränkte sich die Hygiene damals darauf, daß die schmutzige Fliegenklappe hin und wieder durch eine saubere ersetzt wurde. Wie auch immer, nachdem er bereits mehr als ein halbes Jahr dort war, wurden sie eines Tages über Funk aufgefordert, einem Dorf zu Hilfe zu eilen, das es bei einem Bombenangriff schlimm erwischt hatte. Clayton erzählte, der Helikopter sei an einem Ort gelandet, der völlig niedergebrannt war und aussah wie eine Mondlandschaft. Sie suchten erfolglos nach Überlebenden und wollten schon wieder aufbrechen, als irgend etwas Clay veranlaßte, sich ein letztesmal umzusehen. Das einzige, was noch stand, war der riesige Stamm eines Teakbaums, der auf einer Seite eine tiefe Spalte aufwies. Clay glaubte darin etwas zu sehen, und als er nachschaute, entdeckte er, daß sich in dem Baum ein junges Mädchen zusammengerollt hatte. Sie stand unter Schock, war blutüberströmt und starrte ihn aus glasigen Augen an wie ein waidwundes Tier. Sie brachten sie in ein kleines Krankenhaus, das von Nonnen geführt wurde, die von den Franzosen zu Krankenschwestern ausgebildet worden waren. Clayton zufolge war sie damals nicht viel älter als fünfzehn, eher noch ein Kind. Sie hatte die zarten Knochen eines Vogels und den weichen, sanften Blick eines Rehs.

Clay sagte, er habe sich für sie verantwortlich gefühlt. Sie war die einzige Überlebende in dem Dorf und in ihrer Familie. Er fuhr noch einmal zum Krankenhaus, um zu sehen, wie es ihr ging. Bald besuchte er sie, sooft er konnte, und brachte ihr Geschenke.

Von den Nonnen erfuhr er, daß sie eine robuste Natur hatte und sich schnell erholte. Als er eines Morgens im Krankenhaus eintraf, stand sie über dem Feuer und rührte in einem Topf. Die Nonnen brachten ihr das Kochen bei, damit sie ihnen im Krankenhaus zur Hand gehen konnte.

Clayton lernte ein paar Worte ihrer Sprache und brachte ihr ein bißchen Englisch bei. Wenn er auf dem Markt Gemüse und Huhn besorgt hatte, kochte sie es für ihn. Laut Clayton strahlte sie schon damals eine Würde aus, die sie viel älter wirken ließ, als sie tatsächlich war. Daß sie nur selten lächelte, konnte er gut verstehen, denn sie hatte ja nun niemanden mehr, ihre ganze Familie war tot. Er verliebte sich in sie, und die beiden heirateten. Die Jardines hatten zu dem Zeitpunkt noch ein paar einflußreiche Verwandte im Außenministerium, und irgendwie gelang es meinem Mann, jemanden zu finden, der seine Beziehungen spielen ließ, so daß Clayton seine junge Frau mit nach Hause nehmen konnte, als sein Kriegsdienst zu Ende war.«

Thea legte eine Pause ein, um einen Schluck Wein zu trinken. »Ich habe Mei einmal gefragt, wie sie in den Stamm hineingekommen sei. Sie hat mir erzählt, daß es sich dabei um den heiligen Baum des Dorfes gehandelt habe. Ihr Großvater, ein Priester, hatte sie darauf zugeschoben, als die Bombardierung begann, und deswegen hatte sie gewußt, daß sie dort Schutz finden würde. Als sie Clayton dann aus dem schwarzen Vogel steigen sah, hielt sie ihn für einen Himmelsgott, der gekommen war, um sie zu retten.«

Will mußte an seinen toten Kunden denken, den ehemaligen Hubschrauberpiloten. »Sie haben uns für Tiere gehalten«, hatte der Mann Will erklärt, als er ihm von den Leuten erzählte, für die er gekämpft hatte.

Tiere oder Götter, dachte Will jetzt.

Die anderen sprachen inzwischen über Meis Vater. Als Will von dem alten Mann hörte, mußte er an das Gesicht denken, das sich nach dem Unfall über ihn gebeugt hatte. Vielleicht war es doch keine Erinnerung aus der Vergangenheit gewesen.

Sadie sagte: »Clay hat mal zu mir gesagt, nach seiner Rückkehr aus Vietnam sei ihm aufgefallen, daß der Bürgerkrieg für manche der Leute hier in der Gegend noch immer realer zu sein schien als der Krieg, der damals gerade stattfand.«

»Vielleicht empfanden sie die Parallelen zwischen den beiden Kriegen als so erschreckend, daß sie nicht weiter darüber nachdenken wollten«, bemerkte Walter. »All diese inneren Spaltungen. Nicht nur des Landes, sondern auch der eigenen Persönlichkeit.«

Inzwischen hatten sie alle ihren Kaffee ausgetrunken. Nach einem Blick auf seine Uhr erklärte Walter, daß er nun gehen müsse. Er sei zum Tennisspielen verabredet und wolle sich vorher noch ein wenig aufwärmen. Thea schlug Sadies und Wills Angebot aus, ihr beim Abwaschen zu helfen.

Irgendwann im Verlauf des Gesprächs hatte Will Interesse daran bekundet, Bull's Hill zu sehen. Jetzt schlug ihm Sadie vor, zusammen hinzugehen. Während sie über die Felder schlenderten, erzählte sie ihm Geschichten über diesen Ort, sowohl aus ihrer eigenen Familie als auch aus der Gegend. Hin und wieder stellte er ihr eine Frage, aber die meiste Zeit hörte er einfach nur zu. Sadie sprach mit einer Stimme, die immer mehr der ihrer Schwester ähnelte.

Sie erzählte ihm davon, wie das Wasser des Flusses jedes Jahr im August über die Ufer trat. »Jedes Jahr verschlang der James ein bißchen mehr von Greengrove. Es machte meinen Großvater fast wahnsinnig, daß dabei so viel gutes Land verlorenging.« Sie hielt einen langen Grashalm in der Hand, den sie gedankenverloren in der Hand drehte, während sie dahinspazierten. »Vielleicht hätte er dem Fluß ein Tabakopfer bringen sollen wie die Monacans. Stattdessen opferte er Geld. Und am Ende Greengrove.«

»Wer waren die Monacans?« fragte Will, obwohl er glaubte, den Namen schon mal gehört zu haben. »Auch eine eurer exzentrischen ortsansässigen Familien?«

Sie lachte. »Die Ureinwohner, könnte man sagen. Nachdem das Wasser wieder zurückgegangen war, fanden Julia und ich im Uferbereich manchmal ihre Pfeilspitzen. Sie hatten ein Sprichwort, an dem ich gern öfter mein Leben ausrichten würde: ›Gedanken sind wie Pfeile. Einmal abgeschossen, treffen sie immer ihr Ziel. Geh achtsam mit ihnen um, sonst wirst du eines Tages dein eigenes Opfer.«

Langsam gingen sie weiter. Sonntägliche Stille lag über den Feldern und Wäldern. Schwärme von Stechmücken schwebten im goldenen Licht des Spätnachmittags. Die Luft war von Salbei- und

Heuduft erfüllt, in den sich der scharfe Geruch von Schafminze mischte, die sie unter ihren Füßen zertreten hatten. Während sie den schmalen Pfad über den bewaldeten Hang des Hügels hinaufwanderten, stieß eine große schwarze Krähe auf einem Eichenast einen warnenden Schrei aus und erhob sich in die Lüfte.

Als sie die Lichtung erreicht hatten, sah Will die Ruine über einem Gewirr aus Schlingpflanzen und Sumach emporragen, als versuche sie, dem Würgegriff der Pflanzen zu entkommen. Efeu rankte sich um halb verborgene Steinstufen und ergoß sich in langen grünen Kaskaden über ein halb verfallenes Eingangstor. Früher mochte das hier ein schöner Ort gewesen sein, jetzt wirkte er nur noch trist.

»Unser Memento mori«, sagte Sadie leise. »Und das von Clayton.«

20

Dieser verfluchte Kelch, dachte Clayton.

Er war kein Mann, der zum Fluchen neigte, aber die Obszönität dieses Todessymbols brachte ihn beinahe dazu, auf die Art von Kraftausdrücken zurückzugreifen, die viele andere Männer tagtäglich benutzten. Seit Mei ihm das Etikett gezeigt hatte, das Louden für seinen Wein verwenden wollte, war langsam, aber sicher eine große Wut in ihm aufgestiegen.

Er stand an der Hintertür und starrte auf den dunklen Garten hinaus. Meis Vater war später dran als sonst.

Der alte Mann wanderte, wie von einer unsichtbaren Macht getrieben, immer bis spät in die Nacht hinein draußen in den Wäldern und Wiesen herum, als suche er nach etwas Verlorenem. Einmal hatte Clayton ihn dabei beobachtet, wie er sich zielstrebig wie ein Jäger durch das hohe Gras eines brachliegenden Feldes bewegt hatte. Aber er fing nie etwas, sondern kam immer mit leeren Händen von seinen Ausflügen zurück. Ein Kaninchen oder sogar ein außerhalb der Saison erlegtes Rebhuhn hätte sie alle beruhigt. Mei befürchtete, daß ihr Vater Moany Scrimsher über den Weg laufen könnte, der ihn womöglich mit einem Beutetier verwechseln und töten würde, ehe ihr Vater sich auch nur bemerkbar machen konnte.

Irgendwo draußen in den Wäldern schrie eine Eule, einmal, zweimal. Nach einer kurzen Pause ertönte ein dritter Schrei, diesmal etwas leiser. Clayton fragte sich, ob das Echo von dem alten Mann stammte, der oft die Geräusche des Waldes nachahmte. Er konnte verblüffend genau die Stimmen der Tiere imitieren, sprach aber bis jetzt nur ein paar Brocken Englisch. Wenn Clayton etwas zu ihm sagte, hörte er zu, als verstehe er alles, aber die einzigen Antworten, die er in Gegenwart seines Schwiegersohns jemals gab, waren in seiner eigenen Sprache an Mei gerichtet.

Clayton gingen finstere Gedanken über den Kelch durch den Kopf. Er versuchte sie wegzuschieben und statt dessen darüber nachzudenken, wie er seinem Schwiegervater helfen könnte, Frieden zu finden und gegen das anzukämpfen, was ihn Nacht für Nacht hinaustrieb. Aber es war sinnlos. Zumindest im Moment war seine Wut auf Louden größer als seine Sorge um den alten Mann.

Er wußte, daß er nichts tun konnte, um Louden hinsichtlich des Etiketts umzustimmen. Jeder Einwand seinerseits würde dem Mann nur Genugtuung bereiten. Clayton war frustriert.

Schließlich ging er hinaus auf die Veranda und atmete tief durch, um seinen Ärger draußen in der Dunkelheit abzulassen, wo er hingehörte. Auf keinen Fall sollte er sein Haus infizieren, in dem seine Frau und sein Sohn schliefen.

Dieser verfluchte Kelch.

Er hatte Männer, die es eigentlich besser hätten wissen müssen, dazu verleitet, Unheil über sich und andere zu bringen. Und nun tauchte er nach all den Jahren wieder auf. Er sei mit einem Fluch behaftet, hatten die alten Leute gesagt, als Clayton noch ein Kind gewesen war, und solle am besten nie wieder auftauchen.

»Versuch nicht, ihn zu finden, Clayton!« hatte ihn seine Großmutter mit Tränen in den Augen gewarnt. »Er trägt das Mal des Teufels.«

Er hatte ihr geglaubt und heftig den Kopf geschüttelt, um ihr zu zeigen, daß er nicht im Traum daran dachte, danach zu suchen.

Auch jetzt schüttelte er wieder den Kopf – diesmal, um die quälenden Gedanken zu vertreiben. Er war ein praktisch denkender Mensch und neigte normalerweise nicht zu den Phantastereien, die andere dazu trieb, verrückte Dinge zu tun. Nur einmal hatte er seiner Phantasie erlaubt, über seinen Verstand zu siegen. Aber das war zu einer anderen Zeit und an einem anderen Ort gewesen, einem Ort, wo alles, selbst das Alltäglichste, völlig phantastisch gewirkt hatte. An jenem Ort hatten sowohl Worte als auch Bilder eine andere Bedeutung angenommen. »Das hat nichts zu bedeuten« war dort bloß eine andere Art zu sagen, daß es sehr wohl etwas bedeutete. Der Klang der Stimme verriet oft mehr als die gesprochenen Worte, konnte diese Worte sogar Lügen strafen.

Er hatte dort noch andere Dinge gelernt: daß man eine Brustwunde mit der Zellophanhülle einer Zigarettenschachtel schließen konnte; daß philippinisches Bier mit einem Schuß Formaldehyd bloß schlimme Kopfschmerzen verursachte; daß die Kiefern in den Wäldern von den Geistern berühmter Toten bewohnt wurden; daß das Offensichtliche keiner Erklärung bedurfte.

Louden war ebenfalls dort gewesen. Aber das war keine Gemeinsamkeit, die sie verband. Er hatte gehört, daß der andere Mann in den Kampf gegen aufständische Bergbewohner verwickelt gewesen und mit deren Glauben umgegangen war wie mit dem Tod von Claytons Bruder: als spiele er keine Rolle.

Mittlerweile war Clayton vom tiefen Durchatmen ein wenig schwindlig geworden. Erschöpft setzte er sich auf die Treppe. In diesem Augenblick wünschte er sich nichts mehr, als neben Mei im Bett zu liegen und ihren zierlichen, geschmeidigen Körper zu spüren. Aber er hatte ihr versprochen, so lange aufzubleiben, bis der alte Mann wieder wohlbehalten im Haus war. Sie wirkte zur Zeit so unruhig. Mehr denn je wünschte er, sie würde nicht zusammen mit Louden dieses Restaurant planen. Morgen wollte er noch einmal versuchen, sie von dem Projekt abzubringen. Falls sie sich weigerte, würde er ihr vielleicht doch noch erzählen müssen, warum er dem Mann mißtraute.

Er wußte, daß Louden genauso verbissen nach dem Kelch suchte, wie es der alte Mr. Jardine vor all den Jahren getan hatte, möglicherweise sogar in Little Grove. Wenn Männer wie Louden sich so intensiv mit der Vergangenheit beschäftigten, dann bedeutete das meist, daß etwas mit der Gegenwart nicht stimmte, dachte Clayton. Er hatte gehört, daß es um Loudens Finanzen nicht so rosig stand, wie alle glaubten. Obwohl es ihm für Julia leid täte, wenn die Gerüchte stimmten, würde er kein Problem haben, seelenruhig zuzusehen, wie ihr Mann alles verlor.

Er hatte Burke Louden kennengelernt, als sie beide noch Kinder waren. Keiner der beiden Männer hatte seitdem mit dem anderen über jenen Sommer gesprochen. Falls Louden sich überhaupt daran erinnerte, daß Clayton der kleine schwarze Junge gewesen war, der seinem älteren Bruder Judah überallhin folgte und ihm auf der Farm bei allen möglichen Arbeiten zur Hand ging, hatte er es nie gezeigt.

Damals waren Burke und seine Mutter als Gäste der Jardines nach Greengrove gekommen. Zusammen mit ihnen hielten sich noch viele andere Besucher den Sommer über dort auf. Obwohl Burke einer der Jüngeren war, setzte er sich schnell als Anführer durch. Er zeigte sich von seiner besten Seite und hatte damit nicht nur bei den Erwachsenen, sondern auch bei den Kindern Erfolg. Er verachtete nicht wie viele andere Nordstaatler die Bräuche des Südens, sondern schien sie sogar faszinierend zu finden. Und wenn die Kinder sich in der alten Tabakscheune versammelten, um die Zigaretten zu rauchen, die Burke aus den silbernen Etuis auf den Tischen oder von der Anrichte im Haus gestohlen hatte, äffte er gekonnt einige der erwachsenen Gäste nach.

In jenen Tagen hielt der alte Mr. Jardine eine Schafherde, zu der auch zwei Rambouillet-Zuchtböcke gehörten, die den Bestand der Herde vergrößern sollten. Die beiden Widder waren normalerweise friedlich, aber irgendwie fanden die Kinder heraus, daß es den Kampfinstinkt der Tiere weckte, wenn man ihre Köpfe aneinanderrieb. Burke überzeugte die anderen davon, daß so ein Widderkampf ein guter Zeitvertreib für einen langweiligen Nachmittag sei, und ließ sie Wetten über den Ausgang des Kampfes abschließen. Als Judah, der auf die Herde aufpaßte, dahinterkam, was sie vorhatten, forderte er sie zum Gehen auf, aber Burke brachte die anderen dazu, nicht auf ihn zu hören. An diesem Abend verkündete Mr. Jardine beim Essen, daß er die Schuldigen höchstpersönlich mit der Pferdepeitsche bestrafen werde, falls diese Tierquälerei nicht sofort ein Ende habe.

Am nächsten Nachmittag folgten Burke und seine Bande unbemerkt Judah und Clayton, während die beiden die Kaninchen aus den Fallen einsammelten, die Judah auf den Feldern aufgestellt hatte. Clayton fand ein Kaninchen, das noch am Leben war und aus der Drahtfalle zu entkommen versuchte. Er und sein Bruder kauerten gerade neben dem Tier, als sie ein Geräusch hörten, das sie herumfahren ließ. Hinter ihnen stand Burke, die anderen bildeten ein paar Schritte entfernt einen Halbkreis. Einen langen Moment starrte der weiße Junge Judah mit kaltem Blick an. Während Judah zögerte, kniete Burke nieder und befreite das Kaninchen mit einem schnellen Griff aus der Falle. Das zappelnde Tier in der Hand, stand er auf und drehte sich zu den anderen um.

»Habt ihr gewußt, daß die Nigger glauben, es bringt Unglück, wenn man ein Tier in seinen Händen sterben läßt?« fragte er sie.

Er sagte das in beiläufigem Ton, als wolle er sie über die Bräuche der Gegend aufklären. Dann versetzte er dem Kaninchen plötzlich mit der Handkante einen harten Schlag ins Genick. Das Kaninchen zuckte einmal kurz und hing dann leblos in seiner Hand. Burke schüttelte es zum Scherz. »Stellst du dich tot, du kleiner Racker? Nein? Na, dann könnt ihr ihn jetzt wohl ohne Bedenken anfassen!«

Er warf den Kadaver vor Judahs Füße. Clayton war alt genug, um zu verstehen, daß der weiße Junge wütend auf seinen Bruder war, weil der ihm den Spaß mit den Widdern verdorben hatte, und ihn nun provozieren wollte. Aber Judah ließ sich nur schwer aus der Ruhe bringen. Schweigend gab er Clayton ein Zeichen, ihm zu folgen, und ging einfach weg. Doch zuvor trafen sich die Blicke der beiden Jungen einen Moment, und in den Augen seines Bruders sah Clayton einen Ausdruck von Verachtung, der Burkes Gesicht vor Wut rot anlaufen ließ. Judah war groß und stark, zu stark für den weißen Jungen, aber als Clayton sich umdrehte, um Judah zu folgen, stellte Burke ihm ein Bein, so daß er stolperte. Die anderen Kinder lachten, doch Judah bekam ihn zu fassen, bevor er fiel, und stellte ihn wieder auf die Füße.

In den darauffolgenden Tagen wurde es sehr heiß und schwül. Der alte Mr. Jardine wies Claytons Vater und Bruder an, den heißesten Teil des Tages im alten Eishaus zu arbeiten. Trotz der angenehmen Kühle, die dort herrschte, hielt Claytons Vater das für eine Verschwendung von Zeit, die seiner Meinung nach besser auf wichtigere Arbeiten rund um die Farm verwendet worden wäre, auch wenn er das natürlich nie zu Mr. Jardine selbst gesagt hätte. Claytons Vater respektierte den alten Mr. Jardine zu sehr, um ihn vor seinen Söhnen zu kritisieren, aber sie merkten schon daran, wie ihr Vater vor sich hinmurrte, was er davon hielt. Mr. Jardine war ein guter Mensch, aber sein Verhalten wurde immer seltsamer. Alle wußten, daß er manchmal dem Alkohol zusprach. Zwei- oder dreimal im Jahr, nicht öfter, betrank er sich bis zur Besinnungslosigkeit, und an diesen Tagen kam man ihm besser nicht in die Quere. Ansonsten mochten und respektierten ihn alle. Das Problem war nur, daß ein paar verrückte Gedanken in seinem

Kopf herumspukten. Er war fest entschlossen, einen alten Kelch zu finden, der einmal seiner Familie gehört hatte – jenen Kelch, der einem längst verstorbenen Jardine und seinem Sklaven soviel Unglück gebracht hatte. Der Junge war nicht viel älter gewesen als Judah und irgendwie sogar mit den Vanns verwandt. Angeblich war er wegen des Kelchs ums Leben gekommen; sein Herr hatte ihn dabei erwischt, wie er den Kelch stehlen wollte.

Mr. Jardine hielt es für möglich, daß der Kelch irgendwo in dem alten Gebäude versteckt war, das dem ursprünglichen Haupthaus von Greengrove als Eishaus gedient hatte. Vom Haus selbst waren nur noch das Gerippe einer Außenwand und der monumentale Mauerbogen des Haupteingangs übrig. Das jetzige Farmhaus, das als Ersatz für das alte gebaut worden war und ein Stück weiter flußabwärts lag, besaß ebenfalls ein Eishaus. Als schließlich die Elektrizität in Greengrove Einzug hielt, machten Kühl- und Gefrierschränke es überflüssig. Claytons Eltern konnten sich noch an die Zeit erinnern, als man das Eis im Winter vom Teich holte und den Hügel hinaufschaffte, um es eingehüllt in Stroh in der kühlen tiefen Grube des Eishauses zu lagern. Zu Beginn des Frühjahrs war die Grube bis zum Rand gefüllt, doch gegen Ende August gähnte sie schwarz und leer. Dann wurde sie zu einem Unterschlupf für Spinnen, Eidechsen und Schlangen und zu einer Gefahr für neugierige Kinder. Auch das Eis selbst konnte Gefahren bergen. Clayton wußte von seiner Mutter, daß sie in ihrer Limonade manchmal kleine schwarze Flocken gefunden hatten – den Ruß der am Fluß entlangfahrenden Züge, der vom Wind in das Wasser des Teichs geweht worden war.

Die Ziegel des alten Eishauses wurden hauptsächlich von Efeuranken und Dornensträuchern zusammengehalten. Grob behauene Eichenbalken stützten die Wände und das Dach ab. Im Innern des Gebäudes, das von dem wenigen durch die Ritzen der Wände dringenden Tageslicht nur schwach erhellt wurde, befand sich eine tiefe, kreisförmige, von einem breiten Rand aus verfaultem Holz eingefaßte Grube. Sie roch nach feuchter Erde und den Exkrementen der Fledermäuse, die sich in den Ecken des Dachs zusammendrängten. Das Eishaus war ein gefährlicher Ort, nicht nur der Schlangen wegen. Die Seiten der Grube bröckelten, und einige der Holzpfosten, die man als Treppenstufen in die Seitenwände getrieben hatte, waren zu kleinen Stumpfen zusammengefault. Auf dem Grund der Grube lag ein Berg aus Gerümpel. Claytons Vater und Bruder schaufelten das Zeug in Säcke, die sie anschließend auf dem Rücken nach oben trugen, wobei sie jede der hölzernen Treppenstufen vorsichtig prüften. Oben leerten sie die Säcke auf ein im Gras ausgebreitetes Segeltuch. Claytons Aufgabe bestand darin, mit einer kleinen Kelle durch die stinkenden Haufen zu wühlen und die interessanten Gegenstände herauszuholen. Sein Vater haßte diese Arbeit, Clayton jedoch fand sie aufregend. Er stellte sich vor, wie er von einem der Fundstücke den übelriechenden Schmutz herunterkratzte und darunter den glitzernden Kelch entdeckte.

Aber die ungewöhnlicher aussehenden, schmutzverkrusteten Klumpen entpuppten sich dann immer nur als ein Stück zerbrochenes Geschirr oder eine alte Flasche. Wenn Mr. Jardine auf seinem braunen Pferd herübergeritten kam, um nachzusehen, was sie gefunden hatten, verriet seine Miene keine Enttäuschung. Mit zurückhaltendem Interesse betrachtete er einen aus der Form geratenen Ledereimer oder ein verrostetes Werkzeug, stellte ein paar Fragen über den Fortschritt ihrer Arbeit und ritt dann ohne weiteren Kommentar wieder davon.

Eines Nachmittags kam er in Begleitung von Burke und dessen Mutter. Sie blieben nicht lang, und am nächsten Tag wurden die Männer mit anderen Aufgaben betraut. Clayton aber hatte seine Kelle neben dem Segeltuch im Gras liegen lassen und kehrte nach der Arbeit zum Eishaus zurück, um sie zu holen. Als er sich dem Gebäude näherte, sah er jemanden herauskommen und in Richtung Straße davonrennen. Clayton erkannte Burke, der etwas in der Hand zu halten schien. Er warf einen Blick in das Eishaus, aber offenbar hatte der Junge nichts darin verändert. Trotzdem nahm er sich vor, seinem Vater davon zu berichten, aber über seiner erfolglosen Suche nach der Kelle vergaß er es wieder. Sein Vater erwartete von ihm, daß er auf sein Werkzeug achtgab, und eine neue Kelle würde ihn das Taschengeld vieler Wochen kosten.

Erst drei Tage später kehrten sie zum Eishaus zurück. Clayton rollte gerade das Segeltuch auseinander, als er von drinnen plötzlich einen Aufschrei hörte und dann, wie sein Vater besorgt den Namen seines Bruders rief.

Clayton half seinem Vater, den leblosen Körper seines Bruders den Hügel hinunter bis zum Wagen zu tragen und auf der Ladefläche auf eine Decke zu legen. Sie fuhren schweigend bis zu ihrem Haus. Er konnte noch immer die Klagerufe seiner Mutter hören. Hinterher stellten sie fest, daß sich einer der Holztritte an der Grubenwand gelöst hatte: Als Judah auf den dritten Holzpfosten getreten war, hatte er unter ihm nachgegeben. Er hatte das Gleichgewicht verloren, war in die Grube gestürzt und hatte sich das Genick gebrochen.

Später erzählte Clayton seinem Vater, daß er Burke Louden aus dem Eishaus habe laufen sehen. Sein Vater dachte eine Weile nach und ging schließlich zum Haupthaus, um mit Mr. Jardine zu sprechen. Hinterher berichtete er Clayton, Mr. Jardine habe den Jungen in sein Arbeitszimmer gerufen, um ihn zu fragen, was er im Eishaus zu suchen habe. Aber Burke habe abgestritten, überhaupt dort gewesen zu sein.

Jahre später, als Burke Louden Greengrove gekauft und Clayton gefragt hatte, ob er für ihn arbeiten wolle, hatte er abgelehnt.

Clayton stand auf und streckte sich. Er war inzwischen so müde, daß ihm alle Knochen weh taten. Noch mehr schmerzte ihn jedoch die Traurigkeit, die ihn immer überkam, wenn er an seinen Bruder dachte. Er tat es nicht oft, denn wenn man zuviel über die Vergangenheit nachdachte, kam man mit der Gegenwart nicht mehr zurecht.

Er legte eine Hand auf den Türknauf. Er wollte jetzt endlich das Haus abschließen, aber Meis Vater war noch immer nicht aufgetaucht. Er hatte dem alten Mann bisher nicht begreiflich machen können, daß es ihn beunruhigte, wenn das Haus nachts unverschlossen war. Er konnte nicht richtig schlafen, solange unten ein Fenster oder eine Tür offenstand. Anfangs hatten sie Mr. Brieng einen Schlüssel mitgegeben und ihm gezeigt, wie man ihn benutzte. Doch am nächsten Morgen hatte er, den Kopf auf den Armen, vor der verschlossenen Tür gekauert. Dabei war er laut Mei durchaus mit der Handhabung eines Schlüssels vertraut. Mit der Zeit hatten sie festgestellt, daß es noch andere Gegenstände gab, vor denen der alte Mann sich fürchtete, auch wenn sie bisher nicht dahintergekommen waren, welche Bedeutung diese für ihn hatten.

Leise schloß Clayton die Tür und ging ins Schlafzimmer, wo er eine Weile neben dem Bett stehenblieb und die schlafende Mei betrachtete. Vielleicht stellte sie sich aber auch nur schlafend. So sicher war er sich da nicht mehr.

Sie lag auf der Seite und hatte wie ein Kind die Hände zwischen die angezogenen Knie geschoben. Mit ihrem weißen Baumwollnachthemd und dem langen schwarzen Haar sah sie noch immer aus wie das kleine, zarte Mädchen, als das er sie kennengelernt hatte. Er spürte, wie sein Herz bei ihrem Anblick einen Satz machte, genau wie damals, als er sie zum zweitenmal gesehen hatte: eine schmale Gestalt, die eine Schüssel umklammert hielt und damit vorsichtig den langen Gang zwischen den beiden Bettreihen entlangging.

Ihn berührte vor allem ihre absolute Konzentration und Eigenständigkeit. Sie erschien ihm wie ein Geschenk, weil sie so in sich ruhend, so diszipliniert, so strahlend wirkte. Und seine Vision hatte ihn nicht getrogen, das war ihm nach all den Ehejahren mit Mei klar.

Erst in letzter Zeit hatte ihre leuchtende Aura ein wenig an Glanz verloren, und er fühlte sich irgendwie dafür verantwortlich. Dabei hatte er es nur gut gemeint. Obwohl sie selten davon sprach, wußte er, daß sie tief in ihrem Innern noch immer um ihre Familie und ihr früheres Leben trauerte. Er hatte sich bemüht, etwas über den Tod ihres Vaters in Erfahrung zu bringen, und nicht damit gerechnet, daß er noch am Leben war.

Zuerst schien diese Neuigkeit wie ein Wunder, ein Grund zur Freude. Inzwischen war er sich da nicht mehr so sicher. Nicht daß er Meis Vater den Tod wünschte – nur hatte sich die Anwesenheit des alten Mannes als nicht ganz unproblematisch erwiesen. Mit dem neuen Familienmitglied war eine gewisse Unruhe in die Familie gekommen.

Jordan hatte es folgendermaßen ausgedrückt: »Er ist wie ein Geist, wir können ihn sehen, aber er ist nicht wirklich da.«

Beim Gedanken an seinen Sohn spielte ein Lächeln um Claytons Lippen. Er setzte sich auf den Stuhl neben dem Fenster und stützte das Kinn in die Hände. Jahrelang hatte Jordan ihre Versuche, ihm von der Vergangenheit zu erzählen, nur mit einem höflichen Achselzucken quittiert. Er interessierte sich mehr für Pflanzen, Baseball oder Fischen, je nachdem, welches Thema ihn gerade beschäftigte. Aber als er vom Überleben seines Großvaters erfuhr, war mit einemmal seine Neugierde geweckt.

Er und Mei hatten versucht, die Fragen des Jungen ehrlich zu beantworten, aber es war ihnen schwergefallen, die richtigen Worte zu finden. Leichter ging es, wenn er und der Junge draußen waren und zusammen arbeiteten. Oft fiel ihm dann plötzlich etwas ein, irgendeine Erinnerung, und er erzählte es Jordan, der nun, anders als früher, tatsächlich seinen Worten lauschte.

Es machte Clayton ein wenig angst, wie sich der Junge nun auf die Vergangenheit stürzte. Trotzdem war es besser, wenn Jordan die Sache jetzt in den Griff bekam und sie ein für allemal bewältigte.

Vorfahren und Geister. Immer häufiger ertappte er sich selbst dabei, wie er an sie dachte. Und an die Vergangenheit. Dabei war er früher immer ein Mann gewesen, der ganz und gar im Hier und Jetzt lebte.

Leise zog er sich aus und hängte seine Hose über die Stuhllehne. Mei bewegte sich leicht im Schlaf. Er hatte sie an Jordans Bett stehen sehen, wie er nun an ihrem stand. Sie zeigte ihre Angst um ihren Sohn niemandem außer ihrem Mann. Andere Frauen bewunderten die heitere, gelassene Art, mit der sie Jordan gestattete, seinen eigenen Weg zu finden, aber Clayton wußte, welche Sorgen sie sich um ihn machte. Wahrscheinlich waren alle Mütter so, sie konnten einfach nicht anders. Meis größter Kummer waren die Jähzornsausbrüche gewesen, die Jordan als Kind gehabt hatte. Einmal war er Mei sogar aus Wut darüber, daß sie ihm etwas verwehrte, an die Gurgel gegangen. Hinterher war er entsetzter darüber gewesen als Mei, und hatte sich so tränenreich entschuldigt, daß Clayton die bereits zum Schlag erhobene Hand wieder hatte sinken lassen.

Clayton wußte, daß der Junge diesen Jähzorn von ihm geerbt hatte. Wenn er ehrlich war, hatte dieser entscheidend dazu beigetragen, einen guten Soldaten aus ihm zu machen. Kontrolliert und in die richtigen Bahnen gelenkt, hatte er ihn vor Illusionen und Zynismus bewahrt. Clayton hatte schon damals begriffen, wie gefährlich es war, seinen Jähzorn nach innen zu richten, gegen sich selbst. Es war viele Jahre her, daß er zum letztenmal das Bedürfnis oder den Wunsch verspürt hatte, ihm freien Lauf zu lassen. Der Krieg hatte ihn davon kuriert. Zumindest glaubte er das. Nur bei einem einzigen Menschen spürte er noch manchmal, wie er sich in ihm regte.

21

Sadie lehnte sich genüßlich im Beifahrersitz zurück. Der Wind wehte ihr ins Gesicht und trug den würzigen Geruch der Felder und Wälder herein, an denen sie und Will vorüberfuhren. Sie waren unterwegs nach Charlottesville, um in der Handelskammer Informationen einzuholen und anschließend mit Walter Lamartine zu Mittag zu essen. Hinterher würde Will verschiedene Besorgungen machen, während Walter Sadie beim Entziffern von Edwin Jardines Handschrift helfen würde.

Während der Fahrt erzählte sie Will, daß sie die halbe Nacht lang *Die Geschichte des Weins in Altertum und Moderne* gelesen habe. Der Text sei ebenso faszinierend gewesen wie die Anmerkungen Edwins.

»Und was hast du daraus gelernt?« fragte er sie. Seit ihrem Spaziergang waren sie zum vertrauten Du übergegangen.

»Daß ein paar Tricks schon seit Jahrtausenden bekannt sind«, antwortete Sadie. »Plutarch schreibt, daß manche Weinbauern im alten Griechenland ihre Kundschaft an der Nase herumzuführen versuchten, indem sie neue Jahrgänge in Fässer füllten, in denen zuvor alte, hocharomatische Weine gelagert hatten. Andere boten den Käufern Käse und Nüsse an, um sie während der Weinprobe zum Essen zu verführen und so ihren Geschmackssinn zu beeinträchtigen. Plutarch weist außerdem warnend darauf hin, daß der Westwind die meisten Weine verändere. Man soll daher seine Wahl erst treffen, nachdem er sich gelegt hat. Alle Weine, deren Geschmack sich durch den Wind nicht verändern, halten sich seiner Ansicht nach gut. Florentinus dagegen empfiehlt, den Wein, den man kaufen möchte, dann zu probieren, wenn gerade Südwind weht.«

Will lächelte. »Dann war es also für die alten Griechen genauso schwierig, eine Flasche Wein zu kaufen wie für uns!«

»Für die alten Römer auch. Stell dir vor, du bist ein kleiner römischer Beamter, der seinen Vorgesetzten mit einer teuren Flasche Falerner aus den Albaner Bergen beeindrucken möchte. Schließlich gilt dieser Wein unter Kennern als besonders edler Tropfen. Aber dann taucht Plinius auf und rümpft die Nase. Inzwischen werden davon solche Mengen produziert, sagt er in verächtlichem Ton, daß wirklich kein Verlaß mehr auf die Qualität ist.«

»Man kann sich also überall blamieren.«

»Allerdings. Aber es konnte noch schlimmer kommen. Kaiser Diokletian ließ angeblich siebentausend Anhänger des Bacchuskults abschlachten. Weil sie ihre Riten zu exzessiv zelebrierten.«

»Ein schlagendes Argument für Mäßigung in allen Dingen. Was hat dein Vorfahr dazu zu sagen?«

»Nach dem zu urteilen, was ich bisher entziffern konnte, war er vor allem an den antiken Anbaumethoden interessiert. Er hat beispielsweise eine Passage markiert, in der beschrieben wird, wie die damaligen Weinbauern ihre Weinstöcke an Bäumen hochwachsen ließen, weil sie glaubten, daß der Wein um so besser wurde, je höher die Ranken kletterten. Aber es gibt auch eine Reihe von Anmerkungen neben Textstellen über Sklaven. Hier ist zum Beispiel eine.« Sie deutete auf die entsprechende Passage. »Seneca zitiert einen griechischen Schriftsteller, der sich darüber ausläßt, worauf man beim Kauf eines Sklaven achten sollte: ›Entscheide dich lieber für einen jungen Sklaven von ernstem Gemüt‹«, las sie vor, »›als für einen, der durch seine Fröhlichkeit und gewinnende Art auffällt. Denn der Wein, der hart und rauh schmeckt, wenn er neu ist, erreicht durch das Alter oft einen hohen Grad an Qualität, während der, der bereits im Faß gefällt, sich niemals als haltbar erweist.‹«

Will verzog das Gesicht. »Des Weinliebhabers Ratgeber für den Sklavenkauf. Hat Edwin ›Wie wahr!‹ an den Rand geschrieben?«

»Nicht direkt.« Sie starrte auf die winzigen Buchstaben. »Aber ich kann Luthers Namen entziffern. Er war der Sklave, der auf Bull's Hill gestorben ist. Sein Name taucht so häufig in den Anmerkungen auf, daß er für Edwin sehr wichtig gewesen sein muß.«

Aufgrund dessen, was sie sich inzwischen aus den Anmerkungen zusammengereimt habe, erklärte sie Will, sei sie davon überzeugt, daß Edwins tagebuchähnliche Aufzeichnungen nach der Tragödie von Bull's Hill für ihn so eine Art Katharsis gewesen seien. »Trotzdem ist schwer zu sagen, welche Art von Beziehung die beiden hatten, wenn man mal davon absieht, daß sie Herr und Sklave waren. An einer Stelle zitiert Edwin eine seltsame Passage aus einem Text des griechischen Philosophen Epiktet.«

Will sah sie an. »Ich habe bei deiner Mutter einen Band seiner Schriften gesehen.«

»Nach Vaters Tod hat sie angefangen, seine Werke zu lesen. Er war Vaters Lieblingsphilosoph.« Für Sadies Geschmack waren seine Gedanken zum Stoizismus und zum abgeschiedenen Leben zu blutleer.

»Was ist an dem Zitat so seltsam?«

»Es stammt von einem Mann, der vor fast zweitausend Jahren selbst Sklave war. Aber das hätte auch ein Sklavenhalter vor dem Bürgerkrieg sagen können. Epiktet beschreibt, wie schwer es draußen in der realen Welt ist, wenn sich niemand um einen kümmert, und daß man als Sklave mehrerer Herrn enden kann.«

»Vielleicht hat Edwin die Stelle als Rechtfertigung für die Sklaverei verstanden, denn sie stammte ja von einem Exsklaven. Oder er hat versucht, Luther mit dem Text angst zu machen, damit er bei ihm blieb.«

»Ich glaube, daß er Luther die Freiheit geschenkt hat«, entgegnete Sadie.

»Es blieb ihm auch kaum eine andere Wahl. Zumindest theoretisch wurde die Sklaverei in den konföderierten Staaten 1863 abgeschafft.«

»Vielleicht machte er aus der Not eine Tugend. In seinen Anmerkungen gibt es eine lange Passage, in der das Wort *manumitio* vorkommt, der lateinische Ausdruck für die Freilassung eines Sklaven. Edwin scheint darin eine Art Ritual zu beschreiben, das er in Anlehnung an eine römische Zeremonie in Little Grove durchgeführt hat. Er erwähnt dabei einen Kelch.«

»Den, der verschwunden ist?«

»Möglich. Ich hoffe, daß Walter mir helfen kann, das herauszufinden.«

Sie ließ den Blick über die Landschaft ihrer Kindheit schweifen. Die vertrauten und zugleich rätselhaften Landschaften waren ihr schon immer am anziehendsten erschienen. Egal, wie gut man sie kannte oder wie sehr man sie liebte, sie bewahrten sich stets ein Element des Geheimnisvollen. Einfache Vorgänge der Natur verwandelten das Vertraute. Sumach und Efeu drangen immer weiter vor, wucherndes Unkraut breitete sich über brachliegende Felder aus. Aus der Ferne wirkte eine natürlich belassene Landschaft auf den ersten Blick ewig gleich, als seien die Felder und Wälder, der Fluß und der Berg unveränderlich. Aber die Natur war unablässig am Werk und veränderte alles, selbst dort, wo der Mensch sich nicht einmischte. Und Bull's Hill hatte für Sadie immer diese Mischung aus Vertrautheit und Rätselhaftigkeit besessen.

Will hatte offenbar eine Veränderung in ihrem Gesichtsausdruck bemerkt und daraus Rückschlüsse auf ihre Gedanken gezogen. »Vorsicht, ein Pfeil!« warnte er sie scherzhaft.

Es dauerte einen Moment, bis sie begriff, daß er sich auf das indianische Sprichwort bezog, von dem sie ihm am Vortag erzählt hatte. Sie lachte. »Ich als potentielles Opfer – das ist genau das, wovor ich Angst habe.«

»Sprechen wir gerade von deinem Schwager?« Sein Blick war ernst geworden. Als sie nickte, fragte er: »Hast du wirklich Angst vor ihm?«

»Ein bißchen schon. Julia hat mir erzählt, daß er für die Kellerei eine neue Straße bauen will. Dabei ist ihm das kleine Fleckchen Land von Moany Scrimsher im Weg.« Bis jetzt hatte Burke grollend hingenommen, daß Moany sich weigerte, ihm den Rest des Scrimsher-Grundstücks zu verkaufen, erklärte sie, aber das werde sich nun ändern. Mit seinem Geld und seinen guten Beziehungen werde es ihm wohl kaum Schwierigkeiten bereiten, dieses Problem zu lösen. »Und wenn er damit Erfolg hat, könnte ihn das ermutigen, seine Aufmerksamkeit wieder uns zuzuwenden.«

Sie näherten sich Charlottesville. Will schlug vor, kurz bei Mintys Anwalt Sam Shankman vorbeizuschauen. Obwohl es unwahrscheinlich war, daß dieser gleich Zeit für sie haben würde, wollte er ihm schriftlich ein paar Fragen bezüglich der Hütte hinterlassen, von denen er hoffte, daß Shankman sie ihm telefonisch beantworten konnte. »Ansonsten vereinbaren wir einen Termin und kommen noch mal her. Ich würde gern wissen, inwieweit uns dein Schwager mit seinen Drohungen überhaupt etwas anhaben kann.«

Die Kanzlei von Sam Shankman war in einem alten Haus untergebracht, das in einer ruhigen Seitenstraße lag. Sie erwischten den Anwalt, als er gerade zum nahe gelegenen Gericht aufbrechen wollte. Er war ein übergewichtiger, zerknittert wirkender Mann um die Sechzig, mit klugen Augen und einer liebenswürdigen Art. Nach einer herzlichen Begrüßung entschuldigte er sich dafür, daß er nur wenig Zeit für sie habe. Auf ihre rasch vorgebrachten Fragen antwortete er, daß er kein Problem darin sehe, wenn sie an der Veranda Reparaturen durchführten, da es sich dabei um eine Sicherheitsfrage handle. Mit größeren Renovierungen der Hütte sollten sie dagegen lieber warten, bis Mrs. Strattons Testament gerichtlich bestätigt sei, was aber höchstens noch ein bis zwei Wochen dauern konnte.

»Lassen Sie sich von meiner Sekretärin einen Termin geben. Dann können wir die Einzelheiten in Ruhe besprechen«, fuhr er fort. »Aber da Sie heute beide hier sind, kann ich Ihnen schon mal diesen Brief geben. Mrs. Stratton hat mich gebeten, ihn Ihnen beiden persönlich auszuhändigen.« Mit diesen Worten überreichte er Sadie einen Umschlag, nickte ihnen zum Abschied kurz zu und eilte davon.

Nachdem sie einen Termin für die kommende Woche vereinbart hatten, verließen sie die Kanzlei. Sie einigten sich darauf, Mintys Brief bei einer Tasse Kaffee zu lesen. Auf dem Weg zum Café informierten sie sich kurz in der Handelskammer über die Gesetze und Verordnungen, die bei der Gründung eines kleinen Unternehmens, insbesondere einer Weinkellerei, zu beachten waren. Vielleicht, so dachte Sadie, während sie die entsprechenden Auskünfte einholten, konnte sie ja hier einen wunden Punkt von Burke finden. Nach allem, was ihr im Lauf der Jahre an Klatschgeschichten über ihn zu Ohren gekommen war, hatte sie das Gefühl, daß er es zumindest bei seinen Auslandsgeschäften nicht immer so genau mit dem Gesetz nahm. Falls sie und Will ihm nachweisen konnten, daß er im Hinblick auf Greengrove Winery irgendwelche Vorschriften mißachtet oder falsche Angaben gemacht hatte, könnten sie dieses Wissen vielleicht nutzen, um ihn von Little Grove fernzuhalten.

Es konnte jedenfalls nicht schaden, sich ein wenig umzuhören, dachte sie. Zu dumm, daß sie es sich mit Babs Filmer verdorben hatte. Falls ihre Begeisterung für Burke mal nachließ, würde sie vielleicht den Drang verspüren, negative Fakten über ihren ehemaligen Liebhaber zu enthüllen. Sadie sah zu Will hinüber, der sich gerade mit einer Frau von der Handelskammer unterhielt. Schlimmstenfalls mußte eben Will mit Babs reden. Ihr Verhalten auf Julias Party hatte keinen Zweifel daran gelassen, daß sie mehr als erfreut wäre, ihn wiederzusehen.

Nachdem sie in der Handelskammer fertig waren, gingen sie in die nahe gelegene Fußgängerzone, die sich durch das Herz des alten Geschäftsviertels zog. Sadie führte Will nicht in eines der Straßencafés, sondern ins Timberlakes, einen alten Drugstore, der ihrer Meinung nach viel mehr von der früheren Atmosphäre ausstrahlte, als die bewußt auf alt getrimmten Läden an der Einkaufsmeile. Sie setzten sich an die Theke, die sich an der Rückseite des langen, schmalen Raums befand, und bestellten Kaffee.

»Ich finde, das hier ist der richtige Ort, um Mintys Brief zu lesen«, sagte sie zu Will. »Sie hat mich manchmal nach der Schule hierher eingeladen.«

Sie hatten die Theke fast für sich allein. Am anderen Ende waren die beiden Kellnerinnen in ein Gespräch mit einem Gast vertieft. Mit einem flauen Gefühl im Magen bat Sadie Will, ihr den Brief vorzulesen. Schon bald stellte sich heraus, daß ihre Bedenken unbegründet waren. Mintys Worte bestätigten nur, was sie bereits wußte oder zumindest geahnt hatte.

»Liebe Sadie, lieber Will«, begann der Brief, »wenn Ihr das hier lest, habt Ihr Euch schon kennengelernt und findet es vielleicht ganz schön unverfroren von mir, Euch meine Idee auf diese Weise aufzuzwingen. Aber ich habe mich schon immer gern eingemischt, wenn es um eine gute Sache ging. Ich betrachte das als eines der wenigen Vorrechte des Alters, das meiner Meinung nach sonst nicht viel Positives zu bieten hat.

Ich werde mit dem guten Gefühl sterben, mir fast alle meine Träume erfüllt zu haben, aber was Little Grove betrifft, hatte ich eigentlich immer vor, mehr daraus zu machen, als mir letztendlich gelungen ist. Ich war dreimal verheiratet und durfte viele schöne Dinge mein eigen nennen, aber nichts davon hat mich mehr im

Leben verwurzelt, als das Land, das ich besitze und liebe. Alle, die so oft verheiratet waren wie ich, wissen, was Wanderlust ist, selbst wenn sie nie aus ihrem eigenen Garten herausgekommen sind. Sie wissen aber auch, daß irgendwann der Zeitpunkt kommt, an dem man feststellt, daß es zu Hause am schönsten ist. Ihr habt in letzter Zeit beide angedeutet, daß Ihr mit Eurem jetzigen rastlosen Leben nicht mehr zufrieden seid. Vielleicht stellt sich heraus, daß Little Grove für Euch nicht das geeignete Zuhause ist, aber falls Ihr es behaltet, kann es möglicherweise doch zu einem Ort werden, an den Ihr gern zurückkehrt.

Es heißt, daß man fünf scharfe Sinne besitzen muß, um guten Wein zu machen. Aber ein wirklich großer Weinbauer braucht noch einen sechsten – einen fürs Abenteuer. Ich weiß, daß Ihr beide diesen sechsten Sinn besitzt. Meiner Meinung nach könnte Little Grove das bisher größte Abenteuer für Euch werden.«

Sadie unterdrückte die Tränen. Das waren die ersten Worte, die Minty im Zusammenhang mit dem Erbe an sie richtete. Auch wenn sie Sadie nichts Neues sagten, sprach aus ihnen doch die unnachahmliche Stimme ihrer Patentante.

Will faltete den Brief und reichte ihn Sadie mit einem schiefen Grinsen. »So wie es aussieht, könnte sie recht behalten. Für unser Erbe scheint tatsächlich eine gehörige Portion Abenteuerlust nötig zu sein.«

Der Brief, dachte Sadie, als sie zum Jeep zurückgingen, war zwar nicht so peinlich gewesen wie befürchtet, hatte aber viele Fragen offengelassen.

Walter Lamartine lebte in einem hügeligen Vorort der Stadt, in einer schönen Anlage, die hauptsächlich von älteren Akademikern und ehemaligen Universitätsdozenten bewohnt wurde. Seine helle, luftige Wohnung mit Blick auf die Berge entsprach genau Walters Charakter. Sie aßen draußen in dem kleinen, vor fremden Blicken geschützten Garten, wo sich die Äste eines einzelnen Pfirsichbaums unter der Last seiner Früchte bogen. Am hinteren Ende des Gartens wuchsen ein paar Himbeersträucher, die durch Netze vor den Vögeln geschützt waren. Das Essen verlief ruhig und harmonisch. Sadie wußte schon längst, daß unter Walters manchmal etwas rauher Schale ein gütiges Herz schlug. Er hatte ihr kurz nach dem Tod ihres Vaters Nachhilfestunden in Latein gegeben, als sie noch die High-School besuchte, und ihr dabei immer wieder Mut gemacht. Erst später wurde ihr klar, daß die Gedichte und Textausschnitte, die er ihr zu übersetzen gab – Texte von Horaz, Marcus Aurel und dem heiligen Augustinus – sie auf subtile Weise getröstet hatten.

Walter servierte ihnen kalte Pfirsichsuppe, als Hauptspeise gedünsteten Lachs mit Salat, als Nachspeise dünne Zitronenwaffeln und Himbeeren, und hinterher gab es Kaffee. Obwohl er selbst nur Wasser trank, stand auf dem runden Tisch ein Eiskübel mit einer Flasche Jefferson Vineyards Sauvignon Blanc. Sadie trank ihren Wein in kleinen Schlucken, während sie im Schatten des Baums saß und zuhörte, wie sich die beiden Männer über ihre Reisen in die abgelegeneren Teile des einstigen Römischen Reichs unterhielten. Will überraschte sie mit seinen historischen Kenntnissen, die er sich für Expeditionen in die hintersten Winkel verschiedener Länder selbst angeeignet hatte, aber auch mit seinem Interesse für die Bräuche und Sitten ihrer heutigen Bewohner.

Will hatte eine Seite von Walter zum Vorschein gebracht, die sie sonst nur selten zu Gesicht bekam – die des charmanten Erzählers. In Gegenwart ihrer Mutter begnügte er sich meist damit, sich von ihr unterhalten zu lassen. Sie verwöhnt ihn zu sehr, dachte Sadie. Trotzdem ertappte sie sich dabei, wie sie Walter als potentiellen Ehemann für ihre Mutter in Betracht zog, während sie langsam ihren Kaffee trank. Früher hatte ihr die Tatsache, daß Thea allein auf dem Land lebte, nie wirklich Sorgen bereitet, aber das Verhalten, das Moany neuerdings an den Tag legte, machte ihr bewußt, wie gefährdet Thea in mancher Hinsicht war. Und auf Dauer konnte auch Sadie nicht bei ihr wohnen bleiben. Früher oder später würde sie sich selbst etwas suchen müssen.

Sie konnte natürlich nicht erwarten, daß ihre Mutter heiratete oder in die Stadt zog, nur damit Sadie sich keine Gedanken mehr um sie machen mußte. Hinzu kam, daß in Theas Augen keiner, nicht einmal Walter, ihrem verstorbenen Mann das Wasser reichen konnte. Außerdem fühlte sie sich allein ganz wohl.

Sadie mußte an ihre eigene Vorliebe für das Single-Leben denken, an der bereits mehrere Beziehungen, darunter auch die zu Ethan, gescheitert waren.

Plötzlich merkte sie, daß die Stimmen der beiden Männer verstummt waren. Als sie den Blick hob, stellte sie fest, daß Will und Walter sie amüsiert betrachteten.

»Ich hoffe, dieses Stirnrunzeln ist ein Zeichen von Konzentration«, meinte Walter lachend, »und nicht von Mißbilligung, weil wir Männer das Gespräch derart an uns gerissen haben.«

»Wie auch immer«, fügte Will hinzu, während er aufstand, »ich glaube, es ist Zeit, daß ich losziehe und die Sachen besorge, die wir brauchen. Ich schätze, in zwei Stunden bin ich wieder da.«

»Netter Kerl«, bemerkte Walter, nachdem sich die Tür hinter Will geschlossen hatte. »Und interessant.«

Sadie lächelte. Mit einem solchen Lob hatte Walter früher nur die hellsten Köpfe unter seinen Studenten bedacht. Vielleicht, dachte Sadie, war Will letztendlich zu intelligent, um auf Dauer in Little Grove zu bleiben, und sie sagte: »Ich weiß wirklich nicht, wieso Minty geglaubt hat, daß ein solcher Mann mit der Hälfte eines strittigen Grundstücks zufrieden sein könnte, das er sich noch dazu mit einer völlig unerfahrenen Partnerin teilen muß.«

Ruhig entgegnete er, Minty habe vielleicht etwas gewußt, was sie nicht wisse. »Wenn ich du wäre, würde ich mich auf ihren Instinkt verlassen. Das heißt, wenn du überhaupt möchtest, daß Will bleibt.« Inzwischen saßen sie zusammen an dem Schreibtisch in seinem kleinen Arbeitszimmer. Vor ihnen lag Edwins Buch. Walter hatte bereits seine Lesebrille aufgesetzt, aber sein Blick war noch immer auf Sadie gerichtet. Er sah sie fragend an.

»Und ob ich das möchte!« sagte sie. »Wenn Will darüber spricht, was wir aus Little Grove machen könnten, dann fühle ich ganz deutlich, was für ein Potential dieser Ort hat.«

»Und was fühlt dein schreibender Verlobter?«

Sie zögerte einen Moment, ehe sie antwortete: »Offen gestanden, existiert der nur aus praktischen Gründen.«

Mit gerunzelter Stirn senkte Walter den Kopf, um Sadie über den Rand seiner Lesebrille anzusehen. »Früher hast du die Menschen nicht aus praktischen Gründen benutzt, Sadie.« Er klang vorwurfsvoll.

»Nein, nein«, stellte sie schnell richtig, »ich benutze bloß den Ring, nicht Ethan selbst.«

Als sie es ihm genauer erklärte, glättete sich seine Stirn. Trotzdem war er von ihren Argumenten nicht ganz überzeugt. »Ich verstehe, wieso du Will und dir Peinlichkeiten ersparen wolltest«, erklärte er. »Allerdings habe ich nicht den Eindruck, daß er sich schnell in Verlegenheit bringen läßt. Und du selbst machst dir möglicherweise was vor.«

»Wie meinst du das?«

»Vielleicht bringst du dich auf diese Weise um andere Möglichkeiten«, sagte er. Dann sah er sie mit einem kleinen, ironischen Lächeln an. »Entschuldige die Belehrung. Alte Gewohnheiten lassen sich schwer ablegen. Und nun wollen wir mal sehen, was wir aus Edwins Kritzeleien herausbekommen.«

Er wandte seine Aufmerksamkeit dem Buch zu, das aufgeschlagen zwischen ihnen auf dem Tisch lag, und erklärte ihr, daß die wertvollen Originalmanuskripte von Edwins Büchern nicht aus der Universitätsbibliothek entfernt werden dürften und er daher keine Probe von Edwins normaler Handschrift habe, die er ihr zum Vergleich zeigen könnte. Aber er selbst sei aufgrund seiner Arbeit mit den Manuskripten sehr vertraut mit dem Schriftbild. »Natürlich schrieb er normalerweise auf englisch, und seine Handschrift war nie so klein wie hier. Ich habe fast das Gefühl, daß er absichtlich so winzig schrieb, damit niemand außer ihm diese Anmerkungen lesen konnte.«

Nachdem sie sich eine Weile mit der besonderen Form von Edwins Buchstaben und den Eigenheiten seiner Handschrift beschäftigt hatten, fiel es Sadie etwas leichter, die winzige Schrift zu entziffern. Irgendwann legten sie Walters Augen zuliebe eine Pause ein und sahen sich die Illustrationen des Buches an, größtenteils Stiche antiker Kunstwerke. Eines der Bilder erregte Walters besondere Aufmerksamkeit. Es zeigte zwei unter einem Weinstock sitzende junge Männer, zu deren Füßen ein Panther lag. Der ältere der Männer hielt einen Thyrsosstab in der Hand. Dieser Stab und die Anwesenheit des Panthers wiesen darauf hin, daß es sich bei ihm um Dionysos handelte. Der jüngere Mann, eigentlich noch eher ein Knabe, war mit Weinreben und Trauben bekränzt.

Mit zusammengekniffenen Augen studierte Walter die ausführliche Anmerkung, die Edwin in seiner winzigen Schrift neben die Illustration gekritzelt hatte. »Das ist ja interessant!« meinte er, als er schließlich mit verblüffter Miene zu Sadie aufblickte. »Das Bild stellt einen eher unbekannten Mythos dar. Der Junge ist Ampelus. Das ist ein anderer Name für ›Weinstock‹. Kennst du die Geschichte?« Sie schüttelte den Kopf. »Nun, Ampelus war angeblich ein außergewöhnlich schöner junger Mann, den Dionysos liebte. Als er aber eines Tages versuchte, sich mit einem wilden Stier zu messen, wurde er von dem Tier auf die Hörner genommen und getötet. Dionysos verfiel in so tiefe Trauer, daß er die Götter bat, den Jungen in einen Weinstock verwandeln zu dürfen.«

Sadie ließ sich verblüfft zurücksinken. »Von einem Stier auf die Hörner genommen und getötet! Genau dasselbe ist angeblich auch auf Bull's Hill mit Luther passiert!«

»Aus dieser Anmerkung geht ziemlich klar hervor, daß Edwin mythische Untertöne in Luthers Tod entdeckt hat.« Er stand auf und trat an eines seiner Bücherregale. »Wenn ich mich richtig erinnere, hat Ovid zum Thema Ampelus auch etwas zu sagen. Eine andere Variante des Mythos.« Er blätterte in dem Buch, das er aus dem Regal genommen hatte. »Da haben wir es ja! Die *Fasti*. Es gibt eine Konstellation, die Ovid Vindemitor nennt –«

»Traubensammler.«

»Genau. Das ist laut Ovid der Ursprung der Konstellation.« Er las die Passage auf lateinisch vor und sah Sadie dann erwartungsvoll an.

Sie kam seiner unausgesprochenen Aufforderung nach und übersetzte: »Bacchus verliebt sich in Ampelus, den Sohn einer Nymphe und eines Satyrs, und schenkt ihm einen Weinstock. Aber während der Junge leichtsinnig die verführerischen Trauben erntet, die vom hohen Ast einer dicht belaubten Ulme hängen, stürzt er hinunter. Liber, also Bacchus, trägt den toten Jungen zu den Sternen hinauf.«

Nachdem Sadie sich von Walter verabschiedet hatte, erzählte sie Will von dem Mythos. Sie sagte, die plausibelste Erklärung sei wohl, daß Edwin einen schrecklichen Unfall in seiner Erinnerung den Wahnvorstellungen seines labilen Geistes entsprechend umgestaltet habe.

»Aber es ist auch eine andere Erklärung denkbar«, entgegnete Will ruhig. »Er könnte den Mythos bewußt nachinszeniert haben.«

»Du meinst also, er hat Luther ermordet?«

»Letztendlich würde es darauf hinauslaufen.«

»Warum hätte er das tun sollen?«

»Weinranken sind nun mal wanderlustig. Vielleicht wollte Luther nach seiner Befreiung nicht bei Edwin bleiben, und Edwin hatte Schwierigkeiten, das zu akzeptieren.«

»Es gibt da noch eine weitere Theorie«, erklärte Sadie. »Ihr zufolge hat Edwin Luther mit einem Goldkelch erwischt, der den Jardines gehörte. Vielleicht hat er rotgesehen, als er feststellen mußte, daß ein Mensch, dem er vertraute, ihn bestahl.«

»Und der Stier war zufällig im richtigen Moment zur Stelle?«

»Du glaubst also doch nicht, daß er ihn getötet hat?« fragte Sadie verwirrt.

»Ich glaube, daß wir es nie erfahren werden. Und wenn doch, werden wir es noch längst nicht verstehen.«

Das war im Grunde auch Sadies Meinung, denn das Licht der Gegenwart fiel ungleichmäßig auf Ereignisse der Vergangenheit und verzerrte manche, während sie andere heraushob.

Auf dem Rückweg nach Little Grove machten sie bei der Kellerei halt, die die Trauben von Little Grove kaufte. Das bäuerliche Anwesen schmiegte sich nicht weit von Monticello zwischen die Ausläufer der Berge. Der Besitzer, ein freundlicher, ehemaliger Ölingenieur aus Dallas, erzählte ihnen, daß seine Farm einmal Teil des Besitzes von Philip Mazzei, dem Winzer Thomas Jeffersons, gewesen sei. Es freute ihn zu hören, daß Sadie und Will sich an Mintys Vereinbarung mit ihm halten wollten, und er war seinerseits gern bereit, ihnen einen Teil der Ernte zur eigenen Verwendung zu überlassen. Bis sie ihre eigene Ausrüstung hätten, sagte er, könnten sie die seine mitbenutzen, auch wenn sie möglicherweise während der Erntezeit erst sehr spät nachts Zugang zu den Maschinen haben würden. Er selbst finde es außerdem weitaus günstiger, mit einer mobilen Abfülleinheit zu arbeiten, statt selbst die nötige Ausrüstung zu kaufen. »Und auf dem Etikett kann man sich trotzdem als Abfüller bezeichnen, weil das Ganze ja tatsächlich auf dem eigenen Grundstück stattfindet.«

Seine Frau gesellte sich mit Kaffee und Kuchen zu ihnen. Sie saßen auf einer Terrasse gleich neben dem Weinladen unter einer mit Glyzinien bewachsenen Pergola. Das Paar schien sich wirklich darüber zu freuen, daß Sadie und Will vorhatten, in Little Grove eine Weinkellerei zu gründen, und versorgten sie großzügig mit Informationen und einer Liste nützlicher Kontaktadressen.

Natürlich werde ihnen Mintys Name viele Türen öffnen, meinten sie. Sie sei eine so wichtige Fördererin des Virginia-Weins gewesen.

Sadie fiel auf, daß Burkes Name nicht auf der Liste des Paars stand. Als sie erwähnte, daß ihr Schwager in Greengrove eine Kellerei baue, verschwand das Lächeln aus dem freundlichen, runden Gesicht des Mannes. »Wir haben davon gehört. Die Leute reden darüber.«

Die Frau warf ihrem Mann einen Blick zu und sagte dann zu Will: »Die Gebäude, die bereits stehen, sollen sehr schön sein. Aber wenn das, was wir gehört haben, richtig ist, werden sie nur der Grundstock für etwas viel Größeres sein. Ich hoffe für Sie, daß die Gerüchte nicht stimmen.«

»Und für uns«, fügte ihr Mann hinzu. »Es ist auch so schon schwer genug, Fachkräfte zu bekommen. Da brauchen wir nicht noch eine solche Konkurrenz.«

Will und Sadie kauften dem Paar eine Kiste mit verschiedenen Weinen ab und versprachen, bald wiederzukommen. Nach diesem Besuch empfanden sie die Bedrohung durch Burke noch stärker als vorher, hatten aber gleichzeitig den Eindruck, daß sie im Kampf gegen ihn Verbündete haben würden.

Während der Fahrt dachte Sadie darüber nach, welch beneidenswert schönes Leben das Paar zu führen schien. Die Kinder der beiden balgten sich wie zufriedene Welpen, und sie selbst strahlten eine Aura tiefer Vertrautheit aus. Man spürte, daß die beiden ein gemeinsames Ziel hatten. Will schien das auch so empfunden zu haben, denn er sagte ruhig: »Nette Leute. Eine schöne Art zu leben.«

»Ich kann mir im Moment kaum eine bessere vorstellen«, meinte Sadie spontan.

Nach einem Augenblick des Zögerns sagte Will: »Ich hoffe, Ethan sieht das genauso. Falls er vorhat, mit dir hier draußen zu leben, meine ich.« Er hielt den Blick auf die Straße gerichtet, aber sie glaubte, aus seinem sachlichen Ton eine Frage herauszuhören.

Sie beschloß, halbwegs offen zu ihm zu sein. »Ethan kann sich ein Leben außerhalb von L. A. nicht vorstellen.«

Er schwieg einen Moment, als müßte er das erst verdauen, und fragte sie dann, ob das nicht ein ziemliches Problem für ihre Partnerschaft darstelle. »Die zwischen uns beiden, meine ich. Was natürlich nicht heißen soll, daß du diese Partnerschaft nicht auch von L. A. aus fortsetzen könntest.«

Vielleicht, so dachte sie, wollte er genau das: eine Partnerin in sicherer Entfernung, die ihm freie Hand ließ, Little Grove nach seinen eigenen Vorstellungen umzugestalten, und möglicherweise sogar irgendwann bereit wäre, sich von ihm auszahlen zu lassen. Falls dem so war, konnte sie das durchaus verstehen. Sie warf einen Blick auf den Ring an ihrem Finger. Was für eine Närrin sie doch gewesen war, Will diese Farce vorzuspielen.

Sag ihm die Wahrheit, drängte eine innere Stimme sie, während eine andere sie fragte, wie sie das denn zu tun gedenke, ohne wie eine Idiotin dazustehen oder ihm ein Interesse an ihr zu unterstellen, das er vielleicht gar nicht hatte. Doch da begann er bereits über die Arbeiten zu sprechen, die sie am folgenden Tag an der Hütte vornehmen wollten – und die Chance war vertan.

22

Die Woche verging wie im Flug. Ein schöner Tag folgte auf den anderen. Obwohl hin und wieder ein paar Wolken zu sehen waren, fiel kein Tropfen Regen, und es wurde immer schwüler. Will sah am Horizont schwere Gewitterwolken aufziehen, und gelegentlich hörte er ein weit entferntes Grollen, das aber bald wieder verstummte. Auf die spätnachmittägliche Schwüle folgten jeden Abend ein rosaroter Himmel und das ruhige Summen der Insekten. Doch das Gewitter hing weiterhin in der Luft, unsichtbar und drohend.

Burke war die Woche über in Washington, aber das Brummen der Bagger und Lastwagen, die jeden Tag an der Kellerei arbeiteten, sorgte dafür, daß er trotz seiner Abwesenheit präsent blieb. Als Sadie zu Will sagte, daß Burke sich unter Umständen nicht auf legale Methoden beschränken würde, um seine Ziele zu erreichen, antwortete er augenzwinkernd, mit ihr als Bundesgenossin werde er es schon mit ihrem Schwager aufnehmen.

»Wenn du mich als Bundesgenossin bezeichnest, heißt das, daß du ihn als Feind siehst«, sagte sie. »Es tut mir leid, daß dir einer meiner Verwandten Kummer macht.«

»Er ist ja kein Blutsverwandter«, entgegnete Will, wobei er das letzte Wort nach Südstaatenart in die Länge zog, um sie zum Lächeln zu bringen. »Ich habe nicht vor, die Jardines für seine Taten verantwortlich zu machen.«

»Ich werde dich daran erinnern, wenn er seine Anwälte auf uns hetzt.« Dann – sie waren nach einem langen Arbeitstag damit beschäftigt, die Hütte in Ordnung zu bringen – ließ sie den Blick schweifen und fragte Will, ob er Mintys Gewehr noch habe. »Für den Fall, daß Burke uns auf die Pelle rückt.«

»Es ist da drüben.« Er deutete auf den Wandschrank. »Eigentlich hatte ich vor, es bei der Polizei in Scottsville abzugeben, aber dann konnte ich es ganz gut gebrauchen, um die Stare von den Weinstöcken zu vertreiben.« Aus Sadies scherzhaftem Ton hatte er Angst herausgehört. Um sie zu beruhigen, fügte er hinzu: »Weißt du, wahrscheinlich sind die Vögel und das Wild eine viel größere Gefahr als Burke.«

Sadie nickte, wirkte aber nicht überzeugt. Will verschwieg ihr, daß er in den vergangenen Nächten selbst froh darüber gewesen war, das Gewehr griffbereit zu haben. Er hatte schon immer einen leichten Schlaf gehabt und war es gewöhnt, rund um die Uhr auf die Geräusche in seiner Umgebung zu achten, so daß er sofort aufgewacht war, als draußen das trockene Laub leise zu rascheln begann. Irgend etwas Großes war um die Hütte herumgeschlichen, aber Will hatte nichts entdecken können, nicht einmal ein Reh.

Die Arbeit im Weinberg und am Mosaik, die schon bald seinen Tagesablauf in Little Grove bestimmte, sorgte dafür, daß er die nächtliche Störung schnell wieder vergaß. Jeden Morgen Punkt sieben traf Jordan ein, und kurz darauf kam Sadie beschwingten Schrittes den Weg entlang, die langen Beine in Khakihosen, die Füße in Schnürstiefeln und in der Hand einen breitkrempigen Strohhut. Ihr Anblick und ihr fröhlicher Gruß markierten nun ebenso den Beginn seines Tages, wie es früher seine erste Tasse Kaffee getan hatte. Zusammen gingen sie zum Weinberg und arbeiteten dort, bis die Mittagssonne sie wieder in den Schatten trieb. Dann kehrte Jordan nach Hause zurück, und nach einem Imbiß aus Sandwiches und Früchten wandten Will und Sadie ihre Aufmerksamkeit dem Mosaik zu. Sie verbrachten die Nachmittage damit, den Mörtel zwischen den Steinen des Bodens herauszuschlagen. Obwohl sie dabei immer wieder Blicke auf das Mosaik erhaschten, hatten sie sich darauf geeinigt, keine einzelnen Steine zu entfernen, um das Mosaik zu schützen und zugleich zu verhindern, daß Besucher, die unerwartet in Little Grove auftauchten, etwas von ihrer Arbeit mitbekamen. Stillschweigend waren sie übereingekommen, daß Burke nichts von ihrem Tun erfahren sollte.

Die Abende vertrieb sich Will mit Lesen und Schreiben oder kleinen Reparaturen an der Hütte. Sadie bewunderte seine Energie. Sie selbst falle immer sofort nach dem Abendessen erschöpft ins Bett, erzählte sie ihm. »Mutter kann gar nicht fassen, wie umgänglich ich geworden bin«, fügte sie lachend hinzu. »Das liegt an der harten Arbeit. Ich bin abends viel zu müde zum Streiten oder Nörgeln.«

»Vielleicht ist das auch der Grund für Jordans angenehme Art«, meinte Will nachdenklich. »Die viele harte Arbeit.« Es beeindruckte ihn, mit wieviel Eifer und Konzentration der Junge bei der Sache war. Bereitwillig übernahm er selbst die anstrengendsten Aufgaben.

»Ich glaube, Jordan ist schon immer so gewesen«, entgegnete Sadie lächelnd. Dann wurde sie ernst. »Obwohl ich nicht den Eindruck habe, daß er zur Zeit besonders glücklich ist.«

Will hatte sich auch schon gefragt, ob Jordan vielleicht so hart arbeitete, um sich abzulenken. Ihm war wie Sadie aufgefallen, daß das Gesicht des Jungen immer dann einen kummervollen Ausdruck annahm, wenn er sich unbeobachtet fühlte. »Vielleicht macht er sich Gedanken, was ihn am College erwartet, und fragt sich, ob er die richtige Entscheidung getroffen hat«, meinte Sadie. »Er hat bis jetzt ein ziemlich behütetes Leben geführt.«

Will legte ein paar lose Steine an ihren Platz zurück, während Sadie Mörtelbrocken und Sand wegfegte. Jordan habe ein, zwei Bemerkungen gemacht, meinte Will, die eher vermuten ließen, daß der Junge Angst habe, seine Eltern auf irgendeine Weise zu enttäuschen.

Sadie sah ihn mit einem ironischen Blick an. »Dann hat es vielleicht mehr mit Katherine als mit dem College zu tun. Schließlich ist Clayton auf ihren Vater nicht sehr gut zu sprechen.«

Am nächsten Morgen arbeiteten Will und Jordan sich von zwei Seiten an einer Reihe von Weinstöcken entlang, um festzustellen, ob Pilze oder Schädlinge das Spritzen überlebt hatten. Der dichte Baldachin aus Blättern schirmte sie voneinander ab, aber durch einen Spalt sah Will, wie der Junge, der gerade auf dem Boden kauerte, um den unteren Teil eines Weinstocks zu inspizieren, plötzlich beide Hände an die Schläfen legte und sich vorbeugte, als habe er einen Krampf.

»Alles in Ordnung, Jordan?« fragte Will. »Leg eine Pause ein, wenn dir die Hitze zu schaffen macht.«

Der Junge ließ die Hände sinken und richtete sich auf. »Mir fehlt nichts«, antwortete er mit matter Stimme, während er fortfuhr, die Blätter umzudrehen. Sein Gesicht war unter dem Schirm seiner Baseballmütze verborgen. »Mich hat bloß gerade etwas gestochen. Wahrscheinlich ein Moskito.«

Erst nach einer Weile sagte Will: »Wenn das Wetter hält, können wir die Trauben bald ernten. Ich hoffe, du bist dann noch da. Wann genau mußt du ins College?«

»In knapp einem Monat. Wenn sie in diesem Tempo weiterreifen, bin ich zur Ernte bestimmt noch hier.«

»Ich kann mich gut erinnern, wie's mir vor dem College gegangen ist. Mir war ziemlich mulmig.«

»Aber Sie hatten doch schon die halbe Welt gesehen. Wieso war Ihnen mulmig?« Obwohl Jordans Gesicht im Schatten lag, hörte Will die Überraschung in seiner Stimme deutlich.

»Ich hatte Angst, daß ich den Anforderungen nicht gerecht werden würde. Daß ich versagen könnte. Die Leute glauben oft, wenn man erst mal dort ist, hat man es so gut wie geschafft. Vor allem Eltern denken so. Als junger Mensch ist man sich da manchmal nicht so sicher.«

»Kein Wunder.« Die Stimme des Jungen hatte jetzt einen sarkastischen Unterton. »Schließlich bleut man uns ein Leben lang ein, daß man sich niemals sicher fühlen sollte. Daß ein einziger Fehler tödlich sein kann.«

»Aber meist ist das gar nicht so. Es sieht nur so aus. Vor allem dann, wenn wir glauben, mit einer Sache allein klarkommen zu müssen.«

Will wählte seine Worte mit Bedacht. Er hatte das Gefühl, daß Jordan mit seinen Bemerkungen mehr sagen wollte. Er fragte sich, ob es vielleicht etwas mit Katherine Louden zu tun hatte, denn Sicherheit konnte sie einem jungen Mann nicht gerade bieten. Will hoffte, daß Jordan sich nicht von ihr zu irgendeiner Dummheit hatte verleiten lassen.

»Manchmal bleibt einem nichts anderes übrig, als sich allein mit den Dingen auseinanderzusetzen«, sagte Jordan.

»Vielleicht, wenn man grade in der Wüste ist. Ansonsten gibt es immer jemanden, mit dem man reden kann.«

»Ja, aber man kann nicht sein Leben lang mit seinen Problemen zu anderen Leuten rennen.«

»Man muß Verantwortung übernehmen, das ist richtig. Aber man muß sich nicht unbedingt allein damit herumschlagen.« Will beschloß, direkter zu werden. »Ich habe Erfahrung mit riskanten und falschen Entscheidungen, sowohl meinen eigenen als auch denen anderer Leute. Die meisten Probleme werden nur noch schlimmer, wenn man versucht, sie allein zu bewältigen.«

Kein Lüftchen regte sich. Weit entfernte Geräusche waren deutlich zu hören, das gelegentliche Muhen einer Kuh, der Schrei eines Vogels. Der Vorhang aus Blättern zwischen ihnen, das weiche Licht des frühen Morgens und die friedliche Stille gaben ihnen das Gefühl, von den Weinstöcken eingeschlossen und vom Rest der Welt abgeschirmt zu sein. Vielleicht veranlaßte diese Atmosphäre den Jungen dazu weiterzusprechen.

»Wenn man etwas für sich behält«, sagte er nach einem Moment des Schweigens, »braucht sich wenigstens kein anderer dafür verantwortlich zu fühlen.«

»Aber das heißt, daß man immer auf sich allein gestellt ist.«

»Wollen Sie damit sagen, man sollte die Schuld auf möglichst viele Leute verteilen?«

Zum erstenmal hörte Will die Spur eines Lächelns aus Jordans Stimme heraus, und mußte seinerseits lächeln. »Nein, ich will damit bloß sagen, daß man seine Fehler zugeben sollte. Dann kann man versuchen, sie zu beheben. Und manchmal schafft man das nicht allein.«

Diesmal folgte längeres Schweigen. Aber schließlich antwortete Jordan doch.

»Als ich klein war, erzählte mir meine Großmutter oft Geschichten. Ich nannte sie die ›Mal-angenommen-Geschichten‹, weil sie immer mit diesen Worten begannen.« Seine Stimme klang plötzlich weicher. »Sie sagte beispielsweise: ›Mal angenommen, ein Junge möchte bei den Spielen mitmachen, die die Großen in der Tabakscheune spielen, wenn sie unbeobachtet sind. Und eines Tages lassen sie ihn tatsächlich mitspielen. Natürlich freut er sich. Aber mal angenommen, bei dem Spiel handelt es sich um Poker, und die Großen spielen nicht um Zündhölzer. Und der Junge verliert so viel, daß selbst das Taschengeld eines ganzen Jahres nicht ausreicht, um seine Schulden zu begleichen. Mal angenommen, er fühlt sich deswegen so schlecht, daß die guten Noten, die er immer gehabt hat, plötzlich schlechter werden und es so aussieht, als würde er die Schulmedaille doch nicht bekommen. Was dann?« Er sprach nun wieder wie sonst. »Sie hat mir ihre Geschichten auf diese Weise erzählt, um mir zu zeigen, daß sie Bescheid wußte, ohne es direkt zu sagen und mir Vorwürfe zu machen. Anschließend fragte sie mich, was meiner Meinung nach als nächstes passieren sollte, und wir versuchten gemeinsam, eine Lösung zu finden.«

»Deine Großmutter scheint eine kluge Frau zu sein.«

»Das war sie. Inzwischen ist sie tot.«

»Das tut mir leid. Es klingt, als könntest du sie jetzt brauchen.«

Wieder folgte ein langes Schweigen.

»Mal angenommen, ich würde dir sagen, daß ich ein ziemlich guter Zuhörer bin, der ein Geheimnis für sich behalten kann?«

»Sie möchten, daß ich Ihnen erzähle, wie die Geschichte weitergeht?«

»Das liegt ganz bei dir.«

»Ich weiß noch nicht, wie sie weitergeht.«

»Das Pokerspiel hat erst kürzlich stattgefunden?«

Jordan murmelte. »Bloß, daß es kein Pokerspiel war. Es war ein Hahnenkampf.«

Ein Hahnenkampf. Sadie hatte Will erzählt, daß ihre Mutter schrecklich wütend sei, weil Louden in Greengrove Hahnenkämpfe veranstalte. Wenn Jordan da hineingeraten war, dann war es kein Wunder, daß er unglücklich wirkte. Louden genoß es bestimmt, einen Jungen in die Bredouille zu bringen. Will fragte sich, wieviel Jordan verloren hatte.

»Vielleicht würde ein Lohnvorschuß reichen, um die Schulden zu begleichen?« Er benutzte bewußt keine Personalpronomen.

Jordan und er hatten inzwischen das Ende der Reihe erreicht. Der Junge schüttelte den Kopf.

»Trotzdem vielen Dank. Aber in diesem Fall sind drastischere Maßnahmen erforderlich.« Das, so erklärte er, habe einer seiner Lehrer immer gesagt, wenn ein Schüler eine Strafarbeit nicht gemacht habe. Sein Blick strafte seinen scherzhaften Ton Lügen.

Drastisch für wen? fragte sich Will, während Jordan sich auf den Heimweg machte.

An diesem Abend ging ihm durch den Kopf, daß es ihm eigentlich gar nicht zustand, Jordan zu raten, daß er sich jemandem anvertraute oder von jemandem helfen ließ. Er selbst hatte jede wichtige Entscheidung seines Lebens allein getroffen. Immer hatte er für Partnerschaft und Vertrauen plädiert, sich selbst aber nie wirklich daran gehalten, es sei denn, seine Arbeit hatte es erforderlich gemacht. Konnte es sein, daß sein Freund und Partner versucht hatte, mit ihm zu reden, bevor er zum Dieb und Betrüger geworden war? Wenn ja, hatte Will ihm nicht zugehört. Soviel war ihm inzwischen klargeworden.

Als Sadie und er am nächsten Morgen im Weinberg arbeiteten, erzählte ihm Sadie, Thea sei mit Katherine Louden nach Williamsburg gefahren, um ihr die Stadt zu zeigen. Sadie war gerade dabei, die Trauben zu zerdrücken, deren Zuckergehalt sie mit dem Refraktometer messen wollten. »Mutter möchte mit einem der dortigen Museumskuratoren über ihre Stühle reden.«

»Ihre Stühle?« Will legte ein paar von den zerquetschten Trauben auf das Glas des Meßgeräts und sah sich die Werte an. Demnach waren es nur noch ein paar Wochen bis zur Ernte.

»Sie hat ein paar wacklige alte Stühle, die schon seit Ewigkeiten in Familienbesitz sind. Ihr Großvater saß auf einem dieser Stühle, als er sie eines Tages auf den Schoß nahm, um ihr zu sagen, daß er ihr etwas Wichtiges erzählen müsse. In ihrem Alter habe er drüben in Fluvanna County auf den Knien einer alten Dame gesessen, die ihm berichtete, sie habe als Kind die Rotröcke eintreffen sehen. Mutter hat mit Julia und mir dasselbe gemacht. Drei paar knochige Knie, meinte sie damals, verbinden uns direkt mit einem großen Moment in der Geschichte unseres Landes. Ich habe das nie vergessen. Was ja wohl der Sinn des Ganzen war, vermute ich.«

»Wirst du dasselbe eines Tages auch mit deinen eigenen Kindern machen?« Ihm gefiel das Bild, das diese Frage vor seinem geistigen Auge heraufbeschwor – wenn auch nicht die Tatsache, daß womöglich der geheimnisvolle Ethan der Vater der Kinder sein würde.

»Vielleicht. Falls die Stühle dann überhaupt noch in Familienbesitz sind.« Sie wandte sich ab, um sich den Traubensaft mit dem langen Gras von den Fingern zu wischen. »Jemand hat zu Julia gesagt, daß die Stühle möglicherweise noch aus der Zeit vor dem

Bürgerkrieg stammen und in der Werkstatt eines Williamsburger Möbelschreiners hergestellt worden sein könnten. Seitdem liegt Burke Mutter ständig in den Ohren, daß sie die Stühle schätzen lassen soll. Angeblich aus Versicherungsgründen.«

Als sie hinzufügte, daß Julia vorgeschlagen habe, sie drei sollten sich gegen Mittag zu einem Picknick am Teich treffen, meinte Will, das sei eine gute Idee. Er hatte Julia seit dem Abend der Party nicht mehr gesehen, und ihr Bild war in seiner Erinnerung verblaßt. Nur ihre Stimme, die Stimme auf dem Band, das er sich manchmal anhörte, hallte noch klar und deutlich in seinem Kopf nach.

Jordan kam an diesem Morgen ein paar Minuten zu spät und traf zu ihrer Überraschung in Begleitung seines Großvaters ein. Nachdem er sie einander vorgestellt hatte, erklärte er ihnen, Mr. Brieng habe den Wunsch, sich den Weinberg anzusehen, in dem sein Enkelsohn arbeite. Das Gesicht des alten Mannes war Will sofort vertraut, denn auf seinen Reisen hatte er viele solcher verwitterten Gesichter gesehen. Gesichter, in denen sich nur noch die Augen bewegten.

Das Verhalten Jordans seinem Großvater gegenüber überraschte Will. Der Junge sprach mit dem alten Mann auf eine sehr höfliche, fast förmliche Weise, als sei dieser ein hoher Beamter, der eine Schule besichtigte. Jordan reagierte auf jede noch so kleine Geste oder Bewegung seines Großvaters, was wahrscheinlich damit zu tun hatte, daß der alte Mann abgesehen von einem gelegentlichen Schnalzen oder Grunzen kein Wort von sich gab, sondern nur aufmerksam zuhörte, wenn die anderen etwas sagten.

Will sah sich außerstande, die Gedanken Mr. Briengs zu erraten, aber der Anblick des Weinbergs schien dem alten Mann große Freude zu bereiten. Er ließ seine faltige Hand, deren Farbe an ein getrocknetes Tabakblatt erinnerte, über eine große Traube gleiten, und während er den Kopf senkte, um daran zu riechen, gab er einen leisen, aber eindeutig anerkennenden Laut von sich. Und einmal, als Sadie und Jordan sich gerade abgewandt hatten, sah Will zufällig, wie Mr. Briengs erstaunt wohlwollender Blick auf seinem Enkelsohn ruhte.

Auf dem Weg zur Hütte, erklärte Jordan ihnen, daß er sich zusammen mit seinem Großvater Bull's Hill angesehen habe.

»Meine Mutter hat mir oft die heiligen Haine beschrieben, die sie als Mädchen besuchte. Ich wollte ihm zeigen, daß wir auch so etwas haben. Daß manche Vorfahren meines Vaters so wie die seinen Bäume für heilig hielten.«

»Er sollte Julia kennenlernen«, meinte Sadie mit einem Lächeln. »Sie denkt heute noch so.«

»Großvater würde wahrscheinlich sagen, daß Mrs. Louden ihre Vorfahren achtet. Er hat mir erzählt, daß die Kommunisten die Wälder des Hochlandes abholzen, um Holzkohle daraus zu machen. Für Großvater bedeutet das, daß sie vergessen haben, wie man seinen Vorfahren Ehre erweist. Sobald man das vergißt, vergißt man auch, die Natur zu achten.« Außerdem habe er seinem Großvater gesagt, daß die Wissenschaftler allmählich die Bedeutung der Wälder begriffen, doch der habe nur den Kopf geschüttelt und erklärt, es sei zu spät.

»Nicht für dich«, erklärte Sadie in entschiedenem Ton. »Denn du hörst ihm zu *und* denkst an die Zukunft.«

Jordan lächelte sie an. Dann wandte er sich um und ging zu dem alten Mann zurück, der ein Stück hinter ihnen stehengeblieben war und gerade neben einem verrottenden Baumstamm kauerte, um ein paar Pilze in Augenschein zu nehmen, die an einer schattigen Stelle wuchsen.

An Will gewandt, fügte Sadie leise hinzu: »Ich habe Burke einmal prahlen hören, auf seinen Befehl hin sei Agent Orange auf einen dieser Wälder in Vietnam abgeworfen worden, um den Bewohnern des dortigen Dorfes eine Lektion zu erteilen. Ihm zufolge handelte es sich dabei um Leute aus dem Hochland, die sich gegen uns gewandt hatten.«

Jordan rief nach ihnen, weil er den Namen der Pilze wissen wollte, die Mr. Briengs Neugier geweckt hatten. Sie sahen sie sich an und drehten sich dann zu dem alten Mann um, mußten jedoch feststellen, daß er verschwunden war. »Das macht er öfter«, erklärte Jordan. »Verschwindet einfach, ohne etwas zu sagen. Anfangs hat mich das wahnsinnig gemacht, aber inzwischen habe ich mich daran gewöhnt. Er meint es nicht böse.«

Sadie antwortete: »Es muß schwer für ihn sein, in einer Kultur zu leben, die sich so sehr von seiner eigenen unterscheidet, und ständig eine Sprache zu hören, die er kaum versteht.«

»Ich glaube langsam, daß er mehr versteht, als wir meinen«, entgegnete Jordan, »und er hat erstaunlich gute Ohren. Er kann ein Tier sogar hören, wenn es sich in seiner Höhle aufhält. Er legt einfach das Ohr an den Boden und weiß, daß unter ihm ein Opossum ist.«

Will empfand das Verschwinden des alten Mannes als unheimlich. Wieder mußte er an das Gesicht denken, das er nach dem Unfall über sich gesehen hatte.

Zwei Mädchen, beide schön, eine davon eine Gazelle. An diese Worte eines Gedichts mußte Will denken, als er Julia und Sadie half, die Sachen für das Picknick am Ufer des Teichs im Schatten einer Weide auszubreiten. Auf der anderen Seite des Teichs verlief der von wilden Rosen gesäumte Eisenbahndamm und dahinter der Fluß, der von hier aus nicht zu sehen war. Speere aus kühlem grünem Schatten bohrten sich in das Wasser des kleinen Sees, aber mit der höher stehenden Sonne war auch die Temperatur gestiegen.

Als Julia die Schüssel mit Cocktailtomaten auf die Decke stellte, warf sie Will unter ihrem breitrandigen Strohhut einen schrägen Blick zu. Mit ihrer zierlichen Figur, der golden schimmernden Haut und dem honigfarbenen Haar hatte sie tatsächlich etwas von einer Gazelle. Sie wirkte auch genauso wachsam, genauso schwer zu fassen. Ihre innere Unruhe weckte in ihm den Wunsch, sie zu berühren, zu spüren, wie sie unter seiner Hand ruhig wurde. Dieser Drang war eine Umkehrung des Impulses, den er sonst empfand, wenn er sich zu einer Frau hingezogen fühlte: sie mit seiner Berührung zu erregen, das Beben ihres Körpers zu spüren.

Am Rand des Wassers schwirrten blaue und schwarze Libellen über riesigen rosafarbenen Malvenblüten. Sadie hockte am Ufer und war gerade damit beschäftigt, eine Flasche Wein an einem Stück Angelschnur ins Wasser zu hängen. Ein paar Sonnenstrahlen drangen durch das Laub des Baums und fielen auf ihr Haar. Julia sah aus, als sei sie immer auf der Flucht, dachte Will, Sadie jedoch war einfach da, stark und voller Leben. Mit ihr verstand er sich fast schon zu gut. Bisher hatte er bei Frauen immer das zu entdecken versucht, was sie verbargen. Doch vielleicht war Sadie genauso geheimnisvoll wie Julia.

Sie erhob sich lächelnd und sagte: »Es ist so heiß. Eine Runde Schwimmen wäre jetzt wundervoll.«

»Ich habe keine Badehose dabei.«

»Unterwäsche ist auch genehmigt.«

»Oder –?«

Sie grinste. »Das könnte dir so passen. Vielleicht, wenn wir dich besser kennen.« In scherzhaftem Ton fügte sie hinzu: »Außerdem ist Julia dazu viel zu prüde.«

Ihre Schwester wandte sich mit gespielt strenger Miene zu ihr um. »Anständig, meinst du wohl. Ich bin nun mal ein altmodisches Mädchen.«

Trotzdem zog sie sich ohne eine Spur von Befangenheit aus, bis sie nur noch einen einfachen weißen Slip mit passendem BH anhatte. Daß Will ihr dabei zusah, schien ihr nicht das geringste auszumachen. Mit ihren kleinen Brüsten und den schmalen Hüften wirkte sie schlank und biegsam wie ein Schilfrohr. Wieder erschien sie ihm seltsam rein und unschuldig. Sie legte ihren Hut auf die Decke, ging auf den kurzen grauen Steg hinaus und sprang elegant ins Wasser.

Sadie hatte in der Zwischenzeit ihr Sommerkleid ausgezogen und drapierte es über einen Busch. Sie trug Unterwäsche, die nicht zusammenpaßte, einen schwarzen BH zu einem weißen Slip, was Will irgendwie rührend fand. Mit ihren langen Beinen, den vollen Brüsten, breiten Schultern und runden Hüften war ihr Körper zugleich sportlich und sinnlich. Der schwarze BH betonte ihre weiße Haut. Erstaunt und ein wenig verunsichert, stellte Will fest, welch starke körperliche Reaktion ihr Anblick bei ihm auslöste.

Sadie musterte ihn unverhohlen, während er seine Jeans auszog. Darunter trug er Boxershorts. »Ich finde, Boxershorts lassen der Phantasie eine Menge Spielraum«, bemerkte sie grinsend. »Deswegen sind sie auch so sexy.«

»Mehr ist weniger, meinst du? Vielleicht. Aber ich glaube, die meisten Männer würden sagen, je mehr der Phantasie überlassen bleibt, desto besser gefällt es uns. Mehr ist mehr.«

Sie lachte. »Das wird mir zu kompliziert. Ich geh' ins Wasser.« Sie riet ihm, vom Steg aus ins Wasser zu springen, statt vom Ufer aus hineinzuwaten. »In Ufernähe gibt es Schnappschildkröten. Ihr Biß tut höllisch weh.«

Das warme Wasser des Teichs hatte am Rand die Farbe von dunkler, durchsichtiger Gelatine, aber am Ende des Stegs war bereits kein Grund mehr zu sehen. Insekten schwirrten über die Oberfläche, und hin und wieder stiegen aus der Tiefe die Luftblasen eines Ochsenfrosches auf. Nachdem Will den Teich ein paarmal ziemlich schnell durchquert hatte, ließ er sich auf dem Rücken dahintreiben und genoß die Sonne auf seinem Gesicht, während die beiden Schwestern gemächlich um ihn herumschwammen. Dabei unterhielten sie sich über dieses und jenes. Sadie berichtete ihrer Schwester von der seltsamen Geschichte, die sie in Edwin Jardines Anmerkungen entdeckt hatte. »Ein wundervoller Mythos«, sagte sie, »aber sehr traurig.«

»Ach, ich weiß nicht«, meinte Julia, drehte sich auf den Rücken und ließ sich einen Moment lang neben Will dahintreiben. Als sie weitersprach, klang sie gedankenverloren, fast verträumt. Ihrer Meinung nach, sagte sie, handle diese Geschichte eher von der Wiedergeburt als vom Tod. »Ich glaube, sie ist der Versuch, ein Menschenopfer zu verherrlichen. Edwins Art, eine ländliche Tragödie in einen Mythos zu verwandeln. Vielleicht konnte er nur damit fertig werden, indem er versuchte, dem Ganzen einen Sinn zu geben. Opfer müssen immer einen Sinn haben, stimmt's?«

»Nein, nicht immer«, widersprach Sadie und wandte sich ihrer Schwester zu, während sie langsam an ihr vorbeischwamm. »Manchmal sind sie völlig sinnlos.«

Ohne ihr darauf eine Antwort zu geben, tauchte Julia elegant unter und kam erst am Ende des Stegs wieder zum Vorschein. Mit beiden Händen stützte sie sich auf den Holzplanken ab, stemmte sich aus dem Wasser und ging über den Steg zurück auf die Wiese, wo sie sich im Gras niederließ, um sich von der Sonne trocknen zu lassen. Sie legte die Arme unter den Kopf und schloß die Augen. Nun schwamm auch Sadie langsam zum Steg zurück, und einen Moment später folgte ihr Will. Als er tropfend vor ihr stand, reichte Sadie ihm ein Handtuch. Nachdem er sich abgetrocknet hatte, hielt sie ihm eine Tube Sonnencreme hin, drehte sich um und schob die Träger ihres BHs zur Seite, damit er ihr den Rücken eincremen konnte. Sie ließ den Kopf nach vorn sinken und hielt mit einer Hand ihr feuchtes Haar hoch. Ihre Haut, die an den Schulterblättern mit hellen Sommersprossen übersät war, fühlte sich unter seinen Fingern angenehm kühl und weich an. Will hätte sie am liebsten auf den Nacken geküßt, wo ein paar feine Kringel ihres kastanienbraunen Haars in der Sonne glänzten.

Ihre Schwester lag reglos im Gras. Erst als Sadie sie mit einer Zehe anstupste und verkündete, daß sie Hunger habe, setzte Julia sich auf. Sie aßen Brot und Käse und tranken dazu den Wein, den sie im Teich gekühlt hatten – einen 1994er Chardonnay von Prince Michel Vineyards, der nach Birnen und Vanille schmeckte.

Als Nachspeise gab es frische Brombeeren. Julia zeigte ihnen, wo die Früchte am üppigsten wuchsen, und Will bog die langen Ranken mit einem Stock nach unten, so daß die Schwestern sie bequem pflücken konnten. Sie legten Julias Strohhut mit der Plastikfolie aus, die vorher die Tomaten bedeckt hatte, und benutzten ihn als Korb. Hinterher gingen sie noch einmal schwimmen, um sich den Beerensaft von Fingern und Mund zu waschen. Julia erzählte Will, daß Thea ihnen früher nie erlaubt habe, nach dem Essen ins Wasser zu gehen. »Mit fünf Jahren mußte sie mit ansehen, wie ihr Cousin in diesem Teich ertrank. Sie und ihre Schwestern saßen mit ihm in einem Ruderboot, und als sie die Ruder verloren, sprang er ins Wasser, um sie wieder zu holen. Aber er hatte vorher zu viel Cola getrunken und bekam einen Krampf. Niemand wußte, daß sie am Teich waren, es war ihnen strikt verboten, ohne einen Erwachsenen dorthin zu gehen. Der Junge war damals zwölf und hatte seine Cousinen davon überzeugt, daß er in der Lage war, auf sie aufzupassen. Die Mädchen waren noch zu klein, um ihm zu helfen, und mußten zusehen, wie er unterging. Sie schrien um Hilfe, aber man hörte sie erst, als es bereits zu spät war. Der Zug fuhr am Teich vorbei; der Zugführer und die Fahrgäste dachten jedoch, die Kinder machten Spaß, und winkten bloß zurück.«

»Mutter sorgte dafür, daß wir das Schwimmen fast noch eher lernten als das Laufen«, fügte Sadie hinzu. »Als wir Kinder waren, gelang es ihr meist, aus ihren Ängsten etwas Positives zu machen. Und sie bemühte sich wirklich, sich nicht anmerken zu lassen, wie sehr sie sich um uns Kinder sorgte. Ich wußte es trotzdem, und das machte mich wahnsinnig. Mir war klar, daß ich mich möglichst schnell absetzen mußte, weil ich sonst vielleicht aus einem bloßen Sicherheitsbedürfnis heraus den erstbesten Typen geheiratet und ihn dann irgendwann verachtet hätte.«

»Und Ethan gibt dir kein Gefühl von Sicherheit?« fragte Will neugierig.

Sie wurde rot. »Er arbeitet in einer Welt, die alles andere als sicher ist. Ich meine, für einen Autor gibt es keine Sicherheit. Vor allem nicht in L. A.« Dann, als hätte sie genug von diesem Thema, drehte sie sich auf den Rücken und schwamm mit kräftigen Zügen davon.

Später, als sie faul und schläfrig am Ufer lagen, hörten sie in der Ferne einen großen Lastwagen vorbeidonnern. Sadie hob den Kopf. »Ich fürchte, an dieses Geräusch werden wir uns gewöhnen müssen.« Sie fragte Julia, wann Greengrove mit sciner Produktion beginnen würde.

»Nächste Woche, hofft Burke. Er kauft Trauben von Weinbergen, die früh ernten. Morgen werden die Behälter gereinigt, damit sie die erste Ladung aufnehmen können.« Sie stand auf und zog sich an. Dann ging sie zu Scattershot, ihrem Pferd, das im Schatten eines Baums graste, und holte aus der Satteltasche eine zerlegbare Angel, die sie zusammenschraubte. »Ich möchte ein bißchen fischen«, sagte sie zu Will. »Kommst du mit?« Sadies Beispiel folgend, war sie inzwischen ebenfalls zum vertrauten Du übergegangen.

»Gern. Was fängt man denn hier so?«

»Vor allem Barsche.« Sie warf einen Blick zu ihrer Schwester hinüber. »Was ist mit dir, Sadie?«

»Ich bin zu faul. Ich glaube, ich werde ein Nickerchen machen.« Leise begann sie zu singen: *»Fishing, fishing, one of the gentlest arts. Whether you're fishing for fishes or whether you're fishing for hearts.«*

Lächelnd erzählte Julia Will, daß ihr Vater ihnen das immer vorgesungen habe, während er ihnen beibrachte, die Angelschnur auszuwerfen.

Sein eigener Vater hatte fürs Fliegenfischen geschwärmt, denn, so hatte er einmal zu seinem Sohn gesagt, es habe eine gewisse Ähnlichkeit mit der Kunst der Diplomatie. Beides erfordere viel Geschick und ein Gefühl dafür, wann und wie man sein Opfer dazu bringen könne, nach dem Köder zu schnappen. Außerdem brauche man viel Geduld.

Julia führte ihn an einer Gruppe von Weiden vorbei zu einem

schattigen Uferstück, wo sich die Fische ihrer Erfahrung nach gern versammelten. Sie spießte einen Wurm auf den Haken und warf die Angelschnur aus. »Als kleines Mädchen habe ich als Haken eine Sicherheitsnadel benutzt.« Sie sprach leise, als wolle sie die Fische nicht erschrecken, und bald verfielen sie beide in einvernehmliches Schweigen, während rund um sie herum die Wespen und Bienen summten und in einem Busch in ihrer Nähe eine Spottdrossel sang. Die Luft roch nach sonnenwarmer Erde und Minze.

Irgendwann fing Julia an, Will mit leiser Stimme über seine Reisen auszufragen. Es überraschte ihn, daß manche ihrer Fragen so naiv klangen, als sei sie selbst noch nie aus Virginia hinausgekommen. Dieser Eindruck bestätigte sich, als sie ihm erklärte, daß sie wenig Interesse daran habe, die Welt zu sehen. »Ich wollte nie an einem anderen Ort als hier sein. In dieser Hinsicht habe ich keinen großen Ehrgeiz. Ich weiß, daß das seltsam klingt. Heutzutage scheinen alle Leute ständig unterwegs und nur dann zufrieden zu sein, wenn sie an einem noch exotischeren Ort waren als ihre Nachbarn. Aber Reisen interessiert mich nicht. Vielleicht bin ich einfach nur feige.«

»Wie meinst du das?«

»Ich hab' immer das Gefühl, daß ich hier nicht weg darf, weil Greengrove sonst nicht mehr da ist, wenn ich zurückkomme.«

Dieses Geständnis wäre ihm wahrscheinlich seltsam vorgekommen, wenn er nicht als kleiner Junge ähnlich empfunden hätte. Er erzählte ihr von seinen damaligen Ängsten und fügte hinzu, daß sie in seinem Fall durchaus begründet gewesen seien. »Ich habe tatsächlich jedesmal mein Zuhause verloren – aber nur, weil ich nie dorthin zurückgekehrt bin.«

Als sie sich zu ihm umdrehte und ihn anstarrte, lag in ihrem Blick so viel Mitleid und Entsetzen, daß er das Gefühl hatte, sie beruhigen zu müssen. »Es hat mir nichts ausgemacht. In gewisser Weise hat es mich sogar befreit.«

»So frei möchte ich gar nicht sein.«

»Kein Ort sollte so wichtig sein, daß er einen zum Gefangenen macht.«

Sie schüttelte lächelnd den Kopf. »Du verstehst das nicht.« Das stimmte. Er kannte Leute, deren Fixierung auf ein Stück Grund dazu geführt hatte, daß sie mit ihren Nachbarn Probleme bekamen und sich gegen ihre eigene Familie wandten. Solche Menschen verstand er tatsächlich nicht. Er hatte nie einen so übermächtigen Drang verspürt, etwas zu besitzen. Will fragte sich, ob Julia Burke Louden deshalb so anziehend gefunden hatte, weil seine Leidenschaft für Greengrove genauso groß gewesen war wie die ihre. So ließ sich vielleicht die Heirat mit einem Mann erklären, der nicht zu ihr paßte und sie inzwischen unglücklich machte.

Ein scharfer Ruck ging durch die Angelschnur, und der kleine rot-weiße Schwimmer verschwand. Wenige Augenblicke später holte Julia einen Barsch aus dem Wasser. »Zu klein«, verkündete sie, während sie den Fisch mit geschicktem Griff vom Haken befreite. Aber er glitt ihr aus den Händen, bevor sie ihn zurück ins Wasser werfen konnte, und lag zuckend im Gras. Sie beugten sich beide gleichzeitig zu ihm hinunter und stießen dabei mit den Köpfen zusammen. »Autsch!« rief Julia und ließ sich nach hinten auf die Fersen sinken, während sie sich die Stirn rieb. Sie knieten jetzt auf dem Boden, während der Fisch weiter im Gras zappelte.

»Hab' ich dir weh getan?« fragte er. Er mußte gegen den Wunsch ankämpfen, ihre Stirn zu berühren.

Sie schüttelte den Kopf. »Schnell, fang ihn, bevor er in den Giftefeu gerät!«

Er drehte sich in die Richtung, in die sie deutete, während Julia gleichzeitig an ihm vorbei nach dem Fisch griff. Als Will ihr dabei in die Augen sah, entdeckte er dort etwas, das er erst im nachhinein richtig einordnen konnte: keine Leidenschaft, sondern die Entschlossenheit, eine Antwort auf eine Frage zu bekommen. Sie beugte sich vor. Ihre Lippen trafen sich einen kurzen Moment, lange genug, um Will davon zu überzeugen, daß Julia – zumindest ihm gegenüber – tatsächlich so kühl und distanziert war, wie sie auf ihn gewirkt hatte. Sie ließen sich beide auf die Fersen zurücksinken, und nachdem sich in Julias Miene einen Augenblick lang sein eigener freundschaftlicher, leicht fragender Blick widergespiegelt hatte, lächelte sie und schüttelte leicht den Kopf. Die Antwort auf die unausgesprochene Frage war vielleicht enttäuschend, aber auf ihre Weise auch befriedigend, weil sich nun alles geklärt hatte. Julias Blick wanderte zu einem Punkt über seiner Schulter.

Hinter sich hörte er Sadie in unsanftem Tonfall fragen, ob sie Glück gehabt hätten. Will fragte sich, wie lang sie schon dort gestanden hatte.

»Es hält sich in Grenzen«, antwortete Julia ruhig, während sie aufstand. »Sie knabbern am Köder, sind aber nicht wirklich interessiert.«

»Wie schade. Aber meiner Erfahrung nach lassen sich die guten Fische in der Regel sowieso nicht fangen.«

»Vielleicht liegt es an deinem Köder.«

»Du wirst mir ein paar Tips geben müssen. Es ist lange her, daß ich das letztemal an diesem Teich gefischt habe.«

Will hatte sich mittlerweile wieder dem Barsch zugewandt, der jetzt erschöpft knapp neben dem Giftefeu lag. Rasch griff er nach ihm und trug ihn an den Rand des Teichs, wo er niederkauerte und ihn ins Wasser gleiten ließ. Einen Moment lang trieb der Fisch auf der Seite, aber dann lief ein kleiner Schauer durch seinen Körper, und er verschwand blitzschnell in den Tiefen des Teichs.

An der Stelle, wo sie gepicknickt hatten, war Julia inzwischen damit beschäftigt, ihre Angelschnur aufzurollen. »Ich muß nach Hause«, erklärte sie. »Was euch beide aber nicht daran hindern soll, noch zu bleiben.«

»Ich habe auch einiges zu erledigen«, antwortete Sadie. Ihre Stimme klang distanziert. Sie griff nach der Decke und begann sie auszuschütteln. Will half ihr beim Zusammenlegen. Als sie seinen Blicken auswich, wußte er, daß sie den Kuß tatsächlich mitbekommen hatte, und er bedauerte, welchen Schluß sie daraus zwangsläufig ziehen mußte. Irgendwie hatte dieser Kuß bewirkt, daß er die Dinge nun klarer sah, aber das konnte er ihr unmöglich sagen. Genausowenig konnte er ihr sagen, daß der Kuß Julia offensichtlich nichts bedeutet hatte, sondern nur ein spontaner Impuls gewesen war, die Gelegenheit, eine gewisse Neugier ihrerseits zu befriedigen.

»Ich bring' dich zurück«, sagte er zu Sadie, nachdem sie die Reste ihres Picknicks auf den Jeep geladen hatten.

Sie schüttelte den Kopf. »Ich gehe gern zu Fuß.«

»Du kannst ruhig fahren«, wandte sich Julia an ihn. Während sie Scattershot losband, schnaubte ihr das Pferd kräftig ins Haar. »Ich werde Sadie ein Stück des Weges Gesellschaft leisten.«

»Wenn ihr wirklich meint.« Er hatte plötzlich das Gefühl, daß sie ihn los sein wollten, und war eigentlich ganz froh darüber.

Während er davonfuhr, fragte er sich, warum es ihm plötzlich so wichtig war, daß Sadie genau verstand, was er für ihre Schwester empfand. Und er dachte darüber nach, wie komplex das Leben in Little Grove doch war. Allmählich begann er sich auch zu fragen, wieso er seine Neugier auf Unbekanntes immer durch Reisen befriedigt hatte, wenn schon dieses kleine Stück Land so viele komplexe Persönlichkeiten, Geschichten und Rituale bereithielt, die ihn jahrelang beschäftigen konnten.

Auf seinen Reisen war es ihm stets gelungen, auf Distanz zu bleiben und die Ereignisse nicht als aktiver Teilnehmer, sondern als Beobachter zu erleben. Hier dagegen wurde er in die Geschichte hineingezogen. Wenn er blieb, würde er wahrscheinlich selbst Teil einer solchen Geschichte werden. Und er wurde immer neugieriger darauf, wie diese Geschichte aussehen würde.

23

Sadie ging neben Julia, die Scattershot am Zügel führte. Während der ersten paar Minuten war nur das Klappern der Pferdehufe zu hören, begleitet vom Gesang einer Goldamsel und dem unablässigen Zirpen der Grillen. Schließlich sagte Julia ruhig: »Du hast gesehen, wie ich Will geküßt habe, stimmt's?«

Sadie lächelte skeptisch. »Er ist geküßt *worden*? Das Verb steht im Passiv, nicht im Aktiv?«

Julia zuckte bloß mit den Achseln. »Ich war neugierig. Und er war höflich.«

»Er hat wirklich sehr gute Manieren«, meinte Sadie trocken. Sie beobachtete einen schwarzen Schwalbenschwanzschmetterling, der am Straßenrand über einer Königskerze gaukelte. Die blauen Flecken auf seinen Flügeln glänzten im Sonnenlicht.

»Vielleicht war er auch ein bißchen neugierig«, sagte Julia. »Aber es hat ihm genauso wenig bedeutet wie mir. Zwischen uns ist nichts. Glaub mir, das hätte ich gemerkt.«

»Tatsächlich? Ich dachte, die Jahre mit Burke hätten dein Wahrnehmungsvermögen ziemlich beieinträchtigt.« Sadie biß sich auf die Unterlippe und berührte dann zerknirscht Julias Arm. »Mein Gott, Jules, es tut mir leid. Das war wirklich gemein von mir. Ich wollte dich nicht verletzen.«

Julias Blick wirkte nachdenklich, aber nicht böse. »Doch, das wolltest du. Du bist wütend auf mich. Aber doch bestimmt nicht wegen Burke, oder?«

Sadie konterte mit einer Gegenfrage: »Warum hast du Will geküßt?«

»Ich dachte, ich würde vielleicht etwas fühlen, wenn ich einen so attraktiven Mann wie ihn küsse. Einen Mann, den ich wirklich mag.« Zögernd fügte sie hinzu: »Ich wollte das spüren, was du wahrscheinlich für Ethan empfindest. Ich würde auch gern so für einen Mann empfinden.«

Sadie wurde rot. »Die Wahrheit ist, daß ich für Ethan überhaupt nichts mehr empfinde. Es ist vorbei. Es war schon vorbei, bevor ich hergekommen bin.«

Verwirrt warf Julia einen Blick auf Sadies linke Hand. »Warum dann der Ring?«

»Reiner Schutz.«

»Schutz wovor?«

»Das weiß ich inzwischen nicht mehr so genau. Vielleicht vor mir selbst und meinem schlechten Urteilsvermögen.«

»Warum hast du mir das nicht gesagt?« Julias verwirrte Miene wurde von einem Ausdruck des Kummers abgelöst, während sie abwehrend eine Hand hob und schnell hinzufügte: »Nein, du brauchst mir auf diese Frage keine Antwort zu geben. Seit ich mit Burke verheiratet bin, redest du mit mir sowieso über nichts wirklich Wichtiges mehr.«

Als Sadie »The Weight« zu summen begann, einen alten Song von The Band, mußte Julia lachen. Genau das hatte Sadie damit erreichen wollen. Als Teenager hatten sie dieses Lied als eine Art Geheimcode benutzt, wenn sie die Ermahnungen der Erwachsenen über sich ergehen lassen mußten. Die Bewohner des Südens, so Julia, gaben ihre Schuldgefühle sozusagen automatisch von Generation zu Generation weiter. *»And God said, To my son, Adam, I bequeath all my worldly possessions«*, hatte Julia angestimmt, *»as well as the knowledge that he could have been a better child to me.«* – »Und Gott sagte: Meinem Sohn Adam vererbe ich meinen gesamten irdischen Besitz, und darüber hinaus das Wissen, daß er mir ein besserer Sohn hätte sein können.« Damals hatten sie sich geschworen, einander niemals Schuldgefühle zu machen.

Trotzdem hatte Julias Vorwurf eine gewisse Berechtigung.

»Nimm den Ring ab, Sadie«, sagte Julia. »Es ist nicht ehrlich, ihn zu tragen.«

Sadie warf ihr einen ironischen Blick zu. »Hört, hört, wer mir da Ehrlichkeit predigt.«

»Du hast recht. Aber ich fange gerade an zu begreifen, welchen Schaden Unehrlichkeit anrichten kann.«

»Und?«

»Wenigstens wirkt sich die meine nur auf mich selbst aus.«

»Und was ist mit Burke?«

»Tu bloß nicht so, als ob es dich interessiert, was Burke fühlt.«

»Tu' ich doch gar nicht. Aber je eher er die Wahrheit erfährt, desto eher bist du frei von ihm.«

Julia schüttelte so heftig den Kopf, daß Scattershot, der neben ihr her trottete, ebenfalls den Kopf zurückriß. Sein Zaumzeug klirrte. »Das verstehst du nicht«, sagte Julia. »Burke ist es egal, wenn ich lüge. Für ihn ist nur wichtig, daß ich meine Rolle gut spiele.«

»Wie kannst du das ertragen?« brach es aus Sadie heraus.

»Ich übe mich darin, die Dinge nicht an mich heranzulassen.« Mit einem kleinen, bedauernden Lächeln fügte sie hinzu: »Bisher ohne großen Erfolg, fürchte ich.«

Schweigend gingen sie weiter. »Weißt du«, fuhr Julia nach einer Weile fort, »gerade ist mir klargeworden, daß ich ziemlich schwer von Begriff bin. Deine Wut auf mich hat bloß einen einzigen Grund: Du bist eifersüchtig.« Bevor Sadie widersprechen konnte, fügte Julia hinzu: »Aber dazu besteht kein Grund. Für Will war dieser Kuß noch weniger aufregend als für mich.«

Sadie gab keine Antwort.

Sie blieben stehen, um Scattershot ein wenig von dem im Straßengraben wachsenden roten Klee fressen zu lassen. »Sag Will die Wahrheit über Ethan«, drängte Julia und legte die Hand auf Sadies Arm.

»Ich weiß nicht, ob ihn die interessiert.« Sadie stieß mit der Spitze ihrer Sandale in die Erde.

»Vielleicht ist er genauso durcheinander wie du. Es könnte ihm helfen, klarer zu sehen.«

»Was ist mit dir? Wie siehst du die Dinge?«

»Ich glaube, ich wäre am liebsten allein. Hätte ich in einer früheren Zeit gelebt, wäre ich wohl Nonne geworden. Ich hätte mich um den Klostergarten gekümmert und gebetet. Das hätte gut zu mir gepaßt.«

Sadie sah ihrer Schwester in die Augen. »Kann es sein, daß du dich momentan auch ziemlich nonnenhaft verhältst? Daß du meinetwegen Verzicht übst? Willst du wie früher mit mir teilen, weil du es für deine Pflicht hältst? Tei-len.« Dieses letzte deutlich zweisilbig betonte Wort rief Kindheitserinnerungen wach. So hatten sie es immer ausgesprochen, wenn eine von beiden etwas wollte, das die andere besaß. »Ist es so?« hakte Sadie hartnäckig nach.

Julia schüttelte den Kopf. Mit einem traurigen Lächeln schob sie den linken Fuß in den Steigbügel und schwang sich auf das Pferd. »Nein, so ist es nicht. Dazu bin ich inzwischen viel zu egoistisch. Das einzige, was ich mir wünsche, ist, mein eigenes Leben zu führen.« Sie sah auf Sadie hinunter. »Sag ihm die Wahrheit, Sadie. Du warst doch früher immer so mutig.«

Sadie lächelte sie an. »Vielleicht tu ich's.«

Als Sadie an diesem Abend im Schneidersitz auf ihrem Bett saß und sich über das Buch auf ihrem Schoß beugte, mußte sie wieder an Julias Worte denken: Du warst doch immer so mutig. War sie jemals wirklich mutig gewesen? War ihre sogenannte Abenteuerlust nicht in Wirklichkeit eine Form von Flucht gewesen?

Inzwischen war sie so müde, daß die Buchstaben vor ihren Augen verschwammen. Trotzdem suchte sie weiter in dem Buch nach Passagen, die sie noch nicht gelesen hatte, um herauszufinden, ob sie Schlüsselworte enthielten, die es wert waren, übersetzt zu werden. Am folgenden Morgen, wenn sie und Will den Sand vollständig beseitigt hätten, würden sie das Mosaik zum erstenmal ganz sehen. Zuvor aber wollte sie aus Edwins Anmerkungen alles herausfiltern, was er direkt und indirekt darüber sagte, nicht nur, um das Mosaik selbst zu verstehen, sondern auch, um alle Hinweise zu erkennen, die es vielleicht auf den Verbleib des Kelchs gab.

Im Lauf der vergangenen Tage war in ihr langsam, aber sicher der Ehrgeiz erwacht, das Versteck des Kelchs zu finden. Daß sie sich der Vergangenheit immer stärker verbunden fühlte, stachelte ihre Neugier an. Inzwischen war diese größer als ihr Abscheu vor dem, wofür der Kelch für sie immer gestanden hatte. Edwins rätselhafte Anmerkungen und die tragische Geschichte, die sie zu erzählen schienen, waren wie eine ansteckende Krankheit, die bereits ihren Großvater heimgesucht hatte. Die quälend langsame Freilegung des Mosaiks machte das Ganze nur noch schlimmer. Sie wußte, daß Will recht hatte: Sie mußten langsam vorgehen, um das, was unter dem Sand lag, möglichst lang geheimzuhalten und nicht zu beschädigen. Aber manchmal wünschte sie sich einen starken Windstoß, der das Mosaik freilegen würde. Das wenige, was unter der dünnen Sandschicht bereits zu sehen war, schien einen außergewöhnlichen Anblick zu versprechen.

Müde rieb sie sich das Gesicht. Als ein Schweißtropfen von ihrer Nasenspitze auf das Buch fiel, erhob sie sich, um den Ventilator auf der Kommode anzuschalten. Zu ihrem Erstaunen stellte sie fest, daß der Radiowecker bereits Viertel vor eins anzeigte. Sie war so sehr in die seltsame Welt ihres Vorfahren eingetaucht, daß Stunden vergangen waren, seit sie das Buch aufgeschlagen hatte.

Nun, da sie Edwins winzige Schrift besser entziffern konnte, kam sie viel schneller voran. Trotzdem bereitete ihr dieses seltsame Latein, das er benutzte, häufig Probleme. Walter Lamartine zufolge war diese Form schon in den frühen fünfziger Jahren des neunzehnten Jahrhunderts, als Edwin sein Studium in Heidelberg begonnen hatte, veraltet gewesen. Die Wahl einer so obskuren Variante war ein weiterer Hinweis darauf, daß er es anderen so schwer wie möglich machen wollte, seine Anmerkungen zu lesen. Trotz des hilfreichen Wörterbuchs, das Sadie von Walter bekommen hatte, mußte sie die Bedeutung eines Wortes oder Satzes oft aus dem Zusammenhang erraten.

Je mehr sie entzifferte, desto beunruhigender fand sie die Anmerkungen. Viele der längeren Einträge berichteten lediglich über die Arbeit im Weinberg und handelten von verschiedenen Techniken und Praktiken oder bezogen sich auf antike Schriften über das Thema Wein, die im Text des Buches nicht erwähnt waren. Hin und wieder aber stieß sie auf Passagen, in denen Szenen beschrieben wurden, die fast surreal wirkten und Mythos und Realität auf eine derart barocke Weis zu verquicken schienen, daß Sadie sich fragte, ob Edwin vielleicht unter dem Einfluß von Laudanum oder einem anderen Opiumderivat gestanden hatte, als er sie verfaßte. Nur seine Beschreibungen der ihr vertrauten Landschaft überzeugten sie davon, daß zumindest ein Teil dessen, was er schrieb, der Wahrheit entsprach.

Inzwischen hatte sie aus den Anmerkungen genug Hinweise auf die Thematik des Mosaiks zusammengetragen. Falls ihre Mutmaßungen stimmten, würde sich am folgenden Tag zeigen, daß es die Ereignisse von Bull's Hill darstellte – so, wie Edwin sie gesehen hatte oder sehen wollte. Mit etwas Glück würde es außerdem enthüllen, wo er den Kelch versteckt hatte. Sadie versuchte sich einzureden, daß es ihr nicht darum ging, den Kelch zu besitzen, sondern einzig und allein darum, ihre Neugier zu befriedigen. Sie wollte es einfach wissen.

Sie streckte die Arme über den Kopf, um ihre verkrampften Muskeln zu lockern, und beschloß, ihrer Müdigkeit nachzugeben. Aber gerade, als sie das Buch zuklappen wollte, fiel ihr Blick auf ein paar Wörter am Ende eines Eintrags, von dem sie zunächst angenommen hatte, er handle nur von der sachgerechten Lagerung spezieller Weine, die eine besonders lange Reifezeit brauchten. Nach mehreren Zeilen, in denen Edwin empfahl, einen unterirdischen Schrank oder Raum zu bauen, der den Wein vor frischer Luft und Besuchern schützte, folgte ein Satz mit einem Ausrufezeichen am Ende, bei dem der Punkt mit soviel Nachdruck gesetzt worden war, daß die Spitze des Füllfederhalters das Papier durchbohrt hatte.

»In diesem grabähnlichen Raum sind Nektar und Gefäß gemeinsam versiegelt, so daß kein Unwürdiger sie mit seiner Berührung entweihen kann!«

Sadie blinzelte ein paarmal. Dann las sie die ganze Passage noch einmal von vorn, aber das Wort »Gefäß« tauchte nirgendwo sonst auf, und es war auch von keinem anderen Behälter oder Kelch die Rede. Offenbar, dachte Sadie aufgeregt, bestätigte Edwins Vermerk die Gerüchte und Legenden: Er hatte den Kelch versteckt, und zwar in einer Art Weinkeller.

Sadies Herz klopfte wie wild. Um sich ein wenig zu beruhigen, ging sie in die Küche und schenkte sich ein Glas von dem Merlot ein, den sie zum Abendessen geöffnet hatte. Während sie ihn trank, fragte sie sich, ob Edwin vielleicht doch das alte Eishaus meinte. Hatte er in die Wand der Grube eine seitliche Nische gegraben und den Kelch in diesem eisigen, grabähnlichen Raum versteckt, in den nie jemand kommen würde? Oder befand sich das Gefäß irgendwo anders auf den Hunderten von Morgen Land, die zu Greengrove gehörten? Ihr fiel ein, daß irgendwann darüber geredet worden war, ihr Großvater habe auf der kleinen Insel im Fluß, auf die das Vieh manchmal zum Grasen gebracht wurde, Grabungen vorgenommen. Vielleicht sollte sie hinüberrudern und sich dort ein wenig umsehen.

Falls sie den Kelch fand, würde ihr sein Verkauf möglicherweise genug Geld einbringen, um Will in Little Grove auch finanziell ebenbürtig zu sein. Vielleicht wäre sie sogar in der Lage, Burke Greengrove abzukaufen, wenn er erst einmal bankrott war. Sie fragte sich, welchen Wert der Kelch wohl hatte. Allein die Tatsache, daß er früher einmal Thomas Jefferson gehört hatte, würde den Preis, den ein Sammler oder ein Museum zu zahlen bereit war, bestimmt in die Höhe treiben. Aber konnte sie den Kelch überhaupt verkaufen, nachdem er ihrer Familie soviel Kummer gebracht hatte?

Sie stellte ihr Glas auf der Küchentheke ab und griff nach dem Telefonhörer, um Will ihre Entdeckung mitzuteilen. Doch dann fiel ihr ein, daß es in Little Grove kein Telefon gab. Frustriert legte sie wieder auf. Im Moment konnte sie niemandem davon erzählen. Thea war noch in Richmond. Blieb nur Julia. Obwohl sie ihr eigentlich vertraute, war es nicht möglich, ihr von dieser neuen Entdeckung oder dem Mosaik zu berichten, denn das Verhalten von Eheleuten in Krisensituationen war unberechenbar.

Bismarck hatte sich von seiner Matte in der Diele erhoben und beobachtete sie mit mißtrauisch-besorgtem Blick. Er schien ihre Unruhe zu spüren.

»Da kann nichts Gutes dabei herauskommen«, sagte sie zu dem Hund, der mit dem Schwanz wedelte, wie um ihr beizupflichten.

Sie brauchte frische Luft und ein bißchen Bewegung. Also zog sie ihr Nachthemd aus und schlüpfte in ein langärmliges Shirt und eine lange Hose, um sich vor den Moskitos zu schützen. Bismarck nahm ihren Vorschlag, einen Spaziergang zu machen, begeistert auf. Schwanzwedelnd stürmte er zur Tür. Nachdem sie die Leine aus der Diele geholt und an seinem Halsband befestigt hatte, zerrte er sie die Treppe hinunter und auf die Straße hinaus. Die Gerüche und Geräusche der Nacht ließen ihn übermütig wie einen Welpen herumtollen. Ein paarmal wäre sie fast über ihn gefallen, als er unerwartet einen Haken schlug.

Sie könnte nach Little Grove hinübergehen, dachte sie plötzlich. Es war zwar schon spät, aber sie hatte einen guten Grund, Will zu wecken. Das, was sie entdeckt hatte, würde ihn bestimmt interessieren.

Dann aber fragte sie sich, ob das tatsächlich der Grund für ihren Wunsch war, ihn zu sehen. Wollte sie ihm wirklich nur von Edwins aufschlußreichen Worten erzählen? Ihr aufgewühlter Zustand hatte andere Emotionen hochkommen lassen, Gefühle, die sie eigentlich zu unterdrücken versuchte. Wie würde er reagieren? Würde er nicht vermuten, daß sie noch andere Motive hatte, ihn so spät aufzusuchen? Und würde es nicht die kameradschaftliche Beziehung kaputtmachen, die sie inzwischen aufgebaut hatten, wenn er verlegen oder sogar ablehnend reagierte?

Sie konnte an diesem Abend nicht mehr nach Little Grove, sagte sie sich energisch. Sie würde bis zum Morgen warten müssen.

Plötzlich rannte Bismarck los, so daß Sadie gezwungen war, ihm hinterherzulaufen. Die Büsche und Bäume am Straßenrand und auf den angrenzenden Feldern, wirkten jetzt schemenhaft. Als es ihr schließlich gelang, den Hund ein wenig zu bremsen, stieg jenes unheimliche Gefühl in ihr auf, das sie in der Nacht immer hatte: daß wachsame Augen sie aus der Dunkelheit beobachteten. Doch das Plätschern des Flusses beruhigte sie.

Sie liefen jetzt an den Maisfeldern vorbei, aus denen ein leises Rascheln drang, das Bismarck aufhorchen ließ. Seine Ohren waren gespitzt, sein Schwanz aufgerichtet. Nach einer Weile begann er tief und kehlig zu knurren und gleichzeitig heftig an der Leine zu zerren. Sadie nahm an, daß er in dem Maisfeld ein Tier gewittert hatte, und schlang die Leine fester um die Hand. Trotzdem war sie nicht darauf vorbereitet, daß der Hund sich plötzlich losriß. Hilflos mußte sie zusehen, wie Bismarck wild bellend zwischen den Maispflanzen verschwand. Das Ende der Leine schleifte hinter ihm her.

»Bismarck!«

Sie fluchte und rief noch einmal seinen Namen. Dann hörte das Bellen auf. Obwohl sie ihn immer wieder lockte, kam er nicht zurück.

Angestrengt lauschte sie auf Geräusche, die ihr vielleicht verrieten, was er im Schilde führte. Sie hoffte, daß er nicht auf ein Stinktier oder ein Stachelschwein gestoßen war und starrte auf das Feld, während sie überlegte, was zu tun war.

Plötzlich drang ein Winseln durch die Stille, das ihre Befürchtungen zu bestätigen schien. Bismarck hatte entweder die Nase voller Stacheln oder war an ein Stinktier geraten, so daß sie nicht nur ihn, sondern auch sich selbst in Unmengen von Tomatensaft würde baden müssen, um den üblen Gestank wieder loszuwerden. Sie mußte ihn finden.

Die kurzen Bellaute, mit denen er auf ihre Rufe reagierte, wiesen ihr in etwa die Richtung. Sie kämpfte gegen ein Gefühl der Klaustrophobie an, während sie sich vorsichtig durch die dürren Maispflanzen auf das Geräusch zubewegte und hoffte, daß das Stinktier oder Stachelschwein oder was auch immer in eine andere Richtung verschwunden war. Hin und wieder blieb sie schnuppernd stehen. Die Luft roch nur nach Erde und trockenem Mais, nicht nach Skunk. Ihr Atem ging flach und gepreßt. Und je tiefer sie in das Feld hineinkam, desto dichter schienen sich die Reihen der Maispflanzen um sie zu schließen.

Das Bellen führte sie zu einer Stelle tief im Feld, wo die Maispflanzen niedergetrampelt waren. Dort fand sie Bismarck auf der Seite liegend. Als sie näher kam, hob er den Kopf, schien aber nicht in der Lage zu sein aufzustehen. Entsetzt schoß ihr durch den Kopf, daß womöglich jemand Fallen in dem Feld aufgestellt hatte. Sie rannte zu Bismarck hinüber, kniete neben ihm nieder und legte eine Hand auf seine Flanke.

»O Bismarck, du dummes Tier!« sagte sie leise. »Was haben sie mit dir gemacht?«

Dann sah sie voller Schrecken, daß jemand die Beine des Hundes mit der Leine zusammengebunden hatte.

Sie blickte sich gehetzt um und begann dann eilig, mit vor Angst zitternden Händen die Leine zu entknoten. Dabei rechnete sie jeden Augenblick damit, daß jemand sich aus dem Dunkel auf sie stürzen würde. Als aber Bismarck den Kopf hob und ihr übers Gesicht leckte, beruhigte sie sich ein wenig. Wenn der Angreifer noch in der Nähe gewesen wäre, hätte er gebellt oder geknurrt.

Endlich gelang es ihr, den Knoten in der Leine zu lösen. Bismarck rappelte sich auf und wedelte schwach mit dem Schwanz, während Sadie ebenfalls aufstand und sich einen Moment lang verwirrt umsah. Dann folgte sie einer Spur aus geknickten Maispflanzen, in der Hoffnung, daß es nicht die des Angreifers war, sondern ihre eigene, und zerrte den Hund hinter sich her, bis sie schließlich die Straße erreichten. Schweißgebadet und schmutzig, rang sie nach Luft. Nun, da sie endlich wieder frei atmen konnte und sich einigermaßen sicher fühlte, stieg ein Gefühl von Wut in ihr auf, das schnell ihre Angst verdrängte. Ohne nachzudenken, schrie sie in das dunkle Maisfeld hinein: »Moany Scrimsher, du feiger Hurensohn!«

Bismarck, der klüger war als sie oder zumindest keine Lust mehr auf weitere Abenteuer hatte, zerrte an der Leine, als wollte er damit sagen, daß es Zeit war heimzugehen. Sadie wurde erst jetzt bewußt, wie provozierend ihre Worte waren und wieviel Glück sie gehabt hatte, ungeschoren davongekommen zu sein. Rasch drehte sie sich um und rannte los. Nicht in die Richtung von Theas Haus, wo sie sich allein und wehrlos gefühlt hätte, nachdem Bismarck sich nicht als besonders zuverlässiger Beschützer erwiesen hatte, sondern nach Little Grove. Der Hund zögerte einen Moment lang und folgte ihr dann.

24

Will, der müde über ein paar Katalogen saß, in denen Zubehör für Weinkellereien angeboten wurde, schreckte hoch, weil es heftig an der Tür klopfte. Zu seiner Überraschung stand draußen die aufgeregt keuchende Sadie, begleitet von Bismarck. In ihre weit aufgerissenen Augen trat ein Ausdruck von Erleichterung. Die Freude, die ihm ihr unerwartetes Auftauchen eigentlich bereitet hätte, wurde durch ihre Aufgewühltheit sofort gedämpft.

»O Will ... Gott sei Dank!«

»Sadie, was um alles in der Welt ...?« Will legte den Arm um sie und zog sie herein. Er spürte, wie sie zitterte. Von ihrem Haar stieg ein Duft nach Heu auf, und zwischen ihren Locken entdeckte er helle, seidige Fäden, die aussahen, als stammten sie von Maiskolben.

»Mir fehlt nichts«, beruhigte sie ihn. »Ich muß erst mal zu Atem kommen.« Über ihrer Oberlippe glänzten Schweißperlen. Als sie sich in den Sessel fallen ließ und den Kopf nach vorn auf ihre verschränkten Arme legte, sah er die Lehmflecken auf ihrer weißen Hose.

Will brachte ihr ein Glas Wasser und füllte dann eine Schüssel für Bismarck. Der Hund trank gierig, bevor er sich mit einem lauten Ächzen auf der Türmatte niederließ. Sadie, die ihr Glas inzwischen ausgetrunken hatte, reichte es Will mit einem dankbaren, wenn auch verlegenen Lächeln. Zu seiner Erleichterung schien sie unverletzt.

»Es tut mir leid«, begann sie, wurde aber von einem plötzlichen Schluckauf unterbrochen. Will schenkte ihr Glas noch einmal voll und zog dann einen Stuhl heran. Als er sie fragte, was denn passiert sei, berichtete sie stockend von dem Vorfall im Maisfeld. »Hinterher konnte ich den Gedanken, in ein leeres Haus zurückzukehren, einfach nicht ertragen. Deswegen bin ich hergekommen.« Sie starrte auf ihre schmutzige Hose hinunter. Er wollte von ihr wissen, ob sie vorhabe, zur Polizei zu gehen. Sie antwortete, daß sie es nicht wisse. »Ich nehme an, der Typ würde einfach behaupten, er habe sich bloß gegen Bismarck zur Wehr gesetzt. Mir hat er ja nichts getan.«

»Für mich sieht es so aus, als sollte Bismarck nur abgehalten werden, ihm zu folgen. Er ist sicher davon ausgegangen, daß du den Hund suchen und befreien würdest, wollte dir aber nicht begegnen. Fragt sich bloß, warum. Glaubst du, er hat etwas Verbotenes im Schilde geführt?«

»Falls es Moany war, würde ich auf Wilderei tippen. Andererseits, das ist mir gerade erst eingefallen, ist es dem Betreffenden ziemlich schnell gelungen, Bismarck ruhigzustellen. Moany hätte das nie geschafft. Der Hund haßt ihn. Vielleicht war es Meis Vater«, fuhr sie fort. »Sein Benehmen ist genauso seltsam wie das von Moany, wenn auch nicht so bedrohlich.« Sie werde mit Thea reden, erklärte sie. Falls es tatsächlich der alte Mr. Brieng gewesen war, würden sie schon einen Weg finden, die Sache zu regeln.

Nun, da sie sich etwas beruhigt hatte, war die hektische Röte aus ihrem Gesicht gewichen, und an ihre Stelle trat ein zartes Rosa, das an die sanfte Tönung eines Pfirsichs erinnerte. Ohne daß es Will so richtig bewußt war, wanderte sein Blick von ihrem kastanienbraunen Haar zu ihrem Hals und von dort weiter nach unten zu den langen, in eine enganliegende weiße Baumwollhose gehüllten Beinen. Sie sah zu ihm auf und wandte dann rasch den Blick ab. Ihr Gesicht rötete sich von neuem.

»Tut mir leid, daß ich dich so überfalle«, erklärte sie abrupt. Sie wirkte verlegen, als zweifle sie plötzlich an der Richtigkeit ihrer Entscheidung. Nun, da sich ihre Angst gelegt hatte, war sie offenbar nicht mehr sicher, ob sie ihm überhaupt willkommen war. Will schoß durch den Kopf, daß ihre Verlegenheit möglicherweise mit dem zu tun hatte, was am Teich zwischen ihm und Julia passiert war. Er bedauerte, daß sie beide diesem Impuls nachgegeben hatten, der sich als so banal entpuppt hatte und nun seine Beziehung mit Sadie zu beeinträchtigen drohte. Aber wie konnte er ihr klarmachen, daß das Ganze weder ihrer Schwester noch ihm etwas bedeutet hatte, ohne dabei arrogant zu klingen oder den Eindruck zu erwecken, als setze er auf ihrer Seite zuviel voraus? Er konnte schließlich nicht wissen, ob es Sadie überhaupt interessierte, was er für Julia empfand oder nicht empfand. Der Ring an ihrem Finger wies im Grunde darauf hin, daß er *tatsächlich* zuviel voraussetzte. Er vergaß immer wieder, daß Sadie verlobt war.

Trotzdem versuchte er, all das, was er ihr nicht sagen konnte, in seine Stimme zu legen, als er erklärte, wie froh er sei, daß sie zu ihm gekommen sei. »Überfall mich, sooft du willst. Schließlich sind wir Partner. Und dieses Haus gehört dir ebenso wie mir.«

Ihre Blicke trafen sich. Jetzt wirkte ihr Lächeln entspannter. Sein Ton schien sie davon überzeugt zu haben, daß seine Worte ehrlich gemeint waren. »Bismarck fühlt sich hier jedenfalls zu Hause«, stellte sie amüsiert fest. Als Wills Blick dem ihren folgte, sah er, daß der Hund sich auf die Seite gelegt hatte und bereits tief schlief. Trocken fügte sie hinzu: »Vielleicht wird ihn das lehren, nicht mehr einfach so davonzulaufen. Ich für meinen Teil werde bestimmt keine nächtlichen Spaziergänge mehr machen. Zumindest nicht allein.«

»Lade mich doch beim nächstenmal ein, dich zu begleiten.«

Zunächst gab sie keine Antwort, sondern lächelte nur. Dann sagte sie: »In Ordnung. Das werde ich.«

»Der Schreck hat deinen Dialekt wiederbelebt«, erklärte er, um das Thema zu wechseln und sie ein wenig abzulenken. »Du klingst jetzt fast wie deine Mutter oder deine Schwester.«

»Man kann sich einen Dialekt bis zu einem gewissen Grad abgewöhnen, aber ganz wird man ihn wahrscheinlich nie los.« Sie erzählte Will, daß sie beschlossen hatte, den ihren abzulegen, als ein Collegefreund ihr erklärte, daß sich ihm jedesmal die Haare sträubten, wenn jemand aus dem Süden den Mund aufmachte. »Er sagte, er könne nichts dagegen tun. Er sei in seinen ersten Schuljahren von einer Lehrerin unterrichtet worden, die ihren Schülern beigebracht habe, die Leute aus dem Süden seien verantwortlich für Lincolns Tod. Deswegen bin ich zu dem Schluß gekommen, daß regionale Eigenarten vielleicht beim Kochen gefragt waren, mir aber beruflich nichts nutzen würden. Edwin erwähnt übrigens das Thema Dialekt auch in seinem Buch. Er schreibt, die gedehnte Sprechweise der Südstaatler und die näselnde Aussprache der Yankees hätten Feindseligkeiten geweckt und widergespiegelt. Er vergleicht diese Dialekte mit denen der alten Griechen. Die Athener hätten das breite Böotisch der Spartaner nicht ausstehen können, während letztere ihrerseits das Attisch der Athener unerträglich fanden. Ihre sprachlichen Differenzen waren ein zusätzlicher Grund, warum sie sich ständig in die Haare gerieten.«

Sie sprach hastig, als sei ihr Unbehagen zurückgekehrt. »Jetzt hätte ich es fast vergessen. Es gibt noch einen anderen Grund, warum ich dich heute abend sehen wollte.« Sie berichtete von der Anmerkung, die sie in dem Buch gefunden hatte. »›In diesem grabähnlichen Raum sind Nektar und Gefäß gemeinsam versiegelt, so daß kein Unwürdiger sie mit seiner Berührung entweihen kann‹«, zitierte sie. »Scheint das nicht zu bestätigen, daß Edwin den Kelch irgendwo vergraben hat?«

Will zögerte. »Vielleicht. Aber bringt uns das weiter? Schließlich verrät uns der Text nicht, wo er ihn versteckt hat. Und außerdem«, fuhr er fort, ehe sie ihm antworten konnte, »hast du mir doch gesagt, daß der Kelch Unglück bringt.« Er sah zu Bismarck hinüber. »Schlafende Hunde und so. Oder irre ich mich da?«

»Wahrscheinlich hast du recht«, antwortete sie langsam. »Den Kelch zu finden, könnte mehr Probleme machen, als die Sache wert ist. Falls er sich irgendwo auf dem Gelände von Greengrove befindet, wird Burke darauf Anspruch erheben. Und wenn er hier in Little Grove ist ...«

»... dann wird sich Burke noch mehr ins Zeug legen, ihn in seinen Besitz zu bringen«, beendete Will den Satz.

»Dabei hat Edwin genau solche Menschen wie Burke gemeint. Seine Berührung würde den Kelch tatsächlich entweihen. Trotzdem«, fügte sie mit einem leicht verlegen wirkenden Blick hinzu, »hoffe ich, daß das Mosaik uns einen Hinweis auf den Verbleib des Kelchs geben wird.«

»Morgen wissen wir mehr.« Er lehnte sich vor. »Und was den heutigen Abend betrifft ... warum bleibst du nicht einfach hier? Ich werde im Zelt schlafen.«

Sie schüttelte den Kopf. »Danke, aber ich fühle mich schon viel besser.«

»Ich werde dich zurückfahren. Hättest du vorher noch Lust auf ein Glas Wein?«

»Ja, gern.« Sie ließ sich in den Sessel zurücksinken und zog die Füße an, während er aufstand, um eine von den Flaschen zu holen, die sie zusammen auf dem Weingut des netten Ehepaars gekauft hatten.

»Weißt du«, sagte sie munter, als müsse sie ihn zum Dank ein wenig aufheitern, »ich habe darüber nachgedacht, warum das Keltern von Wein auf die Bewohner Virginias einen solchen Reiz ausübt.«

»Du meinst, noch mehr als der Wein selbst?« Er hielt die Flasche Merlot hoch, die er gerade entkorkte.

»Der kommt natürlich an erster Stelle«, räumte sie ein. »Aber der Weinanbau erlaubt uns, ein modernes Leben zu führen und uns trotzdem an der Antike zu orientieren. Auf diese Weise können wir dem Hang zur Klassik in unserer Kultur frönen und so tun, als hielten wir uns wie Horaz dreißig Kilometer von Rom entfernt in den Sabiner Bergen auf und gäben uns dem hin, was er seine Sonnenuntergangsspaziergänge nennt.«

Sie nahm das Glas, das er ihr reichte. Das Licht ließ den Wein rubinrot schimmern. »Den meisten Leuten ist nicht klar, wie sehr die Gedichte Horaz' auf unsere Zeit zutreffen. Er haßte den römischen Ehrgeiz, um jeden Preis reich zu werden und irdische Besitztümer anzuhäufen. In seinen Gedichten erklärt er uns immer wieder, der weise Mensch sei dann am glücklichsten, wenn der Wein, den er trinke, aus den eigenen Trauben gepreßt sei.« Sie hielt einen Moment inne, um an ihrem Glas zu nippen, und sah dabei hoch. Als sie merkte, daß Wills Blick auf sie gerichtet war, wurde sie rot.

»Entschuldige. Ich rede zuviel.«

Er lächelte. »Überhaupt nicht. Immerhin weiß ich jetzt, daß der Weinanbau zumindest für eine ganz bestimmte Bewohnerin Virginias die richtige Wahl ist.«

»Sag es mir einfach, wenn dir die Lateinstunden auf die Nerven gehen.«

»Sie sind ein weiterer Grund, warum ich so froh bin, dich als Partnerin zu haben. Auf diese Weise kann ich mich weiterbilden.«

»Dafür kannst du ein bißchen Überlebenstraining mit mir machen. Was war beispielsweise der erste Rat, den du deinen Kunden mit auf den Weg gegeben hast?«

»Gehen Sie Ihre Stiefel gut ein.«

Sie lachte ungläubig.

»Wirklich?«

»So ungefähr. Wenn man Blasen an den Füßen hat, spielt alles andere keine Rolle mehr. Horaz hätte das wahrscheinlich viel poetischer ausgedrückt.«

»Er hätte wahrscheinlich gesagt, daß schmerzende Füße ein guter Grund sind, sich niederzulassen. Was war dein Grund? Dafür, daß du dein Leben als Abenteurer aufgegeben hast, meine ich?«

»Vielleicht ist mir endlich klargeworden, warum ich dieses Leben geführt habe. Zuerst dachte ich, es liege am Nervenkitzel und am Adrenalin. Ich mag intensive Erfahrungen. Neue Emotionen interessierten mich ebenso wie neue Gegenden. Aber als mein Vater starb, fing ich an, über meine wahren Motive nachzudenken. Vater ließ sich immer in gefährliche Regionen versetzen. In den wilden Westen, wie er es ausdrückte. Einmal mußte er hundert schwer bewaffnete Männer als Bodyguards mitnehmen. An solchen Orten hatte er das Gefühl, am meisten Gutes bewirken zu können. Langsam dämmerte mir, daß ich ihm zu beweisen versuchte, daß sein ältester Sohn genauso mutig war. Dann, als er starb, gab es niemanden mehr, den ich überzeugen mußte. Am allerwenigsten mich selbst.« Er zuckte mit den Achseln. »Aber vielleicht ist der wahre Grund viel einfacher. Meine Kunden begannen mich zu langweilen. Für viele Leute geht es inzwischen mehr um die Ausrüstung als um die eigentliche Erfahrung.«

»Aber die Menschen scheinen immer gefährlichere Abenteuer erleben zu wollen. Woran liegt das deiner Meinung nach?«

»Vielleicht ist das ein Ersatz für Kriegserlebnisse? Oder die Leute wollen einfach nur ihre Nachbarn beeindrucken. Ich weiß es nicht. Ich weiß bloß, daß ich kuriert bin.«

»War es denn eine Krankheit?«

»Eine Sucht.«

Sie schwiegen eine Weile und lauschten dem leisen Geräusch der Motten, die gegen das Fliegengitter prallten, und dem Zirpen der Grillen. Sadie klopfte mit dem Zeigefinger sanft gegen die Lehne des Sessels. Eine leichte, undefinierbare Spannung schien sich im Raum auszubreiten. Spontan lehnte sich Will nach vorn. »Sadie, ich –« Aber da begann sie ebenfalls zu sprechen.

»Es gibt da etwas, das ich dir erzählen sollte«, sagte sie. Dann hielt sie zögernd inne.

»Ladys first.«

Sie sah auf ihre Hände. »Ja, gut.« Es vergingen ein paar Sekunden, ehe sie weitersprach. Dann hob sie unvermittelt die Hände und hielt sie ihm hin. »Es geht um das hier«, sagte sie.

Erst jetzt bemerkte er, daß der Ring an ihrem Finger fehlte. Verwirrt fragte er: »Hast du den Ring im Maisfeld verloren?«

»Nein. Ich habe ihn abgenommen. Ich war niemals offiziell verlobt. Ich habe den Ring bloß getragen, wie andere Leute einen Talisman. Er sollte mich vor Peinlichkeiten bewahren.«

»Peinlichkeiten? Wie meinst du das?«

Sie wandte ihm den Rücken zu, als sie antwortete, so daß er ihr Gesicht nicht sehen konnte. Nur ihre Stimme und die starre Haltung ihrer Schultern deuteten auf ihre Gefühle hin. »Du hast es mir so viel leichter gemacht, als ich es mir vorgestellt hatte. Wahrscheinlich hatte ich angenommen, Mintys gute Absichten würden uns in eine peinliche Situation bringen. Das war dumm von mir. Die Situation, in die ich mich nun selbst hineinmanövriert habe, ist viel peinlicher.« Als sie sich zu ihm umdrehte, konnte er ihren halb amüsierten, halb beschämten Gesichtsausdruck sehen. »Ich wollte Schwierigkeiten aus dem Weg gehen, aber letztendlich habe ich alles nur komplizierter gemacht.«

Er stand auf. »Dann ist Ethan ...?«

»Ein Mann, den ich irrtümlicherweise zu lieben glaubte«, antwortete sie kurz.

Eine Welle der Erleichterung durchflutete Wills Körper. Auf seine Weise war dieses Gefühl genauso stark wie der Nervenkitzel, den er bei seiner Arbeit so oft erlebt hatte.

»Ich muß dir auch etwas gestehen«, erklärte er. »Und es ist genauso peinlich. Es geht um das, was du heute am Teich gesehen hast. Du weißt, was ich meine?«

Sie nickte. Erst jetzt fiel ihm auf, daß sie schon die ganze Zeit mit dem Weinkorken kämpfte, den er tief in den Hals der Flasche zurückgeschoben hatte.

»Komm, laß mich das machen.«

»Sag erst, was du sagen wolltest.« Ihre Stimme klang heiser, fast flehend.

Er starrte sie an. Dann sagte er: »Die einzige Frau, die ich küssen möchte, bist du.«

Sadie ließ die Flasche zu schnell los. Diese schwankte einen Moment und kippte dann um. Als Will sie auffangen wollte, berührten sich ihre Hände. Seine Arme schlangen sich wie von selbst um Sadies Körper. Sadie erwiderte seine Umarmung. Ein leises Stöhnen entrang sich Wills Brust, ehe er Sadie küßte. Er schmeckte den Wein auf ihren Lippen und dann, als sie den Mund öffnete, auf ihrer Zunge. Die noch bekleideten Körper aneinandergepreßt, stolperten sie auf das schmale Feldbett zu. Sie ahnten beide schon, wie sich die nackte Haut unter der Kleidung anfühlen würde, und sehnten sich nach dieser Berührung.

Während sie sich gegenseitig entkleideten, wanderte Wills Mund über Sadies Gesicht. Ihre Haut schmeckte nach Salz und Honig, und ihr Verlangen steigerte seine Begierde nur noch. Ihr Körper hob und senkte sich unter seinem wie eine Welle, die sie dahintrug und sie schließlich beide fortspülte.

25

Am nächsten Morgen wachte Sadie früh auf. Es roch nach Kaffee und Speck, und als sie sich umdrehte, sah sie sich einer Hundenase gegenüber. Bismarck stand schwanzwedelnd neben dem Bett. Einen Moment lang wußte sie nicht, wo sie war. Dann sah sie über den Hund hinweg Will an dem kleinen Herd stehen und mit einem Spatel hantieren. Benommen setzte sie sich auf. Ihre Arme waren zerkratzt, und alles tat ihr weh, als hätte sie einen anstrengenden Nachtmarsch hinter sich. Aber als sie die Hand ausstreckte, um Bismarck über den Kopf zu streicheln, durchströmte sie ein Glücksgefühl.

Sie strich ihr Haar glatt und schwang die Füße aus dem Bett. Sie hätte sich gerne ein wenig frisch gemacht, bevor sie Will gegenübertrat, aber es gab keine Möglichkeit, unbemerkt ins Bad zu verschwinden. Also wünschte sie ihm einen guten Morgen, fügte aber hinzu, daß er sich erst umdrehen dürfe, wenn sie wieder anständig aussehe.

Ihre Bitte kam zu spät. Eine Augenbraue hochgezogen, musterte er sie mit prüfendem Blick und lächelte dann. »Unanständig gefällst du mir auch recht gut.« Er hielt ein Ei hoch. »Möchtest du zu deinem Kaffee ein bißchen Cholesterin oder bloß Cornflakes?«

»Cholesterin, bitte, und zwar in Spiegeleiform. Kann ich vorher noch schnell unter die Dusche?«

»Wenn es dir nichts ausmacht, mein Handtuch zu benutzen. Es ist relativ sauber. Ich hatte gestern Waschtag.«

»Ich bin beeindruckt.«

Als sie aus dem Bad kam, das Handtuch um das feuchte Haar geschlungen, stellte Will gerade die Teller neben den Toast. Eine angeschlagene weiße Schale war mit geschälten Orangen gefüllt, und in der Mitte des Tisches stand ein kleiner Feldblumenstrauß. Als Vase diente ein Glas mit der Aufschrift Redneck Beer. Anstelle von Servietten hatte er gefaltete Papiertücher neben die Gabeln gelegt. Der ganze Raum duftete köstlich nach Orangen, Speck und Toast. Sadie hatte einen Bärenhunger und war gerührt, daß er sich mit dem Frühstück soviel Mühe gemacht hatte.

»Das sieht wunderbar aus.«

»Es ist heutzutage ja fast schon ein Verbrechen, Speck und Eier zu essen«, sagte er, »aber nach der letzten Nacht kannst du das Protein sicher gut gebrauchen.« Er schwieg verlegen. Offenbar war ihm zu spät klargeworden, wie zweideutig seine Worte klangen. »Ich meine, na ja, mit deinem Abenteuer im Maisfeld und all dem hattest du irgendwie ...«

»... eine ziemlich anstrengende Nacht«, führte sie den Satz für ihn zu Ende. »Und ich bin sehr hungrig.«

Er beugte sich hinunter, um sie zu küssen. Sie legte die Arme um ihn und ließ ihre Hände unter sein T-Shirt gleiten. Der Kuß nahm kein Ende, und nur das Wissen, daß Jordan bald zur Arbeit erscheinen würde, brachte sie schließlich dazu, doch lieber zu frühstücken. Will stellte einen Teller für Bismarck auf den Boden. Der Hund schlang seine Portion gierig hinunter und leckte dann den Teller sauber.

»Ich bin so schrecklich glücklich«, sagte Sadie zu Will, während sie das schmutzige Geschirr stapelte und ins Spülbecken stellte, »daß es mir inzwischen wirklich egal ist, ob uns das Mosaik Hinweise auf den Verbleib des Kelchs gibt oder nicht. Es wird aufregend genug sein, es einfach nur zu sehen. Ich habe gerade ein wundervolles Geschenk erhalten, und nun stehe ich kurz davor, ein zweites auszupacken.« Als sie sich zu ihm umdrehte, sah sie auf seinem Gesicht einen Ausdruck, den sie nicht so recht deuten konnte. »Was ist?«

Er lächelte. »Laß das Geschirr und sieh selbst.«

Draußen stimmten die Grillen ihren täglichen Gesang auf die Hitze an, und die Luft war bereits schwer wie feuchter Filz. Irgendwo in den Ästen der Eiche über ihren Köpfen schimpfte ein Blauhäher. Überrascht stellte Sadie fest, daß der Boden rund um die Veranda sandig und feucht war. Ihr Blick fiel auf einen aufgerollten Schlauch, neben dem ein Mop an einem Baum lehnte. Die

Plane lag locker über dem Mosaik. An einer zurückgeschlagenen Ecke war ein Seil befestigt. Sie sah Will fragend an.

»Du hast so fest geschlafen, daß ich dachte, ich erspare dir den Endspurt«, erklärte er, während er nach dem Ende des Seils griff und es ihr in die Hand drückte. »Du brauchst bloß noch zu ziehen.«

Als Sadie seiner Aufforderung nachkam, glitt die Plane zur Seite und enthüllte das Mosaik. Sadie fiel das Seil aus der Hand. Von ihren Gefühlen übermannt, verharrte sie einen Moment lang reglos. Das Kreischen des Hähers durchbrach die Stille. Sadie holte so tief Luft, daß es wie ein Seufzen klang, und beugte sich hinunter, um die Fingerspitzen auf die winzigen polierten Steinchen zu legen, die sich kühl und glatt wie Marmor anfühlten.

Sie sah zu Will hoch. »Es ist noch schöner, als ich es mir vorgestellt habe.«

Der frisch gesäuberte Boden glänzte in den satten Brauntönen der Natur. Ocker, Terrakotta, Umbrabraun und Bernsteingelb vermischten sich mit Zimt, Haselnuß, Schokolade und Walnuß. Einzelne cremefarbene, weiße und gelbe Steine setzten Akzente, und regelmäßig verteilte Quarzstückchen schimmerten wie Diamanten. Der Großteil des Mosaiks aber war aus den winzigen Würfeln zusammengesetzt, die Julia an dem Abend in Greengrove als Armband getragen hatte.

»Hast du nicht gesagt, daß sie Teufelswürfel heißen?« fragte Will, während er eines der Steinchen berührte. Als sie nickte, sagte er, daß er diesen Namen als der Geschichte, die das Mosaik erzählte, besonders angemessen empfinde. »Edwins Geschichte kommt mir vor wie seine persönliche Vision der Hölle.«

Sadie verstand, was er meinte, fand aber auch, daß Edwin etwas Wundervolles daraus gemacht hatte. Für sie besaß das Mosaik die schlichte Schönheit eines attischen Frieses. Es war so kunstvoll gearbeitet, daß die barbarischen Akte und Riten, die es darstellte, zu etwas Höherem transformiert wurden. Das Mosaik erfreute das Auge, auch wenn es den Geist beunruhigte.

Langsam wanderten sie an den drei offenen Seiten des Verandafundaments entlang und betrachteten die Bilder auf dem Boden. Es handelte sich um sechs aufeinanderfolgende Szenen. Sie waren auf zwei Bänder aufgeteilt, die über und unter einem zentralen Medaillon angeordnet waren. Das obere Fries verlief von links nach rechts, das untere von rechts nach links. Waldtiere, Vögel und Insekten füllten die freien Räume. Zwischen ihnen schlängelte sich ein Fluß dahin. Verschiedene Arten ineinander verschlungener Weinranken umrahmten das Mosaik und das ovale Medaillon, das ein gut vierzig Zentimeter hohes Bild des Kelchs einschloß. Wie Sadie vermutet hatte, stellte der Kelch das zentrale Motiv dar, aber es enthielt keinerlei Hinweise darauf, wo Edwin ihn versteckt hatte.

Will riß sie mit seiner Bemerkung, daß sie das Mosaik wieder abdecken sollten, bevor Jordan eintreffe, aus ihren Gedanken. Als Jordan fünf Minuten später auftauchte, machten sie sich daran, verschiedene kleine Arbeiten zu erledigen, die Sadie willkommene Ablenkung von den unbeantworteten Fragen boten.

Jordan sagte wenig und arbeitete mit einer verbissenen Konzentration, die alle ihre Versuche, ihn aus seiner düsteren Stimmung herauszureißen, scheitern ließ. Es schmerzte Sadie, daß er so gedrückter Stimmung war. In ihrem Glück wünschte sie sich, daß auch alle anderen glücklich wären.

Am späten Vormittag ging sie mit Bismarck zurück zum Haus ihrer Mutter und fand dort auf dem Anrufbeantworter eine Nachricht von Thea vor. Sie hatte beschlossen, einen weiteren Tag in Richmond zu bleiben. Als Sadie zurückrief, war Thea gerade beim Einkaufen. Sadie ließ ihr Grüße ausrichten und sagte, sie werde sich später noch einmal melden. Dann ermahnte sie Bismarck, das Haus zu hüten, und machte sich mit ein paar Brötchen und etwas Schinken auf den Weg nach Little Grove.

Müde von der Arbeit, dem Essen und dem Wein sanken sich Sadie und Will nach dem Mittagessen wortlos in die Arme. Diesmal liebten sie sich weniger leidenschaftlich. Es war ein süßes gegenseitiges Erforschen, aus dem sie langsam in den Schlaf hinüberglitten. Als sie engumschlungen und naß von Schweiß wieder erwachten, war es bereits später Nachmittag.

Sie gingen wieder nach draußen, zogen die Plane von dem Mosaik und widmeten sich der Geschichte, die es erzählte.

»Das müssen Edwin und Luther sein«, sagte Will und deutete auf die beiden Gestalten – eine weiß, die andere schwarz –, die in verschiedenen Phasen ihres Lebens dargestellt waren.

»Ist dir schon aufgefallen, daß sie nie als Gleichberechtigte gezeigt werden?«

Sadie nickte. »Immer überragt einer von beiden den anderen. Wenn der eine groß dargestellt ist, wirkt der andere klein. Nicht gerade subtil, was?«

»Möglicherweise liegt die Subtilität der Bildersprache tiefer, als die Symbole zunächst vermuten lassen. Vielleicht verbergen sie sich in den Details, die wir bloß noch nicht zu deuten verstehen.«

Natürlich, dachte sie. Sie würde erst lernen müssen, Edwins Bildersprache zu entziffern, genau wie zuvor seine Schrift. Als sie das Will gegenüber erwähnte, gab er ihr recht. Dann fragte er sie, ob sie sehr enttäuscht darüber sei, daß das Mosaik auf den ersten Blick keine Hinweise auf den Verbleib des Kelchs gebe.

»Nein, eigentlich nicht. Das Mosaik ist auch so bemerkenswert.«

Er berührte ihre Wange sanft mit dem Handrücken. »Außerdem kann das hier unser gemeinsames Abenteuer werden: herauszufinden, was das alles zu bedeuten hat.«

Sie lächelten sich an.

Dann begann Sadie, ihm das Mosaik Szene für Szene zu erklären. Das erste Bild in der linken oberen Ecke zeigte Edwin und seinen jungen Sklaven vor einem pastoralen Hintergrund. Die beiden saßen nebeneinander auf einer Bank in einer Weinlaube. Der jugendliche Edwin war gerade damit beschäftigt, dem etwa zehnjährigen Luther aus einem Buch vorzulesen, das auf seinem Schoß lag. Zu Edwins Füßen kauerte ein Jagdhund, die Schnauze auf den Vorderpfoten.

Sadie erzählte Will, daß Edwin der Familiengeschichte der Jardines zufolge versucht hatte, allen jungen Sklaven, die vor dem Bürgerkrieg in Greengrove lebten, das Lesen und Schreiben zu lernen. »Nach Meinung Edwins lag es im Interesse eines jeden Mannes, dafür zu sorgen, daß sich die Menschen in seiner Umgebung, egal, ob Freie oder Sklaven, eine gewisse Bildung aneigneten. Vor allem auf dem Land, wo es schwer war, ebenbürtige Gesellschaft zu finden.«

»Dann war es also eine Art Eigennutz, den Sklaven etwas beizubringen?«

»In Edwins Fall war es noch dazu so etwas wie eine fixe Idee.

Allem Anschein nach war er vom Beispiel der gebildeten Sklaven der Antike inspiriert, etwa Epiktet und Äsop oder Ciceros freigelassenem Sklaven. Er war wie besessen von der antiken Welt. Das beeinflußte offenbar auch seine Beziehung zu Luther.«

In seinen Anmerkungen, fuhr sie fort, habe Edwin geschrieben, daß Luther unter den Sklaven in Greengrove der vielversprechendste gewesen sei. »Er schreibt, der Junge habe schneller gelernt als viele von den Söhnen aus gutem Hause, die er an der Universität unterrichtet hatte. Als der Krieg begann, nahm er Luther mit – nicht nur als Diener, sondern auch, um die gemeinsamen Unterrichtsstunden fortsetzen zu können.«

Die zweite Szene zeigte Edwin in Kavallerieuniform, mit einem federgeschmückten Helm und einem Schwert an seiner Seite auf einem Pferd sitzend, während der inzwischen ein paar Jahre ältere Luther mit Gepäck auf dem Rücken hinter ihm herging. Die Weinranken, die in der ersten Szene so gesund ausgesehen hatten, wiesen nun Spuren von Mehltau auf. Die Blätter rollten sich an den Rändern ein, und ein Teil der sonst so saftigen Trauben wirkte vertrocknet. In der dritten Szene hatte der Weinstock überhaupt keine Blätter mehr und wand sich dürr über den Köpfen der beiden Gestalten. Der weiße Mann wurde nun von dem schwarzen gestützt, der sich mit ihm durch eine trostlose Landschaft schleppte, wo Rauch von verbranntem Boden aufstieg, als sei der Brodem des Hades an die Erdoberfläche gedrungen.

In der vierten Szene, die in der unteren rechten Ecke angeordnet war, hatte der Weinstock neu auszutreiben begonnen, aber die Trauben wiesen noch immer Spuren von Mehltau auf. Ein sehr gebrechlich wirkender Edwin, der inzwischen einen Bart trug und dessen Gesicht von einem breitrandigen Strohhut überschattet wurde, reichte den Kelch einem größeren, kräftigeren Luther, der ein langes, weißes, tunikaartiges Hemd trug. Sadie erklärte, diese Szene stelle aller Wahrscheinlichkeit nach den Freilassungsritus dar, den Edwin in seinen Anmerkungen beschrieben habe.

Will sagte: »Heutzutage fragt man sich fast zwangsläufig, wieviel Sexualität da mit im Spiel war.«

»Du meinst also, daß sie sublimiert wurde? Diese Frage habe ich mir auch schon gestellt. Aber wenn Edwin über Luther schreibt, erwähnt er niemals seinen Körper oder sein Aussehen. Er stellt höchstens mal fest, wie dünn er geworden sei. Ansonsten spricht er nur über seinen Verstand und seinen Charakter. So wie er Luthers Tod beschreibt, scheint die eigentliche Tragödie für ihn nicht der Verlust des Jungen an sich gewesen zu sein, sondern eher der Verlust dessen, was in ihm steckte. Edwins Sprache klingt nicht wie die eines Liebenden, eher wie die eines strengen römischen Patriarchen.«

»Hatte Edwin Kinder?«

»Nicht daß ich wüßte. Er war eine Weile mit einem Mädchen verlobt, das aber starb, ehe die beiden heiraten konnten. Es heißt, er habe sie geliebt. Nach ihrem Tod ist er zum Einzelgänger geworden. Luthers Tod machte ihn dann zu einem richtigen Einsiedler.«

In der fünften Szene kauerte Edwin neben einem Baum, der von den Ranken eines riesigen Weinstocks umschlungen wurde, und wich voller Entsetzen vor dem Anblick eines Schicksals zurück, das gerade dabei war, ihn und seine Familie heimzusuchen. Er wirkte unverhältnismäßig klein, wenn man ihn mit der schwarzen Gestalt Luthers verglich, der im Wipfel des Baums stand und die Hände zu einem Adler emporreckte, der über seinem Kopf am Himmel schwebte.

Die sechste und letzte Szene zeigte den Stier, der seinen mächtigen Kopf zurückgeworfen hatte, und über seinen Hörnern flog die schwarze, nun sehr kleine Gestalt des Jungen durch die Luft. Edwin stand mit gesenktem Kopf daneben, die Hand auf den Griff einer Axt gestützt.

»Schau!« Will deutete auf den Kopf des Stiers, der von dem dichten Laub des Weinstocks halb verhüllt wurde.

Sadie kniete sich auf den Boden, um sich die Szene aus der Nähe anzusehen. Dann blickte sie aufgeregt zu Will hoch. »Siehst du, wie der Kopf geformt ist? Wie die Schale eines Trinkkelchs! Sieh dir das an! Die Hörner sind wie Griffe.«

Sie waren so in das Mosaik vertieft, daß sie das Klappern der Pferdehufe erst hörten, als es schon ganz nahe war. Erschrocken fuhren sie herum. Julia kam auf Scattershot über die Lichtung geritten. Will streckte die Hand nach der Plane aus, aber es war schon zu spät.

»Ihr zwei seht aus, als hätte ich euch bei etwas Verbotenem ertappt«, meinte Julia, während sie ihr Pferd zum Stehen brachte. »Was ist das für eine Verschwörung?« Dann wanderte ihr Blick ein Stück weiter, und sie entdeckte das Mosaik. »O Gott!« Sie glitt aus dem Sattel und trat näher. Dann wandte sie sich an Sadie. »Wie lange wißt ihr schon davon?«

Sadie fühlte sich wie ein schuldbewußtes Kind. »Vermutet haben wir es schon seit ein paar Tagen, aber bestätigt haben sich diese Vermutungen erst heute morgen. Gerade vorhin ist mir durch den Kopf gegangen, wie erstaunt du und Mutter sein werdet.«

»Ich habe Sadie den Vorschlag gemacht, die Sache geheimzuhalten, solange wir nicht genau wüßten, womit wir es zu tun haben«, fügte Will rasch hinzu. »Vor allem deshalb, weil Moany Scrimsher sich gern von Zeit zu Zeit hier herumtreibt.«

Sadie warf ihm einen hastigen Blick zu. Sie war ihm dankbar für diese kluge, wenn auch keineswegs erschöpfende Erklärung für ihre Geheimniskrämerei.

Julia schwieg einen Moment und betrachtete das Mosaik. Dann sagte sie nachdenklich: »Es sieht so neu aus. Man könnte meinen, es wäre erst gestern entstanden.«

»Vielleicht sind wir die ersten, die es zu sehen bekommen, seit Edwin es verdeckt hat«, antwortete Will.

»Falls er das überhaupt selbst getan hat.«

»Wer hätte es denn sonst tun sollen?« fragte Sadie.

»Irgendein Angehöriger, der die künstlerische Qualität des Mosaiks, aber auch die Gefahr für die Familie erkannte. Der Betreffende brachte es nicht fertig, es zu zerstören, wollte aber auch nicht zulassen, daß andere von seiner Existenz erfuhren.«

»Du meinst, jemand hat es abgedeckt und so getan, als sei es nie dagewesen?« sagte Sadie.

»Vielleicht wollte die betreffende Person es zukünftigen Generationen überlassen, sich damit herumzuschlagen.«

»Zum Glück für uns«, sagte Will. »Anders hätte das Mosaik vielleicht die Zeit nicht überdauert.«

Julia ließ den Blick über die kleine Lichtung schweifen und wandte sich dann wieder dem Mosaik zu. »Man möchte meinen, daß so etwas hier fehl am Platz wäre. Aber das stimmt gar nicht.«

Sadie wußte, was ihre Schwester sagen wollte. Trotz seiner Maniertheit besaß das Mosaik eine Qualität, die es mit der umgebenden Natur harmonieren ließ. »Vielleicht liegt es daran, daß Edwin nur heimische Materialien verwendet hat«, antwortete sie. »Sie greifen die Farben rund um die Hütte auf.«

»Und alle dargestellten Pflanzen und Tiere sind ebenfalls aus der Gegend hier.« Julia deutete auf einen Vogel. Das ist ein Ziegenmelker – eine Nachtschwalbe«, erklärte sie Will. »Man hört sie in der Dämmerung. Und hier haben wir Schafgarbe und Persimone.«

Edwin hatte auch markante landschaftliche Elemente verwendet. »Bei dem Fluß handelt es sich natürlich um den James«, sagte Sadie. »Das ist die Hufeisenbiegung, und das hier die kleine Insel gegenüber dem Teich. Ich frage mich ...« Sie sprach den Satz nicht zu Ende, sondern biß sich auf die Lippe, während sie langsam aufstand. »Weißt du, auf den ersten Blick hatte ich den Eindruck, das Mosaik würde keine Hinweise auf das Versteck des Kelchs enthalten. Aber seht euch an, wie die Biegung des Flusses die Form der Kelchschale aufgreift. Und obwohl es noch andere Inseln gibt, hat er nur diese eine dargestellt.«

Sie fanden weitere Formen, bei denen es sich möglicherweise um Hinweise handelte: die Windungen mancher Weinranken, aber auch die Form von Bull's Hill selbst, das mit seinem großen Felsen auf dem Gipfel die Form eines umgedrehten Kelchs und seines Fußes hatte.

»All diese Symbole«, sagte Julia. »Da gibt es so vieles zu enträtseln, so vieles zu verstehen.«

»Vielleicht hat er das Mosaik aus genau diesem Grund geschaffen«, antwortete Sadie. »Um das Ganze besser zu verstehen. Stellen nicht die meisten Kunstwerke den Versuch eines Künstlers dar, etwas zu verstehen? Und wenn es nur die Art ist, wie das Licht auf einen Gegenstand fällt.«

Seiner Meinung nach, erklärte Will, habe man bei dem Mosaik trotz seiner starken Verwurzelung in der Landschaft Virginias das Gefühl, als gehöre es in eine ganz andere Zeit und an einen viel weiter entfernten Ort. »Es ist nicht gerade das, was man hier auf dem Boden einer Jagdhütte erwarten würde, oder? Für mich sieht es eher so aus, als stamme es aus einem römischen Palast oder Landhaus.«

»Vielleicht hatte Edwin genau das im Sinn, als er das Mosaik schuf. Eine römisch-pastorale Idylle.«

Eine große Eichel landete mit einem dumpfen Geräusch auf dem Boden. Sadie hob den Blick. Die Eiche wirkte ziemlich gesund, aber die Platane, deren Äste über das Dach der Hütte hingen, machte ihr Sorgen. »Jetzt, wo wir die Abdeckung entfernt haben«, sagte sie, »habe ich Angst um das Mosaik.«

»Wir werden ein stabileres Dach bauen«, beruhigte Will sie. »Dann können wir in Ruhe überlegen, was weiter damit geschehen soll.« Er griff nach der Plane. »Aber jetzt sollten wir es erst mal wieder zudecken. Ich glaube, daß es später noch regnet.«

Nachdem Julia ihnen dabei geholfen hatte, die Plane im Boden zu verankern, erklärte sie, daß sie allmählich zurück nach Greengrove müsse.

»Du bist nicht beleidigt oder wütend?« fragte Sadie ihre Schwester, während sie gemeinsam zu Scattershot hinübergingen. »Es wäre dein gutes Recht, beleidigt zu sein, weil ich dir nichts von dem Mosaik erzählt habe. Das Ganze geht dich genauso viel an wie mich. Auf jeden Fall mehr als Will.«

Julia sah sie an. »Ich weiß, warum du es mir nicht gesagt hast, und deswegen verzeih' ich dir. Aber du irrst dich.«

»Inwiefern?«

»Du hast befürchtet, daß ich es Burke erzählen könnte. Das würde ich nie tun.«

»Es ist nur –«

»Du brauchst nichts zu sagen. Ich verstehe dich schon.« Sie schwang sich in den Sattel. »Trotzdem, ich käme nicht im Traum auf die Idee, es ihm zu erzählen.« Sie hielt einen Moment inne und sah zu Will hinüber, der am anderen Ende der Lichtung beschäftigt war. »Du hast mir noch etwas verschwiegen.«

Sadie spürte, wie sie rot wurde. »Merkt man das so deutlich?«

Julia streckte die Hand aus und berührte Sadies Wange. »Ja. Und ich bin froh darüber. Du hast es verdient, glücklich zu sein, Sadie.«

»Du auch«, antwortete Sadie.

Aber Julia ritt bereits davon.

26

Katherine gähnte. Sie lag ausgestreckt auf einer Schaukel auf der Veranda, ein Kissen unter dem Kopf, das Geometriebuch aufgeschlagen auf dem Bauch. Von Zeit zu Zeit versetzte sie der Schaukel einen leichten Stoß und ließ die Finger über den Boden schleifen, während sie vor und zurück schwang. Im Schatten neben ihr dösten ein paar Katzen mit geschlossenen Augen und ausgestreckten Pfoten.

Katherine warf einen Blick in ihr Buch. Die komplizierten geometrischen Figuren verschwammen vor ihren Augen. Ihr war so heiß und so langweilig. Laut Text bestand zwischen den abgebildeten Rhomboiden eine Beziehung, aber worin diese bestand, konnte sie nicht sagen. Jordan wäre in der Lage gewesen, es ihr zu erklären, aber er hatte am Morgen angerufen und die Nachhilfestunde abgesagt.

»Ich habe Mrs. Jardine versprochen, ihr bei der Gartenarbeit zur Hand zu gehen«, hatte er ihr erklärt. »Wenn ich in Little Grove fertig bin, schaue ich eine Stunde bei ihr vorbei.«

»Was ist mit Moany Scrimsher? Ich dachte, er hilft ihr.«

»Sadie hat ihr das Versprechen abgenommen, ihn nicht mehr für sie arbeiten zu lassen. Er benimmt sich in letzter Zeit so merkwürdig.«

»In welcher Hinsicht?«

»Wenn ich ehrlich bin, kann ich keinen großen Unterschied zu sonst feststellen, aber Sadie glaubt, er hat gerade so etwas wie eine Krise.«

Katherine dachte nicht gern an Moany Scrimsher. Sie fand seinen nervösen Tick abstoßend, und er roch schlecht, als wasche er sich nie. Außerdem wirkte er irgendwie isoliert, was Mitleid, aber auch Angst in ihr weckte. »Moany erinnert mich an einen Obdachlosen namens Stan, der bei mir zu Hause am Strand lebt«, erklärte sie Jordan. »Ein paar Kinder bringen ihm manchmal was zu essen, aber die meisten ärgern ihn nur. Wenigstens wird Moany hier von niemandem schikaniert.« Dann fiel ihr ein, daß das nicht ganz stimmte, und sie fügte hinzu: »Außer natürlich von meinem Vater.«

Aber Jordan hatte dazu nichts gesagt.

Sie schob das Buch beiseite. Es war zu schwül, um sich auf Geometrie zu konzentrieren. Außerdem haßte sie dieses Fach. Es war ihr unbegreiflich, wie jemand den Wunsch haben konnte, Mathematik zu studieren, wo doch Menschen so viel interessanter waren. Jordan zum Beispiel. Er war nicht so wie die anderen Jungs, die sie kannte. Die liefen immer zu mehreren herum und schienen Angst vor dem Alleinsein zu haben. Einzelgänger waren meist seltsame oder jämmerliche Gestalten wie Moany oder aber Typen, vor denen man Angst haben mußte. Jordan hingegen ließ das Alleinsein ganz normal erscheinen.

Zur Zeit aber machte ihm etwas zu schaffen. Sie sah es ihm an, und sie wußte, daß er sich Dinge zu Herzen nahm, die sie selbst mit einem Achselzucken abgetan hätte. Er hatte ohnehin noch nie was wirklich Schlimmes angestellt, und auch diesmal handelte es sich bestimmt nur um eine Kleinigkeit. Wenn sie mit ihm darüber redete, würde sie ihn vielleicht beruhigen können.

Sie rollte sich zur Seite, und das Geometriebuch fiel mit einem Knall zu Boden. Die Katzen schreckten hoch und starrten sie vorwurfsvoll an. Doch gleich sanken die Köpfe schläfrig zurück auf die Pfoten, und die Augen schlossen sich wieder. Katherine warf einen Blick auf ihre Uhr. Wenn sie gleich zu Thea hinüberritt, würde sie Jordan vielleicht noch erwischen, bevor er mittags nach Hause ging. Sie stand auf, ließ das Geometriebuch einfach auf dem Boden liegen, eilte quer über den Rasen und schlug den Weg zum Pferdestall ein.

Der Stall war kühl und dunkel und roch nach Heu und warmem Pferd. Clementine freute sich, sie zu sehen, und wieherte leise. Während Katherine dem Pferd das Zaumzeug anlegte, schmiegte es seine Samtnase an ihren Hals. Scattershots Box war leer, was bedeutete, daß Julia nach Little Grove hinübergeritten war. Interessant, dachte Katherine, während sie den Sattel auf Clementines Rücken schwang – ihre Stiefmutter, Sadie und Will Griffin. Julia wirkte seit ein paar Tagen viel fröhlicher als zu der Zeit, als Katherine eingetroffen war, aber Burke gefiel das überhaupt nicht. Ihm lag nichts am Glück anderer Leute, es sei denn, er betrachtete es als ein Geschenk, das er ihnen gemacht hatte.

Sämtliche Erwachsene um Katherine herum schienen irgendwelche Geheimnisse zu haben. Zu Hause war die Welt der Erwachsenen immer etwas weit Entferntes, Langweiliges gewesen, etwas, dem man nach Möglichkeit aus dem Weg ging. Hier dagegen hatte sie Gesprächsfetzen, Blicke, Gesten und Reaktionen registriert, die alle darauf hindeuteten, daß die Beziehungen der Erwachsenen in einer Wandlung begriffen waren. Auch sie wollte sich verändern und ihren harten Panzer loswerden.

Sie führte Clementine nach draußen. Die blendende Mittagshitze traf sie nach der Dunkelheit in der Scheune wie ein Schlag. Auf der Straße wirbelten die Pferdehufe Staubwolken auf. Zweimal zwangen die Laster, die zur Kellerei unterwegs waren, sie, auf den Grasrand neben den Maisfeldern auszuweichen. Die Lastwagenfahrer machten Überstunden. Ihr Vater hatte gesagt, die erste Weinlieferung werde möglicherweise schon in ein, zwei Tagen eintreffen, und die Behälter mußten dann bereit sein. Die großen Edelstahltanks wirkten steril. Viel schöner fand Katherine die Eichenfässer, die seit Urzeiten zum Reifen der Rotweine und mancher Weißweine benutzt wurden. Manche Weinkellereien fügten dem Wein statt dessen Eichenaroma hinzu, hatte ihr Vater erklärt. Im Weingeschäft gebe es alle nur erdenklichen Tricks, aber er habe die Absicht, in der Greengrove Vinery nur nach den besten Grundsätzen zu handeln. Katherine fragte sich, wie lange dieser Vorsatz anhalten würde. Er sprach vor anderen Leuten immer von Prinzipien, hielt sich aber meist selbst nicht daran. »Ich bin eben Pragmatiker«, hatte er einmal zu ihr gesagt.

Sie traf Jordan allein in Theas Garten an. Sie erbot sich, ihm beim Jäten des Unkrauts zu helfen. Gemeinsam ackerten sie die Reihen des Gemüsegartens durch. Ein- oder zweimal mußte er sie davon abhalten, statt Unkraut eine Gemüsepflanze auszureißen. Sie sah zu, wie sich seine Hände geschickt zwischen den grünen Blättern der Rettiche bewegten.

»Du kannst gut mit Pflanzen umgehen«, stellte sie fest. »Du behandelst sie genauso wie Menschen – voller Rücksicht. So, als hätten sie auch Gefühle.«

Er lächelte sie über eine Reihe von Rettichpflanzen an. »Meine Mutter hat mir beigebracht, daß Pflanzen um so besser gedeihen, je weniger wir sie stören. Und wenn es ihnen gutgeht, dann geht es auch uns gut. Ihrer Meinung nach hat alles in der Natur eine Seele, und die sollten wir achten.«

»Sogar Giftefeu und Tollkirsche.«

Er lachte. »Die ganz besonders.«

»Demnach sollten wir besonderen Respekt vor dem haben, was Schaden anrichten kann?«

Er blickte auf und sah sie fragend an. »Worauf willst du hinaus?«

»Mein Vater richtet viel Schaden an, aber ich kann ihn trotzdem nicht respektieren.«

Jordan beugte sich wieder über die Tomaten, ohne ihr eine Antwort zu geben.

Sie wußte, daß er in irgendwelchen Schwierigkeiten steckte – und zwar in Schwierigkeiten, über die man mit seinen Eltern nicht sprach, nicht einmal mit solchen wie den seinen. Sie besaß einen sechsten Sinn für die Ängste und Geheimnisse, die Jugendliche ihres Alters vor den Erwachsenen verbargen. Die Teenager bei ihr zu Hause führten alle ein Doppelleben, eines in der Öffentlichkeit, und eines, das sie nur ihren engsten Freunden offenbarten oder manchmal ganz für sich behielten. »Doppelte Buchführung« nannte es einer ihrer Freunde, dessen Vater Buchhalter war.

Was immer Jordan ihr verheimlichte, sie war sicher, daß es etwas mit ihrem Vater zu tun hatte. Als sie damit herausplatzte, blinzelte er. »Woher weißt du das?«

»Ich weiß es einfach. Er redet plötzlich anders über dich. Als hätte er dich jetzt auch in der Hand.«

»Ich schulde ihm Geld«, erklärte er zögernd. »Eine Menge Geld, das ich ihm nicht zurückzahlen kann. Es war mein Fehler, nicht seiner«, fügte er hinzu.

»Das glaube ich nicht. Ich kenne ihn.«

Während er die Erde von den Gartengeräten klopfte, redete sie so lange auf ihn ein, bis er ihr von dem Hahnenkampf erzählte.

Als er fertig war, fügte er hinzu: »Ich habe etwas verwettet, was mir gar nicht gehörte. Ich hätte nein sagen sollen, aber dazu war ich zu feige.«

»Hattest du etwas getrunken?« Als er nickte, sagte sie: »Das macht er gern. Er füllt die Leute ab, bis sie so durcheinander sind, daß er mit ihnen machen kann, was er will. Er versteht sich darauf, Menschen zu manipulieren.«

Er schüttelte den Kopf. Sie gingen auf den kleinen Geräteschuppen zu. »Trotzdem ist es meine eigene Schuld. Ich muß einen Weg finden, es meinen Eltern zu sagen.«

»Werden sie sehr böse auf dich sein?«

»Zumindest wird sie das Ganze furchtbar aufregen. Es dauert lange, bis mein Vater wütend wird, aber wenn es erst mal so weit ist ...«

»Er wird dir doch nichts tun?«

»Nein, *mir* tut er nichts.«

»Wem dann? Ach, du meinst, meinem Vater.« Sie überlegte einen Moment. »Das würde alles nur noch schlimmer machen, stimmt's?« Als er nickte, streckte sie die Hand aus und berührte seine Schulter. Wie gern hätte sie eine Lösung für ihn parat gehabt. »Vielleicht ist es besser, wenn du ihnen vorerst nichts sagst. Mal sehen, was ich tun kann.«

Er lächelte sie an. »Danke. Aber ich muß dieses Problem selbst lösen.«

Er ging zum Mittagessen nach Hause. Katherine schwang sich auf Clementine und winkte ihm nach. Wegen der Lastwagen beschloß sie, nicht auf der Straße nach Greengrove zurückzureiten, und bog statt dessen auf den Weg ein, der zwischen den Feldern hindurchführte. Sie mochte diese Strecke sowieso lieber. Sie war länger, aber abwechslungsreicher. Katherine überlegte, wie sie ihren Vater am besten auf das Geld ansprach, das Jordan ihm schuldete. Sie hatte Jordan ihr Wort gegeben, sein Geheimnis für sich zu behalten, aber sie hatte ihm nicht versprochen, ihm nicht zu helfen.

An ihrem achtzehnten Geburtstag würde sie einen Teil des Geldes bekommen, das ihre Großmutter ihr hinterlassen hatte. Ein weiterer Teil würde ihr mit einundzwanzig zustehen, und der Rest ihrer Erbschaft mit fünfundzwanzig. Sie würde Burke um einen Vorschuß bitten. Falls er sie fragte, wozu sie das Geld benötige, würde sie sagen, daß sie sich zu Hause in Kalifornien ein gebrauchtes Auto kaufen wolle. Die meisten ihrer Freunde hatten schon einen eigenen Wagen. Sie würde sagen, daß sie es hasse, auf ihre Mutter oder Freunde angewiesen zu sein.

Sie beschloß, mit ihrem Vater zu reden, sobald er zurück war. Der Gedanke daran, daß Jordan unter dieser schrecklichen Last litt, gab ihr Mut, und das Wissen, daß Burke Schuldgefühle hatte, weil er diesen Sommer mit so vielen anderen Dingen beschäftigt gewesen war, ließ sie hoffen, daß es sein schlechtes Gewissen beruhigen würde, wenn er ihr diesen Vorschuß gewährte. Seine Zeit war immer knapp, aber Geld hatte er genug. Wenn er guter Laune war, konnte er damit sehr großzügig sein. Und sie hoffte, daß er guter Laune sein würde.

Der von Bäumen gesäumte Feldweg führte durch eine Senke und dann an einem ausgetrockneten Bachbett entlang. Obwohl sie unter Bäumen dahinritt, war es hier nicht kühler. Im Gegenteil, sie schienen die Hitze sogar noch zu speichern. Katherine rann der Schweiß übers Gesicht, und sie begann sich ein wenig schläfrig zu fühlen. In ihre Gedanken vertieft, war sie nicht vorbereitet, als das Pferd plötzlich scheute, so daß sie in hohem Bogen aus dem Sattel flog. Ihr Kopf schlug auf der harten Erde auf, und ihr rechtes Bein krachte so heftig gegen einen Stein, daß sie vor Schmerz aufschrie. Benommen setzte sie sich auf und blickte sich um. Gott sei Dank war Clementine nicht durchgegangen, sondern nach ein paar Metern stehengeblieben. Trotzdem wirkte sie sehr nervös und schüttelte so heftig den Kopf, daß ihr Zaumzeug klirrte. In dem Moment sah Katherine, was das Pferd so erschreckt hatte. Kaum sechzig Zentimeter von ihrem nackten rechten Arm entfernt lag auf einem umgefallenen Baumstamm zusammengerollt eine braune Schlange. An ihrem schlanken Hals saß ein dreieckiger, kupferroter Kopf mit einer Vertiefung zwischen Auge und Nasenloch. Das Tier starrte sie reglos an.

Katherine war vor Entsetzen wie gelähmt. Sie hatte das Gefühl, keinen klaren Gedanken mehr fassen zu können. Sie wußte lediglich, daß sie es mit einer giftigen Mokassinschlange zu tun hatte und das Tier auf keinen Fall erschrecken durfte, weil es sie sonst angreifen würde. Panik ergriff sie. Ihr Herz klopfte wie wild, und sie hatte das Gefühl zu ersticken, weil sie sich so krampfhaft bemühte, möglichst ruhig zu atmen und sich nicht zu bewegen.

Katherine konnte ihren Angstschweiß riechen und fragte sich einen Moment lang, ob auch Schlangen einen Geruchssinn besaßen.

Sie mußte etwas unternehmen. Die Schlange schien noch unentschlossen, als wolle sie erst einmal abwarten, was Katherine tun würde. Gerade als sie sich zur Seite werfen wollte, um so möglichst viel Abstand zwischen sich und das Tier zu bringen, nahm sie eine Bewegung wahr. Ein dunkelhäutiges Kind trat mit einem Stock in der Hand ein Stück oberhalb der Schlange aus dem Schatten der Bäume.

Sie biß sich auf die Lippe, um kein Geräusch zu machen. Was sie für ein Kind gehalten hatte, entpuppte sich als ein Mann mit dunklem, runzligem Gesicht. Jordans Großvater. Er blieb stehen, um sich einen Überblick zu verschaffen. Er ließ sich so viel Zeit dabei, daß Katherine einen Moment lang fürchtete, er würde gar nichts unternehmen. In seinem dunklen, unergründlichen Blick lag kein Mitleid, nur kaltes, distanziertes Interesse. Aber gerade als sie ihn anflehen wollte, etwas zu unternehmen, trat er einen Schritt vor und ließ den Stock auf die Schlange heruntersausen. Während Katherine sich in Sicherheit brachte, schlug der alte Mann in gekrümmter Haltung weiter wie ein Wahnsinniger auf die Schlange ein, die mittlerweile längst tot war. Dann hielt er plötzlich inne und schleuderte den Stock fort.

Katherine versuchte zu stehen, aber ihr Bein gab unter ihrem Gewicht nach; das Blut lief ihr am Schienbein hinunter. Der alte Mann drehte sich mit starrer Miene zu ihr um, kauerte sich neben sie und deutete wortlos auf ihr Bein.

»Ich glaube, ich bin irgendwie blöd gefallen«, erklärte sie ihm.

Er ging wortlos zu ihrem Pferd, das inzwischen auf einem kleinen Fleckchen Gras unter einer Eiche weidete, und brachte es ihr. Nachdem er ihr aufgeholfen hatte, stellte sie fest, daß ihr verletztes Bein nicht mal besonders weh tat. Wahrscheinlich hatte sie sich etwas verstaucht, aber wenigstens schien nichts gebrochen zu sein. Sie schwang sich mühsam auf Clementines Rücken. Zitternd und wie erschlagen saß sie im Sattel, so daß sie sich nicht wehrte, als der alte Mann das Pferd langsam zum Haus der Vanns zurückführte.

27

Obwohl der Mercedes eine Klimaanlage besaß, machte sich zwischen Burkes Bartstoppeln ein Hitzeausschlag breit, der ihn ebenso quälte wie seine gereizten Nerven. An diesem Morgen hatte sein Telefon in Washington so früh zu klingeln begonnen, daß er nicht einmal Zeit für ein richtiges Frühstück gehabt hatte, geschweige denn für eine Dusche oder eine Rasur. Er würde schnell einen Happen essen, wenn er in Greengrove eintraf, aber vorher wollte er unbedingt die Papiere im Safe durchsehen. Er mußte rasch eine Lösung für seine Probleme finden.

Um sich zu beruhigen, rief er sich ins Gedächtnis, was er viele Jahre zuvor bei den Special Forces der Armee gelernt hatte: Jede Stellung ist einnehmbar. Man muß nur wissen, wie sie funktioniert, und ihre Schwachstellen finden. Diese Regel hatte ihm auch im zivilen Leben gute Dienste geleistet.

Als er an Theas Haus vorbeifuhr, sah er Moany Scrimshers alte Klapperkiste neben der Garage stehen. Der Anblick machte ihn wütend. Er hatte seine Schwiegermutter wiederholt gewarnt, daß dem Kerl nicht zu trauen sei und daß sie ihn nicht auf ihr Grundstück lassen solle, aber sie weigerte sich hartnäckig, seine Ratschläge zu befolgen. Eines mußte man ihr allerdings lassen: Sie mischte sich nie in die Angelegenheiten anderer Leute ein, nicht einmal in die ihrer Kinder. Das war ihre Stärke, jedoch auch ihre Schwäche. Ihre Zurückhaltung hatte seine Ehe mit Julia erst möglich gemacht. Thea hatte darauf verzichtet, jene Waffen einzusetzen, mit denen eine vorsichtigere Mutter ihrer Tochter davon abgehalten hätte, einen Mann zu heiraten, den sie, die Mutter, nicht mochte. Anfangs war ihm gar nicht klar gewesen, wie sehr Thea ihn verabscheute – sie hatte sich große Mühe gegeben, es nicht zu zeigen. Sadie hingegen hatte von Anfang an kein Geheimnis aus ihrer Abneigung gemacht, aber sie war noch zu jung und unerfahren gewesen, um ihre Waffen effektiv einzusetzen.

Mittlerweile aber wurde ihm immer bewußter, daß die früher so fügsame Julia die Dickköpfigkeit ihrer Mutter geerbt hatte. Sie hatte auch etwas vom aufbrausenden Temperament ihrer Schwester. Sadie aber schien sich inzwischen mehr im Griff zu haben und kannte sich jetzt besser in der Kunst der Kriegführung aus. Was ihr aber nicht viel nutzen würde. Seine Hände legten sich noch eine Spur fester um das Lenkrad. Sobald sich die Turbulenzen in seinen Geschäften gelegt hatten, würde er sich auf die eine oder andere Weise um Sadie kümmern. Und um ihren Partner, der sich in Dinge einmischte, die ihn nichts angingen.

Rechts tauchte nun das Haus der Vanns auf. An einem Baum im Vorgarten war das Pferd angebunden, mit dem Katherine oft ausritt, was bedeutete, daß sie Jordan besuchte, obwohl er ihr jeden weiteren Kontakt mit ihm verboten hatte. Wütend stieg er auf die Bremse und bog mit quietschenden Reifen in die Auffahrt ein. Das Pferd scheute. Burke knallte die Wagentür zu und stürmte zum Haus hinauf. Er hatte weiß Gott die Nase voll von Leuten, die sich ständig seinen Befehlen widersetzten! Meis Gefühle interessierten ihn einen Dreck. Er würde ihren Sohn an seinen Eingeweiden aufhängen.

Er wollte gerade gegen die Tür hämmern, als sie aufging. Der verblüffte Ausdruck auf Claytons Gesicht, der wahrscheinlich auf seine eigene wütende Miene zurückzuführen war, verschaffte ihm einen Moment der Befriedigung. »Wo, zum Teufel, ist Katherine –«, begann er, aber bevor er weiterreden konnte, trat Clayton beiseite, um Burke hereinzulassen, und sagte ganz ruhig: »Sie ist vom Pferd gestürzt. Mein Schwiegervater hat sie zufällig gefunden und hergebracht. Sie ist nicht ernsthaft verletzt, aber ihr rechtes Bein sieht nicht so gut aus.«

Einen Moment lang war Burke verwirrt. Während er Clayton ins Wohnzimmer folgte, kostete es ihn einige Mühe, seine Wut zu unterdrücken, daß sich sein Magen verkrampfte. Außerdem überfiel ihn ein plötzlicher Heißhunger, weil es überall im Haus so gut nach Essen roch.

Der sonnendurchflutete, mit schlichten Holzmöbeln ausgestattete und in neutralen Farben gehaltene Raum wies die einfachen, aber harmonischen Linien auf, die Burke mit Mei assoziierte, und strahlte auch etwas von ihrer heiteren Gelassenheit aus. Katherine saß auf dem Sofa, das rechte Bein auf einen Fußschemel gestützt, während Mei mit geschickten Bewegungen den weißen Verbandmull um ihre Wade wickelte und dann die Enden mit einer Schere abschnitt. Beide Frauen hoben überrascht den Blick, als Burke den Raum betrat. Katherines Gesicht wirkte unter ihrem lächerlichen, strohfarbenen Haarschopf plötzlich verkniffen und bleich, und Mei verstummte mitten im Satz. Die Tatsache, daß sie nicht verbergen konnten, wie wenig erfreut sie über seinen Anblick waren, verstärkte seine Wut.

»Was, zum Teufel, ist passiert?« fragte er und funkelte seine Tochter finster an. Katherine erwiderte seinen Blick auf die für sie typische, abschätzende Weise. Dann erzählte sie mit leiser, monotoner Stimme, daß Clementine bei einem Ausritt plötzlich vor einer Schlange gescheut und sie abgeworfen habe. Während sie sprach, zupfte sie die ganze Zeit an einem Stück eingerissener Nagelhaut herum.

»Es war eine Mokassinschlange«, fügte sie beiläufig hinzu. Er bemerkte, wie ihr dabei ein Schauer durch den Körper lief. »Mr. Brieng hat sie getötet, bevor sie mich beißen konnte.«

»Was für ein Glück, daß er bei dir war«, bemerkte er. Aus seinem Ton aber klang heraus, daß er zwar froh über das Eingreifen des alten Mannes war, es ihn aber auch verwirrte.

»Er war nicht bei mir«, antwortete Katherine. »Er hat mich bloß rechtzeitig gefunden.«

»Mein Schwiegervater hat sie schreien hören«, erklärte Clayton, der mit verschränkten Armen neben der Tür stand und Burke gelassen, aber auch wachsam musterte. Die Sicherheit, die er hier in seiner vertrauten Umgebung ausstrahlte und auch seine offensichtliche Bereitschaft, seine Familie zu beschützen, ärgerten Burke über alle Maßen. Mei wich Burkes Blick aus.

»Und wo hat dieses Drama stattgefunden?« wandte sich Burke an Katherine.

Als sie es ihm sagte, warf er Clayton mit hochgezogener Augenbraue einen Blick zu, den der andere Mann erwiderte, ohne mit der Wimper zu zucken. Trotzdem wußte Burke, daß Clayton ihn verstanden hatte. Er wandte sich wieder an Katherine. »Also nicht auf der Straße, sondern auf meinem Land?« fragte er sie. Sie nickte. Ängstlich wanderte ihr Blick zwischen ihm und Clayton hin und her. Das, worum es Burke bei seiner Frage gegangen war – daß Meis Vater sich unerlaubterweise auf dem Grundstück von Greengrove aufgehalten hatte – lag, einen Moment lang unausgesprochen in der Luft. »Und wo war deine Stiefmutter währenddessen?«

Katherine biß sich auf die Lippe. »Ich – ich weiß es nicht. Julia war schon weg, als ich heute morgen aufgestanden bin.«

»Du warst also allein unterwegs, als das passiert ist?« Als sie nickte, fuhr er sie an: »Um Himmels willen, Katherine! Habe ich dir nicht hundertmal gesagt, daß du dazu noch zu jung bist? Du hättest sterben können.«

Diesmal wich sie seinem vorwurfsvollen Blick aus und murmelte etwas, das er nicht verstand. Als er sie aufforderte, es zu wiederholen, hob sie den Kopf und antwortete mit schonungsloser Offenheit: »Ich hab' gesagt: als ob dir das etwas ausmachen würde.«

Am liebsten hätte er ihr eine Ohrfeige gegeben, wie er es ein-, zweimal getan hatte, wenn sie sich als Kind weigerte, ihm zu gehorchen. Offenbar spürte sie das, denn sie drückte sich nach hinten in die Sofakissen. Doch als er unwillkürlich einen Schritt auf sie zuging, stand Mei auf und trat zwischen sie. »Katherine hat am rechten Bein und an der Hüfte starke Blutergüsse, aber die Platzwunden sind nur oberflächlich«, erklärte sie rasch, als wolle sie das Gespräch in eine andere Richtung lenken. »Ich habe eine desinfizierende Salbe auf die Wunden gegeben. Katherine hat mir gesagt, daß ihre letzte Tetanusimpfung noch nicht lange zurückliegt.« Dann fügte sie mit einem Blick über Burkes Schulter hinzu: »Ich glaube, Sie haben meinen Vater noch nicht kennengelernt.«

Burke drehte sich um, um den kleinen Mann zu begrüßen, der lautlos hinter ihm den Raum betreten hatte. Den Bruchteil einer Sekunde wirkte Meis Vater genauso verblüfft wie Burke, aber dann nahm sein Gesicht sofort den Ausdruck an, den Burke schon so oft bei solchen Leuten gesehen hatte – undurchdringlich und durchdringend zugleich. Als Burke ein paar Dankesworte murmelte, starrte der alte Mann ihn nur an, eine kleine versteinerte Gestalt, gegen die Burke nur Abneigung empfand. Anders als Mei erschien ihm ihr Vater wie der bedrohliche Schatten einer Vergangenheit, die Burke vergessen wollte. Er sehnte sich plötzlich nach einem starken Drink, und drehte sich mit einer ungeduldigen Geste zu Katherine um, um ihr zu sagen, daß es Zeit sei aufzubrechen. Aber in dem Moment tauchte Jordan mit einem vollen Teller in der Hand auf. »Der ist für Katherine«, sagte er leise zu seinem Vater. Sein Blick wanderte unsicher von Clayton zu Burke. »Ich dachte, sie könnte was zu essen vertragen.«

Sein Vater nickte und berührte ihn leicht an der Schulter, als wolle er ihm zeigen, daß er sein Tun billige, während Mei ihm den Teller abnahm und ihn neben Katherine auf den Tisch stellte. Diese griff sofort danach, als sei sie froh über diese Gelegenheit, der unangenehmen Situation zu entfliehen. Aber die Tatsache, daß sie sich mit gesenktem Kopf über den Teller beugte, ließ erahnen, wie peinlich es ihr war, vor allen zu essen.

Clayton unterbrach das angespannte Schweigen. Es werde bei ihnen gleich Lunch geben, sagte er zu Burke. »Vielleicht möchten Sie mit uns essen?«

Meis Blick zeigte Burke deutlich, was sie von der Einladung ihres Mannes hielt. Das weckte in ihm den Wunsch, sie und Jordan zu quälen. Dieser Wunsch war noch stärker als der, nach Greengrove zurückzukehren. Außerdem hatte er Hunger.

»Wer könnte schon Meis Kochkünsten widerstehen«, gab er Clayton zur Antwort, wobei er die Silben bewußt in die Länge zog.

»Bring noch ein Gedeck für Mr. Louden«, wies Clayton seinen Sohn an.

Der Junge nickte und kehrte in Begleitung seines Großvaters in die Küche zurück. Burke war erleichtert, als der alte Mann den Raum verließ. Claytons gastfreundliches Angebot erfüllte ihn mit amüsierter Verachtung: Clayton benutzte seine Höflichkeit als Schutzschild, so, wie es ein Gentleman in Virginia früher getan hätte. Burke fragte sich, ob er auf diese Weise versuchte, Katherine zu beschützen. Aber wie so viele Gentlemen vor ihm, dachte Burke voller Schadenfreude, würde auch Clayton feststellen, daß dieser Schild letztendlich nicht viel taugte.

Nun sagte Mei, sie wolle Katherine Gesellschaft leisten und im Wohnzimmer mit ihr essen. Katherine sah sie dankbar an. Aber derselbe boshafte Impuls, der Burke dazu bewegt hatte, die Einladung anzunehmen, veranlaßte ihn nun, seiner Tochter mit ausgestrecktem Arm zu verstehen zu geben, daß sie aufstehen solle. »Katherine hat es noch nie gemocht, wenn man ihretwegen Umstände macht«, erklärte er Mei. »Sie will sicher lieber mit uns essen.« Ihren Teller in der einen Hand, half er ihr ins Eßzimmer zu humpeln, wo der Tisch bereits gedeckt war. Sie sah ihn nicht an, sondern stand mit gesenktem Kopf und rotem Gesicht neben ihm, während Mei den Fußschemel brachte und einen Stuhl so hinrückte, daß Katherine sich seitlich an den Tisch setzen und den Fuß hochlagern konnte, während sie aß.

Jordan trug zwei volle Teller herein und stellte den einen vor Burke hin, den anderen an den Platz seines Vaters. Mei sah ihn erstaunt an. »Du hättest die Platten hereinbringen sollen, damit unser Gast sich selbst bedienen kann.«

»Tut mir leid«, sagte der Junge, ihrem Blick ausweichend. »Ich dachte, am Tisch sei nicht genug Platz. Großvater und ich haben das Essen schon in der Küche verteilt.« Er verließ den Raum und kehrte mit einem Teller für Mei und sich selbst zurück. Als Clayton fragte, wo sein Großvater sei, antwortete Jordan, er habe seine Portion mit nach draußen genommen, um an dem Picknicktisch im Garten zu essen.

Während der Mahlzeit herrschte Schweigen. Katherine rührte ihr Essen kaum an, und Jordan schien ebensowenig Appetit zu haben. Nur Burke aß seinen Teller leer und nahm dankend an, als Mei ihm höflich, aber ohne besonderen Nachdruck eine zweite Portion anbot. Das Schweigen bei Tisch störte ihn nicht, ganz im Gegenteil, er war sogar dankbar dafür. So konnte er in Ruhe essen und sich ganz auf das konzentrieren, was ihn in Greengrove erwartete. Das hatte er schon immer gekonnt: sich auf den nächsten nötigen Schritt zu konzentrieren und eines nach dem anderen zu erledigen. Im Moment begnügte er sich damit, Meis Hühnchensalat mit Limone und das eigenwillige Minzgetränk zu genießen, das sie ihm einschenkte. Es bereitete ihm Vergnügen, nach allem, was sie miteinander getrieben hatten, zu sehen, wie sie ihn nun vor ihrem Mann bedienen mußte.

»Das mit dem Restaurant ist wirklich schade«, sagte er zu ihr, nachdem er sein Glas ausgetrunken und abgestellt hatte.

Mei erwiderte nichts, aber Clayton meinte, es würden sich ihr bestimmt noch andere Chancen bieten.

»Vielleicht.« Burke schob seinen Teller beiseite. »Aber man sollte eine Chance nutzen, wenn sie sich bietet. Jeder ist seines Glückes Schmied.« Mit einem Blick in Meis Richtung fügte er hinzu: »Oder vielleicht schmiedet auch das Glück uns. Wie auch immer, es ist jedenfalls nicht gut, erst was anzufangen und dann einen Rückzieher zu machen.«

»Sie müssen uns schon ein bißchen näher erklären, wie Sie das meinen«, sagte Clayton mit gerunzelter Stirn. Burke machte bloß eine wegwerfende Handbewegung und meinte, es sei nicht weiter wichtig. Nun, da er etwas gegessen hatte, war er nicht mehr ganz so gereizt, dafür aber leicht benommen. Er hätte nicht so schnell so viel in sich hineinstopfen sollen, dachte er. Jetzt verspürte er das dringende Bedürfnis aufzustehen und seinen Kreislauf wieder in Schwung zu bringen. Also schob er seinen Stuhl zurück und bot Mei seine Hilfe an, als diese begann, das Geschirr abzuräumen. Mit starrer Miene ging sie voraus, während er ihr durch die Schwingtür in die Küche folgte. Als er sie fragte, wo er die Teller abstellen solle, wich sie seinem Blick aus und machte bloß eine Kopfbewegung in Richtung Arbeitsplatte. Er versuchte sie am Handgelenk zu packen, aber sie drehte sich geschickt zur Seite und ging zurück ins Eßzimmer.

Ihre ablehnende Reaktion ließ seine Wut wieder aufflammen. Entschlossen, die Vanns für das zu bestrafen, was er als ihre Arroganz betrachtete, folgte er ihr und stellte sich neben Katherines Stuhl. »Clayton, Sie und ich haben etwas zu besprechen. Von Mann zu Mann.«

Clayton nickte und stand mit einem kurzen Blick in Katherines Richtung auf. Als Burke Katherine am Arm berührte, um sie zum Aufstehen aufzufordern, wich sie zurück, was seinen Ärger noch verstärkte. Er befahl ihr, im Wagen auf ihn zu warten. Sie sah ihn unsicher an, humpelte dann aber mit Meis Hilfe aus dem Raum. Als Jordan ihnen folgen wollte, sagte Burke kurz angebunden: »Ich hätte wohl besser sagen sollen, von Mann zu Mann und von Mann zu Junge. Dieses Gespräch betrifft dich, Jordan.«

Es bereitete ihm Vergnügen zu sehen, wie Jordans Gesicht plötzlich einen verzweifelten Ausdruck annahm. Aber lange konnte er sich nicht freuen, denn der Junge sagte hastig zu seinem Vater. »Ich muß dir etwas sagen, Dad. Ich schulde Mr. Louden Geld. Ich habe beim Hahnenkampf zehntausend Dollar an ihn verloren.« Sein Mund zitterte, als würde er gleich zu weinen anfangen, aber dann hatte er sich wieder im Griff. »Es tut mir so leid. Ich werde es zurückzahlen.«

Clayton ließ die Schultern hängen und starrte seinen Sohn ungläubig an. Erst nach einer ganzen Weile sagte er: »Nun, mein Sohn, dann wirst du deine Schulden eben abarbeiten müssen. Das heißt, daß du erst ein oder zwei Jahre später ans College gehen kannst. Das ist dir doch klar, oder?«

Jordan nickte. Er wirkte so unglücklich, daß Burke einen Moment lang so etwas wie Mitleid empfand, und unwillkürlich platzte es aus ihm heraus: »Mein Gott, Clayton! Sie glauben doch wohl nicht, daß ich das Geld sofort haben will?«

Clayton schenkte ihm keine Beachtung. »Hol mein Scheckbuch«, sagte er zu Jordan. »Es liegt auf meinem Schreibtisch.« Nachdem der Junge den Raum verlassen hatte, fügte er an Burke gewandt mit kalter Stimme hinzu: »*Ich* erwarte, daß er es sofort bezahlt.«

»Es hat wirklich keine Eile.«

»O doch.«

Wenn er unbedingt will, sagte sich Burke, als Jordan mit dem Scheckbuch zurückkam, dann nehme ich das Geld eben.

Schweigend schrieb Clayton den Scheck aus und gab ihn Burke, der ihn zusammenfaltete und in seine Tasche schob. Dann sagte Burke zu Jordan, der hinter einem Stuhl stand und sich an der Rückenlehne festklammerte, als habe er Angst umzufallen: »Vielen Dank, Jordan. Ein Gentleman zahlt seine Schulden immer. Oder läßt sie von seiner Familie bezahlen.«

Clayton starrte Burke so wütend an, als wolle er gleich auf ihn losgehen. Burke hatte nichts gegen einen Kampf, denn Clayton war ihm nicht gewachsen, da war er sicher. Es würde ihm Spaß machen, ihn vor seiner Frau und seinem Sohn noch mehr zu demütigen. Aber zu seinem großen Bedauern verlor Clayton nicht die Beherrschung.

»Bitte verlassen Sie mein Haus«, sagte er ruhig. »Sie haben ja jetzt, was Sie wollten.«

»Stimmt.« Burke lächelte. Mit zuckersüßer Stimme fügte er hinzu: »Ich habe sogar noch mehr bekommen, als Sie wahrscheinlich denken.«

Jordan schien etwas sagen zu wollen, aber der Blick seines Vaters hielt ihn davon ab. Mei, die rechtzeitig zurückgekehrt war, um die letzten Worte mitzubekommen, starrte ihren Mann mit einem bestürzten, aber auch ängstlichen Blick an. Als Burke an ihr vorbeiging, wich sie vor ihm zurück, als habe er eine ansteckende Krankheit. Aber das war ihm egal, sie alle waren ihm egal. Er hatte tatsächlich bekommen, was er wollte, denn Clayton Vanns häusliches Glück wäre von nun an kein uneinnehmbares Bollwerk mehr.

Draußen stellte er fest, daß das Pferd verschwunden war und Katherine nicht im Mercedes auf ihn wartete. Offensichtlich hatte sie sich ihm erneut widersetzt und beschlossen, auf ihrem Pferd nach Greengrove zurückzukehren. Wenig später sah er sie langsam vor sich am Straßenrand dahinreiten. Als der Wagen näher kam, lenkte sie das Pferd noch weiter zur Seite und wartete, bis er vorüber war. Er würdigte sie keines Blickes.

In Greengrove ging er direkt in sein Arbeitszimmer und öffnete den Safe, um die Papiere herauszunehmen, die er nach seiner letzten Washingtonfahrt hineingestopft hatte. Während er immer nervöser wurde, weil er das wichtigste Dokument nicht finden konnte, klingelte das Telefon. Widerwillig hob er ab.

Ohne jegliche Begrüßung sagte die Stimme am anderen Ende: »Es geht um die Zahlen, die Sie uns genannt haben. Zwei von unseren Käufern, Servucomp und Lanning James, haben dazu noch ein paar Fragen. Sie müssen sofort herkommen, damit wir darüber reden können.«

Verdammt, er hätte die Finger vom Telefon lassen sollen! Obwohl ihm der Angstschweiß ausbrach, schaffte er es, seine Stimme selbstsicher klingen zu lassen. »Es handelt sich bestimmt nur um ein kleineres Problem. Das hat bis Montag Zeit, glauben Sie mir.«

»Nein«, widersprach die andere Stimme entschieden. »Wir müssen heute mit Ihnen reden. Sie müssen noch einmal nach Washington kommen. Wir treffen uns nach vier im Büro.« Ein Klicken am anderen Ende der Leitung beendete das Gespräch.

Burke ließ sich in seinen Sessel fallen. Einen Moment lang war ihm schwindlig, und sein Herz schlug wie wild. Er verfluchte die schwere Mahlzeit, die er zu sich genommen hatte. Mit einem so vollen Magen war es schwer, klar zu denken. In dem Moment klopfte es leise an die Tür, und Katherine kam in den Raum gehumpelt. Nach ein paar Schritten blieb sie stehen und starrte auf das Durcheinander aus Papieren, das seinen Schreibtisch bedeckte. Einige der Dokumente waren auf den Teppich gefallen.

»Kann ich mit dir reden?« Ihre Stimme hatte einen versöhnlichen Unterton, der ihn veranlaßte, den Blick zu heben und sie mit einer Spur von Neugier anzustarren. Aber er hatte jetzt keine Zeit für sie.

»Später«, sagte er kurz, trat hinter seinem Schreibtisch hervor und fing an, die Papiere vom Boden aufzuheben. Er hatte Magenschmerzen und spielte mit dem Gedanken, etwas einzunehmen. »Bringst du mir ein Alka Seltzer?« fragte er Katherine. »Mir tut der Magen weh.«

Sie nickte und verschwand. Kurz darauf kehrte sie mit der blauen Flasche und einem Glas Wasser zurück. Sie humpelte nicht mehr so stark wie zuvor. Wie alle Kinder, dachte er, hat sie ihren Sturz wahrscheinlich benutzt, um Aufmerksamkeit zu erregen, wußte aber, daß ihr Vater auf solche Tricks nicht hereinfiel. Er murmelte ein Dankeschön, spülte eine Tablette hinunter und machte sich dann wieder daran, in dem Chaos aus Papieren herumzuwühlen.

»Was suchst du?«

»Geld.«

»Kann ich dir helfen?«

Er lachte bitter. »Nur, wenn du zufällig ein, zwei Millionen erübrigen kannst.«

»Ist das ein Witz?« fragte sie entsetzt.

»Nein, das ist kein Witz.« Er blätterte eine Aktenmappe durch und schob sie dann in die Tasche, die offen auf seinem Schreibtisch lag. Aber ein Magenkrampf zwang ihn, das Bad aufzusuchen. Als er zurückkehrte, suchte Katherine gerade etwas in ihrer Umhängetasche. Sie hob den Blick, wandte ihn aber gleich wieder ab.

»Ist Julia schon zurück?« fragte er.

Sie schüttelte den Kopf. »Nein, noch nicht.«

»Verdammt. Hör zu, ich muß noch mal ein paar Tage weg.«

Mit Verzweiflung in der Stimme sagte sie, sie müsse mit ihm über etwas Wichtiges reden, bevor er wegfahre.

»Du siehst doch, daß jetzt nicht der richtige Zeitpunkt ist«, antwortete er barsch.

»Es ist nie der richtige Zeitpunkt!« rief sie wütend, biß sich aber sofort auf die Lippe. Vielleicht, weil sie wußte, daß man bei ihm mit der direkten Methode am weitesten kam, sagte sie: »Ich brauche zehntausend Dollar. Bitte.«

Er hörte einen Moment lang auf, in seinen Papieren herumzusuchen und warf ihr einen erstaunten Blick zu. Es dauerte einen Moment, bis er begriff, was sie da eben gesagt hatte. Dann war sie also doch keine solche Egoistin, dachte er. Sie konnte durchaus Opfer für jemanden bringen. Burke wußte nicht, ob er das bedauern oder begrüßen sollte. Für ihn war das einzig Positive an ihr bis dahin ihre Härte gewesen.

»Zehntausend?« fragte er spöttisch.

Sie merkte sofort, daß sie einen Fehler begangen hatte, den genauen Betrag zu nennen, den Jordan ihm schuldete. »Es wäre bloß ein Darlehen, ein Vorschuß auf das Geld, das Großmutter mir hinterlassen hat. Ich möchte mir ein Auto kaufen, wenn ich wieder in L. A. bin. Dann wäre ich nicht auf den Schulbus angewiesen und könnte den Mathekurs belegen, zu dem du mir geraten hast.«

»Dein plötzlicher Wissensdurst beeindruckt mich. Leider wirst du diesen Kurs nicht mehr belegen können, denn du wirst im Herbst nicht nach St. Mary's zurückgehen. Ich kann mir das Schulgeld nicht mehr leisten. Aber das ist nicht so schlimm, weil es dir dort ja sowieso nie gefallen hat.«

»Aber ich –«, begann sie und hielt dann inne. Er erriet, was sie dachte: Jetzt war es zu spät, ihm zu sagen, daß sie ihre Meinung über St. Mary's geändert hatte. Jordan hatte ihr klargemacht, wie glücklich sie sich schätzen konnte, eine so gute Schule besuchen zu dürfen. »Tja, wenn ich an die High-School muß, dann ist es fast noch wichtiger, einen Wagen zu haben. Der Bus braucht eine Ewigkeit, und du weißt, daß Mom mich nicht fahren wird, weil die Schule nicht auf ihrem Weg ins Büro liegt, sondern in der entgegengesetzten Richtung.«

Er wandte sich ab. Dann meinte er: »Sag Jordan, daß ein richtiger Mann sich die Schulden nicht von einem Mädchen bezahlen läßt.«

»Aber er kann nicht seine Schulden bezahlen *und* aufs College gehen!«

Er zuckte mit den Achseln. »Dann hat er damit eine Lektion gelernt, die genauso wertvoll ist wie das, was er dort lernen könnte.«

Sie wollte nicht vor ihm weinen, aber als sie aus dem Zimmer rannte, schrie sie schluchzend: »Ich hasse dich! Das wird dir noch leid tun!«

28

Während Julia langsam nach Greengrove zurückritt, blickte sie zum Himmel hinauf. Dunkelgraue, von weißen Streifen durchzogene Wolkenbänder hingen am Horizont. Skunkwetter, sagten die Einheimischen dazu. Julia konnte das bevorstehende Gewitter tatsächlich riechen wie ein nahendes Stinktier. Die Luft war so feucht und stickig, daß man das Gefühl hatte, von flüssigem Klebstoff umhüllt zu sein. Die Hügel auf der anderen Seite des Flusses schienen zu flimmern. Es konnte sich aber auch um das erste Anzeichen einer Migräne handeln. Laß es nicht die Migräne sein, betete Julia. Und wenn wirklich ein Gewitter kommt, dann laß es nicht hageln. Sie trieb Scattershot an, um rechtzeitig in Greengrove zu sein, damit sie die zarten Triebe ihres Herbstgemüses abdecken konnte.

Sich selbst aber konnte sie nicht vor Schaden bewahren. Zur Zeit prasselten schlimme Nachrichten und Erkenntnisse auf sie hernieder und machten ihr bewußt, daß sie bisher wie eine Schlafwandlerin durch ihr Leben, ihre Ehe und ihre Beziehungen mit anderen Menschen gestolpert war. Letztlich hatte sie nichts wahrgenommen außer Greengrove, ihrer einzigen Realität, dem Boden, in dem sie verwurzelt war und der sie am Leben erhielt. Sie war wie Antäus aus der griechischen Mythologie, der seine Stärke aus dem Boden bezog, aber verloren war, wenn man ihn davon trennte. Bloß daß es in ihrem Fall ein ganz besonderes Fleckchen Erde war, das ihr ein Gefühl von Identität gab. Wenn sie den Kontakt zu diesem Stück Boden verlor, würde sie aufhören zu existieren.

Die Tatsache, daß sie tags zuvor nicht das leiseste Begehren verspürt hatte, als sie Will küßte, bewies ihr, daß Burke recht hatte:

Kein Mann würde jemals die Eisschicht zum Schmelzen bringen, die den Kern ihres Wesens umgab. Mit dieser Erkenntnis ging ein niederschmetterndes Gefühl von Einsamkeit einher. Nun gab es keinen Grund mehr, Burke zu verlassen. Solange sie bei ihm blieb, würde sie wenigstens Greengrove behalten.

Nur ihr Vater hatte ebenso empfunden wie sie. Nach dem Verlust von Greengrove – er war nach jahrelangem Kampf gezwungen gewesen, das Land zu verkaufen, das sein Vater ihm hochverschuldet hinterlassen hatte – war er vor ihren Augen dahingesiecht. Nicht einmal die Liebe ihrer Mutter hatte ausgereicht, ihn am Leben zu erhalten. Nur die Geschichts- und Memoirenbände, die nicht zusammen mit den anderen Büchern aus der Bibliothek von Greengrove verkauft worden waren, hatten ihm Kraft gegeben. Julia hatte mit ihm in seinem verdunkelten Zimmer gesessen und sich die Erinnerungen längst verstorbener Verwandter vorlesen lassen. Es gab Zeiten, in denen sie sich mit ihnen mehr verbunden fühlte als mit ihrem eigenen Mann.

Ihr Vater hatte sich nie beklagt. Bis zum Schluß war seine Einstellung zum Leben genauso stoisch gewesen wie die ihrer Mutter. In seinen letzten Tagen war er nur noch ein Schatten seiner selbst, der kaum mehr die Kraft aufbrachte, den Gewehrlauf an die Schläfe zu heben. Ein Jagdunfall, hatte es damals geheißen. Sie wußte es besser.

Sie dachte an alles, was ihr zu schaffen machte: Burkes Affäre mit Mei. Seine geschäftlichen Schwierigkeiten, durch die sie Greengrove zu verlieren drohte. Der Beweis, den ihr das Mosaik geliefert hatte – wenn sie überhaupt noch einen Beweis gebraucht hatte –, daß in ihrer Familie eine Veranlagung zum Wahnsinn bestand. Die emotionale Eiswüste ihrer Ehe. Nichts davon spielte wirklich eine Rolle, solange sie das Land hatte, das sie liebte. Sie schwor sich, es zu behalten, egal um welchen Preis.

Bestürzt stellte sie fest, daß Burkes Wagen in der Auffahrt stand. Schnell band sie Scattershot am Verandageländer fest und rannte die Treppe zum Haus hinauf. In der Diele kam ihr die weinende Katherine entgegen, aber als Julia sie fragte, was ihr fehle, schüttelte sie nur den Kopf und humpelte an ihr vorbei in ihr Zimmer. Julia traf Burke in seinem Arbeitsraum an. Auf seinem Schreibtisch lagen Papiere ausgebreitet, und die Tür seines Wandsafes stand offen. Auf seinem Laptop schienen die grünen Buchstaben wie giftige Würmer über den Bildschirm zu zucken. Julia sah sofort wieder weg. Der Anblick erinnerte sie an Meis Brief und machte ihre Kopfschmerzen nur noch schlimmer.

Burke kehrte ihr den Rücken zu. »Ich hab' dich nicht so bald zurückerwartet«, sagte sie. »Hattest du nicht gesagt, du würdest frühestens morgen kommen?«

Als er ihre Stimme hörte, fuhr er mit zornrotem Gesicht herum. »Tut mir leid, wenn ich dir den Spaß verderbe.«

Sie hob abwehrend die Hand. »Nicht. Ich hab' Kopfschmerzen.«

»Vielleicht hast du es diese Woche ein bißchen zu wild getrieben?«

»Was willst du damit sagen?«

»Wie ich höre, verbringst du ziemlich viel Zeit mit unserem neuen Nachbarn.«

»Und mit Sadie. Zu dritt. Als du gestern abend angerufen hast, habe ich versucht, dir davon zu erzählen, aber du hast mir gar nicht richtig zugehört. Du hattest offenbar andere Dinge im Kopf.«

»Da hast du verdammt recht.«

Er war ganz schön geladen, dachte Julia. »Ist es wegen Katherine? Sie ist mir gerade weinend entgegengekommen. Warum ist ihr Bein bandagiert?«

»Sie ist vom Pferd gefallen. Und sie hat sich einen schlechten Moment ausgesucht, mich um Geld zu bitten.«

»Wie meinst du das?«

»Ich fühle mich nicht gut. Wahrscheinlich brüte ich irgendwas aus. Aber eigentlich geht's darum, daß ich im Moment nicht mal genug Geld für ihr Taschengeld habe, geschweige denn für das Schulgeld im nächsten Jahr. Alles, was ich habe, steckt in meinen Geschäften oder in der Kellerei. Ich komme an das Geld momentan nicht heran.«

Julia stand am Fenster und starrte auf den Fluß hinaus. Im Osten zogen über den Hügeln schwarze Gewitterwolken auf. Bald würde der Sturm losbrechen. Sie spürte noch immer die Vorboten der Migräne, und ein Gefühl von Übelkeit stieg in ihr auf.

Sie drehte sich zu ihm um.

»Was sollen wir tun?«

»Ich habe schon alles Nötige veranlaßt«, antwortete er barsch. Er sah sie mit dem wütenden Ausdruck an, den sein Gesicht nur in den seltenen Momenten annahm, wenn er glaubte, etwas nicht unter Kontrolle zu haben. »Ich habe soeben die Rodungsrechte für Bull's Hill verkauft. Gerade habe ich die E-Mail losgeschickt.«

»Nein!«

Sie stürzte sich auf ihn und begann ihn mit den Fäusten zu bearbeiten. Er wehrte sich nicht, hob nur eine Hand, um sein Gesicht zu schützen. Weder ihr Schmerz noch ihre Wut schienen ihn zu berühren. Schließlich ließ sie frustriert die Hände sinken. Er streckte die Arme nach ihr aus, aber die Art, wie er sie mit seinen großen Händen packte – nicht zärtlich oder liebevoll, sondern nur, um sie zum Stillhalten zu zwingen –, veranlaßte sie dazu, sich schluchzend aus seinem Griff zu winden.

»Mein Gott, Julia, es sind doch nur ein paar Bäume! Ich habe schließlich nicht das Land selbst verkauft. Und wenn es abgeholzt ist, können wir dort Weinstöcke pflanzen. Ich brauche jetzt Bargeld.«

»Du hast nie verstanden, was mir dieses Land bedeutet!«

»Vielleicht hast du recht. Aber wir müssen alle Opfer bringen.«

»Und was für ein Opfer bringst du? Mei? Ach nein, das habe ich ganz vergessen – sie hat ja dich geopfert und nicht du sie.«

»Du hast es gewußt?« fragte er ungläubig.

Sie konnte ihn immer noch überraschen, und das verschaffte ihr einen kurzen Moment der Befriedigung. Sie deutete auf den Laptop. Obwohl sie weinte, klang ihre Stimme eisig. »Sogar auf diesem kleinen Bildschirm war die Nachricht ganz deutlich zu lesen.«

»Ich hätte nie gedacht, daß du in meinen Sachen herumschnüffeln würdest«, sagte er ironisch. »Du legst doch sonst immer so großen Wert auf Moral und Anstand.«

»Ich habe meinen Anstand bei der Hochzeit mit dir abgelegt.« Ihre Stimme klang schon genauso spöttisch wie die seine. »Das war mein Opfer!«

»Offensichtlich. Und deine Rache besteht nun darin, mit Will Griffin zu schlafen?«

Sie starrte ihn fassungslos an. »Du mußt wohl alles kaputtmachen? Zerschlagen und niederbrennen, das ist deine Politik. Am Ende werden nur noch wüstes Land und dein eigenes Ego übrig sein.«

Sie schleuderte ihm diese Worte förmlich entgegen. Dann rannte sie aus dem Zimmer und auf die Veranda hinaus. Scattershot, der ihren inneren Aufruhr spürte, wich vor ihr zurück, aber Julia löse mit einem Ruck die Zügel vom Geländer, schwang sich auf seinen Rücken und galoppierte die Auffahrt entlang. Während das Pferd über die Felder auf Bull's Hill zulief, spürte sie einen stechenden Schmerz in ihrer Seite. Burke hatte sie beschuldigt, daß sie sich mit Will für seine Untreue rächte, aber das war nicht die Art Rache, die ihr Genugtuung verschaffte.

Schwarze Wolken zogen herauf. Inzwischen hatte der gelbe Himmel einen grünlichen Schimmer angenommen. Eine Windbö fegte über die Maisfelder: die ersten Vorboten des Unwetters. Sie hatte sich noch nie vor einem Gewitter gefürchtet. Als Kind war sie oft allein losgegangen, um von einem bestimmten Aussichtspunkt auf Bull's Hill zuzusehen, wie die dunklen Wolken näher kamen. Im Schutz des riesigen Felsblocks, ganz oben auf dem Hügel, hatte sie sich immer sicher gefühlt. Sie wußte, daß ihr das Unwetter dort nichts anhaben konnte.

Dorthin würde sie jetzt gehen, beschloß sie. Sie glitt aus dem Sattel und gab Scattershot mit einem Klaps zu verstehen, daß er nach Hause laufen sollte. Als sie auf dem alten Indianerpfad in den Wald trat, schien die Luft dort zu vibrieren. Ein Hochgefühl ergriff von ihr Besitz. Als sie die erste Windbö in ihrem Rücken spürte, begannen die großen Baumstämme zu ächzen. Der Wald stöhnte unter dem Angriff des Sturms. Dornenranken peitschten wie Reitgerten gegen ihre Arme und Beine und zerrten an ihrer Kleidung. Über ihrem Kopf wurde eine Krähe, die dem Unwetter zu entkommen versuchte, von einem plötzlichen Aufwind wie ein schwarzer Federball hin und her geworfen. Als beim ersten gewaltigen Donnerschlag eine dunkle, unförmige Gestalt aus dem Wald auf sie zukam, schlug Julia die Hände vors Gesicht und schrie auf.

Erst einen Augenblick später erkannte sie Moany Scrimsher. In seiner dunkelgrünen Tarnjacke über einer Falle im Gebüsch kauernd, war er unsichtbar gewesen, bis er vor Schreck über den lauten Donnerschlag aufsprang. Sofort verschwand ihre Angst.

Moany stellte nur für diejenigen eine Bedrohung dar, die nicht mit seinen Gewohnheiten vertraut waren. Ihr würde er nichts tun.

Doch er selbst hatte offensichtlich Angst, entweder vor ihr oder vor dem Donner. Mit eingezogenem Kopf stand er da wie ein verschrecktes Tier. Sein Blick flackerte, sein Mund stand offen, und seine Wange zuckte. Ihre Mutter hatte ihr einmal erzählt, daß Donnergeräusche bei Moany quälende Erinnerungen an die Detonationen während seiner Soldatenzeit wachriefen. Mit seiner jammernden Stimme rief er ihr quer über die Lichtung zu: »Du wirst doch deinem Mann nicht sagen, daß du mich hier getroffen hast?«

Sie schüttelte den Kopf. »Du weißt, daß mir das egal ist.« Sie mußte ebenfalls schreien, um das Rauschen des Windes zu übertönen. »Solange du kein Gewehr bei dir hast, kannst du dich herumtreiben, wo du willst.«

»Ihm ist es aber nicht egal.«

»Dagegen kann ich auch nichts machen.«

»Du kannst ihm sagen, daß er mich in Ruhe lassen soll.« Inzwischen zuckte sein ganzer Körper, nicht nur seine Wange.

»Er wird nicht auf mich hören.« Während der Wind ihr das Haar ins Gesicht peitschte, nahm in ihrem Kopf ein dunkler Gedanke Gestalt an. Mit rauher Stimme sagte sie: »Du weißt, daß mein Mann die Bezirksverwaltung dazu bringen wird, dir dein Land wegzunehmen. Wenn die Kellerei expandiert, werden sie eine gerade Verbindungsstraße zum Highway brauchen. Sie werden den Steuergeldern nicht widerstehen können, die ein großer, erfolgreicher Betrieb ihnen einbringt.«

Moanys Wange zuckte. »Dazu hat er kein Recht!« kreischte er.

»Das vielleicht nicht. Aber du wirst einen Anwalt brauchen, um ihn davon abzuhalten.«

Sie sah, wie es in seinem Kopf arbeitete. Er haßte Anwälte, so sehr, daß er auch mit dem nötigen Geld niemals Hilfe bei ihnen geholt hätte. Er würde einen anderen Weg finden, Burke daran zu hindern, daß er ihm sein Land wegnahm. Einen einfacheren Weg. Sie schauderte, aber nun waren die Worte draußen, und es war zu spät, sie zurückzunehmen. Außerdem entsprachen sie nun mal der Wahrheit. Früher oder später hätte er es sowieso herausgefunden. Trotzdem konnte sie den Anblick seines Gesichts nicht länger ertragen. Sie drehte sich um und ließ ihn einfach stehen.

Während sie den Weg zum Hügel hinaufstieg, bogen sich die hoch aufragenden Bäume im Wind. Abgerissene Blätter wirbelten in der Luft, während schwere Ranken ächzten und knallten wie Schiffstaue bei einem Orkan.

Eigentlich, dachte Julia, bin ich auch nicht besser als Burke. Er hatte einen Fremden bewußtlos im Straßengraben liegengelassen, aber sie hatte den Zorn eines Wahnsinnigen bewußt auf ihren eigenen Ehemann gelenkt.

Der riesige graue Felsblock tauchte vor ihr auf. Oben angekommen, lehnte sie sich mit dem Rücken gegen die rauhe Oberfläche des Steins. Keuchend blickte sie auf eine Landschaft hinaus, auf die das wechselnde Licht ein seltsames Muster warf. Sie schien sich wie grüne, träg dahinfließende Lava zu heben und zu senken, um dann unter einer Decke aus schwarzen Wolken immer dunkler zu werden. Während sie beobachtete, wie der bedrohliche Schatten unaufhaltsam näher kam, fühlte sie sich wie eine Donnergöttin, die den Sturm heraufbeschworen hatte.

Die erste Regenbö prasselte auf ihr Gesicht und ihren Körper nieder. Sie fühlte sich wie ein kleines Boot, das von Regen und Wind hin und her geworfen wurde. Sie sehnte sich danach, vom Wind ausgelöscht zu werden, und plötzlich verstand sie, warum ihr Vater sein Jagdgewehr auf sich selbst gerichtet hatte.

Der Preis der Liebe ist der Verlust, dachte sie. Das war eine Lektion, die sie schon als Kind gelernt hatte. Es blieb einem nichts anderes übrig, als diesen Preis in Raten abzubezahlen, hatte Fanny Vann an dem Tag, als ihr Vater gestorben war, zu ihr gesagt. Egal, wie groß die Anzahlung war, die man geleistet hatte, man konnte die Restschuld nie ganz begleichen. Deswegen tat man gut daran sicherzustellen, daß Gott derjenige war, der die Schuldscheine in Händen hielt.

»Aber warum sind die Bedingungen so hart, wenn man sich nicht mal aussuchen kann, was man liebt?«

Sie sprach die Worte laut aus. Wenn sie doch schon damals soviel Verstand besessen hätte, Fanny diese Frage zu stellen. Aber wahrscheinlich wäre nicht einmal die weise Fanny in der Lage gewesen, ihr eine erschöpfende Antwort zu geben. Wenn es jetzt keine Antwort auf ihre Frage gab, hatte es damals vermutlich auch keine gegeben.

Der Regen hörte langsam auf. Sie begann zu frieren. Ausgekühlt und erschöpft, wie sie war, konnte sie sich kaum mehr auf den Beinen halten. Sie hätte sich am liebsten in der Höhle unter dem überhängenden Felsen zusammengerollt, bis die Eiszeit ihrer Seele vorüber war. Sie ging in die Hocke, um einen Blick hineinzuwerfen. Einen Moment lang sah sie nichts als Dunkelheit, dann aber formte sich aus dem Schatten eine Gestalt, die nicht viel größer war als ein Kind, und starrte sie an. Einen Moment lang kam es ihr vor, als sehe sie dem Tod höchstpersönlich ins Gesicht. Ein leiser Schrei entrang sich ihrer Kehle. Entsetzt wich sie zurück und rannte stolpernd den Weg hinunter.

29

Als Will den gelben Himmel sah, wußte er, daß ihnen wahrscheinlich mehr bevorstand als nur ein einfaches Gewitter. Er hatte es unterschwellig schon den ganzen Tag gespürt – eine Art Nervosität, die jeder Aktivität eine gewisse Spannung verlieh. Er und Sadie verankerten die Plane, mit der sie das Mosaik abgedeckt hatten, noch fester im Boden und beschwerten sie mit Ziegelsteinen, damit der Wind nicht darunterfahren und sie wegreißen konnte. Dann kletterten sie auf den Weinberg, um einen besseren Blick auf den Himmel im Osten zu haben. Regen kurz vor der Ernte gab immer Anlaß zur Sorge.

Die Wolken breiteten sich bereits aus wie schwarze, grobrandige Geschwüre, die gierig alles Blau verschlangen. Will berührte eine Rebe, die direkt neben seiner Hand hing. Solange es keinen Tornado oder Hagel gab, hielten die Weinstöcke den meisten Sommergewittern stand, und das Dach aus Laub bot genügend Schutz für die darunter hängenden Trauben. Schlimmer war tagelanger Regen ohne Sonne, der die Entstehung von Mehltau begünstigte, die Trauben wäßrig machte und ihr Aroma beeinträchtigte. Wenn dieses Gewitter schnell vorüberging und hinterher die Sonne wieder schien, würde die Ernte wahrscheinlich keinen Schaden nehmen. Trotzdem war er um die Trauben besorgt.

Sadie berührte ihn am Arm. »Das Pferd dort sieht aus wie Scattershot«, erklärte sie mit beunruhigter Miene.

Als er das Tier mit Sattel, aber ohne Reiterin über die an Bull's Hill angrenzenden Felder traben sah, schoß ihm sofort der Gedanke durch den Kopf, daß Julia vielleicht einen Unfall gehabt hatte. Er sprach seine Befürchtungen nicht aus, weil er Sadie nicht ängstigen wollte, nahm aber an, daß sie dasselbe dachte.

»Ich schau' lieber mal nach, was los ist«, sagte er, »nur um sicherzugehen, daß ihr nichts fehlt.«

Sie eilten zur Hütte zurück, wo er rasch nach einem Regenmantel und einer Taschenlampe griff. Er werde den Jeep nehmen, erklärte er. Das hieß zwar, daß er den langen Weg um Bull's Hill herumfahren mußte, aber ein Transportmittel hätte, falls Julia verletzt wäre.

»Du solltest bei der Hütte bleiben, es könnte ja sein, daß Julia hier auftaucht«, sagte er zu Sadie. »Außerdem müssen wir ja nicht beide naß werden.«

»Will?«

Er wandte sich zu ihr um.

»Sei vorsichtig«, sagte sie und trat auf ihn zu, um ihn zu küssen.

Während der Jeep den Feldweg entlangholperte, behielt Will den Himmel im Auge. Als er schließlich am Waldrand aus dem Wagen stieg und Julias Namen rief, trugen die ersten, von Regen begleiteten Windböen bereits seine Worte fort. In der Nähe der Lichtung peitschte der Sturm mit einer solchen Gewalt auf den Wald ein, daß es Will vorkam, als stürme ein angriffslustiger Stier durch die Bäume auf ihn zu. Über seinem Kopf zuckten Blitze, gefolgt von krachendem Donner. Dann prasselte der Regen auf ihn hernieder.

Mit zusammengekniffenen Augen versuchte er, durch den dichten Regenvorhang etwas zu erkennen. Die Welt schien sich vorübergehend aufzulösen, so daß den Menschen nichts anderes übrigblieb, als Schutz zu suchen. Nur der Gedanke, daß Julia vielleicht irgendwo in der Nähe liegen und hilflos diesem Wüten ausgesetzt sein könnte, trieb ihn weiter.

Gerade als ein mächtiger Donnerschlag den Himmel erschütterte, entdeckte Will auf der Lichtung eine Gestalt, die in gebeugter Haltung auf dem Boden kauerte, fest die Hände vors Gesicht geschlagen. Er rannte auf die Stelle zu und berührte eine knochige Schulter. Erschrocken sprang Moany Scrimsher auf. Das Wasser lief ihm aus dem langen grauen Haar, und seine Zähne klapperten vor Kälte, Fieber oder Todesangst. Er starrte Will an, ohne ihn wahrzunehmen. Das Weiß seiner Augen war gelb und von Blutäderchen durchzogen. Nach ein paar Sekunden wich er mit erhobenen Händen zurück, als müßte er etwas Schreckliches abwehren. Er wirkte vor Angst wie betäubt, zugleich aber aufs äußerste angespannt.

Will beugte sich vor, damit Moany ihn besser verstehen konnte, und fragte: »Haben Sie Julia Louden gesehen?«

Aber Moany starrte ihn bloß an und murmelte dabei unverständliches Zeug vor sich hin. Inzwischen hielt er eine Hand an die Wange gepreßt, als wolle er dem heftigen Zucken Einhalt gebieten. Er schien durch Will hindurch auf etwas oder jemanden zu starren. Währenddessen flossen die unverständlichen Worte wie Speichel aus seinem Mund.

Will versuchte, zu ihm durchzudringen, indem er ihn heftig schüttelte und laut gegen den Wind anbrüllte. »Julia Louden? Haben Sie sie gesehen?«

Moanys Blick richtete sich auf ihn. Erst jetzt schien er Will zu erkennen. Er hob einen Arm und deutete auf den Weg, der sich den Hügel hinaufwand. Dann stieß er mit äußerster Heftigkeit ein paar Worte hervor, die Will zeigten, wie sehr ihm Wut, aber auch Angst zu schaffen machten.

»Dazu hat er kein Recht!« kreischte Moany. »Er kriegt's nicht, und wenn ich ihm die Gurgel durchschneiden muß!«

Will wich angewidert zurück. Im selben Moment wurde der Himmel über ihnen von einem weiteren Donnerschlag erschüttert, und ehe Will ihn aufhalten konnte, rannte Moany den Weg hinunter und verschwand im Regen. Einen Augenblick überlegte Will, ob es sich lohnte, ihm nachzulaufen und seinen Worten auf den Grund zu gehen, aber dann drehte er sich um und kämpfte sich den Hügel hinauf. Der strömende Regen hatte den Weg inzwischen in eine rote Wasserrinne verwandelt. Aus dem Augenwinkel sah er ein Stück weißen Stoff an einem Busch hängen. Er begann erneut, Julias Namen zu rufen. Einen Moment später kam von weiter oben eine Antwort. Dann sah er sie durch den grauen Regenschleier auf sich zukommen.

Ein wenig erinnerte ihn ihr Gesicht an das von Moany. Ihre kalkweiße Haut ließ ihre Augen wie die schwarzen Höhlen eines Totenkopfs erscheinen. Bestimmt war sie verletzt. Moany hatte sie offenbar angegriffen, und Will verfluchte sich, weil er den Mann hatte entkommen lassen.

»Was ist passiert? Bist du verletzt?«

Aber sie verneinte und zerrte verzweifelt an seinem Arm. »Schnell, komm! Ich muß hier weg! Ich muß Burke finden!« Die Verzweiflung in ihrer Stimme ließ ihn auf weitere Fragen verzichten. Er hielt ihr seinen Regenmantel über den Kopf, während sie gemeinsam den Pfad hinunterstolperten und dann durch den Wald zu seinem Jeep liefen. Er wickelte den Regenmantel fest um sie, damit sie sich nicht verkühlte, aber ihre Haut fühlte sich bereits eiskalt an, und ihre Augen wirkten fiebrig.

»Ich muß nach Hause!« drängte sie. »Bring mich nach Hause, bevor es zu spät ist!«

Nachdem er ihr in den Jeep geholfen hatte, ließ er den Motor an und fuhr quer über das Feld auf die Straße. Es regnete noch immer heftig, aber der Wind hatte sich gelegt. Julia saß inzwischen ruhig und in sich zusammengesunken neben ihm, als erhole sie sich langsam. Sie habe starke Kopfschmerzen, erklärte sie schließlich. »Ich leide hin und wieder unter Migräneanfällen. Ich glaube, da drehe ich jedesmal ein bißchen durch.« Dann wandte sie sich ihm zu und packte ihn mit weit aufgerissenen Augen am Arm. »Oh, Will, ich habe etwas Schreckliches getan!«

Ihre Nerven schienen völlig überreizt zu sein, also versuchte er, sie abzulenken und aufzuheitern. »Es ist kaum eine Stunde her, daß wir uns das letzte Mal gesehen haben. So viel Schlimmes kannst du in der kurzen Zeit gar nicht angestellt haben.«

»Manchmal kann man in einer Minute eine Menge Schaden anrichten.« Sie sprach so leise, daß er Mühe hatte, ihre Worte zu verstehen. Dann fragte sie ihn plötzlich, ob er Moany gesehen habe.

Er nickte. »Oben im Wald. Als ich ihn traf, hat er sich aufgeführt wie ein Wahnsinniger. Ich hatte schon Angst, du könntest ihm begegnet sein.«

Sie warf ihm von der Seite einen Blick zu und schüttelte dann heftig den Kopf. »Nein, nein, ich habe ihn nicht gesehen. Er hat noch immer diese Anfälle, aus seiner Zeit in Vietnam. Wenn er Donner hört, dreht er durch.«

»Ich habe schon befürchtet, er hätte dir etwas angetan.«

Sie erwiderte nichts, aber aus dem Augenwinkel sah er, wie ihre Lippen bebten. Nachdem sie beide einen Moment geschwiegen hatten, fragte er sie: »Und du bist ihm wirklich nicht über den Weg gelaufen?«

»Hat er das behauptet?«

»Nein.«

»Ich habe ihn nicht gesehen. Aber oben auf Bull's Hill war jemand. Er hatte sich dort in der Höhle versteckt. Deswegen bin ich so erschrocken. Vielleicht war das Moany.« Sie wirkte plötzlich verwirrt. »Aber das kann gar nicht sein, oder?«

»Ich weiß es nicht. Auf jeden Fall sah er so aus, als sei er ziemlich wütend auf jemanden.«

»Burke«, antwortete sie knapp. »Moany haßt ihn.« Dann wandte sie sich ab und fügte mit leiser Stimme hinzu: »Manchmal ist Moany so wütend auf Burke, daß er droht, ihn umzubringen.«

Sie zitterte jetzt so heftig, daß er fürchtete, sie habe Fieber, aber als er die Hand auf ihren Arm legte, schüttelte sie sie ab und drängte ihn in verzweifeltem Ton, schneller zu fahren. Als Will in die Straße einbiegen wollte, blieb ein Rad des Jeeps in einer tiefen Furche stecken und drehte leer durch.

Eine Hand gegen das Armaturenbrett gestemmt, lehnte Julia sich vor und spähte in den Regen hinaus. »Kannst du denn nichts tun? O Gott, auf dieser Straße wirst du es nie schaffen! Es ist hoffnungslos!« Ohne Vorwarnung riß sie die Wagentür auf, sprang hinaus und rannte quer über das Feld in Richtung Greengrove. Er rief ihr nach, aber sie reagierte nicht.

30

Sadie wanderte unruhig in der Hütte auf und ab. Vor Ungeduld und Langeweile gähnend, griff sie nach der Zeitung, warf sie aber gleich wieder auf den Tisch. Sie machte sich Sorgen wegen der Trauben, wegen des Mosaiks und vor allem wegen ihrer Schwester. Sie hoffte, daß Julia wie als Kind bloß das Gewitter von Bull's Hill aus beobachten wollte und Scattershot einfach nach Hause geschickt hatte.

Als der Himmel sich immer mehr verfinsterte, war in der Ferne ein langgezogenes Grollen zu hören. Sadie streckte sich, um einen Schmerz zu lindern, den sie nicht genau lokalisieren konnte. Plötzlich ließ die starke Sehnsucht nach Will sie erschauern. Im selben Moment hörten draußen die Vögel zu singen auf, und eine unheimliche Stille legte sich über die Hütte.

Sie drückte die Tür auf, um von der Schwelle aus den Himmel zu beobachten. Als die ersten Böen den Staub vor der Hütte aufwirbelten, überlegte Sadie, ob Will vielleicht doch recht gehabt hatte, sich wegen Julia zu sorgen. Manchmal beschützte die Natur nicht einmal jene, die sie am meisten zu lieben schienen.

Der Wind blies nun heftiger und ließ die Luft schnell abkühlen. Blätter wirbelten wie Derwische über den Boden. Im Innern der Hütte war es inzwischen so dunkel, als sei es bereits Nacht. Ein Ast der Platane schabte in regelmäßigen Abständen wie eine Feile über das Blechdach. Je stärker der Wind wurde, desto kürzer wurden die Abstände und desto mehr zerrte das Geräusch an Sadies Nerven. Sie trat vor die Hütte, um nach dem Mosaik zu sehen. Durch den heftigen Wind schlug die Plane Wellen.

Die ersten Tropfen klatschten auf das Dach der Hütte. Es hörte sich an, als trommelten knochige Finger auf das Blech, zuerst ein bißchen verärgert, dann immer zorniger. Die Verandatür begann im Wind zu schlagen. Als Sadie sie schließen wollte, fuhr ein kräftiger Windstoß unter die Plane, die sich blähte, als sei sie ein lebendiges Wesen, das sich zu befreien versuchte. An einer Ecke gab einer der Metallstifte nach, mit denen sie in der Erde verankert war, und ein Stück des Segeltuchs flog hoch und schleuderte ein paar Ziegelsteine in Richtung Haus. Erschrocken sprang Sadie zur Seite, als einer der Steine knapp neben ihrem Kopf an der Hüttenwand landete.

Sie rannte hinaus, um den losen Metallstift wieder in die Erde zu schlagen, bevor der Wind auch die anderen herausreißen würde. Einen Arm schützend vor dem Kopf, stemmte sie sich gegen den Wind. Schon nach wenigen Augenblicken klebten Kleidung und Haar naß auf ihrer Haut. Der Regen zwang sie, die Augen zusammenzukneifen. Irgendwie gelang es ihr, das lose Stück Leine mit dem Metallstift zu packen, und sie griff nach einem in der Nähe liegenden Ziegelstein, um ihn als Hammer zu benutzen. Aber der Wind war so stark, daß es ihr nicht möglich war, die Plane mit einer Hand festzuhalten, sich hinzuknien und dann mit der anderen den Metallstift in den Boden zu treiben.

Während sie sich vergeblich abmühte, hörte sie plötzlich ein Motorengeräusch. Als sie sich umdrehte, sah sie, wie Burke gerade seinen Mercedes vor der Hütte zum Stehen brachte. Ohne den Motor abzustellen, drückte er die Wagentür auf, sprang heraus und rannte auf sie zu. Sein Gesicht wirkte genauso finster wie der Himmel. Er sagte etwas, aber der heulende Wind verschluckte seine Worte. Die sich blähende Plane riß Sadie ein Stück nach vorn, Burke entgegen.

»Hilf mir!« rief sie. Die Vorstellung, daß die Plane wegwehen und das Mosaik enthüllen könnte, während er hier war, erfüllte sie mit Entsetzen.

Aber er stand bloß da und starrte sie ungerührt an. Seine Haut hatte unter der Bräune einen seltsamen Grünton angenommen, und an seiner Schläfe zuckte eine Ader wie ein rötlichschwarzer Wurm. »Verdammt noch mal!« schrie er. »Ich habe dich gefragt, wo sie ist!«

Weiter mit der Leine kämpfend, drehte sie sich halb zu ihm um. »Meinst du Julia?«

»Ja, natürlich meine ich Julia! Ihr Pferd ist ohne sie nach Hause gekommen. Ich muß mit ihr reden.«

Nicht »Ich mache mir Sorgen«, dachte Sadie voller Abscheu, sondern »Ich muß mit ihr reden«. Sein erster Gedanke galt immer sich selbst. Sie mußte Burke irgendwie dazu bringen zu verschwinden, bevor sie entkräftet die Leine losließ.

»Wir haben Scattershot aus Bitterweed Wood herauskommen sehen«, log sie. Sie nannte einen Ort, der weit von Bull's Hill entfernt lag. »Will ist mit dem Jeep hingefahren, um nachzusehen, ob sie einen Unfall gehabt hat.« Kaum hatte sie die Worte ausgesprochen, da sah sie an Burkes Blick, daß es ein Fehler gewesen war, Will zu erwähnen.

»Lüg mich nicht an! Du deckst die beiden!« Er spuckte ihr diese Worte regelrecht ins Gesicht. Sein Atem roch unangenehm, wie fauliges Wasser. Plötzlich krümmte er sich stöhnend zusammen und preßte mit schmerzverzerrter Miene die Hände auf den Bauch. Als er sich wieder aufrichtete, waren seine Augen blutunterlaufen wie die eines wütenden Stiers.

Sie wich ein Stück zurück, aber ihr Wunsch, das Mosaik vor ihm zu verbergen, war stärker als die Angst, und die lose Leine zwang sie, in seiner Reichweite zu bleiben. Im selben Augenblick, als sie ihren Kampf gegen den Wind verlor, trat er einen Schritt auf sie zu. Die Plane blähte sich wie ein Ballon, der sich plötzlich mit heißer Luft füllte, und riß ihr die Leine aus den Händen. Sekunden später hatten sich sämtliche Metallstifte aus dem Boden gelöst, und die Plane wurde fortgerissen. Dabei traf einer der Stifte Burke knapp über dem rechten Auge. Er schrie vor Schmerz auf und preßte eine Hand gegen die Wunde. Blut lief ihm über die Wange und färbte sein Hemd rot. Er starrte auf das Mosaik. Sadie unterdrückte ein Stöhnen. Bevor sie sich eine Erklärung zurechtlegen konnte, fragte er sie: »Wie lange wißt ihr schon davon?« Sie wollte antworten, aber sein bösartiger Blick brachte sie sofort zum Schweigen.

Während sie voller Angst einen Schritt vor ihm zurückwich, preßte sie hervor: »Noch nicht sehr lang. Ein paar Tage.«

»Hat Julia es schon gesehen?«

Sie nickte. »Aber –«

»Aber ihr habt beschlossen, daß das hier euer kleines Geheimnis bleiben soll«, fiel er ihr ins Wort. »Soviel zu Julias ehelicher Loyalität.«

»Sie weiß erst seit heute morgen, daß es existiert!«

»Und du bildest dir ein, daß ich dir das abkaufe? Oder daß ich nicht weiß, warum ihr mir die Wahrheit vorenthalten wolltet?« sagte er voller Verachtung. Er schien vergessen zu haben, daß die Verletzung über seinem Auge noch immer blutete. Nachdem er das Blut mit dem Handrücken abgewischt hatte, packte er Sadie am Arm. Seine Finger gruben sich in ihre Haut, und sein Gesicht war so nah vor dem ihren, daß sein Blut auf ihre Bluse tropfte.

»Wo ist der Kelch?«

Erschrocken wand sie sich aus seinem Griff. »Wovon redest du überhaupt?«

»Ich warne dich, Sadie, verplempere nicht meine Zeit! Ich will diesen Kelch, und zwar jetzt!«

»Ich hab' ihn nicht! Wie kommst du darauf, daß ich ihn habe?«

Er hob die Hand, als wolle er sie schlagen. Aber im selben Moment fuhr eine heftige Windbö über die Lichtung, während ein grelles Licht explodierte, das von einem ohrenbetäubenden Krach begleitet wurde. Burkes Hand sauste wie ein Hammer herunter, aber bevor er Sadie niederstrecken konnte, traf sie ein Schlag aus einer anderen Richtung so heftig in den Rücken, daß sie an ihm vorbei nach vorn taumelte und auf den schlammigen Boden stürzte. Vor Schreck wie gelähmt, lag sie da, während der Regen über sie hinwegpeitschte. Als sie schließlich wieder in der Lage war, die Augen zu öffnen, schien der Himmel auf ihr zu lasten. Die Bäume waren so nah, daß sie sie mit ihren regennassen Blättern fast zu ersticken drohten, und scharfe Spitzen bohrten sich wie Klauen in ihren Rücken. Sadie kämpfte sich in eine sitzende Position, aber als sie versuchte, das dichte Laub wegzuschieben, federten die Äste wieder zurück und zerkratzten ihr das Gesicht. Einen alptraumhaften Moment lang hatte sie das Gefühl, als sei der ganze Wald auf sie niedergestürzt, und sie könnte sich niemals mehr daraus befreien. Die Angst verlieh ihr ungeahnte Kräfte. Sie stieß die Äste mit Gewalt beiseite und zwängte sich zwischen ihnen hindurch nach oben.

Erst als sie sich aus ihrem Gefängnis befreit hatte, begriff sie, was passiert war. Ein Blitz hatte die hoch aufragende Platane in der Mitte gespalten. Die eine Hälfte stand verkohlt an ihrem Platz, so daß man den fauligen Kern des Stamms sehen konnte, und die andere war auf die Lichtung vor der Hütte gestürzt. Alles war mit abgebrochenen Ästen übersät. Sadie sah sich nach Burke um, konnte ihn aber nirgendwo entdecken. Als sie seinen Namen rief, kam keine Antwort. Anfangs war sie erleichtert, daß sie Burke los war und selbst keine Verletzungen davongetragen hatte. Aber dann stellte sie sich vor, wie er hilflos unter dem Gewicht des umgefallenen Baumstamms oder eines schweren Astes lag. Egal, was sie für den Mann empfand, sie wußte, daß sie ihn nicht einfach liegenlassen konnte. Als sie den Blick schweifen ließ, bot sich ihr ein Anblick, der jeglichen Gedanken an Burke verdrängte.

Ein riesiger Ast war auf das Mosaik herabgestürzt.

So schnell sie konnte, bewegte sie sich zur Veranda hinüber. Ein großer Teil der Bodenmitte war unter dem Gewicht des Asts durchgebrochen, das Mosaik fast ganz zerstört. Vor Schmerz und Schreck bebend, kroch sie an den Rand des Fundaments und spähte durch den Vorhang aus Blättern. Voller Verzweiflung suchte sie nach Anzeichen dafür, daß zumindest ein Teil des Mosaiks gerettet und wiederhergestellt werden konnte. Zu ihrer großen Erleichterung schienen ein paar Bilder am Rand intakt geblieben zu sein. An manchen Stellen hatten die kleineren Äste und Zweige die schlimmste Wucht des Schlags abgefangen. Doch in der Mitte klaffte ein riesiges Loch. Sie und Will waren einfach davon ausgegangen, daß das Mosaik ein solides Fundament besaß, während es in Wirklichkeit eine hohle Schale zu sein schien. Als ein weiterer Blitz den Himmel durchzuckte, konnte sie einen Moment lang einen Raum unter dem Fundament ausmachen, eine Art Keller. Verblüfft beugte sie sich vor, um das Ganze genauer zu betrachten.

Eine Hand schob sie grob beiseite. »Was gibt es da zu sehen?« fragte Burke mit heiserer Stimme. Er sah aus wie ein Irrer: Seine Augen flackerten wild, an seiner Kleidung klebten Erdbrocken und Blätter, und sein Gesicht war schlamm- und blutverschmiert.

»Ich weiß es nicht, nichts.« Was es auch war, sie wollte es vor ihm schützen. Um ihn abzulenken, deutete sie auf die Wunde über seinem Auge. »Du solltest das besser verarzten lassen. Sonst bekommst du womöglich eine Infektion.«

Er schenkte ihr keine Beachtung. Rasch brach er die kleinen Zweige ab, die ihm die Sicht versperrten, und beugte sich neugierig über die Öffnung. So leise, daß sie seine Worte fast nicht verstand, sagte er: »Da unten ist was.«

Wieder zuckte ein Blitz über den Himmel, und Sadie erhaschte einen kurzen Blick auf etwas, das wie ein mit Flaschen gefülltes Weinregal aussah und an einer Ziegelwand stand. Edwins Worte fielen ihr wieder ein. »In diesem Raum«, hatte er geschrieben, »sind Nektar und Gefäß gemeinsam versiegelt.«

Burke stieß einen heftigen Fluch aus und begann dann mit wütenden Bewegungen Äste wegzubrechen und zur Seite zu werfen, um über dem klaffenden Loch mehr Raum zu schaffen.

»Hör auf!« flehte sie ihn an. »Du machst es noch ganz kaputt!«

»Mein Gott! Siehst du das denn nicht? Es ist ein Weinkeller! Ich muß sofort wissen, was da unten ist!«

Bevor sie ihn daran hindern konnte, stand er auf und trat mit dem Absatz fest auf den bröckelnden Rand. Nun war die Öffnung so groß, daß er sich hindurchquetschen konnte, und er ließ sich in den unterirdischen Raum hinabgleiten, Sadie sah von oben, wie er sich leicht nach vorn gebeugt bewegte. Plötzlich stieß er einen triumphierenden Schrei aus und machte einen Satz, so daß sie ihn einen Moment lang nicht sehen konnte. Als er wieder auftauchte und zu ihr hinaufschaute, sagte ihr sein selbstgefälliger Blick, was er gefunden hatte. Er stützte die Hände ab, prüfte vorsichtig, ob der Unterbau des Mosaiks sein Gewicht trug, und stemmte sich dann nach oben. Als er auf den Boden neben dem Verandafundament sank, sah Sadie, daß er etwas in sein Hemd gesteckt hatte. Er schob eine Hand hinein und zog den Goldkelch heraus.

Der Regen trübte den Glanz des Goldes, das Burkes Finger zudem mit Schlamm verschmiert hatten. Auf den ersten Blick wirkte der Kelch ramponiert und nicht sonderlich interessant. In Sadie regte sich nur wenig Neugier. Die Freude, die sie vielleicht empfunden hätte, war ihr durch die Zerstörung des Mosaiks vergällt worden. Es war ein zu hoher Preis für den Kelch. Emotionslos sah sie zu, wie Burke sich gierig darüberbeugte. Erst als ein Tropfen seines Bluts in die Schale fiel, begann sich in ihr so etwas wie Abscheu zu regen. Am liebsten hätte sie ihm den Kelch aus der Hand gerissen, aber sein Gesichtsausdruck hielt sie davon ab. Als er Sadies Blick sah, fletschte er die Zähne wie ein Hund, der seinen Knochen verteidigt. Er wirkte verändert, irgendwie krank und in sich zusammengesunken, als habe der Regen ihn schrumpfen lassen.

»Du weißt, was das ist, nicht wahr?« sagte er mit höhnisch triumphierender Stimme. »Der Jefferson-Kelch!«

Sie wischte die rechte Hand an ihrer Hose ab und streckte sie aus. »Kann ich ihn mal sehen?«

Er schüttelte den Kopf. »Ich glaube nicht.«

Laß ihm den Kelch, dachte sie. Anwälte, Prozesse, häßliche Auseinandersetzungen – damit wollte sie nichts zu tun haben. Aber eine innere Stimme ermahnte sie: So, wie du ihm auch alles andere überlassen hast? Wirst du immer allen schwierigen, schmerzhaften Erfahrungen aus dem Weg gehen? Wird dein Herz nie genug an etwas hängen, um dafür zu kämpfen?

»Ich würde ihn mir trotzdem gern ansehen«, sagte sie. »Ich glaube nicht, daß das zuviel verlangt ist, schließlich gehört er nicht dir.« Ihre Stimme zitterte, aber eher vor Wut als vor Angst.

»Du glaubst doch wohl nicht allen Ernstes, daß ich ihn deinem Partner überlasse? Oder vielleicht dir?«

Sein Ton und sein berechnender Blick warnten sie. Voller Angst erkannte sie, daß es ein leichtes für ihn wäre, sie zu töten und es dann so aussehen zu lassen, als habe der Baum sie erschlagen. So würde nie jemand erfahren, daß er den Kelch gefunden hatte.

Hinter ihm sah sie den Mercedes, der immer noch mit laufendem Motor dastand. Er war ihre einzige Chance. Sie versuchte den Wagen zu erreichen, bevor er sie aufhalten konnte, aber er war schneller als sie und versperrte ihr den Weg. Das zwang sie umzukehren und in Richtung Hütte zu rennen. Sie hätte es niemals geschafft, wenn er nicht auf dem schlammigen Boden ausgerutscht und fluchend gestürzt wäre. Sie hastete in die Hütte, zog die Tür hinter sich zu und schloß ab. Aber schon kurz darauf – Sadie zerrte gerade das Gewehr aus dem Wandschrank – begann er die Tür aufzubrechen. Verzweifelt riß sie die Schublade der Kommode auf und nahm mit zitternden Fingern die Patronen heraus. Sie hatte gerade noch Zeit, eine einzige Patrone zu laden, als er schon wie ein Besessener in den Raum gestürmt kam.

Sie riß das Gewehr hoch und brüllte, er solle stehenbleiben. Sie wollte ihn nur einschüchtern, ihm zeigen, daß sie sich verteidigen könnte, und als er zögerte, glaubte sie schon gewonnen zu haben. Aber plötzlich bekam er einen weiteren Krampf. Er krümmte sich zusammen und stolperte einen Schritt nach vorn. Dabei ließ er den Kelch fallen, der direkt vor ihre Füße rollte. Das lenkte sie den Bruchteil einer Sekunde ab. In dem kurzen Moment, in dem sie Burke aus den Augen ließ, richtete er sich auf und stürzte sich auf sie, so daß ihr keine andere Wahl blieb, als das Gewehr hochzureißen und blind abzufeuern.

Aber ihre Hände zitterten, und er war schon zu nah. Als sie abdrückte, schlug er mit einer Hand den Lauf zur Seite, und der Schuß krachte hinter ihm durchs Fenster. Dann warf Burke sich mit dem ganzen Gewicht seines Körpers auf sie. Sein Angriff ließ sie zu Boden gehen. Im Fallen gelang es ihr, den Kelch zu packen und ihn mit einer heftigen Bewegung in seine Richtung zu schleudern. Der Schlag traf seine Stirn gleich neben der Wunde, die ihm der Metallstift zugefügt hatte. Eine Hand an den Kopf gepreßt, ging er vor Schmerz brüllend in die Knie. Seine andere Hand schloß sich um den zerrissenen Stoff ihrer Bluse, als sie sich seitlich wegdrehte. Den Kelch hielt sie noch immer fest umklammert. Als der Stoff nachgab, gelang es ihr, sich so weit nach hinten zu werfen, daß sie sich nicht mehr in seiner Reichweite befand. Sie stieß dabei gegen einen Stuhl, der krachend umfiel. Aber gerade, als sie sich hochrappeln wollte, schloß sich seine Hand um ihren Knöchel. Während er sie wieder zu sich herzog, griff er mit der anderen Hand nach dem Gewehr. Halb aufgerichtet, drückte er sie mit dem unteren Teil seines Körpers auf den Boden und hob dann mit wutverzerrtem Gesicht das Gewehr, um den Kolben auf ihren Kopf niedersausen zu lassen.

Sie schrie so laut sie konnte, aber nicht ihr Schrei, sondern ein Echo davon ließ Burke überrascht herumfahren und zur Tür starren. Gleichzeitig lockerte sich sein Griff ein wenig. Sadie unternahm einen letzten verzweifelten Versuch, Burke zu entkommen, und entwand sich ihm im selben Moment, als Moany Scrimsher mit einem Schrei, der ihr fast das Blut in den Adern gefrieren ließ, in den Raum stürzte, das Jagdmesser hocherhoben wie einen Speer. Burke riß seinerseits das Gewehr hoch und drückte ab, aber nun, da der Lauf leer war, erwies sich die Waffe als nutzlos. Er hatte gerade noch Zeit, sie als Stock einzusetzen und auf diese Weise Moanys Attacke abzuwehren. Das Messer wirbelte durch die Luft und landete neben Sadie, bevor es unter das Bett schlitterte.

Die beiden Männer rollten in einer tödlichen Umarmung auf dem Boden hin und her. Der scharfe Geruch ihres Schweißes erfüllte den Raum. Nachdem Sadie sich kriechend in Sicherheit gebracht hatte, tastete sie mit einer Hand nach dem Messer. In der anderen hielt sie noch immer den Kelch. Als Burke neben ihr landete und dabei den Tisch umstieß, fuhr sie erschrocken zurück, aber im selben Augenblick fanden ihre Finger das Messer. Mit Kelch und Messer bewaffnet, sprang sie auf und stürmte zur Tür. Da gelang es Burke, sich aus der Umklammerung des anderen zu befreien. Mit einem lauten Krachen schlug Moanys Kopf auf der Kante eines Stuhls auf. Sadie sah, wie er das Gesicht verzog, während Burke schwankend aufstand. Jetzt sah Sadie ihre Chance.

Ihr einziger Gedanke war es, den Mercedes zu erreichen. Noch immer lief der Motor, noch immer stand die Tür offen. Wenn es ihr bloß gelingen würde, in den Wagen zu springen, bevor Burke sie einholte. Aber sie hatte den Hof erst zur Hälfte überquert, als sie Burkes Schritte hinter sich hörte. Sie schleuderte den Kelch in seine Richtung, sowohl, um ihn zu treffen, als auch, um ihn abzulenken. Er aber duckte sich, so daß der Kelch über seine Schulter flog und irgendwo hinter ihm im Schlamm landete. Die Spitze des Messers, das sie nun mit beiden Händen umklammert hielt, war auf ihn gerichtet. Er zögerte. In dem Moment kam Moany mit mordlustigem Funkeln in den Augen aus der Hütte auf sie zugestürmt. Burke machte einen Bogen um Sadie, warf sich in den Wagen und gab schon Gas, noch bevor er die Tür hinter sich zugezogen hatte. Aber er beschleunigte zu schnell, so daß der Wagen auf der schlammigen Straße ins Schleudern geriet und seitlich gegen einen Baum rutschte.

Sadie versuchte davonzulaufen, aber Moany holte sie ein und schlug ihr mit der Handkante so fest gegen den Hals, daß sie zu Boden ging. Noch während sie fiel, nahm er ihr das Messer ab. Sadie lag benommen im Dreck. Sie konnte vor Schmerzen nicht klar sehen und blieb einfach liegen. Sie hatte keine Kraft mehr, sich zu wehren.

Moany rannte auf den Mercedes zu, der offenbar im Schlamm steckengeblieben war. Bevor er ihn erreichte, setzte Burke den Wagen mit heulendem Motor ein Stück zurück, entweder weil er ihn so freibekommen wollte, oder aber, um Moany zu überfahren. Dem blieb kaum Zeit, auf den Kofferraumdeckel zu springen. Dann machte der Mercedes einen Satz nach vorn und raste davon. Schlamm spritzte von den Reifen, und Moany klebte wie ein Salamander an der Heckscheibe.

Sadie mobilisierte ihre letzten Kraftreserven, um zurück in die Hütte zu kriechen. Während sie sich hineinschleppte, sah sie, daß der Kelch nicht weit von der Treppe entfernt in einer Pfütze lag, aber sie ließ ihn, wo er war.

31

Als Will den Schuß aus Richtung Little Grove hörte, mußte er sofort an Sadie denken.

Während er sich abmühte, den Jeep aus dem Schlamm zu bekommen, betete er, daß es nur ein Warnschuß gewesen und ihr nichts passiert war.

Gerade hatte er beschlossen, den Jeep stehenzulassen und zu Fuß über die Felder zurückzumarschieren, als er ihn endlich freibekam. So schnell wie möglich fuhr er nach Little Grove zurück. Der Sturm hatte inzwischen ein wenig nachgelassen, und der Regen prasselte nicht mehr ganz so heftig vom Himmel. Überall waren die Spuren des Unwetters zu sehen.

Auf der Straße zur Hütte hatten sich frische Reifenspuren in den nassen Boden eingegraben. Die wilden Schlangenlinien, die offenbar nicht auf äußere Hindernisse zurückzuführen waren, ließen vermuten, daß der Fahrer entweder sehr betrunken gewesen war oder aus einem anderen Grund die Kontrolle über den Wagen verloren hatte. Zum erstenmal hatte Will wirklich Angst bei dem Gedanken, wer Sadie in der Hütte aufgesucht haben könnte, während sie dort allein auf ihn wartete.

Als er die vom Blitz gespaltene Platane sah, stieß er einen Fluch aus. Er wußte sofort, was mit dem Baum passiert war und welche Folgen das für das Mosaik gehabt haben mußte. Falls sich der Schaden nicht beheben ließ, war Sadie sicher untröstlich.

Inzwischen hoffte er, daß sie ihn mit dem Schuß nur hatte zurückrufen wollen, damit er ihr half, mit dem schrecklichen Bild der Verwüstung fertig zu werden, das sich ihm bot, als er seinen Wagen vor der Hütte zum Stehen brachte. Auf den ersten Blick sah er nur das Durcheinander aus gesplittertem Holz und zerfetztem Laub, das die Überreste der seitlichen Veranda bedeckte. Über dem Chaos flatterte die Abdeckplane in den Ästen eines Baums. Sie kam Will vor wie ein unheilbringender, häßlicher Raubvogel mit nassen braunen Schwingen. Andere Zeichen der Zerstörung aber ließen ihn jeden Gedanken an das Mosaik sofort vergessen. Die eingeschlagene Hüttentür, das zerbrochene Fenster, die Fußspuren, die sich tief in den Boden eingedrückt hatten – all das sagte ihm, daß Little Grove in seiner Abwesenheit von etwas Schlimmerem als einem Unwetter heimgesucht worden war. Ihm wurde vor Angst um Sadie ganz übel. Rasch griff er nach seinem Verbandskasten und sprang aus dem Jeep. Dabei rief er immer wieder Sadies Namen.

Er fand sie im Innern der Hütte. Sie war bei Bewußtsein und versuchte sich aufzusetzen. Die Erleichterung, die er empfand, als er neben ihr niederkniete, ließ ihn mit absoluter Klarheit erkennen, daß Sadie ihm alles bedeutete.

Obwohl ihr das Blut den Hals hinunterlief, ihr Gesicht voller Schmutz und blauer Flecken war, feuchter Lehm in ihrem Haar klebte, die Kleidung zerrissen und die Haut zerkratzt waren, brachte sie ein mattes Lächeln zustande, als sie ihn sah. »Da bist du ja«, murmelte sie.

»Sch, nicht sprechen! Noch nicht.«

Sanft hob er sie hoch und trug sie zum Bett. Als er ihre Arme in seinem Nacken und die Rundung ihrer Brust an seinem Hals spürte, legten sich Angst und Wut ein wenig. Das Wichtigste war, daß sie noch lebte. Vorsichtig ließ er sie auf das Bett gleiten und holte dann warmes Wasser und einen sauberen Lappen. Schweigend betrachtete sie ihn einen Moment, bevor sie mit einem kleinen Seufzer die Augen schloß.

Ihre Unterlippe war geschwollen. Als er ihr nasses Haar beiseite schob, um zu sehen, woher das Blut kam, entdeckte er eine häßliche rote Linie an ihrem Hals und eine Schwellung knapp über dem Ohr, wo ihre Haut aufgeplatzt war. Beim Reinigen der Wunde, die zum Glück nicht genäht werden mußte, stieg erneut Wut in ihm auf. Doch er sagte sich, daß später noch genug Zeit sein würde, denjenigen zur Rechenschaft zu ziehen, der ihr das angetan hatte.

Sie stöhnte und riß dann erschrocken die Augen auf. »Julia!« rief sie und fuhr hoch.

»Es geht ihr gut«, sagte er. Während sie sich zitternd an ihn schmiegte, erzählte er ihr, daß Julia nach Greengrove zurückgekehrt sei, nachdem er sie unverletzt auf Bull's Hill gefunden habe. Er erwähnte weder Julias merkwürdige Erregung noch seine Begegnung mit Moany Scrimsher. Das konnte warten, bis es ihr wieder besser ging.

Seine Worte schienen sie nicht sehr zu beruhigen. Sie legte ihm eine Hand auf die Schulter und stand auf. »Wir müssen nach Greengrove. Ich habe Angst um sie. Burke hat sich benommen wie ein Wahnsinniger.«

»Hat er dir das alles angetan?« fragte er, obwohl er das schon geahnt hatte.

Sie nickte, eine Hand gegen die Stirn gepreßt. Schon diese kleine Bewegung bereitete ihr Schmerzen. Dann sah sie ihn mit traurigem Blick an. »Ach, Will, das Mosaik –«

»Ich habe es gesehen. Denk jetzt nicht daran.«

»Aber es ist schlimmer, als du denkst! Burke hat den Kelch gefunden. Er war unter dem Mosaik versteckt. Der Kelch –« Sie verstummte, als versuche sie angestrengt, sich zu erinnern, und blickte dann zur Tür. »Er muß noch draußen sein.« Sie befreite sich aus seinen Armen und hastete zur Tür.

Er fand sie in der Nähe der Treppe, wo sie sich über eine Pfütze beugte, um etwas aufzuheben. Vorsichtig wischte sie den Kelch mit einem Zipfel ihrer zerrissenen Bluse sauber. »Deswegen hat Burke versucht, mich umzubringen. Er wollte ihn behalten.«

Während Sadie in den Jeep stieg, ging er zurück in die Hütte, um das Gewehr und die Patronen zu holen. Er nahm auch die Decke vom Feldbett mit und legte sie Sadie um die Schultern. Sie saß mit gesenktem Kopf im Wagen, als ertrage sie den Anblick der Verwüstung, die der umgestürzte Baum angerichtet hatte, nicht mehr.

»Den schließen wir wohl besser im Handschuhfach ein«, sagte Will und deutete auf den Kelch. Sie nickte und reichte ihm das Gefäß. Es war so schön gearbeitet, dachte Will, daß es im Lauf der Jahrhunderte sicher schon die Begierde vieler Menschen geweckt hatte. Vielleicht wäre es wirklich besser gewesen, wenn es in jenem Feld in Deutschland oder unter dem Mosaik vergraben geblieben wäre.

Sadie schien seine Gedanken zu erraten. »Ich wünschte, ich könnte ihn einfach wieder vergessen und so tun, als sei er noch immer verschollen. Aber jetzt, wo Burke davon weiß, geht das nicht mehr.«

»Überreiche ihm das Ding doch einfach als Geschenk«, schlug Will trocken vor. »Ein Familienerbstück, auf dem ein Fluch liegt, wäre vielleicht genau das Richtige für jemanden wie ihn.«

Sie lächelte. Genau das hatte er mit seiner Bemerkung zu erreichen versucht. »So ein Fluch kann ganz schön ansteckend sein, ist dir das schon aufgefallen? Er könnte auch Julia treffen.«

Will fand, daß Julia durch ihre Ehe mit Burke schon geschlagen genug war. Wahrscheinlich war Sadie das auch bewußt.

Während sie auf die Hauptstraße zusteuerten, schilderte sie genau, was vorgefallen war, nachdem er sie verlassen hatte, um nach Julia zu suchen.

»Ich glaube, er wollte mich wirklich umbringen«, sagte sie. »Wer weiß, wie die Sache geendet hätte, wenn Moany nicht rechtzeitig aufgetaucht wäre.«

Überrascht sah er sie an. »Moany war hier?«

Sie nickte. »Ich glaube nicht, daß er mich retten oder mir was antun wollte. Er war hinter Burke her, und ich stand zufällig im Weg. Das hier hat er mir verpaßt, um sein Jagdmesser zurückzubekommen.« Sie zog eine Hand unter der Decke hervor, um das rote Mal an ihrem Hals zu berühren, und verzog vor Schmerz das Gesicht. »Jedesmal, wenn ich den Kopf drehe, habe ich das Gefühl, als würde er mir die Kehle zudrücken.«

»Sobald wir bei den Vanns sind, legen wir einen Eisbeutel drauf.«

»Bei den Vanns?« Sie sah ihn bestürzt an. »Wir haben keine Zeit, bei ihnen anzuhalten.«

»Sie haben ein Telefon. Wir werden Julia anrufen, um sie zu warnen. Außerdem müssen wir die Polizei verständigen. Burke und Moany sind gefährlich. Und einer von ihnen hat ein Messer.«

»Das Problem ist, daß alles ans Licht der Öffentlichkeit gezerrt wird, sobald die Polizei ins Spiel kommt. Julia wäre darüber bestimmt nicht begeistert. Außerdem möchte ich nicht, daß Katherine erfährt, was ihr Vater getan hat.«

»Wenn zwei Wahnsinnige frei herumlaufen«, sagte Will, »kann

man nicht mehr auf die Privatsphäre Rücksicht nehmen. Burke hat versucht, dich umzubringen. Dich vor ihm zu schützen, ist mir wichtiger, als Katherine davor zu bewahren, daß sie die Wahrheit über ihren Vater erfährt.«

Sie betrachtete ihre Hände und sagte ein wenig eigensinnig: »Aber jetzt geht er bestimmt, da bin ich mir sicher.« Sie sah ihn an. »Nach allem«, fügte sie hinzu, »was er getan hat, kann er doch unmöglich hierbleiben, oder?«

Will gab keine Antwort, weil er wußte, daß ihre Worte auf reinem Wunschdenken beruhten, denn Burke war hartnäckig. Selbst er hatte sich in der kurzen Zeit, die er ihn kannte, bereits davon überzeugen können. Nur der Tod würde Burke davon abhalten, dem hinterherzujagen, was er haben wollte.

Sadie mußte etwas Ähnliches durch den Kopf gegangen sein, denn einen Moment später sagte sie in die Stille hinein: »Du hast recht. Wir müssen die Polizei verständigen.«

In dem Moment fuhren sie über eine Hügelkuppe und sahen etwa dreihundert Meter vor sich Burkes Mercedes. Die Schnauze des Wagens war direkt neben dem weißen Zaun, der Greengrove Winery umschloß, in den Straßengraben gerutscht. Der Wagen stand schräg zum Weg. Will bremste sofort und hielt an. Während er das Gewehr lud, bat er Sadie, den Motor des Jeeps laufenzulassen und die Türen von innen zu verriegeln, bis er wieder zurückkäme. »Steig auf keinen Fall aus, egal, was passiert. Sollte tatsächlich etwas sein, dann fahr schnurstracks zu den Vanns.«

Die Angst um ihn ließ die Farbe aus ihrem Gesicht weichen. »Was hast du vor?«

»Der Wagen scheint leer zu sein, aber ich schau' lieber nach.«

Sie machte Anstalten, ihn zurückzuhalten, berührte dann aber nur seine Hand und bat ihn, auf sich aufzupassen.

Das Gewehr im Anschlag, ging er vorsichtig auf den Mercedes zu. Daß der Mann, der ihn in den Straßengraben gefahren hatte, selbst im Graben gelandet war, schien Will nicht nur eine besondere Ironie des Schicksals zu sein, sondern auch ein Beispiel für ausgleichende Gerechtigkeit.

Ein grauer Regenschleier hing vor den sanft abfallenden Feldern zu seiner Rechten, verwandelte die bewaldeten Hügel in formlose graue Schemen und sorgte dafür, daß die Weinkellerei und der dahinterliegende Fluß nur undeutlich zu erkennen waren. Dort, wo noch keine Weinstöcke gepflanzt worden waren, zogen sich kleine rote Rinnsale wie winzige Blutströme den Hügel hinunter. Will behielt auch den Weinberg im Auge, insbesondere die Weinstöcke direkt neben der Straße. Mit ihrem dichten Laub und den herabhängenden Trauben boten sie ein ausgezeichnetes Versteck. Ein paarmal kauerte er nieder, um zwischen den Weinstöcken hindurchzuspähen, aber alles, was er sah, war ein Kaninchen, das dort Schutz gesucht hatte.

Daß der Mercedes so still und verlassen wirkte, war keine Garantie dafür, daß keine Gefahr von ihm drohte. Das wußte Will, und er näherte sich dem Wagen vorsichtig. Es gab einige recht deutliche Hinweise darauf, was sich zwischen den beiden Männern abgespielt haben konnte. Trotz des Regens wies die Heckscheibe des Wagens noch immer Schlammspuren auf, die darauf hindeuteten, daß sich Moany während der ganzen turbulenten Fahrt durch das Unwetter dort festgeklammert hatte. Schleuderspuren auf der Straße zeigten, wo Burke seinen Kampf verloren hatte. Bis dahin mußte er sich verzweifelt bemüht haben, den Wagen unter Kontrolle zu halten und gleichzeitig seinen unerwünschten Fahrgast loszuwerden. Der aufgewühlte Boden neben der offenen Fahrertür bewies, daß ein heftiger Kampf zwischen den beiden stattgefunden hatte.

Allerdings gab es keinerlei Hinweise auf den Ausgang des Kampfes, weder Fußspuren auf der Straße noch einen Toten oder Verletzten. Will fand lediglich ein cremefarbenes Handy, das ein Stück unter dem Fahrersitz hervorlugte. Er holte ein Papiertaschentuch aus der Tasche und griff damit nach dem Telefon. Als er es umdrehte, sah er, daß auf der Plastikumhüllung, die einen Sprung aufwies, Blut und Schlamm klebten. Er drückte auf den *Talk*-Knopf, aber es ertönte kein Freizeichen.

Schließlich fand Will zwischen den beiden Vordersitzen auch die Wagenschlüssel des Mercedes. Einen Moment lang stand er unschlüssig vor dem Kofferraum. Dann legte er das Ohr an das feuchte Metall, hörte aber nur das gleichmäßige Trommeln des Regens. Vorsichtig öffnete er den Kofferraum und trat, als der Deckel hochschwang, rasch einen Schritt zurück. Aber es befanden sich nur ein Koffer und eine Aktentasche darin.

Nachdem er den Wagen abgeschlossen und den Schlüssel eingesteckt hatte, ging er zur Vorderseite des Mercedes. Hier entdeckte er an der weißen Umzäunung neben dem Wagen Lehmspuren. Auf der anderen Seite des Zauns führte ein Streifen niedergetrampelten Grases über das schmale Feld auf die Kellerei zu. Die Breite und der ungleichmäßige Verlauf des Streifens, der sich an einer Stelle in zwei Spuren aufgabelte, wiesen darauf hin, daß beide, Jäger und Gejagter, geflohen waren.

Sadie lächelte erleichtert, als er mit dem Handy in der Hand zurückkehrte. »Damit können wir gleich Julia anrufen«, sagte sie, als sie die Tür öffnete.

Er schüttelte den Kopf. »Es ist kaputt. Ich glaube, Burke hat es benutzt, um sich zu verteidigen.« Nachdem er ihr das Blut daran gezeigt hatte, legte er das Telefon zu dem Kelch ins Handschuhfach. Mit dem Handy hätten sie wenigstens einen kleinen Beweis, sagte er, falls Burke Sadies Version der Ereignisse abstreiten sollte. Vorausgesetzt, der Mann konnte überhaupt noch irgend etwas abstreiten, fügte er in Gedanken hinzu. Verglichen mit einem Jagdmesser war ein Telefon keine sehr wirkungsvolle Waffe.

»Ich werde mich ein wenig in der Kellerei umsehen«, fuhr Will fort. »Du fährst zu den Vanns und erzählst ihnen, was passiert ist. Und ruf die Polizei an.«

Ihre Miene wurde wieder besorgt. »Bestimmt hat das Gewitter sämtliche Leitungen zerstört. Außerdem lasse ich dich hier sowieso nicht allein zurück. Ich meine es ernst, Will. Da laß ich mich auf keine Diskussion ein.«

»Dann nimm wenigstens das hier.« Er drückte ihr das Gewehr in die Hand. »Versprich mir, daß du tun wirst, worum ich dich gebeten habe, wenn ich in fünf Minuten nicht zurück bin.«

»Ja, einverstanden. Aber ich möchte, daß *du* das Gewehr mitnimmst.«

Er schüttelte den Kopf. »Ich brauche es nicht. Burke ist nicht bewaffnet.«

»Aber Moany hat ein Messer.«

»Er hat keinen Grund, mich anzugreifen, es sei denn, ich zwinge ihn zu einer Konfrontation. Was ich ganz bestimmt nicht tun werde.«

Er sagte ihr nicht, daß er das Gewehr durchaus mitgenommen

hätte, wenn sie nicht gewesen wäre. Bevor er sich zum Gehen wandte, flüsterte sie: »Du wirst doch vorsichtig sein?« Noch leiser, fast schon im Flüsterton, fügte sie hinzu: »Ich könnte es nicht ertragen, wenn dir etwas zustoßen würde.«

Ihr Blick hielt ihn fest. Er beugte sich vor und küßte sie innig. Am liebsten hätte er sie ganz fest an sich gedrückt, aber das Gewehr zwischen ihnen und Sadies Blutergüsse hielten ihn davon ab. Die Abenteuer der letzten Tage reichten für ein ganzes Leben, dachte Will, während er sich von ihr abwandte und auf das Feld zusteuerte. Jetzt hätte er sich nichts sehnlicher gewünscht, als Sadie an einen sicheren Ort zu bringen und dort mit ihr zu schlafen.

Er folgte der Spur aus niedergetrampeltem Gras bis zu der Stelle, wo sie in die Auffahrt zur Kellerei mündete. Hier teilte sie sich in zwei gut sichtbare Fußspuren auf. Nach der Tiefe der Spuren und dem Abstand zwischen den einzelnen Abdrücken zu urteilen, mußten beide Männer gelaufen sein. An manchen Stellen änderten die Spuren ständig die Richtung, aber letztendlich führten sie beide zu dem Kellerei-Nebengebäude, das dem Feld am nächsten lag. Es handelte sich dabei um eine große Scheune, die in demselben Dunkelrot wie die Nachbargebäude gestrichen war und ein breites Doppeltor mit weiß hervorgehobenen Querbalken hatte. Einer der Torflügel stand ein Stück weit offen.

Während Will noch überlegte, wie er vorgehen sollte, hörte er ein vom Regen gedämpftes Motorengeräusch. Als er sich umdrehte, sah er den Truck der Vanns mit Clayton am Steuer in die Kellereizufahrt einbiegen. Sadie hatte den Truck ebenfalls entdeckt und fuhr mit dem Jeep auf ihn zu. Will gab Clayton ein Zeichen, in der Nähe der Einfahrt auf ihn zu warten, und lief ihm entgegen. Vom Beifahrersitz starrte Julia zu ihm heraus. Hinter den Scheiben wirkte ihr Gesicht bleich wie das eines Geistes.

»Wir haben den Mercedes gesehen«, erklärte Clayton, während er von seinem Truck herunterstieg. »Gibt es ein Problem?«

Will nickte, aber bevor er etwas sagen konnte, packte Julia ihn am Arm. »Ist Burke hier?« Sie schien kurz vor einem Nervenzusammenbruch zu stehen.

»Ich hab' ihn noch nicht gesehen«, antwortete Will ausweichend.

Ungeduldig schob sie sich an ihm vorbei und ging ein paar Schritte auf die Kellerei zu, wirbelte aber herum, als die Reifen des Jeeps auf der gekiesten Zufahrt durchdrehten, weil Sadie die Kurve zu schnell genommen hatte. Als sie Sadies Gesicht und ihre zerrissene Kleidung sah, schnappte sie nach Luft.

»Großer Gott, Sadie!« rief Clayton, während sich die beiden Schwestern umarmten. »Was ist denn mit dir passiert?«

»Mir ist ein Baum auf den Kopf gefallen.« Sie brachte ein Lächeln zustande. »Es sieht schlimm aus und fühlt sich noch schlimmer an. Wir erzählen euch das Ganze später.« Sadie warf Will einen fragenden Blick zu, als wolle sie von ihm wissen, was er den beiden erzählt hatte.

Im selben Moment aber begann Julia zu schildern, wie auf der Straße, die am Fluß entlangführte, ein Baum auf die Fahrbahn gekracht war und ihren Wagen nur um Haaresbreite verfehlt hatte. »Ich konnte nicht mehr weiterfahren. Zum Glück war Clay gerade in die andere Richtung unterwegs. Der Himmel muß ihn geschickt haben.«

»Ich war auf der Suche nach Jordan«, erklärte Clayton. Mit einer Hand wischte er das Wasser weg, das ihm aus dem dichten grauen Haar in die Augen tropfte.

»Der Junge ist weggegangen, bevor das Gewitter losbrach. Ich hoffe, er hat genug gesunden Menschenverstand, sich irgendwo unterzustellen, aber seine Mutter macht sich Sorgen, und die Telefonleitungen sind alle kaputt.«

Will sah, wie Sadie bei dem Gedanken zusammenzuckte, Jordan könnte auf Burke und Moany gestoßen sein. »Vielleicht ist er bei Katherine in Greengrove«, meinte sie eine Spur zu fröhlich.

»Nein, nach Greengrove würde er bestimmt nicht gehen.« Claytons Stimme hatte einen harten Unterton. Er wirkte nervös, als spüre er, daß seinem Sohn nicht nur von dem Unwetter Gefahr drohe. Leise fügte er hinzu, er hoffe, Jordan sei mit seinem Großvater unterwegs. »Die beiden haben in den letzten Tagen ziemlich viel zusammengesteckt.«

Während sie redeten, behielt Will das offene Tor im Auge. Die Motorengeräusche – erst die des Trucks, dann des Jeeps – hätten jeden, der sich in der Kellerei befand, warnen müssen, daß sich draußen inzwischen mehrere Leute aufhielten. Daß niemand um Hilfe gerufen hatte oder herausgekommen war, verhieß seiner Meinung nach nichts Gutes.

»Ihr solltet da etwas wissen«, begann er.

»Es hat mit Burke zu tun, stimmt's?« Julias Blick wirkte fiebrig. »Ich habe versucht, ihn zu finden, ihn zu warnen, aber ...« Sie sprach den Satz nicht zu Ende, sondern sah ihre Schwester nur hilflos an.

»Er und Moany hatten einen schrecklichen Streit«, erklärte Sadie. »Gerade eben, in Little Grove.« Als Julia aufstöhnte, fügte Sadie schnell hinzu, sie wüßten nicht, wie der Streit ausgegangen sei, nur, daß die beiden Männer hier in der Kellerei sein müßten.

»Ihr glaubt, sie sind noch da drin?« fragte Clayton.

»Ich habe nichts von ihnen gehört oder gesehen«, antwortete Will. »Aber es gibt Spuren, die zu dem Gebäude ganz hinten führen, zu dem auf der rechten Seite. Dort steht ein Tor offen.«

»Dann sehen wir wohl besser nach.«

»O Gott, das ist alles meine Schuld!« platzte Julia heraus.

Sie zitterte so heftig, daß Sadie sie in den Arm nahm und fest an sich drückte. »Das stimmt nicht, Jules«, sagte sie. Zärtlich strich sie ihrer Schwester die feuchten Haarsträhnen aus dem Gesicht. »Moany hat Burke schon immer gehaßt, das weißt du doch. Es hat nichts mit dir zu tun.«

Julia löste sich aus ihrer Umarmung. »Du verstehst das nicht! Ich habe zu Moany gesagt, daß Burke sein Land will. Das hat ihn fuchsteufelswild gemacht.« Mit einem verzweifelten Schluchzen vergrub sie das Gesicht in den Händen. Kaum hörbar, fügte sie hinzu: »Ich habe es absichtlich gesagt.«

Will nahm an, daß es das war, was sich auf Bull's Hill zwischen ihr und Moany abgespielt hatte. Aber wenn Julia Moany nicht dazu gebracht hätte, Burke zu folgen, wäre Sadie inzwischen bestimmt tot. Julia hatte ihrer Schwester unwissentlich das Leben gerettet. Später würde sie diesen Trost vielleicht gebrauchen können.

»Wir warten im Jeep«, sagte Sadie. Sie legte ihrer Schwester einen Arm um die Schulter. Als sie sich zum Gehen wandten, fragte Will Julia, ob sie wisse, wo Katherine sei. Der Gedanke, daß das Mädchen allein in Greengrove war, gefiel ihm nicht; denn wenn Moany Burke gegenüber den kürzeren zog, suchte er sich vielleicht ein Ersatzopfer.

»Wahrscheinlich ist sie in ihrem Zimmer und schläft«, antwortete Julia in vagem, fast kindlichem Ton. »Sie war so aufgeregt, daß ich ihr ein Beruhigungsmittel gegeben habe. Das arme Mädchen war ganz aufgelöst, wollte mir aber nicht sagen, warum. Ich hatte keine Zeit, bei ihr zu bleiben. Ich mußte Burke finden.« Plötzlich trat ein verwirrter Ausdruck in ihre Augen. »Das hätte ich fast vergessen. Bevor ich aufgebrochen bin, hat sie mir das hier gegeben.« Sie griff in die Tasche ihrer Regenjacke und zog einen Umschlag heraus. »Sie sagte, es sei wichtig.«

»Wir lesen es im Jeep«, sagte Sadie.

Während sie ihre Schwester zum Jeep brachte, steuerte Will mit Clayton auf die Weinkellerei zu. Er war dankbar für Claytons Anwesenheit. Da das Gebäude keine Fenster besaß, gab es abgesehen von dem offenstehenden Tor keine Möglichkeit hineinzuschauen. Obwohl sie einen Moment stehenblieben und angestrengt lauschten, hörten sie nur das Prasseln des Regens auf dem Dach.

Ein rascher Blick in die Scheune sagte ihnen, daß sie es mit einem Lagerraum zu tun hatten. Sechs riesige Weintanks – drei Meter hohe Edelstahlbehälter – standen nebeneinander an der Wand. In einer Ecke türmten sich Holzkisten und Pappkartons. Ansonsten war der Raum leer.

Sie gingen leise hinein. Ein wirres Muster aus noch feuchten, schlammigen Fußspuren zog sich über den Zementboden. Mehrere der Kisten und Schachteln waren beschädigt. Die hoch aufragenden, fast klinisch sauberen Behälter schimmerten matt in dem schwachen Licht, das durch das Tor hereinfiel. Nur der letzte Behälter wies an den Seiten Schlammspuren auf, als habe einer der Männer während des Kampfs vergeblich versucht, sich an der glatten Oberfläche festzuhalten. Es war aber nirgendwo Blut zu entdecken, und auch sonst gab es keine Hinweise darauf, was sich hier abgespielt haben konnte. Will fiel nur auf, daß ein unheimliches Schweigen in der Luft lag.

Im Lagerraum hatten er und Clayton kein einziges Wort gewechselt, aber als sie wieder draußen waren, flüsterte Clayton ihm zu, daß sie sich auch den Rest der Kellerei ansehen sollten. Will nickte. Er hatte ein ungutes Gefühl, als habe er etwas übersehen. In dem Moment fiel sein Blick zufällig auf die Fußspuren; sie führten nur in eine Richtung: in den Lagerraum hinein, aber nicht wieder heraus. Er sah Clayton an, um ihn darauf aufmerksam zu machen, aber der war bereits um die Ecke des Gebäudes verschwunden. Will ging zurück in die Scheune und starrte einen Moment lang auf den Behälter mit den Lehmspuren. Dann kauerte er sich nieder und inspizierte die unten angebrachte kleine Tür, die es den Arbeitern erlaubte, in den Tank hineinzusteigen und ihn von innen zu reinigen. Auf dem Türgriff entdeckte er ebenfalls Spuren von Schlamm. Soweit er wußte, war in der Kellerei bisher noch keine Weinlieferung eingetroffen, was bedeutete, daß der Behälter leer war. Ein Blick auf die am Tank angebrachte Anzeige bestätigte das. Ihm fiel wieder ein, daß Julia gesagt hatte, der Sauerstoff werde aus den Behältern gepumpt, um sie für den Wein bereit zu machen.

Vorsichtig drehte er den Knauf der kleinen Tür und ließ sie aufschwingen. Der übelkeitserregende Gestank, der ihm entgegenschlug, sagte ihm sofort, was er finden würde. Will beugte sich vor, um in das dunkle Innere des Behälters hineinzuspähen. Er unterdrückte einen Schrei.

Moany Scrimshers aufgedunsenes Gesicht starrte ihm aus blicklosen Augen entgegen.

Aber wo war sein Mörder?

Das sollte Will gleich erfahren. Der Turm aus Kartons neben ihm stürzte in sich zusammen, und heraus sprang Burke, ein Messer in der Hand. Zum Glück reagierte Will schneller als sein Gegner. Mit einem Satz warf er sich zur Seite und landete außerhalb von Burkes Reichweite. Inzwischen aber stand Burke zwischen ihm und dem Tor. Will sah, daß Burke einen Augenblick lang überlegte. Offenbar kam er zu dem Schluß, daß er nun nicht mehr im Vorteil war und es ihm sogar mit dem Messer schwerfallen würde, gegen Will anzukommen. Also drehte er sich um und rannte zum Tor.

Dort stieß er mit Clayton und Jordan zusammen. In dem kurzen Handgemenge sah Will, wie das Messer sich in einen Körper bohrte. Jordan sank mit einem Aufschrei zu Boden. Clayton kniete bereits neben ihm, als Will auf der anderen Seite in die Hocke ging.

»Es ist nur mein Arm«, stieß Jordan zwischen zusammengebissenen Zähnen hervor. Aber sein Gesicht war vor Schmerz und Schreck aschfahl.

Während Clayton sein Hemd auszog und zerriß, um die Blutung damit zu stillen, warf er Will einen Blick zu. Zornig sagte er: »Nehmen Sie das Gewehr, und halten Sie Louden auf, bevor er noch jemanden verletzt.«

Draußen sah Will Burke den Hügel hinauf- und auf die Weinstöcke zurennen. Plötzlich krümmte er sich zusammen, als sitze ihm Moanys Geist im Nacken.

Da schien der Geist Gestalt anzunehmen: Ein kleiner dunkler Mann eilte an Will vorbei und folgte Burke in den Weinberg.

Das Wissen, daß Burke noch immer im Besitz des Messers war, machte Will vorsichtig. Während er langsam an den Rebstöcken entlangschlich, hörte er nicht weit vor sich einen überraschten Laut und dann etwas, das wie das Stöhnen eines Sterbenden klang. Als er sich zwischen den Drähten hindurchzwängte, sah er Burke am Boden liegen. Sein rechter Fuß hatte sich in einer losen Weinranke verfangen, und aus seinem Bauch ragte der Griff des Messers. Sein Blut vermischte sich mit der nassen roten Erde.

Neben der Leiche hockte Jordans Großvater. Plötzlich griff er nach einer Handvoll Weinlaub und drückte es auf die Wunde. Will beobachtete ihn verblüfft. Zuerst dachte er, der alte Mann habe vor, die Blutung zu stillen, und wollte ihm sagen, daß er sich das sparen könne, denn Burkes offene Augen starrten ebenso blicklos ins Leere wie zuvor die von Moany.

Doch da warf der alte Mann die blutigen Blätter auf den Boden und trampelte darauf herum. Einen kurzen Moment sah Will in seinen Augen einen Ausdruck wilden Triumphs aufblitzen.

Nachdem Will sich hinuntergebeugt und mit dem Finger den Puls an Burkes Hals gefühlt hatte, um sich zu vergewissern, daß er tatsächlich tot war, starrten die beiden Männer einander ein paar Sekunden lang an. Dann sagte Will: »Er ist gestolpert und in das Messer gefallen?«

Der alte Mann betrachtete ihn schweigend und gottergeben.

»Er ist gestolpert«, wiederholte Will, »und in das Messer gefallen.« Diesmal betonte er die Worte wie eine definitive Aussage, nicht wie eine Frage. Er sah, wie die harten Linien im Gesicht des alten Mannes etwas weicher wurden und er ihm mit einem kaum wahrnehmbaren Nicken dankte.

In dem Moment hörte er, wie Sadie seinen Namen rief. Sie

rannte auf ihn zu und warf sich in seine Arme. »Ist er –?« fragte sie, den Blick auf einen Punkt hinter Will gerichtet. Er wandte sich um. Da lag nur noch Burkes Leiche. Der alte Mann war verschwunden und mit ihm die blutigen Blätter.

»Ja, er ist tot.«

Inzwischen hatte es zu regnen aufgehört. Während sie Arm in Arm den Hügel hinuntergingen, brach plötzlich die Sonne durch die Wolken und tauchte das Land in ein sanftes, warmes Licht, das für Will von einem neuen Anfang kündete.

EPILOG

Sadie schlug die Augen auf, streckte sich gähnend, rollte sich auf die andere Seite und bettete die Wange auf ihre Hand. Durch einen Spalt in den gelben Gingham-Vorhängen strömte Sonnenlicht herein und warf ein regenbogenförmiges Muster auf die Wand neben dem Bett. Sadie war froh, daß der Tag schön zu werden versprach, vor allem Julias wegen. Ihre Schwester wollte, daß Greengrove sich für die Hochzeit von der besten Seite zeigte. Sadie selbst hielt das Wetter für nebensächlich.

»Wenn man den Mann heiratet, den man liebt, dann fällt einem doch gar nicht auf, ob die Sonne scheint oder nicht«, hat sie in ihrer Naivität zu Julia gesagt.

»Und ob einem das auffällt!« hatte Julia lachend geantwortet. »Ein grauer Himmel schmeichelt einem Garten ebensowenig wie einer Braut.«

Sadie hatte über die Reihenfolge gelächelt, in der ihre Schwester die beiden Dinge nannte. Sie vermutete, daß diese Hochzeit für Julia nicht zuletzt deswegen so wichtig war, weil sie ihr Gelegenheit gab, ihren schönen Garten in seiner Spätsommerpracht vorzuführen. Braut und Bräutigam würden bloß ein ohnehin schon perfektes Bild vervollständigen.

Sadie zeichnete mit dem Zeigefinger den leuchtenden Farbenbogen an der Wand nach, während sie über die bevorstehende Zeremonie nachdachte. In gewisser Weise würde diese Hochzeitsfeier sämtliche Veränderungen besiegeln, die der Tod Burkes für fast alle Beteiligten mit sich gebracht hatte: Endlich wurde aus Unsicherheit und Sorge Glück. Noch ein Jahr zuvor hatte es für die meisten von ihnen so ausgesehen, als sei ihr Leben genauso unwiderruflich zerstört wie Edwin Jardines Mosaik. Inzwischen aber waren die Scherben – und auch das Mosaik – wieder zusammengefügt worden, auch wenn man die Risse durchaus noch sah und manche Teile für immer fehlten. Burke und Moany Scrimsher waren tot. Meis Vater war bald darauf ebenfalls gestorben. Nachdem er sich für eine Weile in ein noch tieferes Schweigen gehüllt hatte, war er eines Morgens einfach nicht mehr aufgewacht. Mei ließ sich ihren Schmerz nicht anmerken, aber Sadie hatte das Gefühl, daß Clayton und seine Frau sich seitdem noch näher standen.

Das restaurierte Mosaik schmückte mittlerweile eine Wand des Raums, der in der Kellerei für Weinproben genutzt wurde. Der Brief, den Katherine Julia gegeben hatte, entpuppte sich als ein Dokument, das sie am Tag von Burkes Tod in seinem Arbeitszimmer gefunden und in dem er Julia ohne ihr Wissen zur Eigentümerin von Greengrove gemacht hatte, um auf diese Weise potentielle Gläubiger loszuwerden. Will hatte Julia Greengrove abgekauft. So war es ihr möglich gewesen, zumindest einen Teil von Burkes Schulden zu begleichen. Dann hatte Julia mit ihrem Anteil des Geldes, das die erfolgreiche Versteigerung des Jefferson-Kelchs und der Weinbestände aus Edwins unterirdischem Versteck eingebracht hatte, das Haus und ein Stück Land, zu dem auch Bull's Hill gehörte – wie zuvor mit Will vereinbart – von diesem zurückgekauft. Will hatte sich geweigert, etwas von dem Geld aus der Auktion anzunehmen, und darauf beharrt, daß es einzig und allein Edwins Erben zustehe – Sadie, Julia und Thea. Außerdem hatte er aus der Kellerei eine Kommanditgesellschaft gemacht, an der neben Sadie und ihm auch Julia und die Vanns anteilmäßig beteiligt waren.

Einen Monat zuvor hatte Sadie bei ihrem Verlobungsessen verkündet, daß es für sämtliche Beteiligten doch am einfachsten wäre, wenn sie beide in aller Stille heiraten würden. Aber die anderen hatten sofort widersprochen.

»Das kommt überhaupt nicht in Frage!« hatte Katherine lautstark protestiert. »Ich will unbedingt eure Brautjungfer sein.« Dann hatte sie sich zu Jordan umgedreht und ihn gefragt: »Was hältst du davon, wenn ich mir zur Feier des Tages einen Diamantstecker in die Zunge machen lasse?«

»Ich habe mir für das Hochzeitsbankett schon ein ganz besonderes Menü ausgedacht«, hatte Mei mit leisem Bedauern gesagt.

»Als Brautmutter muß ich ebenfalls protestieren«, hatte Thea gemeint. »Ich möchte strahlend vor Glück in der ersten Reihe sitzen.«

Julias Argument hatte schließlich den Ausschlag gegeben. »Man bringt sein Glück zum Wachsen, indem man es mit anderen teilt«, hatte sie kurz und bündig erklärt und mit einem verträumten Lächeln hinzugefügt: »Stellt euch doch nur vor, wie schön es wäre, wenn ihr eure Hochzeit im Garten von Greengrove feiern würdet, solange noch die Herbstrosen blühen.«

Sadie hatte sich geschlagen gegeben. »Ich nehme alles zurück. Es war keine gute Idee.« Ihr war aufgefallen, daß Will mit Clayton in ein Gespräch vertieft war, bei dem es um die letzte Weinabfüllung ging, und die Diskussion der Frauen völlig ignorierte.

Thea und Julia planten die Feier gemeinsam. Sadie hatte nichts dagegen. Sie hörte einfach nur zu und nickte oder schüttelte den Kopf, wenn ihr Vorschläge unterbreitet wurden, und war ausnahmsweise einmal damit zufrieden, daß andere für sie Pläne schmiedeten. Mit der Ernte beschäftigt, hatte Will fröhlich verkündet, alles, was die Braut wünsche, sei auch ihm recht.

Sadie schlug die Bettdecke zurück und ging ins Bad, um zu duschen. Sie befand sich in einem der Cottages von Greengrove. An diesem besonderen Septemberwochenende waren sämtliche Gästebetten von Familienmitgliedern oder Freunden belegt, die bereits zur Hochzeit eingetroffen waren. Auf dem Feld neben der alten Tabakscheune waren so viele Zelte aufgestellt, daß es aussah, als habe dort eine Armee ihr Lager errichtet. Julia befürchtete, daß das große Büfett, das auf dem Rasen vor dem Haus im Schatten der Bäume aufgebaut worden war, nicht für alle reichen würde, aber Sadie meinte, daß sie alle allein schon mit der Hochzeitstorte satt bekommen würden. Kunstvoll mit blaßgrünen Trauben aus Zuckerguß verziert, war sie Meis Meisterwerk, ihr Hochzeitsgeschenk an das glückliche Paar.

Und das Kleid ... weiß, kühl und luftig, wie eine Wolke. Wer hätte darin nicht schön ausgesehen? Katherine nannte es »die Bombe«. Sie selbst sah in ihrem blaßrosafarbenen Brautjungfernkleid wie die Miniaturausgabe einer Göttin aus. Das einzig Schrille an ihr war an diesem Tag ihr platinfarbenes Haar. Jordan war es gelungen, ihr das Zungenpiercing auszureden. Sie hatte sich statt dessen für eine Rosentätowierung auf dem Knöchel entschieden, die aber nach ein paar Tagen wieder verblassen würde. Von sämtlichen Veränderungen war die von Katherine die vielleicht überraschendste. Der Tod ihres Vaters hatte sie tiefer getroffen als erwartet, aber sie hatte ihr Gleichgewicht wiedergefunden.

Sie war für den Sommer nach Greengrove zurückgekehrt, um in der Kellerei zu helfen. In ihrer Freizeit vervollkommnete sie unter Julias Anleitung ihre Reitkünste und lernte von Jordan das Fischen. Die beiden hatten ein noch engeres Verhältnis als zuvor.

Jordan hatte den Sommer über ebenfalls in Greengrove gearbeitet. In ein paar Tagen würde sein zweites Jahr am College beginnen, allerdings nicht am Brown, sondern an der kalifornischen Davis-Universität. Jordan versicherte, sein Wechsel habe nichts mit Katherine zu tun. Er wollte einfach Weinbau studieren. Sadie wußte, daß Mei und Clayton insgeheim hofften, dieser Berufswunsch würde ihren Sohn eines Tages wieder zurück nach Virginia bringen.

Als Sadie aus der Dusche kam, riß ein Klopfen sie aus ihren Tagträumen. »Herein!« rief sie.

Zu ihrer Überraschung öffnete Will die Tür. »Bist du anständig angezogen?«

»Nicht, wenn du mich lieber unanständig sehen möchtest.«

Er tat, als müsse er darüber erst nachdenken. »Ich finde, wir sollten uns an die Anstandsregeln halten. Dann werden wir heute abend um so mehr Spaß haben.«

»Und das von einem Mann, der einmal zu mir gesagt hat, mehr sei mehr! Was hast du hier überhaupt zu suchen? Ich dachte, heute sei ich für dich tabu. Zumindest, bis ich zum Altar schreite oder unter die Laube trete – wo auch immer ich dich nach Julias Plan treffen soll.«

»Ich mußte dich einfach sehen.«

Die Art, wie er das sagte, ließ ihr Herz vor Freude hüpfen. Sie war glücklich.

»Dann komm rein. Aber erzähl Julia nichts davon.« Ihre traditionsbewußte Schwester hatte Sadie darüber aufgeklärt, daß sie nicht in Little Grove bleiben könne, wo sie und Will bereits zusammengelebt hatten. Zumindest die Nacht vor der Hochzeit müßten sie getrennt schlafen.

Er nahm sie in den Arm und küßte sie. »Das war die letzte Nacht, die wir getrennt voneinander verbracht haben«, sagte er. Dann fügte er hinzu: »Ich habe ein Geschenk für dich.« Er ging noch einmal hinaus, um etwas zu holen, das er neben der Tür auf dem Boden abgestellt hatte. Es war ein Tablett mit einem Korb voll Brötchen, ein paar Orangen, einer Flasche Wein ohne Etikett und zwei Weingläsern.

Sie klatschte in die Hände. »Der neue Wein?«

Er nickte. Nachdem er eingeschenkt hatte, hob er sein Glas: »Auf uns!«

Sadie schüttelte den Kopf. »Auf Minty. Sie hatte doch recht. Wir sind füreinander geschaffen.«